# VOCAÇÃO PARA O MAL

ROBERT GALBRAITH

# VOCAÇÃO PARA O MAL

Tradução de
RYTA VINAGRE

Rocco

Título original
CAREER OF EVIL

Primeira publicação na Grã-Bretanha em 2015 pela Sphere

Copyright © 2015 by J.K. Rowling

O direito moral da autora foi assegurado.

*Todos os personagens e acontecimentos neste livro, com exceção dos claramente em domínio público, são fictícios e qualquer semelhança com pessoas reais, vivas ou não, é mera coincidência.*

Todos os direitos reservados.
Nenhuma parte desta obra pode ser reproduzida ou transmitida por qualquer forma ou meio eletrônico ou mecânico, inclusive fotocópia, gravação ou sistema de armazenagem e recuperação de informação, sem a permissão escrita do editor. Não podendo, por outro lado, circular em qualquer formato de impressão e de encadernação, ou capa, diferente daquele que foi publicado; inclusive condições similares deverão ser impostas aos compradores subsequentes.

Direitos para a língua portuguesa reservados com exclusividade para o Brasil à
EDITORA ROCCO LTDA. – Av. Presidente Wilson, 231 – 8º andar
20030-021 – Rio de Janeiro, RJ
Tel.: (21) 3525-2000 – Fax: (21) 3525-2001
rocco@rocco.com.br / www.rocco.com.br

*Printed in Brazil*/Impresso no Brasil

CIP-Brasil. Catalogação na fonte.
Sindicato Nacional dos Editores de Livros, RJ.

G148v    Galbraith, Robert
Vocação para o mal/Robert Galbraith; tradução de
Ryta Vinagre. – 1ª ed. – Rio de Janeiro: Rocco, 2016.

Tradução de: Career of evil
ISBN 978-85-325-3022-6

1. Ficção inglesa. I. Vinagre, Ryta. II. Título.

CDD-823
16-30335                            CDU-821.111-3

---

Créditos completos: páginas 491-494

Seleção das letras das canções do Blue Öyster Cult 1967-1994, usadas com permissão da Sony/ATV Music Publishing (UK) Ltd.

www.blueoystercult.com

*Don't Fear the Reaper: The Best of Blue Öyster Cult* da Sony Music Entertainment Inc.
Atualmente disponível via iTunes e em todos os pontos de vendas habituais.

*Para Séan e Matthew Harris,*

*Façam o que quiserem com esta dedicatória,*
*mas não –*
não –
*usem nas sobrancelhas.*

*I choose to steal what you choose to show*
*And you know I will not apologize...*
*You're mine for the taking.*

*I'm making a career of evil...*

Blue Öyster Cult, "Career of Evil"
Letra de Patti Smith

# 1

## 2011
*This Ain't The Summer of Love*

Ele não conseguira limpar todo o sangue da mulher. Ficou uma linha escura, feito um parêntese, sob a unha do dedo médio da sua mão esquerda. Ele decidiu raspá-la, embora lhe agradasse muito vê-la ali: uma lembrança dos prazeres da véspera. Depois de um minuto esfregando em vão, ele pôs a unha manchada de sangue na boca e chupou. O gosto de ferro lembrava o cheiro da enxurrada esguichando desenfreada no piso frio, borrifando as paredes, ensopando seu jeans e transformando as toalhas de banho pêssego – felpudas, secas e elegantemente dobradas – em trapos encharcados de sangue.

As cores pareciam mais vivas esta manhã, o mundo, um lugar mais aprazível. Ele se sentia sereno e revigorado, como se a tivesse absorvido, como se a vida dela tivesse chegado a ele por transfusão. Elas pertenciam a você depois que as matava: era uma posse que ia além do sexo. Mesmo saber como pareciam no momento da morte era de uma intimidade que superava qualquer coisa que dois corpos vivos pudessem experimentar.

Com um arrepio de excitação, refletiu que ninguém sabia o que ele havia feito, nem o que planejava fazer em seguida. Chupou o dedo médio, feliz e pacificado, encostando-se na parede morna ao sol fraco de abril, de olho na casa do outro lado da rua.

Não era uma casa elegante. Banal. Sem dúvida um lugar melhor para se morar do que aquele apartamento minúsculo onde as roupas endurecidas do sangue de ontem estavam em sacos de lixo preto aguardando a incineração, e onde suas facas reluziam, lavadas com água sanitária, escondidas atrás do sifão embaixo da pia da cozinha.

A casa tinha um pequeno jardim na frente, grades pretas e um gramado que precisava ser aparado. As duas portas principais brancas foram espremidas lado a lado, mostrando que a construção de três andares fora convertida em apartamentos em cima e embaixo. Uma garota chamada Robin Ellacott morava no térreo. Embora tenha feito de tudo para descobrir o seu nome verdadeiro, mentalmente ele a chamava de A Secretária. Acabara de vê-la passar diante da janela saliente do térreo, facilmente reconhecível pelo cabelo claro.

Observar A Secretária era um bônus, um complemento prazeroso. Ele tinha algumas horas de sobra, assim decidira vir vê-la. Hoje era um dia de descanso, entre as glórias da véspera e o amanhã, entre a satisfação do já realizado e o entusiasmo pelo que aconteceria depois.

A porta da direita abriu inesperadamente e A Secretária saiu, acompanhada de um homem.

Ainda encostado na parede morna, ele olhou para a rua toda, virado de perfil, para dar a impressão de que esperava um amigo. Nenhum dos dois prestou a menor atenção nele. Seguiram pela rua lado a lado. Depois de lhes dar um minuto de vantagem, decidiu segui-los.

Ela vestia jeans, um casaco leve e botas rasteiras. O cabelo ondulado e comprido era ligeiramente arruivado, agora que ele podia vê-la à luz do sol. Pensou ter detectado certa reserva entre o casal, que não conversava.

Ele sabia interpretar as pessoas. Tinha interpretado e seduzido a garota que morrera ontem em meio às toalhas pêssego encharcadas de sangue.

Ele os seguiu pela extensa rua residencial, de mãos nos bolsos, caminhando devagar como quem vai às compras, seus óculos escuros um lugar-comum naquela manhã luminosa. A leve brisa da primavera balançava suavemente as árvores. No final da rua, a dupla à frente virou à esquerda em uma via pública larga, movimentada e ladeada de escritórios. O vidro das janelas refletiu o sol enquanto eles passavam pelo prédio da junta administrativa de Ealing.

Agora o colega de apartamento, ou namorado, da Secretária, seja o que for – de perfil arrumadinho e queixo quadrado – estava falando com ela. Ela deu uma resposta curta e não sorriu.

As mulheres eram tão insignificantes, más, sujas e mesquinhas. Vacas ressentidas, todas elas, esperando que os homens as façam felizes. Só quando jazem mortas e vazias diante de você, é que se purificam, tornam-se misteriosas e até maravilhosas. Então elas são inteiramente suas, incapazes de discutir, lutar ou ir embora, são suas para você fazer o que quiser. Ontem o cadáver da outra estava pesado e mole, depois de ele ter drenado o seu sangue: seu joguete em tamanho natural, o brinquedo dele.

Por todo o movimentado centro comercial Arcadia, ele seguiu A Secretária e o namorado, deslizando atrás deles como um fantasma ou um deus. Será que os consumidores de sábado chegavam a vê-lo, ou ele de algum modo estava transformado, duplamente vivo, com o dom da invisibilidade?

Eles pararam em um ponto de ônibus. Ele ficou esperando por perto, fingindo olhar pela porta de um restaurante indiano, ou uma pilha alta de frutas na frente de um mercadinho, máscaras de papelão do príncipe William e de Kate Middleton penduradas na vitrine de um jornaleiro, observando o reflexo deles no vidro.

Eles iam pegar a linha 83. Ele não tinha muito dinheiro no bolso, mas era um prazer tão grande observá-la que ainda não queria que terminasse. Enquanto embarcava atrás dos dois, ouviu o homem mencionar Wembley Central. Ele comprou uma passagem e seguiu o casal até o andar de cima.

Os dois encontraram um banco duplo e sentaram juntos bem na frente do ônibus. Ele pegou um lugar próximo, ao lado de uma mulher amuada que foi obrigada a deslocar suas sacolas de compras. As vozes dos dois às vezes eram ouvidas por cima do zum-zum dos outros passageiros. Quando não falava, A Secretária olhava pela janela, sem sorrir. Ela não queria ir aonde os dois estavam indo, disto ele teve certeza. Quando ela tirou uma mecha de cabelo dos olhos, ele notou uma aliança de noivado. Então ela ia se casar... ou assim pensava. Ele escondeu um sorrisinho na gola levantada do casaco.

O sol quente do meio-dia entrava pelas janelas pontilhadas de sujeira do ônibus. Um grupo de homens entrou e ocupou os bancos em volta. Dois deles usavam camisas de rúgbi vermelhas e pretas.

Ele sentiu, de repente, que a radiância do dia havia diminuído. Aquelas camisas, com a estrela e o crescente lunar, traziam associações de que não gostava nada. Lembravam-no de uma época em que não se sentia um deus. Ele não queria o seu dia feliz manchado e maculado por antigas lembranças, lembranças ruins, mas sua euforia estava subitamente se esvaindo. Agora furioso – um adolescente do grupo o encarou, mas na mesma hora desviou os olhos, alarmado –, ele se levantou e foi para a escada.

Um pai e seu filho pequeno seguravam firme a barra ao lado das portas do ônibus. Uma explosão de raiva na boca do estômago: *ele* é que devia ter tido um filho. Ou melhor, ele *ainda* devia ter um filho. Imaginou o menino ao lado dele, olhando-o de baixo, venerando-o como a um herói –, mas seu filho se fora há muito tempo, e tudo por culpa de um homem chamado Cormoran Strike.

Ele se vingaria de Cormoran Strike. Ia acabar com ele.

Ao chegar à calçada, ele olhou o vidro frontal do ônibus e teve um último vislumbre da cabeça dourada da Secretária. Ele a veria novamente em menos de 24 horas. Este pensamento ajudou a acalmar a fúria repentina provocada pela visão daquelas camisas do Saracens. O ônibus se afastou aos roncos e ele seguiu na direção contrária, tranquilizando-se ao caminhar.

Tinha um plano fantástico. Ninguém sabia. Ninguém suspeitava. E havia algo muito especial esperando por ele na geladeira em casa.

# 2

*A rock through a window never comes with a kiss.*
Blue Öyster Cult, "Madness to the Method"

Robin Ellacott tinha 26 anos e estava noiva havia mais de um ano. O casamento deveria ter acontecido três meses antes, mas a morte inesperada da futura sogra provocou o adiamento da cerimônia. Muita coisa aconteceu nos três meses desde a data prevista do casamento. Será que ela e Matthew estariam se entendendo melhor se tivessem trocado os votos?, perguntou-se Robin. Será que estariam discutindo menos, se houvesse uma aliança de ouro embaixo do anel de noivado de safira que ficara meio frouxo no dedo?

Esforçando-se para passar pelo entulho na Tottenham Court Road na manhã de segunda-feira, Robin reviveu mentalmente a discussão do dia anterior. As sementes foram lançadas antes mesmo de eles saírem de casa para o jogo de rúgbi. Sempre que se encontravam com Sarah Shadlock e o namorado Tom, parecia que Robin e Matthew brigavam, algo que Robin observou enquanto a discussão, que vinha fermentando desde o jogo, arrastou-se até altas horas da noite.

— Foi provocação de Sarah, pelo amor de Deus... Não consegue enxergar isso? Foi *ela* que ficou perguntando tudo sobre ele, sem parar, não fui eu que comecei...

As eternas obras na rua perto da estação Tottenham Court Road vinham obstruindo a caminhada de Robin para o trabalho desde que ela começou na agência do detetive particular na Denmark Street. Seu humor não melhorou quando tropeçou em um bloco de pedra; ela cambaleou alguns passos e recuperou o equilíbrio. Uma saraivada de assovios e comentários obscenos partiu de um enorme buraco na rua, cheio de homens de capacete e casaco fluorescente. Sacudindo dos olhos o cabelo louro-arruivado e comprido, ruborizada, ela os ignorou, os pensamentos voltando irresistivelmente a Sarah Shadlock e suas perguntas insistentes e maliciosas sobre o chefe de Robin.

— Mas ele é *estranhamente* atraente, não? De uma aparência assim meio caída, mas nunca liguei para isso. E pessoalmente, ele é sexy? Ele é grandalhão, não é?

Robin vira o queixo de Matthew tensionado enquanto ela tentava dar respostas frias e indiferentes.

— São só vocês dois no escritório? Sério? Não tem mais ninguém?

*Piranha*, pensou Robin, cujo bom humor habitual nunca se estendia a Sarah Shadlock. *Ela sabia muito bem o que estava fazendo.*

— É verdade que ele foi condecorado no Afeganistão? É? Nossa, então também estamos falando de um herói de guerra?

Robin tentara ao máximo calar aquele monólogo de Sarah endeusando Cormoran Strike, mas foi em vão: perto do final da partida, uma frieza havia penetrado nas atitudes de Matthew para com a noiva. Mas no caminho de volta da Vicarage Road, o desagrado dele não o impedira de trocar provocações e rir com Sarah, e Tom, que Robin achava chato e obtuso, dera gargalhadas sem perceber qualquer intenção oculta.

Levando esbarrões de quem também fugia das trincheiras abertas na rua, Robin por fim chegou à calçada oposta, passando pela sombra do monolito de concreto quadriculado que era o Centre Point e se enfurecendo de novo ao lembrar do que Matthew lhe dissera à meia-noite, quando a discussão explodiu.

— Você não consegue parar de falar nele, não é? Eu te ouvi, com Sarah...

— Não fui *eu* quem começou a falar nele de novo, foi *ela*, você não estava prestando atenção...

Mas Matthew a imitara, usando a voz genérica que servia para todas as mulheres, aguda e imbeciloide:

— *Ah, o cabelo dele é tão lindo...*

— Pelo amor de Deus, você está totalmente paranoico! — Robin gritou. — *Sarah* é que não parava de falar da porcaria do cabelo de Jacques Burger, não do de Cormoran, e só o que eu disse foi...

— "*Não do de Cormoran*" — repetira ele com um gritinho idiota. Ao virar a esquina para a Denmark Street, Robin sentiu-se tão furiosa quanto oito horas antes, ao sair intempestivamente do quarto para dormir no sofá.

Sarah Shadlock, a maldita Sarah Shadlock, que foi colega de universidade de Matthew e tentou ao máximo tirá-lo de Robin, a garota que ficou para trás em Yorkshire... Se Robin pudesse ter certeza de que jamais voltaria a ver Sarah, ficaria exultante, mas Sarah estaria no casamento deles em julho, Sarah sem dúvida continuaria a atormentar a vida de casados e talvez um dia tentasse se imiscuir no trabalho de Robin para conhecer Strike, se o interesse dela fosse autêntico e não apenas um meio de semear a discórdia entre Robin e Matthew.

*Eu* nunca *vou apresentá-la a Cormoran*, pensou Robin com selvageria ao se aproximar do mensageiro parado diante da portaria do escritório. Ele tinha uma prancheta na mão enluvada e um pacote retangular e comprido na outra.

— É para Ellacott? — perguntou Robin ao chegar à distância de ser ouvida. Esperava uma encomenda de câmeras descartáveis revestidas de cartolina marfim que seriam os brindes na recepção do casamento. Seu horário de trabalho ficara tão irregular ultimamente que ela achou mais fácil receber no trabalho, e não em casa, os pedidos feitos pela internet.

O mensageiro assentiu e estendeu a prancheta sem tirar o capacete de motociclista. Robin assinou e pegou o pacote comprido, muito mais pesado do que esperava; quando o colocou debaixo do braço, parecia que um só objeto grande deslizava dentro dele.

— Obrigada — disse ela, mas o mensageiro já havia se virado e passado uma perna pela moto. Ela o viu se afastar enquanto entrava no prédio.

Robin subiu a reverberante escada de metal que contornava o elevador de gaiola quebrado, os saltos batendo no metal. A porta de vidro cintilou quando ela a destrancou, abriu e os dizeres gravados — C. B. STRIKE, INVESTIGADOR PARTICULAR — destacaram-se sombriamente.

Ela chegou cedo de propósito. No momento, eles estavam inundados de casos e ela queria colocar em dia parte da papelada antes de reassumir a vigilância diária de uma jovem lap-dancer russa. Pelo barulho de passos pesados no alto, ela deduziu que Strike ainda estava em seu apartamento no andar de cima.

Robin colocou o pacote oblongo na mesa, tirou o casaco e o pendurou junto com a bolsa em um gancho atrás da porta, acendeu a luz, encheu a chaleira e ligou, depois estendeu a mão para o abridor de cartas na mesa. Lembrando-se da recusa categórica de Matthew em acreditar que ela estivera admirando a cabeleira cacheada do asa Jacques Burger, e não o cabelo curto de pentelho de Strike, ela fez um corte furioso na ponta do pacote, correu a lâmina e abriu a caixa.

Uma perna decepada de mulher fora atochada dentro da caixa, os dedos dos pés dobrados para trás a fim de caber.

# 3

*Half-a-hero in a hard-hearted game.*

Blue Öyster Cult, "The Marshall Plan"

O grito de Robin reverberou pelas janelas. Ela se afastou da mesa, olhando fixamente aquele objeto escabroso colocado ali. A perna era lisa, magra e branca, e seu dedo roçou a pele ao abrir o pacote, sentindo sua textura fria e semelhante a borracha.

Robin acabara de tapar a boca para reprimir o grito quando a porta de vidro abriu-se de rompante a seu lado. Com um metro e noventa de carranca, Strike tinha a camisa aberta, revelando uma massa simiesca de pelos escuros no peito.

– Mas o quê...?

Ele acompanhou o olhar chocado de Robin e viu a perna. Ela sentiu a mão dele se fechar bruscamente em seu braço e ele a conduziu ao patamar.

– Como isso chegou aqui?

– Por mensageiro – disse ela, deixando que ele a conduzisse escada acima. – De moto.

– Espere aqui. Vou chamar a polícia.

Quando ele fechou a porta do apartamento às costas de Robin, ela ficou completamente imóvel, o coração aos saltos, ouvindo os passos dele voltarem pela escada. O ácido subiu à garganta. Uma perna. Ela acabara de receber uma perna. Tinha carregado calmamente uma perna pela escada, a perna de mulher dentro de uma caixa. De quem era essa perna? Onde estava o resto da mulher?

Ela foi até a cadeira mais próxima, um móvel barato de plástico acolchoado e pernas de metal, e se sentou, os dedos ainda pressionando os lábios dormentes. O pacote, ela se lembrou, fora endereçado a ela.

Strike, enquanto isso, estava à janela do escritório que dava para a rua, rastreando qualquer sinal do mensageiro na Denmark Street, o celular junto do ouvido. Quando voltou à antessala para examinar o pacote aberto na mesa, já havia feito contato com a polícia.

– Uma perna? – repetiu o inspetor-detetive Eric Wardle do outro lado da linha. – A porra de uma *perna*?

– E nem é do meu tamanho – disse Strike, uma piada que ele não teria feito se Robin estivesse presente. A perna de sua calça estava puxada para cima, revelando a haste de metal que servia como tornozelo direito. Estava se vestindo quando ouviu o grito de Robin.

Mesmo ao dizer isso, ele percebeu que se tratava de uma perna direita, como a que ele próprio havia perdido, e que fora cortada abaixo do joelho, exatamente onde ele fora amputado. Com o celular ainda grudado na orelha, Strike olhou mais atentamente o membro, o cheiro desagradável de frango recém-descongelado invadindo suas narinas. Pele caucasiana: lisa, branca e sem marcas, a não ser por um antigo hematoma esverdeado na panturrilha, depilada de forma imperfeita. Os pelos eriçados eram claros e as unhas do pé sem esmalte, um tanto sujas. A tíbia amputada brilhava branca como gelo no meio da carne que a cercava. Um corte preciso: provavelmente feito por machado ou cutelo, pensou Strike.

– De uma mulher, foi o que você disse?

– É o que parece...

Strike notara outra coisa. Havia uma cicatriz na panturrilha, onde a perna fora decepada: uma cicatriz antiga, sem relação com o ferimento que a isolou do corpo.

Quantas vezes, em sua infância na Cornualha, ele fora apanhado desprevenido enquanto estava de costas para o mar traiçoeiro? Quem não conhecia bem o mar, esquecia-se de sua solidez, sua violência. Quando batia com a força do metal frio, eles ficavam apavorados. Strike enfrentara o medo, trabalhara com ele e o controlara em toda a sua vida profissional, mas a visão daquela velha cicatriz deixou-o temporariamente sufocado por um terror agravado pelo inesperado.

– Você ainda está aí? – disse Wardle do outro lado da linha.

– O quê?

O nariz duas vezes quebrado de Strike estava a uns três centímetros do ponto onde fora cortada a perna da mulher. Ele se lembrava da perna com cicatriz de uma criança que jamais esqueceu... Quanto tempo fazia desde que a vira? Que idade teria agora?

– Foi você que me ligou... – Wardle lembrou a ele.

– É, eu sei – disse Strike, num esforço para se concentrar. – Queria que você fizesse isso, não outra pessoa, mas se não puder...

– Estou indo – disse Wardle. – Não vou demorar. Guenta aí.

Strike desligou e pôs o telefone na mesa, ainda de olhos grudados na perna. De repente, viu que havia um bilhete debaixo da perna, um bilhete datilografado. Treinado pelo exército britânico em procedimentos investigativos, Strike resistiu à forte tentação de puxá-lo e ler: não devia contaminar provas periciais. Em vez disso, agachou-se meio desequilibrado para poder ler o endereço de cabeça para baixo na tampa aberta.

A caixa fora endereçada a Robin e ele não gostou nada disso. O nome dela, escrito corretamente, estava em uma etiqueta adesiva branca que trazia o endereço da agência. Esta etiqueta cobria outra. Estreitando os olhos, decidido a não reposicionar a caixa nem mesmo para ler o endereço com mais clareza, ele viu que o remetente primeiro havia endereçado a caixa a "Cameron Strike", depois cobriu com a segunda etiqueta que dizia "Robin Ellacott". Por que mudaram de ideia?

– Merda – disse Strike em voz baixa.

Ele se ergueu com certa dificuldade, pegou a bolsa de Robin no gancho, trancou a porta de vidro e subiu a escada.

– A polícia já está a caminho – disse ele ao colocar a bolsa diante de Robin. – Quer uma xícara de chá?

Ela concordou com a cabeça.

– Quer um pouco de conhaque no chá?

– Você não tem conhaque nenhum – disse ela. Sua voz estava meio rouca.

– Andou olhando por aqui?

– É claro que não! – Ele sorriu da indignação demonstrada por Robin à sugestão de que talvez estivesse vasculhando os armários dele. – É só que... você não é do tipo que tem conhaque medicinal.

– Quer uma cerveja?

Ela meneou a cabeça, incapaz de sorrir.

Depois do chá pronto, Strike sentou-se de frente para ela com sua própria caneca. Ele parecia exatamente o que era: o ex-pugilista parrudo que fumava e comia fast-food demais. Tinha sobrancelhas grossas, um nariz achatado e assimétrico e, quando não sorria, uma permanente expressão de mau humor rabugento. O cabelo crespo, preto e basto, ainda molhado do banho, lembrou Robin de Jacques Burger e Sarah Shadlock. A briga parecia ter acontecido uma vida atrás. Ela só pensara brevemente em Matthew desde que subira ao apartamento. Morria de medo de contar a ele o que acontecera. Ele ficaria furioso. Ele não gostava que ela trabalhasse para Strike.

– Você viu... aquilo? – perguntou ela em voz baixa, depois de pegar e baixar o chá escaldante, sem beber.

– Vi – disse Strike.

Ela não sabia mais o que perguntar. Era uma perna decepada. A situação era tão horrível, tão grotesca, que toda pergunta que lhe ocorria parecia ridícula, burra. *Você sabe de quem é? Por que acha que a mandaram?* E, a mais premente de todas, *Por que para mim?*

– A polícia vai querer te ouvir sobre o mensageiro – disse ele.

– Eu sei – disse Robin. – Estive tentando me recordar de tudo a respeito dele.

A campainha da portaria tocou.

– Deve ser Wardle.

– Wardle? – repetiu ela, assustada.

– Ele é o policial mais simpático que conhecemos – Strike lembrou a ela. – Fique onde está, vou trazê-lo aqui para falar com você.

Strike conseguira tornar-se impopular na Polícia Metropolitana no ano anterior, o que não foi inteiramente por culpa dele. Era compreensível que a excessiva cobertura da imprensa sobre seus dois triunfos mais notáveis como detetive tenha irritado os policiais cujos esforços ele venceu. Porém, Wardle, que o ajudara no primeiro caso, partilhara um pouco da glória subsequente e as relações entre os dois continuaram razoavelmente amigáveis. Robin só vira Wardle nas matérias de jornal sobre o caso. O caminho dos dois não se cruzou no tribunal.

Por acaso ele era um homem bonito, de cabelo castanho cheio e olhos cor de chocolate, e apareceu vestido numa jaqueta de couro e jeans. Strike não sabia se achava divertido ou irritante o olhar automático que Wardle lançou a Robin ao entrar na sala – um zigue-zague rápido pelo cabelo dela, pelo corpo e parando na mão esquerda, onde os olhos se demoraram por um segundo na aliança de noivado de diamante e safira.

— Eric Wardle — disse ele em voz baixa, com o que Strike sentiu ser um sorriso desnecessariamente charmoso. — E esta é a sargento-detetive Ekwensi.

Chegara com ele uma policial negra e magra, com o cabelo puxado para trás num coque. Abriu um breve sorriso para Robin e esta se viu sentindo um conforto desproporcional com a presença de outra mulher. Em seguida, a sargento-detetive Ekwensi deixou que os olhos vagassem pelo glorificado quarto e sala de Strike.

— Onde está o tal pacote? — perguntou ela.

— No andar de baixo — disse Strike, pegando no bolso a chave do escritório. — Mostrarei a vocês. Sua mulher está bem, Wardle? — acrescentou ele ao se preparar para sair da sala com a sargento-detetive Ekwensi.

— E desde quando você se importa? — retorquiu o policial, mas, para alívio de Robin, ele abandonou o que ela julgava serem maneiras de advogado quando se sentou de frente para ela à mesa e abriu seu bloco.

— Ele estava na frente da portaria quando eu vinha andando pela rua — explicou Robin, quando Wardle perguntou como a perna havia chegado. — Achei que era um mensageiro. Estava vestido de couro preto... todo de preto, a não ser por faixas azuis nos ombros da jaqueta. O capacete era totalmente preto e a viseira estava abaixada e era espelhada. Ele devia ter pelo menos um e oitenta de altura. Uns 10 ou 12 centímetros mais alto do que eu, mesmo descontando o capacete.

— Constituição física? — perguntou Wardle, que escrevia no bloco.

— Bem grande, eu diria, mas devia estar meio acolchoado pela jaqueta.

Os olhos de Robin vagaram sem querer para Strike quando ele voltou a entrar na sala.

— Quer dizer que não...

— Que não é um cretino gordo como o chefe? — sugeriu Strike, que entreouvira, e Wardle, sempre rápido para insultar Strike ou gostar disso, riu baixinho.

— E ele estava de luvas — disse Robin, que não sorriu. — Luvas pretas de motoqueiro.

— É claro que ele estava de luvas — disse Wardle, acrescentando uma anotação. — Você não deve ter percebido nada da moto, não?

— Era uma Honda, vermelha e preta — disse Robin. — Notei o logotipo, aquele símbolo alado. Eu diria que era uma 750. Era grande.

Wardle demonstrou ficar ao mesmo tempo sobressaltado e impressionado.

– Robin gosta das máquinas – disse Strike. – Pilota como Fernando Alonso.

Robin queria que Strike parasse de ficar todo alegrinho e irreverente. Havia uma perna de mulher no andar de baixo. Onde estava o resto dela? Ela não devia chorar. Queria ter dormido mais. Aquela droga de sofá... Ultimamente, Robin vinha passando muitas noites naquela coisa...

– E ele a fez assinar o recebimento? – perguntou Wardle.

– Eu não diria que "me fez assinar" – respondeu Robin. – Ele estendeu uma prancheta e assinei automaticamente.

– O que havia na prancheta?

– Parecia uma fatura ou...

Ela fechou os olhos, esforçando-se para lembrar. Agora que pensava bem, o formulário parecia amador, como se tivesse sido montado no laptop de alguém, e foi o que ela disse então.

– Você estava esperando alguma encomenda? – perguntou Wardle.

Robin falou das câmeras descartáveis do casamento.

– O que ele fez depois que você pegou o pacote?

– Voltou para a moto e foi embora. Entrou no trânsito da Charing Cross Road.

Houve uma batida na porta do apartamento e a sargento-detetive Ekwensi reapareceu segurando o bilhete que Strike tinha visto debaixo da perna, agora encerrado em um saco de provas.

– A perícia está aqui – disse ela a Wardle. – Este bilhete estava no pacote. Seria bom saber se tem algum significado para a srta. Ellacott.

Wardle pegou o bilhete coberto de polietileno e passou os olhos por ele, de cenho franzido.

– Uma bobajada – disse ele, lendo em voz alta: – *"A harvest of limbs, of arms and of legs, of necks..."*

– *"... that turn like swans"* – interrompeu Strike, que estava recostado no fogão, longe demais para ler o bilhete – *"as if inclined to gasp or pray."*

Os outros três o encaravam.

– É a letra de uma música. *Uma colheita de membros, de braços e de pernas, de pescoços / que se viram como cisnes, como que curvados para ofegar ou rezar* – disse

Strike. Robin não gostou da expressão dele. Sabia que as palavras tinham algum significado para Strike, algo ruim. Com o que pareceu um esforço, ele esclareceu: – Da última estrofe de "Mistress of The Salmon Salt". Da Blue Öyster Cult.

A sargento-detetive Ekwensi ergueu as sobrancelhas bem desenhadas.

– Quem?

– Uma grande banda de rock dos anos 1970.

– Parece que você entende muito bem dessas coisas – disse Wardle.

– Conheço essa música – disse Strike.

– Acha que sabe quem mandou isto?

Strike hesitou. Enquanto os outros três o olhavam, passou rapidamente pela cabeça do detetive uma série confusa de imagens e lembranças. Uma voz baixa disse, *Ela queria morrer. Ela era a quicklime girl*. A perna fina de uma menina de 12 anos, marcada de linhas prateadas e entrecruzadas. Dois olhos pequenos e escuros de furão, estreitando-se de ódio. A tatuagem de uma rosa amarela.

E então – vindo atrás de outras lembranças, aparecendo como num sopro, embora pudesse ter sido o primeiro pensamento de outro homem – ele se lembrou de um boletim de ocorrência que mencionava um pênis cortado de um cadáver e enviado a um informante da polícia.

– Sabe quem mandou isso? – repetiu Wardle.

– Talvez – disse Strike. Ele olhou rapidamente para Robin e a sargento--detetive Ekwensi. – Prefiro falar sobre isso a sós. Conseguiu tudo que queria de Robin?

– Vamos precisar de seu nome, endereço, essas coisas – disse Wardle. – Vanessa, pode cuidar disso?

A sargento-detetive Ekwensi aproximou-se com o bloco. O som estridente dos passos dos dois homens saiu de alcance. Apesar de não desejar rever a perna decepada, Robin sentiu-se discriminada por ser deixada para trás. Era o nome *dela* que estava na caixa.

O pacote medonho ainda estava na mesa no andar de baixo. Outros dois colegas de Wardle tinham sido recebidos pela sargento-detetive Ekwensi: um tirava fotos, o outro falava ao celular quando seu oficial superior e o detetive particular passaram por eles. Ambos olharam com curiosidade para

Strike, que tinha alcançado certa fama no período em que conseguira alienar muitos colegas de Wardle.

Strike fechou a porta de sua sala e ele e Wardle sentaram-se à mesa de Strike, um de frente para o outro. Wardle abriu o bloco numa página em branco.

– Tudo bem, quem você conheceu que gosta de retalhar cadáveres e mandar pelo correio?

– Terence Malley – disse Strike, depois de hesitar por um instante. – Para começar.

Wardle não anotou nada, mas ficou olhando para ele por cima da caneta.

– Terence "Digger" Malley?

Strike concordou com a cabeça.

– Sindicato do Crime de Harringay?

– Quantos Terences "Digger" Malley você conhece? – perguntou Strike com impaciência. – E quantos têm o hábito de mandar pedaços de gente pelo correio?

– E como foi que você se envolveu com Digger?

– Operações conjuntas com o Esquadrão do Vício, 2008. Tráfico de drogas.

– A batida policial em que ele foi apanhado?

– Exatamente.

– Puta merda – disse Wardle. – Mas isso é uma merda, né? O cara é um completo maluco, está lá fora e tem fácil acesso a metade das prostitutas de Londres. É melhor começarmos a dragar o Tâmisa em busca do resto dela.

– É, mas eu forneci as provas anonimamente. Ele nem deve ter sabido que fui eu.

– Eles têm seus meios – disse Wardle. – O Sindicato do Crime de Harringay... eles parecem a porra da máfia. Soube como ele mandou o pau de Hatford Ali para Ian Bevin?

– É, fiquei sabendo – disse Strike.

– E qual é a da música? A colheita de sei lá que merda?

– Bom, é com isso que estou preocupado – disse Strike lentamente. – Parece muito sutil para o gosto de Digger... O que me faz pensar que pode ser um dos outros três.

# 4

*Four winds at the Four Winds Bar,*
*Two doors locked and windows barred,*
*One door left to take you in,*
*The other one just mirrors it...*

Blue Öyster Cult, "Astronomy"

– Você conhece *quatro homens* que te mandariam uma perna decepada? Quatro?

Strike podia ver a expressão horrorizada de Robin refletida no espelho redondo acima da pia, onde ele se barbeava. A polícia enfim levara a perna, Strike declarara o expediente suspenso pelo resto do dia e Robin continuava à pequena mesa de fórmica na cozinha de Strike, acalentando uma segunda caneca de chá.

– Para te falar a verdade – disse ele, raspando os pelos do queixo –, acho que são só três. Talvez eu tenha cometido um erro ao falar com Wardle sobre Malley.

– Por quê?

Strike contou a Robin a história de seu breve contato com o criminoso profissional que devia sua última temporada na cadeia, em parte, às provas de Strike.

– ... Então agora Wardle está convencido de que o Sindicato do Crime de Harringay descobriu quem eu era, mas eu parti para o Iraque logo depois de testemunhar e nunca soube que um oficial do SIB tivesse a identidade revelada por ter dado provas em um julgamento. Além disso, a letra da música não parece coisa do Digger. Ele não é do tipo que dá toques elegantes.

– Mas ele cortava pedaços das pessoas que matava? – perguntou Robin.

– Pelo que sei, uma vez... Mas não se esqueça, quem fez isso não necessariamente matou alguém – contemporizou Strike. – A perna pode ter vindo de um cadáver que já existia. Pode ser lixo hospitalar. Wardle vai verificar tudo isso. Só vamos saber de alguma coisa depois que os patologistas derem uma olhada.

Ele preferiu não falar na possibilidade medonha de a perna ter sido retirada de uma pessoa ainda viva.

Na pausa que se seguiu, Strike enxaguou a lâmina de barbear na torneira da pia e Robin olhou fixamente pela janela, perdida em pensamentos.

– Bom, você *precisava* falar com Wardle sobre Malley – disse Robin, virando-se para Strike, que olhou em seus olhos pelo espelho de barbear. – Quer dizer, se ele já mandou para alguém um... O que exatamente ele *mandou*? – perguntou ela com certo nervosismo.

– Um pênis – disse Strike. Ele lavou o rosto e enxugou com uma toalha. – É, talvez você tenha razão. Só que quanto mais eu penso nisso, mais certeza tenho de que não é ele. Volto num minuto... Preciso trocar de camisa, arranquei dois botões quando você gritou.

– Desculpe-me – disse Robin vagamente, enquanto Strike desaparecia no quarto.

Bebendo o chá, ela deu uma olhada na sala em que estava sentada. Nunca havia entrado naquele apartamento de Strike no sótão. O máximo que fizera foi bater na porta para dar recados ou, em um de seus períodos mais agitados e insones, acordá-lo. O conjugado sala-cozinha era apertado, mas limpo e arrumado. Praticamente não havia sinais pessoais: xícaras descasadas, um pano de prato barato dobrado ao lado do bico de gás; nenhuma fotografia, nenhum objeto de decoração, a não ser pelo desenho infantil de um soldado, preso com tachas em uma das paredes.

– Quem desenhou isso? – perguntou ela quando Strike reapareceu com uma camisa limpa.

– Meu sobrinho, Jack. Por algum motivo ele gosta de mim.

– Não seja bobo.

– Estou falando sério, eu nunca sei o que dizer a crianças.

– Então você acha que conheceu *três homens* que poderiam ter...? – Robin recomeçou.

– Quero uma bebida – disse Strike. – Vamos ao Tottenham.

*

Não havia possibilidade de conversar no caminho, não com a barulheira de britadeiras ainda saindo das trincheiras na rua, mas os trabalhadores de colete fluorescente nem assoviaram, nem disseram obscenidades a Robin quando Strike passou ao lado dela. Por fim eles chegaram ao pub preferido de Strike no bairro, com seus espelhos dourados ornamentados, painéis de madeira escura, bombas de bronze reluzentes, o domo de vidro colorido e as telas de beldades dançantes de Felix de Jong.

Strike pediu uma garrafa de Doom Bar. Robin, que não conseguia encarar o álcool, pediu um café.

– E então? – disse Robin, depois que o detetive voltou à mesa alta, sob o domo. – Quem são os três homens?

– Talvez eu esteja seguindo uma pista totalmente errada, não se esqueça disso – disse Strike, bebendo a cerveja.

– Tudo bem. Quem são eles?

– Uns malucos que têm bons motivos para me odiar até a morte.

Na cabeça de Strike, uma menina magrela e assustada de 12 anos com cicatrizes na perna o avaliava através dos óculos tortos. Será que era a perna direita dela? Ele não conseguia se lembrar. *Meu Deus, tomara que não seja ela...*

– *Quem?* – repetiu Robin, perdendo a paciência.

– Tem dois caras do exército – disse Strike, esfregando o queixo áspero. – Os dois são loucos e violentos o bastante para... para...

Um bocejo gigantesco e involuntário o interrompeu. Robin esperou que a frase fosse retomada, perguntando-se se ele havia estado com a nova namorada na noite anterior. Elin era uma ex-violinista profissional, agora apresentadora na Radio 3, uma loura estonteante de aparência nórdica que lembrava a Robin uma Sarah Shadlock mais bonita. Ela supunha que fosse este o motivo para ela quase de imediato antipatizar com Elin. O outro era que Elin, pelo que Robin ouviu, referia-se a ela como secretária de Strike.

– Desculpe-me – disse Strike. – Fiquei acordado até tarde tomando notas para o trabalho de Khan. Estou acabado.

Ele olhou o relógio.

– Vamos descer para comer? Estou morto de fome.

– Daqui a um minuto. Ainda nem é meio-dia. Quero saber desses homens.

Strike suspirou.

– Muito bem. – Ele baixou a voz enquanto um homem passava pela mesa dos dois a caminho do banheiro. – Donald Laing, um "Borderer" do regimento King's Own Royal Borderers. – Ele se lembrou novamente dos olhos de furão, o ódio concentrado, a tatuagem da rosa. – Eu o coloquei em perpétua.

– Mas então...

– Saiu dez anos depois – disse Strike. – Está solto desde 2007. Laing não era do tipo biruta comum, era um animal, um animal inteligente e ardiloso. Um sociopata... genuíno sociopata, se quer minha opinião. Coloquei-o em perpétua por algo que eu nem devia estar investigando. Ele estava prestes a se livrar da acusação original. Laing tem um ótimo motivo para me odiar mortalmente.

Mas ele não contou o que Laing fez, nem por que ele, Strike, esteve investigando. Às vezes, e com frequência quando falava da carreira na Divisão de Investigação Especial, pelo tom de Strike, Robin sabia quando ele chegava ao limite do que desejava falar. Ela nunca o pressionava a ir além disso. Com relutância, ela deixou de lado o assunto Donald Laing.

– Quem era o outro cara do exército?

– Noel Brockbank. Um Rato do Deserto.

– Rato do quê?

– Da Sétima Brigada Blindada.

Strike ficava cada vez mais taciturno, tinha uma expressão sinistra. Robin imaginou se era por conta da fome – ele era um homem que precisava de alimento constante para manter a serenidade – ou se era por algum motivo mais sombrio.

– Então, vamos comer? – perguntou Robin.

– Vamos – respondeu Strike, terminando a cerveja e se levantando.

O aconchegante restaurante no porão consistia em uma sala acarpetada de vermelho com um segundo balcão, mesas de madeira e paredes cobertas de gravuras emolduradas. Eles eram os primeiros a se sentar e fazer um pedido.

– Você estava falando de Noel Brockbank. – Robin estimulou Strike depois que ele escolheu peixe com fritas e ela pediu uma salada.

– É, ele é outro que tem bons motivos para guardar ressentimento – disse Strike em poucas palavras. Não queria falar de Donald Laing e demonstrava uma relutância cada vez maior em discutir Brockbank. Depois de uma longa pausa em que Strike ficou olhando para o nada por cima do ombro de Robin, ele falou. – Brockbank não é certo da cabeça. Ou pelo menos era isso que alegava.

– Você o colocou na prisão?

– Não – disse Strike.

Ele havia fechado a cara. Robin esperou, mas sabia que não viria mais nada sobre Brockbank, então perguntou:

– E o outro?

Desta vez Strike não deu resposta nenhuma. Ela achou que ele não tinha ouvido.

– Quem é...?

– Não quero falar nisso – resmungou Strike.

Ele olhou irritado para a nova garrafa de cerveja, mas Robin não se deixou intimidar.

– Quem mandou aquela perna, mandou para *mim* – insistiu ela.

– Está bem – disse Strike de má vontade, depois de uma breve hesitação. – O nome dele é Jeff Whittaker.

Robin sentiu um calafrio de choque. Não precisou perguntar como Strike tinha conhecido Jeff Whittaker. Ela já sabia, embora os dois nunca tivessem conversado sobre ele.

O início da vida de Cormoran Strike estava extensamente documentado na internet e fora interminavelmente requentado pela cobertura que a imprensa fez dos triunfos do detetive. Ele era filho ilegítimo e não planejado de um astro do rock com uma mulher que sempre era descrita como uma supergroupie, uma mulher que morreu de overdose quando Strike tinha vinte anos. Jeff Whittaker fora o segundo marido muito mais novo dela, acusado e absolvido de seu assassinato.

Eles permaneceram em silêncio até a comida chegar.

– Por que só está comendo uma salada? Não está com fome? – perguntou Strike, limpando o prato de fritas. Como Robin suspeitava, seu humor melhorou com a ingestão de carboidratos.

– Casamento – disse Robin sucintamente.

Strike não falou nada. Comentários sobre o físico de Robin estavam fora dos limites autoimpostos que ele criara para a relação dos dois, determinados por ele desde o início, para que jamais ficassem muito íntimos. Todavia, ele achava que ela estava ficando magra demais. Na opinião dele (e mesmo esse pensamento ultrapassava as mesmas fronteiras), ela ficava melhor com mais curvas.

— Você não vai nem me contar — perguntou Robin, depois de mais alguns minutos de silêncio — qual é a sua ligação com aquela música?

Ele mastigou por um tempo, bebeu mais cerveja, pediu outra Doom Bar e falou.

— Minha mãe tinha o título tatuado no corpo.

Strike não estava inclinado a contar a Robin exatamente onde ficava a tatuagem. Preferia não pensar nisso. Contudo, ele estava amolecendo com a comida e a bebida: Robin jamais demonstrara um interesse lúbrico pelo passado dele, e Strike supôs que no dia de hoje ela teria o direito de pedir informações.

— Era a música preferida dela. A Blue Öyster Cult era sua banda preferida. Bom, "preferida" é dizer pouco. Na verdade, era uma obsessão.

— A preferida dela não era a Deadbeats? — perguntou Robin, sem pensar. O pai de Strike era o vocalista da Deadbeats. Eles também jamais falaram no pai.

— Não. — Strike abriu um meio sorriso. — O velho Jonny vinha num mero segundo lugar para Leda. Ela queria Eric Bloom, o vocalista da Blue Öyster Cult, mas nunca conseguiu. Um dos muito poucos que escaparam.

Robin não sabia o que dizer. Já se perguntara como seria ter a história sexual e épica da própria mãe na internet para todo mundo ver. Outra cerveja chegou e Strike tomou um gole antes de continuar.

— Eu quase fui batizado de Eric Bloom Strike — disse ele, e Robin engasgou com a água. Ele riu enquanto ela tossia num guardanapo. — Vamos combinar que Cormoran não é lá muito melhor. Cormoran Blue...

— *Blue?*

— Blue Öyster Cult, não está me ouvindo?

— Meu Deus — disse Robin. — Essa você não contou.

— Você contaria?

— O que significa "Mistress of the Salmon Salt"? "Senhora do Sal de Salmão"?

— Sei lá. As letras deles eram malucas. Ficção científica. Uma birutice.

Uma voz em sua cabeça: *Ela queria morrer. Ela era a quicklime girl.*
Ele bebeu mais cerveja.
– Acho que nunca ouvi nada da Blue Öyster Cult – disse Robin.
– Ouviu, sim – Strike a contradisse. – "Don't Fear the Reaper".
– "Don't" o quê?
– Foi o sucesso monstruoso deles. "Don't Fear the Reaper".
– Ah... entendi.
Por um momento de susto, Robin chegou a pensar que ele estivesse lhe dando um conselho. "Não tema o Anjo da Morte."
Eles comeram em silêncio por um tempo até que Robin, incapaz de segurar a pergunta por mais tempo, embora torcesse para não parecer assustada, indagou:
– Por que você acha que a perna foi endereçada a mim?
Strike já tivera tempo para refletir sobre essa questão.
– Eu estive pensando nisso e acho que temos de considerar uma ameaça tácita e, assim, até descobrirmos...
– Eu não vou largar o trabalho – disse Robin com veemência. – Não vou ficar em casa. É isso que Matthew quer.
– Você falou com ele, não foi?
Ela dera o telefonema enquanto Strike estava no andar de baixo com Wardle.
– Sim. Ele ficou aborrecido comigo por eu ter assinado o recebimento.
– É de se esperar que ele fique preocupado com você – disse Strike, sem nenhuma sinceridade. Ele havia encontrado Matthew em algumas poucas ocasiões e, a cada vez, gostara menos dele.
– Ele não está preocupado – rebateu Robin. – Só acha que já deu, que terei de ir embora agora, que vou ficar morta de medo. Não vou.
Matthew ficara horrorizado com a notícia que ela contou, mas mesmo assim ela ouviu um leve traço de satisfação na voz dele, sentiu sua convicção velada de que agora, enfim, ela deveria entender como foi ridícula a decisão de associar-se a um detetive particular tempestuoso que nem mesmo podia lhe pagar um salário decente. Strike a fazia trabalhar num horário insociável, o que significava que ela precisava receber as encomendas no trabalho e não em casa. ("Eu não recebi uma perna porque a Amazon não podia entregar em casa!", dissera Robin acaloradamente.) E, é claro, acima de tudo,

Strike agora era meio famoso e fonte de fascínio para os amigos deles. O trabalho de Matthew como contador não tinha o mesmo toque de classe. Seu ressentimento e ciúme eram profundos e, cada vez mais, passavam dos limites.

Strike não era idiota de estimular Robin a qualquer deslealdade para com Matthew de que ela pudesse se arrepender quando estivesse menos abalada.

– Endereçaram a perna a você, e não a mim, depois de pensarem melhor – disse ele. – Primeiro colocaram meu nome. Imagino que, ou estavam tentando me deixar preocupado, mostrando que sabiam seu nome, ou tentaram assustar você para que não trabalhe mais para mim.

– Bom, não vou me deixar assustar – disse Robin.

– Robin, não é hora para heroísmos. Não sei quem ele é, mas está nos dizendo que sabe muito a meu respeito, sabe o seu nome e, como vimos esta manhã, sabe exatamente como você é. Ele a viu de perto. Não gosto disso.

– É evidente que você não tem em alta conta minha capacidade de contravigilância.

– Você está falando com o homem que a mandou para a porcaria do melhor curso que conseguiu achar, e que leu aquela carta de recomendação enjoada que você meteu embaixo do meu nariz...

– Então você não acha que minha defesa pessoal é boa.

– Eu nunca vi nada dela, e só tenho a sua palavra de que aprendeu alguma coisa.

– Algum dia você me viu mentir sobre o que posso fazer ou não? – quis saber Robin, ofendida, e Strike foi obrigado a reconhecer que não. – Então! Não vou assumir riscos burros. Você me treinou para notar qualquer um que fosse suspeito. De qualquer modo, você não pode se permitir me mandar para casa. Já estamos lutando para dar conta dos casos que temos.

Strike suspirou e esfregou o rosto com as mãos grandes de dorso peludo.

– Nada depois do anoitecer – disse ele. – E você precisa andar com um alarme, dos bons.

– Tudo bem – disse ela.

– De qualquer forma, você vai fazer Radford a partir da próxima segunda-feira – disse ele, reconfortando-se com a ideia.

Radford era um empresário rico que queria colocar um investigador em seu escritório, no papel de funcionário de meio expediente, para descobrir o que ele suspeitava serem transações criminosas de um gerente sênior. Robin era a escolha óbvia, porque Strike ficara mais conhecido desde seu segundo e notório caso de homicídio. Enquanto terminava a terceira cerveja, Strike se perguntou se conseguiria convencer Radford a aumentar a carga horária de Robin. Ele ficaria feliz sabendo que ela estava a salvo em um prédio de escritórios palaciano, de nove da manhã às cinco da tarde, todo dia, até que o maníaco que mandou a perna fosse apanhado.

Enquanto isso, Robin combatia as ondas de cansaço e uma vaga náusea. Uma briga, uma noite interrompida, o choque pavoroso da perna decepada – e agora teria de ir para casa e justificar de novo seu desejo de continuar num emprego perigoso em troca de um salário ruim. Matthew, que antigamente era sua principal fonte de conforto e apoio, tornara-se meramente outro obstáculo a ser superado.

Espontânea, indesejada, a imagem da perna fria e decepada na caixa de papelão lhe voltou. Ela se perguntou quando pararia de pensar nisso. As pontas dos dedos que roçaram aquela perna formigaram, uma sensação desagradável. Inconscientemente, ela cerrou o punho no colo.

# 5

*Hell's built on regret.*

> Blue Öyster Cult, "The Revenge of Vera Gemini"
> Letra de Patti Smith

Bem mais tarde, depois de ter colocado Robin em segurança no metrô, Strike voltou ao escritório e se sentou sozinho e em silêncio à mesa dela, perdido em pensamentos.

Ele já vira muitos cadáveres desmembrados, vira-os apodrecendo em covas coletivas e jogados, dilacerados numa explosão recente, por acostamentos de estradas: braços e pernas decepados, a carne triturada, ossos esmagados. A morte não natural era o trabalho da Divisão de Investigação Especial, um setor da Polícia Militar Real que operava à paisana, e a reação reflexa dele e dos colegas costumava ser de humor. Era assim que se conseguia superar quando viam mortos despedaçados e mutilados. O SIB não tinha o luxo de cadáveres lavados e embelezados em caixas forradas de cetim.

Caixas. Esta parecia bem comum, a caixa de papelão em que veio a perna. Nenhuma marca indicando a origem, nenhum sinal de endereçamento anterior, nada. A coisa toda foi tão organizada, tão cuidadosa, tão limpa – e era isso que lhe dava nos nervos, não a perna em si, embora fosse um objeto detestável. O que o alarmava era o *modus operandi* cauteloso, meticuloso, quase cirúrgico.

Strike consultou o relógio. Teria de sair com Elin esta noite. A namorada de dois meses passava pela tortura de um divórcio litigioso que avançava com a fria estratégia de um torneio de xadrez grão-mestre. O ex-marido era muito rico, algo que Strike só percebera na primeira noite em que teve permissão de voltar ao lar conjugal e se viu em um apartamento espaçoso, com piso de madeira e vista para o Regent's Park. Segundo o acordo de guarda compartilhada, ela só podia encontrar Strike nas noites em que a filha de cinco anos não estava em casa, e eles, quando saíam, escolhiam os restaurantes mais tranquilos e mais obscuros da capital porque Elin não queria que o ex-marido soubesse que ela estava saindo com outro. A situação servia perfeitamente a Strike. O eterno problema de seus relacionamentos era o fato de as noites normais de recreação serem aquelas em que ele precisava sair para seguir os parceiros infiéis dos outros, e ele não tinha nenhuma vontade especial de fomentar uma relação próxima com a filha de Elin. Ele não mentira para Robin: não sabia falar com crianças.

Strike pegou o celular. Havia algumas coisas que podia fazer antes de sair para jantar.

A primeira ligação caiu na caixa postal. Ele deixou uma mensagem pedindo que Graham Hardacre, ex-colega da Divisão de Investigação Especial, telefonasse para ele. Não sabia direito onde Hardacre estava lotado agora. Da última vez que se falaram, o ex-colega estava se transferindo da Alemanha.

Para decepção de Strike, o segundo telefonema, a um velho amigo cujo caminho na vida correu mais ou menos na direção contrária do de Hardacre, também não atendeu. Strike deixou uma segunda mensagem, quase idêntica, e desligou.

Puxando a cadeira de Robin para mais perto do computador, ele o ligou e olhou a página inicial sem ver. A imagem que enchia sua mente, inteiramente contra sua vontade, era de sua mãe, nua. Quem sabia onde ficava a tatuagem? O marido dela, evidentemente, e os muitos namorados que entraram e saíram de sua vida, e qualquer outra pessoa que pudesse tê-la visto despida nos prédios abandonados de que eles tomavam posse ou nas comunidades imundas em que moraram intermitentemente. Havia também a possibilidade que lhe ocorreu no Tottenham, mas que ele não se sentiu capaz de contar a Robin: que Leda, a certa altura da vida, tenha sido fotografada nua. Isto combinaria inteiramente com ela.

Seus dedos pairaram acima do teclado. Ele chegou a digitar *Leda Strike nu* antes de deletar, letra por letra, martelando com o indicador furioso. Existiam lugares aos quais nenhum homem normal queria ir, frases que não se queria deixar em seu histórico de busca na internet, mas também, infelizmente, tarefas que não se queria delegar.

Ele contemplou a caixa de busca que esvaziara, o cursor piscando desapaixonadamente para ele, e digitou veloz, em seu estilo habitual de dois dedos: *Donald Laing*.

Eram muitos, principalmente na Escócia, mas ele podia excluir os que estiveram pagando aluguel ou votando em eleições enquanto Laing cumpria pena. Depois de cuidadosa eliminação, tendo em mente a idade aproximada de Laing, Strike estreitou seu foco em um homem que parece ter morado com uma mulher chamada Lorraine MacNaughton, em Corby, no ano de 2008. Os registros de Lorraine MacNaughton diziam que agora ela morava sozinha.

Ele deletou o nome de Laing e o substituiu por *Noel Brockbank*. Eles eram poucos no Reino Unido, menos do que os Donalds Laing, mas Strike chegou a um beco sem saída semelhante. Havia um N. C. Brockbank morando sozinho em Manchester em 2006, mas, se era o homem de Strike, isso significava que ele se separara da mulher. Strike não sabia se isso era bom ou ruim...

Recostando na cadeira de Robin, Strike passou a considerar as consequências prováveis de receber uma perna decepada e anônima. A polícia teria de ir a público procurar informações em breve, mas Wardle prometera a Strike que avisaria antes de dar uma coletiva à imprensa. Uma história tão bizarra e grotesca sempre seria notícia, mas o interesse aumentaria – e não lhe dava prazer refletir nisso – porque a perna fora enviada ao seu escritório. Cormoran Strike agora valia uma menção nos jornais. Ele solucionara dois homicídios bem debaixo do nariz da Polícia Metropolitana, e ambos fascinariam o público mesmo que não tivessem sido solucionados por um detetive particular: o primeiro, por ser a vítima uma linda jovem, o segundo, por ter sido um estranho assassinato ritualístico.

Strike se perguntava como o envio da perna afetaria os negócios da agência que ele se esforçara tanto para construir. Ele não pôde deixar de sentir que as consequências provavelmente seriam sérias. As buscas na internet eram um barômetro cruel da situação. Muito em breve, procurar *Cormoran Strike* no Google não mostraria resultados no alto da página com inflamados louvores a seus dois casos mais famosos e bem-sucedidos, mas o fato brutal de que ele era um homem que recebeu uma parte de um corpo, um homem que tinha pelo menos um inimigo muito sórdido. Strike conhecia bem o público, ou pelo menos a parte insegura, assustada e raivosa dele que era o ganha-pão do detetive particular, para saber que era improvável ser atraído a uma firma que recebia pernas decepadas pelo correio. Na melhor das hipóteses, os novos clientes iriam supor que ele e Robin tinham já problemas demais; na pior, que eles, por imprudência ou inépcia, entraram em algo fora de sua alçada.

Ele estava prestes a desligar o computador quando mudou de ideia e, com uma relutância ainda maior do que a que teve na tarefa de procurar pela mãe nua, digitou *Brittany Brockbank*.

Eram poucas no Facebook, no Instagram, trabalhando para empresas de que ele nunca ouvira falar, sorrindo em selfies. Ele examinou atentamente as imagens. Quase todas tinham seus vinte anos, a idade que ela teria agora. Ele pôde descontar as que eram negras, mas não havia como saber qual das outras, morenas, louras ou ruivas, bonitas ou comuns, fotografadas risonhas, carrancudas ou apanhadas desprevenidas, era aquela que ele procurava. Nenhuma delas usava óculos. Seria ela vaidosa demais para tirar uma foto de óculos? Será que operou os olhos a laser? Talvez ela evitasse as redes sociais. Ela não quis trocar de nome, ele se lembrou disso. Ou talvez o motivo para sua ausência fosse mais fundamental – ela morreu.

Ele olhou o relógio de novo: hora de trocar de roupa.

*Não pode ser ela*, pensou ele, e depois, *tomara que não seja ela*.

Porque, em caso afirmativo, a culpa era dele.

# 6

*Is it any wonder that my mind's on fire?*
Blue Öyster Cult, "Flaming Telepaths"

Robin estava incomumente vigilante ao voltar para casa naquela noite, comparando disfarçadamente cada homem no vagão com a lembrança da figura alta de couro preto que lhe entregara o pacote medonho. Um asiático jovem e magro de terno barato sorriu esperançoso quando ela o olhou nos olhos pela terceira vez; depois disso, ela não tirou os olhos do celular, passeando – quando o sinal permitia – pelo site da BBC e se perguntando, como Strike, quando a perna chegaria aos noticiários.

Quarenta minutos depois de sair do trabalho, ela entrou no grande supermercado Waitrose perto da estação de seu bairro. A geladeira em casa estava quase vazia. Matthew não gostava de comprar comida (embora ele tenha negado isso só uma vez durante sua última briga), e Robin tinha certeza de que ele achava que ela, que colaborava com menos de um terço da renda doméstica, deveria reforçar sua contribuição realizando essas tarefas comuns que não agradavam a ele.

Solteiros de terno enchiam os cestos e carrinhos com refeições prontas. Mulheres que trabalhavam fora passavam apressadas, arrebanhando massa que seria de preparo rápido para a família. Uma jovem mãe de aparência exausta, com um bebezinho aos gritos no carrinho, costurava pelos corredores como uma mariposa grogue, incapaz de se concentrar, um único saco de cenouras no cesto. Robin andou devagar pelos corredores, estranhamente nervosa. Não havia ninguém ali que parecesse o homem de couro preto da moto, ninguém que talvez estivesse à espreita, fantasiando cortar as pernas de Robin... *decepar as minhas pernas...*

— Com licença! – disse uma irritada mulher de meia-idade que tentava alcançar as salsichas. Robin pediu desculpas e deu um passo para o lado, surpresa ao descobrir que segurava um pacote de coxa de frango. Jogando-o no carrinho, ela se afastou rapidamente para o outro lado do supermercado, onde encontrou relativo sossego em meio a vinhos e destilados. Ali, pegou o celular e discou para Strike. Ele atendeu no segundo toque.

— Está tudo bem com você?

— Sim, claro...

— Onde você está?

— No Waitrose.

Um careca baixinho examinava a prateleira de xerez bem atrás de Robin, os olhos no nível de seus peitos. Quando ela se afastou de lado, ele a acompanhou. Robin o olhou feio; ele ficou vermelho e se afastou.

— Bom, você devia estar bem no Waitrose.

— Hmm. – Robin tinha os olhos nas costas do careca, que se retirava. – Escute, pode não ser nada, mas acabo de me lembrar: recebemos algumas cartas estranhas nos últimos meses.

— Cartas de biruta?

— Não comece com isso.

Robin sempre reclamava desse termo genérico. Eles tinham atraído um nível considerável de correspondências bizarras desde que Strike solucionara o segundo homicídio badalado. O mais coerente dos missivistas simplesmente pedia dinheiro, baseando-se no pressuposto de que Strike era agora imensamente rico. Havia os que nutriam estranhos ressentimentos pessoais e desejavam se vingar por intermédio de Strike, aqueles cujas horas de vigília pareciam dedicadas a provar teorias grotescas, outros cujas necessidades e desejos eram tão amorfos e desconexos que a única mensagem que transmitiam era de doença mental, e, por fim ("*isso* parece biruta", dissera Robin), alguns, homens e mulheres, que pareciam achar Strike atraente.

— Endereçadas a você? – perguntou Strike, de repente sério.

— Não, a você.

Ela o ouvia andando pelo apartamento enquanto eles conversavam. Talvez ele saísse com Elin esta noite. Ele nunca falava do namoro. Se Elin não tivesse passado no escritório um dia, Robin achava que nem sequer saberia de sua existência – talvez apenas quando ele aparecesse para trabalhar com uma aliança de casado.

– O que elas diziam? – perguntou Strike.

– Bom, uma delas era de uma mulher que queria decepar a própria perna. Ela pedia conselhos.

– Como é?

– Ela queria decepar a própria perna – enunciou Robin com clareza, e uma mulher que escolhia uma garrafa de vinho rosé lhe lançou um olhar assustado.

– Meu Deus – resmungou Strike. – E você ainda não quer que eu os chame de birutas. Acha que ela conseguiu e pensou que eu gostaria de saber?

– Achei que uma carta assim podia ser relevante – disse Robin em tom de reprimenda. – Algumas pessoas *cortam mesmo* partes do próprio corpo, é um fenômeno conhecido, chamam de... *não é* ser "biruta" – acrescentou ela, prevendo corretamente a reação dele, e Strike riu. – E havia outra, de uma pessoa que assinou só com as iniciais: uma longa carta, falava sem parar da sua perna e que queria compensar você.

– Se queriam me compensar, é de se pensar que teriam mandado uma perna de homem. Será que pareço tão idiota...

– Não – disse ela. – Não brinque com isso. Não sei como você consegue.

– E eu não sei como você não consegue – disse ele, mas com gentileza.

Ela ouviu um som de raspar muito conhecido seguido por um tinido.

– Você está olhando a gaveta dos birutas!

– Não acho que você deva chamar de "gaveta dos birutas", Robin. É meio desrespeitoso com nossos doentes mentais...

– Te vejo amanhã. – Robin sorriu a contragosto e desligou enquanto ele gargalhava.

O cansaço que combatera o dia todo se renovou enquanto ela andava pelo supermercado. O que exigia tanto esforço era decidir o que comer; ela teria achado muito tranquilizador usar apenas uma lista de compras preparada por outra pessoa. Como as mães trabalhadoras que procuram algo rápido para cozinhar, Robin desistiu e escolheu um monte de massa. Na fila do caixa, viu-se bem atrás da jovem cujo filho enfim se cansara e agora dormia como se estivesse morto, de punhos erguidos e olhos bem fechados.

– Que gracinha – disse Robin, sentindo que a garota precisava de estímulo.

– Quando está dormindo – respondeu a mãe com um sorriso amarelo.

Quando entrou em casa, Robin estava verdadeiramente exausta. Para sua surpresa, Matthew esperava de pé por ela no corredor estreito.

– Mas *eu fiz* as compras! – disse ele quando viu as quatro sacolas volumosas nas mãos dela, e Robin ouviu a decepção dele por este gesto grandioso ter sido minado. – Eu te mandei um torpedo avisando que ia ao Waitrose!

– Devo ter deixado passar – disse Robin. – Desculpe.

Provavelmente ela estava ao telefone com Strike. Talvez eles até estivessem no supermercado ao mesmo tempo, mas ela passou metade da visita escondida entre vinhos e destilados.

Matthew avançou de braços estendidos e a puxou num abraço com o que ela sentiu ser uma magnanimidade irritante. Mesmo assim, Robin tinha de admitir que ele, como sempre, estava esplendorosamente lindo com o terno preto, o cabelo castanho e farto afastado da testa.

– Deve ter sido assustador – disse ele em voz baixa, seu hálito quente no cabelo dela.

– Foi mesmo. – Ela passou os braços pela cintura dele.

Eles comeram a massa em paz, sem uma só menção a Sarah Shadlock, Strike ou Jacques Burger. Apagara-se a ambição furiosa daquela manhã, de fazer Matthew reconhecer que foi Sarah, e não ela, que verbalizara admiração pelo cabelo crespo. Robin sentiu que estava sendo recompensada por sua tolerância madura quando Matthew falou num tom de quem se desculpa:

– Vou ter de trabalhar um pouco depois do jantar.

– Tudo bem – disse Robin. – Eu queria dormir cedo mesmo.

Ela levou para a cama um chocolate quente de baixa caloria e um exemplar da *Grazia*, mas não conseguia se concentrar. Depois de dez minutos, levantou-se, pegou o laptop, levou-o para cama e procurou por Jeff Whittaker no Google.

Já havia lido o verbete na Wikipédia, durante uma de suas pesquisas cheias de culpa pelo passado de Strike, mas agora leu com uma atenção maior. Começava com uma advertência conhecida:

> Este artigo contém vários problemas.
>
> Este artigo precisa de referências adicionais para verificação.
>
> Este artigo pode conter pesquisa original.

## Jeff Whittaker

Jeff Whittaker (n. 1969) é um músico mais conhecido pelo casamento com a supergroupie da década de 1970 Leda Strike, a quem ele foi acusado de matar em 1994.[1]
Whittaker é neto do diplomata Sir Randolph Whittaker KCMB DSO.

### Infância e Adolescência

Whittaker foi criado pelos avós. A mãe adolescente, Patricia Whittaker, era esquizofrênica.[carece de fontes] Whittaker nunca soube quem era seu pai.[carece de fontes] Foi expulso da Gordonstoun School depois de puxar uma faca para um funcionário.[carece de fontes] Ele alega que o avô o trancou em um barracão por três dias depois da expulsão, uma acusação negada pelo avô.[2] Whittaker fugiu de casa e viveu como sem-teto por certo período durante a adolescência. Ele também alega ter trabalhado como coveiro.[carece de fontes]

### Carreira Musical

Whittaker foi guitarrista e compôs as letras de uma sucessão de bandas de thrash metal no final dos anos 80 e início dos 90, inclusive Restorative Art, Devilheart e Necromantic.[3][4]

### Vida Pessoal

Em 1991, Whittaker conheceu Leda Strike, ex-namorada de Jonny Rokeby e Rick Fantoni, que trabalhava para a gravadora que pensava em contratar a Necromantic.[carece de fontes] Whittaker e Strike casaram-se em 1992. Em dezembro daquele ano ela deu à luz um filho, Switch LaVey Bloom Whittaker.[5] Em 1993, Whittaker foi expulso da Necromantic por abuso de drogas.[carece de fontes]

Quando Leda Whittaker morreu de overdose de heroína em 1994, Whittaker foi acusado de seu assassinato. Foi inocentado em julgamento.[6][7][8][9]

Em 1995, Whittaker foi preso novamente por agressão e tentativa de sequestro do filho, que estava sob a guarda dos avós de Whittaker. Teve a sentença suspensa pela agressão ao avô.[carece de fontes]

Em 1998, Whittaker ameaçou um colega de trabalho com uma faca e foi condenado a três meses de prisão.[10][11]

Em 2002, Whittaker foi preso por ocultação de cadáver. Descobriu-se que Karen Abraham, com quem ele morava, tivera um ataque cardíaco, mas Whittaker ficou com o corpo no apartamento do casal por um mês.[12][13][14]

Em 2005, Whittaker foi preso por tráfico de crack.[15]

    Robin leu a página duas vezes. Sua concentração estava fraca esta noite. As informações pareciam resvalar pela superfície da mente, sem serem absorvidas. Partes da história de Whittaker se destacavam, patentemente estranhas. Por que alguém esconderia um cadáver por um mês? Será que Whittaker temia ser acusado de homicídio novamente, ou teria sido por outro motivo? Corpos, membros, pedaços de carne morta... Ela bebeu o chocolate quente e fez uma careta. Tinha gosto de poeira aromatizada; na pressão que sentia para estar magra no vestido de noiva, Robin jurara abrir mão do chocolate verdadeiro por um mês.

    Ela recolocou a caneca na mesa de cabeceira, voltando os dedos ao teclado e procurando por imagens do *julgamento de Jeff Whittaker*.

    Uma matriz de fotografias tomou a tela, mostrando dois Whittakers distintos, fotografados com uma diferença de oito anos e entrando e saindo de dois tribunais.

    O Whittaker jovem, acusado de assassinar a mulher, usava dreadlocks presos num rabo de cavalo. Tinha um certo glamour decadente com o terno preto e gravata, alto o suficiente para olhar por cima da cabeça da maioria dos fotógrafos amontoados em torno dele. Tinha as maçãs do rosto bem salientes, a pele amarelada e os olhos grandes muito separados: olhos que podiam ser os de um poeta enlouquecido pelo ópio, ou de um padre herege.

O Whittaker que fora acusado de ocultar o cadáver de outra mulher perdera a beleza de vagabundo. Estava mais gordo, tinha um corte à escovinha grosseiro e barba. Só os olhos bem separados não haviam se alterado, além da aura de arrogância contumaz.

Robin rolou lentamente pelas fotografias. Logo as imagens do que ela pensava como o "Whittaker de Strike" se misturaram a fotos de outros Whittakers que estiveram em julgamentos. Um afro-americano de aparência angelical chamado Jeff Whittaker levou o vizinho a julgamento por permitir que seu cão sujasse repetidas vezes seu gramado.

Por que Strike pensava que o ex-padrasto (ela achava estranho pensar nesses termos, porque ele era apenas cinco anos mais velho do que Strike) lhe mandaria a perna? Ela se perguntou quando teria sido a última vez que Strike vira o homem que ele achava que matou sua mãe. Havia tanto que ela não sabia a respeito do chefe. Ele não gostava de falar do passado.

Os dedos de Robin voltaram às teclas e digitaram *Eric Bloom*.

A primeira coisa que lhe ocorreu, ao olhar as imagens do roqueiro dos anos 1970 vestido de couro, era que ele tinha o cabelo idêntico ao de Strike: basto, escuro e crespo. Isto a lembrou de Jacques Burger e Sarah Shadlock, o que não melhorou em nada seu humor. Ela voltou a atenção aos outros dois homens que Strike mencionara como possíveis suspeitos, mas não conseguia se lembrar dos nomes. Donald não sei o quê. E um nome estranho que começava com B... Em geral, sua memória era excelente. Strike costumava elogiá-la por isso. Por que ela não conseguia se lembrar?

Por outro lado, o que importaria se conseguisse? Pouca coisa pode se fazer num laptop se você quiser encontrar dois homens que podem estar em qualquer lugar. Robin não trabalhava esse tempo todo em uma agência de detetive sem ter plena consciência de que os que usavam pseudônimos, os sem-teto, os que ocupavam casas abandonadas, alugavam acomodações ou não colocavam seus nomes em registros eleitorais podiam facilmente escapar da vasta malha da lista telefônica.

Depois de ficar sentada por vários minutos, refletindo, com a sensação de que de algum modo traía o chefe, Robin digitou *Leda Strike* na caixa de busca e depois, sentindo-se mais culpada do que nunca, *nua*.

A foto era em preto e branco. A jovem Leda posava de braços erguidos, uma longa nuvem de cabelos escuros caindo pelos seios. Mesmo na versão reduzida da foto, Robin distinguia o arco de letras cursivas acima do triângulo escuro de pelos pubianos. Forçando um pouco os olhos, como se de algum modo seus atos fossem atenuados se ela deixasse a imagem meio nebulosa, Robin abriu a foto no tamanho normal. Não queria ter de ampliar, nem precisou. As palavras *Mistress of* eram claramente legíveis.

A ventilação do banheiro foi ligada no cômodo ao lado. Com um sobressalto de culpa, Robin fechou a página que via. Ultimamente, Matthew criara o hábito de pegar seu laptop emprestado, e algumas semanas antes ela o flagrara lendo seus e-mails para Strike. Com isto em mente, ela abriu novamente a página da internet, limpou o histórico de navegação, entrou nas configurações e, depois de refletir por um momento, mudou a senha para DontFearTheReaper. Isto o frustraria.

Ao sair da cama e jogar o chocolate quente na pia da cozinha, ocorreu a Robin que ela não se dera ao trabalho de procurar nenhum detalhe sobre Terence "Digger" Malley. É claro que a polícia estaria mais bem situada do que ela ou Strike para encontrar um gângster de Londres.

*Mas não importa*, pensou, sonolenta, voltando para o quarto. *Não é Malley*.

# 7

## *Good To Feel Hungry*

É claro que se ele tivesse um pingo de juízo – esta era a expressão preferida da mãe, a vaca cruel que ela foi (*Você não tem um pingo de juízo, não é, seu estúpido desgraçado?*) –, se tivesse um pinguinho só, ele não teria seguido A Secretária no dia em que lhe entregou a perna. Só que foi difícil resistir à tentação porque ele não sabia em que momento teria outra oportunidade. O impulso de segui-la novamente o dominara à noite, queria ver como estaria A Secretária, agora que tinha aberto o presente dele.

A partir de amanhã, a liberdade dele seria gravemente reduzida porque a Coisa estaria em casa, e a Coisa exigia sua atenção quando estava presente. Manter a Coisa feliz era muito importante, no mínimo porque era a Coisa que ganhava dinheiro. Estúpida, feia e grata pelo afeto, a Coisa mal percebia que o sustentava.

Depois de ver a Coisa sair para trabalhar naquela manhã, ele se precipitou para fora da casa a fim de esperar pela Secretária na estação perto da casa dela, o que foi uma decisão inteligente, porque ela não foi trabalhar. Ele havia pensado que a chegada da perna podia perturbar sua rotina, e estava certo. Ele quase nunca se enganava.

Ele sabia seguir as pessoas. Em alguns momentos hoje, ele usara um gorro, em outros, sem nada na cabeça. Ficara só de camiseta, depois colocara o casaco, em seguida usara-o pelo avesso, com óculos escuros, sem óculos escuros.

O valor da Secretária para ele – sobretudo o valor que qualquer mulher tinha para ele, se a pegasse sozinha – estava no que ele ia fazer, por intermédio dela, a Strike. A ambição dele de se vingar de Strike – vingar-se permanente e brutalmente – crescera nele e se tornara a ambição central de sua vida. Ele sempre foi assim. Se alguém atravessasse o seu caminho, ficaria marcado, e a certa altura, quando surgisse uma oportunidade, mesmo que levasse anos, levaria o troco. Cormoran Strike o prejudicara mais do que qualquer outro ser humano, e ia pagar um preço justo.

Ele havia perdido o rastro de Strike por vários anos, mas uma explosão de publicidade revelou o filho da puta: celebrado, heroico. Este era o status que *ele* sempre quis, pelo qual ansiava. Foi como beber ácido, engasgar-se com as matérias bajuladoras sobre o escroto, mas ele devorou tudo que pôde, porque para causar o máximo de dano, era preciso conhecer bem o alvo. Ele pretendia infligir tanta dor em Cormoran Strike, uma dor – não humanamente possível, porque ele se conhecia e sabia que era algo mais do que humano – sobre-humanamente possível. Iria muito além de uma facada nas costas no escuro. Não, o castigo de Strike seria mais lento e mais inusitado, assustador, tortuoso, e por fim devastador.

Ninguém jamais saberia o que ele fez. Por que saberiam? Ele escapou de ser detectado três vezes: três mulheres mortas e ninguém tinha nenhuma pista de quem as matara. Ter consciência disso permitia que ele lesse o *Metro* de hoje sem o mais leve sinal de medo; para sentir apenas orgulho e satisfação com os relatos histéricos da perna decepada, saborear o sopro de medo e confusão que se erguia de cada reportagem, a incompreensão lamurienta das massas de ovelhas que sentem o cheiro de um lobo.

Agora ele só precisava que A Secretária desse uma curta caminhada por um trecho deserto de rua... mas Londres palpitava e fervilhava de gente o dia todo e ali estava ele, frustrado e cauteloso, observando-a enquanto rondava a London School of Economics.

Ela também seguia alguém e era fácil ver quem era. O alvo tinha extensões platinadas no cabelo e levava A Secretária, no meio da tarde, por todo o caminho de volta para a Tottenham Court Road.

A Secretária desapareceu dentro de um pub na calçada oposta de uma boate de lap-dancing em que entrou seu alvo. Ele debateu consigo mesmo se iria atrás dela, mas hoje ela parecia perigosamente atenta, assim ele entrou em um restaurante japonês barato com janelas para a frente do pub, pegou uma mesa próxima do vidro e esperou que ela surgisse.

Isto aconteceria, disse a si mesmo, olhando fixamente a rua movimentada através dos óculos. Ele a pegaria. Precisava se agarrar a este pensamento, porque esta noite ele teria de voltar para a Coisa e à meia-vida, a vida de mentira que permitia que o verdadeiro Ele caminhasse e respirasse em segredo.

A janela suja e manchada de Londres refletia sua expressão a nu, sem a capa civilizada que ele usava para seduzir as mulheres que caíam presas de seu charme e de suas facas. À tona, subira a criatura que vivia dentro dele, a criatura que nada queria além de estabelecer o seu domínio.

# 8

*I seem to see a rose,*
*I reach out, then it goes.*

Blue Öyster Cult, "Lonely Teardrops"

Como Strike havia calculado desde que a notícia da perna decepada chegou à imprensa, seu velho conhecido Dominic Culpepper, do *News of the World*, entrou em contato com ele no início da manhã de terça-feira em avançado estado de cólera. O jornalista recusou-se a aceitar que Strike pudesse ter motivos legítimos para decidir não procurar por ele no exato segundo em que percebeu que tinha recebido um membro amputado, e Strike mais tarde agravou esta ofensa rejeitando o convite para manter Culpepper informado de cada nova evolução no caso em troca de uma polpuda comissão. No passado, Culpepper pagara para saber do trabalho de Strike e o detetive desconfiava, ao encerrar o telefonema, que dali em diante esta fonte de renda estaria seca para ele. Culpepper não era um homem satisfeito.

Strike e Robin só se falaram no meio da tarde. Strike, que trazia uma mochila, telefonou de um trem lotado da Heathrow Express.

– Onde você está? – perguntou.

– No pub na frente da Spearmint Rhino – disse ela. – O nome é The Court. E você?

– Voltando do aeroporto. O Pai Maluco entrou no avião, graças a Deus.

O Pai Maluco era um rico banqueiro internacional que Strike seguia a mando da esposa. O casal passava por uma batalha litigiosa pela guarda dos filhos. A partida do marido para Chicago implicaria que Strike teria uma folga de algumas noites e não precisaria observá-lo sentado no carro, na frente da casa da esposa às quatro da manhã, os óculos de visão noturna apontados para a janela dos filhos.

— Vou me encontrar com você aí – disse Strike. – Fique onde está... a não ser que a Platinada esteja se agarrando com alguém, é claro.

A Platinada era estudante russa de economia e lap-dancer. O cliente deles era o namorado dela, um homem que Strike e Robin apelidaram de "Duas Vezes", em parte porque esta era a segunda vez que eles investigavam uma namorada loura para ele, e também porque o homem parecia viciado em descobrir onde e como as amantes o traíam. Robin achava o Duas Vezes sinistro e ao mesmo tempo digno de pena. Ele conhecera a Platinada na boate que agora Robin vigiava, e Robin e Strike foram encarregados de descobrir se outro homem recebia os favores adicionais que ela agora dedicava ao Duas Vezes.

O estranho era que o Duas Vezes, por menos que acreditasse ou gostasse disso, desta vez parecia ter arranjado uma namorada atipicamente monógama. Depois de vigiar seus movimentos por várias semanas, Robin descobriu que na maior parte do tempo ela era uma criatura solitária, que almoçava sozinha com os livros e raras vezes interagia com colegas.

— É óbvio que ela está trabalhando na boate para pagar os estudos – dissera Robin, indignada, a Strike, depois de segui-la por uma semana. – Se o Duas Vezes não quer outros homens babando por ela, por que ele não a ajuda financeiramente?

— A atração principal é que ela faz lap-dancing para outros homens – respondera Strike com paciência. – Estou surpreso que ele tenha levado esse tempo todo para arrumar uma mulher feito ela. Atende a todas as expectativas dele.

Strike esteve na boate logo depois de eles pegarem o caso e contratou os serviços de uma morena de olhos tristes com o improvável nome de Raven para ficar atenta à namorada de seu cliente. Raven devia passar um relatório uma vez por dia, contar o que a Platinada estava fazendo e informar imediatamente se a russa parecesse dar o número de seu telefone ou ser excessivamente atenciosa com algum cliente. As regras da boate proibiam o toque ou o aliciamento, mas o Duas Vezes ainda estava convencido ("que cretino triste", disse Strike) de que ele era só um entre os muitos homens que a levavam para jantar e dividiam sua cama.

— Ainda não entendo por que temos de vigiar o lugar. – Robin suspirou ao telefone, e não pela primeira vez. – Podíamos receber os telefonemas de Raven em qualquer lugar.

– Você sabe por quê – disse Strike, que se preparava para desembarcar. – Ele gosta das fotografias.

– Mas são apenas dela entrando e saindo do trabalho.

– Não importa. Isso o excita. Além do mais, ele está convencido de que um dia desses ela vai sair da boate com algum oligarca russo.

– Você nunca se sente sujo com esse tipo de coisa?

– São os riscos ocupacionais – disse Strike, despreocupado. – Vejo você daqui a pouco.

Robin esperou em meio ao papel de parede dourado e florido. Cadeiras de brocado e luminárias descasadas formavam um forte contraste com os enormes televisores de plasma que exibiam futebol e propagandas da Coca-Cola. A pintura era no tom de tecido cru, na moda, com que a irmã de Matthew recentemente pintara a sala de estar. Robin achava a cor deprimente. Sua visão da entrada da boate era um tanto obstruída pelo corrimão de madeira de uma escada para o andar de cima. Lá fora, o fluxo constante do tráfego seguia nas duas mãos, muitos ônibus vermelhos de dois andares obstruindo temporariamente a vista da frente da boate.

Strike chegou, aparentando irritação.

– Perdemos Radford – disse ele, largando a mochila ao lado da mesa alta junto à janela onde Robin estava. – Ele me telefonou há pouco.

– Não!

– É. Ele acha que você virou notícia demais para ser plantada no escritório dele agora.

A imprensa tinha a história da perna decepada desde às seis da manhã. Wardle cumprira a palavra empenhada a Strike e o avisara antecipadamente. O detetive conseguira sair do seu apartamento no sótão de madrugada, com roupas suficientes na bolsa de viagem para se ausentar por alguns dias. Ele sabia que a imprensa logo estaria vigiando o escritório, e não seria a primeira vez.

– E – disse Strike, voltando a Robin com uma cerveja na mão e se acomodando numa banqueta – Khan também deu para trás. Vai procurar uma agência que não atraia pedaços de corpo.

– *Bosta* – disse Robin, depois: – Por que esse sorrisinho?

– Por nada. – Ele não queria dizer a ela que sempre gostava quando ela falava "bosta". Realçava a Yorkshire latente em seu sotaque.

— Eram trabalhos bons! — disse Robin.

Strike concordou, de olhos na entrada da Spearmint Rhino.

— Como está a Platinada? Raven telefonou?

Como Raven tinha acabado de telefonar, Robin pôde informar a Strike que, como sempre, não havia novidade nenhuma. A Platinada era popular com os fregueses e até agora fizera três lap-dances que aconteceram com total propriedade, de acordo com as regras do estabelecimento.

— Leu as reportagens? — perguntou ele, apontando para um exemplar do *Mirror* abandonado numa mesa próxima.

— Só pela internet — disse Robin.

— Com sorte receberemos alguma informação — disse Strike. — Alguém deve ter notado a falta de uma perna.

— Ah! ah! — disse Robin.

— Sem graça?

— É — disse Robin com frieza.

— Consegui alguma coisa pela internet ontem à noite — disse Strike. — Brockbank pode ter estado em Manchester em 2006.

— Como você sabe que é o homem certo?

— Não sei, mas o cara tem mais ou menos a idade certa, a inicial do meio certa...

— Você se lembra da inicial do nome do meio dele?

— Lembro — disse Strike. — Mas parece que ele não está mais lá. A mesma história com Laing. Tenho certeza de que ele tinha um endereço em Corby em 2008, mas ele se mudou. Há quanto tempo — acrescentou Strike, fixo no outro lado da rua — aquele sujeito de casaco de camuflagem e óculos escuros está naquele restaurante?

— Cerca de meia hora.

Pelo que Strike podia dizer, o homem de óculos escuros o estava olhando também, encarando do outro lado da rua pelas janelas. Ombros largos e pernas compridas, ele parecia grande demais para a cadeira prateada. Com os reflexos do trânsito e dos pedestres que deslizavam pela janela, Strike não podia ter certeza, mas ele parecia ter uma barba por fazer.

— Como é lá dentro? — perguntou Robin, apontando as portas duplas da Spearmint Rhino abaixo do pesado toldo de metal.

— Na boate de strip? — perguntou Strike, surpreso.

– Não, no restaurante japonês – disse Robin com sarcasmo. – É claro que é na boate.

– É legal – disse ele, sem ter muita certeza do que ela perguntava.

– Como é na aparência?

– Ouro. Espelhos. Luzes baixas. – Quando ela o olhou com expectativa, ele disse: – Tem uma barra vertical no meio, onde elas dançam.

– Não tem lap-dances?

– Existem salas privativas para isso.

– O que as garotas vestem?

– Sei lá... não é muita coisa...

O celular dele tocou: Elin.

Robin virou a cara, brincando com o que pareciam óculos de leitura na mesa diante dela, mas que na realidade continham a microcâmera com a qual ela fotografava os movimentos da Platinada. Ela achara esse dispositivo empolgante quando Strike lhe deu, mas a emoção passara havia muito tempo. Robin bebeu o suco de tomate e olhou pela janela, tentando não escutar o que Strike e Elin conversavam. Ele sempre parecia prático quando estava ao telefone com a namorada, mas era difícil imaginar Strike murmurando palavras carinhosas com alguém. Matthew a chamava de "Robsy" e "Rosy-Posy" quando estava de bom humor, o que ultimamente não acontecia com frequência.

– ... na casa de Nick e Ilsa – dizia Strike. – É. Não, concordo... tá... tudo bem... você também.

Ele encerrou a ligação.

– É lá que você vai ficar? – perguntou Robin. – Com Nick e Ilsa?

Eles eram os dois amigos mais antigos de Strike. Ela conhecera o casal em algumas visitas ao escritório e gostara deles.

– É, eles disseram que posso ficar lá o tempo que quiser.

– Por que não com Elin? – Robin arriscou-se à rejeição, porque tinha plena consciência do limite que Strike preferia manter entre a vida pessoal e a profissional.

– Não daria certo. – Ele não parecia irritado que ela tivesse perguntado, mas também não mostrou nenhuma inclinação para esclarecer. – Eu me esqueci – acrescentou ele, olhando o Japanese Canteen do outro lado da rua.

A mesa do homem de casaco de camuflagem e óculos escuros agora estava desocupada. – Comprei isso para você.

Era um alarme antiestupro.

– Já tenho um. – Robin o tirou do bolso do casaco e mostrou a ele.

– Eu sei, mas este é melhor. – Strike lhe mostrou as características. – Você precisa de um alarme de no mínimo 120 decibéis, e este espirra um líquido vermelho e indelével neles.

– O meu faz 140 decibéis.

– Ainda acho que este é melhor.

– Por acaso é mania de homem pensar que qualquer aparelho que tenha escolhido é superior a qualquer coisa que eu possua?

Ele riu e terminou a cerveja.

– Te vejo mais tarde.

– Aonde você vai?

– Vou me encontrar com Shanker.

O nome era desconhecido para Robin.

– O cara que às vezes me dá dicas que posso barganhar com a Metropolitana – explicou Strike. – O cara que me contou quem apunhalou aquele informante da polícia, lembra? Que me recomendou como bandido àquele gângster?

– Ah – disse Robin. – Ele. Você nunca me disse o nome dele.

– Shanker é minha melhor chance de descobrir onde está Whittaker – disse Strike. – Talvez ele também tenha alguma informação sobre Digger Malley. Ele anda com a mesma turma.

Ele estreitou os olhos para o outro lado da rua.

– Fique de olho naquele casaco de camuflagem.

– Você está nervoso.

– É claro que estou nervoso, Robin – disse ele, pegando um maço de cigarros preparado para a curta caminhada ao metrô. – Alguém nos mandou uma merda de uma perna.

# 9

*One Step Ahead of the Devil*

Ver Strike na carne mutilada, andando pela calçada do outro lado da rua na direção do Court, foi um bônus inesperado.

Mas que gordo escroto ele se tornara desde que os dois se viram da última vez, agora andando pela rua, carregando a mochila como o soldadinho burro que um dia foi, sem perceber que o homem que lhe mandara uma perna estava sentado a menos de cinquenta metros dali. Mas que grande detetive! No pub, ele foi se encontrar com a Secretariazinha. Quase certamente trepava com ela. Pelo menos assim ele esperava. Isto tornaria ainda mais satisfatório o que ele ia fazer com ela.

E então, enquanto olhava pelos óculos escuros a figura de Strike sentando-se junto da janela do pub, ele achou que Strike se virou e olhou. É claro que ele não podia distinguir feições do outro lado da rua, através de duas vidraças e com suas próprias lentes escuras, mas algo na atitude da figura distante, o rosto de lua cheia voltado para o seu lado, provocou-lhe um pico alto de tensão. Eles se olharam pela rua e o trânsito roncava nas duas direções, bloqueando intermitentemente a visão um do outro.

Ele esperou até que três ônibus de dois andares se arrastassem frente com traseira no espaço entre eles e escapuliu da cadeira, passou pelas portas de vidro do restaurante e entrou numa transversal. A adrenalina disparava enquanto ele tirava o casaco de camuflagem e o virava pelo avesso. Não podia jogar no lixo: suas facas estavam escondidas no forro. Virando outra esquina, ele correu desabalado.

# 10

*With no love, from the past.*
Blue Öyster Cult, "Shadow of California"

O trânsito ininterrupto obrigou Strike a parar e esperar para atravessar a Tottenham Court Road, os olhos percorrendo a calçada oposta. Quando chegou ao outro lado da rua, espiou pela janela do restaurante japonês, mas não viu nenhum casaco de camuflagem, e nenhum dos homens de camisa ou camiseta e óculos escuros tinha o mesmo tamanho ou constituição física.

Strike sentiu o celular vibrar e o tirou do bolso do casaco. Robin mandara uma mensagem de texto:

**Acalme-se.**

Sorrindo, Strike levantou a mão numa despedida para as janelas do Court e foi para o metrô.

Talvez ele estivesse nervoso, como Robin havia dito. Quais eram as chances de o biruta que mandou a perna estar sentado, observando Robin em plena luz do dia? Entretanto, ele não gostara do olhar fixo daquele homem parrudo de casaco de camuflagem, nem do fato de ele estar de óculos escuros: o dia não estava tão claro assim. Terá sido uma coincidência ou proposital o desaparecimento dele enquanto a visão de Strike estava obstruída?

O problema era que Strike não podia confiar muito em suas lembranças da aparência dos três homens que agora o preocupavam, porque não via Brockbank havia oito anos, Laing havia nove e Whittaker, 16. Qualquer um deles podia ter engordado ou se acabado nesse período, perdido cabelo, ficado barbudo ou com bigode, incapacitado ou musculoso. O próprio Strike perdera uma perna desde que pôs os olhos pela última vez em qualquer um deles. A única coisa que ninguém pode disfarçar é a altura. Os três homens que preocupavam Strike tinham cerca de um metro e oitenta ou mais, e o Casaco de Camuflagem parecia ter pelo menos essa altura naquela cadeira de metal.

O telefone tocou no bolso enquanto ele andava até a estação Tottenham Court Road e ao tirá-lo ele viu, para seu prazer, que era Graham Hardacre. Afastando-se para o canto a fim de não impedir a passagem dos pedestres, ele atendeu.

– Oggy? – disse a voz do ex-colega. – O que é que tá pegando, amigo? Por que estão mandando pernas para você?

– Devo pensar que você não está na Alemanha? – disse Strike.

– Edimburgo, há seis semanas. Acabei de ler sobre você no *Scotsman*.

A Divisão de Investigação Especial da Polícia Militar Real tinha um escritório no Castelo de Edimburgo: a Seção 35. Era um posto de prestígio.

– Hardy, preciso de um favor – disse Strike. – Informações sobre uns caras. Lembra-se de Noel Brockbank?

– É difícil esquecer. Sétima Blindada, se não me falha a memória?

– Ele mesmo. O outro é Donald Laing. Estava lá antes de eu conhecer você. Do regimento King's Own Royal Borderers. Eu o conheci em Chipre.

– Verei o que posso fazer quando voltar ao escritório, parceiro. No momento, estou no meio de um campo arado.

O bate-papo sobre conhecidos mútuos foi abreviado pelo barulho cada vez maior do trânsito da hora do rush. Hardacre prometeu telefonar assim que desse uma olhada nos registros do exército, e Strike continuou na direção do metrô.

Saiu na estação Whitechapel trinta minutos depois, achando uma mensagem de texto do homem que ele deveria encontrar.

**Foi mal Bunsen hoje não posso te ligo depois**

Isto foi ao mesmo tempo decepcionante e inconveniente, mas não era surpresa nenhuma. Considerando que Strike não levava uma partida de drogas nem uma pilha grande de notas usadas, e que ele não precisava de intimidação ou espancamento, era um sinal de grande estima que Shanker tivesse pelo menos condescendido em marcar hora e local para um encontro.

O joelho de Strike reclamava depois de um dia de pé, mas não havia onde se sentar na estação. Ele se recostou na parede de tijolos amarelos ao lado da entrada e ligou para o número de Shanker.

– E aí, beleza, Bunsen?

Assim como não se lembrava mais de por que Shanker era chamado de Shanker, Strike não sabia mais o motivo para Shanker chamá-lo de Bunsen. Eles se conheceram quando tinham 17 anos, e a ligação entre os dois, embora profunda a sua maneira, não trazia o estigma habitual da amizade adolescente. Na realidade, não fora uma amizade no sentido comum, parecia mais uma fraternidade forçada. Strike tinha certeza de que Shanker lamentaria sua morte quando acontecesse, mas estava igualmente certo de que roubaria todos os pertences valiosos de seu cadáver, se ficasse a sós com ele. O que outros talvez não fossem entender é que Shanker faria isto acreditando que Strike ficaria feliz, no além onde estivesse, ao pensar que era ele, Shanker, que tinha sua carteira, e não um oportunista anônimo qualquer.

– Está ocupado, Shanker? – perguntou Strike, acendendo outro cigarro.

– Tô, Bunsen, hoje não dá. O que que tá pegando?

– Procuro por Whittaker.

– Quer dar cabo dele, é?

A alteração no tom de Shanker teria alarmado qualquer um que se esquecesse de quem era Shanker, do que ele era. Para Shanker e seus parceiros, não havia fim adequado para um ressentimento senão a morte e, por conseguinte, ele passou metade da vida adulta atrás das grades. Strike estava surpreso de Shanker ter sobrevivido além dos trinta.

– Eu só quero saber onde ele está – disse Strike, num tom de reprimenda.

Ele duvidava de que Shanker tivesse tomado conhecimento da perna. Shanker vivia em um mundo em que as notícias eram de interesse estritamente pessoal e transmitidas boca a boca.

– Posso dar uma perguntada por aí.

– As taxas de sempre – disse Strike, que tinha um acordo permanente com Shanker para informações úteis. – E... Shanker?

O velho amigo tinha o hábito de desligar de repente quando sua atenção era desviada.

— Tem mais? — quis saber Shanker, a voz voltando a se aproximar enquanto ele falava. Strike estava certo ao pensar que o amigo afastara o celular da orelha, supondo que a conversa dos dois tivesse terminado.

— Tem — disse Strike. — Digger Malley.

O silêncio do outro lado da linha expressou com eloquência o fato de que Shanker não se esquecia do que era Strike, assim como Strike jamais se esquecia do que Shanker era.

— Shanker, isso fica entre nós dois, mais ninguém. Você nunca falou de mim com Malley, falou?

Depois de uma pausa, e usando sua voz mais perigosa, Shanker respondeu.

— Por que merda eu faria isso?

— Só tive de perguntar. Vou explicar quando me encontrar com você.

O silêncio perigoso continuou.

— Shanker, quando foi que eu te dedurei? — perguntou Strike.

Outro silêncio mais curto, depois Shanker falou no que, para Strike, era sua voz normal:

— Tá, tudo bem. Whittaker, né? Vou ver o que dá pra fazer, Bunsen.

A linha ficou muda. Shanker não costumava se despedir.

Strike suspirou e acendeu outro cigarro. A ida até ali fora inútil. Ele pegaria um trem para voltar assim que terminasse seu Benson & Hedges.

A entrada da estação dava em uma espécie de pátio de concreto cercado de construções no fundo. O Gherkin, aquele prédio que parecia um projétil preto e gigantesco, cintilava no horizonte distante. Não estava lá vinte anos antes, durante a curta permanência da família de Strike em Whitechapel.

Olhando em volta, Strike não teve uma sensação de volta ao lar nem de nostalgia. Não conseguia se lembrar desse trecho de concreto, desse fundo indefinido de prédios. Até a estação lhe era pouco familiar. A série interminável de mudanças e reviravoltas que caracterizaram a vida com sua mãe ofuscara a lembrança de determinados lugares; às vezes ele esquecia que loja de esquina pertencera a que prédio arruinado, que pub do bairro ficava ao lado de que prédio abandonado que ocuparam.

Ele pretendia voltar ao metrô e, mesmo antes que tivesse consciência disso, estava andando na direção do único lugar em Londres que evitara por dezessete anos: o prédio onde a mãe havia morrido. Tinha sido a última ocupação de Leda, uma construção de dois andares abandonada e decrépita na Fulbourne Street, a mais ou menos um minuto da estação. Durante a caminhada, Strike começou a se lembrar. É claro: ele tinha atravessado esta ponte de metal sobre a ferrovia na época do seu preparatório para a faculdade. Ele se lembrava do nome também, Castlemain Street... sem dúvida uma das colegas do preparatório, uma garota que tinha língua presa, morava ali...

Ele reduziu o passo ao chegar ao final da Fulbourne Street e deparou-se com uma dupla impressão estranha. A vaga lembrança do lugar, enfraquecida obviamente por suas deliberadas tentativas de esquecer, revelava-se como uma transparência desbotada sobre a cena diante de seus olhos. Os prédios estavam tão dilapidados quanto em sua memória, o reboco branco descascava nas fachadas, mas o comércio e as lojas eram totalmente desconhecidos. Parecia que ele havia retornado a uma paisagem onírica onde a cena se alterava e transmutava. É claro que tudo era impermanente nas áreas pobres de Londres, onde o comércio, mesmo em tempos prósperos, era frágil, crescia e desaparecia, sendo substituído: placas baratas presas e retiradas; gente que passou, gente que morreu.

Ele levou um ou dois minutos para identificar a porta do que um dia foi a casa, porque havia se esquecido do número. Enfim a encontrou, ao lado de uma loja que vendia roupas baratas das variedades asiática e ocidental que, nos tempos dele, ele pensava ter sido um supermercado West Indian. A caixa de correio de bronze lhe provocou um estranho golpe de memória. Ela chocalhava alto sempre que alguém entrava ou saía pela porta.

*Merda, merda, merda...*

Acendendo um segundo cigarro com a guimba do primeiro, ele entrou rapidamente na Whitechapel Road, onde ficava o mercado público: mais roupas baratas, uma multiplicidade de produtos espalhafatosos de plástico. Strike acelerou o passo, andando não sabia bem por onde, e alguns lugares por onde passava desencadeavam outras lembranças: aquele salão de sinuca que ficava ali dezessete anos atrás... e ali tinha o Bell Foundry... e agora as lembranças erguiam-se e queriam mordê-lo, como se ele tivesse pisado em um ninho de serpentes adormecidas...

Ao se aproximar dos quarenta anos, a mãe começara a procurar homens mais novos, mas Whittaker foi o mais jovem de todos: 21 quando ela começou a dormir com ele. O filho tinha 16 quando ela levou Whittaker para casa pela primeira vez. O músico parecia acabado mesmo nessa época, tinha cavidades amareladas sob os olhos muito separados, que eram de um castanho dourado impressionante. O cabelo preto com dreadlocks caía nos ombros; ele vivia com a mesma camiseta e o mesmo jeans, e por conseguinte fedia.

Uma expressão batida ficava ecoando na cabeça de Strike, no ritmo de seus passos, enquanto ele andava pela Whitechapel Road.

*Escondido em plena luz do dia. Escondido em plena luz do dia.*

É claro que as pessoas o julgariam obcecado, tendencioso, incapaz de esquecer. Diriam que seus pensamentos saltaram para Whittaker quando ele viu a perna na caixa porque ele jamais superou o fato de Whittaker ter sido liberado da acusação de matar a mãe de Strike. Mesmo que Strike explicasse seus motivos para suspeitar de Whittaker, provavelmente ririam da ideia de que um amante escancarado do perverso e do sádico pudesse decepar a perna de uma mulher. Strike sabia o quanto era profundamente arraigada a crença de que os maus escondem suas predileções perigosas pela violência e a dominação. Quando eles as usam como pulseiras à vista de todos, o populacho crédulo ri, chama de atitude ou acha estranhamente atraente.

Leda conhecera Whittaker na gravadora onde ela trabalhava como recepcionista, uma parte pequena e viva da história do rock empregada como uma espécie de totem na mesa da frente. Whittaker, que tocou guitarra e compôs as letras de uma sucessão de bandas de thrash metal que, uma por uma, o expulsaram devido a seu abuso de drogas, histrionismo e agressividade, alegava ter conhecido Leda enquanto procurava um contrato de gravação. Leda, porém, confidenciara a Strike que o primeiro encontro dos dois aconteceu quando ela tentava convencer os seguranças a não ser tão grosseiros com o jovem que expulsavam. Ela o levou para casa e Whittaker nunca mais foi embora.

O Strike de 16 anos não sabia bem se o prazer escancarado e exultante de Whittaker com tudo que fosse sádico e demoníaco era autêntico ou uma representação. Só sabia que abominava Whittaker com um ódio visceral que transcendia qualquer coisa que ele tenha sentido por qualquer dos outros amantes que Leda pegou e depois abandonou. Ele fora obrigado a respirar o fedor do homem ao fazer os deveres de casa à noite; quase podia sentir o gosto dele. Whittaker tentava paternalizar o adolescente – explosões súbitas e comentários irascíveis revelavam uma articulação de ideias que ele tinha o cuidado de esconder quando desejava se insinuar com os amigos menos instruídos de Leda – mas Strike era ágil em seus próprios comentários mordazes e respostas cretinas e tinha a vantagem de ser menos chapado do que Whittaker, ou pelo menos chapado apenas como alguém que vivia numa névoa constante de fumaça de maconha. Longe dos ouvidos de Leda, Whittaker escarnecia da determinação de Strike de continuar seus estudos interrompidos com frequência. Whittaker era alto, magro e rijo, surpreendentemente musculoso para alguém que levava uma vida quase inteiramente sedentária; Strike já havia passado do metro e oitenta e lutava boxe em um clube local. A tensão entre os dois endurecia o ar enfumaçado sempre que eles estavam presentes, a ameaça de violência era constante.

Whittaker afastara para sempre a meia-irmã de Strike, Lucy, com suas intimidações, insultos e zombarias sexuais. Ele se pavoneava pela casa nu, coçando o tronco tatuado, rindo da mortificação da menina de 14 anos. Certa noite, ela correu à cabine telefônica da esquina e implorou aos tios da Cornualha que fossem buscá-la. Eles chegaram ao amanhecer do dia seguinte, dirigindo a noite toda desde St. Mawes. Lucy estava pronta com seus poucos pertences em uma mala pequena. Ela nunca mais voltou a morar com a mãe.

Ted e Joan ficaram à soleira da porta e pediram a Strike que fosse também. Ele se recusara, sua determinação endurecendo a cada súplica feita por Joan, decidido a aguentar Whittaker, a não deixá-lo a sós com a mãe. Agora ele ouvia Whittaker falando com lucidez sobre como era levar a vida, como se fosse um banquete epicurista. Na época, ele não acreditava que Whittaker falasse sério, mas sabia que ele era capaz de violência e o vira ameaçar os companheiros de casa. Uma vez – Leda se recusou a acreditar que tinha acontecido –, Strike viu Whittaker tentar espancar um gato que o acordara de um cochilo sem querer. Strike arrancara a pesada bota da mão de Whittaker enquanto ele perseguia o gato apavorado pela sala, ameaçando-o, gritando e xingando, decidido a fazer o animal pagar.

O joelho no qual estava encaixada a prótese começava a reclamar enquanto Strike andava a um passo cada vez mais acelerado pela rua. O pub Nag's Head ergueu-se à direita como se ele o tivesse conjurado, atarracado, quadrado e de tijolos. Somente à porta, ele viu o segurança vestido de preto e se lembrou de que o Nag's Head hoje em dia era outra boate de lap-dancing.

– Saco – resmungou ele.

Ele não fazia objeção a mulheres seminuas girando em volta dele enquanto desfrutava de uma cerveja, mas não podia justificar o preço exorbitante das bebidas num estabelecimento desses, não quando perdera dois clientes em um dia só.

Assim, entrou na primeira Starbucks que encontrou, achou um lugar e apoiou a perna dolorida em uma cadeira vaga, mexendo, de mau humor, um café puro e grande. Os sofás moles cor de terra, os copos altos de expresso com espuma à moda americana, os jovens bonitos trabalhando com uma eficiência tranquila atrás de um balcão de vidro limpo: certamente este era o antídoto perfeito para o espectro fedorento de Whittaker, mas ainda assim Strike não se livrava dele. Viu-se incapaz de não reviver tudo, recordando-se...

Enquanto ele morava com Leda e o filho, o histórico de delinquência juvenil e violência de Whittaker era conhecido apenas da assistência social do norte da Inglaterra. As histórias que ele contava de seu passado eram inúmeras, muito fantasiosas e em geral contraditórias. Só depois de ter sido preso por homicídio é que a verdade vazou, de gente de seu passado que acabou aparecendo, alguns na esperança de ganhar dinheiro da imprensa, outros decididos a se vingar dele, outros ainda tentando defendê-lo a sua maneira atrapalhada.

Ele havia nascido em uma família de classe média alta endinheirada chefiada por um diplomata com título de cavaleiro que Whittaker acreditava, até os 12 anos, ser seu pai. Àquela altura, ele descobriu que a irmã mais velha, que ele foi levado a crer estar em Londres trabalhando como professora montessoriana, na realidade era a mãe dele, tinha graves problemas com álcool e drogas e morava na pobreza e no abandono, ignorada pela família. Daí em diante, Whittaker, já uma criança problema com tendência a explosões de extremo mau gênio, durante as quais atacava sem discriminar ninguém, tornou-se decididamente rebelde. Expulso do colégio interno, uniu-se a uma gangue local e logo se tornou chefe, uma fase que culminou em um período trancafiado em uma instituição correcional porque ele segurou uma lâmina no pescoço de uma jovem enquanto os amigos a agrediam sexualmente. Aos 15 anos, fugiu para Londres, deixando um rastro de crimes insignificantes, e finalmente conseguiu localizar a mãe biológica. Um reencontro breve e entusiasmado quase se deteriorou de imediato em violência e animosidade mútuas.

– Alguém está usando essa?

Um jovem alto se curvara sobre Strike, as mãos já segurando o encosto da cadeira em que descansava a perna do detetive. Ele lembrava o noivo de Robin, Matthew, com o cabelo castanho ondulado e a beleza certinha. Com um resmungo, Strike retirou a perna, balançou a cabeça e viu o sujeito se afastar levando a cadeira, reunindo-se a um grupo de mais ou menos seis pessoas. As mulheres ali estavam ansiosas pela volta dele, Strike notou: endireitaram as costas e sorriram radiantes enquanto ele baixava a cadeira e se juntava a elas. Quer fosse pela semelhança com Matthew, ou porque ele levara a cadeira de Strike, ou porque Strike genuinamente percebia um idiota quando via um, ele achou o jovem obscuramente censurável.

Com o café inacabado, mas ressentido por ter sido perturbado, Strike colocou-se de pé e saiu. Gotas de chuva o atingiram enquanto voltava pela Whitechapel Road, novamente fumando e agora sem se dar ao trabalho de resistir ao maremoto de lembranças que o levavam...

Whittaker tinha uma necessidade quase patológica de atenção. Ressentia-se de que o foco de Leda fosse desviado dele a qualquer momento e por qualquer motivo – pelo emprego dela, os filhos, os amigos – e voltava seu brilho de charme hipnótico para outras mulheres sempre que a considerava desatenciosa. Até Strike, que o odiava como a uma doença, tinha de reconhecer que Whittaker era dono de um forte sex appeal que funcionava sobre quase toda mulher que passava pela casa.

Expulso de sua mais recente banda, Whittaker ainda sonhava com o estrelato. Conhecia três acordes na guitarra e cobria cada folha de papel que não escondiam dele com letras fortemente inspiradas na Bíblia Satânica, que Strike lembrava-se de ficar no colchão em que Leda e Whittaker dormiam, a capa preta decorada com um pentagrama combinado com uma cabeça de cabra. Whittaker tinha um vasto conhecimento da vida e da carreira do líder de culto americano Charles Manson. O som arranhado de um antigo vinil do álbum de Manson, *LIE: The Love and Terror Cult*, foi a trilha sonora dos últimos anos de ensino médio de Strike.

Whittaker estava familiarizado com a lenda de Leda quando a conheceu, e gostava de ouvir sobre as festas a que ela foi, os homens com quem dormiu. Por intermédio dela, ele se ligava aos famosos e Strike, à medida que o conhecia melhor, concluía que Whittaker desejava a celebridade acima de quase qualquer coisa. Para ele, não havia distinção moral entre seu venerado Manson e gente como Jonny Rokeby, astro do rock. Ambos tinham se fixado permanentemente na consciência popular. Na verdade, Manson obtivera mais sucesso nisso, porque seu mito não flutuaria com a moda: o mal despertava um fascínio eterno.

Entretanto, não foi só a fama de Leda que atraiu Whittaker. A amante tinha criado filhos de dois ricos astros do rock que pagavam pensão alimentícia. Whittaker entrara na casa ocupada com a clara impressão de que fazia parte do estilo de Leda morar na boemia empobrecida, mas que em algum lugar por perto havia um vasto reservatório em que os pais de Strike e Lucy – respectivamente, Jonny Rokeby e Rick Fantini – despejavam dinheiro. Parecia que ele não entendia ou não acreditava na verdade: que os anos de má gestão e dissipação financeira de Leda levaram os dois homens a suspender o dinheiro para que Leda não esbanjasse. Aos poucos, com o passar dos meses, eram mais frequentes as piadas e comentários maldosos de Whittaker relativos à relutância de Leda de gastar dinheiro com ele. Houve ataques de birra grotescos quando Leda não pagou por uma Fender Stratocaster pela qual ele se apaixonara, não comprou para ele a jaqueta de veludo Jean Paul Gaultier que ele, embora fosse fedorento e desgrenhado, subitamente queria.

Ele aumentou a pressão, contando mentiras deslavadas e facilmente refutáveis: que precisava de tratamento médico urgente, que tinha uma dívida de 10 mil libras com um homem que ameaçava quebrar suas pernas. Leda ora achava graça, ora se aborrecia.

– Amor, eu não tenho um centavo – dizia ela. – É sério, amor, não tenho, ou te daria algum, não acha?

Leda engravidara no décimo oitavo ano de Strike, enquanto ele se candidatava à universidade. Ele ficou apavorado, mas mesmo assim não esperava que ela se casasse com Whittaker. Ela sempre dissera ao filho que detestava ser uma esposa. Seu primeiro ensaio adolescente no matrimônio durara duas semanas, até ela fugir. E o casamento também não parecia fazer o estilo de Whittaker.

Ainda assim aconteceu, sem dúvida porque Whittaker pensava que seria o único jeito seguro de pôr as mãos naqueles milhões misteriosamente escondidos. A cerimônia se deu no cartório de Marylebone, onde no passado dois Beatles haviam se casado. Talvez Whittaker imaginasse que seria fotografado na porta como Paul McCartney, mas ninguém mostrou interesse. Seria preciso a morte da noiva radiante para provocar um enxame de fotógrafos na escadaria do tribunal.

De súbito, Strike percebeu que tinha andado até a estação Aldgate East, o que não era sua intenção. Toda esta viagem, ele se xingou, fora um desvio inútil. Se tivesse voltado ao trem em Whitechapel, estaria adiantado a caminho da casa de Nick e Ilsa. Em vez disso, ele disparou com a maior rapidez que pôde para o lado errado, cronometrando perfeitamente sua chegada com o aperto da hora do rush no metrô.

Seu tamanho, agravado pela afronta de uma mochila, provocou um descontentamento velado dos passageiros obrigados a dividir espaço com ele, mas Strike nem percebeu. Uma cabeça mais alto do que qualquer um por perto, ele se segurava em uma alça e olhava seu reflexo oscilar nas janelas escurecidas, lembrando-se da última parte, a pior: Whittaker em julgamento, argumentando por sua liberdade, porque a polícia localizara anomalias na história, contada por ele, de onde estivera no dia em que a agulha penetrou o braço da esposa, incoerências em seu relato da origem da heroína e sobre o histórico de uso de drogas de Leda.

Uma procissão heterogênea de companheiros moradores da mesma casa ocupada dera provas da relação violenta e turbulenta entre Leda e Whittaker, da abstinência de Leda de todas as formas de heroína, das ameaças e infidelidades de Whittaker, das conversas dele sobre assassinato e dinheiro, da ausência de uma tristeza perceptível demonstrada por ele depois de encontrado o corpo de Leda. Eles insistiram inúmeras vezes, com uma histeria insensata, que tinham certeza de que Whittaker a matara. A defesa achou ridiculamente fácil desacreditá-los.

Um estudante de Oxford no banco das testemunhas acabou por ser uma mudança renovadora. O juiz olhara para Strike com aprovação: ele era limpo, articulado e inteligente, embora fosse corpulento e intimidador, se não estivesse de terno e gravata. A promotoria o queria ali para responder a perguntas sobre a preocupação de Whittaker com a riqueza de Leda. Strike contou ao tribunal silencioso sobre as tentativas anteriores do padrasto de colocar as mãos em uma fortuna que só existia na cabeça do próprio Whittaker, de suas súplicas crescentes a Leda para que ela o colocasse em testamento como prova de amor por ele.

Whittaker observava com seus olhos dourados, quase inteiramente impassível. No último minuto de seu testemunho, os olhos de Strike e Whittaker se encontraram no tribunal. O canto da boca de Whittaker se erguera num leve sorriso irônico. Ele mostrara o dedo médio, levantando-o três centímetros do lugar onde estava pousado, no banco diante dele, e fez um movimento lateral mínimo.

Strike sabia exatamente o que ele fazia. O pequeno gesto foi feito só para ele, uma cópia ínfima de outro com que Strike estava familiarizado: o golpe horizontal da mão de Whittaker no ar, dirigido ao pescoço da pessoa que o ofendera.

– O que é seu está guardado – costumava dizer Whittaker, os olhos dourados arregalados e loucos. – O que é seu está guardado!

Ele passara por uma boa repaginada. Alguém de sua família rica pagara por um advogado de defesa decente. Limpo, de fala mansa e trajando um terno, negou tudo num tom calmo e deferente. Tinha sua história pronta quando apareceu no tribunal. Tudo que a promotoria tentava trazer para traçar um retrato do homem que ele realmente era – Charles Manson no antigo toca-discos, a Bíblia Satânica na cama, as conversas de doido sobre matar por prazer – fora rebatido por um Whittaker um tanto incrédulo.

– O que posso dizer ao senhor... sou músico, excelência – dissera ele a certa altura. – Existe poesia nas trevas. *Ela* entendia isso melhor do que ninguém.

A voz dele falhara melodramaticamente, e ele caiu em um pranto seco. A defesa apressou-se a perguntar se ele precisava de um intervalo.

Foi então que Whittaker meneou a cabeça corajosamente e fez seu pronunciamento aforístico sobre a morte de Leda:

— Ela queria morrer. Ela era a *quicklime girl*.

Na época, ninguém entendeu a referência, talvez só Strike, que tinha ouvido a música tantas vezes na infância e na adolescência. Whittaker citava "Mistress of the Salmon Salt".

Ele foi libertado. A prova médica corroborou o parecer de que Leda não era uma usuária habitual de heroína, mas sua fama agira contra ela. Ela fizera uso de muitas outras drogas. Era uma famosa baladeira. Para os homens de peruca encaracolada cujo trabalho era classificar mortes violentas, parecia inteiramente cabível que ela morresse em um colchão sujo em busca do prazer que sua vida mundana não podia dar.

Na escadaria do tribunal, Whittaker anunciou que pretendia escrever uma biografia da falecida esposa e sumiu de vista. O prometido livro jamais apareceu. O filho de Leda e Whittaker foi adotado pelos avós sofredores de Whittaker, e Strike nunca mais o viu. Strike saiu tranquilamente de Oxford e ingressou no exército; Lucy partiu para a faculdade; a vida seguiu em frente.

O reaparecimento periódico de Whittaker nos jornais, sempre relacionado com algum ato criminoso, não podia ser objeto de indiferença para os filhos de Leda. É claro que Whittaker nunca chegava à primeira página: era um homem que se casara com uma famosa por dormir com famosos. Este holofote por ele alcançado era o fraco reflexo de um reflexo.

"Ele é o cocô que não desce na privada", como Strike colocou para Lucy, que não riu. Ela era ainda menos inclinada do que Robin a adotar o humor grosseiro como meio de lidar com fatos impalatáveis.

Cansado e cada vez mais faminto, balançando-se com o trem, com dor no joelho, Strike sentia-se deprimido e aflito, principalmente consigo mesmo. Durante anos, voltou a cara resolutamente para o futuro. O passado era inalterável: ele não negava o que acontecera, mas não havia necessidade de chafurdar nisso, não era necessário partir em busca da casa de quase duas décadas atrás, relembrar o chocalhar daquela caixa de correio, reviver os gritos do gato apavorado, a visão de sua mãe na funerária, pálida, parecendo de cera no vestido de mangas bufantes...

*Você é um idiota de merda*, disse Strike a si mesmo com raiva ao passar os olhos pelo mapa do metrô, tentando entender quantas baldeações de trem teria de fazer para chegar à casa de Nick e Ilsa. *Whittaker não mandou a perna. Você só está procurando uma desculpa para implicá-lo.*

O remetente daquela perna era organizado, calculista e eficiente; o Whittaker que ele conheceu quase duas décadas antes era caótico, cabeça quente e volátil.

Ainda assim...

*O que é seu está guardado...*

*Ela era a quicklime girl...*

– *Porra!* – disse Strike em voz alta, causando consternação a sua volta.

Acabara de perceber que tinha perdido a conexão.

# 11

*Feeling easy on the outside,*
*But not so funny on the inside.*

Blue Öyster Cult, "This Ain't The Summer of Love"

Strike e Robin se revezaram para seguir a Platinada nos dois dias seguintes. Strike dava desculpas para se encontrar durante o horário de expediente e insistia que Robin fosse para casa durante o dia, quando o metrô ainda estava movimentado. No fim da tarde de quinta-feira, Strike seguiu a Platinada até a russa estar a salvo sob o olhar sempre desconfiado do Duas Vezes, depois voltou para a Octavia Street em Wandsworth, onde ainda morava para evitar a imprensa.

Esta era a segunda vez na carreira de detetive que Strike era obrigado a se refugiar com os amigos Nick e Ilsa. A casa deles provavelmente era o único lugar em que admitiria ficar, mas Strike ainda se sentia estranhamente não domesticado na órbita de um casal de carreira dupla. Apesar dos reveses do espaço apertado no sótão do seu escritório, ele tinha total liberdade para entrar e sair como bem quisesse, comer às duas da madrugada quando chegava de uma vigilância, subir e descer a escada de metal barulhenta sem medo de acordar outros moradores. Agora sentia a pressão tácita para estar presente na ocasional refeição compartilhada, julgando-se antissocial quando se servia da geladeira de madrugada, embora tivesse sido convidado a assim proceder.

Por outro lado, Strike não precisou que o exército o ensinasse a ser arrumado e organizado. Os anos de sua juventude, passados no caos e na sujeira, provocaram uma reação contrária. Ilsa já havia observado que Strike andava pela casa sem deixar nenhum sinal, ao passo que o marido, um gastroenterologista, podia ser encontrado pelo rastro de pertences descartados e gavetas mal fechadas.

Por intermédio dos conhecidos da Denmark Street, Strike sabia que os fotógrafos da imprensa ainda rondavam a porta de sua agência, e se resignara a passar o resto da semana no quarto de hóspedes de Nick e Ilsa, com suas paredes brancas e nuas e um caráter melancólico de espera por seu verdadeiro destino. Eles estiveram tentando ter um filho, durante anos e sem sucesso. Strike jamais perguntou do progresso do casal e sentia que Nick, em particular, estava agradecido por sua reserva.

Ele conhecia os dois havia muito tempo, Ilsa pela maior parte da vida. Loura e de óculos, ela vinha de St. Mawes, na Cornualha, o lar mais constante que Strike já conhecera. Ele e Ilsa foram da mesma turma na escola primária. Sempre que ele voltava para ficar com Ted e Joan, como acontecera regularmente em sua juventude, os dois reassumiam a amizade, inicialmente com base no fato de que Joan e a mãe de Ilsa eram elas próprias ex-colegas de escola.

Nick, cujo cabelo cor de areia começara a recuar aos vinte e poucos anos, era um amigo da escola secundária em Hackney onde Strike concluíra o curso. Nick e Ilsa conheceram-se na festa de aniversário de 18 anos de Strike em Londres, namoraram por um ano, separaram-se quando foram para universidades diferentes. Quando tinham vinte e poucos anos voltaram a se encontrar, e nessa época Ilsa estava noiva de um advogado e Nick namorava uma colega médica. Em semanas os dois relacionamentos acabaram; um ano depois, Nick e Ilsa casaram-se, tendo Strike como padrinho.

Strike voltou à casa deles às dez e meia da noite. Ao fechar a porta de entrada, Nick e Ilsa o receberam na sala de estar e insistiram que ele se servisse do curry que haviam pedido, ainda abundante.

– O que é isso? – perguntou ele, olhando em volta, desconcertado, as fileiras de bandeirinhas nas cores da Grã-Bretanha, muitas folhas de papel com anotações e o que pareciam duzentos copos de plástico vermelho, branco e azul em uma grande sacola de poliestireno.

– Estamos ajudando a organizar a festa da rua para o casamento real – disse Ilsa.

– Deus Todo-poderoso – disse Strike sombriamente, amontoando no prato o curry Madras morno.

– Vai ser divertido! Você devia vir.

Strike lhe lançou um olhar que a fez reprimir o riso.

– Teve um bom dia? – perguntou Nick, passando a Strike uma lata de Tennent's.

– Não. – Strike aceitou a cerveja lager com gratidão. – Outro trabalho cancelado. Menos dois clientes para mim.

Nick e Ilsa soltaram murmúrios solidários e seguiu-se um silêncio amigável enquanto ele devorava o curry. Cansado e desanimado, Strike passara a maior parte do percurso para casa refletindo que a chegada da perna decepada estava tendo o efeito, como ele temia, de uma bola de demolição nos negócios que ele se esforçara tanto para construir. Sua fotografia agora proliferava na internet e nos jornais, ligada a um ato horrível e aleatório. Fora um pretexto para os jornais lembrarem ao mundo que ele próprio só tinha uma perna, um fato de que não se envergonhava, mas que não gostava de usar como propaganda; agora o sopro de algo estranho, algo perverso, prendia-se a ele. Ele estava maculado.

– Alguma novidade sobre a perna? – perguntou Ilsa, depois que Strike detonou uma quantidade considerável de curry e estava na metade da lata de cerveja. – A polícia conseguiu alguma coisa?

– Vou me encontrar com Wardle amanhã à noite para colocar tudo em dia, mas parece que eles não têm muita coisa. Têm se concentrado no gângster.

Ele não dera a Nick e Ilsa os detalhes sobre três dos homens que pensava ser perigosos e vingativos o bastante para lhe mandar uma perna, mas mencionara que em certa época cruzou com um criminoso profissional que anteriormente havia decepado e mandado uma parte de um corpo pelo correio. Compreensivelmente, eles de imediato adotaram a opinião de Wardle de que ele era o provável culpado.

Pela primeira vez em anos, sentado no confortável sofá verde do casal, Strike se lembrou de que Nick e Ilsa conheceram Jeff Whittaker. A festa de aniversário de 18 anos de Strike acontecera no pub Bell, em Whitechapel; na época, a mãe dele estava grávida de seis meses. A cara da tia de Strike era uma máscara de reprovação misturada a uma alegria forçada, e o tio Ted, normalmente o pacifista, não conseguira disfarçar a raiva e a repulsa enquanto um Whittaker visivelmente alterado interrompia a música de discoteca para cantar uma de suas próprias canções. Strike lembrava-se da própria fúria, do desejo de estar longe, de ir para Oxford, livrar-se de tudo aquilo, mas talvez

Nick e Ilsa não se lembrassem de muita coisa: naquela noite estavam vidrados um no outro, deslumbrados e maravilhados com sua atração súbita, profunda e mútua.

– Você está preocupado com Robin – disse Ilsa, e foi mais uma afirmação do que uma pergunta.

Strike concordou com um resmungo, a boca cheia de pão naan. Teve tempo para refletir sobre isso nos últimos quatro dias. Num caso tão extremo, e não por culpa dela, Robin tornara-se um ponto fraco, uma vulnerabilidade, e ele suspeitava que a pessoa que decidira reendereçar a perna a ela soubesse disso. Se sua funcionária fosse homem, ele agora não estaria tão preocupado.

Strike não se esquecera de que até agora Robin tinha sido um recurso quase perfeito. Ela era capaz de convencer testemunhas recalcitrantes quando o tamanho e as feições naturalmente intimidadoras de Strike as inclinavam à recusa. O encanto e as maneiras tranquilas de Robin já acalmaram suspeitas, abriram portas, suavizaram o caminho de Strike umas cem vezes. Ele sabia que devia a ela; simplesmente desejava que neste momento ela sumisse de vista, ficasse escondida até que tivessem apanhado o remetente da perna decepada.

– Gosto de Robin – disse Ilsa.

– Todo mundo gosta de Robin – disse Strike com a voz embargada, mastigando uma segunda porção de naan. Era a verdade: sua irmã Lucy, os amigos que ligavam para a agência, os clientes – todos faziam questão de dizer a Strike o quanto gostavam da mulher que trabalhava com ele. Todavia, ele detectou uma leve interrogação na voz de Ilsa que o fez preferir deixar impessoal qualquer conversa sobre Robin, e se sentiu justificado quando a pergunta seguinte dela foi:

– Como está indo com Elin?

– Tudo bem – disse Strike.

– Ela ainda tenta esconder você do ex? – A pergunta de Ilsa trazia uma leve ferroada.

– Você não gosta de Elin, não é? – perguntou Strike, levando a discussão inesperadamente para o campo inimigo, por diversão. Ele conhecia Ilsa havia trinta anos, com reencontros intermitentes: sua negação atrapalhada era exatamente o que ele esperava.

– Gosto... quer dizer, não a conheço muito bem, mas ela me parece... mas você está feliz e é isso que importa.

Ele pensara que isto seria suficiente para fazer Ilsa mudar de assunto e deixar Robin de lado – ela não era a primeira dos amigos a dizer que ele e Robin se entendiam muito bem, não havia a possibilidade de...? Ele nunca pensou em...? – mas Ilsa era advogada e não se deixava afugentar com facilidade de uma linha de interrogatório.

– Robin adiou o casamento dela, não foi? Eles marcaram uma nova data...?

– É – disse Strike. – No dia 2 de julho. Ela tirou um fim de semana prolongado para ir a Yorkshire e... fazer o que vocês fazem para os casamentos. Voltará na terça-feira.

Ele teve em Matthew um aliado improvável ao insistir que Robin tirasse a sexta e a segunda de folga, aliviado ao pensar que ela estaria a 400 quilômetros de distância, na casa da família. Ela ficou profundamente decepcionada por não ir com ele ao Old Blue Last em Shoreditch encontrar-se com Wardle, mas Strike pensou ter detectado um leve vestígio de alívio com a ideia de uma folga.

Ilsa parecia meio agastada com a notícia de que Robin ainda pretendia se casar com outro, e não com Strike. Mas antes que ela pudesse dizer mais alguma coisa, o celular de Strike tocou no bolso. Era Graham Hardacre, o ex-colega do SIB.

– Com licença – disse ele a Nick e Ilsa, baixando o prato de curry e se levantando –, preciso atender, essa é importante... Hardy!

– Pode conversar, Oggy? – perguntou Hardacre, enquanto Strike se voltava para a porta de entrada.

– Agora posso – respondeu Strike, chegando em três passadas ao final da curta calçada do jardim e pegando a rua escura para caminhar e fumar. – O que conseguiu para mim?

– Para ser sincero – disse Hardacre, que parecia estressado –, seria de grande ajuda se você viesse aqui e desse uma olhada, parceiro. Tenho uma subtenente que é um porre. Não começamos com o pé direito. Se eu mandar coisas daqui e ela souber...

– E se eu for?

— Chegue de manhã cedo e posso deixar as coisas abertas no computador. Por descuido, entendeu?

Hardacre já havia partilhado informações com Strike que, estritamente falando, não deveria ter dado. Ele acabara de ser transferido para a Seção 35: Strike não se surpreendeu que o amigo não quisesse colocar o cargo em risco.

O detetive atravessou a rua, sentou-se na mureta de jardim da casa do outro lado, acendeu um cigarro e perguntou:

— Valeria a pena ir à Escócia para isso?

— Depende do que você quer.

— Endereços antigos... conexões familiares... registros médicos e psiquiátricos também não vão me fazer mal. Quando Brockbank saiu por invalidez, em 2003?

— Isso mesmo – disse Hardacre.

Um barulho às costas de Strike o fez se levantar e se virar: o dono do muro em que ele estivera esvaziava o lixo na lixeira. Era um baixinho de uns sessenta anos e, com a luz da rua, Strike viu sua expressão irritada ser substituída por um sorriso conciliatório ao ver a altura e a largura de Strike. O detetive se afastou, passando por casas geminadas cujas árvores frondosas e cercas vivas ondulavam no leve vento de primavera. Logo teriam bandeirinhas para comemorar a união de outro casal. O dia do casamento de Robin seria logo depois.

— Suponho que você não tenha muita coisa sobre Laing – disse Strike, a voz numa leve interrogação. A carreira no exército do escocês foi ainda mais curta do que a de Brockbank.

— Não... mas, meu Deus, ele me parece encrenca – disse Hardacre.

— Para onde ele foi depois da Estufa?

A Estufa era a prisão militar em Colchester, onde todos os militares condenados eram transferidos antes de serem colocados em uma prisão civil.

— Penitenciária Elmley. Não temos nada sobre ele depois disso; você precisaria do serviço de condicional.

— É. – Strike soltou a fumaça para o céu estrelado. Ele e Hardacre sabiam que ele não tinha mais direitos do que qualquer outro membro do público de acessar os registros do serviço de condicional, porque não era mais policial. – De que lugar da Escócia ele veio, Hardy?

– Melrose. Ele colocou a mãe como parente próximo quando se alistou... eu procurei.

– Melrose – repetiu Strike pensativamente.

Ele pensou nos dois clientes que lhe restavam: o idiota rico que se excitava tentando provar que era corno e a mulher e mãe rica que pagava Strike para reunir provas de que o ex-marido estava perseguindo os filhos. O pai estava em Chicago e os movimentos da Platinada podiam deixar de ser registrados por 24 horas.

É claro que ainda existia a possibilidade de que nenhum dos suspeitos tivesse alguma relação com a perna, que tudo fosse fruto de sua imaginação.

*A harvest of limbs...*

– Melrose fica muito longe de Edimburgo?

– Uma hora, uma hora e meia de carro.

Strike apagou o cigarro na sarjeta.

– Hardy, posso pegar o leito no domingo à noite, aparecer no escritório cedo, depois ir de carro a Melrose, ver se Laing voltou para a família, ou se eles sabem onde o cara está.

– Boa. Vou te buscar na estação, se me disser quando vai embarcar, Oggy. Na verdade – Hardacre se preparava para um ato de generosidade –, se você quer só um dia de viagem, vou te emprestar meu carro.

Strike não voltou de imediato ao curry frio e aos amigos curiosos. Fumando outro cigarro, andou pela rua silenciosa, pensando. Depois se lembrou de que devia ir a um concerto no Southbank Centre com Elin no domingo à noite. Ela nutria um entusiasmo por música clássica, pela qual ele nunca fingiu ter mais do que desinteresse. Ele olhou o relógio. Era muito tarde para telefonar e cancelar; ele precisaria se lembrar de fazer isso no dia seguinte.

Na volta para a casa, seus pensamentos vagaram para Robin. Ela falava muito pouco do casamento que aconteceria apenas dali a dois meses e meio. Ouvi-la contar a Wardle sobre as câmeras descartáveis que encomendara fez Strike se lembrar de que muito em breve ela se tornaria a sra. Matthew Cunliffe.

*Ainda há tempo*, pensou ele. Para quê, ele não especificou, nem para si mesmo.

# 12

*... the writings done in blood.*

Blue Öyster Cult, "O.D.'d on Life Itself"

Muitos homens podem achar um interlúdio agradável ganhar dinheiro para seguir uma loura pneumática por Londres, mas Strike já estava completamente entediado de seguir a Platinada. Depois de horas rondando pela Houghton Street, onde a passarela de vidro e aço da London School of Economics de vez em quando revelava lá no alto a lap-dancer de meio expediente a caminho da biblioteca, Strike a seguiu até a Spearmint Rhino para seu turno às quatro da tarde. Ali, ele se desgarrou: Raven telefonaria se a Platinada fizesse alguma coisa que passasse por inconveniente, e ele iria se encontrar com Wardle às seis.

Ele comeu um sanduíche em uma lanchonete perto do pub escolhido para o encontro. Seu celular tocou uma vez, mas ao ver que era a irmã, ele deixou que caísse na caixa postal. Tinha a vaga ideia de que logo seria aniversário do sobrinho Jack e não pretendia ir à festa, não depois da última vez, de que se recordava principalmente pela bisbilhotice das mães amigas de Lucy e os gritos de estourar os tímpanos de crianças hiperativas com seus ataques de birra.

O Old Blue Last ficava no final da Great Eastern Street, em Shoreditch, uma imponente construção de tijolos aparentes com três andares, curva como a proa de um barco. Na memória de Strike, tinha sido uma boate de strip e bordel: um velho amigo de escola dele e de Nick supostamente perdera a virgindade ali, com uma mulher de idade suficiente para ser sua mãe.

Uma placa na porta anunciava o renascimento do Old Blue Last como casa de shows. A partir das oito daquela noite, pelo que viu Strike, ele poderia desfrutar de apresentações ao vivo de bandas como Islington Boys' Club,

Red Drapes, In Golden Tears e Neon Index. Com uma leve expressão de ironia no rosto, Strike abriu caminho até um bar escuro com piso de madeira, onde um enorme espelho antigo atrás do balcão anunciava com letras douradas as cervejas *pale ale* de épocas passadas. Luminárias de vidro esféricas pendiam do teto alto, iluminando uma multidão de jovens, homens e mulheres, muitos parecendo estudantes e a maioria vestida numa tendência que estava além da compreensão de Strike.

Embora na alma fosse uma amante de shows em estádios, a mãe de Strike o levara a muitos lugares parecidos na juventude, onde as bandas dos amigos podiam descolar uma ou duas apresentações antes de se separarem com amargura, recompondo-se e aparecendo em um bar diferente três meses depois. Strike achou o Old Blue Last uma escolha surpreendente de Wardle como ponto de encontro, uma vez que ele só costumava beber com Strike no Feathers, bem ao lado da Scotland Yard. O motivo ficou claro quando Strike se juntou ao policial, que estava sozinho e em pé com uma cerveja no bar.

– Minha mulher gosta do Islington Boys' Club. Vai me encontrar aqui depois do trabalho.

Strike não conhecia a mulher de Wardle e, embora nunca tivesse pensado muito nisso, teria imaginado um híbrido da Platinada (porque os olhos de Wardle invariavelmente seguiam bronzeados falsos e pouca roupa) e da única esposa de um policial da Metropolitana que Strike conhecia, de nome Helly, interessada principalmente pelos filhos, pela casa e por fofocas escandalosas. O fato de a mulher de Wardle gostar de uma banda indie de que Strike nunca ouvira falar, apesar de já estar predisposto a desprezar a banda por si só, fez pensar que ela devia ser uma pessoa mais interessante do que ele esperava.

– O que você conseguiu? – perguntou Strike a Wardle, após garantir para si mesmo uma cerveja com um barman cada vez mais ocupado. Por consenso tácito, eles deixaram o balcão e pegaram a última mesa vaga para dois no lugar.

– Os patologistas forenses ainda estão examinando a perna – disse Wardle ao se sentar. – Eles calculam que seja de uma mulher com idade entre 15 e 25 anos e que já estava morta quando a perna foi amputada... Mas não há muito tempo morta, pela coagulação do sangue... e que foi guardada no freezer entre o momento do corte e a entrega a sua amiga Robin.

Idade entre 15 e 25 anos: segundo os cálculos de Strike, Brittany Brockbank agora teria 21 anos.

– Eles não podem ser mais precisos quanto à idade?

Wardle meneou a cabeça.

– É o máximo que estão dispostos a ir. Por quê?

– Eu já lhe falei por quê: Brockbank tem uma enteada.

– Brockbank – repetiu Wardle no tom evasivo de quem denota não se lembrar.

– Um dos caras que eu pensei que pode ter mandado a perna – disse Strike, deixando de esconder a impaciência. – Ex-Rato do Deserto. Moreno e grandalhão, orelha de couve-flor...

– Ah, sim – disse Wardle, pescando de imediato. – Eu ouço nomes o tempo todo, amigo. Brockbank... ele tem uma tatuagem no braço...

– Esse é Laing – disse Strike. – É o escocês que pus na prisão por dez anos. Brockbank foi aquele que imagino ter tido lesão cerebral por minha culpa.

– Ah, sim.

– Sua enteada Brittany tem uma antiga cicatriz na perna. Eu lhe falei disso.

– Tá, tá, eu me lembro.

Strike bebeu a cerveja para reprimir uma resposta cáustica. Ele se sentiria muito mais confiante se suas suspeitas estivessem sendo levadas a sério pelo ex-colega do SIB, Graham Hardacre, sentado de frente para ele, em vez de Wardle. A relação de Strike com Wardle fora maculada pela cautela desde o início e, ultimamente, por uma leve competitividade. Ele tinha mais consideração pelas capacidades de detetive de Wardle do que daqueles vários outros policiais da Metropolitana que conheceu, mas Wardle ainda considerava as próprias teorias com um carinho paternal que nunca estendia às ideias de Strike.

– Então, disseram alguma coisa sobre a cicatriz na panturrilha?

– Antiga. Muito anterior à morte.

– Mas que merda – disse Strike.

Talvez a cicatriz antiga não despertasse o interesse dos patologistas, mas era de importância fundamental para ele. Era isto que ele temia. Até Wardle, cujo hábito era sacanear Strike em cada ocasião possível, pareceu sentir certa empatia ao ver a preocupação do detetive.

– Parceiro – disse ele (isto também era novidade) –, não é Brockbank. É Malley.

Era isso que Strike temia, que a simples menção do nome de Malley levasse Wardle à procura dele, excluindo os outros suspeitos de Strike, empolgado com a ideia de ser o homem que tirou de circulação um gângster tão famoso.

– Provas? – disse Strike asperamente.

– O Sindicato do Crime de Harringay tem trazido prostitutas do Leste Europeu a Londres e até a Manchester. Estive conversando com a Vícios. Eles deram uma batida em um bordel de beira de estrada na semana passada e tiraram duas pequenas ucranianas de lá. – Wardle baixou ainda mais a voz. – Colocamos policiais mulheres para interrogá-las. Uma amiga delas pensava que tinha vindo ao Reino Unido para trabalhar como modelo e jamais aceitou de bom grado o trabalho, mesmo quando eles lhe davam uma surra. Digger a arrastou para fora da casa pelos cabelos duas semanas atrás e elas não a viram desde então. Também não viram Digger.

– Tudo isso é rotina para Digger – disse Strike. – Não quer dizer que a perna seja dela. Alguém ouviu ele falar no meu nome?

– Sim – disse Wardle, triunfante.

Strike baixou a cerveja que estava prestes a beber. Não esperava uma resposta afirmativa.

– Ouviram?

– Uma das garotas que a Vícios tirou da casa tem certeza de ter ouvido Digger falar em você não faz muito tempo.

– Em que contexto?

Wardle falou um polissílabo: o sobrenome de um proprietário de cassino russo e rico para quem Strike havia feito algum trabalho no final do ano passado. Strike franziu o cenho. Pelo que ele via, o fato de Digger saber que ele trabalhara para o dono do cassino não aumentava a probabilidade de Digger ter descoberto que devia seu período anterior na prisão às provas de Strike. A única conclusão que Strike tirou desta nova informação foi que seu cliente russo andava por círculos extremamente insalubres, algo de que ele já tinha ciência.

– E como é que eu tirar grana de Arzamastsev afeta Digger?

– Bom, por onde você quer começar? – disse Wardle, de uma forma que Strike sentiu ser uma conclusão vaga mascarada de visão ampla. – O Sindicato se envolve com um monte de coisas. Basicamente, temos um cara que você irritou, com histórico de mandar partes corporais de pessoas, e ele desaparece com uma jovem pouco antes de você receber a perna de uma jovem.

– Colocado desse jeito, é até convincente – disse Strike, que não se deixou convencer em nada. – Você fez alguma coisa a respeito de Laing, Brockbank e Whittaker?

– É claro. Coloquei um pessoal para tentar localizar todos eles.

Strike torcia para que fosse verdade, mas se conteve e não questionou a afirmação para não colocar em risco suas relações amistosas com Wardle.

– Também conseguimos as gravações da câmera de vigilância do mensageiro – disse Wardle.

– E?

– Sua colega é uma boa testemunha – disse Wardle. – Era *mesmo* uma Honda. Placa falsa. As roupas exatamente como descritas. Ele seguiu para sudoeste... na direção de uma verdadeira agência de entregas, por acaso. Da última vez que o pegamos na câmera, ele estava em Wimbledon. Nenhum sinal dele nem da moto desde então, mas, como eu disse, placa falsa. Pode estar em qualquer lugar.

– Placa falsa – repetiu Strike. – Ele planejou um bocado.

O pub lotava em volta deles. Ao que parecia, a banda ia tocar no segundo andar: as pessoas se espremiam até a porta que levava lá e Strike ouvia o conhecido ruído da microfonia.

– Tenho mais uma coisa para você – disse Strike, sem entusiasmo. – Prometi a Robin que lhe daria cópias.

Strike havia voltado ao escritório antes do amanhecer naquela manhã. A imprensa desistira de tentar pegá-lo entrando ou saindo, mas um conhecido na loja de instrumentos musicais do outro lado informou que havia fotógrafos por ali até a noite anterior.

Com um ar ligeiramente intrigado, Wardle pegou as duas cartas fotocopiadas.

– As duas chegaram nos últimos dois meses – disse Strike. – Robin acha que você deve dar uma olhada. Quer outra? – perguntou ele, gesticulando para o copo quase vazio de Wardle.

Wardle leu as cartas enquanto Strike comprava mais duas cervejas. Ainda segurava o bilhete assinado RL quando ele voltou. Strike pegou a outra e leu, numa letra redonda de estudante, claramente legível:

... só serei verdadeiramente eu e verdadeiramente completa quando estiver sem minha perna. Ninguém entende que ela não é e nunca será parte de mim. Minha família tem muita dificuldade de aceitar minha necessidade de ser uma amputada, eles pensam que é tudo coisa da minha cabeça, mas você entende...

*Você entendeu errado*, pensou Strike, largando a fotocópia na mesa e notando, ao fazê-lo, que ela escrevera seu endereço em Shepherd's Bush com a maior clareza e nitidez possível, para que a resposta dele, aconselhando a melhor maneira de cortar a perna, não corresse o risco de se perder. Era assinada Kelsey, mas sem sobrenome.

Wardle, ainda envolvido na segunda carta, soltou um bufo que misturava ironia e nojo.

– Caralho, você *leu* isso?

– Não – disse Strike.

Outros jovens se espremiam no bar. Ele e Wardle não eram os únicos com mais de trinta anos, mas sem dúvida nenhuma estavam na extremidade mais velha do espectro. Ele viu uma jovem bonita e branca, produzida como uma estrela dos anos 1940, de sobrancelhas pretas e finas, batom vermelho e cabelo azul-claro num penteado de rolos vitoriano, procurando pelo acompanhante no salão.

– Robin lê as cartas dos birutas e me dá um resumo, se julgar que preciso.

– "Quero esfregar o seu coto" – leu Wardle em voz alta. – "Quero que você me use como uma muleta viva. Quero..." Puta merda. Isso nem mesmo é fisicamente...

Ele virou a carta.

– "RL". Entende esse endereço?

– Não – disse Strike, estreitando os olhos para a caligrafia. A letra era compacta e extremamente difícil de ler. A única palavra legível no endereço espremido, numa primeira leitura, era "Walthamstow".

– O que aconteceu com "eu estarei no balcão", Eric?

A jovem de cabelo azul-claro e batom vermelho aparecera à mesa ao lado deles, segurando uma bebida. Estava com uma jaqueta de couro por cima do que parecia um vestido de verão dos anos 1940.

– Desculpe, gata, papo de trabalho – disse Wardle, sem se perturbar. – April, Cormoran Strike. Minha mulher – acrescentou ele.

– Oi. – Strike estendeu sua mãozona. Ele jamais teria imaginado que a mulher de Wardle tivesse essa aparência. Por motivos que estava cansado demais para analisar, fez com que ele gostasse mais de Wardle.

– Ah, é *você*! – disse April, sorrindo radiante para Strike enquanto Wardle pegava as cartas fotocopiadas da mesa, dobrava e colocava no bolso. – Cormoran Strike! Ouvi falar muito de *você*. Vai ficar para ver a banda?

– Duvido – disse Strike, mas não de forma antipática. Ela era muito bonita.

April relutava em deixar que ele fosse embora. Alguns amigos se juntariam a eles, ela disse, e alguns minutos depois de sua chegada apareceram outras seis pessoas. Eram duas mulheres sem acompanhante no grupo. Strike se permitiu ser convencido a subir com eles, onde havia um pequeno palco e o salão já lotado. Em resposta às perguntas dele, April revelou que era estilista e estivera trabalhando numa sessão de fotos de uma revista naquele mesmo dia, e que – disse ela casualmente – no resto do tempo era dançarina de burlesco.

– Burlesco? – repetiu Strike em voz bem alta, porque a microfonia guinchou pelo salão, recebendo gritos e gemidos de protesto dos bebedores reunidos. *Isto não é strip artístico?*, perguntou-se ele, enquanto April informava que sua amiga Coco – uma mulher de cabelo vermelho-tomate que sorriu para ele e acenou agitando os dedos – também era dançarina de burlesco.

Era um grupo simpático e nenhum dos homens o tratou com aquela secura cansativa que Matthew exibia sempre que entrava na órbita de Strike.

Há muito tempo ele não assistia música ao vivo. A baixinha Coco já expressara o desejo de ser levantada para poder enxergar...

Porém, quando o Islington Boys' Club subiu ao palco, Strike se viu transportado a uma época e a pessoas de que procurava não se lembrar. O suor rançoso no ar, o som familiar de guitarras sendo beliscadas e afinadas, o zumbido do microfone aberto: ele até poderia suportá-los se a postura do vocalista e sua androginia magra não lembrassem Whittaker.

Quatro compassos depois, Strike sabia que ia embora. Não havia nada de errado com aquele rock indie de guitarra pesada: eles tocavam bem e, apesar da infeliz semelhança com Whittaker, o vocalista tinha uma boa voz. Mas Strike esteve neste ambiente com demasiada frequência, incapaz de ir embora: esta noite, era livre para procurar paz e ar puro, e pretendia exercer esta prerrogativa.

Com uma despedida aos gritos a Wardle e um aceno e um sorriso a April, que deu uma piscadela e acenou também, ele foi embora, grande o bastante para desencavar um caminho pelo povo que já transpirava e perdia o fôlego. Ganhou a porta enquanto o Islington Boys' Club terminava a primeira música. Os aplausos no alto soaram como uma chuva de granizo abafada no telhado de zinco. Um minuto depois, Strike andava, aliviado, pelo sibilar do trânsito.

# 13

*In the presence of another world.*
Blue Öyster Cult, "In The Presence Of Another World"

Na manhã de sábado, Robin e a mãe pegaram o antigo Land Rover da família e foram da pequena cidade natal de Masham à costureira em Harrogate, onde era ajustado o vestido de noiva de Robin. O desenho fora modificado porque no início havia sido feito para um casamento em janeiro, e agora seria usado em julho.

– Você emagreceu mais – disse a costureira idosa, pregando alfinetes na parte de trás do corpete. – Não pode ficar mais magra. Este vestido foi feito para quem tem algumas curvas.

Robin escolhera o tecido e o desenho do vestido um ano antes, baseando-se mais ou menos em um modelo Elie Saab que os pais, que também arcaram com metade do casamento do irmão mais velho Stephen seis meses antes, jamais poderiam ter pagado. Mesmo esta versão com desconto teria sido impossível com o salário pago por Strike a Robin.

A iluminação na sala de provas era favorável, entretanto o reflexo de Robin no espelho de moldura dourada parecia pálido demais, os olhos pesados e cansados. Ela não sabia se a reforma no vestido para deixá-lo sem alças daria certo. Parte do que ela gostava no desenho inicial eram as mangas compridas. Talvez, pensou ela, simplesmente estivesse nervosa por ter convivido com a ideia do vestido por tanto tempo.

A sala de provas tinha cheiro de carpete novo e cera. Enquanto Linda, mãe de Robin, observava a costureira alfinetar, dobrar e torcer os metros de chiffon, Robin, deprimida com o próprio reflexo, concentrou-se no pequeno estande de canto que continha tiaras de cristal e flores artificiais.

– Esqueci, nós combinamos um enfeite de cabeça? – perguntou a costureira, que tinha o hábito de usar a primeira pessoa do plural com a frequência encontrada numa equipe de enfermagem. – Tendíamos à tiara para o casamento de inverno, não foi? Creio que pode valer a pena experimentar flores com um vestido sem alças.

– As flores ficariam ótimas – concordou Linda do canto da sala.

Mãe e filha eram muito parecidas. Embora sua cintura antigamente magra tenha se avolumado e o cabelo dourado-avermelhado amontoado de qualquer jeito no alto agora fosse raiado de prata, os olhos cinza-azulados de Linda eram iguais aos da filha e agora pousavam nela com uma preocupação e astúcia que teriam sido comicamente familiares a Strike.

Robin experimentou uma gama de enfeites de flores artificiais e não gostou de nenhum.

– Talvez eu continue com a tiara – disse ela.

– Ou flores frescas? – sugeriu Linda.

– Sim – disse Robin, de repente louca para deixar o cheiro de carpete e seu reflexo pálido e emoldurado. – Vamos ver se a florista pode fazer alguma coisa.

Ela ficou feliz por ter a sala de provas só para si por alguns minutos. Enquanto tirava o vestido e colocava jeans e suéter, tentou analisar seu estado de espírito deprimido. Embora se arrependesse de se deixar obrigar a perder a reunião de Strike com Wardle, estivera ansiando para impor algumas centenas de quilômetros entre ela e o homem de preto e sem rosto que lhe entregou uma perna decepada.

Entretanto, não tinha sentido fugir. Ela e Matthew brigaram outra vez no trem para o norte. Mesmo ali, na sala de provas, na James Street, suas ansiedades multiplicadas a assombravam: os casos minguando na agência, o medo do que aconteceria se Strike não pudesse mais pagar para mantê-la no emprego. Depois de vestida, ela verificou o celular. Nenhum recado de Strike.

Um quarto de hora depois, ela estava quase monossilábica em meio aos baldes de mimosa e lírios. A florista se agitava e se atrapalhava, segurando flores contra o cabelo de Robin e deixando cair por acidente em seu suéter creme algumas gotas da água fria e esverdeada do caule comprido de uma rosa.

– Vamos à Bettys – sugeriu Linda quando finalmente foi encomendado um arranjo floral para a cabeça.

A Bettys de Harrogate era uma instituição local, uma casa de chá há muito tempo estabelecida na estância balneária. Havia cestos de flores pendurados do lado de fora, onde os clientes formavam fila embaixo de um dossel de vidro, preto e dourado, e em seu interior viam-se luminárias de latas de chá e bules ornamentais, cadeiras macias e garçonetes de uniformes com bordado inglês. Desde pequena era um prazer para Robin olhar pelo balcão de vidro as filas de gordos porcos de marzipã, ver a mãe comprar um dos exuberantes bolos de frutas com álcool que vinham em sua própria lata especial.

Hoje, sentada ao lado da vitrine, olhando um canteiro de flores de cores primárias e formas geométricas cortadas de massa de modelar por crianças pequenas, Robin não quis comer nada, pediu um bule de chá e abriu o celular mais uma vez. Nada.

– Você está bem? – perguntou-lhe Linda.

– Estou ótima. Só estava pensando se haveria alguma novidade.

– Que tipo de novidade?

– Sobre a perna. Strike encontrou-se com Wardle ontem à noite... o policial da Metropolitana.

– Ah – disse Linda, e o silêncio caiu entre elas até a chegada do chá.

Linda pedira um Fat Rascal, um dos grandes bolinhos da Bettys. Passou manteiga nele e perguntou:

– Você e Cormoran vão tentar descobrir sozinhos quem mandou aquela perna, é?

Algo no tom da mãe obrigou Robin a agir com cautela.

– Estamos interessados no que a polícia está fazendo, só isso.

– Ah. – Linda mastigou, olhando para Robin.

Robin se sentiu culpada por estar irritadiça. O vestido de noiva era caro e ela não valorizava o gesto da mãe.

– Desculpe-me por minha rispidez.

– Está tudo bem.

– É só que Matthew fica no meu pé o tempo todo por eu trabalhar para Cormoran.

– Sim, ouvimos alguma coisa na noite passada.

— Ah, meu Deus, mãe, me desculpe!

Robin pensara que eles tivessem mantido a briga baixa o bastante para não acordar os pais. Eles discutiram a caminho de Masham, suspenderam as hostilidades enquanto jantavam com os pais dela, depois voltaram a discutir na sala de estar, quando Linda e Michael foram dormir.

— O nome de Cormoran apareceu muito, não foi? Imagino que Matthew esteja...?

— Ele não está *preocupado* – disse Robin.

Decididamente, Matthew tratava o emprego de Robin como uma brincadeira, mas quando obrigado a levá-lo a sério – quando, por exemplo, alguém mandava uma perna decepada à noiva –, ele ficava furioso e não preocupado.

— Bom, se ele não está preocupado, deveria – disse Linda. – Alguém lhe mandou o pedaço de uma morta, Robin. Não faz muito tempo, Matt nos telefonou para dizer que você estava no hospital com uma concussão. Não estou dizendo para você pedir demissão! – acrescentou ela, recusando-se a se acovardar diante da expressão de censura de Robin. – Sei que é o que você quer! De qualquer modo – ela forçou a metade maior de seu Fat Rascal na mão de Robin, que não ofereceu resistência –, eu não ia perguntar se Matt está preocupado. Ia perguntar se ele estava com ciúmes.

Robin bebeu seu forte chá Bettys Blend. Vagamente, pensou em levar um desses saquinhos para o escritório. Não havia nada tão bom assim em Ealing Waitrose. Strike gostava do chá forte.

— Sim, Matt tem ciúmes – disse ela por fim.

— Posso supor que ele não tem motivos?

— É claro! – disse Robin energicamente. Ela se sentia traída. A mãe sempre ficava do seu lado, sempre...

— Não precisa ficar toda inflamada – disse Linda, serena. – Eu não estava sugerindo que você fez algo que não devia.

— Que bom. – Robin comeu o bolinho sem perceber. – Porque não fiz. Ele é meu chefe, só isso.

— E seu amigo – sugeriu Linda –, a julgar pelo modo como você fala dele.

— Sim – disse Robin, mas a sinceridade a levou a acrescentar –, mas não é uma amizade normal.

– E por que não?

– Ele não gosta de falar de assuntos pessoais. É como tirar leite das pedras.

Com a exceção de uma noite extraordinária – raramente mencionada por eles desde então –, quando Strike ficou tão embriagado que não conseguia ficar de pé, as informações voluntárias sobre sua vida particular praticamente inexistiam.

– Mas vocês se entendem bem?

– Sim, muito bem.

– Muitos homens acham difícil saber que sua cara-metade se entende bem com outros homens.

– E o que devo fazer, trabalhar só com mulheres?

– Não – respondeu Linda. – Só estou dizendo que Matthew evidentemente se sente ameaçado.

Às vezes Robin desconfiava que a mãe se arrependia de a filha não ter tido mais namorados antes de se comprometer com Matthew. Ela e Linda eram íntimas; ela era a única menina de Linda. Agora, com o salão de chá cheio do ruído de vozes e talheres à volta, Robin percebeu temer que Linda lhe dissesse que não era tarde demais para desistir do casamento, se ela quisesse. Embora estivesse cansada e deprimida, e apesar de eles terem passado por vários meses turbulentos, ela sabia que amava Matthew. O vestido estava pronto, a igreja fora agendada, a recepção estava quase paga. Agora ela precisava fazer um esforço e cruzar a linha de chegada.

– Eu não gosto de Strike desse jeito. Aliás, ele está namorando: está saindo com Elin Toft. Ela é apresentadora da Radio 3.

Robin tinha esperanças de que esta informação distraísse a mãe, uma devoradora entusiasmada de programas de rádio enquanto cozinhava e cuidava do jardim.

– Elin Toft? É aquela loura muito bonita que apareceu na televisão falando de compositores românticos outra noite? – perguntou Linda.

– Provavelmente – disse Robin, com uma acentuada falta de entusiasmo. Apesar de sua tática diversionista ter sido um sucesso, ela mudou de assunto. – E então, vai se livrar do Land Rover?

– Sim. Não vamos conseguir nada por ele, é claro. Ferro-velho, talvez... A não ser – disse Linda, tendo uma ideia súbita – que você e Matthew o queiram. Falta pagar o imposto do ano e sempre consegue passar raspando na vistoria.

Robin mastigou o bolinho, pensando. Matthew reclamava constantemente de eles não terem carro, uma deficiência que ele atribuía ao salário baixo da noiva. O A3 Cabriolet do marido da irmã dele lhe provocava pontadas quase físicas de inveja. Robin sabia que ele sentiria algo muito diferente por um Land Rover velho e amassado, com seu cheiro perpétuo de cachorro molhado e galochas, mas à uma da manhã, na sala de estar da família, Matthew havia relacionado o salário estimado de todos os contemporâneos dos dois, concluindo com um floreio que o pagamento de Robin ficava na lanterna. Com um súbito arroubo de malícia, ela se imaginou dizendo ao noivo, "Mas temos o Land Rover, Matt, não tem sentido economizar para comprar um Audi agora!"

— Pode ser muito útil no trabalho — disse ela em voz alta —, se precisarmos sair de Londres. Strike não precisaria alugar um carro.

— Hmm. — Linda aparentava distração, mas tinha os olhos fixos no rosto de Robin.

Elas foram para casa e encontraram Matthew colocando a mesa com o futuro sogro. Em geral, ele era mais útil na cozinha da casa dos pais dela do que em casa com Robin.

— Como foi a prova do vestido? — perguntou ele no que Robin supunha ser uma tentativa de reconciliação.

— Tudo bem — disse Robin.

— Dá azar me falar nisso? — disse ele e então, como Robin não sorriu —, aposto que você ficou linda.

Mais mansa, ela estendeu a mão e ele deu uma piscadela, apertando seus dedos. Depois Linda arriou uma travessa de purê de batatas na mesa entre os dois e disse que ela dera o velho Land Rover ao casal.

— O quê? — disse Matthew, a fisionomia consternada.

— Você vive dizendo que quer um carro — disse Robin, na defensiva, pela mãe.

— É, mas... o Land Rover, em Londres?

— E por que não?

— Vai acabar com a imagem dele — disse Martin, irmão de Robin, que entrara na sala segurando o jornal; estivera examinando quem correria no páreo do Grand National daquela tarde. – Mas combina perfeitamente com você, Rob. Já posso te ver com o Perneta, viajando off-road para cenas de crimes.

O queixo quadrado de Matthew enrijeceu.

– Pare com isso, Martin – vociferou Robin, olhando feio o irmão mais novo enquanto se sentava à mesa. – E eu adoraria ver você chamar Strike de Perneta na cara dele – acrescentou ela.

– Provavelmente ele ia rir – disse Martin alegremente.

– Porque vocês são colegas? – disse Robin, num tom irritado. – Porque os dois têm um histórico de guerra impressionante, arriscando a vida e o corpo?

Martin era o único dos quatro irmãos Ellacott que não cursara uma universidade, e o único que ainda morava com os pais. Ele sempre ficava melindroso à mais leve sugestão de que era inferior aos irmãos.

– Que merda isso quer dizer... Que eu devia estar no exército? – Ele quis saber, inflamando-se.

– Martin! – disse Linda incisivamente. – Modere o linguajar!

– Ela nunca te aporrinhou por ainda ter as duas pernas, Matt? – perguntou Martin.

Robin deixou cair garfo e faca e saiu da cozinha.

A imagem da perna decepada reapareceu diante dela, a tíbia branca e brilhante projetando-se da carne morta, aquelas unhas meio sujas que a dona talvez pretendesse limpar ou pintar antes que alguém as visse...

E agora ela chorava, chorava pela primeira vez desde que recebera o pacote. A padronagem do velho carpete da escada ficou embaçada e ela teve de tatear em busca da maçaneta do quarto. Foi para a cama e se jogou de cara para baixo no edredom limpo, sacudindo os ombros, o peito se erguendo, as mãos apertadas no rosto molhado, tentando abafar o barulho do choro. Ela não queria que ninguém viesse atrás dela; não queria ter de falar, nem se explicar; simplesmente queria ficar sozinha para aliviar a emoção que esteve reprimida para conseguir passar por uma semana de trabalho.

A loquacidade do irmão sobre a amputação de Strike era um eco das piadas do próprio Strike sobre a perna decepada. Uma mulher morreu no que provavelmente foram circunstâncias horríveis e brutais e ninguém parecia se importar tanto quanto Robin. A morte e uma machadinha reduziram a desconhecida a um pedaço de carne, um problema a ser resolvido e ela, Robin, sentia ser a única pessoa a lembrar que um ser humano vivo, que respirava, tinha usado aquela perna, talvez há pouco tempo, só uma semana atrás...

Depois de dez minutos de um bom pranto, ela rolou de costas, abriu os olhos lacrimosos e olhou seu antigo quarto como se ele pudesse socorrê-la.

Antigamente, este quarto parecia o único lugar seguro na terra. Por três meses depois de ter largado a universidade, ela mal saiu dele, nem para comer. As paredes na época eram rosa-choque, uma decisão equivocada na decoração que ela tomou quando tinha 16 anos. Ela reconhecera vagamente que não dera certo, mas não queria pedir ao pai para repintar, assim cobriu a cor espalhafatosa com a maior quantidade possível de pôsteres. Havia uma foto grande do Destiny's Child olhando para ela ao pé da cama. Embora não houvesse nada ali além do papel de parede liso e verde-claro que Linda colocara quando Robin foi morar com Matthew em Londres, Robin ainda conseguia visualizar Beyoncé, Kelly Rowland e Michelle Williams olhando-a da capa do disco *Survivor*. A imagem estava indelevelmente ligada à pior época de sua vida.

Hoje em dia as paredes só sustentavam duas fotografias emolduradas: uma de Robin na formatura do sexto ano, no último dia da escola (com Matthew ao fundo, o menino mais bonito do ano, recusando-se a fazer uma careta ou usar um chapéu idiota) e outra de Robin, aos 12 anos, cavalgando Angus, seu velho pônei Highland, uma criatura desgrenhada, teimosa e forte da fazenda do tio, adorada por Robin, apesar de sua indisciplina.

Esgotada, ela piscou, contendo outras lágrimas, e enxugou o rosto molhado com a palma das mãos. Vozes abafadas vinham da cozinha abaixo do quarto. A mãe, Robin tinha certeza, estaria aconselhando Matthew a deixá-la em paz por um tempo. Robin torcia para que ele desse ouvidos. Tinha vontade de dormir pelo resto do fim de semana.

Uma hora depois, ela ainda estava deitada na cama de casal, olhando sonolenta pela janela o alto do limoeiro no jardim, quando Matthew bateu e entrou com uma xícara de chá.

– Sua mãe achou que você ia precisar disto.

– Obrigada – disse Robin.

– Vamos todos ver a corrida juntos. Mart fez uma aposta grande no Ballabriggs.

Não mencionou a angústia dela, nem os comentários grosseiros de Martin; as maneiras de Matthew implicavam que ela de algum modo se constrangera e ele lhe propunha uma saída. De imediato, ela entendeu que ele não tinha ideia de como ela ficara mexida por ter visto e tocado a perna de uma mulher. Não, ele simplesmente estava irritado porque Strike, que nenhum dos Ellacott jamais conhecera, mais uma vez tomara espaço nas conversas de fim de semana. Era Sarah Shadlock no rúgbi de novo.

– Não gosto de ver cavalos quebrando o pescoço – disse Robin. – De qualquer modo, tenho trabalho a fazer.

Ele ficou de pé, olhando-a de cima, depois se afastou, fechando a porta com tanta força que ela se abriu de novo às costas dele.

Robin se sentou, ajeitou o cabelo, respirou fundo e foi pegar o estojo do laptop na penteadeira. Sentia-se culpada por tê-lo trazido nesta viagem à casa dos pais, culpada por ter esperanças de encontrar tempo para o que privadamente chamava de sua linha de investigação. O ar de perdão generoso de Matthew destruíra inteiramente essa culpa. Ele que visse a corrida de cavalos. Robin tinha coisa melhor a fazer.

Voltando à cama, ela colocou uma pilha de travesseiros às costas, abriu o laptop e navegou por algumas páginas dos favoritos sobre as quais não falou com ninguém, nem mesmo com Strike, que sem dúvida consideraria perda de tempo dela.

Ela já passara várias horas seguindo duas linhas de investigação distintas, porém relacionadas, sugeridas pelas cartas que ela insistiu que Strike entregasse a Wardle: a comunicação da jovem que queria remover a própria perna e a missiva de quem queria fazer coisas com o coto de Strike, que deixou Robin meio nauseada.

Robin sempre teve fascínio pelo funcionamento da mente humana. Sua carreira na universidade, embora interrompida, foi dedicada ao estudo da psicologia. A jovem que escrevera a Strike parecia sofrer de transtorno de identidade de integridade corporal ou TIIC: o desejo irracional de remover uma parte saudável do corpo.

Depois de ler vários artigos científicos na internet, Robin agora sabia que os pacientes de TIIC eram raros e que a causa exata de seu problema era desconhecida. Visitas a sites de apoio já mostraram quantas pessoas pareciam antipatizar com quem sofria deste mal. Comentários furiosos pontilhavam os quadros de mensagens, acusando os pacientes de TIIC de cobiçar uma condição em que outros foram atirados por falta de sorte e doença, de querer chamar atenção de uma forma grotesca e ofensiva. Réplicas igualmente furiosas se seguiam aos ataques: será que quem escreveu realmente pensava que o paciente *queria* ter TIIC? Eles não entendiam como era difícil ser transdeficiente – querer, precisar ser paralisado ou amputado? Robin se perguntou o que Strike pensaria das histórias de quem sofria de TIIC, se ele as lesse. Ela desconfiava de que a reação dele não seria solidária.

No térreo, a porta da sala de estar se abriu e ela ouviu um breve trecho da voz de um comentarista, o pai dizendo ao velho labrador chocolate para sair porque ele havia peidado e o riso de Martin.

Para própria frustração, a exausta Robin não conseguia se lembrar do nome da jovem que escrevera a Strike pedindo conselhos sobre a amputação da perna, mas achava que era Kylie ou coisa parecida. Rolando devagar pelos sites de apoio mais visitados que encontrou, ela ficou atenta a nomes de usuário que pudessem ter alguma relação com ela, porque onde mais uma adolescente com uma fixação incomum partilharia sua fantasia, se não no ciberespaço?

A porta do quarto, ainda entreaberta desde a saída de Matthew, abriu-se quando o labrador banido, Rowntree, entrou bamboleando no quarto. Procurou Robin para ter um carinho distraído nas orelhas, depois arriou ao lado da cama. Seu rabo bateu no chão por algum tempo e ele adormeceu, ofegante. Com o acompanhamento de seus roncos abafados, Robin continuou o pente fino pelos fóruns da rede.

De súbito, ela viveu um daqueles choques de empolgação com que tinha se familiarizado desde que começara a trabalhar para Strike, a recompensa imediata por procurar uma informação mínima que talvez significasse alguma coisa, nada ou, ocasionalmente, tudo.

**Nowheretoturn: Alguém sabe alguma coisa sobre Cameron Strike?**

Prendendo a respiração, Robin abriu o tópico.

W@nbee: Aquele detetive de uma perna só? Sei, é um veterano de guerra.
Nowheretoturn: Soube que talvez ele mesmo tenha feito isso.
W@nbee: Não, se você procurar, ele estava no Afeganistão.

E era só isso. Robin examinou mais tópicos no fórum, mas Nowheretoturn não continuou com suas perguntas, nem reapareceu. Isso não significava nada; pode ter trocado o nome de usuário. Robin procurou até ter sondado cada canto do site, mas o nome de Strike não reapareceu.

Sua empolgação murchou. Mesmo supondo que a autora da carta e Nowheretoturn fossem a mesma pessoa, sua crença de que a amputação de Strike tinha sido autoinfligida ficou clara na carta. Não existiam muitos amputados famosos a quem se podia agarrar na esperança de que a situação deles fosse voluntária.

Gritos de estímulo agora emanavam da sala de estar. Abandonando os fóruns sobre TIIC, Robin voltou-se para sua segunda linha de investigação.

Ela gostava de pensar que tinha desenvolvido uma casca grossa desde que começara a trabalhar na agência do detetive. Todavia, suas primeiras incursões nas fantasias de acrotomofílicos — aqueles que se sentem sexualmente atraídos por amputados —, que podiam ser acessadas com apenas alguns cliques do mouse, deixaram-na com um aperto no estômago que perdurou muito depois de ela sair da internet. Agora ela se viu lendo as ideias efusivas de um homem (ela supunha ser um homem) cuja fantasia sexual mais excitante era uma mulher de braços e pernas amputados acima das articulações dos cotovelos e dos joelhos. O local exato em que os membros eram cortados parecia ser de particular preocupação. Outro homem (certamente não podiam ser mulheres) masturbava-se desde o início da juventude com a ideia de guilhotinar por acidente as próprias pernas e as pernas do melhor amigo. Para todo lado, havia discussões do fascínio dos cotos em si, dos movimentos restritos de amputados, e Robin presumiu ser a incapacidade física uma manifestação extrema de bondage.

Enquanto a voz anasalada e típica do comentarista do Grand National tagarelava incompreensível no térreo e os gritos de torcida do irmão ficavam mais altos, Robin correu os olhos por outros fóruns, procurando qualquer menção a Strike e também uma linha que ligasse esta parafilia à violência.

Robin achou extraordinário que nenhuma das pessoas que contavam suas fantasias de amputado e de amputação neste fórum parecesse se excitar com a violência ou a dor. Até o homem cuja fantasia sexual envolvia ele e o amigo decepando as próprias pernas juntos era claro e articulado nesta questão: a guilhotina era apenas a precursora necessária para se chegar aos cotos.

Será que alguém excitado por Strike como amputado decepou a perna de uma mulher e mandou para ele? Era o tipo de coisa que Matthew pensaria que podia acontecer, refletiu Robin com desprezo, porque Matthew suporia que qualquer um esquisito o bastante para achar cotos atraentes seria louco para desmembrar outra pessoa: na realidade, ele provavelmente pensava assim. Porém, pelo que Robin se lembrava da carta de RL, e depois, vendo as confissões passionais on-line de seus companheiros acrotomofílicos, a ideia muito mais provável era de que a "compensação" que RL pretendia com Strike significasse práticas que Strike provavelmente acharia muito menos apetitosas do que a amputação original.

É claro que RL podia ser ao mesmo tempo acrotomofílico e psicopata...

– ISSO! ISSO, PORRA! QUINHENTAS LIBRAS! – gritou Martin. Pela batida ritmada que emanava do hall, parecia que Martin achara a sala de estar inadequada para uma dança da vitória completa. Rowntree acordou, colocou-se de pé e soltou um latido rouco. O barulho era tanto que Robin só ouviu Matthew se aproximando quando ele abriu a porta. Numa reação automática, ela clicou o mouse repetidas vezes, voltando pelos sites dedicados ao fetiche sexual de amputados.

– Oi – disse ela. – Parece que Ballabriggs venceu.

– É – confirmou Matthew.

Pela segunda vez naquele dia, ele estendeu a mão. Robin empurrou o laptop de lado e Matthew a puxou de pé, abraçando-a. Com o calor de seu corpo veio o alívio, infiltrando-se por ela, acalmando-a. Ela não suportaria outra noite de briga.

Depois ele se afastou, os olhos fixos em algo por sobre o ombro de Robin.

– Que foi?

Ela olhou o laptop. Ali, no meio de uma tela branca e reluzente de texto, estava uma definição em um box grande:

> **Acrotomofilia** *subst.*
> Uma parafilia em que a satisfação sexual deriva de fantasias
> ou atos envolvendo um amputado.

Houve um breve silêncio.
– Quantos cavalos morreram? – perguntou Robin numa voz frágil.
– Dois – respondeu Matthew, saindo do quarto.

# 14

*... you ain't seen the last of me yet,*
*I'll find you, baby, on that you can bet.*

Blue Öyster Cult, "Showtime"

Às oito e meia da noite de domingo encontraram Strike do lado de fora da estação Euston, fumando o que seria o último cigarro até a chegada a Edimburgo nove horas depois.

Elin ficara decepcionada porque ele perderia o concerto da noite e, em vez disso, eles passaram a maior parte da tarde na cama, uma alternativa que Strike aceitou de muito bom grado. Linda, serena e fria fora da cama, Elin era consideravelmente mais expansiva nela. A lembrança de certas visões e sons eróticos – a pele de alabastro levemente úmida abaixo da boca, os lábios claros abertos num gemido – dava sabor ao travo de nicotina. Não era permitido fumar no apartamento espetacular de Elin em Clarence Terrace, porque a filha criança tinha asma. Em vez disso, o prazer pós-sexo de Strike foi reprimir o sono enquanto Elin mostrava uma gravação dela mesma falando dos compositores românticos na televisão do quarto.

– Sabia que você é parecido com Beethoven? – disse-lhe ela pensativamente, enquanto a câmera dava um close em um busto de mármore do compositor.

– De nariz quebrado – disse Strike. Outras pessoas já lhe haviam dito isso.

– E *por que mesmo* você vai à Escócia? – perguntara Elin enquanto ele afixava a perna protética, sentado na cama do quarto dela, decorado em tons de creme e branco e ainda assim sem nada da austeridade deprimente do quarto de hóspedes de Ilsa e Nick.

– Seguir uma pista – disse Strike, com plena consciência de que exagerava. Não havia nada além de suas próprias suspeitas relacionando Donald Laing e Noel Brockbank à perna decepada. Todavia, e embora em silêncio lamentasse as quase 300 libras que a viagem de ida e volta lhe custaria, ele não se arrependia da decisão de ir.

Apagando a guimba do cigarro no salto do pé protético, ele entrou na estação, comprou um saco de comida no supermercado e embarcou no trem noturno.

A cabine simples podia ser mínima com sua pia dobrável e cama estreita, mas sua carreira no exército o levara a lugares muito mais desconfortáveis. Ele ficou satisfeito ao descobrir que a cama podia acomodar exatamente seu metro e noventa e, afinal, sempre era mais fácil se esticar em um espaço pequeno depois de retirar a prótese. A única queixa de Strike era o calor excessivo da cabine: ele mantinha o apartamento de sótão em uma temperatura que toda mulher que conhecia teria lamentado por ser gelada, embora nenhuma mulher tenha dormido nele. Elin jamais viu o lugar; Lucy, a irmã, nunca foi convidada para que não se desfizesse a ilusão de que ele ganhava muito dinheiro ultimamente. Na realidade, agora que ele pensava no assunto, Robin era a única mulher que havia entrado lá.

O trem entrou em movimento com um solavanco. Bancos e pilastras passaram tremulando pela janela. Strike arriou na cama, tirou do saco a primeira das baguetes com bacon e deu uma boa dentada, lembrando-se de Robin sentada à mesa de sua cozinha, pálida e abalada. Dava-lhe satisfação pensar nela em casa em Masham, afastada de qualquer desastre possível: pelo menos ele podia pôr de lado uma preocupação recorrente.

A situação em que se encontrava agora era profundamente familiar. Podia estar de volta ao exército, viajando pelo Reino Unido da forma mais barata possível, para se apresentar à estação do SIB em Edimburgo. Nunca ficara lotado lá. Os escritórios, ele sabia, ficavam no castelo que se destacava no alto de uma formação rochosa e irregular no meio da cidade.

Mais tarde, depois de sacudir pelo corredor chacoalhante para urinar, ele tirou a cueca boxer e se deitou nos lençóis finos para dormir, ou melhor, cochilar. O balanço na horizontal era tranquilizador, mas o calor e o ritmo alterado do trem o arrancavam do sono. Desde que o Viking que o transportava explodiu em volta dele no Afeganistão, levando metade de sua perna e dois colegas, Strike tinha dificuldade para ser conduzido por outras pessoas em um veículo. Agora descobria que esta moderada fobia se estendia aos trens. Por três vezes, o apito de um motor passando acelerado com sua composição na direção contrária o acordou como um despertador; o leve balanço do trem fazendo uma curva o fez imaginar o terror do grande monstro de metal perdendo o equilíbrio, rolando, chocando-se e se espatifando...

O trem parou na estação Waverley às cinco e quinze, mas o café da manhã só seria servido às seis. Strike acordou com o barulho de um cabineiro andando pelo vagão, entregando bandejas. Quando o detetive abriu a porta, equilibrado numa perna só, o jovem uniformizado soltou um grito descontrolado de horror, com os olhos na prótese estendida no chão ao lado de Strike.

– Desculpe aí, amigo – disse ele num forte sotaque de Glasgow enquanto desviava os olhos da prótese para a perna de Strike, percebendo que o passageiro, afinal, não tinha cortado a própria perna. – Que vergonha!

Achando graça, Strike pegou a bandeja e fechou a porta. Depois de uma noite sem dormir, ele queria muito mais um cigarro do que um croissant borrachudo e requentado, então afixou a perna e se vestiu, bebendo o café puro, e estava entre os primeiros a sair no gelado início de manhã da Escócia.

A localização da estação lhe deu a estranha sensação de estar no fundo de um abismo. Através do teto de vidro sanfonado, Strike distinguia a forma de prédios góticos e escuros assomando acima dele em áreas mais elevadas. Encontrou o local perto do ponto de táxi onde Hardacre disse que o buscaria, sentou-se em um banco de metal frio e acendeu um cigarro, com a mochila a seus pés.

Hardacre só apareceu vinte minutos depois e, ao vê-lo, Strike sentiu uma profunda apreensão. Ficou tão agradecido por escapar da despesa de alugar um carro que lhe parecera grosseria perguntar a Hardacre que carro ele tinha.

*Um Mini. A porra de um Mini...*

– Oggy!

Eles trocaram o cumprimento americano entre o abraço e o aperto de mão que permeava até as forças armadas. Hardacre mal chegava a um metro e setenta e cinco, um investigador de jeito simpático, cabelo cor de rato, rareando. Strike sabia que a aparência indefinida escondia um cérebro investigativo afiado. Eles trabalharam juntos na prisão de Brockbank, e isto foi o bastante para criar um vínculo entre os dois, com a confusão que caiu nas costas deles depois disso.

Só quando viu o velho amigo se dobrar dentro do Mini foi que Hardacre percebeu que devia ter falado na marca de seu carro.

– Esqueci que você é um cretino grandalhão – comentou ele. – Vai ficar bem dentro disto?

– Ah, sim – disse Strike, deslizando o banco do carona ao máximo para trás. – Obrigado pelo empréstimo, Hardy.

Pelo menos era um carro automático.

O carrinho saiu da estação e começou a subir passando por prédios pretos como fuligem que espiavam Strike pelo teto de vidro. O início da manhã estava cinzento e frio.

– Acho que vai melhorar mais tarde – resmungou Hardacre enquanto eles subiam a Royal Mile pavimentada com paralelepípedos, passavam por lojas que vendiam tartan e bandeiras do leão rampante, por restaurantes e cafeterias, cartazes anunciando excursões com fantasmas e vielas estreitas que permitiam vislumbres fugazes da cidade que se estendia mais abaixo à direita deles.

No topo do rochedo, despontou o castelo: sombriamente ameaçador contra o céu, cercado por uma muralha alta e curva de pedra. Hardacre pegou a direita, afastando-se dos portões gradeados onde já estavam à espreita os turistas que queriam evitar as filas. Em uma guarita de madeira ele deu seu nome, mostrou o passe e seguiu adiante, na direção da entrada entalhada na rocha vulcânica, que levava a um túnel muito iluminado por grossos cabos de força. Saindo do túnel, eles se viram bem acima da cidade, os canhões estendidos nas ameias ao lado, dando para uma vista enevoada dos pináculos e telhados da cidade preta e dourada estendendo-se até o estuário do rio Forth, ao longe.

– Bonito – disse Strike, aproximando-se dos canhões para ver melhor.

– Nada mal – concordou Hardacre com um olhar prosaico para a capital escocesa. – Por aqui, Oggy.

Eles entraram no castelo por uma porta lateral de madeira. Strike seguiu Hardacre por um corredor com piso de pedra, estreito e gelado, e por uma escada que não facilitou a vida da articulação do joelho da sua perna direita. Gravuras de militares vitorianos fardados estavam penduradas a intervalos desiguais nas paredes.

Uma porta no primeiro patamar se abria para um corredor ladeado de salas, acarpetado num rosa-escuro desbotado, com paredes verde-hospital. Embora Strike jamais tivesse estado ali, pareceu-lhe familiar de imediato, de um jeito que a velha casa em que morou na Fulbourne Street não conseguiria tocar. Esta fora a sua vida: ele poderia se acomodar em uma mesa vaga e estaria de volta ao trabalho em dez minutos.

As paredes sustentavam cartazes, um deles lembrando aos investigadores a importância e os procedimentos relacionados com a Hora Crítica – o curto período de tempo depois de um crime, quando as pistas e as informações eram mais abundantes e de coleta mais fácil –, outro mostrando fotografias de Drogas de Abuso. Havia quadros brancos cobertos de atualizações e prazos de vários casos em andamento – "esperando análise de telefone e DNA", "requer Formulário 3 do SPA" – e arquivos de metal com kits móveis para coleta de digitais. A porta do laboratório estava aberta. Em uma mesa alta de metal, havia um saco de provas plástico contendo um travesseiro; estava coberto de manchas de sangue marrom-escuras. Uma caixa de papelão ao lado dele continha garrafas de bebida alcoólica. Onde havia derramamento de sangue, sempre havia álcool. Uma garrafa vazia de Bell's estava no canto, escorando uma boina vermelha, item de vestuário que dava apelido à unidade tática.

Uma loura de cabelo curto com um terninho risca de giz se aproximou, indo na direção contrária:

– Strike.

Ele não a reconheceu de imediato.

– Emma Daniels. Catterick, 2002 – disse ela com um sorriso. – Você chamava nosso primeiro-sargento de babaca negligente.

– Ah, sim – disse ele, enquanto Hardacre abafava o riso. – Ele era mesmo. Você cortou o cabelo.

– E você ficou famoso.

– Eu não diria tanto – disse Strike.

Um jovem pálido de mangas de camisa pôs a cabeça para fora de uma sala mais além no corredor, interessado na conversa.

– Temos de entrar, Emma – disse vivamente Hardacre. – Eu sabia que eles mostrariam interesse se vissem você – falou a Strike, depois de ter conduzido o detetive particular para sua sala e fechado a porta.

A sala era bem escura, em grande parte pelo fato de a janela dar diretamente numa face rochosa escarpada. Fotografias dos filhos de Hardacre e uma boa coleção de canecos de cerveja animavam a decoração, que consistia no mesmo carpete rosa desbotado e paredes verde-claras como as do corredor.

— Muito bem, Oggy — disse Hardacre, digitando no teclado, depois se afastando para permitir que Strike se sentasse a sua mesa. — Aqui está ele.

O SIB tinha acesso a registros das três armas. No monitor do computador, uma foto de Noel Campbell Brockbank. Fora tirada antes de Strike conhecê-lo, antes de Brockbank levar os golpes na cara que afundaram permanentemente uma das órbitas oculares e alargaram uma das orelhas. Cabelo preto cortado à escovinha, um rosto comprido e estreito, azulado pelo maxilar, com uma testa extraordinariamente alta: Strike pensara, quando o viu pela primeira vez, que sua cabeça alongada e feições um tanto tortas davam a impressão de Brockbank ter sido espremido num torno.

— Não posso permitir que você imprima nada, Oggy — disse Hardacre enquanto Strike se sentava na cadeira giratória do computador —, mas você pode tirar uma foto da tela. Café?

— Chá, se tiver. Valeu.

Hardacre saiu da sala, fechando cuidadosamente a porta, e Strike pegou o celular para fotografar a tela. Quando estava confiante de ter uma imagem decente, rolou a tela e viu a ficha completa de Brockbank, tomando nota de sua data de nascimento e de outras informações pessoais.

Brockbank nascera no dia de Natal, no ano de nascimento de Strike. Deu um endereço residencial em Barrow-in-Furness quando se alistou no exército. Logo depois de servir na Operação Granby — mais conhecida do público como a Primeira Guerra do Golfo —, casou-se com a viúva de um militar que tinha duas filhas, uma delas Brittany. O filho dele nasceria enquanto ele servia na Bósnia.

Strike continuou lendo o registro, tomando notas, até chegar ao ferimento que mudara a vida de Brockbank, pondo um fim à sua carreira. Hardacre entrou novamente na sala com duas canecas, e Strike murmurou um obrigado enquanto prosseguia o exame do arquivo digital. Ali não havia menção ao crime de que Brockbank fora acusado, que Strike e Hardacre investigaram, ambos ainda convencidos de que ele era culpado. O fato de ele ter escapado da justiça era um dos maiores pesares da carreira militar de Strike. Sua lembrança mais nítida do homem era de sua expressão feroz e animalesca enquanto partia para cima de Strike segurando uma garrafa de cerveja quebrada. Tinha mais ou menos o tamanho de Strike, talvez até fosse mais alto. O barulho de Brockbank batendo na parede quando Strike o esmurrou, segundo disse Hardacre depois, parecera o de um carro abalroando a lateral das frágeis instalações do exército.

– Ele recebe uma pensão militar bem gorda, pelo que vejo – disse Strike em voz baixa, tomando nota dos vários locais de destino da pensão desde que Brockbank deixara o serviço militar. Primeiro, ele foi para sua terra natal: Barrow-in-Furness. Depois Manchester, por pouco menos de um ano.

– Ah! – disse Strike em voz baixa. – Então *foi* você, filho da puta.

Brockbank trocara Manchester por Market Harborough, em seguida voltou para Barrow-in-Furness.

– O que é isso aqui, Hardy?

– Relatório psiquiátrico – disse Hardacre, que havia se sentado em uma cadeira baixa junto da parede e examinava uma pasta. – Você não devia estar vendo nada disso. É muito descuido meu deixar isso aberto aí.

– Muito – concordou Strike, abrindo o arquivo.

Porém, o relatório psiquiátrico não disse a Strike mais do que ele já sabia. Só depois de hospitalizado, ficou claro que Brockbank era alcoólatra. Houve muito debate entre os médicos sobre quais sintomas poderiam ser atribuídos ao álcool, a estresse pós-traumático e quais deles a suas lesões cerebrais traumáticas. Strike entrou com algumas palavras no Google enquanto lia: afasia – dificuldade de encontrar a palavra certa; disartria – fala desordenada; alexitimia – dificuldade de compreender ou identificar as próprias emoções.

O esquecimento foi muito conveniente para Brockbank naquela época. Teria sido muito difícil para ele fingir parte desses sintomas clássicos?

– O que eles não levaram em conta – disse Strike, que conhecia e gostava de vários outros homens com lesão cerebral traumática – era que, para começar, ele era um babaca.

– Lá isso é verdade – disse Hardacre, bebendo o café e trabalhando.

Strike fechou os arquivos de Brockbank e abriu os de Laing. A fotografia dele batia exatamente com as lembranças de Strike do Borderer, que tinha apenas vinte anos quando eles se conheceram: largo e branco, o cabelo caindo pela testa, os olhos escuros e pequenos de um furão.

Strike se lembrava bem dos detalhes da breve carreira militar de Laing, que ele próprio encerrou. Depois de tomar nota do endereço da mãe de Laing em Melrose, ele passou os olhos pelo resto do documento e abriu o relatório psiquiátrico anexado.

*Fortes indícios de transtornos de personalidade antissocial e limítrofe... Probabilidade de apresentar risco contínuo de prejudicar os outros...*

Uma batida alta na porta da sala levou Strike a fechar os registros na tela e se colocar de pé. Hardacre mal havia conseguido chegar à porta quando apareceu uma mulher de aparência severa usando uniforme com saia.

– Conseguiu alguma coisa para mim sobre Timpson? – gritou ela a Hardacre, mas lançou um olhar feio e desconfiado a Strike e ele deduziu que ela já estava ciente de sua presença.

– Eu vou andando, Hardy – disse ele de imediato. – Foi ótimo saber de você.

Hardacre o apresentou rapidamente à subtenente, deu uma versão resumida da associação passada entre ele e Strike e acompanhou Strike à porta.

– Ficarei aqui até tarde – disse ele enquanto trocavam um aperto de mãos. – Me ligue quando souber a que horas poderei pegar o carro de volta. Boa viagem.

Descendo cuidadosamente a escada de pedra, foi impossível para Strike não refletir que ele poderia estar ali, trabalhando junto com Hardacre, submetido à rotina e às exigências familiares da Divisão de Investigação Especial. O exército queria que ele ficasse, mesmo com a perda da parte inferior da perna. Ele jamais se arrependeu da decisão de partir, mas esta reimersão súbita e breve na antiga vida provocou uma nostalgia inevitável.

Ao sair para a fraca luz do sol que brilhava por uma fresta nas nuvens densas, ele nunca esteve mais consciente da mudança em sua situação. Agora era livre para se afastar das exigências de superiores irracionais e do confinamento de uma sala cercada de pedra, porém também tinha perdido todo o poder e status do exército britânico. Estava inteiramente só ao voltar ao que poderia se provar uma caçada inútil, armado apenas de alguns endereços, em busca do homem que mandou uma perna de mulher a Robin.

# 15

*Where's the man with the golden tattoo?*

Blue Öyster Cult, "Power Underneath Despair"

Como Strike esperava, dirigir o Mini, mesmo depois de ter feito todo ajuste possível no banco, era extremamente desconfortável. A perda do pé direito implicava que ele operasse o acelerador com o esquerdo. Isto exigia um ângulo espinhoso e desagradável de seu corpo em um espaço muito apertado. Só quando saiu da capital escocesa e estava na tranquila e reta A7 para Melrose, ele se sentiu capaz de desviar os pensamentos da mecânica da direção do carro emprestado para o soldado Donald Laing do King's Own Royal Borderers, que ele conhecera onze anos atrás em um ringue de boxe.

O encontro acontecera ao anoitecer em um ginásio de esportes grande e escuro que ressoava dos gritos ásperos de quinhentos soldados aos berros. Na época, ele era o cabo Cormoran Strike, da Polícia Militar Real, inteiramente apto, saudável e musculoso, com duas pernas fortes, pronto para mostrar o que podia fazer no Torneio Inter-regimental de Boxe. Os torcedores de Laing superavam os de Strike numa relação de pelo menos três para um. Não era nada pessoal. A polícia militar era impopular, por princípio. Ver um boina vermelha desmaiar depois de ser nocauteado seria um fim satisfatório a uma boa noite de boxe. Os dois eram parrudos e esta seria a última luta da noite. O rugido da multidão estrondeava pelas veias dos dois lutadores como uma segunda pulsação.

Strike se lembrou dos olhos pretos e pequenos do adversário e de seu corte de cabelo eriçado, que era do vermelho-escuro de uma pele de raposa. Uma tatuagem de rosa amarela atravessava o braço esquerdo. O pescoço era bem mais grosso do que seu maxilar estreito e o peito branco e sem pelos era musculoso como o de uma estátua de mármore de Atlas, as sardas que pontilhavam os braços e os ombros destacando-se como picadas de mosquito na pele branca.

Quatro assaltos e eles ainda estavam empatados, o mais novo talvez de pés mais rápidos, Strike superior na técnica.

No quinto assalto, Strike aparou um golpe, fingiu que iria golpear o rosto e atingiu Laing com um soco nos rins que o levou ao chão. A facção anti-Strike se calou enquanto o adversário batia na lona, depois a vaia teve eco por todo o salão como o berro de elefantes.

Laing conseguiu se levantar na contagem de seis, mas deixou parte da disciplina na lona. Golpes desvairados; uma recusa temporária a se separar que angariou uma advertência do juiz; um jab a mais depois do gongo: uma segunda advertência.

Em um minuto no sexto assalto, Strike conseguiu se aproveitar da desintegração da técnica do adversário e forçou para as cordas Laing, cujo nariz agora vertia sangue. Quando o juiz os separou e fez sinal para continuarem, Laing desfez-se da última membrana fina de comportamento civilizado e tentou dar uma cabeçada. O juiz procurou interferir e Laing enlouqueceu. Strike evitou por pouco um chute na virilha, depois se viu preso nos braços de Laing, com os dentes do outro enterrados em seu rosto. Strike ouviu vagamente os gritos do juiz, a queda repentina no barulho da multidão enquanto o entusiasmo se transformava em inquietação com a força ameaçadora que emanava de Laing. O árbitro obrigou os pugilistas a se separarem, berrando com Laing, mas parecia que ele não ouvia nada, apenas voltou a se preparar, investindo para Strike, que deu um passo de lado e desferiu um murro firme na barriga do adversário. Laing se recurvou, sem ar, e caiu de joelhos. Strike saiu do ringue sob aplausos fracos, o sangue escorrendo da mordida na maçã do rosto.

Strike, que terminou o torneio como segundo colocado, perdendo para um sargento do 3º Regimento de Paraquedistas, foi transferido de Aldershot duas semanas depois, mas não antes que lhe chegasse a notícia de que Laing estava confinado ao quartel por sua demonstração de indisciplina e violência no ringue. A punição poderia ter sido pior, mas Strike soube que seu oficial superior aceitara o pedido de Laing de circunstâncias atenuantes.

A história que ele contou foi de que entrara no ringue profundamente aflito pela notícia do aborto espontâneo da noiva.

Mesmo então, anos antes de adquirir mais conhecimento sobre Laing, que levou Strike a esta estrada rural em um Mini emprestado, ele não acreditava que um feto morto tenha significado alguma coisa ao animal que ele sentira fervilhar por baixo da pele lisa e branca como leite de Laing. As marcas dos incisivos daquele homem ainda eram visíveis no rosto de Strike enquanto ele deixava o campo.

Três anos depois, Strike chegara a Chipre para investigar um suposto estupro. Ao entrar na sala de interrogatório, ficou cara a cara pela segunda vez com Donald Laing, que agora exibia mais peso e algumas tatuagens novas, o rosto tomado de sardas do sol de Chipre e rugas marcando o entorno dos olhos fundos.

Não foi surpresa nenhuma que o advogado de Laing protestasse porque a investigação estava sendo realizada por um homem que seu cliente certa vez mordera, e assim Strike trocou de caso com um colega que estava em Chipre investigando uma quadrilha de traficantes. Quando se encontrou com o colega para uma bebida uma semana depois, Strike descobriu, surpreendendo-se, que ele estava inclinado a acreditar na história de Laing, de que ele e a suposta vítima, uma garçonete da cidade, tiveram um sexo desajeitado, embriagado e consensual de que ela agora se arrependia porque o namorado ouvira boatos de que ela saíra do trabalho com Laing. Não havia testemunhas do suposto ataque, que a garçonete alegava ter acontecido sob a ameaça de uma faca.

— A garota gostava de uma farra — foi a avaliação que o companheiro do SIB fez da suposta vítima.

Strike não estava em condições de contradizê-lo, mas não havia se esquecido de que no passado Laing conseguira angariar a simpatia de um oficial superior depois de uma exibição de violência e insubordinação testemunhada por centenas de pessoas. Quando Strike pediu detalhes da história e do comportamento de Laing, o colega descrevera um homem astuto e agradável, com um senso de humor irônico.

— A disciplina podia ser melhor — admitiu o investigador, que havia analisado a ficha de Laing —, mas ele não me parece um estuprador. Casado com uma garota de sua terra natal; ela está lá fora com ele.

Strike voltou a sua investigação de tráfico de drogas sob o sol escaldante. Duas semanas depois, agora exibindo a barba cheia que crescia convenientemente rápido quando ele desejava parecer "menos exército", como dizia o jargão militar, ele se viu deitado no piso de madeira de um loft tomado de fumaça, ouvindo uma história estranha. Considerando a aparência desgrenhada de Strike, suas sandálias de tiras, short largo e as várias pulseiras amarradas no pulso grosso, o traficante cipriota jovem e doidão ao lado dele talvez tivesse razão em não suspeitar de que falava com um policial militar britânico. Enquanto eles relaxavam lado a lado com seus baseados, o companheiro confidenciou os nomes de vários soldados que traficavam na ilha, e não apenas maconha. O sotaque do jovem era forte, e Strike ficou ocupado demais decorando aproximações dos nomes verdadeiros, ou pseudônimos, e assim o novo nome "Dunnullung" não sugeriu de imediato alguém que ele conhecesse. Strike só ligou Dunnullung a Laing quando o companheiro contou que "Dunnullung" amarrou e torturou a esposa. "O homem é louco", disse o garoto de olhos grandes numa voz desligada. "Porque ela tenta ir embora." Depois de perguntas casuais e cautelosas, o cipriota confidenciou ter ouvido a história do próprio Laing. Parecia ter sido contada em parte para divertir e em parte para avisar o jovem de com quem ele estava lidando.

A Seaforth Estate assava ao sol do meio-dia quando Strike a visitou no dia seguinte. As casas ali eram as mais antigas das acomodações militares da ilha, pintadas de branco e meio dilapidadas. Ele decidira fazer a visita enquanto Laing, que conseguira escapar da acusação de estupro, estava ocupado no trabalho. Quando tocou a campainha, só ouviu o choro distante de um bebê.

– Achamos que ela é agorafóbica – confidenciou uma vizinha fofoqueira que havia corrido para contar o que via. – Tem alguma coisa estranha aí. Ela é muito tímida.

– E o marido? – perguntou Strike.

– Donnie? Ah, ele é a alma de uma festa, o Donnie – disse a vizinha alegremente. – Devia ouvi-lo imitando o cabo Oakley! Ah, é perfeito. Tão engraçado.

Existiam regras, e muitas, sobre entrar na casa de outro soldado sem sua autorização expressa. Strike bateu na porta, mas não houve resposta. Ele ainda ouvia o choro da criança. Ele passou aos fundos da casa. Todas as cortinas estavam fechadas. Ele bateu na porta dos fundos. Nada.

Sua única justificativa, se ele tivesse de defender seus atos, seria o choro daquele bebê. Talvez não fosse considerado motivo suficiente para uma entrada forçada sem mandado. Strike desconfiava de qualquer um que fosse dependente demais do instinto ou da intuição, mas estava convencido de que havia algo errado. Ele era dono de um senso muito afiado para o estranho e o perverso. Vira coisas durante sua infância que outras pessoas prefeririam imaginar apenas nos filmes.

A porta cedeu na segunda vez em que ele jogou o ombro. A cozinha cheirava mal. Ninguém esvaziava a lixeira havia dias. Ele avançou para o interior da casa.

– Sra. Laing?

Ninguém respondeu. O choro fraco da criança vinha do andar de cima. Ele subiu a escada, chamando ao subir.

A porta do quarto principal estava aberta. O quarto estava na semiescuridão. Tinha um cheiro horrível.

– Sra. Laing?

Ela estava nua, amarrada por um pulso à cabeceira da cama, parcialmente coberta por um lençol muito sujo de sangue. O bebê estava deitado ao lado dela no colchão, apenas com uma fralda. Strike via que ele parecia mirrado, sem saúde.

Enquanto ele disparava pelo quarto para soltá-la e a outra mão já procurava o celular para chamar uma ambulância, ela falou numa voz falha:

– Não... vá embora... saia daqui...

Strike raras vezes vira terror semelhante. Em sua desumanidade, o marido viera a parecer quase sobrenatural. Mesmo enquanto Strike soltava o pulso ensanguentado e inchado da mulher, ela implorava que a deixasse ali. Laing dissera que a mataria se o bebê não estivesse mais feliz quando ele voltasse. Ela não parecia capaz de conceber um futuro em que Laing não fosse onipotente.

Donald Laing foi sentenciado a dezesseis anos de prisão pelo que fizera com a esposa e as provas de Strike o colocaram atrás das grades. Até o fim, Laing negara tudo, dizendo que a mulher se amarrara sozinha, que gostava disso, que ela era pervertida desse jeito, que não cuidava do bebê, que armava para ele, que era tudo uma tramoia.

Aquela lembrança era a mais imunda do que qualquer outra que ele tivesse. Era estranho revivê-la enquanto o Mini passava por ladeiras verdejantes, faiscando no sol cada vez mais forte. Esta paisagem não era familiar a Strike. As amplas massas de granito, aqueles morros ondulantes, tinham uma grandeza estranha em seu caráter exposto, na calma amplidão. Ele passara grande parte da infância encarapitado no litoral, com o gosto de sal no ar: este era um lugar de matas e rios, misterioso e cheio de segredos de um jeito diferente de St. Mawes, a cidadezinha com sua longa história de contrabando, onde casas coloridas caíam para a praia.

Ao passar por um viaduto espetacular à direita, ele pensou nos psicopatas, encontrados em toda parte, não só em casas arruinadas, cortiços e habitações coletivas, mas mesmo ali, naquele lugar de serena beleza. Gente como Laing parecia rato: você sabia que estava ali, mas só pensava melhor quando ficava cara a cara com um.

Dois pequenos castelos de pedra montavam sentinela de ambos os lados da estrada. À medida que Strike dirigia para a cidade natal de Donald Laing, o sol apareceu, com um brilho deslumbrante.

# 16

*So grab your rose and ringside seat,*
*We're back home at Conry's bar.*

Blue Öyster Cult, "Before the Kiss"

Atrás da porta de vidro de uma loja na rua principal, havia um pano de prato pendurado. Era decorado, em linhas pretas, com motivos de pontos turísticos locais, mas o que chamou a atenção de Strike foram as várias rosas amarelas estilizadas, idênticas à tatuagem que ele se lembrava de ver no musculoso braço de Donald Laing. Ele parou para ler os versos do meio:

*It's oor ain toon*
*It's the best toon*
*That ever there be:*
*Here's tae Melrose,*
*Gem o' Scottland,*
*The toon o' the free.*[1]

Ele havia deixado o Mini em um estacionamento ao lado da abadia de arcadas vermelho-escuras que se erguia na direção de um céu azul-claro. Mais além dali, a sudeste, Strike notara no mapa, ficava o triplo pico de Eildon Hill, que conferia drama e distinção ao horizonte. Depois de um pãozinho de bacon comprado em uma cafeteria próxima e consumido a uma mesa na calçada, seguido por um cigarro e seu segundo chá forte do dia, Strike partiu a pé em busca do Wynd, o endereço residencial que Laing dera

---

[1] "Esta é nossa cidade / A melhor cidade / Que já existiu: / Salve Melrose / Gema da Escócia / A cidade dos livres."

16 anos antes ao se alistar no exército, e que Strike não sabia bem como pronunciar. Seria como "wind", ou "waind"?

A cidadezinha parecia próspera ao sol enquanto Strike andava pela ladeira até a praça central, onde uma pilastra encimada por um unicórnio destacava-se em um canteiro de flores. Uma pedra redonda na calçada trazia o nome da cidade em romano antigo, Trimontium, que Strike entendeu se referir ao morro de três picos próximo dali.

Parecia que ele tinha perdido o Wynd que, segundo o mapa do celular, começava na rua principal. Ele voltou e encontrou uma entrada estreita nas paredes à direita, com largura suficiente para um pedestre, levando a um pátio interno escuro. A antiga casa da família de Laing tinha uma porta de entrada em azul berrante e era alcançada por uma pequena escada.

A batida de Strike foi atendida quase de imediato por uma mulher bonita de cabelos pretos, nova demais para ser a mãe de Laing. Quando Strike explicou sua missão, ela respondeu num leve sotaque que ele achou atraente:

– A sra. Laing? Ela não mora mais aqui há pelo menos dez anos.

Antes que o ânimo dele se abatesse, ela acrescentou:

– Ela mora na Dingleton Road.

– Dingleton Road? Fica muito longe?

– É só subir por ali. – Ela apontou para trás, à direita. – Não sei o número, desculpe.

– Não tem problema. Obrigado pela ajuda.

Enquanto voltava pela passagem suja na direção da praça iluminada pelo sol, ocorreu a Strike que ele nunca ouvira Donald Laing falar, com exceção das obscenidades que o jovem soldado resmungara em seu ouvido no ringue de boxe. Ainda trabalhando disfarçado no caso das drogas, era imperativo que Strike não fosse visto de barba entrando e saindo do quartel-general, e assim o interrogatório de Laing depois da prisão fora realizado por terceiros. Mais tarde, quando conseguiu concluir o caso das drogas e estava novamente barbeado, Strike dera provas contra Laing em julgamento, mas estava em um avião, saindo de Chipre, quando Laing se apresentou para negar ter amarrado ou torturado a mulher. Enquanto atravessava a Market Square, Strike se perguntou se o sotaque de escocês poderia ter sido o motivo para que as pessoas se mostrassem tão inclinadas a acreditar em Donnie Laing, a perdoar-lhe, a gostar dele. O detetive tinha uma vaga lembrança de ter lido que os anunciantes usavam o sotaque escocês para sugerir integridade e honestidade.

O único pub que ele vira até agora ficava a uma curta distância, em uma rua por onde Strike passou a caminho da Dingleton Road. Melrose parecia gostar de amarelo: embora as paredes fossem brancas, as portas e janelas do pub eram distinguidas pela cor preta e um amarelo limão ácido. Para deleite do cornualhês Strike, tendo em vista a localização da cidade, sem saída para o mar, o pub se chamava Ship Inn. Ele pegou a Dingleton Road, que serpenteava abaixo de uma ponte, virava uma ladeira íngreme e desaparecia de vista.

A expressão "não muito longe" era relativa, como Strike frequentemente teve oportunidade de observar desde que perdera a panturrilha e o pé. Depois de uma caminhada de dez minutos ladeira acima, ele começava a se arrepender de não ter voltado ao estacionamento da abadia para pegar o Mini. Por duas vezes, perguntou a mulheres na rua se elas sabiam onde morava a sra. Laing, mas, embora fossem educadas e simpáticas, nenhuma delas soube lhe dizer. Ele andou com esforço, transpirando um pouco, passou por um trecho de bangalôs brancos, até encontrar um idoso que vinha na direção contrária, com uma boina de tweed, passeando com um Border collie preto e branco.

— Com licença – disse Strike. – Por acaso o senhor sabe onde mora a sra. Laing? Esqueci o número.

— A dona Laing? – respondeu o dono do cachorro, avaliando Strike abaixo das sobrancelhas grisalhas. – Sei, ela é minha vizinha de porta.

*Graças a Deus.*

— Três casas adiante – disse o homem, apontando. – A que tem o poço de pedra na frente.

— Muito obrigado – disse Strike.

Ao pegar a entrada da casa da sra. Laing ele percebeu, pelo canto do olho, que o velho ainda estava parado ali, observando, apesar de o cachorro tentar puxá-lo ladeira abaixo.

O bangalô da sra. Laing parecia limpo e respeitável. Animais de pedra de um encanto estilo Disney pontilhavam o gramado e espiavam de seus canteiros de flores. A porta de entrada ficava na lateral da construção, na sombra. Só ao levar a mão à aldrava foi que ocorreu a Strike que talvez ele ficasse cara a cara com Donald Laing dali a segundos.

Bateu à porta e esperou um minuto inteiro, nada aconteceu, exceto o velho do cachorro ter voltado pela rua e parado no portão da sra. Laing, olhando descaradamente. Strike desconfiou de que o homem tivesse se arrependido de ter dado o endereço da vizinha, e estava vendo se o estranho grandalhão pretendia fazer algum mal à mulher, mas estava enganado.

– Ela está em casa – disse ele a Strike, que pensava se devia tentar de novo. – Mas ela é lelé.

– Ela é o quê? – gritou Strike enquanto batia pela segunda vez.

– Lelé. Pancada.

O homem do cachorro deu alguns passos pela entrada na direção de Strike.

– Demência senil – traduziu ele.

– Ah – disse Strike.

A porta se abriu revelando uma velha minúscula, murcha, de cara amarelada, usando um vestido azul-escuro. Ela olhou feio para Strike, com uma maldade desfocada. Tinha vários pelos duros saindo do queixo.

– Sra. Laing?

Ela nada disse, fitando-o com olhos que, embora hoje fossem injetados e desbotados, ele sabia que nos bons tempos deviam ser pequenos e brilhantes como os de um furão.

– Sra. Laing, estou procurando seu filho Donald.

– Não – disse ela, com uma veemência surpreendente. – Não.

Ela se retirou e bateu a porta.

– Bosta – disse Strike em voz baixa, o que o fez pensar em Robin. Ela quase certamente teria encantado a velhinha melhor do que ele. Ele se virou devagar, perguntando-se se havia mais alguém em Melrose que pudesse ajudar – vira outros Laing na lista telefônica – e se viu frente a frente com o velho do cachorro, que percorreu toda a entrada para encontrá-lo e parecia cautelosamente animado.

– Você é o detetive – disse ele. – Você é o detetive que botou o filho dela na cadeia.

Strike ficou espantado. Não conseguia imaginar como podia ser reconhecido por um escocês idoso que nunca viu na vida. Sua suposta fama era muito restrita quando se tratava de ser identificado por estranhos. Ele andava todo dia pelas ruas de Londres sem que ninguém se importasse com quem ele era. A não ser que alguém o conhecesse ou ouvisse seu nome no contexto de uma investigação, raras vezes era associado com as matérias de jornal sobre seus casos de sucesso.

– É, foi você! – disse o velho, mais empolgado. – Minha esposa e eu somos amigos de Margaret Bunyan. – E, diante do espanto de Strike, ele esclareceu: – A mãe de Rhona.

A memória espaçosa de Strike precisou de alguns segundos para registrar a informação de que a mulher de Laing, a jovem que ele descobrira amarrada na cama sob um lençol sujo de sangue, chamava-se Rhona.

– Quando Margaret viu você nos jornais, nos disse, "É ele, é o sujeito que resgatou a nossa Rhona!" Você se deu bem, não? Pare com isso, Wullie! – acrescentou ele em um aparte alto ao collie ansioso, que ainda puxava a trela, tentando voltar à rua. – Ah, sim, Margaret acompanha tudo que você faz, todas as reportagens nos jornais. Você descobriu quem matou aquela modelo... e aquele escritor! Margaret nunca se esqueceu do que você fez pela filha dela, nunca.

Strike resmungou alguma coisa vaga, algo que esperava soar agradecido pelo apreço de Margaret.

– Por que você quer falar com a velha sra. Laing? Ele não fez mais nada, fez, o Donnie?

– Estou tentando encontrá-lo – disse Strike, na evasiva. – Sabe se ele voltou para Melrose?

– Ai, não, acho que não. Ele veio ver a mãe alguns anos atrás, mas desde então não sei se esteve aqui. Esta é uma cidade pequena: Donnie Laing de volta... a gente saberia, não?

– O senhor acha que a sra... Bunyan, foi o que disse?... pode ter alguma...?

– Ela ia adorar conhecer você – disse o velho, animado. – *Não*, Wullie – acrescentou ele ao Border collie que gania, tentando puxá-lo para o portão. – Quer que eu telefone para ela, quer? Ela mora logo ali em Darnick. O próximo vilarejo. Quer que eu telefone?

– Isto seria de muita ajuda.

Assim, Strike acompanhou o velho à casa vizinha e esperou em uma pequena sala de estar imaculada enquanto ele falava animadamente ao telefone, mais alto do que os ganidos cada vez mais furiosos do cachorro.

– Ela vem aqui – disse o velho, com a mão cobrindo o bocal. – Quer se encontrar com ela aqui? Você é bem-vindo. Minha mulher vai fazer chá...

– Obrigado, mas tenho algumas coisas para fazer. – Strike mentiu, duvidando da possibilidade de uma entrevista bem-sucedida na presença desta testemunha tagarela. – Pode ver se ela estaria livre para almoçar no Ship Inn? Daqui a uma hora?

A determinação do collie de dar seu passeio pesou na balança em favor de Strike. Os dois homens saíram da casa e desceram a ladeira juntos, o collie puxando o tempo todo, e assim Strike foi obrigado a um passo mais rápido do que lhe era adequado numa descida íngreme. Aliviado, ele se despediu na Market Square do prestativo conhecido. Com um aceno animado, o velho partiu para o rio Tweed e Strike, agora mancando um pouco, andou pela rua principal, matando tempo até precisar voltar ao Ship.

No final da rua, encontrou outra explosão de preto e amarelo ácido que, percebeu, explicava as cores do Ship Inn. Mais uma vez era a rosa amarela, em uma placa anunciando MELROSE RUGBY FOOTBALL CLUB. Strike parou, de mãos nos bolsos, vendo por cima do muro baixo um trecho liso e plano de veludo verde-azulado cercado por árvores, os postes amarelos de rúgbi brilhando ao sol, arquibancadas à direita e colinas suavemente ondulantes para além dali. O campo tinha a conservação de um lugar de veneração e era uma instalação extraordinariamente bem equipada para uma cidade tão pequena.

Vendo o trecho de grama aveludada, Strike se lembrou de Whittaker, fedendo e fumando no canto da casa enquanto Leda ficava a seu lado, ouvindo boquiaberta as histórias de sua vida difícil – crédula e ávida como um filhote de passarinho, Strike entendia agora, pelas lorotas que Whittaker lhe contava. Do ponto de vista de Leda, Gordonstoun podia muito bem ser Alcatraz: era uma completa crueldade que seu poeta magro tenha sido obrigado no severo inverno escocês a ser esmurrado e derrubado na lama e na chuva.

– Rúgbi não, amor. Ah, coitadinho... *Você* jogando rúgbi!

E quando o Strike de 17 anos (exibindo um lábio inchado do clube de pugilismo na época) riu baixinho, com seu dever de casa, Whittaker se levantou trôpego, gritando com seu sotaque cockney irritante:

– Do que é que tá rindo, seu cabeça de merda?

Whittaker não suportava que rissem dele. Ele precisava, ansiava pela adulação; na ausência dela, usaria o medo ou mesmo o ódio como prova de seu poder, mas o ridículo era evidência da suposta superioridade do outro e, por conseguinte, insuportável.

– Tu ia adorar, né, seu merdinha imbecil? Já se vê como a porra de um capitão, né, com os amiguinhos do rúgbi. Diz pro papai rico pra mandar esse merda à porra de Gordonstoun! – gritara Whittaker para Leda.

– Calma, amor! – dissera ela, e depois, em termos um pouco mais peremptórios: – Não, Corm!

Strike tinha se levantado, preparado e ansioso para bater em Whittaker. Foi o mais perto que ele chegou de fazer isso, mas a mãe havia se postado entre os dois, a mão fina e cheia de anéis no peito de cada um deles.

Strike piscou e o campo iluminado pelo sol, um lugar de empenho e empolgação inocentes, voltou a entrar em foco. Ele sentia o cheiro das folhas, da grama e da borracha quente da estrada a seu lado. Lentamente, virou-se e voltou para o Ship Inn, ansioso por uma bebida, mas seu subconsciente traiçoeiro ainda não havia acabado com ele.

A visão daquele campo liso de rúgbi desencadeara outra lembrança: Noel Brockbank, cabelos pretos, olhos pretos, correndo para ele com a garrafa de cerveja quebrada na mão. Brockbank era enorme, poderoso e rápido: um asa. Strike se lembrava de seu próprio punho se erguendo em volta daquela garrafa quebrada, fazendo contato quando o vidro tocou seu pescoço...

Uma fratura basal no crânio, foi como chamaram. Sangramento pelo ouvido. Uma grave lesão cerebral.

– Merda, merda, merda – resmungou Strike, no ritmo dos próprios passos.

*Laing, é para isso que você está aqui. Laing.*

Ele passou sob o galeão de metal com velas de um amarelo vivo pendurado no alto da porta do Ship Inn. Uma placa do lado de dentro dizia O ÚNICO PUB DE MELROSE.

De cara, ele achou o lugar tranquilizador: um brilho de cor cálida, vidro e bronze reluzentes; um carpete que parecia uma colcha de retalhos de marrons, vermelhos e verdes desbotados; paredes de um tom de pêssego aconchegante e pedra exposta. Para todo lado, havia outros sinais da obsessão esportiva de Melrose: quadros-negros anunciando as próximas partidas, vários televisores de plasma enormes e, acima do mictório (já fazia horas que Strike urinara pela última vez), um pequeno televisor instalado na parede, para não perder um lance quando uma bexiga cheia não pudesse mais ser ignorada.

Pensando na viagem de volta a Edimburgo no carro de Hardacre, ele comprou uma cerveja John Smith's e se sentou em um sofá de couro de frente para o balcão, olhando o cardápio laminado na esperança de que Margaret Bunyan fosse pontual, porque ele já percebera que estava com fome.

Ela apareceu apenas cinco minutos depois. Embora ele mal conseguisse se lembrar de como era sua filha e nunca tivesse visto a sra. Bunyan, a expressão que misturava apreensão e expectativa a entregou enquanto ela parou, olhando fixamente, no capacho.

Strike se levantou e ela avançou, agarrando uma grande bolsa preta.

– *É mesmo* você – disse ela sem fôlego.

Tinha por volta de sessenta anos, pequena e de aparência frágil, óculos de aro de metal, a expressão ansiosa abaixo do cabelo claro com uma leve permanente.

Strike estendeu a mão grande e apertou a dela, que tremia um pouco, fria e de ossos finos.

– O pai dela está em Hawick, ele não pôde vir, eu telefonei, ele falou para dizer a você que nunca vai se esquecer do que você fez por Rhona – disse ela de um fôlego só. Ela arriou ao lado de Strike no sofá, ainda o observando com um misto de assombro e nervosismo. – Nós nunca nos esquecemos. Lemos sobre você nos jornais. Sentimos tanto por sua perna. O que você fez por Rhona! O que você fez...

De súbito, os olhos dela transbordaram de lágrimas.

– ... ficamos tão...

– Fico feliz de ter podido...

Encontrar a filha dela nua e amarrada, suja de sangue numa cama? Contar aos parentes o que haviam suportado as pessoas que eles amavam era uma das piores partes de seu trabalho.

– ... de ter podido ajudá-la.

A sra. Bunyan assoou o nariz em um lenço que pegou no fundo da bolsa preta. Ele sabia que ela era da geração de mulheres que jamais entraria sozinha em um pub, em circunstâncias normais, e certamente não compraria bebida em um bar se um homem estivesse presente para fazer o pedido.

– Vou pedir alguma coisa para a senhora.

– Só um suco de laranja – disse ela sem fôlego, enxugando os olhos.

– E algo para comer – insistiu Strike, louco para pedir o haddock assado na cerveja e fritas para si mesmo.

Quando ele fez o pedido no balcão e voltou, ela perguntou o que ele estava fazendo em Melrose, e a origem de seu nervosismo logo ficou evidente.

– Ele não voltou, não é? Donnie? Ele voltou?

– Pelo que sei, não – disse Strike. – Não sei onde ele está.

– Acha que ele teve alguma coisa a ver com...?

A voz dela caiu a um sussurro.

– Lemos no jornal... vimos que alguém mandou a você uma... uma...

– Sim – disse Strike. – Não sei se ele tem alguma coisa a ver com isso, mas gostaria de encontrá-lo. Ao que parece, ele veio aqui visitar a mãe depois que saiu da prisão.

– Ah, uns quatro ou cinco anos atrás, é o que deve ter sido – disse Margaret Bunyan. – Ele apareceu na porta dela, forçou a entrada no bangalô. Ela agora tem Alzheimer. Não pôde impedir, mas os vizinhos chamaram os irmãos dele, eles vieram e o botaram para fora.

– Eles fizeram isso?

– Donnie é o mais novo. Ele tem quatro irmãos mais velhos. São homens durões – disse a sra. Bunyan –, todos eles. Jamie mora em Selkirk... veio correndo para tirar Donnie da casa da mãe. Dizem que bateu nele até deixá-lo desmaiado.

Trêmula, ela tomou um gole do suco de laranja e continuou.

– Ouvimos falar de tudo isso. Nosso amigo Brian, que você conheceu agora pouco, ele viu a briga na rua. Quatro deles contra um, todos na maior gritaria. Alguém chamou a polícia. Jamie levou uma advertência. Ele não se importou – disse a sra. Bunyan. – Eles não o queriam por perto, nem da mãe. Tocaram Donnie para fora da cidade.

"Eu fiquei morta de medo", continuou ela. "Por Rhona. Ele sempre disse que ia achá-la quando saísse."

– E achou?

– Ah, sim – disse num tom infeliz Margaret Bunyan. – Sabíamos que acharia. Ela havia se mudado para Glasgow, conseguiu um emprego numa agência de viagens. Ainda assim ele a achou. Por seis meses, ela viveu com medo de ele aparecer e então, um dia, ele foi. Chegou à casa dela uma noite, mas estava doente. Não era o mesmo.

– Doente? – repetiu Strike num tom incisivo.

– Não consigo me lembrar do que ele tinha, uma espécie de artrite, acho, e Rhona disse que ele havia engordado muito. Ele apareceu na casa dela à noite, tinha localizado minha filha, mas graças a Deus – disse a sra. Bunyan com fervor – o noivo dela estava lá. O nome dele é Ben – acrescentou ela, com um floreio triunfal, a cor aumentando em suas bochechas desbotadas – e ele é da *polícia*.

Ela disse isso como se pensasse que Strike ficaria especialmente feliz em saber, como se ele e Ben fossem companheiros da mesma grande fraternidade investigativa.

– Eles agora estão casados – disse a sra. Bunyan. – Não têm filhos porque... bom, você sabe por quê.

E, de súbito, explodiu uma torrente de lágrimas, jorrando pelo rosto da sra. Bunyan, por trás dos óculos. O horror do que acontecera uma década antes repentinamente estava fresco, em carne viva, como se uma pilha de vísceras tivesse sido jogada na mesa diante deles.

– ... Laing enfiou uma faca dentro dela – sussurrou a sra. Bunyan.

Ela se confidenciou como se Strike fosse um médico ou padre, contando os segredos que lhe pesavam, mas que não conseguia contar aos amigos: ele já sabia do pior. Enquanto ela procurava novamente o lenço em sua bolsa preta e quadrada, Strike se lembrou da grande mancha de sangue nos lençóis, as escoriações na pele do pulso, onde Rhona tentara se libertar. Graças a Deus a mãe não podia enxergar dentro da cabeça dele.

– Ele enfiou uma faca dentro... e eles tentaram... sabe... restaurar...

A sra. Bunyan respirou fundo, soltando o ar, estremecida, enquanto dois pratos de comida apareciam diante deles.

– Mas ela e Ben têm ótimas férias – sussurrou ela freneticamente, passando o lenço repetidas vezes nas bochechas encovadas, levantando os óculos para alcançar os olhos. – E eles criam... eles criam... pastores-alemães.

Embora estivesse com fome, Strike não conseguiu comer logo depois de ouvir o que fizeram com Rhona Laing.

– Ela e Laing tiveram um filho, não foi? – perguntou ele, lembrando-se do choro fraco ao lado da mãe ensanguentada e desidratada. – Agora a criança deve ter o quê, uns dez anos?

– Ele m-morreu – sussurrou ela, as lágrimas pingando da ponta do queixo. – M-morte do berço. Estava sempre doente, a criança. Aconteceu d-dois dias depois de prenderem D-Donnie. E e-ele... Donnie... telefonou da prisão e falou para ela que sabia que ela havia matado... matado... o filho... e que ele a mataria quando saísse...

Strike colocou brevemente a mão grande no ombro da mulher aos prantos, depois se levantou e se aproximou do jovem barman que os observava boquiaberto. Um conhaque parecia forte demais para a criatura frágil como um pardal atrás dele. A tia Joan de Strike, que era só um pouco mais velha que a sra. Bunyan, sempre considerava o vinho do Porto medicinal. Ele pediu uma taça e levou a ela.

– Tome. Beba isto.

Sua recompensa foi um recrudescimento das lágrimas, mas, depois de se enxugar mais com o lenço encharcado, ela disse, trêmula:

– Você é muito gentil. – Ela bebeu um golinho, soltou um leve suspiro ofegante e piscou para ele, os olhos de cílios claros rosados como de um leitão.

– Sabe para onde Laing foi depois de aparecer na casa de Rhona?

– Sim – sussurrou ela. – Ben sondou no trabalho, através do agente de condicional. Ao que parece, ele foi para Gateshead, mas não sei se ainda está lá.

*Gateshead*. Strike se lembrou do Donald Laing que tinha encontrado na internet. Será que ele se mudara de Gateshead para Corby? Ou eram homens diferentes?

– De qualquer modo – disse a sra. Bunyan –, ele nunca mais incomodou Rhona e Ben.

– Posso apostar que não – disse Strike, pegando garfo e faca. – Um policial e pastores-alemães, hein? Ele não é bobo.

Ela parecia criar coragem e se reconfortar com as palavras dele e, com um sorriso tímido e choroso, começou a beliscar o macarrão com queijo.

— Eles se casaram novos — comentou Strike, que queria ouvir qualquer coisa que pudesse a respeito de Laing, qualquer coisa que lhe desse uma pista de suas associações ou hábitos.

Ela concordou com a cabeça, engoliu e falou.

— Novos demais. Ela começou a sair com ele quando tinha apenas 15 anos, e não gostamos disso. Tínhamos ouvido coisas sobre Donnie Laing. Uma moça disse que ele ficava forçando, insistindo com ela na discoteca Young Farmers. Nunca deu em nada: a polícia disse que não havia provas suficientes. Tentamos avisar Rhona de que ele era problema — ela suspirou —, mas isto a deixou ainda mais determinada. Ela sempre foi cabeça-dura, a nossa Rhona.

— Ele já havia sido acusado de estupro? — Seu peixe com fritas era excelente. O pub enchia e ele ficou agradecido por isso: a atenção do barman foi desviada deles.

— Ah, sim. Era uma família rude — disse a sra. Bunyan, com aquele esnobismo hipócrita de cidade pequena que Strike conhecia bem, de sua própria criação. — Todos aqueles irmãos, estavam sempre brigando, tinham problemas com a polícia, mas ele era o pior de todos. Os próprios irmãos não gostavam dele. Não acho que a mãe gostasse muito dele, para dizer a verdade. Corria um boato — disse ela numa explosão de confiança — de que ele não era do pai. Os pais brigavam sempre e se separaram mais ou menos na época em que ela engravidou de Donnie. Dizem que ela teve um caso com um policial local, aliás. Não sei se é verdade. O policial se mudou e o sr. Laing voltou, mas o sr. Laing jamais gostou de Donnie, disso eu sei. Não gostava nada dele. As pessoas diziam que era porque ele sabia que Donnie não era dele.

"Ele era o mais rebelde de todos. Um valentão. Entrou para o juvenil do Sevens...

— Sevens?

— O time de rúgbi Sevens — disse ela, e mesmo esta senhora baixinha e gentil ficou surpresa por Strike não compreender de imediato o que parecia mais uma religião do que um esporte em Melrose. — Mas foi expulso. Por indisciplina. *Alguém* retalhou Greenyards uma semana depois de o expulsarem. O campo — acrescentou ela, em resposta à ignorância pasma do inglês.

O vinho do Porto a deixava faladeira. As palavras agora saíam aos trambolhões.

– Ele então foi lutar boxe. Mas tinha o dom da fala, ah, isso ele tinha. Quando Rhona começou com ele... ela estava com 15 anos e ele tinha 17... teve um pessoal que me disse que ele na realidade não era um sujeito mau. Ah, sim – repetiu ela, assentindo para a incredulidade de Strike. – Um pessoal que não o conhecia tão bem e foi levado na conversa por ele. Ele podia ser encantador quando queria, esse Donnie Laing.

"... Mas pergunte a Walter Gilchrist se ele era encantador. Walter o demitiu da fazenda... ele chegava sempre atrasado... depois disso *alguém* pôs fogo no celeiro dele. Ah, nunca provarão que foi Donnie. Nunca provarão que foi ele que estragou o campo também, mas eu sei no que acredito.

"Rhona não deu ouvidos. Achava que o conhecia. Ele era um incompreendido e não sei mais o quê. Nós éramos preconceituosos, de mentalidade estreita. Ele queria entrar para o exército. Eu pensei, já vai tarde. Tinha esperanças de que ela se esqueceria dele, se ele fosse.

"Mas então ele voltou. Ele a engravidou, mas ela perdeu o bebê. Ela ficou com raiva de mim porque eu disse..."

Ela não queria contar o que havia dito, mas Strike podia imaginar.

– ... E então ela parou de falar comigo e se casou com ele assim que ele teve uma licença. O pai dela e eu não fomos convidados – disse ela. – Foram para Chipre juntos. Mas eu sei que ele matou a nossa gata.

– O quê? – disse Strike, impressionado.

– Eu sei que foi ele. Falamos com Rhona que ela estava cometendo um erro terrível, da última vez que a vimos, antes de ela se casar com ele. Naquela noite não conseguimos encontrar Purdy. No dia seguinte, ela estava no gramado dos fundos, morta. O veterinário disse que tinha sido estrangulada.

Na tela de plasma acima do ombro dela, um Dimitar Berbatov vestido de escarlate comemorava um gol contra o Fulham. O ar estava cheio de vozes com sotaque. Copos e talheres tilintavam enquanto a companheira de Strike falava de morte e mutilação.

– Eu sei que foi ele, sei que ele matou Purdy – disse ela com fervor. – Olha o que ele fez com Rhona e o bebê. Ele é mau.

Suas mãos se atrapalharam com o fecho da bolsa e pegaram um pequeno maço de fotografias.

– Meu marido sempre diz, "Por que você guarda isso? Queime". Mas eu sempre pensei que um dia íamos precisar de fotos dele. Tome – disse ela, enfiando-as nas mãos ansiosas de Strike. – Fique com elas, guarde. Gateshead. Ele foi para lá depois.

Mais tarde, depois de ela ter partido com lágrimas renovadas e agradecimentos e de ele pagar a conta, Strike foi a pé ao Millers of Melrose, um pequeno açougue que tinha notado ao andar pela cidade. Lá ele se regalou com tortas de cervo que suspeitava serem muito mais saborosas do que qualquer coisa que poderia comprar na estação antes de embarcar no leito para Londres.

Voltando ao estacionamento por uma rua curta onde rosas douradas floresciam, Strike pensou novamente na tatuagem daquele braço potente.

Em certa época, anos atrás, significou alguma coisa para Donnie Laing pertencer a esta linda cidade cercada de fazendas, vigiada do alto pelos picos triplos de Eildon Hill. Entretanto, ele não era um simples trabalhador da terra, nem jogador de time, tampouco representava algum benefício para um lugar que parecia se orgulhar da disciplina e do comportamento honesto. Melrose expulsava quem queimava celeiros, estrangulava gatos, retalhava campos de rúgbi, e assim Laing se refugiou em um lugar em que muitos homens ou encontravam a salvação, ou sua punição inevitável: o exército britânico. Quando isto o levou à prisão e a prisão o descartou, ele tentou voltar para casa, mas ninguém o queria.

Será que Donald Laing encontrou uma acolhida mais calorosa em Gateshead? Teria se mudado de lá para Corby? Ou, perguntou-se Strike, enquanto se espremia no Mini de Hardacre, estes lugares foram meras paradas no caminho dele até Londres e Strike?

# 17

## *The Girl That Love Made Blind*

Manhã de terça-feira. A Coisa dormia depois de a Coisa dizer ter sido uma noite longa e difícil. Como se ele se importasse, embora tivesse de agir como quem se importava. Ele convenceu a Coisa a se deitar e quando a Coisa respirava fundo e com regularidade, ele a observou por algum tempo, imaginando arrancar a vida da merda da Coisa por estrangulamento, vendo seus olhos se abrirem e a Coisa lutar para respirar, sua cara lentamente se arroxeando...

Quando teve certeza de que não acordaria a Coisa, ele saiu do quarto em silêncio, vestiu um casaco e ganhou o ar do início da manhã para encontrar A Secretária. Esta era sua primeira oportunidade de segui-la em dias, e ele estava atrasado demais para pegar o rastro na estação do bairro dela. O máximo que podia fazer era ficar à espreita na boca da Denmark Street.

Ele a viu de longe: aquele cabelo louro-arruivado, ondulado e brilhante era inconfundível. A vaca fútil deve gostar de aparecer, ou o teria coberto, cortado ou tingido. Todas elas querem atenção, ele sabia que era um fato: todas elas.

À medida que ela se aproximava, o instinto infalível dele para o estado de espírito dos outros disse que algo havia mudado. Ela andava cabisbaixa, recurvada, distraída dos outros trabalhadores formigando a sua volta, agarrados a sacolas, cafés e telefones.

Ele passou por ela na direção contrária, chegando tão perto que podia ter sentido o cheiro de seu perfume se eles não estivessem em uma rua tão movimentada, tomada de escapamento de carro e poeira. Ele podia ser uma placa de trânsito. Isto o irritou um pouco, embora sua intenção fosse passar por ela sem ser percebido. Ele a escolhera, mas ela o tratara com indiferença.

Por outro lado, ele fez uma descoberta: ela estivera chorando durante horas. Ele sabia como era quando uma mulher fazia isso, tinha visto muitas vezes. A cara inchada, avermelhada e macilenta, escorrendo e gemendo: todas elas faziam isso. Elas gostavam de bancar a vítima. Você as mataria só para que calassem a boca.

Ele se virou e a seguiu pela curta distância até a Denmark Street. Quando as mulheres se encontravam no estado dela, em geral eram maleáveis de uma maneira que não seriam quando menos angustiadas ou assustadas. Elas se esqueciam de fazer todas as coisas que as vacas costumam fazer para manter ao largo gente como ele: chaves entre os nós dos dedos, telefones nas mãos, alarmes antiestupro nos bolsos, andar em grupos. Ficavam carentes, agradecidas por uma palavra gentil, um ouvido amigo. Foi assim que ele havia chegado na Coisa.

O ritmo dele acelerou quando ela dobrou na Denmark Street, que a imprensa finalmente deixara de lado como perda de tempo depois de oito dias. Ela abriu a porta preta do escritório e entrou.

Será que ela ia sair de novo, ou passaria o dia com Strike? Ele torcia muito para que eles estivessem trepando. Deviam estar. Só os dois naquele escritório o tempo todo – tinham de estar.

Ele se escondeu em um vão de porta e pegou o celular, de olho na janela do segundo andar do número 24.

# 18

*I've been stripped, the insulation's gone.*
Blue Öyster Cult, "Lips In The Hills"

A primeira vez que Robin entrou no escritório de Strike foi em sua primeira manhã de noivado. Ao destrancar a porta de vidro hoje, ela se lembrou de que estava olhando a safira nova no dedo bronzeado pouco antes de Strike sair de rompante da sala e quase matá-la, se a tivesse derrubado na escada de metal.

Não havia mais anel no dedo. O lugar onde ele ficara por todos esses meses estava hipersensível, como se a tivesse deixado marcada. Ela carregava uma pequena bolsa de viagem que continha uma muda de roupas e alguns produtos de toalete.

*Você não pode chorar aqui. Não deve chorar aqui.*

No automático, ela realizou suas tarefas normais de início de dia de trabalho: tirou o casaco, pendurou com a bolsa em um gancho ao lado da porta, encheu e ligou a chaleira e meteu a bolsa de viagem embaixo da mesa, onde Strike não veria. Virava-se constantemente para verificar se tinha feito o que pretendia, sentindo-se sem corpo, como um fantasma de dedos gelados tocando alças de bolsas e chaleiras.

Foram necessários quatro dias para desfazer uma relação que durara nove anos. Quatro dias de animosidades acumuladas, de ressentimentos ventilados e acusações disparadas. Parte disso parecia tão banal, pensando bem agora. O Land Rover, o Grand National, a decisão dela de levar o laptop para casa. No domingo, houve uma altercação mesquinha sobre quem pagaria pelos carros do casamento, se os pais dele ou dela, o que levou outra vez a uma discussão sobre seu salário desprezível. Quando eles entraram no

Land Rover na manhã de segunda-feira para voltar para casa, não estavam se falando.

E então, na noite anterior, em casa, em West Ealing, aconteceu a discussão explosiva que transformou todas as escaramuças anteriores em mera banalidade, simples tremores de alerta do desastre sísmico que poria tudo a perder.

Não demoraria muito para que Strike descesse. Ela o ouvia andando no andar de cima. Robin sabia que não devia parecer abalada ou incapaz de superar. Agora, o trabalho era tudo que tinha. Teria de encontrar um quarto no apartamento de alguém, só o que ela pudesse pagar com a ninharia que recebia de Strike. Ela tentou imaginar as futuras companheiras de casa. Seria como voltar a uma república estudantil.

*Não pense nisso agora.*

Enquanto preparava o chá, notou que tinha se esquecido de trazer a lata de chá Bettys que comprara logo depois de experimentar pela última vez o vestido de noiva. A ideia quase a derrubou, mas, com muita força de vontade, conteve o impulso de chorar e levou a caneca até o computador, pronta para fazer a triagem dos e-mails que não conseguira responder durante a semana de exílio do trabalho.

Strike, ela sabia, tinha acabado de chegar da Escócia: voltara no trem noturno. Ela entabularia uma conversa sobre isso quando ele aparecesse, para desviar a atenção de seus olhos vermelhos e inchados. Antes de sair de casa esta manhã, ela tentou melhorar a aparência com gelo e água fria, com sucesso limitado.

Matthew tentara bloquear o seu caminho quando ela saía de casa. Ele também estava péssimo.

– Olha, temos de conversar. Precisamos conversar.

*Não precisamos mais*, pensou Robin, cujas mãos tremiam ao levar o chá quente aos lábios. *Eu não preciso mais fazer nada que não queira.*

O pensamento corajoso foi minado por uma única lágrima quente que subitamente rolou por sua face. Apavorada, ela a enxugou; achava que não tinha mais nenhuma lágrima para chorar. Voltando-se ao monitor, ela digitou uma resposta a um cliente que perguntava de sua conta, mal sabendo o que escrevia.

Soaram passos na escada do lado de fora, fazendo-a se preparar. A porta se abriu. Robin levantou a cabeça. O homem parado ali não era Strike.

Um medo primal e instintivo correu por seu corpo. Não houve tempo para analisar por que o estranho teve tal efeito sobre ela; Robin simplesmente sabia que ele era perigoso. Num instante, ela havia calculado que não conseguiria chegar à porta a tempo, que o alarme antiestupro estava no bolso do casaco e que sua melhor arma era um abridor de cartas afiado a centímetros da mão esquerda.

Ele era esquelético e branco, de cabeça raspada, algumas sardas pontilhavam o nariz largo e a boca era grande e grossa. Tatuagens cobriam os pulsos, os nós dos dedos e o pescoço. Um dente de ouro cintilou em um lado da boca sorridente. Uma cicatriz funda corria do meio do lábio superior para a maçã do rosto, arrastando a boca para cima em um permanente estilo desdenhoso de Elvis. Vestia uma calça jeans baggy e um casaco de moletom e tinha um forte cheiro de tabaco e maconha.

– E aí? – disse ele, estalando repetidas vezes os dedos das mãos junto do corpo ao entrar na sala. *Clique, clique, clique.* – Tá sozinha, é?

– Não – disse ela, a boca completamente seca. Ela queria pegar o abridor de cartas antes que ele chegasse mais perto. *Clique, clique, clique.* – Meu chefe só está...

– Shanker! – disse a voz de Strike à porta.

O estranho se virou.

– Bunsen – disse ele e parou de estalar os dedos, estendeu a mão e cumprimentou Strike batendo os nós dos dedos. – Como é que tá, mano?

*Meu Deus*, pensou Robin, bamba de alívio. Por que Strike não contou que o homem viria aqui? Ela virou a cara, ocupando-se com o e-mail para que Strike não visse seu rosto. Enquanto Strike levava Shanker para a sala interna e fechava a porta, ela ouviu a palavra "Whittaker".

Normalmente, teria desejado estar lá dentro, ouvindo. Ela terminou o e-mail e supôs que devesse oferecer um café aos dois. Primeiro foi jogar mais água fria no rosto, no banheiro mínimo do patamar, que guardava um forte cheiro de esgoto, por mais que ela comprasse desodorizador de ambiente com seu magro salário.

Strike, enquanto isso, vira o suficiente de Robin para ficar chocado com sua aparência. Ele jamais vira seu rosto tão pálido, nem os olhos tão inchados e injetados. Mesmo enquanto estava sentado a sua mesa, ansioso para saber que informações sobre Whittaker Shanker trazia ao escritório, um pensamento passou por sua cabeça: *o que o filho da puta fez com ela?* E, por uma fração de segundo, antes de fixar toda sua atenção em Shanker, Strike imaginou-se esmurrando Matthew e gostando disso.

— Que cara feia é essa, Bunsen? — perguntou Shanker, esticando-se na cadeira em frente e estalando os dedos com entusiasmo. Tinha esse tique desde a adolescência, e Strike tinha pena da pessoa que tentasse fazê-lo parar.

— Cansaço — disse Strike. — Voltei da Escócia algumas horas atrás.

— Nunca fui à Escócia — comentou Shanker.

Strike não sabia que Shanker jamais saíra de Londres a vida toda.

— E aí, o que você tem para mim?

— Ele ainda tá por aí — disse Shanker, parando de estalar os dedos para tirar do bolso um maço de Mayfair. Acendeu um cigarro com um isqueiro barato sem perguntar se Strike se importava. Dando de ombros mentalmente, Strike pegou seu próprio Benson & Hedges e pediu o isqueiro emprestado. — Vi o avião dele. O sujeito disse que ele tá em Catford.

— Ele saiu de Hackney?

— Só se ele deixou um clone por lá, Bunsen. Eu não procuro clones. Me arranja mais cenzinho e vou ver.

Strike soltou um bufo curto, achando graça. As pessoas subestimavam Shanker a seu próprio risco. Como ele parecia ter usado todo tipo de substância ilegal em sua época, aquela inquietude costumava confundir os conhecidos, que supunham que ele tinha tomado alguma coisa. Na verdade, ele era mais afiado e mais sóbrio do que muitos executivos no final de um dia de trabalho, embora incuravelmente criminoso.

— Tem um endereço? — disse Strike, puxando um bloco para perto.

— Ainda não — disse Shanker.

— Ele está trabalhando?

— Ele diz pra todo mundo que é gerente de turnês de uma banda aí de metal.

— Mas?

— O cara é cafetão — disse Shanker, sem fazer rodeios.

Houve uma batida na porta.

– Alguém quer café? – perguntou Robin. Strike sabia que ela afastava propositalmente o rosto da luz. Os olhos dele encontraram a mão esquerda de Robin: a aliança de noivado tinha desaparecido.

– Valeu – disse Shanker. – Dois cubos de açúcar.

– Um chá seria ótimo, obrigado – disse Strike, vendo-a se afastar enquanto ele procurava na mesa o antigo cinzeiro de estanho que tinha afanado de um bar na Alemanha. Ele o colocou na frente de Shanker antes que o sujeito batesse a cinza comprida no chão.

– Como você sabe que ele é cafetão?

– Conheço um cara aí que encontrou ele com uma bagaça – disse Shanker. Strike estava familiarizado com o jargão de Shanker – bagaça era "prostituta". – Disse que Whittaker mora com ela. Muito novinha. Tudo legal.

– Sei – disse Strike.

Ele lidara com os vários aspectos da prostituição desde que se tornara investigador, mas isto era diferente: era seu ex-padrasto, um homem que a mãe amara cheia de romantismo, de quem ela teve um filho. Ele quase podia sentir o cheiro de Whittaker mais uma vez na sala: suas roupas sujas, o fedor de animal.

– Catford – repetiu ele.

– É. Vou continuar de olho, se quiser – disse Shanker, desconsiderando o cinzeiro e batendo a cinza no chão. – Quanto isso vale pra tu, Bunsen?

Robin trouxe o café enquanto eles ainda negociavam os honorários de Shanker, uma discussão que transcorria com bom humor, embora houvesse uma seriedade subjacente entre os dois, que sabiam muito bem que ele não faria nada sem pagamento. Com a luz em cheio em seu rosto, ela estava péssima.

– Cuidei dos e-mails mais importantes – disse ela a Strike, fingindo não notar o olhar inquisitivo do chefe. – Agora vou sair para fazer a Platinada.

Shanker ficou inteiramente intrigado com este anúncio, mas ninguém deu explicações.

– Você está bem? – perguntou-lhe Strike, desejando que Shanker não estivesse presente.

– Ótima – disse Robin, com uma ridícula tentativa de sorrir. – Conto tudo a você mais tarde.

— "Sair para fazer a Platinada"? – repetiu com curiosidade Shanker ao ouvir a porta da rua fechar.

— Não é tão bom quanto parece – disse Strike, recostando-se na cadeira para olhar pela janela. Robin saiu do prédio com a capa de chuva, subindo a Denmark Street e sumindo de vista. Um grandalhão de gorro saiu da loja de instrumentos musicais do outro lado e partiu na mesma direção, mas a atenção de Strike já havia sido reclamada por Shanker, que falou:

— Alguém te mandou a porra duma perna pra valer, Bunsen?

— Foi – disse Strike. – Cortada, encaixotada e entregue em mãos.

— Puta que pariu – disse Shanker, que não ficava chocado com pouco.

Depois que Shanker saiu, de posse de um maço de cédulas por serviços já prestados e com a promessa do mesmo novamente em troca de maiores detalhes sobre Whittaker, Strike telefonou para Robin. Ela não atendeu, mas isto não era incomum, se ela estivesse em algum lugar em que não pudesse falar tranquilamente. Ele lhe mandou uma mensagem de texto:

**Diga quando estiver em um lugar em que eu possa te encontrar**

Depois se sentou na cadeira que ela deixou vaga, pronto para fazer sua parcela de trabalho, respondendo a perguntas e pagando contas.

Porém, teve dificuldade para se concentrar depois da segunda noite em um trem-leito. Transcorridos cinco minutos, verificou o celular, mas Robin não tinha respondido; assim, ele se levantou para preparar outra xícara de chá. Ao levar a caneca aos lábios, sentiu um leve cheiro de maconha, transferida de mão em mão quando ele e Shanker se despediram.

Originalmente, Shanker era de Canning Town, mas tinha primos em Whitechapel que se envolveram, vinte anos antes, em uma rixa com uma gangue rival. A disposição de Shanker de ajudar os primos resultou nele prostrado sozinho na sarjeta no final da Fulbourne Street, sangrando copiosamente do corte fundo na boca e na bochecha que o desfigurou até os dias de hoje. Foi ali que Leda Strike, voltando de uma excursão tarde da noite para comprar papel de cigarro Rizlas, o encontrara.

Teria sido impossível para Leda passar batido por um menino da idade de seu filho que estava prostrado e sangrando na sarjeta. O fato de o menino estar agarrado a uma faca ensanguentada, gritando imprecações e claramente sob influência de alguma droga não fez nenhuma diferença para ela. Shanker viu que alguém o limpava, falava com ele como não falavam desde que a mãe morrera, quando ele tinha oito anos. Quando ele se recusou terminantemente a deixar que a estranha chamasse uma ambulância, por medo do que a polícia faria com ele (Shanker tinha metido a faca na coxa de seu agressor), Leda tomou o que, para ela, era o único rumo possível: ajudou-o a chegar a sua casa e cuidou pessoalmente dele. Depois de colocar Band Aids desajeitadamente no corte fundo numa imitação de pontos, ela lhe preparou uma gororoba cheia de cinzas de cigarro e disse ao filho perplexo que encontrasse um colchão em que Shanker pudesse dormir.

Desde o início, Leda tratou Shanker como se fosse um sobrinho há muito desaparecido, e em troca ele a venerava como só poderia fazer um garoto alquebrado que se agarra à lembrança de uma mãe amorosa. Depois de curado, ele se beneficiou do sincero convite dela de passar por ali sempre que tivesse vontade. Shanker falava com Leda como não conseguia falar com nenhum outro ser humano, e talvez fosse a única pessoa que não via defeito nenhum nela. A Strike, ele estendia o respeito que tinha por sua mãe. Os dois meninos, que em quase todos os outros aspectos eram diferentes ao máximo, formaram um vínculo ainda mais forte devido a um ódio silencioso, porém intenso, de Whittaker, que teve um ciúme insano do novo elemento na vida de Leda, mas temia tratá-lo com o desdém que demonstrava por Strike.

Strike tinha certeza de que Whittaker reconhecera em Shanker o mesmo déficit de que ele mesmo sofria: uma falta de limites normais. Whittaker concluíra, corretamente, que este filho adolescente emprestado podia muito bem querê-lo morto, mas que era contido pelo desejo de não aborrecer sua mãe, um respeito pela lei e a determinação de não tomar uma atitude irrevogável que destruiria para sempre suas próprias perspectivas. Shanker, porém, não conhecia tais restrições e seus longos períodos de coabitação com a família fraturada representaram um freio precário na tendência cada vez maior de Whittaker para a violência.

Na realidade, foi a presença constante de Shanker na casa que fez Strike sentir que podia partir com tranquilidade para a universidade. Ele não se sentira capaz de colocar em palavras o que mais temia quando se despediu de Shanker, mas este entendeu.

– Desencana, Bunsen. Desencana, parceiro.

Entretanto, nem sempre ele podia estar presente. No dia em que Leda morreu, Shanker estava em uma de suas viagens de negócios constantes relacionadas com drogas. Strike jamais se esqueceria da tristeza de Shanker, de sua culpa, as lágrimas incontroláveis quando eles voltaram a se encontrar. Enquanto Shanker negociava um bom preço por um quilo de cocaína boliviana de primeira em Kentish Town, Leda Strike enrijecia lentamente em um colchão sujo. A autópsia revelou que ela deixara de respirar seis horas inteiras antes que qualquer outro morador da casa tentasse despertá-la do que pensaram ser um sono profundo.

Como Strike, Shanker se convencera desde o início de que Whittaker a havia matado, e a violência de sua tristeza e seu desejo de uma retaliação imediata eram tamanhos que Whittaker deve ter ficado feliz por ser preso antes de Shanker colocar as mãos nele. Inadvertidamente colocado no banco das testemunhas para descrever uma mulher maternal que nunca tocara em heroína na vida, Shanker gritara, "Aquele escroto fez isso!", tentando pular pela barreira para alcançar Whittaker e sendo posto sem nenhuma cerimônia para fora do tribunal.

Afastando conscientemente estas lembranças do passado há muito enterrado, que não tinham um cheiro melhor quando reviradas, Strike tomou um gole do chá quente e olhou de novo o celular. Ainda nenhuma palavra de Robin.

# 19

## *Workshop Of The Telescopes*

No segundo em que pôs os olhos na Secretária naquela manhã, ele entendeu que ela estava indisposta e desequilibrada. Olhe para ela, sentada junto da janela do Garrick, o grande restaurante de estudantes que atendia à London School of Economics. Ela estava simples hoje. Inchada, de olhos vermelhos, pálida. Provavelmente ele poderia se sentar ao lado dela e a vaca idiota nem notaria. Concentrada na piranha de cabelo prateado, que trabalhava em um laptop a algumas mesas de distância, ela não prestava atenção nos homens. Ótimo para ele. Muito em breve ela o notaria. Ele seria a última visão dela na terra.

Ele hoje não precisava parecer o Garoto Bonito; quando estavam aborrecidas, ele nunca se aproximava sexualmente delas. Nessas ocasiões, ele se tornava o amigo necessário, o estranho com jeito de tio. *Nem todos os homens são assim, querida. Você merece coisa melhor. Vou acompanhá-la até sua casa. Vamos, eu lhe dou uma carona.* Você pode fazer quase qualquer coisa com elas, basta fazê-las esquecer que você tem um pau.

Ele entrou no restaurante lotado, esquivou-se pelo canto, pagou um café e encontrou um lugar atrás, de onde podia observá-la.

A aliança de noivado não estava mais no dedo. Que interessante. Lançava uma nova luz na bolsa de viagem que ela alternava entre carregar no ombro e esconder embaixo de mesas. Será que ela pretendia dormir em outro lugar, e não no apartamento em Ealing? Poderia ela pegar uma rua deserta pelo menos uma vez, um atalho pouco iluminado, uma passarela subterrânea solitária?

Na primeira vez que ele matou, foi assim: uma simples questão de aproveitar o momento. Ele se lembrava em instantâneos, como numa apresentação de slides, porque foi emocionante, uma novidade. Isso foi antes de ele aperfeiçoar aquilo em uma arte, antes de ter começado a fazer daquilo o jogo que era.

Ela era gorducha e morena. Sua colega tinha acabado de ir embora, entrando no carro de um cliente e desaparecendo. O cara do carro não sabia que ele estava escolhendo qual das duas sobreviveria naquela noite.

Enquanto isso, ele estivera dirigindo de um lado a outro da rua com a faca no bolso. Quando teve certeza de que ela estava sozinha, inteiramente só, encostou o carro e se curvou no banco do carona a fim de falar com ela pela janela. Tinha a boca seca quando fez a proposta. Ela concordou com o preço e entrou no carro. Eles seguiram até um beco sem saída próximo, onde não seriam incomodados nem pelas luzes de rua, nem por pedestres.

Ele teve o que pediu e, enquanto ela se ajeitava, antes mesmo de ele ter fechado a calça, deu-lhe um murro, jogando-a na porta do carro, batendo sua nuca na janela. Antes que ela pudesse soltar qualquer ruído, ele sacou a faca.

O som abafado da lâmina em sua carne – o calor de seu sangue esguichando nas mãos dele –, ela nem mesmo gritou, ela arquejou, gemeu, afundando no banco enquanto ele lhe cravava a lâmina uma, duas, várias vezes. Ele arrancou o pingente dourado de seu pescoço. Na época, não tinha pensado em pegar o troféu definitivo: um pedaço dela, mas em vez disso limpou as mãos em seu vestido enquanto ela estava arriada a seu lado, contorcendo-se, nos estertores da morte. Ele deu a ré no beco, tremendo de medo e júbilo, e saiu da cidade com o cadáver ao lado, mantendo-se cautelosamente no limite de velocidade, olhando pelo retrovisor de tantos em tantos segundos. Havia um lugar que ele verificara uns dias antes, um trecho deserto na área rural com uma vala tomada de mato. Ela fez um baque pesado e úmido quando ele rolou seu corpo para lá.

Ele ainda tinha o pingente, junto com alguns outros suvenires. Eram seu tesouro. Ele ficou imaginando o que tiraria da Secretária.

Um garoto chinês ao lado dele lia algo em um tablet. *Economia comportamental*. Uma porcaria psicológica idiota. *Ele* procurou um psicólogo uma vez, foi obrigado a isso.

— Fale-me de sua mãe.

O baixinho careca literalmente dissera isso, a piada, o clichê. Eles deviam ser inteligentes, os psicólogos. Ele colaborou, só para se divertir, falando ao idiota sobre a mãe: que ela era uma vaca escrota, fria, má. Seu nascimento foi uma inconveniência, um constrangimento para ela, e a mãe não teria ligado se ele vivesse ou morresse.

— E seu pai?

— Não tive pai — dissera ele.

— Quer dizer que não o conheceu?

Silêncio.

— Você não sabe quem ele é?

Silêncio.

— Ou simplesmente não gosta dele?

Ele não disse nada. Estava cansado de colaborar. As pessoas eram umas imbecis se caíam nessa besteira, mas há muito tempo ele percebera que os outros *eram mesmo* imbecis.

De qualquer modo, ele dissera a verdade: não tinha pai. O homem que preenchera este papel, se quiser chamar assim — aquele que batia nele todo santo dia ("um homem severo, porém justo") —, não lhe deu paternidade. Violência e rejeição, era o que família significava para ele. Ao mesmo tempo, foi em casa que ele aprendeu a sobreviver, a se virar bem. Sempre soube que era superior, mesmo quando estava encolhido embaixo da mesa da cozinha, quando criança. Sim, mesmo nessa época, ele sabia que era feito de material melhor do que o canalha que vinha para ele com seu punho grande e a cara amarrada...

A Secretária se levantou, imitando a piranha de cabelo prateado, que saía com o laptop em uma pasta. Ele terminou o café de um gole só e a seguiu.

Ela estava tão fácil hoje, tão fácil! Perdera toda a cautela; mal conseguia dar atenção à prostituta platinada. Ele embarcou no mesmo trem do metrô que as duas tomaram, ficando de costas para A Secretária, mas vendo seu reflexo por entre os braços estendidos de um bando de turistas neozelandeses. Foi fácil para ele se meter na multidão atrás dela quando A Secretária saiu do trem.

Os três andaram em procissão, a piranha de cabelo prateado, A Secretária e ele, subiram a escada, chegaram à calçada, seguiram pela rua até a Spearmint Rhino... ele já estava atrasado para chegar em casa, mas não resistiu. Ela antes não ficava fora depois do escurecer, e a bolsa de viagem e a ausência da aliança de noivado faziam desta uma oportunidade irresistível. Ele simplesmente inventaria uma história qualquer para a Coisa.

A piranha de cabelo prateado desapareceu dentro da boate. A Secretária reduziu o passo e ficou indecisa na calçada. Ele pegou o celular e se recolheu em uma soleira escura, observando-a.

# 20

> *I never realized she was so undone.*
> Blue Öyster Cult, "Debbie Denise"
> Letra de Patti Smith

Robin se esquecera da promessa feita a Strike de que não ficaria na rua depois de anoitecer. Na verdade, só registrara o fato de que o sol tinha se posto quando percebeu que os faróis voavam por ela e que as vitrines estavam iluminadas. Hoje a Platinada havia alterado sua rotina. Em geral, já estaria dentro da Spearmint Rhino há várias horas, girando seminua para estranhos, e não andando pela rua, totalmente vestida de jeans, sapatos de salto alto e um casaco de camurça com franjas. Presumivelmente ela mudara de turno, mas logo estaria em segurança, girando em volta de uma barra, o que impunha a pergunta de onde Robin passaria a noite.

Seu celular ficou vibrando no bolso do casaco o dia todo. Matthew mandara mais de trinta mensagens de texto.

**Precisamos conversar.**
**Ligue para mim, por favor.**
**Robin, não podemos resolver nada se você não falar comigo.**

À medida que o dia acabava e o silêncio dela não era rompido, ele começara a tentar falar por telefone. Depois o tom de suas mensagens mudou.

**Robin, você sabe que eu te amo.**
**Eu queria que não tivesse acontecido. Queria poder mudar isso, mas não posso.**
**É você que eu amo, Robin. Sempre amei e sempre amarei.**

Ela não respondeu as mensagens, não atendeu aos telefonemas dele, nem ligou para ele. Só sabia que não suportava a ideia de voltar para casa, não esta noite. O que aconteceria amanhã, ou no dia seguinte, Robin não fazia ideia. Estava com fome, exausta e entorpecida.

Strike quase a importunara da mesma forma perto do final da tarde.

**Onde você está? Me ligue por favor.**

Ela havia respondido, porque não estava a fim de conversar com ele tampouco.

**Não posso falar. Platinada não está no trabalho.**

Ela e Strike sempre mantinham certa distância emocional, e Robin tinha medo de chorar se ele fosse gentil com ela, revelando o tipo de fraqueza que ele deploraria em uma assistente. Praticamente sem restar caso nenhum, com a ameaça do homem que mandara a perna pairando sobre ela, Robin não devia dar a Strike outro motivo para ele mandar que ela ficasse em casa.

Ele não ficara satisfeito com a resposta recebida.

**Me ligue agora.**

Ela ignorou esta, porque podia muito bem ter deixado de recebê-la, estando perto do metrô quando ele a mandou e logo depois perdendo o sinal, enquanto ela e a Platinada voltavam para a Tottenham Court Road. Ao sair da estação, Robin encontrou outra chamada não atendida de Strike, bem como uma nova mensagem de texto de Matthew.

**Preciso saber se você vem para casa hoje. Estou morto de preocupação com você. Só me diga que está viva, é só o que peço.**

– Ah, deixa de ser metido a besta – resmungou Robin. – Até parece que eu me mataria por sua causa.

Um barrigudo estranhamente familiar, de terno, passou por Robin, iluminado pelo brilho do toldo da Spearmint Rhino. Era o Duas Vezes. Robin se perguntou se tinha imaginado o sorriso irônico e presunçoso que ele lhe abriu.

Será que ele ia entrar para ver a namorada girar para outros homens? Ter a vida sexual documentada o excitava? Exatamente que tipo de anormal era ele?

Robin se afastou. Precisava tomar uma decisão quanto ao que fazer esta noite. Um homem grandalhão de gorro parecia estar discutindo ao celular em uma soleira escura a uns cem metros dali.

O desaparecimento da Platinada subtraíra o propósito de Robin. Onde ela iria dormir? Enquanto estava parada ali, indecisa, passou um grupo de jovens, propositalmente perto, um deles roçando em sua bolsa de viagem. Ela sentiu cheiro de desodorante Lynx e cerveja.

– Está com sua fantasia aí, gata?

Ela se conscientizou de estar parada na frente de uma boate de lap-dancing. Ao se virar automaticamente na direção do escritório de Strike, seu celular tocou. Sem pensar, ela atendeu.

– Mas onde diabos você esteve? – disse a voz furiosa de Strike em seu ouvido.

Ela nem teve tempo de ficar feliz por não ser Matthew, porque ele continuou:

– Tentei falar com você o dia todo! Onde você *está*?

– Na Tottenham Court Road – respondeu ela, afastando-se a passos rápidos dos homens que ainda soltavam gracejos. – A Platinada acaba de entrar e o Duas...

– O que foi que eu te disse sobre não ficar na rua depois de escurecer?

– Está bem iluminado – disse Robin.

Ela tentava se lembrar se algum dia notou um hotel Travelodge perto dali. Precisava de um lugar limpo e barato. Tinha de ser barato, porque ela tiraria dinheiro da conta conjunta; estava decidida a não gastar mais do que havia colocado nela.

– Você está bem? – perguntou Strike, um pouco menos agressivo.

Um bolo subiu à garganta de Robin.

– Estou ótima – disse ela, com a maior veemência que pôde. Tentava ser profissional, ser o que Strike queria.

– Ainda estou no escritório – disse ele. – Disse que está na Tottenham Court Road?

– Desculpe, preciso ir – disse ela numa voz fria e tensa, desligando.

O medo de chorar agora era tão dominador que ela precisou encerrar a ligação. Achou que ele estava prestes a se oferecer para se encontrar com ela e, se eles se encontrassem, ela contaria tudo e não devia fazer isso.

De repente, as lágrimas escorriam por seu rosto. Robin não tinha mais ninguém. Pronto! Enfim confessara isso a si mesma. As pessoas com quem almoçavam ou jantavam nos fins de semana, aquelas com quem iam ver partidas de rúgbi, eram todas amigas de Matthew, colegas de trabalho de Matthew, velhos amigos da universidade de Matthew. Ela não tinha ninguém além de Strike.

– Ah, meu Deus. – Robin enxugou os olhos e o nariz na manga do casaco.

– Você está bem, amor? – De uma porta, falou um vagabundo desdentado.

Ela não sabia por que acabou indo parar no Tottenham, só que os funcionários do bar a conheciam, ela estava familiarizada com o banheiro das mulheres e era um lugar em que Matthew jamais estivera. Queria apenas um canto sossegado em que pudesse procurar lugares baratos para ficar. Também estava ansiosa por uma bebida, o que não era muito característico. Depois de ir ao banheiro e jogar água fria no rosto, ela pagou por uma taça de vinho tinto, levou a uma mesa e pegou novamente o telefone. Tinha outras chamadas não atendidas de Strike.

Os homens no bar a olhavam. Ela sabia a impressão que dava, molhada de lágrimas e sozinha, com a bolsa de viagem a seu lado. Bom, isso não podia evitar. Ela digitou no celular: **Travelodges perto da Tottenham Court Road** e esperou pela resposta lenta, bebendo o vinho mais rápido do que deveria, com o estômago praticamente vazio. Sem café da manhã, sem almoço: um saco de batatas fritas e uma maçã consumida na cafeteria estudantil onde a Platinada ficou estudando, foi só o que ela comeu naquele dia.

Havia um Travelodge em High Holborn. Teria de servir. Ela se sentiu um pouco mais calma sabendo onde ia passar a noite. Com o cuidado de não olhar nos olhos de nenhum homem no bar, ela foi pegar uma segunda taça de vinho. Talvez devesse telefonar para a mãe, pensou Robin de súbito, mas a perspectiva a deixou toda chorosa de novo. Ainda não podia enfrentar o amor e a decepção de Linda.

Uma figura grande de gorro entrou no pub, mas Robin estava determinada a manter a atenção no troco e no vinho, sem dar a nenhum dos homens esperançosos à espreita no bar o mais leve motivo para supor que ela quisesse que um deles se juntasse a ela.

A segunda taça de vinho deixou-a muito mais relaxada. Lembrou-se de que Strike ficara tão embriagado ali, neste mesmo pub, que nem conseguira andar. Aquela foi a única noite em que ele contou uma informação pessoal. Talvez fosse este o verdadeiro motivo para ela ter sido atraída para cá, pensou Robin, erguendo os olhos para o domo de vidro colorido no alto. Aquele era o bar aonde se ia beber quando se descobria que a pessoa amada era infiel.

– Está sozinha? – disse uma voz de homem.

– Esperando alguém – respondeu Robin.

Ele estava meio embaçado quando ela o olhou, um louro magro de olhos azul-claros, e ela percebeu que ele não acreditou na resposta.

– Posso esperar com você?

– Não, seu merda, não pode – disse outra voz conhecida.

Strike tinha chegado, imenso, carrancudo, olhando feio para o estranho, que se retraiu sem graça aos amigos no balcão.

– O que está fazendo aqui? – perguntou Robin, surpresa ao descobrir que tinha a língua dormente e grossa depois de duas taças de vinho.

– Procurando por você.

– E como sabia que eu estava...?

– Sou detetive. Quantas dessas você tomou? – perguntou ele, olhando a taça de vinho.

– Só uma. – Robin mentiu, então ele foi ao balcão pegar outra, além de uma cerveja Doom Bar para si. Enquanto ele fazia os pedidos, um grandalhão de gorro saiu pela porta, mas Strike estava mais interessado em ficar de olho no louro que ainda encarava Robin e só demonstrou desistir dela quando Strike reapareceu, de cara amarrada, com duas bebidas, sentando-se de frente para ela.

– O que está havendo?

– Nada.

— Não me venha com essa. Você parece um maldito zumbi.

— Bom – disse Robin, tomando um bom gole de vinho –, você acabou de levantar o meu moral.

Strike soltou uma risada curta.

— Por que está carregando uma bolsa de viagem? – Como Robin não respondeu, ele perguntou: – Onde está sua aliança de noivado?

Ela abriu a boca para responder, mas as palavras foram tragadas por um desejo traiçoeiro de chorar. Depois de uma breve luta íntima e outro gole de vinho, ela falou.

— Não estou mais noiva.

— E por que não?

— Isto é engraçado, vindo de você.

*Estou bêbada*, pensou Robin, como se visse a si mesma fora do corpo. *Olhe para mim. Estou bêbada com duas taças e meia de vinho, sem comida e sem dormir.*

— Engraçado por quê? – perguntou Strike, confuso.

— Não falamos de nada pessoal... você não fala de coisas pessoais.

— Acho que me lembro de ter desabafado com você neste mesmo pub.

— Uma vez – disse Robin.

Strike deduziu pelas faces rosadas e a fala arrastada de Robin que ela não estava na segunda taça de vinho. Ao mesmo tempo preocupado e achando graça, ele falou:

— Acho que você precisa comer alguma coisa.

— Foi exatamente isso que te falei – respondeu Robin –, naquela noite, quando você estava... e acabamos comendo um kebab... e eu não – disse ela com dignidade – quero um kebab.

— Bom – disse Strike –, sabe como é, aqui é Londres. É difícil encontrar alguma coisa que não seja um kebab.

— Gosto de batata frita – disse Robin, então ele comprou para ela.

— O que está havendo? – repetiu ele ao voltar. Depois de alguns segundos vendo-a tentar abrir as fritas, Strike tirou dela e abriu ele mesmo.

— Nada. Vou passar a noite em um Travelodge, só isso.

— Um Travelodge.

— É. Tem um em... tem um...

Ela olhou o celular apagado e percebeu que tinha se esquecido de carregar na noite anterior.

– Não consigo lembrar onde fica – disse ela. – Pode me deixar em paz, eu estou bem – acrescentou ela, procurando na bolsa de viagem algo em que assoar o nariz.

– É – disse ele num tom severo –, agora que eu te vi, estou inteiramente tranquilo.

– Eu *estou* bem – insistiu ela com veemência. – Vou trabalhar como sempre amanhã, espere e verá.

– Você acha que vim procurá-la porque estou preocupado com o trabalho?

– Não seja bonzinho! – Ela gemeu, enterrando a cara no lenço. – Não suporto isso! Seja normal!

– Normal como? – Ele ficou confuso.

– Ra-rabugento e pouco comuni... pouco comunica...

– O que você quer comunicar?

– Nada de mais – mentiu Robin. – Só pensei... em manter tudo profissional.

– O que houve entre você e Matthew?

– O que está havendo entre v-você e Elin? – contra-atacou ela.

– Desde quando isso importa? – perguntou ele, perdido.

– Dá no mesmo – disse ela vagamente, terminando a terceira taça. – Eu queria mais uma...

– Desta vez você vai tomar um refrigerante.

Ela olhou o teto enquanto esperava por ele. Havia cenas teatrais pintadas ali: Bottom saltitando com Titânia em meio a um grupo de fadas.

– As coisas vão bem com Elin – disse-lhe Strike quando voltou a se sentar, tendo decidido que uma troca de informações era o jeito mais fácil de fazê-la falar dos próprios problemas. – Essa discrição serve muito bem para mim. Ela tem uma filha e não quer que eu chegue perto demais dela. Divórcio complicado.

– Ah – disse Robin, pestanejando para ele por cima do copo de Coca-Cola. – Como você a conheceu?

– Por intermédio de Nick e Ilsa.

– E como eles a encontraram?

— Não a encontraram. Eles deram uma festa e ela foi com o irmão. Ele é médico, trabalha com Nick. Eles não a conheciam antes disso.

— Ah — repetiu Robin.

Ela se esquecera brevemente dos próprios problemas, distraída com este vislumbre do mundo particular de Strike. Tão normal, tão comum! Uma festa e ele conheceu e passou a conversar com a loura bonita. As mulheres gostavam de Strike — ela viera a perceber isso nos meses em que eles trabalharam juntos. Quando começou a trabalhar com ele, Robin não entendia o apelo. Ele era muito diferente de Matthew.

— Ilsa gosta de Elin? — perguntou Robin.

Strike ficou sobressaltado com este lampejo de percepção.

— Hmm... é, acho que sim — mentiu.

Robin bebeu a Coca-Cola.

— Tudo bem — disse Strike, contendo com dificuldade a impaciência —, sua vez.

— A gente se separou — disse ela.

A técnica de interrogatório lhe dizia para continuar em silêncio, e a decisão se justificou depois de mais ou menos um minuto.

— Ele... me contou uma coisa — disse Robin. — Ontem à noite.

Strike esperou.

— E não dá pra voltar depois disso. Não depois disso.

Ela estava pálida e controlada, mas ele quase sentia a angústia por trás das palavras. Ele continuou à espera.

— Ele dormiu com outra — disse ela numa voz comprimida e baixa.

Houve uma pausa. Ela pegou o pacote de fritas, descobriu que tinha acabado e o largou na mesa.

— Que merda — disse Strike.

Ele ficou surpreso: não por Matthew ter dormido com outra, mas por ter confessado isso. A impressão que ele teve do jovem e bonito contador era de um homem que sabia levar a vida como bem queria, compartimentalizando e classificando onde necessário.

— E não foi uma vez só — disse Robin, na mesma voz comprimida. — Fez isso por meses. Com alguém que nós dois conhecemos. Sarah Shadlock. Ela é uma velha amiga dele da universidade.

— Meu Deus — disse Strike. — Eu sinto muito.

Ele de fato lamentava, genuinamente, a dor que ela sentia. Entretanto, a revelação fez com que outras emoções – que em geral ele mantinha em rédea curta, considerando-as ao mesmo tempo equivocadas e perigosas – se mexessem dentro dele, testando suas forças contra as amarras.

*Deixa de ser imbecil*, disse a si mesmo. *Esta é uma coisa que jamais pode acontecer. Estragaria totalmente tudo.*

– O que o fez contar a você? – perguntou Strike.

Ela não respondeu, mas a pergunta trouxe de volta toda a cena com uma clareza medonha.

A sala de estar magnólia era pequena demais para acomodar um casal em tal estado de fúria. Eles foram de Yorkshire para casa no Land Rover que Matthew não queria. Em algum lugar pelo caminho, um Matthew furioso afirmou que era uma questão de tempo até Strike dar em cima de Robin e, pior ainda, ele desconfiava de que ela aceitaria o avanço.

– Ele é meu amigo, só isso! – berrara ela para Matthew ao lado de seu sofá barato, as malas do fim de semana ainda no hall. – Se está sugerindo que fico *excitada* por ele ter tido a perna...

– Você é tão ingênua! – gritara Matthew. – Ele é seu amigo até tentar levar você para a cama, Robin...

– Quem é você para julgá-lo? Está só esperando para dar em cima das colegas de trabalho?

– É claro que não, merda, mas você idealiza tanto esse cara... Ele é um homem, e são só vocês dois no escritório...

– Ele é meu *amigo* como você é *amigo* de Sarah Shadlock, mas você nunca...

Ela vira no rosto dele. Uma expressão que jamais tinha percebido passou por ele como uma sombra. A culpa parecia deslizar fisicamente para as maçãs do rosto altas, o queixo limpo, os olhos castanhos que ela adorou durante anos.

– ... ou já? – dissera ela, seu tom subitamente assombrado. – Você *fez*?

Ele demorara demais para responder.

– Não – respondera ele com veemência, como um filme pausado voltando a rodar de repente. – É claro que n...

– Você fez. Você dormiu com ela.

Ela vira na cara dele. Ele não acreditava em amizades entre homens e mulheres porque jamais tivera uma. Ele e Sarah dormiram juntos.

– Quando? – perguntara Robin. – Não... foi *naquela época*?

– Eu não...

Ela ouvira o protesto fraco de um homem que sabia que tinha perdido, que até queria perder. Que a havia assombrado a noite toda e o dia todo: em certo nível, ele queria que Robin soubesse.

A estranha calma de Robin, mais por espanto que acusação, levara-o a contar tudo. Sim, foi *naquela época*. Ele se sentia péssimo com isso, sempre se sentiu – mas ele e Robin não estavam dormindo juntos na época e numa noite Sarah o estivera reconfortando e, bom, as coisas saíram de controle...

– Ela estava *reconfortando* você? – Robin repetira. A fúria então veio, enfim, tirando-a da paralisia de sua incredulidade assombrada. – Ela estava reconfortando *você*?

– Foi uma época difícil para mim também, sabia? – gritara ele.

Strike olhava enquanto Robin balançava a cabeça sem ter consciência disso, tentando clareá-la, mas as recordações a deixaram rosada e seus olhos cintilavam de novo.

– O que você disse? – perguntou ela a Strike, confusa.

– Perguntei o que o fez contar a você.

– Não sei. Estávamos no meio de uma briga. Ele acha... – Ela respirou fundo. Dois terços de uma garrafa de vinho no estômago vazio a levavam a imitar a sinceridade de Matthew. – Ele não acredita que eu e você somos só amigos.

Isto não surpreendeu Strike. Ele vira a suspeita em cada olhar que Matthew lhe lançara, ouvira a insegurança em cada comentário seco lançado a ele.

– E então – continuou Robin, instável –, eu comentei que nós éramos *apenas* amigos e que ele próprio tinha uma amizade platônica, a velha e querida Sarah Shadlock. Foi então que tudo saiu. Ele e Sarah tiveram um caso na faculdade enquanto eu estava... enquanto eu estava em casa.

– Faz tanto tempo assim? – disse Strike.

– Acha que eu não devia me importar se foi sete anos atrás? – Ela quis saber. – Se ele mentiu sobre isso desde então e nós a vemos constantemente?

– Só fiquei surpreso – disse Strike tranquilamente, recusando-se a ser atraído para uma briga – que ele tenha falado depois de todo esse tempo.

– Ah – disse Robin. – Bom, ele ficou com vergonha. Por causa de quando aconteceu.

– Na universidade? – disse Strike, confuso.

– Foi logo depois de eu ter largado.

– Ah.

Eles nunca haviam conversado sobre o que a fizera abandonar o curso de psicologia e voltar para Masham.

Robin não pretendia contar a história a Strike, mas todas as resoluções desta noite estavam à deriva no pequeno mar de álcool com que ela encheu o corpo faminto e exausto. Que importância teria se ela contasse? Sem esta informação, ele não teria o quadro completo nem poderia lhe dizer o que fazer. Ela dependia dele, percebeu vagamente, dependia da ajuda dele. Quer gostasse ou não – gostasse *ele* ou não –, Strike era seu melhor amigo em Londres. Ela nunca tinha encarado este fato de frente. O álcool a fez flutuar e limpou seus olhos. *In vino veritas* – era o que diziam, não? Strike saberia. Ele tinha o estranho hábito ocasional de fazer citações em latim.

– Eu não *quis* largar a faculdade – disse Robin lentamente, a cabeça girando –, mas aconteceu uma coisa e depois eu tive problemas...

Assim não estava bom. Não explicava nada.

– Estava voltando da casa de uma amiga, em outra república – disse ela. – Não era muito tarde... só umas oito da noite, por aí... mas na época havia uma alerta sobre ele... no noticiário local...

Isso também não estava bom. Detalhes demais. O que ela precisava era de um relato cru do fato, e não contar cada detalhezinho, como tinha de fazer no tribunal.

Ela respirou fundo, olhou na cara de Strike e viu a compreensão aparecer ali. Aliviada por não ter de falar, ela perguntou:

– Por favor, posso comer mais fritas?

Quando ele voltou do balcão, entregou-as a ela em silêncio. Ela não gostou da expressão dele.

– Não fique pensando... isso não faz nenhuma diferença! – disse ela, desesperada. – Foram vinte minutos de minha vida. Foi uma coisa que aconteceu comigo. A coisa não sou eu. Ela não me *define*.

Strike deduziu que estas fossem expressões que ela fora levada a adotar em alguma terapia. Ele já interrogara vítimas de estupro. Sabia que expressões elas recebiam para entender o que, para uma mulher, era incompreensível. Agora era explicada muita coisa sobre Robin. A longa aliança com Matthew, por exemplo: o garoto seguro de sua cidade natal.

Porém, a Robin bêbada interpretou no silêncio de Strike o que mais temia: uma mudança no modo como ele a via, de igual para vítima.

– Isso não faz nenhuma diferença! – repetiu ela, furiosa. – Ainda sou a mesma pessoa!

– Sei disso – disse ele –, mas o que aconteceu com você ainda é horrível.

– Bom, sim... foi... – murmurou ela, mais calma. Depois, inflamando-se de novo: – Minhas provas o pegaram. Eu notei coisas sobre ele quando... ele tinha um pedaço de pele branca abaixo da orelha e... chamam de vitiligo... e uma das pupilas era dilatada e fixa.

Ela agora tagarelava um pouco, devorando o terceiro pacote de fritas.

– Ele tentou me estrangular, eu fiquei mole, me fingi de morta e ele fugiu. Atacou outras duas meninas usando a máscara e nenhuma delas pôde dizer nada a respeito dele para a polícia. Minhas provas o pegaram.

– Isso não me surpreende – disse Strike.

Ela achou a resposta dele satisfatória. Eles ficaram sentados em silêncio por um minuto enquanto Robin terminava as fritas.

– Só que depois eu não conseguia sair do meu quarto – disse ela, como se não tivesse havido pausa nenhuma. – No fim, a universidade me mandou para casa. Eu só devia ficar fora um período, mas... nunca mais voltei.

Robin refletiu sobre este fato, fitando o vazio. Matthew tinha insistido que ela ficasse em casa. Quando a agorafobia de Robin foi curada, o que levou mais de um ano, ela começara a visitá-lo na universidade em Bath, andando de mãos dadas em meio às casas de pedra de Cotswold, descendo pelos arcos de casas Regency, pelas margens arborizadas do rio Avon. Sempre que saíam com os amigos dele, Sarah Shadlock estava presente, berrando e rindo das piadas de Matthew, pegando o braço dele, levando a conversa constantemente para os bons tempos que todos eles curtiram quando Robin, a namorada tediosa de sua cidade, não estava presente...

*Ela estava me reconfortando. Foi uma época difícil para mim também, sabia?*

– Muito bem – disse Strike –, temos que arrumar um lugar para você passar a noite.

– Eu vou para o Travel...

— Não, não vai.

Ele não queria que ela ficasse em um lugar onde anônimos podiam andar livremente pelos corredores, ou podiam vir da rua. Talvez fosse paranoia dele, mas Strike a queria em um lugar em que um grito não se perdesse na algazarra estridente de despedidas de solteiras.

— Eu posso dormir no escritório — disse Robin, oscilando ao tentar se levantar; ele a segurou pelo braço. — Se você ainda tiver aquela cama de camp...

— Você não vai dormir no escritório. Conheço um bom lugar. Meus tios ficaram lá quando vieram assistir *A Ratoeira*. Vamos, me dê a bolsa de viagem.

Certa vez ele tinha colocado o braço nos ombros de Robin, mas fora bem diferente: ele a estivera usando como muleta. Desta vez era ela que não conseguia andar em linha reta. Ele encontrou a cintura de Robin e a manteve firme enquanto saíam do pub.

— Matthew — disse ela, andando — *não ia* gostar disso.

Strike não falou nada. Apesar de tudo que ouvira, ele não estava certo, como Robin, de que a relação tinha terminado. Eles ficaram juntos nove anos e havia um vestido de noiva pronto e esperando em Masham. Ele teve o cuidado de não fazer nenhuma crítica a Matthew que pudesse ser repetida ao ex-noivo na renovação das hostilidades que certamente viria, porque os laços acumulados de nove anos não podiam ser rompidos em uma única noite. A reticência de Strike era pelo bem de Robin, e não dele. Ele não tinha medo de Matthew.

— Quem *era* aquele homem? — perguntou Robin, sonolenta, depois de eles terem andado uns cem metros em silêncio.

— Que homem?

— Aquele homem hoje de manhã... achei que podia ser o homem da perna... ele me matou de susto.

— Ah... aquele é o Shanker. É um velho amigo.

— Ele é apavorante.

— Shanker não machucaria você — garantiu-lhe Strike. Depois, como se pensasse melhor: — Mas nunca o deixe sozinho no escritório.

— Por que não?

— Ele vai roubar qualquer coisa que não estiver trancada. Não faz nada de graça.

— Onde você o conheceu?

A história de Shanker e Leda os acompanhou até a Frith Street, onde as casas silenciosas os olhavam de cima, emanando dignidade e ordem.

— Aqui? — disse Robin, boquiaberta para o Hazlitt's Hotel. — Não posso ficar aqui... vai sair muito caro!

— Eu pago — disse Strike. — Pense nisso como sua bonificação anual. E não discuta — acrescentou ele enquanto a porta se abria e um jovem sorridente se afastava para deixá-los entrar. — A culpa é minha de você precisar de um lugar seguro.

O saguão revestido de madeira era aconchegante, dava a impressão de uma casa particular. Só havia uma entrada e ninguém podia abrir a porta da frente por fora.

Quando entregou o cartão de crédito ao jovem, Strike viu Robin instável ao pé da escada.

— Pode tirar amanhã de manhã de folga, se você...

— Estarei lá às nove — disse ela. — Cormoran, obrigada por... por...

— Está tudo certo. Durma bem.

A Frith Street estava silenciosa enquanto ele saía do Hazlitt's e fechava a porta. Strike partiu, as mãos no fundo dos bolsos, perdido em pensamentos.

Ela foi estuprada e abandonada à morte. *Puta merda.*

Oito dias antes, um filho da puta entregara a ela a perna decepada de uma mulher e ela não soltou nem uma palavra sobre seu passado, nem pediu uma folga especial, nem se desviou em nenhum aspecto do completo profissionalismo que levava ao trabalho toda manhã. Foi ele, sem nem mesmo conhecer a história dela, que insistira no melhor alarme antiestupro, em não fazer nada depois do anoitecer, em uma verificação regular com ela durante o dia de trabalho...

No exato momento em que ficou consciente de que se afastava da Denmark Street em vez de ir para lá, Strike localizou um homem de gorro a vinte metros, zanzando pela esquina da Soho Square. A ponta âmbar do cigarro desapareceu rapidamente quando o homem se virou e se afastou às pressas.

— Com licença, amigo!

A voz de Strike teve eco pela praça silenciosa e ele apressou o passo. O homem de gorro não olhou para trás, desatando a correr.

– Ei! Amigo!

Strike também partiu na correria, o joelho protestando a cada solavanco. Sua presa olhou para trás uma vez, depois deu uma guinada à esquerda, Strike perseguindo-o na maior velocidade que podia. Entrando na Carlisle Street, Strike estreitou os olhos para a multidão que se espremia pela entrada da Toucan, perguntando-se se seu homem teria se misturado ali. Ofegante, passou correndo pelos bebedores do pub, parou no cruzamento com a Dean Street e girou o corpo, procurando pela presa. Tinha as alternativas de entrar à esquerda, à direita, ou continuar pela Carlisle Street, e cada uma delas proporcionava uma multiplicidade de soleiras e espaços de porão em que o homem do gorro poderia ter se escondido, supondo-se que ele não tivesse apanhado um táxi.

– Droga – resmungou Strike. O coto estava dolorido na ponta da prótese. Só o que ele teve foi uma impressão de muita altura e largura, um casaco escuro e gorro, e o fato suspeito de ele ter corrido quando chamado, de ter corrido antes que Strike pudesse lhe perguntar as horas, ou pedir fogo, ou informações de como chegar a algum lugar.

Ele resolveu arriscar e pegou a direita, subindo a Dean Street. O trânsito passava zunindo por ele dos dois lados. Por quase uma hora, Strike vagou pela área, sondando soleiras às escuras e buracos de porão. Ele sabia que quase certamente era uma caçada inútil, mas e se... e se... eles tivessem sido seguidos pelo homem que mandara a perna, claramente ele era um filho da puta imprudente que talvez não tenha sido afugentado das cercanias de Robin pela busca canhestra de Strike.

Homens em sacos de dormir o olharam feio enquanto Strike se aproximava mais do que em geral se atreveria uma pessoa comum; por duas vezes, ele assustou gatos de trás de lixeiras, mas o homem do gorro não estava em lugar nenhum.

# 21

*... the damn call came,*
*And I knew what I knew and didn't want to know.*

Blue Öyster Cult, "Live for Me"

Robin acordou no dia seguinte com a cabeça dolorida e um peso na boca do estômago. Parecia que os acontecimentos da noite anterior desabavam nela no tempo que levou para rolar nos travesseiros desconhecidos, brancos e imaculados. Sacudindo o cabelo do rosto, ela se sentou e olhou o ambiente. Entre as colunas de madeira entalhada da cama de baldaquino, distinguia os contornos indistintos de um quarto mal iluminado pela linha de luz forte entre as cortinas de brocado. À medida que seus olhos se acostumavam com o brilho dourado, ela divisou o retrato de um cavaleiro gordo de suíças, emoldurado em dourado. Este era o tipo de hotel em que você tirava férias caras na cidade, não onde dormia para se recuperar de uma ressaca com algumas roupas enfiadas às pressas numa bolsa de viagem.

Será que Strike a colocara ali, naquele luxo elegante e antiquado, como uma compensação preventiva pela conversa séria que teria hoje? *É evidente que está emocionalmente muito abalada... Acho que seria bom tirar uma folga do trabalho.*

Dois terços de uma garrafa de vinho vagabundo e ela contou tudo a ele. Com um gemido fraco, Robin arriou nos travesseiros, cobriu o rosto com os braços e sucumbiu às lembranças que ganharam força agora que estava fraca e infeliz.

O estuprador tinha usado uma máscara de gorila feita de borracha. Ele a prendera com uma das mãos e com o peso de um braço no pescoço, dizendo-lhe que ela estava prestes a morrer enquanto ele a estuprava, dizendo-lhe que ela morreria asfixiada. O cérebro de Robin era uma cavidade escarlate de pânico gritante, as mãos dele apertando seu pescoço como um torno, sua sobrevivência dependendo da capacidade de fingir que já estava morta.

Depois, vieram dias e semanas em que lhe parecera que de fato tinha morrido e estava presa num corpo do qual se sentia inteiramente desligada. O único jeito de se proteger, pelo que via, era se separar da própria carne, negar esta ligação. Foi preciso muito tempo para ela se sentir capaz de tomar posse dele de novo.

No tribunal, sua fala era mansa, dócil, "sim, excelência", "não, excelência", um homem branco de meia-idade indefinido, de tez avermelhada, a não ser por aquele trecho claro abaixo da orelha. Seus olhos claros e desbotados piscavam com demasiada frequência, olhos que foram fendas vistas pelos buracos da máscara.

O que ele fez com ela destruiu a visão que tinha de seu lugar no mundo, encerrou sua carreira universitária e a levou de volta à Masham. Obrigou Robin a passar por um processo judicial exaustivo em que o interrogatório foi quase tão traumático quanto o ataque original, pois a defesa dele foi de que ela o convidara à escada para ter sexo. Meses depois de as mãos enluvadas dele se estenderem das sombras e a agarrarem, amordaçando-a, no espaço atrás da escada, ela não conseguia suportar o contato físico, nem mesmo o abraço gentil de um familiar. Ele havia corrompido sua primeira e única relação sexual, e assim ela e Matthew tiveram de recomeçar, a cada passo acompanhados do medo e da culpa.

Robin apertou os olhos com os braços como se pudesse apagar tudo de sua mente à força. Agora, naturalmente, ela sabia que o jovem Matthew, que ela considerara um paradigma de altruísmo, gentileza e compreensão, na realidade estivera se enroscando com uma Sarah nua em sua casa de estudante em Bath enquanto Robin ficava deitada na cama solitária em Masham por horas a fio, olhando a foto do Destiny's Child sem ver. Sozinha na tranquilidade suntuosa do Hazlitt's, pela primeira vez Robin pensou se ficaria feliz e incólume se Matthew a tivesse trocado por Sarah, ou mesmo se ela e Matthew talvez tivessem se separado naturalmente se ela concluísse o curso.

Ela baixou os braços e abriu os olhos. Estavam secos; parecia a Robin que não havia mais lágrimas para chorar. A dor da confissão de Matthew não a atingia mais. Ela sentia uma dor surda por baixo do pânico mais urgente pelos danos que temia ter feito a suas perspectivas de trabalho. Como pôde ser tão idiota a ponto de contar a Strike o que houve? Ela já não aprendera o que acontecia quando era sincera?

Um ano depois do estupro, quando a agorafobia foi vencida, quando seu peso quase estava de volta ao normal, quando ela estava se coçando para voltar ao mundo e compensar o tempo que perdera, Robin expressou um vago interesse em "algo relacionado" com o trabalho de investigação criminal. Sem o diploma e com a confiança tão recentemente estilhaçada, ela não teve a ousadia de verbalizar o verdadeiro desejo de ser uma espécie de investigadora. O que também foi bom, porque cada pessoa que conhecia tentou dissuadi-la até de seu desejo, expresso com hesitação, de explorar os limites do trabalho policial, até a mãe, em geral a mais compreensiva das criaturas. Todos julgaram aquele novo e estranho interesse um sinal de que a doença continuava, um sintoma de sua incapacidade de superar o que lhe acontecera.

Não era verdade: o desejo antedatava em muito o estupro. Aos oito anos, ela disse aos irmãos que ia pegar ladrões e foi alvo de ridículo pelo único motivo de que merecia que rissem dela, uma vez que era uma menina e irmã deles. Embora Robin tivesse esperanças de que a reação deles não fosse um reflexo verdadeiro da estima que tinham por suas capacidades, mas se baseasse numa reação masculina colegiada, isso inibiu-a de expressar seu interesse pelo trabalho de detetive aos três irmãos ruidosos e dogmáticos. Ela jamais contou a ninguém que decidira estudar psicologia porque, no fundo, estava de olho na preparação de perfis investigativos.

Sua busca desse objetivo foi inteiramente frustrada pelo estuprador. Esta foi outra coisa que ele tirou dela. Foi por demais difícil avaliar sua ambição enquanto se recuperava de uma intensa fragilidade, em uma época em que todos à sua volta pareciam esperar que ela se desintegrasse novamente. Por exaustão e um sentimento de obrigação para com a família, que fora tão protetora e amorosa no momento de maior necessidade, ela deixou de lado a ambição de uma vida inteira e todos os outros se alegraram ao vê-la sumir.

E então, uma agência de emprego temporário a mandou por engano ao detetive particular. Ela deveria ter ficado lá uma semana, mas jamais foi embora. Parecia um milagre. De algum modo, por sorte, depois por talento e tenacidade, ela se mostrou valiosa ao esforçado Strike e acabou quase exatamente onde tinha fantasiado antes que um completo estranho a usasse para seu prazer perverso como um objeto descartável e inanimado, espancando-a e a estrangulando depois.

Por quê, *por que* ela contou a Strike o que lhe acontecera? Ele já estava preocupado com ela antes que Robin revelasse a história: e agora? Ele decidiria que ela era frágil demais para trabalhar, Robin tinha certeza, e a partir dali seria um passo rápido e curto para a exclusão, porque ela era incapaz de assumir todas as responsabilidades que ele precisava de uma colega de trabalho.

O silêncio e a solidez do tranquilo quarto georgiano eram opressivos.

Robin se esforçou para sair dos cobertores pesados e atravessou o piso de tábua corrida inclinado em direção a um banheiro que tinha uma banheira com pés em garra, sem chuveiro. Quinze minutos depois, enquanto se vestia, o celular, que ela misericordiosamente se lembrou de recarregar na noite anterior, tocou na penteadeira.

– Oi – disse Strike. – Como você está?

– Ótima – disse ela, com a voz fraca.

Ele telefonou querendo dizer a ela para não ir, ela sabia.

– Wardle acaba de telefonar. Encontraram o resto do corpo.

Robin se jogou na banqueta de estofado bordado, segurando o celular no ouvido com as duas mãos.

– O quê? Onde? Quem é ela?

– Eu te conto quando for buscá-la. Eles querem conversar conosco. Estarei aí na frente às nove. Trate de comer alguma coisa – acrescentou ele.

– Cormoran! – disse ela, para impedir que ele desligasse.

– Que foi?

– Eu ainda... ainda tenho um emprego, então?

Houve uma curta pausa.

– Do que está falando? É claro que você ainda tem um emprego.

– Você não... eu ainda... não mudou nada?

– Vai fazer o que eu mandar? – perguntou ele. – Quando eu disser "nada depois do anoitecer", você vai dar ouvidos de agora em diante?

– Sim – disse ela, um tanto abalada.

– Ótimo. Vejo você às nove.

Robin respirou fundo, soltando um suspiro trêmulo de alívio. Ela não estava acabada: ele ainda a queria. Ao recolocar o celular na penteadeira, notou que chegara durante a noite a mensagem de texto mais longa que recebera na vida.

Robin, não consigo dormir de tanto pensar em você. Você não sabe o quanto eu queria que não tivesse acontecido. Fiz merda e não há desculpas. Eu tinha 21 anos e na época não sabia o que sei agora: não existe ninguém como você e eu não poderia amar ninguém como te amo. Desde então nunca houve ninguém além de você. Tive ciúmes de você e Strike e você pode dizer que não tenho o direito de sentir ciúmes por tudo que já fiz, mas talvez em algum nível eu pense que você merece algo melhor do que eu e era isso que estava me afetando. Só sei que te amo e quero me casar com você e se isso não for o que você quer agora então terei de aceitar, mas por favor Robin me mande uma mensagem e me diga se você está bem, por favor.
Matt bjs

Robin recolocou o celular na penteadeira e continuou a se vestir. Pediu um croissant e um café do serviço de quarto e ficou surpresa ao constatar o quanto a comida e a bebida a deixaram melhor quando chegaram. Só então ela leu novamente a mensagem de Matthew.

... talvez em algum nível eu pense que você merece algo melhor do que eu e era isso que estava me afetando...

Isto era comovente e muito diferente de Matthew, que com frequência expressava a opinião de que citar motivações subconscientes não passava de um sofisma. Bem nos calcanhares desta ideia, porém, veio a reflexão de que Matthew jamais excluiu Sarah de sua vida. Ela era uma das melhores amigas da universidade: abraçando-o carinhosamente no enterro da mãe dele, jantando com eles como parte de um quarteto confortável, ainda dando em cima de Matthew, ainda criando problemas entre ele e Robin.

Depois de uma breve deliberação íntima, Robin mandou uma resposta:

Estou ótima.

Ela esperava por Strike na porta do Hazlitt's, elegante como sempre, quando o táxi preto encostou às cinco para as nove.

Strike não tinha se barbeado e, com a barba crescendo com vigor, seu queixo parecia sujo.

– Viu o noticiário? – perguntou ele assim que ela entrou no táxi.

– Não.

– A imprensa acaba de divulgar. Vi na televisão enquanto eu saía.

Ele se curvou para frente a fim de fechar a divisória de plástico entre eles e o motorista.

– Quem é ela? – perguntou Robin.

– Ainda não há uma identificação formal, mas estão achando que é uma ucraniana de 24 anos.

– Ucraniana? – disse Robin, assustada.

– É. – Ele hesitou antes de falar. – A senhoria dela a encontrou desmembrada em um freezer-geladeira no que parece ser o apartamento dela. Faltando a perna direita. Sem dúvida nenhuma é ela.

O gosto da pasta de dente em Robin ficou químico; o croissant e o café se reviraram no estômago.

– Onde fica o apartamento?

– Na Coningham Road, Shepherd's Bush. Lembra alguma coisa?

– Não, eu... Ah, meu Deus. *Ah, meu Deus*. A garota que queria cortar a perna?

– Parece que sim.

– Mas ela não tinha um nome ucraniano, tinha?

– Wardle acha que pode ter usado um nome falso. Sabe como é... nome de prostituta.

O táxi os levou por Pall Mall na direção da New Scotland Yard. Prédios neoclássicos brancos deslizavam pelas janelas dos dois lados: majestosos, altivos e impermeáveis aos choques da frágil humanidade.

– Era o que Wardle esperava – disse Strike depois de uma longa pausa. – A teoria dele era de que a perna pertencia a uma prostituta ucraniana vista pela última vez com Digger Malley.

Robin sabia que havia mais. Olhou para ele com ansiedade.

— Tinha cartas minhas no apartamento dela – disse Strike. – Duas cartas, assinadas com meu nome.

— Mas você não respondeu!

— Wardle sabe que são falsas. Ao que parece, escreveram meu nome errado... Cameron... mas ele ainda tem de me interrogar.

— O que as cartas dizem?

— Ele não ia me contar por telefone. Está sendo muito correto – disse Strike. – Não age como um babaca.

O Palácio de Buckingham ergueu-se à frente deles. A gigantesca estátua de mármore da rainha Vitória encarou com severidade a confusão e a ressaca de Robin, depois saiu de vista.

— Provavelmente eles vão nos pedir para ver fotos do corpo, para saber se podemos identificá-la.

— Tudo bem – disse Robin, mais resoluta do que se sentia.

— Como você está?

— Bem. Não se preocupe comigo.

— Eu ia mesmo ligar para Wardle hoje de manhã.

— Por quê?

— Ontem à noite, quando me afastava do Hazlitt's, vi um sujeito grandalhão de gorro preto zanzando por uma transversal. Tinha alguma coisa na linguagem corporal dele que não me agradou. Eu o chamei... ia lhe pedir fogo... e ele saiu correndo. *Não* me diga – disse Strike, embora Robin não tivesse soltado um pio – que estou nervoso nem imaginando coisas. Acho que ele nos seguiu e vou te contar outra coisa... acho que ele estava no pub quando cheguei. Não vi a cara dele, só a parte de trás da cabeça enquanto ele saía.

Para surpresa dele, Robin não o refutou. Em vez disso, franziu o cenho, concentrada, tentando se lembrar de uma vaga impressão.

— Sabe de uma coisa... vi um sujeito grandão de gorro em algum lugar ontem também... É, ele estava na soleira de uma porta na Tottenham Court Road. Mas a cara dele estava na sombra.

Strike resmungou outro palavrão.

— Por favor, não me diga para parar de trabalhar – disse Robin em uma voz mais aguda do que o habitual. – *Por favor*. Eu adoro esse trabalho.

— E se o escroto estiver perseguindo você?

Ela não conseguiu reprimir um frisson de medo, mas a determinação o venceu. Para ajudar a pegar este animal, quem quer que fosse, valeria a pena quase tudo...

— Vou ficar atenta. Tenho dois alarmes antiestupro.

Strike não parecia tranquilizado.

Eles desembarcaram na New Scotland Yard e de pronto foram conduzidos para cima, entrando em uma sala sem divisórias em que Wardle estava de pé, em mangas de camisa, falando com um grupo de subordinados. Quando viu Strike e Robin, deixou os colegas de imediato e levou o detetive e a parceira a uma pequena sala de reuniões.

— Vanessa! — chamou ele pela porta enquanto Strike e Robin sentavam-se a uma mesa oval —, está com as cartas?

A sargento-detetive Ekwensi apareceu logo depois com duas folhas de papel datilografadas e protegidas em sacos plásticos, além de uma cópia do que Strike reconheceu como uma das cartas manuscritas que ele dera a Wardle no Old Blue Last. A sargento-detetive Ekwensi, que cumprimentou Robin com um sorriso que esta mais uma vez achou desproporcionalmente tranquilizador, sentou-se ao lado de Wardle com um bloco.

— Querem café ou alguma coisa? — perguntou Wardle. Strike e Robin menearam a cabeça. Wardle deslizou as cartas pela mesa para Strike. Ele leu as duas antes de empurrá-las de lado para Robin.

— Não escrevi nenhuma delas — disse Strike a Wardle.

— Não achei que tivesse escrito — disse Wardle. — Não respondeu em nome de Strike, srta. Ellacott?

Robin fez que não com a cabeça.

A primeira carta admitia que Strike tinha de fato arranjado a remoção da própria perna porque queria se livrar dela, confessando que a história de um explosivo no Afeganistão foi um disfarce planejado, e que ele não sabia como Kelsey descobrira, mas implorava a ela que não contasse a ninguém. Em seguida, o Strike falso concordou em ajudá-la com o próprio "estorvo" e perguntou onde e quando eles podiam se encontrar pessoalmente.

A segunda carta era curta, confirmando que Strike a visitaria no dia 3 de abril às sete da noite.

As duas cartas continham a assinatura *Cameron Strike* em tinta preta e grossa.

— Isto — disse Strike, que puxava a segunda carta para si, depois de Robin ter acabado a leitura — dá a entender que ela me respondeu sugerindo hora e lugar.

— Esta seria minha pergunta seguinte — disse Wardle. — Você recebeu uma segunda carta?

Strike olhou para Robin, que abanou a cabeça.

— Tudo bem — disse Wardle —, para que fique registrado: quando chegou a carta original de... — ele verificou a fotocópia — Kelsey, como foi assinada?

Robin respondeu.

— Tenho o envelope guardado na gaveta dos biru... — O fantasma de um sorriso passou pela cara de Strike — ... na gaveta onde guardamos a correspondência não solicitada. Podemos ver o carimbo postal, mas pelo que me lembro foi no início desse ano. Talvez em fevereiro.

— Tudo bem, excelente — disse Wardle —, mandaremos alguém pegar este envelope. — Ele sorriu para Robin, que parecia ansiosa. — Acalme-se: eu acredito em você. Alguém totalmente maluco está tentando incriminar Strike. Nada disso bate. Por que ele esfaquearia uma mulher, a desmembraria e depois mandaria a perna dela ao próprio escritório? Por que deixaria cartas dele no apartamento?

Robin tentou sorrir também.

— Ela foi esfaqueada? — interrompeu Strike.

— Estão verificando o que realmente a matou — disse Wardle —, mas existem dois cortes fundos no tronco que eles têm certeza que foram feitos antes de ele começar a decepá-la.

Abaixo do tampo da mesa, Robin cerrou os punhos, enterrando as unhas nas palmas das mãos.

— Agora — disse Wardle, e a sargento-detetive Ekwensi estalou a ponta da caneta e se preparou para escrever —, o nome Oxana Voloshina significa alguma coisa para um de vocês?

— Não — disse Strike, e Robin balançou a cabeça em negativa.

— Parece ser o nome verdadeiro da vítima — explicou Wardle. — Foi assim que ela assinou o contrato de locação, e a senhoria disse que apresentou identidade. Alegava ser estudante.

— Alegava? — disse Robin.

— Estamos investigando quem ela realmente era — disse Wardle.

*Claro*, pensou Robin, *ele espera que ela seja uma prostituta.*

– Tinha um inglês correto, a julgar pela carta – comentou Strike. – Isto se foi verdadeiramente escrita por ela.

Robin o olhou, confusa.

– Se alguém falsificou cartas minhas, por que não falsificaria as dela? – perguntou-lhe Strike.

– Para conseguir que você verdadeiramente entrasse em contato com ela, quer dizer?

– É... me atrair a um encontro ou deixar entre nós uma trilha de papéis que fosse incriminadora depois que ela morresse.

– Van, vá ver se as fotos do corpo estão prontas – disse Wardle.

A sargento-detetive Ekwensi saiu da sala. Sua postura era a de uma modelo. As entranhas de Robin começaram a formigar de pânico. Wardle, como se tivesse sentido isso, virou-se para ela.

– Não acho que você precise vê-las, se Strike...

– Ela deve ver – disse Strike.

Wardle ficou perplexo e Robin, embora se esforçasse para não demonstrar, perguntou-se se Strike tentava conseguir, pelo susto, sua anuência à regra de nada depois do anoitecer.

– Sim – disse ela, com uma boa demonstração de calma. – Acho que devo.

– Elas... não são bonitas – disse Wardle, com uma atenuação pouco característica.

– A perna foi enviada para Robin – lembrou-lhe Strike. – A probabilidade de que ela já tenha visto esta mulher é a mesma que a minha. Ela é minha parceira. Fazemos o mesmo trabalho.

Robin olhou de lado para Strike. Ele nunca a havia descrito como parceira a outra pessoa, pelo menos não que Robin tivesse ouvido. Ele não olhava para ela. Robin voltou a atenção para Wardle. Embora estivesse apreensiva, depois de ouvir Strike colocá-la em pé de igualdade profissional com ele, ela entendeu que não decepcionaria nem a si mesma, nem a ele, independentemente do que estava prestes a ver. Quando a sargento-detetive Ekwensi voltou segurando um maço de fotografias, Robin engoliu em seco e endireitou as costas.

Strike as pegou primeiro e sua reação não foi tranquilizadora.

— Puta que pariu.

— A da cabeça está mais preservada – disse em voz baixa Wardle – porque ele a colocou no freezer.

Como se tivesse retirado a mão por instinto de algo em brasa, Robin agora teve de reprimir o forte impulso de voltar o corpo para outro lado, fechar os olhos, virar a fotografia para baixo. Em vez disso, pegou-a de Strike e olhou; seus intestinos viraram líquido.

A cabeça decapitada estava assentada no que restava do pescoço, olhando cegamente para a câmera, os olhos tão congelados que a cor era invisível. A boca se abria, sinistra. O cabelo castanho estava rígido, pontilhado de gelo. As faces eram cheias e rechonchudas, o queixo e a testa cobertos de acne. Ela parecia ter menos de 24 anos.

— Você a reconhece?

A voz de Wardle parecia próxima demais de Robin e a sobressaltou. Ela teve a impressão de ter viajado uma longa distância enquanto olhava a cabeça decapitada.

— Não – disse Robin.

Ela baixou a foto e pegou a seguinte com Strike. Uma perna esquerda e dois braços foram metidos na geladeira, onde começaram a se decompor. Tendo se preparado para a cabeça, ela pensara que nada poderia ser tão ruim e ficou envergonhada do gritinho de aflição que lhe escapuliu.

— É, essa é ruim – disse a sargento-detetive Ekwensi em voz baixa. Robin a olhou nos olhos com gratidão.

— Tem uma tatuagem no pulso esquerdo. – Wardle apontou, entregando-lhes uma terceira fotografia em que o braço relevante estava estendido numa mesa. Agora definitivamente nauseada, Robin olhou e distinguiu "1D" em tinta preta.

— Vocês não precisam ver o tronco – disse Wardle, recolhendo as fotografias e devolvendo à sargento-detetive Ekwensi.

— Onde estava? – perguntou Strike.

— Na banheira – disse Wardle. – Foi ali que ele a matou, no banheiro. Parecia um matadouro lá dentro. – Ele hesitou. – A perna não foi a única coisa que ele tirou dela.

Robin ficou feliz por Strike não perguntar o que mais tinha sumido. Achava que não suportaria ouvir.

– Quem a encontrou? – perguntou Strike.

– A senhoria – respondeu Wardle. – É idosa e desmaiou logo depois que chegamos lá. Parece que teve um ataque cardíaco. Foi levada para o hospital Hammersmith.

– O que a fez ir até lá?

– O cheiro – disse Wardle. – Ligaram para ela do térreo. Ela decidiu aparecer de manhã cedo, antes de sair para as compras, tentando pegar esta Oxana em casa. Como a garota não atendeu, a senhoria entrou com a própria chave.

– No térreo não se ouviu nada... gritos... nada?

– É uma casa convertida, cheia de estudantes. Totalmente impraticável – disse Wardle. – Música alta, colegas entrando e saindo o tempo todo, eles ficaram boquiabertos, feito umas ovelhas, quando perguntamos se não ouviram nada do andar de cima. A garota que chamou a senhoria estava totalmente histérica. Disse que nunca se perdoaria por não telefonar quando sentiu um cheiro ruim.

– É, isso mudaria tudo – disse Strike. – Era só botar a cabeça no lugar e ela ficaria bem.

Wardle riu. Até a sargento-detetive Ekwensi abriu um sorriso.

Robin se levantou abruptamente. O vinho da noite anterior e o croissant desta manhã se agitavam terrivelmente em suas entranhas. Pedindo licença numa voz mínima, ela partiu rapidamente para a porta.

# 22

*I don't give up but I ain't a stalker,*
*I guess I'm just an easy talker.*

Blue Öyster Cult, "I Just Like To Be Bad"

– Obrigada, eu *entendi* o conceito de humor negro – disse Robin uma hora depois, em parte exasperada, em parte achando graça. – Podemos continuar?

Strike se arrependia do chiste na sala de reuniões, porque Robin voltara branca e um tanto pegajosa de uma ida de vinte minutos ao banheiro, um sopro de hortelã revelando que escovara os dentes de novo. Em vez de pegar um táxi, ele sugeriu que os dois dessem uma curta caminhada no ar fresco pela Broadway até o Feathers, o pub mais próximo, onde ele pediu um bule de chá para os dois. Pessoalmente, estava pronto para uma cerveja, mas Robin não fora treinada para considerar companheiros naturais o álcool e o derramamento de sangue, e ele achava que uma cerveja podia reforçar a impressão de frieza que causava nela.

O Feathers estava tranquilo às onze meia da manhã de quarta-feira. Eles pegaram uma mesa no fundo do pub grande, longe de dois policiais à paisana que conversavam em voz baixa perto da janela.

– Contei a Wardle sobre o nosso amigo do gorro enquanto você estava no banheiro – disse Strike a Robin. – Ele disse que vai colocar um homem à paisana pela Denmark Street para ficar de olho por alguns dias.

– Você acha que a imprensa vai voltar? – perguntou Robin, que ainda não tivera tempo de se preocupar com isso.

– Espero que não. Wardle vai guardar segredo das cartas falsas. Disse que soltá-las vai dar pano para manga a malucos. Está inclinado a acreditar que o assassino de fato tentou me incriminar.

— E você não?

— Não – disse Strike. – Ele não é desvairado a esse ponto. Tem alguma coisa mais estranha acontecendo nisso tudo.

Ele se calou e Robin, respeitando seu raciocínio, também guardou silêncio.

— Terrorismo, é isso que é – disse Strike lentamente, coçando o queixo com a barba por fazer. – Ele está tentando nos enervar, perturbar ao máximo a nossa vida; e vamos combinar que está conseguindo. Temos a polícia zanzando pelo escritório e nos chamando à Yard, perdemos a maioria dos clientes, você está...

— Não se preocupe comigo! – disse Robin de pronto –, não quero que você se preocupe...

— Mas que merda, Robin – disse Strike numa explosão de irritação –, nós dois vimos esse cara ontem. Wardle acha que eu devia mandá-la ficar em casa e eu...

— Por favor – disse ela, as lágrimas do início da manhã tomando-a novamente –, não me obrigue a parar de trabalhar...

— Não vale a pena ser assassinada para fugir de sua vida doméstica!

De imediato, ele se arrependeu de dizer isso, ao ver que ela estremeceu.

— Não estou usando isso como fuga – disse ela em voz baixa. – Eu adoro esse trabalho. Acordei hoje de manhã me sentindo mal pelo que contei a você ontem. Fiquei com medo de que você... achasse que não sou durona o bastante para o trabalho.

— Isso não tem nada a ver com o que você me contou ontem à noite e nada a ver com ser durona. Trata-se de um psicopata que pode estar te seguindo, que já retalhou uma mulher.

Robin bebeu o chá morno e não disse nada. Estava faminta. Porém, a ideia de comer comida de pub, contendo qualquer forma de carne, fez seu couro cabeludo transpirar.

— Não pode ter sido um primeiro homicídio, pode? – perguntou Strike retoricamente, os olhos escuros fixos nos nomes de cervejas pintados à mão no balcão. – Decapitá-la, decepar os membros, levar pedaços dela? Não chega a essa conclusão?

— É de se pensar que sim – concordou Robin.

— Isto foi feito pelo prazer de fazer. Ele teve uma orgia de um homem só naquele banheiro.

Agora Robin não sabia se o que sentia era fome ou náusea.

— Um maníaco sádico com algum ressentimento em relação a mim e que decidiu juntar um passatempo com o outro. — Strike refletia em voz alta.

— Isso bate com algum dos suspeitos que você tem? — perguntou Robin. — Algum deles já matou, que você saiba?

— Sim — disse Strike. — Whittaker. Ele matou minha mãe.

*Mas de um jeito muito diferente*, pensou Robin. O que despachara Leda Strike foi uma agulha, e não facas. Por respeito a Strike, que estava carrancudo, ela não verbalizou essa ideia. Depois se lembrou de outra coisa.

— Imagino que você saiba — disse ela com cautela — que Whittaker ficou com o cadáver de outra mulher na casa dele por um mês.

— É — disse Strike. — Ouvi falar.

A notícia chegara enquanto ele estava nos Bálcãs, transmitida pela irmã Lucy. Ele encontrara na internet uma foto de Whittaker entrando no tribunal. Seu ex-padrasto estava quase irreconhecível, com um cabelo à escovinha e barbudo, mas ainda com aqueles olhos dourados impressionantes. A história de Whittaker, se Strike se lembrava bem, era de que ele teve medo de "outra falsa acusação" de homicídio e assim tentou mumificar o corpo da mulher, amarrando em sacos de lixo e escondendo debaixo das tábuas do piso. A defesa alegou a um juiz nada solidário que a nova abordagem de seu cliente ao problema se devia ao uso pesado de drogas.

— Mas ele não a assassinou, não foi? — perguntou Robin, tentando se lembrar do que dizia exatamente a Wikipédia.

— Ela estava morta havia um mês, então duvido que a autópsia tenha sido fácil — disse Strike. A cara que Shanker descrevera como feia tinha voltado. — Pessoalmente, aposto que ele a matou. Um homem pode ter tanto azar assim, com duas namoradas caindo mortas em casa enquanto ele está sentado lá sem fazer nada?

"Ele gostava da morte, Whittaker; gostava de corpos. Alegava que quando adolescente foi coveiro. Tinha uma queda por cadáveres. As pessoas o tomavam por um gótico hardcore ou um exibicionista barato... as letras necrófilas das canções, a Bíblia Satânica, Aleister Crowley, toda essa bobajada... mas ele era um filho da puta mau e amoral que dizia a todos os conhecidos que era um filho da puta mau e amoral, e o que acontecia? As mulheres ficavam caidinhas por ele.

"Preciso de uma bebida", disse Strike. Ele se levantou e foi ao balcão.

Robin o olhou, um tanto perplexa com seu repentino surto de raiva. A opinião dele de que Whittaker matara duas vezes não teve sustentação em nenhum dos dois julgamentos ou, pelo que ela sabia, nenhuma prova policial. Ela se acostumara com a insistência de Strike na coleta e documentação meticulosas de fatos, seus lembretes constantes de que ressentimentos e antipatias pessoais podem esclarecer, porém jamais ditar, o rumo de uma investigação. É claro que quando o caso envolvia a própria mãe de Strike...

Strike voltou com uma garrafa de Nicholson's Pale Ale e dois cardápios.

– Desculpe-me – disse ele em voz baixa quando voltou a se sentar e tomou um longo gole da bebida. – Pensando em coisas em que não pensava há muito tempo. Aquelas malditas letras.

– Sim – disse Robin.

– Que merda, *não pode* ser Digger – disse Strike, frustrado, passando a mão no cabelo crespo e basto e o deixando inteiramente inalterado. – Ele é um gângster profissional! Se descobrisse que dei provas contra ele e quisesse retaliar, teria me dado um tiro. Não ia zanzar por aí com pernas decepadas e letras de música, sabendo que isso colocaria a polícia em cima dele. Ele era um homem de negócios.

– Wardle ainda pensa que foi ele?

– Pensa – disse Strike –, mas ele devia saber tão bem quanto qualquer um que provas anônimas não são irrefutáveis. Se fossem, você teria policiais caindo mortos por toda a cidade.

Ele se conteve e não fez outras críticas a Wardle, embora isto lhe custasse esforço. O homem estava sendo atencioso e prestativo quando podia causar dificuldades a Strike. E Strike não se esquecera de que da última vez em que se meteu com a Metropolitana, deixaram-no numa sala de interrogatório por cinco horas inteiras, aparentemente por capricho de policiais ressentidos.

– E os dois homens que você conheceu no exército? – perguntou Robin, baixando a voz porque um grupo de funcionárias de escritório se acomodava a uma mesa próxima. – Brockbank e Laing. Um dos dois matou alguém? Quer dizer – acrescentou ela –, sei que eles eram soldados, mas fora de combate?

– Não me surpreenderia saber que Laing apagou alguém – disse Strike –, mas ele não o fez, pelo que sei, antes de ser preso. Ele usou uma faca na ex-mulher, disso eu sei... amarrou-a e cortou. Passou uma década preso e duvido que tenham conseguido reabilitá-lo. Ele já estava solto havia mais de quatro anos: é muito tempo para cometer assassinato.

"Eu não te falei... conheci a ex-sogra dele em Melrose. Ela imagina que ele tenha ido para Gateshead quando saiu da prisão, e sabemos que ele pode ter estado em Corby em 2008... mas ela também me contou que ele estava doente."

– Doente como?

– Algum tipo de artrite. Ela não sabia dos detalhes. Será que um homem inepto poderia fazer o que vimos nas fotos? – Strike pegou o cardápio. – Muito bem. Estou morto de fome e você só comeu batata frita nos últimos dois dias.

Depois de ele pedir pollock com fritas e Robin pão com queijo e picles, Strike deu outra guinada na conversa.

– A vítima te pareceu ter 24 anos?

– Eu... não saberia dizer – disse Robin, tentando sem sucesso bloquear a imagem, as faces rechonchudas e lisas, os olhos brancos e congelados. – Não – disse ela, depois de uma breve pausa. – Ela me pareceu mais nova.

– A mim também.

– Eu posso... banheiro – disse Robin, levantando-se.

– Está tudo bem?

– Só preciso fazer xixi... muito chá.

Ele a viu sair, depois terminou a cerveja, seguindo uma linha de raciocínio que ainda não confidenciara a Robin, nem a mais ninguém.

O trabalho infantil fora mostrado a ele por uma investigadora na Alemanha. Strike ainda se lembrava da última frase, escrita numa letra bonita de menina em uma folha de papel rosa-claro.

*A mulher mudou seu nome para Anastassia e tingiu o cabelo e ninguém nunca descobriu para onde ela foi, ela desapareceu.*

— É o que você gostaria de fazer, Brittany? – perguntara a investigadora em voz baixa na gravação que Strike vira depois. – Gostaria de fugir e desaparecer?

— É só uma história! – insistira Brittany, tentando dar uma gargalhada desdenhosa, torcendo os dedos pequenos, uma perna quase enrolada na outra. O cabelo louro e fino caía em seu rosto claro e sardento. Os óculos eram bambos. Ela lembrava a Strike um periquito australiano amarelo. – Eu só inventei!

O teste de DNA logo revelaria quem era a mulher na geladeira e a polícia lançaria a rede para saber quem de fato era Oxana Voloshina – se era este seu nome. Strike não sabia se era paranoia dele ainda pensar que o corpo pertencia a Brittany Brockbank. Por que o nome Kelsey foi usado na primeira carta a ele? Por que a cabeça parecia tão jovem, ainda lisa de gordura de bebê?

— Eu devia estar fazendo a Platinada agora – disse Robin com tristeza, olhando o relógio ao se sentar novamente à mesa. Uma das funcionárias de escritório ao lado deles parecia comemorar seu aniversário: com muitas gargalhadas das colegas, ela acabara de desembrulhar um espartilho vermelho e preto.

— Eu não me preocuparia com isso – disse Strike, distraído, enquanto seu peixe com fritas e a comida de Robin eram baixados diante deles. Ele comeu em silêncio por alguns minutos, depois baixou garfo e faca, pegou o bloco, olhou alguma coisa nas anotações que fizera no escritório de Hardacre em Edimburgo e pegou o telefone. Robin viu que digitava palavras, perguntando-se o que ele fazia.

— Muito bem – disse Strike, depois de ler o resultado –, vou a Barrow-in-Furness amanhã.

— Você vai... o quê? – Robin se espantou. – Por quê?

— Brockbank está lá... ou devia estar.

— E como você sabe?

— Descobri em Edimburgo que sua pensão era mandada para lá e procurei o antigo endereço da família. Alguém de nome Holly Brockbank mora naquela casa. Evidentemente é parente. Ela deve saber onde ele está. Se eu conseguir constatar que ele esteve em Cúmbria nas últimas semanas, saberemos que não andou entregando pernas nem perseguindo você em Londres, não é verdade?

– O que você não está me contando sobre Brockbank? – perguntou Robin, estreitando os olhos cinza-azulados.

Strike ignorou a pergunta.

– Quero que você fique em casa enquanto eu estiver fora. Dane-se o Duas Vezes, ele será o único culpado se a Platinada sair com outro cliente. Podemos viver sem o dinheiro dele.

– Isso nos deixaria com um cliente só – observou Robin.

– Tenho a sensação de que não teremos nenhum se não pegarmos este maluco – disse Strike. – Ninguém vai querer chegar perto de nós.

– Como você vai chegar em Barrow? – perguntou Robin.

Nascia um plano. Não teria ela previsto esta mesma eventualidade?

– De trem – disse ele –, sabe que agora não posso alugar um carro.

– E se – disse Robin num tom de triunfo – eu levar você em meu novo... bom, é velho, mas é ótimo... Land Rover?

– Desde quando você tem um Land Rover?

– Desde domingo. É o velho carro dos meus pais.

– Ah – disse ele. – Bom, parece ótimo...

– Mas?

– Não, seria de grande ajuda...

– *Mas?* – repetiu Robin, sabendo que Strike tinha suas reservas.

– Não sei quanto tempo vou ficar por lá.

– Isso não importa. Você acaba de me dizer que vou ficar mofando em casa.

Strike hesitou. Quanto do desejo dela de levá-lo de carro tinha origem na esperança de magoar Matthew?, perguntou-se ele. Ele podia muito bem imaginar como o contador veria uma viagem ao norte sem data de retorno, os dois sozinhos, dormindo por lá. Uma relação limpa e profissional não deve incluir o uso um do outro para provocar ciúmes nos parceiros.

– Ah, merda – disse ele de repente, procurando o celular no bolso.

– Qual é o problema? – perguntou Robin, alarmada.

– Me lembrei agora... eu devia me encontrar com Elin ontem à noite. Porra... esqueci totalmente. Espere aí.

Ele foi para a rua, deixando Robin com seu almoço. Por quê, perguntou-se ela, com os olhos na figura grande de Strike, que andava de um lado a outro na frente do pub com o telefone apertado na orelha, Elin não telefonara nem mandara uma mensagem para perguntar onde Strike estava? Daí foi um passo para se perguntar – pela primeira vez, independentemente do que suspeitasse Strike – o que Matthew diria se ela voltasse em casa só para pegar o Land Rover e sumisse com roupas para vários dias numa bolsa.

*Ele não pode reclamar*, pensou ela, com uma tentativa ousada de rebeldia. *Não tem mais nada a ver com ele.*

Ainda assim, a ideia de ter de ver Matthew, mesmo que brevemente, a irritava.

Strike voltou, revirando os olhos.

– Me lasquei – disse ele sucintamente. – Em vez disso, vou me encontrar com ela esta noite.

Robin não sabia por que o anúncio de que Strike ia se encontrar com Elin deprimira seu espírito. Supôs que estivesse cansada. As várias tensões e choques emocionais das últimas 36 horas não seriam superadas em um só almoço no pub. As funcionárias perto deles agora soltaram uma gargalhada estridente quando caiu de outro pacote um par de algemas felpudas.

*Não é aniversário*, percebeu Robin. *Ela vai se casar.*

– E então, eu vou te levar ou não? – perguntou ela rispidamente.

– Vai – disse Strike, que parecia se entusiasmar com a ideia (ou apenas ficou animado com o encontro com Elin?). – Sabe de uma coisa, seria ótimo. Obrigado.

# 23

*Moments of pleasure, in a world of pain.*
              Blue Öyster Cult, "Make Rock Not War"

Na manhã seguinte, a neblina se acumulava em camadas suaves e espessas como teia de aranha sobre a copa das árvores do Regent's Park. Strike, que rapidamente silenciara o despertador para não acordar Elin, estava equilibrado em um pé só junto da janela, com a cortina às costas para bloquear a luz. Por um minuto, olhou o parque fantasmagórico e ficou fascinado com o efeito do sol nascente nas folhas dos galhos, elevando-se do mar de vapor. É possível encontrar beleza em quase todos os lugares, se pararmos para procurá-la, mas a batalha para enfrentar os dias torna difícil lembrar que existia esse luxo pelo qual não se precisava pagar nada. Ele carregava lembranças como esta de sua infância, em particular as partes vividas na Cornualha: o brilho do mar ao vê-lo pela primeira vez numa manhã, azul como as asas de uma borboleta; o misterioso mundo de esmeralda e sombra da passagem de Gunnera nos jardins de Trebah; velas brancas e distantes subindo e descendo como aves marinhas nas tempestuosas ondas cor de bronze.

Atrás dele, na cama às escuras, Elin se mexeu e suspirou. Strike saiu cuidadosamente de trás da cortina, pegou a prótese encostada na parede e se sentou em uma das cadeiras do quarto para afixá-la. Em seguida, ainda no maior silêncio possível, foi ao banheiro, levando as roupas nos braços.

Eles tiveram sua primeira briga na noite anterior: um marco em toda relação. A completa ausência de comunicação quando ele não apareceu no encontro dos dois na terça-feira devia ter sido um aviso, mas ele estivera ocupado demais com Robin e um corpo desmembrado para pensar muito nisso. É verdade que ela estava gélida quando ele telefonou para se desculpar, porém o fato de ela tão prontamente ter concordado em remarcar o encontro não o havia preparado para uma recepção quase glacial quando ele apareceu pessoalmente 24 horas depois. Após um jantar consumido com o acompanhamento de uma conversa dolorosa e forçada, ele se propôs a sair e deixá-la com seu ressentimento. Ela ficou furiosa por um breve momento enquanto ele estendia a mão para o paletó, mas era a faísca fraca de um fósforo queimado; ela então se desfez em uma arenga chorosa e semiapologética pela qual ele soube, primeiramente, que ela estava fazendo terapia, e, em segundo lugar, que o terapeuta identificara uma tendência para a agressão passiva e, em terceiro, que ela ficou tão profundamente magoada com a ausência dele na terça-feira que bebeu toda uma garrafa de vinho sozinha na frente da televisão.

Strike pediu desculpas mais uma vez, alegando cansaço em um caso difícil, um desdobramento espinhoso e inesperado, expressando remorsos sinceros por ter-se esquecido do encontro, mas acrescentou que se ela não conseguia perdoar, era melhor que ele fosse embora.

Ela se atirara nos braços dele; eles foram diretamente para a cama e tiveram o melhor sexo de sua breve relação.

Barbeando-se no imaculado banheiro de Elin, com suas lâmpadas embutidas e toalhas brancas como a neve, Strike refletiu que saíra bem dessa. Se tivesse se esquecido de aparecer em um encontro com Charlotte, a mulher com quem esteve envolvido intermitentemente por 16 anos, agora teria ferimentos físicos, procuraria por ela no amanhecer frio, ou talvez tentasse evitar que ela se jogasse da sacada alta.

Ele chamava de amor o que sentia por Charlotte e ainda era o sentimento mais profundo que teve por uma mulher. Pela dor que causou nele e seus efeitos duradouros, mais parecia um vírus que mesmo agora ele não sabia se havia vencido. Negar-se a vê-la, jamais telefonar para ela, nunca usar o novo endereço de e-mail que ela criou para lhe mostrar sua cara perturbada no dia de seu casamento com um antigo namorado: este era o tratamento que ele prescrevera a si mesmo, e estava controlando os sintomas. Entretanto, ele sabia que ficara debilitado, que não tinha mais a capacidade de sentir como no passado. A aflição de Elin na noite anterior não chegou a tocá-lo em seu âmago como Charlotte já fizera. Parecia-lhe que a capacidade de amar fora embotada, as terminações nervosas, cortadas. Ele não pretendia magoar

Elin; não gostou de vê-la chorar; ainda assim, a capacidade de sentir uma dor empática parecia ter se encerrado. Uma pequena parte dele, na verdade, já planejava mentalmente o caminho para casa enquanto ela soluçava.

Strike vestiu-se no banheiro e voltou rapidamente ao corredor mal iluminado, onde guardou os produtos de barbear na bolsa de viagem que tinha preparado para Barrow-in-Furness. Uma porta estava entreaberta a sua direita. Por mero impulso, ele a abriu mais.

A garotinha que ele jamais conhecera dormia ali quando não estava na casa do pai. O quarto cor-de-rosa e branco era imaculado, com um mural de fadas no teto, correndo pela cornija. Havia Barbies sentadas em fila organizada numa prateleira, seus sorrisos vazios, os seios pontudos cobertos por um arco-íris de vestidos berrantes. Um tapete de pele falsa com uma cabeça de urso-polar estava no chão ao lado da cama de dossel mínima.

Strike quase não conhecia garotinha nenhuma. Tinha dois afilhados, e jamais quis nenhum deles particularmente, e três sobrinhos. O seu amigo mais antigo na Cornualha tinha filhas, mas Strike praticamente não tinha nenhuma relação com elas; passavam por ele em um borrão de rabos de cavalo e acenos despreocupados: "Oi, tio Corm, tchau, tio Corm." É claro que ele foi criado com uma irmã, embora Lucy jamais tenha sido mimada com camas de dossel num tom de rosa algodão-doce, por mais que ela quisesse.

Brittany Brockbank tinha um leão de pelúcia. A ideia lhe ocorreu de repente, do nada, ao olhar o urso-polar no chão: um leão de pelúcia com uma cara engraçada. Ela o vestia num tutu cor-de-rosa e o colocava deitado no sofá quando o padrasto foi correndo para Strike com a garrafa de cerveja quebrada na mão.

Strike virou-se para o corredor, apalpando o bolso. Sempre trazia um bloco e uma caneta. Escreveu um bilhete curto para Elin, aludindo à melhor parte da noite anterior, e o deixou na mesa do corredor para não correr o risco de acordá-la. Em seguida, no mesmo silêncio com que fazia tudo, pendurou a bolsa de viagem no ombro e saiu do apartamento. Ia se encontrar com Robin na estação West Ealing às oito.

Os últimos vestígios da neblina erguiam-se da Hastings Road quando Robin saiu de casa, atrapalhada e sonolenta, com uma sacola de comida numa das mãos e uma bolsa de viagem cheia de roupas limpas na outra. Destrancou a traseira do velho Land Rover cinza, jogou as roupas ali e, com a comida, deu a volta apressadamente ao banco do motorista.

Matthew tinha acabado de tentar abraçá-la no hall e ela resistira, empurrando com as duas mãos seu peito quente e liso, gritando para ele sair. Ele só estava de cueca boxer. Agora ela teve medo de que ele estivesse lutando para vestir alguma roupa, pronto para persegui-la. Ela bateu a porta do carro e puxou o cinto de segurança, ansiosa para ir embora, mas ao girar a chave na ignição Matthew saiu intempestivamente da casa, descalço, de camiseta e calça de moletom. Ela nunca vira a expressão dele tão indefesa e vulnerável.

– Robin – chamou ele enquanto ela pisava no acelerador e saía do meio-fio. – Eu te amo. *Eu te amo!*

Ela girou o volante e saiu da vaga de qualquer jeito, errando por centímetros o Honda do vizinho. Viu Matthew encolhendo no retrovisor; ele, cujo autocontrole em geral era completo, proclamava seu amor a plenos pulmões, arriscando-se à curiosidade dos vizinhos, a seu desdém e riso.

O coração de Robin batia dolorosamente no peito. Eram sete e quinze; Strike ainda não estaria na estação. Ela virou à esquerda no final da rua com a intenção apenas de impor uma distância entre ela e Matthew.

Ele se levantara ao amanhecer, enquanto ela tentava fazer as malas sem acordá-lo.

– Aonde você vai?

– Ajudar Strike na investigação.

– Vai passar a noite fora?

– Assim espero.

– Onde?

– Não sei exatamente.

Ela teve medo de lhe contar o destino dos dois para que ele não os perseguisse. O comportamento de Matthew quando ela chegou em casa na noite anterior a deixara abalada. Ele chorou e implorou. Ela nunca o vira assim, nem mesmo depois da morte da mãe.

– Robin, precisamos conversar.

– Já conversamos o bastante.

– Sua mãe sabe aonde você vai?

– Sim.

Ela estava mentindo. Robin ainda não contara à mãe sobre o término do noivado, nem que ia ao norte com Strike. Afinal, tinha 26 anos, não era da conta da mãe. Mas sabia que Matthew na realidade perguntava se ela havia contado que não haveria casamento, porque os dois estavam cientes de que ela não estaria entrando no Land Rover para dirigir a um local não revelado com Strike se o noivado dos dois ainda estivesse intacto. O anel de safira estava exatamente onde ela o havia deixado, em uma estante lotada dos antigos livros de contabilidade dele.

– Ah, merda – sussurrou Robin, piscando para se livrar das lágrimas ao entrar ao acaso pelas ruas silenciosas, tentando não se concentrar no dedo nu ou na lembrança do rosto angustiado de Matthew.

Uma curta caminhada representava para Strike muito mais do que a simples distância física. Isto, pensou ele enquanto fumava o primeiro cigarro do dia, era Londres: a começar pelas construções projetadas por John Nash, simétricas e pacíficas, que pareciam uma escultura de sorvete de baunilha. O vizinho russo de Elin, vestido em risca de giz, entrava em seu Audi e Strike recebeu um breve gesto de cabeça em resposta a seu bom-dia. Uma curta caminhada, passando pelas silhuetas de Sherlock Holmes na estação Baker Street, e ele estava sentado em um trem sujo do metrô, cercado de trabalhadores poloneses que conversavam, descansados e cheios de profissionalismo às sete da manhã. Depois a alvoroçada Paddington, abrindo caminho à força pelos passageiros e cafeterias, com uma bolsa de viagem pendurada no ombro. Por fim, algumas paradas na conexão para Heathrow, acompanhado por uma grande família de West Country que já estava vestida para a Flórida, apesar do frio do início da manhã. Olhavam as placas da estação como suricates nervosos, as mãos agarradas às alças das malas como se esperassem um assalto iminente.

Strike chegou à estação West Ealing quinze minutos adiantado, desesperado por um cigarro. Baixando a bolsa de viagem aos pés, ele acendeu um, na esperança de que Robin não fosse pontual demais, porque duvidava que ela permitisse fumar dentro do Land Rover. Ele só havia dado alguns tragos satisfatórios, porém, quando o carro que parecia uma caixa virou a esquina, a cabeça dourado-avermelhada e brilhante de Robin ficou claramente visível pelo para-brisa.

– Eu não ligo – ela gritou para superar o ronco do motor enquanto ele colocava a bolsa de viagem no ombro e ia apagar o cigarro –, desde que você deixe a janela aberta.

Ele entrou, meteu a bolsa na traseira e bateu a porta.

– Não dá para você deixar o cheiro desta coisa pior do que já está – disse Robin, operando a alavanca de câmbio rígida com sua habilidade de sempre. – Isto aqui é o mais puro fedor de cachorro.

Strike puxou o cinto de segurança enquanto eles se afastavam acelerados da calçada, olhando o interior do carro. Velho e arranhado, o fedor pungente de galochas e labrador permeava todo o veículo. Lembrava a Strike os veículos militares em que ele fora levado por todo tipo de terreno na Bósnia e no Afeganistão, mas ao mesmo tempo acrescentava algo à imagem da formação de Robin. Este Land Rover falava de estradas enlameadas e lavouras. Ele se lembrou de ela ter falado de um tio que tinha uma fazenda.

– Você já teve um pônei?

Ela o olhou, surpresa. Naquela encarada fugaz, ele notou o peso nos olhos dela, sua palidez. Estava na cara que ela não dormira muito.

– Mas por que você quer saber disso?

– Esse carro parece do tipo que se leva a uma gincana.

A resposta dela teve certo caráter defensivo.

– Sim, eu tive.

Ele riu, abriu a janela ao máximo e pousou ali a mão esquerda com o cigarro.

– Qual é a graça?

– Não sei. Como ele se chamava?

– Angus – disse ela, virando à esquerda. – Era um bom companheiro. Sempre me arrastando para todo lado.

– Não confio em cavalos – disse Strike, fumando.

– Algum dia você montou?

Agora era a vez de Robin sorrir. Ela pensou que este podia ser um dos poucos lugares onde ela veria Strike verdadeiramente aflito, no lombo de um cavalo.

– Não. E pretendo que continue assim.

— Meu tio tem um cavalinho que carregaria você – disse Robin. – Um Clydesdale. É enorme.

— Já entendi – disse Strike com secura, e ela riu.

Fumando em silêncio enquanto Robin estava concentrada no trânsito cada vez mais pesado da manhã, Strike notou o quanto gostava de fazê-la rir. Também reconheceu que se sentia muito mais feliz, muito mais à vontade, sentado naquele Land Rover caindo aos pedaços e tendo uma conversa absurda e irrelevante com Robin do que se sentira na última noite jantando com Elin.

Ele não era um homem que contava mentiras confortáveis a si mesmo. Podia ter argumentado que Robin representava a tranquilidade da amizade; Elin, as armadilhas e prazeres de uma relação sexual. Ele sabia que a verdade era mais complicada, e certamente era assim pelo fato de que a aliança de safira desaparecera do dedo de Robin. Ele havia percebido, quase no momento em que se conheceram, que Robin representava uma ameaça a sua paz de espírito, mas arriscar a melhor relação profissional de sua vida seria um ato de autossabotagem voluntária que ele, depois de anos de uma relação intermitente e destrutiva, depois das dificuldades e do sacrifício que lhe custou construir seus negócios, não podia deixar acontecer e ele não permitiria.

— Está me ignorando de propósito?

— O quê?

Era plausível que ele não a tivesse ouvido, de tão barulhento era o motor do Land Rover.

— Eu perguntei como vão as coisas com Elin.

Ela jamais havia lhe feito uma pergunta direta sobre um relacionamento. E Strike supôs que as confidências de duas noites atrás tivessem levado ambos a um nível diferente de intimidade. Ele teria evitado isto, se pudesse.

— Está tudo bem – disse ele num tom severo, jogando fora a guimba do cigarro e fechando a janela, o que reduziu um pouco o barulho.

— Então ela te perdoou?

— Pelo quê?

— Por esquecer completamente que você tinha um encontro! – disse Robin.

— Ah, tá. Sim. Bom, não... depois, sim.

Enquanto ela pegava a A40, a declaração ambígua de Strike trouxe a Robin uma imagem mental nítida e repentina: de Strike, com seu corpo peludo e uma perna e meia, embolado com Elin, loura e alabastro em lençóis brancos e puros... Robin tinha certeza de que os lençóis de Elin seriam brancos, nórdicos e limpos. Provavelmente Elin tinha alguém para cuidar de sua roupa. Elin era classe média alta demais, rica demais para passar a ferro a própria roupa de cama na frente da TV em uma sala de estar apertada em Ealing.

– E Matthew? – perguntou Strike enquanto eles pegavam a rodovia. – Como foi?

– Tudo bem.

– Papo furado.

Embora outro riso tenha escapado dela, Robin estava meio inclinada a se ressentir do pedido dele de mais informações quando ela recebera tão pouco sobre Elin.

– Bom, ele quer voltar.

– É claro que quer.

– Por que "é claro"?

– Se eu não posso pescar, você também não pode.

Robin não sabia bem o que responder a isso, embora lhe desse um leve brilho de prazer. Ela pensou que talvez fosse a primeira vez que Strike dava algum sinal de vê-la como mulher e, em silêncio, arquivou o diálogo para refletir mais tarde, na solidão.

– Ele pediu desculpas e insistiu que eu recolocasse a aliança – disse Robin. A lealdade residual a Matthew a impediu de contar do choro, das súplicas. – Mas eu...

Sua voz falhou e Strike, embora quisesse saber mais, não fez outras perguntas, baixando a janela e fumando mais um cigarro.

Eles pararam para um café no Hilton Park Services. Robin foi ao banheiro enquanto Strike entrava na fila para o café no Burger King. Diante do espelho, ela olhou o celular. Como esperava, havia uma mensagem de Matthew, mas o tom não era mais suplicante nem conciliador.

Se você dormir com ele, estamos acabados para sempre. Você pode pensar que assim ficamos quites, mas não é uma coisa pela outra. Sarah foi há muito tempo, éramos muito jovens e eu não fiz isso para te magoar. Pense no que está jogando fora, Robin. Eu te amo.

— Desculpe — disse Robin em voz baixa, dando um passo de lado para permitir que uma garota impaciente tivesse acesso ao secador de mão.

Ela leu a mensagem de Matthew mais uma vez. Uma explosão satisfatória de raiva eliminou o misto de compaixão e dor gerado por aquela perseguição da manhã. Aqui, pensou ela, estava o verdadeiro Matthew: **se você dormir com ele, estamos acabados para sempre.** Então ele não acreditou de fato que ela falara a verdade ao tirar a aliança e dizer que não queria mais se casar com ele? Só estaria acabado "para sempre" quando ele, Matthew, dissesse isso? **Não é uma coisa pela outra.** A infidelidade dela seria pior do que a dele, por definição. Para ele, a viagem dela ao norte era simplesmente um exercício de retaliação: uma mulher morta e um assassino à solta, meros pretextos para o rancor feminino.

*Vai se foder*, pensou ela, metendo o celular no bolso enquanto voltava à cafeteria, onde Strike estava sentado, comendo um sanduíche de croissant duplo com salsicha e bacon.

Strike notou que Robin estava vermelha, tinha o queixo tenso e imaginou que Matthew tivesse feito algum contato.

— Está tudo bem?

— Ótimo — disse Robin e então, antes que ele perguntasse mais alguma coisa —, e aí, vai me contar sobre Brockbank?

A pergunta saiu num tom um pouco mais agressivo do que ela pretendia. O tom da mensagem de Matthew a irritara, assim como fez surgir em sua mente a questão de onde ela e Strike iriam dormir naquela noite.

— Se você quiser — disse Strike com brandura.

Ele tirou o telefone do bolso, puxando a foto de Brockbank que havia tirado do computador de Hardacre, passando a Robin pela mesa.

Robin contemplou o rosto comprido e moreno por baixo do cabelo preto e basto, que era incomum, mas tinha seus atrativos. Como se lesse os pensamentos dela, Strike falou:

— Ele agora está mais feio. Esta foi tirada quando havia acabado de se alistar. Uma das órbitas oculares foi afundada e ele tem uma orelha de couve-flor.

— Que altura ele tem? — perguntou Robin, lembrando-se do mensageiro parado perto dela com sua roupa de couro e a viseira espelhada.

— É da minha altura ou maior.

— Você disse que o conheceu no exército?

— Foi — disse Strike.

Ela pensou por alguns segundos que ele não ia dizer mais nada, até perceber que Strike apenas esperava que saísse do alcance de sua voz um casal de idosos, hesitando sobre onde se sentar. Quando saíram, Strike falou:

— Ele era major, da Sétima Brigada Blindada. Casou-se com a viúva de um colega morto. A mulher tinha duas filhas pequenas. Depois tiveram um menino deles.

Os fatos fluíam, depois de serem relidos no arquivo sobre Brockbank, mas na verdade Strike jamais se esquecera deles. Era um daqueles casos que não desgrudavam da pessoa.

— A enteada mais velha chamava-se Brittany. Quando tinha 12 anos, Brittany contou do abuso sexual a uma amiga da escola na Alemanha. A amiga contou à mãe, que fez a denúncia. Nós fomos chamados... eu não a interroguei pessoalmente, foi uma mulher. Só vi a gravação.

O que o havia torturado fora o quanto ela tentara parecer adulta, controlada. Ela estava morta de medo do que aconteceria com a família, agora que dera com a língua nos dentes, e tentava neutralizar os danos.

Não, é claro que ela não contara a Sophie que ele ameaçara matar a irmã mais nova se ela falasse sobre ele! Não, Sophie não estava exatamente mentindo — foi só uma brincadeira, só isso. Ela havia perguntado a Sophie como se faz para não ter um bebê porque... porque estava curiosa, todo mundo queria saber dessas coisas. É claro que ele não falou que cortaria a mãe dela em pedacinhos se ela falasse — aquele negócio na perna dela? Ah, isso... Bom, também foi uma brincadeira... foi tudo uma brincadeira... Ele disse que tinha cicatrizes na perna dela porque ele quase a decepou quando ela era pequena, mas a mãe tinha entrado e viu. Ele disse que fez isso porque ela pisara nos canteiros de flores dele quando era bem pequena, mas é claro que foi uma brincadeira — pergunte à mãe dela. Ela ficou presa em um arame farpado, foi só isso, e se cortou feio tentando se soltar. Eles podiam perguntar à mãe dela. Não foi ele que a cortou. Ele nunca a cortou, não o papai.

A expressão involuntária que ela fez quando se obrigou a dizer "papai" ainda estava na mente de Strike: parecia uma criança tentando engolir tripas geladas, sob a ameaça de castigo. Doze anos de idade e ela aprendera que a vida só seria suportável para sua família se ela se calasse e aceitasse sem reclamar o que ele quisesse fazer.

Strike antipatizara com a sra. Brockbank no primeiro interrogatório dos dois. Ela era magra e maquiada demais, uma vítima, sem dúvida, à própria maneira, mas pareceu a Strike que alijara voluntariamente Brittany para salvar as outras duas crianças, que fizera vista grossa para as longas ausências do marido e a filha mais velha, que sua determinação de não saber equivalia à colaboração. Brockbank dissera a Brittany que estrangularia a mãe e as irmãs se ela um dia contasse o que ele fazia com ela no carro quando a levava em longas excursões à mata próxima, a vielas escuras. Ele as cortaria em pedacinhos e enterraria no jardim. Depois ele pegaria Ryan – o filho pequeno de Brockbank, o único membro da família que ele parecia valorizar – e iria para onde ninguém jamais os encontrasse.

"Foi uma brincadeira, só uma brincadeira. Eu não falei sério em nada disso."

Dedos finos se contorcendo, os óculos tortos, as pernas sem tamanho suficiente para os pés tocarem o chão. Ela ainda se recusava terminantemente a passar por um exame físico quando Strike e Hardacre foram à casa de Brockbank para detê-lo.

– Ele ficou irritado quando fomos lá. Eu disse por que tínhamos ido, e ele veio para cima de mim com uma garrafa quebrada.

"Eu o nocauteei", disse Strike sem vanglória nenhuma, "mas não devia ter tocado nele. Não precisava."

Ele jamais admitira isso em voz alta, embora Hardacre (que lhe deu total apoio no inquérito subsequente) soubesse disso também.

– Se ele foi para cima de você com uma garrafa...

– Eu podia tirar a garrafa dele sem nocauteá-lo.

– Você disse que ele era forte...

– Ele estava muito irritado. Eu podia ter cuidado dele sem esmurrá-lo. Hardacre estava lá, eram dois contra um.

"A verdade é que fiquei feliz que ele me atacasse. Eu queria dar um murro nele. Um gancho de direita, que literalmente o fez desmaiar... e foi assim que ele se safou."

– Se safou...

– Saiu – disse Strike. – Ficou livre.

– Como?

Strike bebeu mais café, de olhos desfocados, recordando-se.

– Ele foi hospitalizado depois que bati nele porque teve uma forte crise epilética quando saiu da concussão. Lesão cerebral traumática.

– Ah, meu Deus.

– Precisou de cirurgia de emergência para estancar a hemorragia no cérebro. Continuou com as crises. Diagnosticaram lesão cerebral traumática, estresse pós-traumático e alcoolismo. Incapaz de comparecer a julgamento. Os advogados caíram em peso. Fui acusado de agressão.

"Por sorte, minha equipe de advogados descobriu que no fim de semana, antes de bater nele, ele havia jogado rúgbi. Fuçaram um pouco e descobriram que ele levou uma joelhada na cabeça de um galês de quase 120 quilos e ficou estatelado no campo. O residente não viu o sangramento pelo ouvido porque ele estava coberto de lama e hematomas, e disse simplesmente para ele ir para casa e descansar. Por acaso, deixaram passar uma fratura craniana basal, que meus advogados descobriram quando pediram a médicos que vissem o raio X feito após a partida. A fratura no crânio foi criada por um atacante galês, não por mim.

"Mesmo assim, se na época não tivesse Hardy como testemunha de que ele me atacou com a garrafa, eu ficaria enrolado até o pescoço. No fim, eles aceitaram que agi em legítima defesa. Eu não podia saber que o crânio dele já estava rachado, nem quanto dano causaria ao esmurrá-lo.

"Enquanto isso, encontraram pornografia infantil no computador dele. A história de Brittany correspondia a testemunhos frequentes da menina sendo levada, sozinha, pelo padrasto. A professora foi interrogada e disse que ela ficava cada vez mais retraída na escola.

"Por dois anos, ele a esteve agredindo e avisando que mataria a menina, a mãe e a irmã se ela contasse a alguém. Ele a convencera de que já tentara decepar sua perna uma vez. Brittany tinha cicatrizes por todo o tornozelo. Ele dissera a ela que estava serrando quando a mãe entrou e o impediu. No interrogatório, a mãe disse que a cicatriz era de um acidente quando ela era muito pequena."

Robin não disse nada. As duas mãos cobriam a boca e os olhos estavam arregalados. A expressão de Strike era assustadora.

– Ele estava no hospital porque tentavam controlar suas crises e, sempre que alguém tentava interrogá-lo, ele fingia confusão e amnésia. Tinha advogados caindo em cima dele, farejando uma indenização gorda: negligência médica, agressão. Ele alegou ter sido vítima de maus-tratos, que a pornografia infantil era só um sintoma de seus problemas mentais, do alcoolismo. Brittany insistia que tinha inventado tudo, a mãe gritava a todos que Brockbank jamais encostara um dedo em qualquer uma das crianças, que ele era um pai perfeito, que ela perdera um marido e agora ia perder outro. Os oficiais de alta patente só queriam que a acusação sumisse.

"Ele foi declarado inválido", disse Strike, os olhos escuros encontrando os cinza-azulados de Robin. "Saiu livre, ainda por cima com indenização e pensão, e lá foi ele, com Brittany a reboque."

# 24

*Step into a world of strangers
Into a sea of unknowns...*

Blue Öyster Cult, "Hammer Back"

O Land Rover barulhento devorava os quilômetros com uma competência estoica, mas a jornada para o norte começava a parecer interminável antes que surgissem as primeiras placas para Barrow-in-Furness. O mapa não informava adequadamente a que distância ficava o porto marítimo, o quanto era isolado. Barrow-in-Furness não era um lugar de passagem ou para ser visitado casualmente; um fim em si mesmo, consistia em um beco sem saída geográfico.

Eles viajaram pelo extremo sul do Lake District, passando por campos ondulantes de ovelhas, muros de pedra seca e vilarejos pitorescos que lembraram a Robin sua Yorkshire natal; passaram por Ulverston ("Terra natal de Stan Laurel"), até chegarem a seu primeiro vislumbre do aludido largo estuário à medida que se aproximavam do litoral. Por fim, depois do meio-dia, viram-se em uma área industrial sem atrativos, a estrada flanqueada por armazéns e fábricas, que marcava a periferia da cidade.

– Vamos arrumar alguma coisa para comer antes de irmos até Brockbank – disse Strike, que nos últimos cinco minutos examinava um mapa de Barrow. Ele desprezava o uso de dispositivos eletrônicos para navegar por achar desnecessário ficar esperando para baixar um documento, e além disso não corria o risco de as informações desaparecerem quando as condições eram adversas. – Tem um estacionamento mais para lá. Entre à esquerda no trevo.

Eles passaram por uma entrada lateral danificada para Craven Park, lar dos Barrow Raiders. Strike, de olhos bem abertos para avistar Brockbank, absorveu o caráter singular da localidade. Como cornualhês, esperava ver o mar, sentir o seu gosto, mas, pelo que via, eles podiam estar a quilômetros no interior. A impressão inicial era de um gigantesco centro varejista de periferia, onde as fachadas suntuosas das lojas de ponta de estoque dominavam todos os lados da rua principal, exceto aqui e ali, postando-se altivas e destoantes em meio a lojas de bricolagem e pizzarias como pérolas arquitetônicas remanescentes de um passado industrial próspero. A aduana art déco fora transformada em um restaurante. Uma escola técnica vitoriana decorada com figuras clássicas trazia a legenda *Labor Omnia Vincit*. Um pouco mais adiante, eles atravessaram filas e mais filas de casas geminadas, uma paisagem urbana pintada por Lowry, a colmeia onde moravam os trabalhadores.

– Nunca vi tantos pubs – disse Strike enquanto Robin entrava no estacionamento. Ele queria uma cerveja, mas, com o *Labor Omnia Vincit* em mente, concordou com a sugestão de Robin de comer alguma coisa rápida em uma cafeteria próxima.

O dia de abril estava luminoso, mas um vento trazia o frio do mar fora de vista.

– Eles não se promovem nem um pouco, né? – resmungou ele ao ver o nome da cafeteria: The Last Resort. Ficava de frente para a Second Chance, que vendia roupas usadas, e uma próspera casa de penhores. Apesar do nome desfavorável, a Last Resort era aconchegante e limpa, cheia de senhoras conversando, e eles voltaram ao estacionamento sentindo-se agradavelmente bem alimentados.

– Não será fácil observar a casa dele se não tiver ninguém lá – disse Strike, mostrando a Robin um mapa quando estavam de volta ao Land Rover. – Fica num beco sem saída reto. Não há onde se esconder.

– Já ocorreu a você – disse Robin, com moderada irreverência, enquanto eles partiam com o carro – que Holly *é* Noel? Que ele trocou de sexo?

– Se fez isso, vai ser moleza achar o homem – disse Strike. – Um metro e noventa de salto alto, com uma orelha de couve-flor. Entre à direita ali – acrescentou ele ao passarem por um uma boate chamada Skint. – Meu Deus, eles dão o nome certo às coisas aqui em Barrow, não é?

À frente, um gigantesco prédio creme com o nome BAE SYSTEMS bloqueava qualquer vista da praia. O edifício não tinha janelas e parecia se estender por um quilômetro, vazio, sem rosto, ameaçador.

– Acho que vamos descobrir que Holly é uma irmã, ou talvez uma nova esposa – disse Strike. – Pegue à esquerda... ela tem a mesma idade dele. Direita, estamos procurando pela Stanley Road... pelo jeito, vamos acabar bem na BAE Systems.

Como Strike supunha, a Stanley Road corria em linha reta com casas de um lado e, do outro, um muro alto de tijolos encimado por arame farpado. Mais além desta barreira inflexível, erguia-se a fábrica estranhamente sinistra, branca e sem janelas, intimidando apenas pelo tamanho.

– "Limites de Instalação Nuclear"? – Robin leu uma placa no muro, reduzindo a velocidade do Land Rover enquanto eles subiam a rua.

– Construção de submarinos – disse Strike, olhando o arame farpado. – Alertas policiais para todo lado... Veja.

O beco sem saída estava deserto. Terminava em uma pequena área de estacionamento ao lado de um parquinho infantil. Enquanto estacionava, Robin notou vários objetos presos no arame farpado do alto do muro. A bola sem dúvida caíra ali por acaso, mas também havia um carrinho de boneca cor-de-rosa embolado no arame e irrecuperável. Esta visão lhe deu uma sensação desagradável: alguém propositalmente o jogara ali, fora de alcance.

– Você saiu por quê? – perguntou Strike, contornando a traseira do veículo.

– Eu estava...

– Eu cuidarei de Brockbank, se ele estiver lá – disse Strike, animando-se. – Você não vai chegar perto dele.

Robin voltou a entrar no Land Rover.

– Pode fazer o esforço de não esmurrá-lo? – resmungou ela para a figura em retirada de Strike, enquanto ele andava com uma leve coxeadura na direção da casa, o joelho rígido da viagem.

Algumas casas tinham janelas limpas e objetos de decoração bem arrumados atrás do vidro; outras tinham cortinas de renda em variados estados de limpeza. Algumas eram dilapidadas e, pela evidência de peitoris internos encardidos, sujas. Strike quase tinha chegado a uma porta marrom quando de repente parou. Robin notou que aparecera no final da rua um grupo de homens de macacão azul e capacete. Será que um deles era Brockbank? Foi por isso que Strike tinha parado?

Não. Ele estava apenas recebendo um telefonema. Dando as costas para a porta e os homens, voltou lentamente até Robin, não mais com um andar decidido, mas com o vaguear sem rumo de um homem atento apenas à voz em seu ouvido.

Um dos homens de macacão era alto, moreno e barbudo. Será que Strike o vira? Robin saiu de novo do Land Rover e, fingindo digitar uma mensagem de texto, tirou várias fotos dos trabalhadores, dando neles o maior zoom que pôde. Eles viraram uma esquina e saíram de vista.

Strike tinha parado a dez metros dela, fumando e ouvindo a pessoa que falava ao celular. Uma mulher de cabelos grisalhos estreitou os olhos para os dois de uma janela no andar de cima da casa mais próxima. Pensando em amainar as suspeitas da mulher, Robin afastou-se das casas e tirou uma foto da enorme instalação nuclear, fingindo ser turista.

— Era Wardle — disse Strike, chegando atrás dela. Estava mal-humorado. — O corpo não é de Oxana Voloshina.

— E como eles sabem? — perguntou Robin, espantada.

— Oxana ficou em sua cidade natal de Donetsk por três semanas. Casamento na família... não falaram com ela pessoalmente, mas falaram com a mãe por telefone e ela disse que Oxana esteve lá. Enquanto isso, a senhoria se recuperou o suficiente para contar à polícia que ficou particularmente chocada quando encontrou o corpo porque pensava que Oxana tinha voltado à Ucrânia de férias. Também disse que a cabeça não era muito parecida com a dela.

De cenho franzido, Strike devolveu o telefone ao bolso. Tinha esperanças de que esta notícia concentrasse a mente de Wardle em alguém que não fosse Malley.

— Volte para o carro — disse Strike, perdido em pensamentos, e partiu novamente para a casa de Brockbank.

Robin voltou ao banco do motorista do Land Rover. A mulher na janela de cima ainda olhava.

Duas policiais com capotes de alta visibilidade vinham andando pela rua. Strike chegara à porta marrom. A batida de metal na madeira teve eco pela rua. Ninguém atendeu. Strike se preparava para bater novamente quando as policiais o alcançaram.

Robin se sentou reta, perguntando-se que diabos a polícia queria com ele. Depois de uma breve conversa, os três se viraram e foram para o Land Rover.

Robin abriu a janela, sentindo-se súbita e inexplicavelmente culpada.

– Elas querem saber – disse Strike, quando Robin podia ouvir – se eu sou o sr. Michael Ellacott.

– O quê? – disse Robin, totalmente confusa com a menção do nome do pai.

Passou por sua cabeça a ideia ridícula de que Matthew mandara a polícia atrás deles – mas por que ele teria dito que Strike era o pai dela? Depois então ela entendeu, verbalizando o que lhe ocorrera.

– O carro está registrado no nome do meu pai – disse ela. – Eu fiz alguma coisa errada?

– Bem, você está estacionada na faixa dupla amarela – disse uma das policiais com secura –, mas não é por isso que estamos aqui. Você esteve tirando fotografias da instalação. Está tudo bem – acrescentou ela, enquanto Robin entrava em pânico. – As pessoas fazem isso todo dia. Vocês foram apanhados nas câmeras de segurança. Posso ver sua carteira de habilitação?

– Ah – disse Robin com a voz fraca, ciente do olhar curioso de Strike. – Eu só... pensei que daria uma foto artística, entendeu? O arame farpado, o prédio branco e... e as nuvens...

Ela entregou os documentos, evitando firmemente o olhar de Strike, mortificada.

– O sr. Ellacott é seu pai, não?

– Ele nos emprestou o carro, é só isso – disse Robin, com medo de a polícia entrar em contato com seus pais, descobrindo então que ela estava em Barrow, sem Matthew, sem aliança e sozinha...

– E onde vocês dois moram?

– Não moramos... juntos – disse Robin.

Eles deram seus nomes e endereços.

– Está visitando alguém, sr. Strike? – perguntou a segunda policial.

– Noel Brockbank – respondeu Strike prontamente. – Um velho amigo. Estava de passagem e pensei em procurar por ele.

– Brockbank – repetiu a policial, entregando a carteira a Robin e esta torceu para que a mulher o conhecesse, o que certamente repararia sua gafe.

— Esse é um bom sobrenome de Barrow. Tudo bem, podem ir. Mas nada de fotos por aqui.

— Eu. Peço. Desculpas — murmurou Robin a Strike enquanto as policiais se afastavam. Ele balançou a cabeça, sorrindo, embora irritado.

— "Foto artística"... o arame farpado... o céu...

— O que você teria dito? — Ela quis saber. — Não podia contar a elas que estava tirando fotos dos trabalhadores porque pensei que um deles podia ser Brockbank... olha...

Mas quando ela puxou a foto dos trabalhadores, percebeu que o mais alto, de faces avermelhadas, pescoço curto e orelhas grandes, não era o homem que eles procuravam.

A porta da casa mais próxima se abriu. A mulher grisalha que estivera olhando da janela do andar de cima apareceu, puxando um carrinho de compras de tartan. Sua expressão agora era animada. Robin teve certeza de que a mulher vira a polícia chegar e partir, e ficou satisfeita que eles não fossem espiões.

— Tá sempre acontecendo — disse ela em voz alta, a voz soando pela rua. O sotaque era desconhecido de Robin, que pensara conhecer cumbriano, originário do condado vizinho. — Eles têm câmera pra todo lado. Fazem registros. A gente já tá acostumada.

— Reconhecem londrinos — disse Strike num tom simpático, o que a fez parar, curiosa.

— De Londres? Por que vir de tão longe até Barra?

— Procuro um velho amigo. Noel Brockbank — disse Strike, apontando a rua —, mas ninguém atende na casa dele. Ele deve estar no trabalho.

Ela franziu um pouco a testa.

— Noel, foi o que disse? Não a Holly?

— Adoraríamos ver a Holly, se ela estiver por aqui — disse Strike.

— Agora ela tá no trabalho — disse a vizinha, olhando o relógio. - Uma padaria em Vickerstown. Ou — acrescentou a mulher, com certo humor severo — tenta no Crow's Nest hoje à noite. Ela costuma ir lá.

— Vamos tentar a padaria... fazer uma surpresa para ela — disse Strike. — Onde fica, exatamente?

— Uma loja pequena e de cor branca no começo da Vengeance Street.

Eles agradeceram à mulher e ela partiu pela rua, satisfeita por ter sido útil.

– Eu ouvi bem? – resmungou Strike, abrindo o mapa assim que estavam na segurança do Land Rover. – "Vengeance Street"?

– Foi o que pareceu – disse Robin.

A curta jornada os fez atravessar uma ponte que se abria sobre o estuário, onde barcos a vela oscilavam na água de aparência suja, ou estavam atolados em alagadiços. Os prédios industriais e utilitários da margem deram lugar a outras ruas de casas geminadas, algumas com chapisco, outras de tijolos aparentes.

– Nomes de barcos – adivinhou Strike enquanto eles rodavam pela Amphitrite Street.

A Vengeance Street ficava no alto de um morro. Uma exploração de alguns minutos de seus arredores revelou uma pequena padaria pintada de branco.

– É ela – disse Strike de imediato, enquanto Robin encostava com uma visão clara da porta de vidro. – Deve ser irmã dele, olhe para ela.

A funcionária da padaria, pensou Robin, parecia mais forte do que a maioria dos homens. Tinha a mesma cara comprida e testa alta de Brockbank; os olhos duros eram delineados com kohl grosso, o cabelo preto puxado num rabo de cavalo apertado e desmazelado. A camiseta preta de manga curta, usada por baixo de um avental branco, revelava braços expostos e grossos, cobertos de tatuagens do ombro ao pulso. Tinha várias argolas de ouro em cada orelha. Uma ruga vertical entre as sobrancelhas lhe conferia o jeito de um mau gênio perpétuo.

A padaria era apertada e movimentada. Vendo Holly ensacar pastelões, Strike se lembrou da torta de cervo de Melrose e sua boca salivou.

– Bem que eu podia comer de novo.

– Não pode falar com ela lá – disse Robin. – É melhor a abordarmos em casa, ou no pub.

– Você podia entrar e comprar um pastelão.

– Comemos pão menos de uma hora atrás!

– E daí? Não estou de dieta.

– Nem eu, não estou mais – disse Robin.

As palavras corajosas trouxeram-lhe à mente o vestido de noiva sem alça ainda esperando por ela em Harrogate. Será que de fato não pretendia caber nele? As flores, o bufê, as damas de honra, a escolha da primeira dança – nada disso seria mais necessário? Depósitos perdidos, presentes devolvidos, a cara de amigos e parentes espantados quando ela lhes contasse...

O Land Rover estava gelado e desconfortável, ela estava muito cansada depois de dirigir durante horas e, por alguns segundos – tempo necessário para uma sacudida fraca e traiçoeira de seu coração –, a lembrança de Matthew e Sarah Shadlock deu-lhe vontade de chorar de novo.

– Você se importa se eu fumar? – perguntou Strike, abrindo a janela e deixando entrar o ar frio sem esperar que ela respondesse. Robin engoliu uma resposta afirmativa; afinal, ele a havia perdoado pela polícia. De algum modo a brisa gelada a ajudou a se preparar para o que precisava dizer a ele.

– Você não pode interrogar Holly.

Ele se virou para ela de cenho franzido.

– Pegar Brockbank de surpresa é uma coisa, mas se Holly reconhecer você, vai avisar a ele que você procura por ele. Eu terei de fazer isso. Já pensei num jeito.

– Ah, tá... isso não vai acontecer – disse Strike categoricamente. – É provável que ou ele more com ela, ou a algumas ruas de distância. Ele é um maluco. Se sentir o cheiro de um rato, vai pegar pesado. Você não vai fazer isso sozinha.

Robin apertou mais o casaco em volta do corpo e falou com frieza.

– Quer ouvir minha ideia ou não?

# 25

*There's a time for discussion and a time for a fight.*
Blue Öyster Cult, "Madness to the Method"

Strike não gostou, mas foi obrigado a concordar que o plano de Robin era bom e que o perigo de Holly avisar Noel superava o provável risco a Robin. Deste modo, quando Holly saiu do trabalho com uma colega às cinco horas, foi seguida a pé por Strike, embora sem perceber a presença dele. Enquanto isso, Robin levava o carro ao trecho deserto da rua, ao lado de um largo terreno baldio e pantanoso, pegava a bolsa de viagem na traseira, tirava o jeans e vestia uma calça mais elegante, embora amarrotada.

Ela retornava com o carro pela ponte, na direção do centro de Barrow, quando Strike telefonou para informar que Holly não voltara para casa, tendo ido diretamente ao pub no final da rua em que morava.

— Ótimo, acho que assim ficará mais fácil — gritou Robin para o celular no viva-voz no banco do carona. O Land Rover vibrava e chocalhava em volta dela.

— O quê?

— Eu disse que acho... deixa pra lá, estou quase chegando!

Strike esperava no estacionamento do Crow's Nest. Tinha acabado de abrir a porta do carona quando Robin disse, ofegante:

— Abaixa, abaixa!

Holly aparecera na porta do pub, de cerveja na mão. Era mais alta do que Robin e tinha o dobro de sua largura na camiseta preta e no jeans. Acendendo um cigarro, estreitou os olhos para o que devia ser uma paisagem que conhecia de cor, e seus olhos semicerrados caíram brevemente no Land Rover desconhecido.

Strike se arrastara para o banco da frente o melhor que pôde, de cabeça baixa. Robin desceu o pé e arrancou dali prontamente.

– Ela não me olhou com atenção quando eu a segui – observou Strike, sentando-se.

– Você ainda não deve deixar que ela o veja, se puder evitar – disse Robin judiciosamente –, ela pode ter notado você e se lembrar.

– Desculpe, esqueci que você é uma detetive altamente recomendada.

– Ah, vai te catar – disse Robin com um lampejo de irritação. Strike ficou surpreso.

– Eu estava brincando.

Robin entrou em uma vaga mais além na rua, fora de vista da entrada do Crow's Nest, e procurou um pequeno pacote na bolsa de viagem que havia comprado no início da tarde.

– Você espera aqui.

– Uma ova. Vou ficar no estacionamento, atento a Brockbank. Me dê a chave.

Ela atirou a chave na direção dele e saiu. Strike a observou andando para o pub, perguntando-se sobre aquela explosão repentina de irritação. Talvez, pensou ele, Matthew menosprezasse o que provavelmente via como magros resultados.

O Crow's Nest ficava no cruzamento da Ferry com a Stanley Road e formava a curva de um grampo de cabelo: uma construção larga em formato de tambor, com tijolos aparentes. Holly ainda estava na soleira, fumando e bebendo cerveja. O nervosismo palpitava na boca do estômago de Robin. Ela se oferecera para fazer isso: agora era dela a única responsabilidade por descobrir onde estava Brockbank. A burrice que cometera de chamar a atenção da polícia mais cedo deixou-a nervosa, e o inoportuno senso de humor de Strike fez com que se lembrasse dos comentários sutilmente desdenhosos de Matthew sobre seu treinamento em contravigilância. Depois dos parabéns formais pelas notas altas, Matthew implicara que o que ela aprendera, afinal, não passava de bom senso.

O celular de Robin tocou no bolso do casaco. Ciente dos olhos de Holly enquanto ela se aproximava, Robin pegou o telefone para ver quem ligava. Era sua mãe. Baseando-se na hipótese de que pareceria um tanto mais incomum ignorar a chamada do que atender, ela levou o celular à orelha.

— Robin? — veio a voz de Linda enquanto Robin passava por Holly na porta, sem olhar para ela. — Você está em Barrow-in-Furness?

— Sim — disse Robin. Diante de duas portas internas, ela escolheu a da esquerda, que a levou a um salão grande, sujo e de pé-direito alto. Dois homens com o agora familiar macacão azul jogavam sinuca em uma mesa pouco além da porta. Robin sentiu, em vez de ver, as várias cabeças se virando para a estranha. Evitando olhar nos olhos de alguém, ela foi até o balcão do bar enquanto continuava a conversa por telefone.

— O que está fazendo aí? — perguntou Linda e, sem esperar por uma resposta: — A polícia nos telefonou, querendo saber se seu pai te emprestou o carro!

— Foi só um mal-entendido — disse Robin. — Mãe, agora eu não posso falar.

A porta se abriu atrás dela e Holly passou, com os braços grossos e tatuados cruzados, avaliando Robin com um olhar de banda e, ela sentiu, animosidade. À exceção da garçonete de cabelo curto, elas eram as únicas mulheres no lugar.

— Ligamos para sua casa — a mãe continuava, desatenta — e Matthew disse que você tinha viajado com Cormoran.

— Sim — confirmou Robin.

— E quando perguntei se você teria tempo para passar para almoçar este fim de semana...

— Por que eu estaria em Masham neste fim de semana? — perguntou Robin, confusa. Pelo canto do olho, ela viu Holly pegar uma banqueta do bar e bater papo com vários homens de macacão azul da fábrica BAE.

— É o aniversário do pai de Matthew — disse a mãe.

— Ah, claro — respondeu Robin. Tinha esquecido completamente. Haveria uma festa. Estava marcada há tanto tempo que ela se acostumara à visão do calendário e se esquecera de que a viagem de volta à Masham de fato ia acontecer.

— Robin, está tudo bem?

— Como eu disse, mãe, agora não posso conversar.

— *Você está bem?*

— Estou! — respondeu Robin com impaciência. — Eu estou ótima. Ligo para você mais tarde.

Ela desligou e se virou para o balcão. A garçonete, que esperava para pegar seu pedido, tinha o mesmo olhar astuto de avaliação da vizinha vigilante na Stanley Road. Havia uma camada a mais de cautela por ali, mas Robin agora entendia que não era antagonismo chauvinista dos moradores pela estranha. Na realidade, era o caráter protetor de um povo cujos assuntos eram confidenciais. Com o coração um pouco mais acelerado do que o normal, Robin disse com uma confiança forçada:

– Oi, não sei se você pode me ajudar. Estou procurando Holly Brockbank. Me disseram que ela poderia estar aqui.

A garçonete pensou no pedido de Robin e falou, sem sorrir:

– É aquela ali, no balcão. Vai querer alguma coisa?

– Uma taça de vinho branco, por favor – disse Robin.

A mulher que ela personificava bebia vinho, Robin sabia. Ela também não se deixaria abalar pela desconfiança que via nos olhos da garçonete, o antagonismo reflexo de Holly, os olhares de cima a baixo dos jogadores de sinuca. A mulher que Robin personificava era fria, equilibrada e ambiciosa.

Robin pagou pela bebida e foi diretamente a Holly e aos três homens que conversavam com ela no balcão. Curiosos, porém cautelosos, eles se calaram quando ficou evidente que eram o destino de Robin.

– Oi – disse Robin, sorrindo. – Você é Holly Brockbank?

– Sou – disse Holly com uma expressão severa. – Ituquenhé?

– Como disse?

Ciente dos vários pares de olhos irônicos, Robin manteve o sorriso por pura força de vontade.

– Quem... é... você? – perguntou Holly, fingindo um sotaque de Londres.

– Meu nome é Venetia Hall.

– Aah, que azar – disse Holly com um sorriso largo para o trabalhador mais próximo, que deu uma risadinha.

Robin pegou um cartão de visitas na bolsa, impresso naquela mesma tarde em uma máquina em um shopping, enquanto Strike ficava para trás, de olho em Holly na padaria. Foi sugestão de Strike que ela usasse seu nome do meio. ("Faz você parecer uma sulistazinha.")

Robin estendeu o cartão, olhando com atrevimento nos olhos carregados de kohl de Holly e repetiu:

– Venetia Hall. Sou advogada.

O sorriso de Holly evaporou. De cara amarrada, ela leu o cartão, um dos duzentos que Robin mandara imprimir por 4,50 libras.

---

## Hardacre & Hall
ADVOGADOS DE DANOS NÃO PATRIMONIAIS

### Venetia Hall
Sócia Sênior

Tel.: 0888 789654

Fax: 0888 465877    E-mail: venetia@h&hlegal.co.uk

---

– Estou procurando por seu irmão Noel – disse Robin. – Mas...
– Como é que tu sabia que eu tava aqui?
Em sua desconfiança, ela parecia inchar, eriçando-se como um gato.
– Uma vizinha disse que podia estar.
Os companheiros de macacão azul de Holly sorriram com malícia.
– Talvez tenhamos boas notícias para seu irmão – Robin continuou corajosamente. – Estamos procurando por ele.
– Não sei onde ele tá e não ligo.
Dois trabalhadores saíram do balcão para uma mesa, deixando um para trás, que sorriu amarelo enquanto observava o embaraço de Robin. Holly terminou a cerveja, deslizou uma nota de cinco de lado ao homem que restava e disse para comprar outra para ela, saiu da banqueta e foi a passos pesados ao banheiro das mulheres, de braços rígidos como um homem.
– O cara e ela não se falam – disse a garçonete, que tinha vagado pelo balcão para ouvir. Parecia ter uma leve pena de Robin.
– Não creio que *você* saiba onde Noel está, não? – perguntou Robin, desesperada.
– Ele não dá as caras por aqui há pelo menos um ano – disse vagamente a garçonete. – Sabe onde ele tá, Kev?
O amigo de Holly respondeu dando de ombros e pediu a cerveja de Holly. Seu sotaque revelou que ele era de Glasgow.

— Bom, que pena — disse Robin, e sua voz fria e nítida não traiu o martelar frenético do coração. Estava com medo de voltar a Strike sem nada.

— Pode haver uma indenização grande para a família, se eu conseguir encontrá-lo.

Ela se virou para ir embora.

— Para a família, ou para ele? — perguntou incisivamente o homem de Glasgow.

— Depende — disse Robin com frieza, virando-se. Não imaginava que Venetia Hall fosse particularmente simpática com gente sem nenhuma relação com o caso em que trabalhava. — Se os familiares assumiram o papel de cuidar dele... mas eu precisaria de detalhes para avaliar. Alguns parentes — ela mentiu — receberam indenizações consideráveis.

Holly estava voltando. Ao ver Robin falando com Kevin, sua expressão se tornou ameaçadora. Robin foi ela mesma ao banheiro feminino, o coração socando o peito, perguntando-se se a mentira que acabara de contar teria frutos. Pela expressão de Holly enquanto as duas se cruzavam, Robin pensou que havia uma chance de ela ser encurralada perto das pias e levar uma surra.

Porém, quando saiu do banheiro, viu Holly e Kevin nariz com nariz no bar. Robin sabia que não devia pressionar demais: ou Holly morderia, ou não. Ela apertou mais o cinto do casaco e andou, sem pressa, mas decidida, passando por eles a caminho da porta.

— Ei!

— Sim? — disse Robin, ainda meio fria, porque Holly foi grosseira e Venetia Hall estava acostumada a certo nível de respeito.

— Tá legal, que papo é esse?

Embora Kevin parecesse ansioso por participar da conversa das duas, sua relação com Holly, ao que parecia, não chegava ao ponto avançado de ouvir questões financeiras particulares. Ele afastou-se até uma caça-níqueis, decepcionado.

— Não dá pra falar aqui — disse Holly a Robin, pegando a cerveja nova e apontando uma mesa no canto ao lado do piano.

No peitoril da janela do pub havia barcos em garrafas: coisas bonitas e frágeis comparadas com os monstros imensos e luzidios que eram construídos para além das janelas, atrás daquele muro alto. O tapete com um forte estampado esconderia mil manchas; as plantas atrás das cortinas pareciam caídas e tristes, entretanto uns enfeites descasados e troféus exibidos confeririam um ar caseiro ao salão, os macacões azuis de seus clientes, uma impressão de fraternidade.

– A Hardacre & Hall representa um grande grupo de soldados vítimas de lesões graves fora de combate que podiam ser evitadas – disse Robin, entrando em seu discurso já ensaiado. – Enquanto estávamos analisando registros, demos com o caso de seu irmão. Só podemos ter certeza quando falarmos com ele, é claro, mas ele seria muito bem-vindo para acrescentar seu nome a nossa ação coletiva. O caso dele é típico do que esperamos ganhar. Se ele se juntar a nós, a pressão para que o exército pague aumentará. Quanto mais reclamantes conseguirmos, melhor. Não haveria custo nenhum para o sr. Brockbank, naturalmente. Quem perde – disse ela, imitando as propagandas de televisão – não paga.

Holly não disse nada. Seu rosto branco era duro e rígido. Havia anéis baratos de um dourado amarelo em cada dedo, exceto no anular.

– Kevin falou que a família vai ganhar dinheiro.

– Ah, sim – disse Robin animadamente. – Se as lesões de Noel tiveram impacto sobre você, como familiar...

– Pode ter certeza que sim – rosnou Holly.

– Como? – perguntou Robin, pegando um bloco em sua bolsa e esperando, de lápis posicionado.

Ela sabia que o álcool e o desgosto seriam seus maiores aliados para arrancar o máximo de informações de Holly, que agora se entusiasmava com a ideia de contar a história que ela achava que a advogada queria ouvir.

A primeira coisa a fazer era atenuar aquela primeira impressão de animosidade para com o irmão ferido. Com cuidado, ela levou Robin a Noel ingressando no exército aos 16 anos. Ele dera tudo de si: era a vida dele. Ah, sim, as pessoas não imaginam os sacrifícios que os soldados tiveram de fazer... Robin sabia que Noel era irmão gêmeo dela? É, nascidos no dia de Natal... Noel e Holly...

Contar esta versão higienizada da história do irmão era elevar a si mesma. O homem com quem ela dividira um útero partiu pelo mundo, viajou, lutou e foi promovido pelas fileiras do exército britânico. Sua bravura e senso de aventura se refletiam nela, que ficou em Barrow.

— ... e ele casou com uma mulher chamada Irene. Viúva. Cuidou da mulher e dos dois filhos. Meu Deus. Não há boa ação sem castigo, não é assim que dizem?

— Como assim? — perguntou educadamente Venetia Hall, bebendo um centímetro de um vinho morno e avinagrado.

— Ele casou com ela, teve um filho com ela. Um garotinho lindo... Ryan... Lindo. A gente não se viu, por... seis anos, ou sete, sabe? Aquela vaca. É, a Irene picou a mula quando ele tava um dia no médico. Pegou as crianças... e o filho dele era tudo pro Noel, olha só. Tudo... na saúde e na porra da doença, né? Uma merda de esposa. Quando ele mais precisava de apoio. Puta.

Então Noel e Brittany tinham se separado há tempos. Ou será que ele decidiu localizar a enteada que certamente culpava tanto quanto Strike pelas lesões que transformaram sua vida? Robin mantinha uma expressão impassível, embora o coração estivesse em disparada. Ela queria poder mandar uma mensagem de texto a Strike naquele exato momento.

Depois que a mulher dele foi embora, Noel apareceu sem ser convidado na antiga casa da família, a minúscula casa de quatro cômodos, com os quartos no segundo andar, na Stanley Road, em que Holly morou a vida inteira e que ocupava sozinha desde a morte do padrasto.

— Deixei ele entrar — disse Holly, endireitando as costas. — Família é família.

Não houve menção nenhuma da alegação de Brittany. Holly estava bancando a parente preocupada, a irmã dedicada, e embora fosse uma atuação de canastrona, Robin agora tinha experiência suficiente para saber que em geral havia fragmentos de verdade a filtrar até do refúgio mais patente.

Ela se perguntou se Holly saberia da acusação de maus-tratos infantis: tinha acontecido na Alemanha, afinal, e não foi dada nenhuma queixa. Entretanto, se Brockbank fora mesmo libertado por lesão cerebral, teria sido esperto para continuar em silêncio a respeito do motivo para sua saída ignominiosa do exército? Se ele era inocente e não era mentalmente são, não teria ele falado, talvez infinitamente, da injustiça que o levou a uma maré tão baixa?

Robin pagou uma terceira cerveja para Holly e a conduziu habilidosamente ao estado de Noel depois que ficou inválido.

– Ele não era igual. Ataques. Convulsões. Tomava um monte de remédio. Eu já bancava a enfermeira do meu padrasto... que teve um derrame... e aí me aparece Noel, com as convulsões dele e...

Holly enterrou o fim da frase na cerveja.

– Parada dura – disse Robin, que agora escrevia em um bloco pequeno. – Alguma dificuldade de comportamento? As famílias costumam falar que desafios como esse são os piores.

– É – disse Holly. – Bom. O gênio dele num melhorou nada quando arrancaram o cérebro do crânio dele. Ele rebentou a casa da gente duas vezes. Tava sempre com raiva da gente.

– Agora ele é famoso, sabia? – disse Holly obscuramente.

– Como assim? – perguntou Robin, desconcertada.

– O coiso que bateu nele!

– O coiso...

– A porra do Cameron Strike!

– Ah, sim – disse Robin. – Acho que já ouvi falar dele.

– Ah, é! Agora é a merda de um detetive particular, tá em tudo que é jornal! Era a porra de um policial militar quando deu porrada no Noel... Deixou ele inválido pelo resto da vida...

A arenga continuou por algum tempo. Robin tomava notas, esperando que Holly lhe dissesse por que a polícia militar fora atrás do irmão, mas ou ela não sabia, ou estava decidida a não falar. O certo era que Noel Brockbank atribuía sua epilepsia inteiramente aos atos de Strike.

Depois do que pareceu um ano de purgatório, durante o qual Noel tratou tanto a irmã gêmea como sua casa como válvulas de escape convenientes para sua infelicidade e o mau gênio, ele partiu para um emprego de segurança em Manchester, arranjado por um velho amigo de Barrow.

– Ele estava bem para trabalhar? – perguntou Robin, porque a imagem que Holly retratara era de um homem totalmente descontrolado, que mal era capaz de conter as explosões de fúria.

– Ah, bom, ele ficava legal se não bebesse e se tomasse os remédios. Achei ótimo ver o cara pelas costas. Tava me deixando doida ter o cara aqui – disse Holly, de repente se lembrando de que havia uma promessa de indenização àqueles cuja vida fora muito afetada pelas lesões de um parente. – Eu tive ataques de pânico. Pergunta pro meu médico. Tá no meu prontuário.

O pleno impacto do comportamento abusivo de Brockbank na vida de Holly tomou os dez minutos seguintes, Robin assentindo com solidariedade e seriedade e soltando frases de estímulo como "sim, ouvi falar disso por outros parentes", e "ah, sim, isto seria de muito valor em um processo". Robin ofereceu uma quarta cerveja à agora afável Holly.

– Vou te pagar uma – disse Holly, com a vaga exibição de quem vai se levantar.

– Não, não, é tudo por conta da firma – disse Robin. Enquanto esperava que a nova garrafa de McEwan's fosse servida, ela olhou o celular. Havia outra mensagem de Matthew, que ela não abriu, e uma de Strike, que ela olhou.

**Tudo OK?**

**Sim,** respondeu ela.

– Então seu irmão está em Manchester? – perguntou ela a Holly quando voltou à mesa.

– Não – disse Holly, tomando um bom gole da McEwan's. – Ele foi despedido.

– Ah, sim? – Robin tinha o lápis posicionado. – Se isto foi consequência de seu problema de saúde, sabe, podemos ajudar com uma demissão sem justa causa...

– Não foi por causa disso – disse Holly.

Uma estranha expressão atravessou seu rosto tenso e emburrado: um clarão de prata entre nuvens de tempestade, de algo poderoso tentando passar.

– Ele voltou pra cá – disse Holly – e começou tudo de novo...

Mais histórias de violência, ataques irracionais de fúria, móveis quebrados, no fim dos quais Brockbank arrumou outro trabalho, vagamente descrito como "segurança", e partiu para Market Harborough.

– E depois ele voltou de novo – disse Holly, e a pulsação de Robin acelerou.

– Então ele está aqui, em Barrow?

– Não. – Agora ela estava embriagada e tinha mais dificuldade para sustentar a conversa de mercador que devia ter. – Ele só voltou por duas semanas, mas daí eu disse pra ele que ia chamar a polícia se ele voltasse de novo e ele foi embora pra sempre. Preciso dar uma mijada – disse Holly – e fumar. Tu fuma?

Robin balançou a cabeça. Holly se levantou meio desequilibrada e foi ao banheiro das mulheres, deixando Robin sozinha para sacar o celular do bolso e mandar um torpedo a Strike.

**Disse que ele não está em Barrow, nem com a família. Ela está bêbada. Ainda trabalho nela. Ela vai sair para fumar, se esconda.**

Ela se arrependeu das últimas duas palavras assim que pressionou "Enviar", porque podiam despertar outra referência sarcástica a seu curso de contravigilância, mas o telefone zumbiu quase de imediato e ela viu duas palavras:

**Pode deixar.**

Quando Holly enfim voltou à mesa, com um forte cheiro de cigarro Rothmans, trazia um vinho branco, que deslizou para Robin, e sua quinta cerveja.

– Muito obrigada – disse Robin.

– Olha – disse Holly num tom queixoso, como se não tivesse havido nenhum intervalo na conversa –, isso teve muito impacto na minha saúde, ter ele aqui.

– Estou certa disso – disse Robin. – Então, onde mora o sr. Brockbank...?

– Ele era violento. Já te falei da vez que ele me jogou de cabeça na porta da geladeira?

– Sim, você falou – disse Robin com paciência.

– E me deixou com o olho roxo quando tentei evitar que ele quebrasse os pratos da mamãe em mim...

– Que coisa horrível. Certamente você estaria apta para alguma indenização. – Robin mentiu e, ignorando um escrúpulo mínimo de culpa, foi diretamente à questão central. – Achamos que o sr. Brockbank estava aqui em Barrow porque é para cá que mandam sua pensão.

As reações de Holly eram mais lentas depois de quatro cervejas e meia. A promessa de indenização por seu sofrimento lhe dera um certo brilho: até a ruga funda que a vida gravara entre suas sobrancelhas, e que lhe conferia uma aparência de fúria permanente, parecia ter diminuído. Porém, a menção da pensão de Brockbank a deixou vagamente na defensiva.

– Não, não é – disse Holly.

– Segundo nossos registros, é – disse Robin.

A caça-níqueis tocava um jingle sintético e faiscava no canto; as bolas de sinuca estalavam e batiam no feltro; sotaques de Barrow misturavam-se com o escocês. O lampejo de intuição de Robin lhe veio como conhecimento certo. Holly estava se servindo da pensão militar.

– É claro – disse Robin, com uma leveza convincente –, sabemos que o sr. Brockbank talvez não esteja recebendo ele mesmo. Às vezes, os parentes são autorizados a pegar o dinheiro, quando o pensionista é incapacitado.

– É – disse Holly de imediato. Um rubor subia de mansinho pela cara branca. Fez com que ela parecesse juvenil, apesar das tatuagens e múltiplos piercings. – Eu peguei pra ele quando ele apagou na primeira vez. Quando teve os ataques.

*Por que*, pensou Robin, *se era tão incapacitado, ele transferiu a pensão para Manchester, depois Market Harborough e em seguida de volta a Barrow?*

– Então agora você manda a pensão para ele? – perguntou Robin, o coração de novo acelerado. – Ou agora ele próprio pode pegar?

– Olhaqui – disse Holly.

Havia uma tatuagem dos Hell's Angels em seu braço, um crânio com capacete alado que ondulou quando ela se curvou para Robin. Cerveja, cigarros e açúcar deixavam o hálito dela rançoso. Robin nem piscou.

– Olhaqui – ela repetiu –, você arruma indenização pras pessoas, tipo, se elas foram... se elas foram machucadas, tipo, ou... sei lá.

– É isso mesmo – disse Robin.

– E se alguém foi... e se o serviço social... devia ter feito uma coisa que nunca fez?

– Dependeria das circunstâncias – disse Robin.

– A mãe foi embora quando a gente tinha nove anos – disse Holly. – Deixou a gente com o padrasto.

– Eu sinto muito – disse Robin. – Isso é difícil.

– Em 1970 – disse Holly. – Ninguém deu a mínima. Abuso infantil.

Um peso de chumbo caiu dentro de Robin. O mau hálito de Holly estava na sua cara, seu rosto mosqueado, perto. Ela não sabia que a advogada simpática que se aproximara dela com a promessa de sacos de dinheiro era só uma miragem.

– Ele fez com nós dois – disse Holly. – Meu padrasto. Noel também. Desde quando a gente era pequeno. A gente se escondia embaixo da cama juntos. E aí Noel fez isso comigo. Olhaqui – disse ela, de repente séria –, ele podia ser legal, o Noel. A gente era próximo, e tudo quando era pequeno. Mas depois – seu tom revelou um senso de dupla traição –, quando ele fez 16 anos, largou a gente pra entrar pro exército.

Robin, que não pretendia beber mais nada, pegou o vinho e tomou um bom gole. O segundo a abusar de Holly também fora seu aliado contra o primeiro: o menor de dois males.

– Filho da puta, é o que ele era – disse ela, e Robin sabia que se referia ao padrasto, não ao gêmeo que havia abusado dela e depois desaparecido no exterior. – Ele teve um acidente no trabalho quando eu tinha 16 anos, depois disso deu pra eu lidar melhor com ele. Química industrial. Escroto. Não conseguia se levantar depois disso. Tomando um monte de analgésico e essas merdas. E depois teve o derrame.

O olhar de maldade determinada em Holly disse a Robin exatamente que tipo de cuidados o padrasto pode ter recebido em suas mãos.

– Escroto – disse ela em voz baixa.

– Você teve algum tratamento psicológico? – Robin se ouviu perguntar.

*Eu pareço* mesmo *uma sulistazinha.*

Holly bufou.

– Não, merda. Tu é a primeira que me diz isso. Parece que tu ouviu um monte de histórias assim, né?

– Ah, sim – disse Robin. Ela devia isso a Holly.

– Eu falei pro Noel, da última vez que ele voltou – disse Holly, agora com cinco cervejas nos canos e arrastando muito as palavras –, vai se foder e fica longe da gente. Vai embora ou vou chamar a polícia pelo que tu fez com a gente antes, e ver o que eles acham disso, com todas aquelas garotinhas dizendo que tu mexeu com elas.

A frase estragou o vinho morno na boca de Robin.

— Foi assim que ele perdeu o emprego em Manchester. Apalpou uma garota de 13 anos. Deve ter sido a mesma coisa em Market Harborough. Ele não ia me dizer por que tinha voltado, mas eu sabia que ele tinha feito alguma coisa assim de novo. Ele aprendeu com o melhor – disse Holly. – E aí, dá pra eu processar?

— Eu acho – disse Robin, temerosa de dar conselhos que causariam ainda mais danos à mulher ferida a seu lado – que a polícia deve ser sua melhor aposta. Onde *está* o seu irmão? – perguntou ela, agora desesperada para arrancar a informação que queria e ir embora.

— Sei lá – disse Holly. – Quando falei pra ele que ia na polícia, ele surtou, mas aí...

Ela resmungou alguma coisa indistinta, algo em que a palavra "pensão" era audível.

*Ele disse a ela que podia ficar com a pensão, se não procurasse a polícia.*

Então ela ficou ali, bebendo todas com o dinheiro que o irmão lhe dera para não revelar os abusos. Holly sabia que ele quase certamente ainda "mexia" com outras meninas... será que ela sabia da acusação de Brittany? E ela se importava? Ou o tecido cicatricial ficou tão grosso por cima das próprias feridas que a tornou impermeável à agonia de outras meninas pequenas? Ela ainda morava na casa onde tudo isso aconteceu, com as janelas da frente dando para o arame farpado e tijolos... Por que não fugiu?, perguntou-se Robin. Por que não escapou, como Noel? Por que ficar na casa encarando um muro alto e vazio?

— Você não tem o número dele, nem nada disso? – perguntou Robin.

— Não – respondeu Holly.

— Pode haver um bom dinheiro nisso, se você encontrar algum contato para mim – disse Robin desesperada, jogando a finesse ao vento.

— O trabalho antigo dele – balbuciou Holly, depois de alguns minutos confusa, encarando infrutiferamente o telefone – em Market 'Arbrough...

Levaram um bom tempo para localizar o número telefônico do último local de trabalho de Noel, mas por fim elas encontraram. Robin tomou nota, depois tirou dez libras da bolsa e colocou na mão condescendente de Holly.

— Você foi muito útil. De muita ajuda.

— Coiso, né? Tudo igual.

– Sim – disse Robin, sem saber com o que concordava. – Vou entrar em contato. Tenho seu endereço.

Ela se levantou.

– É. A gente se vê. Coiso é tudo igual.

– Ela quer dizer homens – disse a garçonete, que veio recolher parte dos muitos copos vazios de Holly e sorria do claro aturdimento de Robin. – Um coiso é um homem. Ela está dizendo que os homens são todos iguais.

– Ah, sim – disse Robin, mal tendo consciência do que dizia. – É bem verdade. Muito obrigada. Adeus, Holly... cuide-se bem...

# 26

*Desolate landscape,*
*Storybook bliss...*

Blue Öyster Cult, "Death Valley Nights"

– A psicologia perde – disse Strike –, mas a investigação particular ganha. Foi um ótimo trabalho, Robin.

Ele ergueu sua lata de McEwan's e brindou a ela. Estavam sentados no Land Rover estacionado, comendo peixe com fritas a uma curta distância do Olympic Takeaway. Suas janelas iluminadas intensificavam a escuridão circundante. Silhuetas passavam regularmente pelos retângulos de luz, metamorfoseando-se em humanos tridimensionais ao entrarem no restaurante movimentado e voltando a se transformar em sombras quando saíam.

– Então a mulher dele o deixou.

– Foi.

– E Holly disse que ele desde então não viu as crianças?

– Isso mesmo.

Strike bebeu a cerveja, pensando. Queria acreditar que Brockbank de fato perdera contato com Brittany, mas e se o filho da puta cruel de algum modo tivesse conseguido localizá-la?

– Mas ainda não sabemos onde ele está. – Robin suspirou.

– Bom, sabemos que ele não está aqui e que não vem há cerca de um ano – disse Strike. – Sabemos que ele ainda me culpa pelo que houve de errado com ele, que ainda abusa de meninas e que é muito mais saudável do que pensavam que era no hospital.

– Por que diz isso?

– Parece que ele guardou silêncio sobre a acusação de abuso infantil. Teve empregos, quando podia ficar em casa à custa dos benefícios por incapacidade. Acho que trabalhar lhe dava mais oportunidades de conhecer meninas novas.

– Não – resmungou Robin enquanto a lembrança da confissão de Holly de repente dava lugar àquela cabeça congelada, parecendo tão nova, tão roliça, tão vagamente surpresa.

– Brockbank e Laing estão os dois à solta no Reino Unido, ambos me odiando mortalmente.

Mastigando as fritas, Strike pegou no porta-luvas o atlas rodoviário e por um tempo ficou em silêncio, virando páginas. Robin dobrou na embalagem de jornal o que restava do peixe com fritas e falou:

– Preciso ligar para minha mãe. Volto daqui a pouco.

Recostada em um poste de rua a uma curta distância, ela ligou para o número dos pais.

– Você está bem, Robin?

– Estou, mãe.

– O que está acontecendo entre você e Matthew?

Robin olhou o céu levemente estrelado.

– Acho que a gente se separou.

– Você *acha*? – disse Linda. Ela não parecia chocada nem triste, apenas interessada nos fatos.

Robin andava com receio de chorar quando tivesse de dizer isso em voz alta, entretanto nenhuma lágrima fez arder seus olhos e ela não precisou se obrigar a falar com calma. Talvez estivesse endurecendo. A história de vida desesperada de Holly Brockbank e o fim medonho da garota desconhecida em Shepherd's Bush certamente davam perspectiva a uma pessoa.

– Só aconteceu na segunda à noite.

– Foi por causa de Cormoran?

– Não – disse Robin. – Sarah Shadlock. Por acaso Matt esteve dormindo com ela enquanto eu estava... em casa. Quando... você sabe quando. Depois que larguei a faculdade.

Dois jovens saíram do Olympic, sem dúvida bêbados, gritando e trocando palavrões. Um deles viu Robin e cutucou o outro. Eles se desviaram para ela.

– Tá tudo legal, gata?

Strike saiu do carro e bateu a porta, assomando sombriamente, uma cabeça mais alto que os dois. Os jovens afastaram-se oscilando num silêncio repentino. Strike acendeu um cigarro recostado no carro, com a cara na sombra.

– Mãe, ainda está aí?
– Ele contou isso a você na segunda à noite? – perguntou Linda.
– Sim – respondeu Robin.
– Por quê?
– Estávamos brigando de novo por causa de Cormoran. – Robin falou em voz baixa, ciente de Strike a metros dali. – Eu disse, "É uma relação platônica, como você e Sarah"... depois eu vi a cara dele... e então ele confessou.

A mãe soltou um suspiro longo e fundo. Robin esperou pelas palavras de conforto ou sabedoria.

– Meu Deus – disse Linda. Houve outro silêncio longo. – Como você realmente está, Robin?

– Eu estou bem, mãe, é sério. Estou trabalhando. Isso ajuda.
– Por que você está justamente em Barrow?
– Estamos tentando localizar um dos homens que Strike pensa ter mandado a perna a ele.

– Onde está hospedada?
– Vamos ao Travelodge – disse Robin. – Em quartos separados, é claro – apressou-se ela a acrescentar.

– Já falou com Matthew desde que você saiu?
– Ele não para de me mandar mensagens dizendo que me ama.

Enquanto dizia isso, ela percebeu que não tinha lido a última mensagem dele. Acabara de se lembrar.

– Desculpe – disse Robin à mãe. – O vestido, a recepção e tudo... Eu sinto muito, mãe.

– São as últimas preocupações que tenho – disse Linda, e perguntou mais uma vez: – Você está mesmo bem, Robin?

– Sim, eu garanto que estou. – Ela hesitou e disse quase num tom de desafio: – Cormoran tem sido ótimo.

– Mas você terá de conversar com Matthew. Depois de todo esse tempo... Não pode deixar de conversar com ele.

A compostura de Robin se desfez; sua voz tremia de raiva e as mãos se sacudiram enquanto as palavras saíram dela aos borbotões.

– Estivemos com eles duas semanas atrás, com Sarah e Tom, numa partida de rúgbi. Ela vivia por perto desde que estavam na faculdade... eles estavam dormindo juntos enquanto eu... enquanto eu... ele nunca a excluiu da vida dele, ela está sempre abraçando Matthew, dando em cima dele, criando problemas entre mim e ele... no dia do rúgbi foi Strike, *ah, ele é tão atraente, são só vocês dois no escritório, é?...* e o tempo todo eu pensava que isso era só da parte dela, eu *sabia* que ela havia tentado levar Matt para a cama na época da faculdade, mas eu nunca... por dezoito meses eles dormiram juntos. E sabe o que ele me disse? Que ela o estava *reconfortando*. Eu tive de ceder e dizer que ela podia ir ao casamento porque eu havia convidado Strike sem falar com Matt, esse foi o meu castigo, porque eu não a queria lá. Matt vai almoçar com ela sempre que está perto do trabalho dela...

– Vou a Londres te visitar – disse Linda.

– Não, mãe...

– Por um dia. Levarei você para almoçar.

Robin soltou uma risada fraca.

– Mãe, eu não tenho hora de almoço. Não é um emprego desse tipo.

– Eu irei a Londres, Robin.

Quando a voz da mãe ficava firme desse jeito, não tinha sentido discutir.

– Não sei quando vou voltar.

– Bom, você pode me informar e eu faço a reserva no trem.

– Eu... ah, tudo bem – disse Robin.

Depois que elas se despediram, Robin percebeu que enfim tinha lágrimas nos olhos. Por mais que fingisse o contrário, a ideia de ver Linda lhe dava muito conforto.

Ela olhou o Land Rover. Strike ainda estava encostado nele e também ao telefone. Ou apenas fingia? Ela estivera falando alto. Ele sabia ser discreto quando queria.

Ela olhou o celular nas mãos e abriu a mensagem de Matthew:

**Sua mãe ligou. Contei a ela que você viajou a trabalho. Me diga se você quer que eu fale com meu pai que você não vai no aniversário dele. Te amo, Robin. M bjs**

Lá estava ele de novo: ele não acreditava realmente que a relação tinha terminado. **Me diga se quer que eu fale com meu pai...** Como se fosse uma tempestade num copo d'água, como se ela jamais fosse chegar ao ponto de não comparecer à festa do pai dele... *Eu nem mesmo gosto da merda do seu pai...*

Furiosa, ela digitou a resposta e mandou.

**É claro que eu não vou.**

Ela voltou ao carro. Strike parecia estar verdadeiramente falando ao telefone. O atlas rodoviário estava aberto no banco do carona: ele estivera olhando a cidade de Market Harborough em Leicestershire.

– Tá, você também – ela ouviu Strike dizer. – Tá. Te vejo quando eu voltar.

*Elin*, pensou ela.

Ele voltou para dentro do carro.

– Era Wardle? – perguntou ela com toda inocência.

– Elin – disse ele.

*Será que ela sabe que você viajou comigo? Só nós dois?*

Robin sentiu que ficava vermelha. Não sabia de onde vinha essa ideia. Até parece que...

– Quer ir a Market Harborough? – perguntou ela, levantando o mapa.

– Pode ser – disse Strike, tomando outro gole da cerveja. – É o último lugar em que Brockbank trabalhou. Pode nos dar uma pista, seria idiotice nossa não verificar, e se vamos passar por lá...

Ele tirou o atlas das mãos dela e folheou algumas páginas.

– Fica apenas a vinte quilômetros de Corby. Podemos dar uma passada e ver se o Laing que morou com uma mulher lá em 2008 é o nosso Laing. Ela ainda mora na cidade: o nome é Lorraine MacNaughton.

Robin estava acostumada à prodigiosa memória de Strike para nomes e pormenores.

– Tudo bem – disse ela, satisfeita ao pensar que a manhã traria mais investigação, e não simplesmente uma longa viagem de volta a Londres. Talvez, se eles encontrassem algo interessante, houvesse uma segunda noite na estrada e ela não precisaria ver Matthew por mais 12 horas – mas então ela lembrou que Matthew iria ao norte na noite seguinte, para o aniversário do pai. De qualquer modo, ela teria o apartamento só para si.

– Será que ele conseguiu localizá-la? – perguntou-se Strike em voz alta, depois de algum silêncio.

– Como... o quê? Quem?

— Será que Brockbank localizou Brittany e a matou depois de todo esse tempo? Ou eu peguei a pista errada porque me sinto tão culpado?

Ele deu um leve soco na porta do Land Rover.

— Mas a perna – disse Strike, argumentando consigo mesmo. – Era marcada, como a dela. E aquela coisa entre eles: "Eu tentei serrar sua perna quando você era pequena e sua mãe entrou." O filho da puta perverso. Quem mais me mandaria uma perna com cicatriz?

— Bom – disse Robin devagar –, posso pensar em um motivo para terem escolhido uma perna e pode não ter relação nenhuma com Brittany Brockbank.

Strike virou-se para ela.

— Fale.

— Quem matou essa garota poderia ter mandado a você qualquer parte dela e o resultado seria o mesmo – disse Robin. – Um braço, ou... ou um seio... – ela se esforçou para manter o tom pragmático – ... teria significado um cerco da polícia e da imprensa de novo. Os negócios do escritório ainda estariam comprometidos e nós ficaríamos igualmente abalados, mas ele decidiu mandar uma perna direita, cortada exatamente onde sua perna direita foi amputada.

— Acho que isso bate com a porcaria da música. Mas – Strike reconsiderou. – Não, estou falando besteira, não é? Um braço teria funcionado da mesma forma. Ou um pescoço.

— Ele está fazendo uma referência clara ao seu ferimento – disse Robin. – O que a sua perna ausente significa para ele?

— Só Deus sabe. – Strike olhou o perfil de Robin enquanto ela falava.

— Heroísmo – disse Robin.

Strike bufou.

— Não há nada de heroico em estar no lugar errado na hora errada.

— Você é um veterano condecorado.

— Não fui condecorado por ser vítima de uma explosão. Isso aconteceu antes.

— Você nunca me disse isso.

Ela se virou para ele, mas ele se recusou a se desviar do assunto.

— Continue. Por que a perna?

— Seu ferimento é um legado de guerra. Representa bravura, superação da adversidade. A amputação é mencionada sempre que eles falam em você na imprensa. Eu acho que... para ele... está ligada à fama e à realização... e à honra. Ele está tentando depreciar seu ferimento, ligá-lo a algo horrível, desviar a percepção do público de você como herói para você como um homem que recebe um pedaço de uma garota desmembrada. Ele quer te causar problemas, é verdade, mas também quer diminuir você. É alguém que quer o que você conseguiu, que quer reconhecimento e importância.

Strike se abaixou e pegou uma segunda lata de McEwan's no saco de papel pardo a seus pés. O estalo do anel sendo puxado teve eco no ar frio.

— Se você estiver certa — disse Strike, vendo a fumaça do cigarro se enroscar no escuro —, se o fato de eu ter ficado famoso está irritando esse louco, Whittaker vai para o topo da lista. Era só isso que ele sempre quis: ser uma celebridade.

Robin esperou. Ele praticamente não contara nada sobre o padrasto, embora a internet a tenha abastecido com muitas informações que Strike sonegava.

— Ele era o maior parasita escroto que já conheci — disse Strike. — Seria bem típico dele tentar drenar um pouco da fama de outra pessoa.

Ela sentia que ele se enfurecia de novo a seu lado no espaço pequeno. Ele reagia com coerência a cada menção de cada um dos três suspeitos: Brockbank o fazia se sentir culpado, Whittaker, furioso. Laing era o único que ele discutia com alguma objetividade.

— Será que Shanker ainda não conseguiu nada?

— Disse que ele está em Catford. Shanker vai localizá-lo. Whittaker estará lá, em algum lugar, em alguma esquina suja. Sem dúvida está em Londres.

— Por que tem tanta certeza disso?

— Só Londres, né? — disse Strike, olhando as casas geminadas do outro lado do estacionamento. — Ele é de Yorkshire, Whittaker, sabe, mas agora é puro cockney.

— Mas você não o vê há séculos.

— E nem preciso. Eu o conheço. Ele faz parte do lixo que deságua na capital procurando se divertir e nunca vai embora. Ele achava que Londres era o único lugar que o merecia. Tinha de ser o maior palco para Whittaker.

Todavia, Whittaker jamais conseguira se desvencilhar dos lugares sujos da capital onde a criminalidade, a pobreza e a violência proliferam como bactérias, o *bas-fond* onde Shanker ainda morava. Ninguém que não tivesse vivido ali conseguiria entender que Londres, em si, era um país. Podiam se ressentir da cidade por ter mais poder e dinheiro do que qualquer outra cidade britânica, mas não conseguiam entender que a pobreza ali tinha seu próprio tempero, onde tudo era mais caro, onde as implacáveis distinções entre aqueles que tiveram sucesso e os fracassados eram dolorosa e constantemente visíveis. A distância entre o apartamento com colunas baunilha de Elin em Clarence Terrace e a casa invadida e suja em Whitechapel, onde sua mãe morreu, não podia ser medida apenas em quilômetros. Eram separadas por disparidades infinitas, pelas loterias do nascimento e do acaso, por erros de julgamento e falta de sorte. Sua mãe e Elin, ambas mulheres bonitas, ambas inteligentes, uma sugada para um lodaçal de drogas e dejetos humanos, a outra acima do Regent's Park, atrás de um vidro imaculado.

Robin também pensava em Londres. Pegara Matthew em seu feitiço, mas ele não estava interessado nos mundos labirínticos que ela sondava diariamente no trabalho de detetive. Ele olhava animado o brilho superficial: os melhores restaurantes, os melhores bairros para se morar, como se Londres fosse um enorme tabuleiro de Monopólio. Ele sempre teve uma aliança dividida com Yorkshire, com a cidade natal Masham. O pai nascera em Yorkshire, enquanto a falecida mãe viera de Surrey e trazia o ar de quem foi para o norte por condescendência. Insistentemente corrigia qualquer figura de linguagem de Yorkshire em Matthew e na irmã Kimberley. O sotaque cuidadosamente neutro dele foi um dos motivos para que os irmãos de Robin não se impressionassem quando eles começaram a namorar: apesar dos protestos dela, apesar de seu nome de Yorkshire, eles sentiram o aspirante a sulista.

— Seria um lugar estranho de onde vir, este, não seria? – disse Strike, ainda olhando as casas. – Parece uma ilha. Eu também nunca tinha ouvido esse sotaque.

Uma voz de homem soou em algum lugar por perto, cantando uma música exultante. A princípio Robin pensou que fosse um hino. Depois, à voz do homem se uniram outras vozes e o vento mudou de direção, de modo que eles ouviram nitidamente alguns versos:

*"Friends to share in games and laughter
Songs at dusk and books at noon..."*

– Música de escola – disse Robin, sorrindo. Agora ela os via, um grupo de homens de meia-idade e terno preto, cantando alto e andando pela Buccleuch Street.

– Enterro – adivinhou Strike. – De um velho colega de escola. Olhe para eles.

Os homens de preto se aproximavam do carro e um deles viu Robin olhando.

– Barrow Boys' Grammar School! – gritou para ela, de punho erguido, como se tivesse acabado de marcar um gol. Os homens gritaram, mas havia melancolia em seu andar abastecido pela bebida. Recomeçaram a cantar enquanto passavam e saíam de vista.

*"Harbor lights and clustered shipping
Clouds above the wheeling gulls..."*

– Cidade natal – disse Strike.

Ele pensava em homens como seu tio Ted, um cornualhês até a medula, que morava e morreria em St. Mawes, parte do tecido do lugar, lembrado enquanto houvesse nativos de lá, sorrindo de fotografias desbotadas do Life Boat em paredes de pub. Quando Ted morresse – e Strike torcia para que fosse dali a vinte, trinta anos – eles o pranteariam como o aluno da escola primária de Barrow era pranteado: com bebida, lágrimas, mas em celebração pelo que ele lhes dera. O que o sombrio e imenso Brockbank, estuprador de crianças, e o Laing com cabelo de raposa, torturador de mulheres, deixaram nas cidades em que nasceram? Estremecimentos de alívio por terem ido embora, medo de que voltassem, um rastro de gente alquebrada e lembranças ruins.

– Vamos? – perguntou Robin em voz baixa, e Strike concordou com a cabeça, jogando a guimba acesa do cigarro no último centímetro da cerveja, onde ela emitiu um curto silvo satisfatório.

# 27

*A dreadful knowledge comes...*

Blue Öyster Cult, "In The Presence Of Another World"

No Travelodge, eles receberam quartos distando cinco portas um do outro. Robin teve medo de que o homem da recepção oferecesse o quarto de casal, mas Strike se antecipou com um peremptório "dois de solteiro" antes que ele tivesse tempo de abrir a boca.

Na realidade era ridículo sentir-se constrangida tão de súbito, uma vez que eles estiveram fisicamente mais próximos o dia todo no Land Rover do que no elevador. Foi estranho dar boa-noite a Strike quando ela chegou à porta do quarto; não que ele tenha se demorado. Apenas disse "noite" e foi para o próprio quarto, mas esperou junto da porta até ela conseguir colocar o cartão-chave e entrar com um aceno atrapalhado.

Por que ela acenou? Que ridículo.

Ela largou a bolsa de viagem na cama e foi à janela, que tinha apenas uma vista fria dos mesmos armazéns industriais por onde eles passaram a caminho da cidade algumas horas antes. Parecia que tinham saído de Londres havia muito mais tempo do que na realidade.

O aquecimento estava ligado no máximo. Robin forçou a janela emperrada para abri-la e o ar frio da noite agitou-se para dentro, ansioso por invadir o quarto que mais parecia um caixote abafado. Depois de colocar o telefone para carregar, ela tirou a roupa, vestiu uma camisola, escovou os dentes e se meteu entre os lençóis frios.

Ela ainda se sentia estranhamente inquieta, sabendo que dormia a cinco portas de distância de Strike. Isso era culpa de Matthew, é claro. *Se você dormir com ele, estamos acabados para sempre.*

Sua imaginação desenfreada de repente lhe apresentou o som de uma batida na porta, Strike convidando-se a entrar com algum pretexto fraco...
*Deixa de ser ridícula.*
Ela rolou na cama, pressionando o rosto vermelho no travesseiro. O que estava pensando? Maldito Matthew, colocando coisas em sua cabeça, julgando-a com base em si mesmo...
Strike, enquanto isso, ainda não tinha ido para a cama. Estava rígido de todas as longas horas de imobilidade no carro. Era bom tirar a prótese. Embora o chuveiro não fosse particularmente cômodo para um homem de uma perna só, ele o usou, com o cuidado de se segurar na barra do lado de dentro na porta, tentando relaxar o joelho dolorido com água quente. Depois de se enxugar, seguiu cuidadosamente para a cama, pôs o celular para carregar e, ainda nu, deitou-se debaixo das cobertas.
Com as mãos na nuca, ficou olhando o teto escuro e pensou em Robin, deitada a cinco portas dali. Ele se perguntou se Matthew teria mandado outra mensagem de texto, se eles estariam ao telefone juntos, se ela estava tirando proveito da privacidade para chorar pela primeira vez depois de um dia inteiro.
O barulho do que provavelmente era uma despedida de solteiro chegou a ele pelo chão: risos altos, gritos, uivos, portas batendo. Alguém colocou música e o baixo reverberou por seu quarto. Lembrou a ele das noites em que dormia no escritório, quando a música do 12 Bar Café embaixo vibrava pelas pernas de metal da cama de campanha. Ele torcia para que o barulho não fosse tão alto no quarto de Robin. Ela precisava descansar – teria de dirigir mais 400 quilômetros no dia seguinte. Bocejando, Strike rolou e, apesar da batida da música e dos gritos, adormeceu quase de imediato.

Eles combinaram de se encontrar no salão de jantar na manhã seguinte, onde Strike bloqueou Robin de vista enquanto ela disfarçadamente enchia novamente a garrafa térmica deles na cafeteira do bufê e ambos carregavam os pratos com torrada. Strike resistiu ao café da manhã inglês completo e recompensou sua contenção colocando vários folheados na mochila. Às oito da manhã eles estavam de volta ao Land Rover, dirigindo pela gloriosa área rural cumbriana, um panorama ondulante de charnecas de urze e terrenos de turfa sob um céu azul enevoado, e pegando a autoestrada M6 para o sul.

– Desculpe-me por não poder dirigir também – disse Strike, que bebia café. – Esse câmbio me mataria. Mataria a nós dois.

– Não ligo – disse Robin. – Sabe que adoro dirigir.

Eles aceleraram em um silêncio agradável. Robin era a única pessoa que Strike suportava dirigindo o carro em que ele estava, apesar de ele ter um preconceito arraigado contra mulheres ao volante. Era algo que ele costumava esconder, mas tinha origem em muitas experiências negativas como passageiro, da inépcia nervosa da tia na Cornualha, à distração da irmã Lucy e ao imprudente namoro com o perigo de Charlotte. Uma ex-namorada do SIB, Tracey, era competente ao volante e ainda assim ficou tão paralisada de medo em uma estrada alpina estreita e elevada que parou o carro, com a respiração acelerada, recusando-se a ceder o volante a ele, porém incapaz também de dirigir.

– Matthew gosta do Land Rover? – perguntou Strike enquanto eles passavam roncando por um viaduto.

– Não. Ele quer um A3 Cabriolet.

– É claro que quer – disse Strike baixinho, inaudível no carro barulhento. – Babaca.

Eles levaram quatro horas para chegar a Market Harborough, uma cidade que nem Strike nem Robin conheciam, como verificaram no caminho. O acesso enveredava por vários vilarejos bonitos com telhados de colmo, igrejas do século XVII, jardins com topiaria e ruas residenciais com nomes como Honeypot Lane. Strike lembrou-se do muro branco e severo com arame farpado e da imensa fábrica de submarinos que formavam a visão do lar da infância de Noel Brockbank. O que pode ter levado Brockbank a este lugar, à beleza e ao encanto bucólicos? Que tipo de empresa tinha um número telefônico que Holly dera a Robin, e que agora estava na carteira de Strike?

A impressão de antiguidade refinada só aumentou quando eles chegaram à própria Market Harborough. A antiga e ornamentada Igreja de São Dionísio erguia-se altiva no centro da cidade e, ao lado, no meio da rua central, ficava uma estrutura extraordinária parecida com uma pequena casa enxaimel sobre pilares de madeira.

Eles encontraram uma vaga nos fundos dessa construção peculiar. Com vontade de fumar e de esticar o joelho, Strike saiu, acendeu um cigarro e foi examinar uma placa que o informou de que a construção sobre pilares era uma escola primária edificada em 1614. Versículos bíblicos pintados em dourado contornavam a estrutura.

*O homem vê a aparência, mas o Senhor vê o coração.*

Robin continuou no Land Rover, examinando um mapa em busca do melhor caminho para Corby, a próxima parada dos dois. Quando Strike terminou o cigarro, voltou ao banco do carona.

– Tudo bem, vou experimentar o número. Se quiser esticar as pernas, estou quase sem cigarros.

Robin revirou os olhos, mas pegou a nota de dez que ele estendia e saiu em busca de Benson & Hedges.

O número estava ocupado na primeira tentativa de Strike. Na segunda tentativa, atendeu uma voz de mulher com forte sotaque.

– Thai Orchid Massage, como posso ajudar?

– Oi – disse Strike. – Um amigo me deu seu número. Qual é o endereço?

Ela lhe deu um número na St. Mary's Road, que ele constatou ficar a minutos de distância, depois de uma breve consulta ao mapa.

– Alguma de suas funcionárias está livre para mim esta manhã? – perguntou ele.

– De que tipo senhor gosta? – disse a voz.

Pelo retrovisor lateral, ele viu Robin voltando, o cabelo louro-avermelhado soprando livremente na brisa, um maço dourado de Benson & Hedges cintilando na mão.

– Morena – disse Strike, depois de hesitar por uma fração de segundo. – Tailandesa.

– Temos duas tailandesas livres para senhor. Que serviço procura?

Robin abriu a porta do motorista e entrou.

– O que vocês têm? – perguntou Strike.

– Massagem sensual com óleo, uma mulher, 90 libras. Massagem sensual com óleo, duas mulheres, 120. Massagem nua corpo a corpo com óleo, 150. O senhor negocia extras com moça, OK?

– Tudo bem, gostaria de.. hmm... uma moça – disse Strike. – Chego aí daqui a pouco.

Ele desligou.

– É uma casa de massagens – disse ele a Robin, examinando um mapa –, mas não do tipo que você procura quando sente dor no joelho.

– Sério? – disse ela, assustada.

– Eles existem em toda parte. Você sabe disso.

Ele entendeu por que ela ficou desconcertada. A cena à frente do para-brisa – a São Dionísio, a devota escola primária sobre pilares, uma rua principal movimentada e próspera, uma cruz de São Jorge tremulando ao vento leve na frente de um pub próximo – podia parecer um cartaz anunciando a cidade.

– O que você vai... onde fica? – perguntou Robin.

– Não muito longe – disse ele, mostrando-lhe um mapa. – Primeiro, vou precisar de um caixa eletrônico.

Ele realmente ia pagar por uma massagem?, perguntou-se Robin, sobressaltada, mas não sabia como formular a pergunta, nem tinha certeza se queria ouvir a resposta. Depois de parar em um caixa eletrônico para que Strike aumentasse a dívida no especial em mais 200 libras, ela seguiu as orientações dele para a St. Mary's Road, que ficava no final da rua principal. A St. Mary's Road mostrou-se uma rua de aparência perfeitamente respeitável, ladeada de corretores de imóveis, salões de beleza e advogados, a maioria em grandes prédios separados.

– É aqui – disse Strike, apontando, enquanto eles passavam por um estabelecimento discreto numa esquina. Uma reluzente placa roxa e dourada dizia THAI ORCHID MASSAGE. Só as venezianas escuras nas janelas sugeriam atividades além da manipulação clinicamente sancionada de articulações doloridas. Robin estacionou em uma transversal e olhou Strike até ele sumir de vista.

Aproximando-se da entrada da casa de massagem, Strike notou que a orquídea retratada na placa reluzente no alto era extraordinariamente parecida com uma vulva. Ele tocou a campainha e a porta foi aberta de imediato por um homem de cabelo comprido quase da altura dele.

– Eu telefonei há pouco – disse Strike.

O leão de chácara resmungou e indicou a Strike duas cortinas internas pretas e grossas. Logo adiante havia uma área de estar pequena e acarpetada com dois sofás, onde uma tailandesa mais velha estava sentada com duas meninas tailandesas, uma delas parecendo ter uns 15 anos. Uma televisão no canto exibia *Who Wants to Be a Millionaire?* A expressão das meninas se alterou do tédio à atenção quando ele entrou. A mulher mais velha se levantou. Mascava chiclete vigorosamente.

– Você telefonou, né?

– Isso mesmo – disse Strike.

– Quer bebida?

– Não, obrigado.

– Gosta garota tailandesa?

– Gosto.

– Quem você quer?

– Ela – disse Strike, apontando a mais nova, vestida com uma camiseta cor-de-rosa, minissaia de camurça e saltos agulha de aparência barata. Ela sorriu e se levantou. Suas pernas magrelas lembravam as de um flamingo.

– Tudo bem – disse sua interlocutora. – Você paga agora, vai cabine privativa depois, OK?

Strike entregou as 90 libras e a garota escolhida acenou, radiante. Tinha o corpo de um garoto adolescente, a não ser por seios claramente falsos, que lembravam as Barbies de plástico na prateleira da filha de Elin.

Chegava-se à cabine privativa por um corredor curto: uma sala pequena, uma janela com blackout e luz baixa, era tomada do cheiro de sândalo. Um chuveiro foi espremido no canto. A mesa de massagem era de couro falso preto.

– Quer banho primeiro?

– Não, obrigado – disse Strike.

– OK, você tira roupa ali – disse ela, apontando um canto mínimo e acortinado em que Strike teria muita dificuldade de esconder o corpo de um metro e noventa.

– Prefiro ficar de roupa. Quero conversar com você.

Ela não se abalou. Via todo tipo de gente.

– Você quer oral? – propôs ela animadamente, estendendo a mão para o laço na nuca. – Oral, mais dez libras.

– Não – disse Strike.

– Masturbação? – propôs ela, olhando o zíper dele. – Masturbação com óleo? Mais vinte.

– Não, eu só quero conversar com você – disse Strike.

A dúvida cruzou o rosto dela, depois um súbito lampejo de medo.

— Você polícia.

— Não — disse Strike, erguendo as mãos como quem se rende. — Não sou da polícia. Procuro um homem chamado Noel Brockbank. Ele já trabalhou aqui. Na portaria, imagino... provavelmente como segurança.

Ele escolhera esta garota porque ela parecia muito nova. Conhecendo as tendências de Brockbank, achou que o homem poderia ter tentado contato com ela em vez de qualquer das outras garotas, mas ela balançou a cabeça em negativa.

— Ele foi embora — disse ela.

— Eu sei — disse Strike. — Estou tentando descobrir para onde ele foi.

— Mamãe demitiu ele.

Seria a proprietária mãe dela, ou este era um título honorário? Strike preferia não envolver a Mamãe nisso. Ela parecia sagaz e durona. Ele achou que seria obrigado a pagar bem pelo que poderia vir a ser informação nenhuma. Havia uma ingenuidade cordial nesta garota. Ela podia ter cobrado dele pela confirmação de que Brockbank já havia trabalhado ali, que fora despedido, mas isto não ocorreu a ela.

— Você o conheceu? — perguntou Strike.

— Ele demitido na semana que cheguei — disse ela.

— Por que ele foi demitido?

A garota olhou a porta.

— Alguém aqui tem um número de contato dele, ou sabe para onde ele foi?

Ela hesitou. Strike pegou a carteira.

— Vinte — disse ele —, se você me apresentar a alguém que tenha informações sobre onde ele está. É todo seu.

Ela ficou brincando com a bainha da saia de camurça como uma criança, olhando fixamente, depois arrancou a nota de vinte da mão dele e meteu no fundo do bolso da saia.

— Espera aqui.

Ele se sentou na mesa de massagem de couro falso e esperou. A salinha era limpa como qualquer spa, o que agradou a Strike. Ele achava a sujeira profundamente antiafrodisíaca; sempre lembrava sua mãe e Whittaker naquela casa fétida, colchões manchados e o miasma do grosso do padrasto em suas narinas. Ali, ao lado dos óleos arrumados em um armário lateral, não podiam deixar de ocorrer ideias eróticas. A ideia de uma massagem nu, completa, corpo com corpo e com óleo não era nada desagradável.

Por um motivo que ele não conseguiu situar, seus pensamentos saltaram a Robin, sentada lá fora no carro. Ele se colocou rapidamente de pé, como se fosse flagrado fazendo algo comprometedor, e então soaram bem perto umas vozes tailandesas irritadas. A porta se abriu de rompante, revelando a Mamãe e sua garota escolhida, que parecia assustada.

– Você pagar por massagem uma garota! – disse a Mamãe furiosa.

Como a protegida, seus olhos foram ao zíper dele. Ela estava verificando se algum serviço já tinha sido feito, ou se ele estava tentando conseguir mais por uma ninharia.

– Ele mudar de ideia – disse a garota, desesperada. – Ele quer duas garotas, uma tailandesa, uma loura. Não fazemos nada. Ele mudar de ideia.

– Você pagar por só uma garota – gritou a Mamãe, apontando para Strike com um dedo de ponta em garra.

Strike ouviu passos pesados e imaginou que o segurança de cabelo comprido se aproximava.

– Fico feliz – disse ele, xingando-se por dentro – em pagar também pela massagem de duas garotas.

– Mais 120? – gritou a Mamãe para ele, incapaz de acreditar no que ouvia.

– Sim – disse ele. – Tudo bem.

Ela o fez voltar à área de estar para pagar. Uma ruiva gorda estava sentada ali com um vestido de lycra preto e curto. Olhou, esperançosa.

– Ele quer loura – disse a cúmplice de Strike enquanto ele entregava mais 120 libras, e a cara da ruiva caiu.

– Ingrid com cliente – disse a Mamãe, metendo o dinheiro de Strike numa gaveta. – Você espera aqui até ela acabar.

Assim, ele se sentou entre a tailandesa magricela e a ruiva e assistiu a *Who Wants to Be a Millionaire?* até que um baixinho de terno e barba branca saiu apressado do corredor e, evitando olhar nos olhos de todos, desapareceu pelas cortinas pretas, escapando para a rua. Cinco minutos depois apareceu uma loura oxigenada e magra que, pensou Strike, teria mais ou menos a idade dele, em lycra roxa e botas de cano alto.

— Você vai com Ingrid — disse a Mamãe, e Strike e a tailandesa vagaram obedientemente de volta à sala privativa.

— Ele não quer massagem — disse a primeira garota de Strike à loura sem fôlego quando a porta se fechou. — Quer saber onde foi Noel.

A loura olhou Strike de cenho franzido. Podia ter o dobro da idade da companheira, mas era bonita, de olhos castanho-escuros e maçãs do rosto altas.

— Quer saber dele pra quê? — perguntou ela com puro sotaque de Essex e depois, com calma: — Você é policial?

— Não — disse Strike.

A compreensão súbita iluminou seu rosto bonito.

— Peraí — disse ela devagar. — Sei quem é você... você é aquele Strike! Você é Cameron Strike! O detetive do caso Lula Landry e... meu Deus... alguém mandou mesmo uma *perna* pra você agora?

— Hmm... é, mandaram.

— Noel era totalmente *obcecado* por você! — disse ela. — Praticamente eu só ouvia o cara falar nisso. Depois de você aparecer nos jornais.

— É verdade?

— É, ele ficava dizeno que você provocou uma lesão cerebral nele!

— O crédito não é todo meu. Você o conhecia bem?

— Não *tão bem* assim! — disse ela, interpretando corretamente o que Strike quis dizer. — Eu conhecia o amigo dele do norte, John. Ele era ótimo, um de meus clientes constantes antes de ir pra Arábia Saudita. É, acho que eles foram colegas de escola. Ele tinha pena de Noel porque foi do exército e tinha problemas, então recomendou Noel pra cá. Disse que ele estava sem sorte. Ele me pediu pra alugar um quarto pro Noel na minha casa e tudo.

Seu tom dizia claramente que ela achava que a solidariedade de John por Brockbank era equivocada.

— E como foi isso?

— No início não teve problema, mas depois que a guarda dele baixou, ele ficava o tempo todo falano. Do exército, de você, do filho dele... ele é obcecado pelo filho, quer o filho de volta. Diz que é sua culpa ele não poder ver o filho, mas não sei como pode dizer isso. Qualquer um entende o motivo da ex-mulher não querer o cara perto da criança.

— E por que isso?

— Mamãe pegou ele com a neta no colo e a mão dele na saia dela – disse Ingrid. – Ela tem seis anos.

— Ah – disse Strike.

— Ele foi embora me devendo duas semanas de aluguel e foi a última vez que vi o cara. E já foi tarde.

— Sabe para onde ele foi depois de demitido?

— Sei lá.

— Você não tem nenhuma informação de contato?

— Ainda devo ter o número do celular dele – disse ela. – Não sei se ele ainda tá usano.

— Você poderia me dar...?

— Eu tenho cara de quem anda com celular? – perguntou ela, levantando bem os braços. A lycra e as botas delineavam cada curva. Os mamilos eretos eram claramente visíveis pelo tecido fino. Convidado a olhar, Strike se fixou nos olhos dela.

— Pode se encontrar comigo mais tarde e me dar o número?

— Não temos permissão de trocar telefone com clientes. Termos e condições, meu bem: por isso não podemos andar com telefone. Vou te dizer uma coisa – disse ela, olhando de cima a baixo –, vendo como você é e sabeno que você deu um murro no canalha e que você é um herói de guerra e tudo, vou te encontrar na rua quando terminar aqui.

— Isso seria ótimo – disse Strike. – Muito obrigado.

Ele não sabia se tinha imaginado um olhar sedutor nela. Possivelmente ficara distraído com o cheiro do óleo para massagem e seus recentes pensamentos com corpos quentes e escorregadios.

Vinte minutos depois, tendo esperado tempo suficiente para a Mamãe supor que o serviço foi procurado e recebido, Strike saiu da Thai Orchid e atravessou a rua onde Robin esperava no carro.

— Duzentas e trinta libras por um número antigo de celular – disse ele enquanto ela arrancava do meio-fio e acelerava para o centro da cidade. – Tomara que essa merda valha a pena. Estamos procurando pela Adam and Eve Street... ela disse que fica logo ali à direita... uma cafeteria chamada Appleby's. Ela vai se encontrar comigo lá daqui a pouco.

Robin encontrou uma vaga e eles esperaram, discutindo o que Ingrid havia dito sobre Brockbank enquanto comiam os folheados que Strike tinha roubado do bufê do café da manhã. Robin começava a entender por que Strike carregava peso extra. Nunca havia empreendido uma investigação que durasse mais de 24 horas. Quando cada refeição tinha de ser obtida no comércio de passagem e consumida em movimento, a pessoa descambava rapidamente para fast-food e chocolate.

– É ela – disse Strike quarenta minutos depois, saindo do Land Rover, a caminho do interior da Appleby's. Robin viu a loura se aproximar, agora de jeans e um casaco de peles falsas. Tinha o corpo de uma modelo glamourosa, e Robin lembrou-se da Platinada. Passaram-se dez minutos, depois 15; nem Strike nem a mulher reapareceram.

– Quanto tempo leva para entregar um número de telefone? – perguntou Robin irritada no interior do carro. Ela estava gelada ali. – Achei que você queria ir a Corby.

Ele disse a ela que nada havia acontecido, mas nunca se sabe. Talvez tenha acontecido. Talvez a mulher tenha coberto Strike de óleo e...

Robin tamborilou os dedos no volante. Pensou em Elin, e como se sentiria se ela soubesse que Strike tivera sexo naquele dia. Depois, com um leve sobressalto, lembrou-se de que não olhara o celular para ver se Matthew entrara em contato de novo. Ela o tirou do bolso do casaco e constatou que não tinha novas mensagens. Depois de dizer a ele que definitivamente não iria à festa de aniversário do pai, ele sossegou.

A loura e Strike saíram da cafeteria. Ingrid não parecia querer deixar Strike ir embora. Quando ele acenou uma despedida, ela se curvou para frente e lhe deu um beijo no rosto, depois saiu, rebolando. Strike viu Robin olhando e voltou para o carro com uma careta meio acanhada.

– Parece que foi interessante – disse Robin.

– Na verdade, não – disse Strike, mostrando-lhe o número agora digitado em seu telefone: **CELULAR DE NOEL BROCKBANK**. – Ela só ficou de conversa.

Se Robin fosse homem, ele teria achado impossível não acrescentar: "Tá no papo." Ingrid tinha paquerado descaradamente do outro lado da mesa, rolando lentamente pelos contatos de seu telefone, perguntando-se em voz alta se ainda teria o número, de tal modo que ele começou a ficar ansioso de a mulher não ter nada, perguntando a ele se algum dia ele já havia recebido uma boa massagem tailandesa, sondando para saber o que ele queria com Noel, sobre os casos que ele solucionou, em particular aquele da linda modelo morta, o primeiro a levá-lo à fama, e por fim insistindo, com um sorriso caloroso, que ele ficasse com o número dela também, "caso precise".

– Quer tentar o número de Brockbank agora? – perguntou Robin, tirando a atenção de Strike do retrovisor, por onde via Ingrid se afastar.

– O quê? Não. Isso requer planejamento. Só teremos uma chance se ele atender. – Ele olhou o relógio. – Vamos andando, não quero chegar muito tarde em Cor...

O telefone em sua mão tocou.

– Wardle – disse Strike.

Ele atendeu, colocando o aparelho no viva-voz para que Robin ouvisse também.

– O que está havendo?

– Temos a identificação do corpo – disse Wardle. Certo tom em sua voz alertou os dois de que eles estavam prestes a reconhecer um nome. A pausa mínima que se seguiu permitiu que a imagem daquela garotinha com os olhos pequenos de passarinho deslizasse em pânico pela mente de Strike.

– Ela se chamava Kelsey Platt e foi a garota que escreveu a você pedindo conselhos sobre como cortar a própria perna. Ela existia mesmo. Tinha 16 anos.

Níveis iguais de alívio e incredulidade desabaram em Strike. Ele procurou uma caneta, mas Robin já tomava notas.

– Ela fazia um curso de assistência infantil certificado pela City & Guilds em uma escola profissionalizante, onde conheceu Oxana Voloshina. Em geral Kelsey morava em Finchley com a meia-irmã e o parceiro dela. Disse a eles que ficaria fora por duas semanas por conta do curso. Eles não deram queixa de seu desaparecimento... não ficaram preocupados. Só esperavam sua chegada à noite.

"Oxana disse que Kelsey não se entendia com a irmã e perguntou se podia ficar ali por algumas semanas, para respirar um pouco. Parece que a garota tinha tudo planejado, escrevendo a você daquele endereço. A irmã está péssima, o que é compreensível. Ainda não consegui tirar dela muita coisa que fizesse sentido, mas ela confirmou que a letra na carta era autêntica e a história de que a garota queria se livrar da perna não pareceu chocá-la inteiramente. Conseguimos amostras de DNA da escova de cabelos da garota. Bate. É ela."

Com um guincho no banco do carona, Strike se curvou para Robin para ler as anotações. Ela sentiu o cheiro de cigarro em suas roupas e um leve sopro de sândalo.

— Há um parceiro morando com a irmã? — perguntou ele. — Um homem?

— Não tem como prender o cara — disse Wardle, e Strike sabia que o policial já tentara. — Quarenta e cinco anos, bombeiro aposentado, não está em boa forma. Pulmões arrasados e um álibi a toda prova para o fim de semana em questão.

— O fim de semana...? — começou Robin.

— Kelsey saiu da casa da irmã na noite de 1º de abril. Sabemos que ela deve ter morrido no dia 2 ou 3... você recebeu a perna no dia 4. Strike, vou precisar que você volte aqui para mais perguntas. É rotina, mas precisamos tomar um depoimento formal a respeito daquelas cartas.

Parecia haver pouco mais a dizer. Depois de aceitar os agradecimentos de Strike por dar as informações, Wardle desligou, deixando um silêncio que, a Robin, parecia tremer de abalos secundários.

# 28

*... oh Debbie Denise was true to me,*
*She'd wait by the window, so patiently.*

Blue Öyster Cult, "Debbie Denise"
Letra de Patti Smith

— Essa viagem toda foi um desvio inútil. Não é Brittany. Não pode ser Brockbank.

O alívio de Strike era indescritível. As cores da Adam and Eve Street de repente pareciam limpas, os pedestres mais radiantes, mais simpáticos do que foram antes de ele receber o telefonema. Afinal, Brittany deve estar viva em algum lugar. Não foi culpa dele. A perna não era dela.

Robin não disse nada. Ouvia o triunfo na voz de Strike, sentia seu alívio. Naturalmente, ela não conheceu nem nunca viu Brittany Brockbank, e embora estivesse feliz porque a garota estava a salvo, ainda existia o fato de que outra garota havia morrido em circunstâncias tenebrosas. A culpa que caíra de Strike parecia ter sido jogada em seu colo. Foi ela que passara os olhos na carta de Kelsey e simplesmente a arquivara na gaveta dos birutas, sem responder. Teria feito alguma diferença, perguntou-se Robin, se ela tivesse entrado em contato com Kelsey e a aconselhado a procurar ajuda? Ou se Strike tivesse telefonado para ela e dito que perdera a perna em batalha, que o que ela ouviu falar sobre o ferimento dele era uma mentira? No íntimo, Robin se roía de remorsos.

— Tem certeza? — disse ela em voz alta depois de um minuto inteiro de silêncio, os dois perdidos nos próprios pensamentos.

— Certeza do quê? — Strike virou-se para ela.

— Que não pode ser Brockbank.

— Se não é Brittany... — começou Strike.

— Você acabou de me dizer que essa garota...

— Ingrid?

— Ingrid – disse Robin, com certa impaciência –, sim. Você acabou de me dizer que ela falou que Brockbank era obcecado por você. Ele considera você responsável pelos danos cerebrais e pela perda da família.

Strike a olhava de cenho franzido, pensando.

— Tudo que eu disse ontem à noite sobre o assassino querer depreciar você e menosprezar seu histórico de guerra combina muito bem com tudo que sabemos a respeito de Brockbank – continuou Robin. – E você não acha que conhecer essa Kelsey e talvez ver que a cicatriz na perna era igual à de Brittany, ou saber que ela queria se livrar da perna pode ter... sei lá... estimulado alguma coisa nele? Quer dizer – disse Robin, hesitante –, não sabemos exatamente como a lesão cerebral...

— Ele não tem merda de lesão cerebral nenhuma – vociferou Strike. – Estava fingindo no hospital. Sei que estava.

Robin se calou, sentada ao volante, olhando os consumidores andando de um lado a outro da Adam and Eve Street. Ela os invejava. Quaisquer que fossem suas preocupações mais íntimas, era improvável que incluíssem mutilação e homicídio.

— Seus argumentos fazem sentido – disse Strike por fim. Robin sabia que tinha embaçado a comemoração particular dele. Strike consultou o relógio. – Vamos, é melhor irmos a Corby, se quisermos fazer isso hoje.

Os vinte quilômetros entre as duas cidades foram cobertos rapidamente. Robin imaginou, pela expressão carrancuda, que Strike remoía a conversa que eles tiveram sobre Brockbank. A estrada era como qualquer outra, uma planície em volta com sebes e árvores ocasionais ladeando o caminho.

— E então, Laing – disse Robin, tentando tirar Strike do que parecia um devaneio aflito. – Pode me lembrar...?

— Sim, Laing – disse Strike lentamente.

Ela teve razão em pensar que ele se perdera em pensamentos com Brockbank. Agora era obrigado a se concentrar, a se reorganizar.

— Bom, Laing amarrou a esposa e a feriu com uma faca; acusado duas vezes de estupro, pelo que sei, mas nunca pagou por isso... e ele tentou arrancar metade da minha cara a dentadas no ringue de boxe. Basicamente, um filho da puta diabólico e violento – disse Strike –, mas, como eu lhe falei, a sogra imagina que ele estivesse doente quando saiu da prisão. Disse que ele foi para Gateshead, mas não pode ter ficado muito tempo por lá, se estava morando em Corby com essa mulher em 2008 – disse ele, de novo olhando o mapa, procurando pela rua de Lorraine MacNaughton. – Idade certa, época certa... Veremos. Se Lorraine não estiver, vamos voltar depois das cinco.

Seguindo as orientações de Strike, Robin dirigiu pelo centro da cidade de Corby, que se mostrou uma extensão de concreto e tijolos dominada por um shopping-center. Um bloco enorme de escritórios municipais, em que antenas eriçavam-se como um musgo de ferro, dominava a silhueta da cidade. Não havia praça central, nem igreja antiga e certamente nenhuma escola primária sobre pilares de madeira. Corby fora planejada para abrigar a explosão de trabalhadores migrantes nos anos 1940 e 1950; muitas construções tinham um ar melancólico e utilitário.

– Metade das ruas tem nome escocês – disse Robin enquanto eles passavam pela Argyll Street e a Montrose Street.

– Antigamente chamavam isso aqui de Pequena Escócia, não é? – disse Strike, notando uma placa para a Edinburgh House. Ele ouvira falar que Corby, em seu apogeu industrial, tinha a maior população escocesa ao sul da fronteira. Bandeiras de São Patrício e leões rampantes tremulavam de sacadas de apartamentos. – Dá para ver por que Laing se sentiria mais à vontade aqui do que em Gateshead. Podia ter contatos nessa região.

Cinco minutos depois, eles se viram na parte velha da cidade, cujas belas construções de pedra guardavam vestígios do vilarejo que Corby fora antes da chegada dos siderúrgicos. Logo eles deram na Weldon Road, onde morava Lorraine MacNaughton.

As casas eram dispostas em blocos compactos de seis, cada par uma imagem especular da outra, de modo que as portas de entrada ficavam lado a lado e o desenho das janelas era invertido. Havia um nome entalhado no dintel de pedra acima de cada porta.

– A dela é essa – disse Strike, apontando para Summerfield, geminada com Northfield.

O jardim da Summerfield era coberto de um cascalho fino. A grama da Northfield precisava ser aparada, o que lembrou a Robin o próprio apartamento em Londres.

— Acho melhor nós dois entrarmos — disse Strike, abrindo o cinto de segurança. — Talvez ela fique mais à vontade com você presente.

Parecia que a campainha estava com defeito. Assim, Strike bateu forte na porta com os nós dos dedos. Uma explosão de latidos furiosos disse aos dois que a casa tinha pelo menos um habitante vivo. E então eles ouviram uma voz de mulher, irritada, mas um tanto ineficaz.

— Shh! Quieto! Pare com isso! Shh! Não!

A porta se abriu e Robin teve um vislumbre de uma mulher carrancuda de uns cinquenta anos quando um Jack Russell de pelo duro atirou-se para fora, rosnando e latindo com ferocidade, enterrando os dentes no tornozelo de Strike. Felizmente para Strike, mas nem tanto assim para o Jack Russell, os dentes bateram em aço. Ele ganiu e Robin tirou proveito de seu choque para avançar rapidamente, pegando-o pela nuca e levantando. O cachorro ficou tão surpreso ao se encontrar pendurado no ar que simplesmente parou.

— Sem morder — disse Robin.

Aparentemente decidindo que era digna de respeito uma mulher com coragem suficiente para segurá-lo, o cachorro deixou que ela tivesse uma pegada mais firme, torcendo-se no ar e tentando lamber sua mão.

— Desculpe — disse a mulher. — Ele era de minha mãe. É um pesadelo, esse cachorro. Mas parece que ele gosta de você. Milagre.

O cabelo castanho na altura do ombro tinha raízes grisalhas. Havia rugas fundas de marionete de cada lado da boca de lábios finos. Ela estava apoiada em muletas, um tornozelo inchado e com um curativo, o pé metido em uma sandália que exibia unhas amareladas.

Strike se apresentou, mostrando a Lorraine a carteira de habilitação e um cartão de visitas.

— A senhora é Lorraine MacNaughton?

— Sou — disse ela, hesitante. Seus olhos adejaram para Robin, que sorriu tranquilizadora por cima da cabeça do Jack Russell. — Você é um... o que você disse mesmo?

— Sou detetive — disse Strike — e estava me perguntando se a senhora poderia me dizer alguma coisa a respeito de Donald Laing. A lista telefônica mostra que ele morou aqui com a senhora alguns anos atrás.

— É, ele morou — disse ela lentamente.

– Ele ainda está aqui? – perguntou Strike, embora soubesse a resposta.
– Não.
Strike apontou para Robin.
– Teria algum problema se minha colega e eu entrássemos e lhe fizéssemos algumas perguntas? Estamos tentando encontrar o sr. Laing.

Houve uma pausa. Lorraine roeu o lábio inferior, de cenho franzido. Robin aninhou o Jack Russell, que agora lambia com entusiasmo seus dedos, onde sem dúvida sentia o gosto residual do folheado. A perna rasgada da calça de Strike batia no vento leve.

– Tudo bem, entrem. – Lorraine recuou nas muletas para deixar que eles entrassem.

A desleixada sala da frente tinha um forte cheiro de fumaça de cigarro antiga. Havia incontáveis toques de velha: capa de crochê na caixa de lenços, almofadas baratas de babado e uma série de ursinhos de pelúcia vestidos com capricho e arrumados em um aparador polido. Uma parede era dominada pela tela de uma criança arregalada e vestida de pierrô. Strike não conseguia imaginar Donald Laing morando ali mais do que conseguia imaginar um boi dormindo na esquina.

Depois de entrar, o Jack Russell lutou para sair dos braços de Robin e recomeçou a latir para Strike.

– Ah, cala a boca – gemeu Lorraine. Arriando no sofá de veludo marrom e desbotado, ela usou os dois braços para erguer o tornozelo ferido em um pufe de couro, esticando-se de lado para pegar um maço de Superkings e acender um cigarro.

– Preciso manter elevada – explicou ela, com o cigarro pendurado na boca, enquanto pegava e colocava no colo um cinzeiro de vidro facetado lotado. – A enfermeira do serviço público vem todo dia trocar os curativos. Sentem-se.

– O que aconteceu? – perguntou Robin, espremendo-se pela mesa de centro para se sentar ao lado de Lorraine no sofá. De pronto o Jack Russell pulou a seu lado e, misericordiosamente, parou de latir.

– Tomei um banho de óleo de fritura no pé – disse Lorraine. – No trabalho.

– Meu Deus – disse Strike, acomodando-se na poltrona. – Deve ter sido uma dor horrível.

– É, foi mesmo. Disseram para eu ficar de licença por pelo menos um mês. Pelo menos não vou ficar incapaz.

Lorraine, pelo que se soube, trabalhava na cantina do hospital local.

– E então, o que o Donnie fez? – resmungou Lorraine, soltando a fumaça, depois que o assunto de seu ferimento foi exposto por completo. – Roubo de novo, foi?

– Por que diz isso? – perguntou Strike com cautela.

– Ele me roubou – disse ela.

Agora Robin via que a brusquidão era uma fachada. O cigarro longo de Lorraine tremia enquanto ela falava.

– Quando foi isso? – perguntou Strike.

– Quando ele foi embora. Levou todas as minhas joias. A aliança de casamento de mamãe e tudo. Ele sabia o que isso significava para mim. Minha mãe tinha morrido havia menos de um ano. Um dia, ele simplesmente saiu de casa e nunca mais voltou. Chamei a polícia, pensei que ele tivesse sofrido um acidente. Depois notei que minha bolsa estava vazia e minhas joias tinham sumido.

A humilhação não a abandonara. Suas faces encovadas ruborizavam enquanto ela falava.

Strike apalpou o bolso interno do paletó.

– Quero ter certeza de que estamos falando do mesmo homem. Esta foto lhe parece familiar?

Ele lhe passou uma das fotografias que a ex-sogra de Laing dera em Melrose. Grande e largo com o kilt azul e amarelo, os olhos escuros de furão e aquele cabelo de raposa vermelha à escovinha e espigado, Laing estava de pé na frente de um cartório. Rhona se agarrava a seu braço, com menos da metade de sua largura no que parecia uma roupa que lhe cabia mal, possivelmente um vestido de noiva de segunda mão.

Lorraine examinou a foto pelo que pareceu muito tempo. Por fim, falou.

– Eu *acho* que é ele. Pode ser.

– Não dá para ver, mas ele tem uma tatuagem grande, uma rosa amarela no braço esquerdo – disse Strike.

– É – disse Lorraine com severidade. – É isso mesmo. Ele tinha.

Ela fumou, olhando fixamente a foto.

– Então ele era casado? – perguntou ela com um leve tremor na voz.

– Ele não contou a você? – perguntou Robin.
– Não. Me disse que nunca se casou.
– Como vocês se conheceram? – perguntou Robin.
– No pub. Ele não era muito parecido com essa foto quando o conheci.

Ela se virou para o lado do aparador às costas e fez uma vaga tentativa de se levantar.

– Posso ajudar? – ofereceu-se Robin.
– Na gaveta do meio. Deve haver uma foto.

O Jack Russell voltou a latir enquanto Robin abria uma gaveta contendo um sortimento de aros de guardanapo, descansos de crochê, colheres de chá de suvenir, palitos de dente e fotografias soltas. Robin pegou o máximo destas últimas que conseguiu e levou a Lorraine.

– É ele – disse Lorraine depois de procurar pelas muitas fotos, cuja maioria exibia uma mulher muito idosa que Robin supôs ser a mãe. Lorraine passou as fotos diretamente a Strike.

Ele não teria reconhecido Laing se passasse por ele na rua. O ex-pugilista estava muito inchado, em particular no rosto. Seu pescoço não era mais visível, a pele parecia esticada, as feições, distorcidas. Um braço envolvia os ombros de uma sorridente Lorraine, o outro estava frouxo junto do corpo. Ele não sorria. Strike olhou mais atentamente. A tatuagem da rosa amarela era visível, mas coberta em parte por placas de pele vermelha que mosqueavam toda a extensão do braço.

– Tem algum problema na pele dele?
– Artrite psoriásica – disse Lorraine. – Ele sofreu muito com isso. Por isso recebia pensão por invalidez. Teve de parar de trabalhar.
– É mesmo? – disse Strike. – No que ele trabalhava antes disso?
– Ele veio para cá como gerente de uma das grandes construtoras – disse ela –, mas adoeceu e não podia trabalhar. Teve sua própria empresa de construção em Melrose. Era diretor administrativo.
– Sério? – disse Strike.
– É, empresa da família – disse Lorraine, procurando na pilha de fotografias. – Ele herdou do pai. Aqui ele aparece de novo, olha.

Eles estavam de mãos dadas numa fotografia que parecia ter sido tirada em uma cervejaria ao ar livre. Lorraine sorria radiante e Laing parecia desinteressado, a cara de lua franzindo os olhos pretos em fendas. Tinha a aparência característica de um homem que toma esteroides por ordem médica. O cabelo de pele de raposa era o mesmo, mas, tirando isso, Strike teve de se esforçar para distinguir as feições do jovem boxeador forte que um dia mordera seu rosto.

— Quanto tempo vocês ficaram juntos?

— Dez meses. Eu o conheci logo depois que minha mãe morreu. Ela estava com 92... morava aqui comigo. Eu ajudava a sra. Williams, minha vizinha, ela estava com 87. Senil. O filho dela está na América. Donnie era bom com ela. Ele aparava seu gramado e fazia as compras.

*O filho da puta não pregava prego sem estopa*, pensou Strike. Doente, desempregado e falido como Laing era na época, uma mulher solitária de meia-idade sem dependentes que podia cozinhar, tinha casa própria, que herdara dinheiro da mãe havia pouco, deve ter sido um presente de Deus. Deve ter valido a pena fingir um pouco de compaixão para se imiscuir na casa. Laing sabia ser encantador quando decidia assim.

— Ele parecia ótimo quando nos conhecemos — disse Lorraine com melancolia. — Na época, fazia tudo por mim. Ele mesmo não estava bem. Articulações inchadas e tudo. Teve de tomar injeções no médico... Ficou meio rabugento depois, mas pensei que fosse por causa da saúde. Ninguém espera que os doentes sejam sempre animados, não é? Nem todo mundo é como minha mãe. Ela era um assombro, tinha a saúde muito ruim, mas estava sempre sorrindo e... e...

— Vou pegar um lenço para você — disse Robin e se curvou lentamente para a caixa coberta de crochê de modo a não deslocar o Jack Russell, que tinha a cabeça em seu colo.

— Você deu queixa do roubo de suas joias? — perguntou Strike, depois que Lorraine recebeu o lenço de papel, que dobrou entre tragos fundos no Superking.

— Não — respondeu, irritada. — De que adiantaria? Eles nunca as encontrariam.

Robin imaginou que Lorraine não quisesse atrair atenção das autoridades para sua humilhação, e se solidarizou com ela.

— Algum dia ele foi violento? — perguntou Robin com gentileza.

Lorraine demonstrou surpresa.

— Não. Por isso vocês vieram aqui? Ele machucou alguém?

— Não sabemos — disse Strike.

— Não acho que ele tenha *machucado* alguém — disse ela. — Ele não é desse tipo de homem. Eu disse isso à polícia.

— Desculpe-me — disse Robin, acariciando a cabeça do agora adormecido Jack Russell. — Pensei que senhora não tivesse dado queixa do roubo.

— Isso foi depois — disse Lorraine. — Mais ou menos um mês depois de ele ter ido embora. Alguém invadiu a casa da sra. Williams, bateu nela e a roubou. A polícia queria saber onde Donnie estava. Eu disse, "Ele foi embora há muito tempo, se mudou". Aliás, ele não faria isso, eu disse a eles. Ele foi bom com ela. Não daria um soco numa velha.

Eles um dia estiveram de mãos dadas em uma cervejaria. Ele aparava a grama da velha. Ela se recusava a acreditar que Laing fosse de todo mau.

— Suponho que sua vizinha não tenha conseguido dar uma descrição à polícia — disse Strike.

Lorraine meneou a cabeça.

— Depois disso, ela nunca mais voltou. Morreu em um asilo. Tem uma família morando na Northfield agora — disse Lorraine. — Três crianças pequenas. Devia ouvir o barulho... e eles ainda têm a coragem de reclamar do cachorro!

Eles deram num completo beco sem saída. Lorraine não fazia ideia de onde Laing teria ido. Não conseguia se lembrar dele falando em algum lugar a que estivesse ligado além de Melrose e ela jamais conheceu nenhum amigo dele. Depois que ela percebeu que ele não voltaria, apagou seu número do celular no telefone. Ela concordou em deixar que eles ficassem com duas fotografias de Laing, mas, além disso, não tinha mais ajuda nenhuma a dar.

O Jack Russell protestou ruidosamente com a retirada do colo quente de Robin e demonstrou todos os sinais de descarregar seu desagrado em Strike quando o detetive se levantou.

— *Para*, Tigger — disse Lorraine, irritada, segurando com dificuldade o cachorro que se debatia no sofá.

— Nós encontramos a saída — gritou Robin para ser ouvida com os latidos frenéticos do cachorro. — Muito obrigada por toda sua ajuda!

Eles a deixaram ali em sua sala enfumaçada e atulhada, o tornozelo machucado erguido, provavelmente um pouco mais triste e mais desconfortável com a visita deles. O barulho do cachorro histérico os seguiu até a calçada do jardim.

— Parece que a gente podia pelo menos ter preparado uma xícara de chá para ela ou coisa assim – disse Robin, sentindo-se culpada, enquanto eles voltavam ao Land Rover.

— Ela não sabe a sorte que teve de escapar – disse Strike com vigor. – Pense na pobre velhinha dali – ele apontou para a Northfield –, espancada por algumas libras a mais.

— Você acha que foi Laing?

— É claro que foi o merda do Laing – disse Strike enquanto Robin ligava o motor. – Ele filmou o lugar enquanto supostamente a ajudava, não foi? E você pode notar que ele ainda conseguia aparar gramados e quase matar velhas, apesar de supostamente estar tão doente de artrite.

Com fome e cansada, a cabeça doendo da fumaça de cigarro, Robin assentiu e disse que achava que sim. Foi uma entrevista deprimente e a perspectiva de mais duas horas e meia dirigindo para voltar a Londres não era atraente.

— Você se importa se formos embora logo? – disse Strike, olhando o relógio. – Eu disse a Elin que chegaria à noite.

— Tudo bem – disse Robin.

Entretanto, por algum motivo – talvez devido à dor de cabeça, talvez pela mulher solitária sentada na Summerfield em meio às lembranças de entes queridos que a deixaram – Robin bem que gostaria de cair aos prantos de novo.

# 29

*I Just Like To Be Bad*

Às vezes ele achava difícil ficar com as pessoas que se julgavam seus amigos: os homens com quem se associava quando precisava de dinheiro. O roubo era a principal ocupação deles, pegar prostitutas numa noite de sábado, sua recreação; ele era popular entre os amigos, um parceiro, assim eles pensavam, um companheiro, um igual. Um igual!

No dia em que a polícia a encontrou, ele só queria ficar sozinho para saborear a cobertura da imprensa. As matérias no jornal deram uma boa leitura. Ele teve orgulho: aquela era a primeira vez que conseguira matar privadamente, levar o tempo que queria, organizar as coisas como desejava. Ele pretendia fazer o mesmo com A Secretária; ter tempo para desfrutar dela viva antes de matá-la.

O que o frustrou foi não ter havido menção às cartas que deviam apontar a polícia para Strike, obrigá-los a interrogar e atormentar o escroto, arrastar seu nome na lama dos jornais, fazer o povo burro pensar que ele teve alguma relação com aquilo.

Porém, havia colunas e mais colunas de cobertura, fotografias do apartamento onde ele acabou com ela, entrevistas com o policial bonitinho. Ele guardou as reportagens: eram suvenires, como os pedaços dela que ele levara para sua coleção particular.

É claro que o orgulho e o prazer que sentia tinham de ser escondidos da Coisa, porque no momento a Coisa exigia um manejo muito cuidadoso. A Coisa não estava satisfeita, nada satisfeita. A vida não estava rendendo como a Coisa esperava, e ele teve de fingir que se importava, ficar preocupado, ser um cara legal, porque a Coisa era útil a ele: a Coisa trazia dinheiro e podia lhe dar um álibi. Nunca se sabe se isto seria necessário. Ele já escapara por pouco uma vez.

Foi na segunda ocasião em que matou, em Milton Keynes. Não se caga na própria porta: este sempre foi um de seus princípios norteadores. Ele jamais estivera em Milton Keynes e não tinha ligação nenhuma com o lugar. Roubara um carro, sem os rapazes, um trabalho solo. Havia algum tempo, tinha as placas falsas preparadas. Depois simplesmente dirigira, perguntando-se se teria sorte. Tinha havido duas tentativas fracassadas desde o primeiro assassinato: tentar levar as garotas na conversa em pubs, em boates, tentar isolá-las não estava funcionando tão bem como no passado. Ele já não era tão bom como antigamente, sabia disso, mas não queria criar o padrão de fazer prostitutas. A polícia começaria a somar dois mais dois se você sempre procurasse o mesmo tipo. Uma vez ele conseguiu seguir uma garota bêbada em uma viela, mas, antes mesmo que tivesse puxado a faca, surgiu um bando de garotos às gargalhadas e ele deu no pé. Depois disso, desistira de tentar pegar uma mulher do jeito habitual. Teria de ser à força.

Ele havia dirigido durante horas numa frustração crescente; nem um bafo de uma vítima em Milton Keynes. Às dez para a meia-noite estava prestes a ceder e se virar com uma puta quando a localizou. Ela discutia com o namorado em um trevo no meio da rua, uma morena de cabelo curto e jeans. Ao passar, ele ficou de olho no casal pelo retrovisor. Viu que ela saiu intempestivamente, embriagada pelas próprias lágrimas e pela raiva. O homem furioso que ela deixara para trás gritou-lhe em seguida e partiu na direção contrária com um gesto de nojo.

Ele fez o retorno e voltou pela rua na direção da garota. Ela chorava ao andar, enxugando os olhos na manga.

Ele baixou a janela.

– Está tudo bem, querida?

– Cai fora!

Ela selou seu destino ao enfiar-se com raiva pelos arbustos da rua para se livrar do carro lento dele. Mais cem metros e ela teria chegado a algum trecho bem iluminado da via.

Ele só precisava sair da rua e estacionar. Vestiu a touca ninja antes de sair do carro, a faca já preparada na mão, e voltou calmamente ao lugar onde ela desaparecera. Podia ouvi-la tentando abrir caminho pelo denso trecho de árvores e arbustos, colocado ali por planejadores urbanos para atenuar os contornos da larga rua de duas pistas. Ali, não havia poste de iluminação. Ele ficava invisível para os motoristas que passavam enquanto avançava pela vegetação escura. Quando ela retornou à calçada, ele estava ali, preparado para forçá-la de volta na ponta da faca.

Ele passou uma hora no meio dos arbustos antes de abandonar o corpo. Arrancou os brincos dos lóbulos, depois empunhou a faca com tenacidade, cortando pedaços da mulher. Uma pausa no tráfego e ele correu, ofegante, de volta ao carro roubado no escuro, ainda vestindo a touca ninja.

Ele saiu dali, cada partícula em um êxtase saciado, os bolsos pingando. Só então a névoa se dissipou.

Da última vez, ele usara um carro do trabalho, que mais tarde limpou completamente à plena vista dos colegas. Suspeitava de que alguém conseguiria tirar sangue daqueles bancos de tecido e seu DNA estaria por toda parte. O que ia fazer? Foi o mais próximo que chegou de entrar em pânico.

Ele dirigiu quilômetros para o norte antes de abandonar o carro em um terreno baldio distante da rua principal, sem vista para nenhum prédio. Ali, tremendo de frio, tirou as placas falsas, ensopou uma das meias no tanque de gasolina, meteu-a no banco da frente e acendeu. Levou um bom tempo para o carro pegar fogo direito; ele teve de se reaproximar várias vezes para ajudar até que, enfim, às três da madrugada, enquanto ele assistia, tremendo, da proteção das árvores, o carro explodiu. E então ele correu.

Era inverno, o que ao menos significava que a touca não pareceria deslocada. Ele enterrou as placas falsas em um matagal e saiu apressado, cabisbaixo, as mãos nos bolsos tocando os valorizados suvenires. Tinha pensado em enterrá-los também, mas não teve coragem. Havia coberto de lama as manchas de sangue da calça, continuou de touca na estação, agindo como um bêbado num canto do vagão do trem para manter as pessoas afastadas, resmungando sozinho, projetando aquela aura de ameaça e loucura que agia como um cordão de isolamento quando ele queria ficar em paz.

Quando chegou em casa, já haviam encontrado o corpo da mulher. Ele assistiu na televisão naquela noite, comendo em uma bandeja no colo. Acharam o carro incendiado, mas não as placas e – isto era de fato prova de sua sorte inimitável, a estranha bênção protetora que o cosmo lhe dava – o namorado com quem ela discutira foi preso, acusado e, embora as provas contra ele fossem patentemente fracas, condenado! Às vezes, ele ria de pensar naquele imbecil cumprindo pena...

Todavia, aquelas longas horas dirigindo pelo escuro, quando ele sabia que o encontro com a polícia podia ser fatal, quando temia um pedido para esvaziar os bolsos ou que um passageiro sagaz notasse sangue seco nele, lhe ensinaram uma poderosa lição. Planeje cada detalhe. Não deixe nada ao acaso.

Por isso ele precisava sair para comprar Vick VapoRub. A prioridade máxima agora era cuidar para que o novo esquema idiota da Coisa não interferisse no dele.

# 30

*I am gripped, by what I cannot tell...*

Blue Öyster Cult, "Lips In The Hills"

Strike estava habituado às oscilações entre a atividade frenética e a passividade forçada exigidas pelas investigações. Entretanto, o fim de semana seguinte à sua volta por Barrow, Market Harborough e Corby o encontrou em um estranho estado de tensão.

A reimersão gradual na vida civilizada que vinha acontecendo nos últimos dois anos trouxe pressões das quais ele estava protegido no exército. A meia-irmã Lucy, a única dos irmãos com quem ele dividiu a infância, ligou no sábado de manhã cedo para perguntar por que ele não respondera ao convite para a festa de aniversário do sobrinho do meio. Ele explicou que havia estado fora, incapaz de ter acesso ao e-mail enviado ao escritório, mas ela não deu ouvidos.

– Você sabe que Jack venera você como um herói – disse ela. – Ele realmente quer que você venha.

– Desculpe-me, Lucy – disse Strike –, não vai dar. Vou mandar um presente para ele.

Se Strike ainda estivesse no SIB, Lucy não teria se sentido no direito de fazer chantagem emocional. Naquela época, era fácil evitar as obrigações de família, ele viajava pelo mundo. Ela o via como uma peça inextrincável da imensa e implacável máquina do exército. Quando ele se recusou firmemente a capitular diante do cenário que ela criou de um sobrinho de oito anos desolado procurando em vão pelo tio Cormoran no portão do jardim, Lucy desistiu, perguntando, em vez disso, como estava progredindo a caçada ao homem que lhe enviara a perna. Seu tom insinuava que havia algo de desonroso em receber uma perna. Querendo se livrar dela ao telefone, Strike inventou que estava deixando tudo a cargo da polícia.

Embora gostasse da irmã mais nova, ele passara a aceitar que a relação dos dois baseava-se quase inteiramente em lembranças comuns e quase todas traumáticas. Strike nunca confidenciava com Lucy, a não ser que obrigado a tanto por acontecimentos externos, pelo simples motivo de que em geral as confidências despertavam alarme ou ansiedade. Lucy vivia em um estado de decepção perene porque ele, aos 37 anos, ainda resistia a todas aquelas coisas que ela acreditava necessárias para fazê-lo feliz: um emprego com horário normal, mais dinheiro, uma esposa e filhos.

Satisfeito por ter-se livrado dela, Strike preparou uma terceira caneca de chá naquela manhã e se recostou na cama com uma pilha de jornais. Vários exibiam uma fotografia de Vítima de Homicídio Kelsey Platt, com o uniforme escolar de marinheiro, um sorriso no rosto simples com espinhas.

Vestido só com a cueca boxer, a barriga peluda que não diminuía com a abundância de comida delivery e barras de chocolate que a encheram na última quinzena, ele devorou um pacote de biscoitos Rich Tea e passou os olhos por várias matérias, mas estas não lhe diziam nada que ele já não soubesse e, assim, ele se voltou para a crônica sobre a próxima partida entre Arsenal e Liverpool.

O celular tocou durante a leitura. Ele não tinha percebido o quanto estava tenso: reagiu com tamanha velocidade que pegou Wardle de surpresa.

– Caramba, essa foi rápida. O que estava fazendo, sentado nele?

– O que há?

– Fomos à casa da irmã de Kelsey... chama-se Hazel, é enfermeira. Estamos verificando todos os contatos cotidianos de Kelsey, já demos uma busca em seu quarto e pegamos o laptop. Ela frequentou um fórum na internet para pessoas que querem cortar pedaços do corpo, e andou perguntando sobre você.

Strike coçou o cabelo crespo e denso, encarando o teto, ouvindo.

– Conseguimos informações pessoais de algumas pessoas com quem ela interagia regularmente nos fóruns. Devo receber imagens na segunda... Onde você estará?

– Aqui, no escritório.

— O namorado da irmã, ex-bombeiro, disse que Kelsey ficava perguntando a ele sobre gente presa em prédios e acidentes de carro, esse tipo de coisa. Ela queria mesmo se livrar daquela perna.

— Meu Deus — resmungou Strike.

Depois que Wardle desligou, Strike se viu incapaz de se concentrar nas alterações da equipe no estádio Emirates. Depois de alguns minutos, desistiu de fingir-se absorto no destino da comissão técnica de Arsène Wenger e voltou a olhar fixamente para as rachaduras no teto, revirando distraído o celular.

No alívio cego de que a perna não era de Brittany Brockbank, ele pensara menos na vítima do que habitualmente faria. Agora, pela primeira vez, perguntava-se de Kelsey e da carta que ela enviara, que ele não se deu ao trabalho de ler.

A ideia de alguém procurar a amputação era repugnante a Strike. Sem parar, ele girava o celular na mão, organizando tudo que sabia a respeito de Kelsey, tentando formar uma imagem mental a partir de um nome e sentimentos confusos de compaixão e repulsa. A garota tinha 16 anos; ela não se entendia com a irmã; estava estudando assistência infantil... Strike pegou o bloco e começou a escrever: *Namorado na escola? Professor?* Ela entrou na internet, perguntando a respeito dele. Por quê? De onde tirou a ideia de que ele, Strike, tinha amputado a própria perna? Ou será que ela havia criado uma fantasia a partir dos relatos sobre ele nos jornais?

*Doença mental? Fantasista?*, escreveu ele.

Wardle já estava procurando pelos contatos dela na internet. Strike parou de escrever, lembrando-se da fotografia da cabeça de Kelsey no freezer, com suas bochechas cheias, encarando com seus olhos congelados. Gordura de bebê. E esse tempo todo ele pensava que ela parecia ter bem menos que 24 anos. Na verdade, ela parecia jovem para 16.

Ele deixou o lápis cair e continuou a revirar o celular na mão esquerda, raciocinando...

Será que Brockbank era um pedófilo "verdadeiro", como havia colocado um psicólogo que Strike conhecera no contexto de outro caso de estupro militar? Será que ele era um homem que só se sentia sexualmente atraído por crianças? Ou era de um tipo diferente de agressor violento, um homem que procurava meninas novas apenas porque estavam mais prontamente disponíveis e era mais fácil obrigar ao silêncio, mas que tinha gostos sexuais mais radicais, em caso de disponibilidade de uma vítima fácil? Em suma, seria a menina de 16 anos e cara de criança velha demais para ter apelo sexual a Brockbank, ou ele estupraria qualquer mulher facilmente silenciada, se tivesse a oportunidade? Certa vez, Strike teve de lidar com um soldado de 19 anos que tentara estuprar uma mulher de 67. A natureza sexual violenta de alguns homens só exigia oportunidade.

Strike ainda não tinha telefonado para o número de Brockbank que Ingrid lhe dera. Seus olhos escuros pegaram a janela mínima que mostrava um céu pouco iluminado pelo sol. Talvez ele devesse ter passado o número de Brockbank a Wardle. Talvez devesse telefonar agora...

Entretanto, ao rolar a lista de contatos, Strike reconsiderou. O que conseguira até agora confidenciando suas suspeitas a Wardle? Nada. O policial estava ocupado em sua sala de operações, sem dúvida filtrando pistas, ocupado com a própria linha de investigação e dando àquela de Strike – pelo que o detetive particular sabia – apenas um pouco mais de crédito do que daria a qualquer um que tivesse pressentimentos, mas não provas. O fato de Wardle, com todos os recursos que tinha, ainda não ter localizado Brockbank, Laing ou Whittaker sugeria que ele não dava prioridade a esses homens.

Não, se Strike quisesse encontrar Brockbank, devia manter o disfarce criado por Robin: da advogada que procurava ganhar uma indenização para o ex-major. A história confirmável que eles criaram com a irmã dele em Barrow podia se mostrar valiosa. Na realidade, pensou Strike, sentando-se na cama, talvez fosse boa ideia ligar para Robin agora e dar a ela o número de Brockbank. Ela estava sozinha, ele sabia, no apartamento em Ealing, enquanto Matthew visitava a família em Masham. Ele podia telefonar e talvez...

*Ah, não, não pode, seu babaca idiota.*

Uma visão dele mesmo com Robin no Tottenham brotou em sua cabeça, uma visão de aonde podia levar um telefonema. Os dois estavam à toa. Uma bebida para discutir o caso...

*Numa noite de sábado? Para com isso.*

Strike se levantou de repente, como se agora fosse doloroso deitar-se na cama, vestiu-se e foi ao supermercado.

Ao voltar pela Denmark Street carregando sacolas plásticas volumosas, pensou ter visto o policial à paisana de Wardle, posicionado no perímetro para ficar de olho em um homem parrudo de gorro. O jovem com um grosso casaco de trabalho estava hiperatento, os olhos demorando-se um pouquinho demais no detetive enquanto ele passava, balançando as sacolas de compras.

Elin ligou para Strike muito mais tarde, depois de ele ter consumido um jantar solitário no apartamento. Como sempre, a noite de sábado era vedada a um encontro. Ele ouvia a filha brincando ao fundo enquanto ela falava. Já haviam combinado de se ver no jantar de domingo, mas ela telefonou para perguntar se ele queria encontrá-la antes. O marido estava decidido a forçar a venda do valioso apartamento em Clarence Terrace, e ela começara a procurar um novo imóvel.

– Quer ir olhar comigo? – perguntou ela. – Marquei uma hora para ver o apartamento amanhã às duas.

Ele sabia, ou pensava saber, que o convite vinha não de alguma esperança ansiosa de que ele um dia morasse com ela ali – eles só estavam namorando havia três meses –, mas porque ela era uma mulher que preferia ter companhia sempre que possível. Seu ar de autossuficiência fria era enganador. Eles talvez jamais tivessem se conhecido se ela não preferisse comparecer a uma festa cheia dos colegas e amigos desconhecidos do irmão em vez de passar algumas horas sozinha. Não havia nada de errado nisso, naturalmente, nada de errado em ser sociável, só que há um ano Strike tinha organizado sua vida para fazer o que bem quisesse, e era difícil romper esse hábito.

– Não posso – disse ele –, desculpe. Vou trabalhar até as três.

A mentira foi convincente. Ela a levou razoavelmente bem. Eles concordaram de se encontrar no bistrô na noite de domingo, como planejaram antes, o que significava que ele poderia ver o jogo Arsenal x Liverpool em paz.

Depois de ter desligado, ele pensou de novo em Robin, sozinha no apartamento que dividia com Matthew. Estendendo a mão para um cigarro, ligou a televisão e afundou nos travesseiros, no escuro.

Robin teve um fim de semana estranho. Decidida a não afundar na melancolia só porque estava sozinha e Strike ia para a casa de Elin (de onde veio essa ideia? É claro que ele iria; afinal, era um fim de semana e não era da conta dela onde ele decidia passá-lo), ela ficou horas no laptop, insistindo obstinadamente em uma linha de investigação antiga e em outra nova.

Tarde da noite, no sábado, ela fez uma descoberta na internet que a levou a dar três pulos de vitória na sala de estar minúscula e quase telefonar a Strike para contar. Levou vários minutos, com o coração aos saltos e a respiração acelerada, para se acalmar e dizer a si mesma que a notícia podia esperar até segunda-feira. Seria muito mais satisfatório contar pessoalmente.

Sabendo que Robin estava sozinha, a mãe telefonou duas vezes no fim de semana, em ambas pressionando por um encontro quando ela pudesse vir a Londres.

– Não sei, mãe, agora não. – Robin suspirou na manhã de domingo. Estava de pijama, sentada no sofá, o laptop aberto diante dela de novo, tentando manter uma conversa on-line com um membro da comunidade TIIC que se chamava <<Δēvōtėė>>. Tinha atendido ao telefonema da mãe porque receava que ignorá-lo resultasse em uma visita inesperada.

<<Δēvōtėė>>: Onde você quer ser cortada?
TransHopeful: No meio da coxa
<<Δēvōtėė>>: Nas duas pernas?

– Que tal amanhã? – perguntou Linda.
– Não – disse Robin de imediato. Como Strike, ela mentia com uma convicção fluente. – Estou no meio de um trabalho. Na semana que vem será melhor.

TransHopeful: Sim, nas duas. Sabe de alguém que tenha feito isso?
<<Δēvōtėė>>: Não posso contar no fórum. Onde você mora?

– Eu não o vi – disse Linda. – Robin, está digitando?
– Não. – Robin mentiu de novo, os dedos suspensos sobre o teclado. – Quem você não viu?
– Matthew, é claro!
– Ah. Bom, não, não achei que ele ligaria nesse fim de semana.

Ela tentou digitar de forma mais silenciosa.

TransHopeful: Londres
<<Δēvōtēė>>: Eu também. Tem uma foto?

— Vocês não foram à festa do sr. Cunliffe no sábado? — perguntou ela, tentando tragar o barulho das teclas do laptop.
— É claro que não fomos! — disse Linda. — Bom, me diga em que dia da semana que vem é melhor e reservarei minha passagem. É Páscoa, estará movimentado.

Robin concordou, retribuiu a despedida carinhosa de Linda e voltou toda sua atenção para <<Δēvōtēė>>. Infelizmente, depois de Robin ter-se recusado a dar a ele ou ela (tinha quase certeza de que era homem) uma foto, <<Δēvōtēė>> perdeu o interesse no diálogo no fórum e ficou calado.

Ela esperava que Matthew voltasse da casa do pai na noite de domingo, mas ele não voltou. Quando olhou o calendário na cozinha às oito, percebeu que sempre fora intenção dele tirar a segunda de folga. Presumivelmente ela concordara com isso, quando o fim de semana fora planejado, e dissera a Matthew que pediria a Strike folga naquele dia também. Era uma sorte que eles tivessem se separado, sério, disse ela a si mesma, como um estímulo: assim se esquivava de mais uma briga sobre seu horário de trabalho.

Porém, ela chorou mais tarde, sozinha no quarto que era repleto de relíquias do passado em comum: o elefante de pelúcia que ele dera a ela em seu primeiro Dia dos Namorados juntos – ultimamente Matthew já não era mais tão delicado; ela se lembrava dele ruborizando enquanto o pegava – e a caixa de joias que ele lhe dera no 21º aniversário. Depois havia todas as fotografias mostrando os dois radiantes durante as férias na Grécia e na Espanha, e produzidos para o casamento da irmã de Matthew. A foto maior mostrava os dois de braços dados no dia da formatura de Matthew. Ele estava de beca acadêmica e Robin ao lado num vestido leve, sorrindo, comemorando uma realização roubada dela por um homem com máscara de gorila.

# 31

*Nighttime flowers, evening roses,*
*Bless this garden that never closes.*

Blue Öyster Cult, "Tenderloin"

O estado de espírito de Robin animou-se no dia seguinte pela gloriosa manhã de primavera que a recebeu na portaria. Ela não se esqueceu de continuar atenta ao que a cercava enquanto seguia de metrô para a Tottenham Court Road, mas não viu sinal de nenhum homem parrudo de gorro. O que saltou aos seus olhos na jornada da manhã foi a empolgação jornalística crescente com o casamento real. Kate Middleton parecia estar na primeira página de cada jornal segurado por seus companheiros de viagem. Isto lembrou a Robin mais uma vez o lugar vazio e sensível no dedo anular, onde a aliança de noivado ficara por um ano. Porém, como estava animada para contar a Strike o resultado de seu trabalho investigativo solo, Robin recusou-se a se deixar abater.

Tinha acabado de sair da estação Tottenham Court Road quando ouviu um homem gritar o seu nome. Por uma fração de segundo, teve medo de uma emboscada de Matthew, mas apareceu Strike, abrindo caminho pela multidão, com a mochila no ombro. Robin deduziu que ele tivesse passado a noite com Elin.

– Bom-dia. Foi bom o fim de semana? – perguntou ele. Em seguida, antes que ela pudesse responder: – Desculpe. Não. Merda de fim de semana, é evidente.

– Uma parte dele foi boa – disse Robin enquanto eles costuravam pelos obstáculos habituais de barreiras e buracos na rua.

– O que você descobriu? – perguntou Strike em voz alta, superando as intermináveis britadeiras.

– Como disse? – gritou ela.

— O quê. Você. Descobriu?

— Como sabe que descobri alguma coisa?

— Você está com aquela cara. A cara que você faz quando está morrendo de vontade de me contar alguma coisa.

Ela sorriu com malícia.

— Preciso de um computador para te mostrar.

Eles viraram a esquina para a Denmark Street. Um homem todo de preto estava na frente da portaria de seu prédio, segurando um buquê gigantesco de rosas vermelhas.

— Ah, pelo amor de Deus. — Robin suspirou.

Voltou-lhe um espasmo de medo: sua mente por um momento editou a braçada de flores e viu apenas um homem de preto — mas é claro que não era o mensageiro. Este, ela viu ao se aproximarem, era um jovem de cabelo comprido, um entregador da Interflora, sem capacete. Strike duvidava de que o rapaz um dia tivesse entregado cinquenta rosas vermelhas a uma destinatária menos entusiasmada.

— O pai dele o obrigou a isso — disse Robin sombriamente, enquanto Strike mantinha a porta aberta para ela e Robin entrava bruscamente, sem nenhum carinho com aquela trêmula exposição floral. — "Todas as mulheres adoram rosas", ele deve ter dito. Basta isso... um maldito buquê de flores.

Strike a seguiu escada de metal acima, achando graça, mas com o cuidado de não demonstrar. Destrancou a porta do escritório e Robin foi até sua mesa, largando as rosas com tão pouca cerimônia que elas estremeceram no saco decorado de poliestireno com água esverdeada. Havia um cartão. Ela não queria abri-lo na frente de Strike.

— E então? — perguntou ele, pendurando a mochila no gancho ao lado da porta. — O que você descobriu?

Antes que Robin pudesse dizer uma palavra que fosse, houve uma batida na porta. O formato de Wardle era facilmente reconhecível pelo vidro fosco: o cabelo ondulado, a jaqueta de couro.

— Eu estava aqui pela área. Não é muito cedo, é? O cara lá de baixo abriu a portaria para mim.

Os olhos de Wardle foram de imediato para as rosas na mesa de Robin.

— Aniversário?

— Não — disse ela rispidamente. — Algum de vocês quer um café?

– Vou fazer – disse Strike, passando à chaleira e ainda falando com Robin. – Wardle tem uma coisa para nos mostrar.

Robin ficou desanimada: será que o policial estava prestes a se antecipar a ela? Por que ela não telefonou para Strike na noite de sábado, quando descobriu?

Wardle sentou-se no sofá de couro falso que sempre emitia ruídos altos de peido quando alguém de certo peso se acomodava ali. Visivelmente espantado, o policial se reposicionou com cuidado e abriu uma pasta.

– Descobri que Kelsey estava postando em um site de pessoas que queriam ter os membros amputados – disse Wardle a Robin.

Robin se sentou em sua cadeira de sempre, atrás da mesa. As rosas obstruíam a visão do policial; ela as pegou com impaciência e depositou no chão a seu lado.

– Ela falou em Strike – continuou Wardle. – Perguntou se mais alguém sabia algo a respeito dele.

– Por acaso ela estava usando o nome Nowheretoturn? – perguntou Robin, tentando manter o tom despreocupado. Wardle levantou a cabeça, aturdido, e Strike se virou com uma colher de café suspensa no ar.

– Sim, estava – disse o policial, encarando. – Mas como é que você sabe disso?

– Descobri esse fórum no fim de semana passado – disse Robin. – Achei que Nowheretoturn podia ser a garota que escreveu a carta.

– Meu Deus. – Wardle olhou de Robin para Strike. – A gente devia oferecer um emprego a ela.

– Ela já tem um emprego – disse Strike. – Continue. Kelsey estava postando...

– É, bom, ela acabou trocando endereços de e-mail com outros dois. Nada particularmente útil, mas estamos tentando determinar se eles realmente a conheceram... sabe como é, na vida real – disse Wardle.

Que estranho, pensou Strike, como essa expressão – tão predominante na infância para distinguir entre o mundo da fantasia de brincar e o mundo adulto e obtuso da realidade – agora passara a significar a vida de uma pessoa fora da internet. Ele entregou os cafés a Wardle e Robin, depois foi a sua sala pegar uma cadeira, preferindo não dividir com Wardle o sofá que peida.

Quando voltou, Wardle mostrava a Robin um print dos perfis de duas pessoas no Facebook.

Ela os examinou cuidadosamente, depois passou a Strike. Um era de uma jovem atarracada de cara redonda e branca, cabelo preto na altura dos ombros e óculos. O outro era de um homem de cabelo claro de uns vinte e poucos anos com olhos assimétricos.

– No site *ela* afirma ser "transdeficiente", não sei que merda é essa, e *ele* aparece em todos os fóruns pedindo ajuda para cortar pedaços de si mesmo. Os dois têm problemas muito graves, se querem minha opinião. Reconhecem algum deles?

Strike meneou a cabeça em negativa, assim como Robin. Wardle suspirou e pegou as fotos de volta.

– Era mesmo um tiro no escuro.

– E quanto aos outros homens com quem ela esteve andando? Algum garoto ou professor da escola? – perguntou Strike, pensando nas perguntas que ocorreram a ele no sábado.

– Bom, a irmã disse que Kelsey alegava ter um namorado misterioso que nunca teve permissão de conhecer. Hazel não acreditava que ele existisse. Conversamos com alguns colegas de escola de Kelsey e nenhum deles nunca viu um namorado, mas estamos procurando essa pista.

"E por falar em Hazel – continuou Wardle, pegando o café e bebendo um pouco antes de prosseguir –, eu disse que daria um recado. Ela gostaria de conhecer você.

– Eu? – Strike ficou surpreso. – Por quê?

– Sei lá. Acho que ela quer se justificar com todo mundo. Ela está péssima.

– Se justificar?

– Ela está cheia de culpa porque tratou o caso da perna como uma esquisitice de quem procurava atenção, e sente que por isso Kelsey foi procurar a ajuda de terceiros.

– Ela sabe que eu jamais respondi à carta? Que nunca tive nenhum contato com ela?

– Sim, sim, eu expliquei. Ainda assim, ela quer conversar com você. Sei lá – disse Wardle com certa impaciência –, você recebeu a perna da irmã dela... Sabe como são as pessoas quando estão em choque. Além disso, é você, não é? – disse Wardle com uma leve tensão na voz. – Ela deve pensar que o Menino Prodígio solucionará o caso enquanto a polícia faz trapalhada.

Robin e Strike evitaram se olhar e Wardle acrescentou, de má vontade:

– Não conseguimos lidar melhor com Hazel. Nosso pessoal interrogou o parceiro dela num tom um pouco mais agressivo do que ela gostou. Isso a deixou na defensiva. Talvez ela aprecie a ideia de ter você oficialmente: o detetive que já salvou uma pobre inocente na hora certa.

Strike preferiu ignorar o tom de defesa.

– É claro que tivemos de interrogar o cara que estava morando com ela – acrescentou Wardle para informação de Robin. – Isso é rotina.

– Sim – disse Robin. – Claro.

– Nenhum outro homem na vida dela, a não ser o parceiro da irmã e este suposto namorado? – perguntou Strike.

– Ela estava se tratando com um terapeuta, um negro magricela de uns cinquenta anos que estava de visita à família em Bristol no fim de semana em que ela morreu, e tem um líder de grupo jovem da igreja chamado Darrell – disse Wardle –, um gordo de macacão de jeans. Ele ficou aos prantos durante todo o interrogatório. Estava presente na igreja no domingo, o que foi confirmado; tirando isso, nada que possa ser verificado, mas não consigo vê-lo usando um cutelo. Só sabemos dessas pessoas. A turma dela no curso era quase toda de mulheres.

– Nenhum rapaz no grupo jovem da igreja?

– Também é quase todo composto de meninas. O garoto mais velho tem 14 anos.

– O que a polícia pensaria se eu conversasse com Hazel? – perguntou Strike.

– Não podemos impedir – respondeu Wardle, dando de ombros. – Por mim, tudo bem, porque entendo que você vai me passar qualquer coisa de útil, mas duvido que vá haver mais alguma coisa nisso. Interrogamos todo mundo, demos uma busca no quarto de Kelsey, temos seu laptop e, pessoalmente, aposto que nenhuma das pessoas com quem falamos sabia de alguma coisa. Todas achavam que ela havia viajado para visitar uma faculdade.

Depois dos agradecimentos pelo café e de um sorriso particularmente caloroso para Robin, que não foi correspondido, Wardle foi embora.

— Nem uma palavra sobre Brockbank, Laing ou Whittaker — resmungou Strike enquanto esmoreciam os passos ruidosos de Wardle. — E você não me contou que esteve fuçando na internet — acrescentou ele a Robin.

— Eu não tinha provas de que ela era a garota que escrevera a carta — disse Robin —, mas achei que Kelsey talvez tivesse entrado na internet para procurar ajuda.

Strike se levantou, pegou a caneca na mesa de Robin e ia para a porta quando Robin falou, indignada.

— Não está interessado no que eu ia contar a você?

Ele se virou, surpreso.

— Não era isso?

— Não!

— E então?

— Acho que encontrei Donald Laing.

Strike não disse nada; ficou parado ali, inexpressivo, com uma caneca em cada mão.

— Você... o quê? Como?

Robin ligou o computador, acenando para Strike se aproximar e começou a digitar. Ele deu a volta para olhar por cima do ombro dela.

— Primeiro — disse ela —, tive de descobrir como se escreve artrite psoriásica. Depois... olha só isso.

Ela abriu a página da organização de caridade JustGiving. Um homem encarava na foto pequena do alto.

— Mas que merda, é ele! — disse Strike, tão alto que Robin se assustou. Ele baixou as canecas e arrastou a cadeira em volta da mesa para olhar o monitor. Ao fazer isso, derrubou as rosas de Robin.

— Merda... desculpe...

— Eu não ligo — disse Robin. — Sente-se aqui, vou limpar isso.

Era uma foto pequena, que Strike ampliou ao clicar nela. O escocês estava de pé no que parecia uma sacada apertada com uma balaustrada de vidro esverdeado e grosso, sem sorrir, uma bengala abaixo do braço direito. O cabelo eriçado e curto ainda crescia baixo na testa, mas parecia ter escurecido com o passar dos anos, não era mais vermelho como o pelo de uma raposa. Barbeada, sua pele parecia esburacada. Ele estava menos inchado na cara do que na foto de Lorraine, mas tinha engordado desde os tempos em que era musculoso como um Atlas de mármore e mordera a cara de Strike no ringue de boxe. Vestia uma camiseta amarela e no braço direito estava a tatuagem da rosa, que sofrera uma modificação: agora uma adaga a atravessava e gotas de sangue caíam da flor para o pulso. Atrás de Laing na sacada havia o que parecia um padrão borrado e irregular de janelas em preto e prata.

Ele usava seu nome verdadeiro:

*Donald Laing Apela a sua Generosidade*
*Sou um veterano britânico que sofre de artrite psoriásica. Estou arrecadando dinheiro para a pesquisa da artrite. Por favor, doe o que puder.*

A página fora criada três meses antes. Ele havia arrecadado 0% das mil libras que esperava reunir.

– Nenhum blá-blá-blá sobre dar alguma coisa em troca do dinheiro – observou Strike. – Só "me dá".

– Não é *me* dá – Robin o corrigiu do chão, onde enxugava com folhas de papel-toalha a água derramada das flores. – Ele está doando para a caridade.

– É o que ele diz.

Strike estreitava os olhos para o padrão irregular atrás de Laing na sacada.

– Isso não lembra alguma coisa? Essas janelas atrás dele?

– No início, eu pensei no Gherkin – disse Robin, jogando o papel-toalha encharcado na lixeira e se levantando –, mas o padrão é diferente.

– Nada sobre onde ele está morando – disse Strike, clicando por todo lado que podia na página para ver se descobria mais alguma informação. – A JustGiving deve ter os dados dele em algum lugar.

– Nunca se espera que gente má adoeça – disse Robin.

Ela olhou o relógio.

– Preciso fazer a Platinada em 15 minutos. É melhor eu ir andando.

– É – disse Strike, ainda olhando fixamente a foto de Laing. – Mantenha contato e... ah, sim: preciso que você faça uma coisa.

Ele tirou o celular do bolso.

– Brockbank.

– Então você *ainda* acha que pode ter sido ele? – Robin parou no ato de vestir o casaco.

– Talvez. Quero que telefone para ele, ainda como Venetia Hall, advogada de danos não patrimoniais e tal.

– Ah. Tudo bem. – Ela pegou o próprio celular e digitou o número que ele mostrava, mas, por trás de suas maneiras práticas, Robin estava num êxtase silencioso. Venetia fora ideia dela, criação dela e agora Strike voltava toda a linha de investigação para ela.

Robin estava na metade da Denmark Street, ao sol, quando se lembrou de que havia um cartão com as rosas agora amassadas e que ela o deixara no escritório, sem ler.

# 32

*What's that in the corner?*
*It's too dark to see.*

Blue Öyster Cult, "After Dark"

Cercada o dia todo pelo barulho do trânsito e de vozes altas, Robin só teve uma boa oportunidade de telefonar para Noel Brockbank às cinco horas daquela tarde. Depois de ver a Platinada trabalhar como sempre, ela entrou num restaurante japonês ao lado da boate e tomou seu chá-verde em uma mesa tranquila no canto. Ali, esperou cinco minutos até ter certeza de que qualquer ruído de fundo que Brockbank ouvisse pudesse pertencer de forma plausível a algum escritório movimentado situado em uma rua movimentada, e discou o número, o coração aos saltos.

A linha ainda existia. Robin escutou o telefone tocar por vinte segundos e depois, justamente quando estava imaginando que ninguém atenderia, atenderam.

Uma respiração muito pesada roncou do outro lado da linha. Robin ficou imóvel, o celular apertado na orelha. Depois deu um salto quando ouviu a voz estridente de uma criança.

— ALÔ!

— Alô? — disse Robin com cautela.

Ao fundo, veio uma voz abafada de mulher.

— O que você pegou aí, Zahara?

Um raspar e depois, muito mais alto:

— É do Noel, ele estava procura...

A linha ficou muda. Robin baixou o telefone lentamente, ainda de coração acelerado. Quase conseguia ouvir o dedinho pegajoso que interrompeu a ligação sem querer.

O telefone começou a vibrar em sua mão: o número de Brockbank, retornando a ligação. Ela respirou firme e atendeu.

– Alô, aqui é Venetia Hall.

– O quê? – disse uma voz de mulher.

– Venetia Hall... Hardacre & Hall – disse Robin.

– O quê? – repetiu a mulher. – Não foi você que ligou agora para este número?

A mulher tinha um sotaque londrino. A boca de Robin ficou seca.

– Sim, liguei – disse Robin como Venetia. – Estou procurando pelo sr. Noel Brockbank.

– Por quê?

Depois de uma pausa quase imperceptível, Robin falou.

– Posso saber com quem estou falando, por favor?

– Por quê? – A mulher ficava cada vez mais beligerante. – Quem é você?

– Meu nome é Venetia Hall e sou advogada especializada em indenizações por danos não patrimoniais.

Um casal sentado na frente dela começou a falar alto em italiano.

– O quê? – disse mais uma vez a mulher do outro lado da linha.

Xingando em silêncio os vizinhos, Robin elevou a voz e contou a mesma história que havia contado a Holly em Barrow.

– Dinheiro para *ele*? – disse a desconhecida com uma animosidade um pouco menor.

– Sim, se o caso dele for bem-sucedido. Posso saber...?

– Como você descobriu a respeito dele?

– Demos com os registros do sr. Brockbank quando estávamos pesquisando outro caso.

– Quanto dinheiro?

– Depende. – Robin respirou fundo. – Onde está o sr. Brockbank?

– No trabalho.

– Posso saber onde...?

– Vou dizer a ele para ligar para você. Este é seu número, não?

– Sim, por favor – disse Robin. – Estarei aqui no escritório amanhã a partir das nove.

– Vene... Ven... Como é mesmo o seu nome?

Robin soletrou Venetia para ela.

– Tá, então, tudo bem. Vou dizer a ele para ligar. Então, tchau.

Ao andar até o metrô, Robin ligou para Strike querendo contar o que havia acontecido, mas o número dele estava ocupado.

Seu ânimo esmoreceu enquanto ela descia no metrô. Agora Matthew estaria em casa. Parecia já fazer muito tempo desde que ela vira o ex-noivo, e ela morria de medo do encontro. Seu estado de espírito ficou ainda mais deprimido enquanto ia para casa, desejando ter um motivo válido para se afastar, mas obedecendo de má vontade à promessa que fez a Strike de que não ficaria na rua depois do escurecer.

Quarenta minutos depois, ela chegou à estação West Ealing. Caminhando para o prédio com o coração cheio de medo, sua segunda tentativa de falar com Strike funcionou.

– Mas que ótimo trabalho! – disse ele quando ela contou que conseguira um contato com o telefone de Brockbank. – Você disse que a mulher tinha sotaque londrino?

– Acho que sim – respondeu Robin, sentindo que Strike deixava passar uma questão mais importante –, e uma filha pequena, ao que parecia.

– É. Imagino que seja este o motivo de Brockbank estar lá.

Ela esperava que ele mostrasse mais preocupação com uma criança em contato tão próximo com um homem que ele sabia ser um estuprador infantil, mas não; ele mudou de assunto animadamente.

– Acabo de falar ao telefone com Hazel Furley.

– Quem?

– A irmã de Kelsey, lembra? Que quer me conhecer? Vou me encontrar com ela no sábado.

– Ah.

– Não pode ser antes disso... O Pai Maluco voltou de Chicago. Mas está tudo bem. O Duas Vezes não ia nos sustentar para sempre.

Robin não respondeu. Ainda pensava na criança pequena que atendeu ao telefone. A reação de Strike a essa notícia a decepcionara.

– Você está bem? – perguntou Strike.

– Sim – disse Robin.

Ela havia chegado ao final da Hastings Road.

– Bom, a gente se vê amanhã – disse ela.

Ele concordou e desligou. Sentindo-se inesperadamente pior por ter falado com Strike, ela seguiu com algum temor para a portaria de seu prédio.

Não precisava ter se preocupado. O Matthew que voltou de Masham não era mais o homem que implorara a Robin de hora em hora para conversar com ele. Ele dormiu no sofá. Nos três dias seguintes, eles contornaram um ao outro cautelosamente, Robin com uma educação fria, ele com um ar de devoção ostentoso que às vezes beirava a paródia. Ele se apressava a lavar as xícaras assim que ela terminava de beber, e na manhã de quinta-feira perguntou respeitosamente como estava indo o trabalho.

— Ah, *por favor* — foi a única resposta de Robin enquanto passava por ele a caminho da porta de saída.

A família dele, imaginou Robin, dissera para recuar e dar um tempo a ela. Eles ainda não haviam discutido como iam contar a todos os outros que o casamento acabara: claramente, Matthew não queria ter essa conversa. Dia a dia, Robin travava antes de começar a conversa. Às vezes, ela se perguntava se esta covardia revelava seu próprio desejo secreto de recolocar a aliança. Em outras ocasiões, tinha certeza de que sua hesitação vinha da exaustão, da relutância com o que ela sabia que seria o pior e mais doloroso confronto até agora e de uma necessidade de reunir forças antes do rompimento definitivo. Por menos que tivesse estimulado a visita iminente da mãe, Robin, no subconsciente, tinha esperanças de obter forças e conforto suficientes com Linda para fazer o que era necessário.

As rosas em sua mesa murchavam aos poucos. Ninguém se incomodara de colocar em água fresca, e assim elas morriam em silêncio na embalagem com que chegaram, mas Robin não estava presente para jogá-las fora e Strike, que ia ao escritório com pouca frequência para pegar alguma coisa, sentia que não cabia a ele dispor das flores ou do cartão ainda fechado.

Depois da semana anterior de contato constante, Robin e Strike retomaram um padrão de trabalho em que raras vezes se viam, revezando-se para seguir a Platinada e o Pai Maluco, que tinha voltado da América e de imediato recomeçou a perseguir os filhos. Na tarde de quinta-feira, eles discutiram por telefone se Robin devia tentar Noel Brockbank de novo, porque ele ainda não retornara a ligação. Depois de refletir, Strike disse a ela que Venetia Hall, advogada ocupada, teria mais o que fazer.

– Se ele não entrar em contato com você amanhã, pode tentar de novo. Isso dará uma semana útil inteira. É claro que a amiga dele pode ter perdido o número.

Quando Strike desligou, Robin voltou a andar pela Edge Street em Kensington, onde morava a família do Pai Maluco. O bairro não melhorou o estado de espírito de Robin. Ela começara a procurar na internet outro lugar para morar, mas o que ela podia pagar com o salário que recebia de Strike era ainda pior do que temia, quartos individuais em casas compartilhadas era o máximo que podia esperar.

As lindas casas vitorianas geminadas que a cercavam, com portas lustrosas, trepadeiras frondosas, jardineiras nas janelas de cores vivas falavam de uma existência confortável e próspera a que Matthew aspirava na época em que Robin parecia disposta a adotar uma carreira mais lucrativa. Ela havia dito a ele esse tempo todo que não se importava com dinheiro, ou pelo menos não tanto quanto ele, e isto ainda era verdade, mas só um ser humano estranho, pensou ela, podia andar por essas casas bonitas e tranquilas e não compará-las, em detrimento das outras, com "quarto pequeno em casa estritamente vegetariana, celular tolerado se usado no quarto" que estava dentro de sua faixa de preço, ou um quarto do tamanho de um caixote em Hackney em "casa simpática e respeitosa pronta para ACEITAR VOCÊ!".

O celular voltou a tocar. Ela tirou o telefone do bolso do casaco, esperando Strike, e seu estômago se revirou: Brockbank. Respirando fundo, ela atendeu.

– Venetia Hall.

– Você é a advogada?

Ela não sabia o que esperava que ele parecesse. Ele assumira uma forma monstruosa em sua mente, um estuprador de crianças, o brutamontes de queixo comprido com a garrafa quebrada e o que Strike acreditava ser uma amnésia falsa. Sua voz era grave e o sotaque, embora não tão forte quanto o da irmã gêmea, ainda era nitidamente de Barrow.

– Sim – disse Robin. – É o sr. Brockbank?

– É, isso mesmo.

O caráter do silêncio dele era um tanto ameaçador. Robin apressou-se a contar a história fictícia da indenização que talvez esperasse por ele, se ele quisesse se reunir com ela. Quando terminou, ele não disse nada. Robin controlou o nervosismo, porque Venetia Hall tinha a autoconfiança de não se apressar a preencher um silêncio, mas os estalos do sinal ruim entre eles a enervavam.

– E onde foi que você soube da gente, hein?

– Encontramos anotações de seu caso enquanto investigávamos...

– Investigavam o quê?

Por que Robin tinha tal sensação de ameaça? Ele não poderia estar próximo dela, ainda assim ela passou os olhos pelos arredores. A rua ensolarada e graciosa estava deserta.

– Investigávamos lesões semelhantes de outros soldados, sem relação com combates – disse ela, desejando que a voz não ficasse tão aguda.

Mais silêncio. Um carro veio da esquina na sua direção.

*Droga*, pensou Robin desesperadamente ao perceber que o motorista era o pai obsessivo que ela deveria estar vigiando, disfarçada. Ele parou e olhou-a em cheio quando ela se virou para o carro. Ela baixou a cabeça e se afastou lentamente da escola.

– E o que é que eu tenho a ver com eles? – perguntou Noel Brockbank em seu ouvido.

– Podemos nos encontrar e conversar sobre sua história? – perguntou Robin, o peito verdadeiramente dolorido, tão acelerado estava seu coração.

– Achei que você tinha lido nossa história – disse ele, e os pelos da nuca de Robin se eriçaram. – Um filho da puta chamado Cameron Strike provocou uma lesão cerebral na gente.

– Sim, vi isto em seu arquivo – disse Robin sem fôlego –, mas é importante tomar um depoimento para que possamos...

– Tomar um depoimento?

Houve uma pausa que de súbito parecia perigosa.

– Tem certeza de que você não é uma *horney*?

Robin Ellacott, que era do norte, entendeu; Venetia Hall, londrina, quase certamente não compreenderia. *Horney*, apesar da conotação sexual, era a palavra que usavam na Cúmbria para policial.

– Não sou o quê? Como disse? – respondeu ela, fazendo o máximo para dar a impressão de estar educadamente confusa.

O Pai Maluco tinha estacionado na frente da casa da ex-mulher. A qualquer momento, os filhos estariam saindo com a babá para brincar. Se ele os interpelasse, Robin precisaria fotografar o encontro. Ela estava deixando de lado o trabalho pago: deveria fotografar os movimentos do Pai Maluco.

– Polícia – disse com agressividade Brockbank.

– Polícia? – disse ela, ainda se esforçando para ter aquele tom que era um misto de incredulidade e ironia. – É claro que não.

– Tem certeza disso, hein?

A porta da casa da mulher do Pai Maluco se abriu. Robin viu o cabelo ruivo da babá e ouviu uma porta de carro se abrir. Obrigou-se a parecer ofendida e confusa.

– Sim, é claro que tenho. Sr. Brockbank, se não estiver interessado...

Sua mão estava meio úmida no telefone. Em seguida, pegando-a de surpresa, ele falou.

– Tá legal, vou me encontrar com você.

– Excelente – disse Robin enquanto a babá levava os dois meninos pequenos para a calçada. – Onde o senhor está?

– Shoreditch – disse Brockbank.

Robin sentia cada nervo formigar. Ele estava em Londres.

– E então, onde seria conveniente para...?

– Que barulheira é essa aí?

A babá gritava com o Pai Maluco, que avançava para ela e os meninos. Uma das crianças começou a chorar.

– Ah, na verdade estou... é meu dia de buscar meu filho na escola – disse Robin em voz alta, para cobrir a gritaria ao fundo.

Mais uma vez silêncio do outro lado da linha. A prática Venetia Hall certamente o interromperia, mas Robin se viu petrificada por um medo que tentava se convencer ser irracional.

E então ele falou na voz mais ameaçadora que Robin já ouvira, especialmente porque ele sussurrou as palavras, tão perto do bocal que parecia estar em seu ouvido.

– Eu te conheço, garotinha?

Robin tentou falar, mas não saiu som nenhum. A linha ficou muda.

# 33

*Then the door was open and the wind appeared...*
Blue Öyster Cult, "(Don't Fear) The Reaper"

— Fiz besteira com Brockbank – disse Robin. – Eu sinto muito... Mas não sei *como* estraguei tudo! Além do mais, não me atrevi a tirar fotos do Pai Maluco porque eu estava perto demais.

Eram nove da manhã de sexta-feira e Strike tinha chegado, não do apartamento de cima, mas da rua, totalmente vestido e de novo carregando a mochila. Robin o ouvira cantarolar enquanto subia a escada. Ele passara a noite com Elin. Robin telefonara para ele no fim da tarde anterior para contar da ligação de Brockbank, mas Strike não teve liberdade para conversar por muito tempo e prometera que fariam isso hoje.

– Deixa o Pai Maluco pra lá. Vamos pegá-lo outro dia – disse Strike, ocupado com a chaleira. – E você foi ótima com Brockbank. Sabemos que ele está em Shoreditch, sabemos que estou na cabeça dele e que ele desconfiou de que você fosse policial. Será porque ele andou mexendo com crianças pelo país, ou porque recentemente retalhou uma adolescente e a matou?

Robin estava meio abalada desde que Brockbank dissera aquelas últimas quatro palavras em seu ouvido. Ela e Matthew mal se falaram na noite anterior e, sem uma válvula de escape para uma súbita sensação de vulnerabilidade que ela não entendia inteiramente, ela colocara toda a sua fé em ver Strike pessoalmente e discutir o significado daquelas quatro palavras nefastas: *Eu te conheço, garotinha?* Hoje, ela teria acolhido bem o Strike sério e cauteloso que interpretara o envio da perna como uma ameaça e a alertara para não ficar na rua depois do anoitecer. O homem agora preparava animadamente um café e falava de abusos infantis e homicídios em um tom factual que não lhe dava conforto algum. Ele não tinha ideia de como foi ter Brockbank sussurrando em seu ouvido.

— Sabemos mais uma coisa sobre Brockbank — disse ela numa voz tensa. — Ele está morando com uma menina pequena.

— Talvez ele não esteja morando com ela. Não sabemos onde ele deixou o telefone.

— Tudo bem, então — disse Robin, sentindo-se ainda mais mortificada. — Já que você quer ser pedante: sabemos que ele tem contato íntimo com uma garota pequena.

Ela se virou com o pretexto de cuidar da correspondência que tinha apanhado no capacho ao chegar. O fato de ele chegar cantarolando a havia irritado. Pelo visto sua noite com Elin fora uma distração gratificante, permitindo-lhe uma recreação e uma recuperação providenciais. Robin adoraria ter um descanso dos dias de hipervigilância e das noites de silêncio frígido. Saber que estava sendo irracional não contribuía em nada para diminuir seu ressentimento. Ela pegou as rosas moribundas em seu saco plástico seco na mesa e as colocou de cabeça na lixeira.

— Não há nada que possamos fazer por essa menina — disse Strike.

Uma pontada de raiva das mais prazerosas disparou por Robin.

— Então não vou me preocupar com ela — rebateu.

Tentando retirar uma conta de um envelope, por acidente ela rasgou a coisa toda em duas.

— Você pensa que ela é a única criança que corre risco de abusos? Haverá centenas delas, neste exato momento, só em Londres.

Robin, que de certo modo esperava que ele se abrandasse, agora que ela revelara o quanto estava irritada, olhou. Ele a observava, de olhos meio estreitos, sem solidariedade nenhuma.

— Pode se preocupar o quanto quiser, mas é desperdício de energia. Não há nada que você ou eu possamos fazer a respeito dessa menina. Brockbank não tem ficha nenhuma. Não tem nenhuma condenação. Nem mesmo sabemos onde ela está ou o que ela é...

— O nome dela é Zahara — disse Robin.

Para seu pavor, sua voz transformou-se em um guincho estrangulado, o rosto cobriu-se de vermelho e as lágrimas surgiram nos olhos. Ela virou o rosto de novo, mas não com rapidez suficiente.

— Ei — disse Strike com gentileza, mas Robin acenou desvairada para que ele parasse de falar. Ela se recusava a desmoronar; só o que a mantinha controlada era sua capacidade de continuar em frente, fazer o seu trabalho.

— Estou bem — disse ela entredentes. — Estou bem. Esquece.

Agora ela não podia confessar o quanto achou ameaçadora a despedida de Brockbank. "Garotinha", foi como ele a chamou. Ela *não* era uma garotinha. Não era alquebrada nem infantil — não era mais —, porém Zahara, quem quer que fosse...

Ela ouviu Strike ir ao patamar, e um instante depois um chumaço grande de papel higiênico apareceu em sua visão borrada.

— Obrigada — disse ela com a voz embargada, pegando o papel da mão de Strike e assoando o nariz.

Passaram-se vários minutos de silêncio enquanto Robin enxugava periodicamente os olhos e assoava o nariz, evitando olhar para Strike, que continuava perversamente na parte dela do escritório em vez de ir para a sala dele.

— *Que foi?* — disse Robin por fim, a raiva crescendo de novo com o fato de ele simplesmente ficar parado ali, olhando para ela.

Ele sorriu. Apesar de tudo, ela teve o desejo repentino de rir.

— Vai ficar parado aí a manhã toda? — perguntou Robin, tentando demonstrar irritação.

— Não — Strike ainda sorria —, só queria te mostrar uma coisa.

Ele procurou na mochila e retirou um catálogo brilhante de imobiliária.

— De Elin — disse ele. — Ela foi ver ontem. Está pensando em comprar um apartamento lá.

Todo desejo de rir lhe escapou. Como exatamente Strike julgava que Robin se animaria ao saber que a namorada pensava em comprar um apartamento absurdamente caro? Ou ele estava prestes a anunciar (o frágil estado de espírito de Robin começava a desmoronar em si mesmo) que ele e Elin iam morar juntos? Como um filme passando rapidamente diante de seus olhos, ela viu o apartamento de cima vazio, Strike morando no luxo, ela mesma em um caixote minúsculo na periferia de Londres, cochichando no celular para que a senhoria vegetariana não a ouvisse.

Strike colocou o catálogo na mesa diante dela. A capa mostrava uma torre alta moderna, encimada por uma estranha face em escudo em que turbinas eólicas eram dispostas como três olhos. A legenda dizia: "Strata SE1, o mais cobiçado edifício residencial de Londres."

— Está vendo? — disse Strike.

Seu ar de triunfo deixou Robin profundamente irritada, no mínimo porque não era característico dele se gabar da perspectiva do luxo emprestado, mas, antes que ela pudesse responder, houve uma batida na porta de vidro atrás dele.

— Mas que diabo — disse Strike, francamente assombrado, ao abrir a porta para Shanker, que entrou, estalando os dedos e trazendo a habitual névoa de fumaça de cigarro, maconha e cecê.

— Eu estava aqui pela área — disse Shanker, fazendo eco a Eric Wardle sem ter consciência disso. — Achei o cara pra você, Bunsen.

Shanker se jogou no sofá de couro falso, esparramando as pernas, e pegou um maço de Mayfair.

— Você achou Whittaker? — perguntou Strike, cuja emoção dominante era o assombro por Shanker estar acordado de manhã tão cedo.

— Quem foi que você me pediu pra achar? — disse Shanker, dando uma tragada profunda no cigarro e desfrutando do efeito que criava. — Catford Broadway. Um apartamento em cima de uma lanchonete. A vagabunda mora com ele.

Strike estendeu a mão e apertou a de Shanker. Apesar do dente de ouro e da cicatriz que torcia o lábio superior, o sorriso do visitante era estranhamente juvenil.

— Quer um café? — perguntou-lhe Strike.

— Tá beleza — disse Shanker, que parecia disposto a se regozijar no triunfo. — Tudo legal? — acrescentou ele, animado, a Robin.

— Sim, obrigada — disse ela com um sorriso duro, voltando à correspondência ainda fechada.

— Mas isso é que é ter sorte — disse Strike em voz baixa para Robin enquanto a chaleira fervia ruidosamente e um Shanker desligado fumava e verificava mensagens de texto no celular. — Os três em Londres. Whittaker em Catford, Brockbank em Shoreditch e agora sabemos que Laing está em Elephant and Castle... ou estava, três meses atrás.

Ela concordou, mas pensou melhor.

— Como sabemos que Laing estava em Elephant and Castle?

Strike deu um tapinha no catálogo brilhante do Strata na mesa dela.

— Por que acha que estou te mostrando isso?

Robin não entendeu o que ele queria dizer. Olhou vagamente para o catálogo por vários segundos antes de captar seu significado. Painéis de prata pontuavam as linhas compridas e irregulares de janelas escurecidas por toda a coluna arredondada: aquele era o pano de fundo visível atrás de Laing, de pé naquela sacada de concreto.

– *Ah* – disse ela com a voz fraca.

Strike não ia morar com Elin. Sem entender por quê, ficou vermelha de novo. Suas emoções estavam totalmente descontroladas. Mas o que havia de errado com ela? Robin girou em sua cadeira para se concentrar de novo na correspondência, escondendo o rosto dos dois homens.

– Não sei se tenho grana comigo para te pagar, Shanker – disse Strike, olhando a carteira. – Vou com você até um caixa eletrônico.

– Beleza, Bunsen – disse Shanker, curvando-se até a lixeira de Robin para livrar-se da cinza pendente do cigarro. – Se precisar de ajuda com Whittaker, sabe onde me achar.

– Tá, valeu. Mas acho que posso cuidar disso.

Robin pegou o último envelope na pilha de correspondência, que era rígido e um pouco mais espesso num canto, como se contivesse um cartão com algum adereço. Quando ia abrir, Robin reparou que era endereçado a ela, não a Strike. Ela parou, hesitante, olhando para ele. Seu nome e o endereço do escritório foram datilografados. O selo postal era do centro de Londres e a carta fora enviada no dia anterior.

As vozes de Strike e Shanker subiam e desciam, mas ela não entendia o que diziam.

*Não é nada*, disse Robin a si mesma. *Você está extenuada. Não pode acontecer de novo.*

Engolindo em seco, ela abriu o envelope e retirou cautelosamente o cartão.

A imagem mostrava uma pintura de Jack Vettriano de uma loura sentada de perfil numa cadeira coberta por um lençol. A loura segurava uma xícara de chá e suas pernas com sapatos de salto agulha e meias pretas elegantes estavam cruzadas e apoiadas em uma banqueta. Não havia nada preso à frente do cartão. O objeto que ela sentira através do cartão estava colado com fita adesiva dentro dele.

Strike e Shanker ainda conversavam. Um bafo de decomposição chegou às narinas de Robin através da névoa de cecê de Shanker.

– Ah, meu Deus – disse Robin em voz baixa, mas os homens não ouviram. Ela abriu o cartão.

Um dedo do pé apodrecido estava preso com fita adesiva no canto interno do cartão. Cuidadosamente impressas em letras maiúsculas, estavam as palavras:

SHE'S AS BEAUTIFUL AS A FOOT

Ela largou o cartão na mesa e se levantou. Em câmera lenta, assim parecia, virou-se para Strike. Chocado, ele olhou de Robin para o objeto obsceno em sua mesa.

– Afaste-se dele.

Ela obedeceu, enjoada, tremendo e desejando que Shanker não estivesse ali.

– Que foi? – Shanker não parava de perguntar. – Que foi? Que isso? Que foi?

– Alguém me mandou um dedo do pé decepado – disse Robin em uma voz controlada que não era a dela.

– Tá de sacanagem comigo – disse Shanker, avançando com um interesse ávido.

Strike conteve fisicamente Shanker, impedindo que pegasse o cartão, que ficou onde caíra da mão de Robin. Strike reconheceu a frase "Ela é linda como um pé". Era o título de outra música do Blue Öyster Cult, "She's as Beautiful as a Foot".

– Vou ligar para Wardle – disse Strike, mas, em vez de pegar o celular, escreveu um número de quatro dígitos em um Post-it e tirou o cartão de crédito da carteira. – Robin, vá com Shanker pegar o resto do dinheiro para ele, depois volte para cá.

Ela pegou o bilhete e o cartão de crédito, absurdamente agradecida pela perspectiva de tomar um ar fresco.

– E Shanker – disse Strike incisivamente, enquanto os dois chegavam à porta de vidro –, venha com ela para cá, está bem? Traga Robin de volta ao escritório.

– Pode deixar, Bunsen – disse Shanker, estimulado, como sempre ficava, com o bizarro, a ação, o sopro do perigo.

# 34

*The lies don't count, the whispers do.*

Blue Öyster Cult, "The Vigil"

Naquela noite, Strike estava sentado sozinho à mesa da cozinha no seu apartamento no sótão. A cadeira era desconfortável e o joelho da perna amputada doía depois de várias horas seguindo o Pai Maluco, que hoje tinha tirado uma folga do trabalho para seguir o filho mais novo em uma ida ao Museu de História Natural. O homem era dono da própria empresa ou certamente foi demitido por passar o horário de trabalho intimidando os filhos. A Platinada, porém, ficou sem vigilância e não foi fotografada. Ao saber que a mãe de Robin vinha visitá-la naquele fim de tarde, Strike insistira que ela tirasse três dias de folga, vencendo todos os protestos que ela fez, acompanhando-a ao metrô e insistindo que enviasse uma mensagem de texto quando estivesse a salvo em seu apartamento.

Strike bocejou de sono, mas estava cansado demais para se levantar e ir para a cama. O segundo comunicado do assassino o deixara mais perturbado do que estava disposto a admitir à parceira. Embora receber uma perna tivesse sido apavorante, ele agora reconhecia que havia alimentado alguma esperança de que colocar Robin como destinatária tinha sido um ornamento perverso, mas pensado posteriormente. O segundo comunicado a ela, ainda que com uma dissimulada piscadela para Strike ("She's as Beautiful as a Foot"), confirmara a ele que aquele homem, quem quer que fosse, tinha Robin na mira. Até o nome da pintura no cartão escolhido por ele – a imagem da loura solitária de pernas compridas – era ameaçador: "Pensando em Você."

A fúria brotou no Strike imóvel, afastando o cansaço. Ele se lembrou da cara lívida de Robin e entendeu que tinha testemunhado a morte de sua fraca esperança de que o envio da perna não fora o ato aleatório de um louco. Mesmo assim, ela argumentara intensamente contra a folga, observando que seus únicos dois trabalhos pagos frequentemente coincidiam: Strike seria incapaz de, sozinho, cobrir os dois corretamente e, por conseguinte, teria de escolher a cada dia se seguiria a Platinada ou o Pai Maluco. Ele foi firme: ela só voltaria ao trabalho quando a mãe retornasse a Yorkshire.

Agora o perseguidor deles conseguira reduzir o trabalho de Strike a dois clientes. Ele acabara de suportar uma segunda incursão da polícia ao escritório e tinha medo de que a imprensa soubesse do que aconteceu, embora Wardle tenha prometido que não liberaria a notícia do cartão e do dedo do pé. Wardle concordou com Strike que um dos objetivos do assassino era concentrar a atenção da imprensa e da polícia no detetive, e que alertar a mídia seria brincar nas mãos do homicida.

Seu celular tocou alto na mesa da cozinha. Olhando o relógio, ele viu que eram dez e vinte. Ele o pegou, sem registrar o nome de Wardle ao levar o aparelho à orelha, porque tinha a cabeça em Robin.

– Boa notícia – disse-lhe Wardle. – Bom, mais ou menos. Ele não matou outra mulher. O dedo é de Kelsey. Da outra perna. Quem come e guarda come duas vezes, né?

Strike, que não estava com humor para piada, respondeu rispidamente. Depois de Wardle desligar, continuou sentado à mesa da cozinha, perdido em pensamentos enquanto o trânsito rugia na Charing Cross Road. A lembrança de que teria de ir a Finchley na manhã seguinte para se encontrar com a irmã de Kelsey enfim o motivou a dar início ao oneroso processo habitual de lidar com a prótese antes de dormir.

Graças aos hábitos peripatéticos da mãe, Strike tinha um conhecimento extenso e detalhado de Londres, mas havia hiatos e Finchley era um deles. A respeito da região, ele sabia apenas que foi eleitorado de Margaret Thatcher nos anos 1980, enquanto ele, Leda e Lucy estiveram se mudando entre casas ocupadas em bairros como Whitechapel e Brixton. Finchley seria longe demais do centro para uma família inteiramente dependente de transporte público e comida para viagem, cara demais para uma mulher que com frequência ficava sem moedas para o medidor de eletricidade: o tipo de lugar, como a irmã Lucy poderia ter dito melancolicamente no passado, onde moravam as famílias direitas. Ao se casar com um orçamentista de obras e gerar três filhos impecavelmente vestidos, Lucy satisfizera o desejo de infância por arrumação, ordem e segurança.

Strike pegou o metrô para West Finchley e suportou uma longa caminhada à Summers Lane em vez de tomar um táxi, porque as finanças estavam muito ruins. Transpirando um pouco no clima ameno, ele passou por uma rua após outra de casas tranquilas com jardim, xingando o lugar por seu sossego arborizado e falta de referências geográficas. Por fim, trinta minutos depois de ter saído da estação, encontrou a casa de Kelsey Platt, menor do que muitas casas vizinhas, com um exterior caiado e um portão de ferro batido.

Ele tocou a campainha e de imediato ouviu vozes pela vidraça fosca, igual à que tinha na porta do próprio escritório.

– Ah, acho que é o detetive, amor – disse uma voz com sotaque de Newcastle.

– Atende pra mim! – disse uma voz aguda de mulher.

Uma massa vermelha e larga brotou atrás do vidro e a porta se abriu para o vestíbulo, cuja maior parte era escondida por um homem descalço e corpulento de roupão vermelho. Era careca, mas a barba grisalha basta, combinada com o roupão vermelho, teria sugerido um Papai Noel se ele aparentasse alegria. Contudo, ele passava freneticamente a manga do roupão no rosto. Os olhos atrás dos óculos eram fendas inchadas e as bochechas avermelhadas brilhavam de lágrimas.

– Desculpe – disse ele com a voz rouca, dando um passo de lado para Strike entrar. – Trabalho noturno – acrescentou ele, explicando seus trajes.

Strike passou de lado. O homem tinha um forte cheiro de desodorante Old Spice e cânfora. Duas mulheres de meia-idade estavam em um abraço apertado ao pé da escada, uma loura, a outra morena, ambas chorando. Separaram-se enquanto Strike olhava, enxugando o rosto.

– Desculpe – disse, ofegante, a mulher de cabelo preto. – Sheryl é nossa vizinha. Ela estava em Magaluf e acaba de s-saber de Kelsey.

– Desculpe – fez eco a Sheryl de olhos vermelhos. – Vou deixar vocês à vontade, Hazel. Se precisar de alguma coisa. Qualquer coisa, Ray... qualquer coisa.

Sheryl passou espremida por Strike – "licença" – e abraçou Ray. Eles se balançaram juntos brevemente, ambos grandes, uma barriga apertada na outra, os braços esticados no pescoço do outro. Ray voltou a chorar, a cara no ombro largo da vizinha.

— Entre — soluçou Hazel, enxugando os olhos enquanto ia para a sala de estar à frente de Strike. Tinha a aparência de uma camponesa de Bruegel, bochechas redondas, queixo proeminente e nariz largo. Sobrancelhas grossas e bastas como uma taturana acima dos olhos inchados. — Foi assim a semana toda. As pessoas ficam sabendo, vêm aqui e... desculpe — ela terminou em um arquejar.

Ele ouvira pedidos de desculpas meia dúzia de vezes no intervalo de dois minutos. Outras culturas ficariam envergonhadas de uma exibição insuficiente de tristeza; ali, na tranquila Finchley, tinham vergonha de vê-lo testemunhar.

— Ninguém sabe o que dizer — sussurrou Hazel, enxugando as lágrimas enquanto gesticulava para que ele se sentasse no sofá. — Ela não foi atropelada por um carro, nem estava doente. Eles não sabem o que dizer quando alguém foi... — ela hesitou, empacou na palavra e sua frase terminou em uma fungadela gargantuesca.

— Eu sinto muito — disse Strike, aproveitando sua vez. — Sei que este é um momento terrível para vocês.

A sala de estar era imaculada e um tanto inóspita, talvez devido ao esquema de cores frio. Um conjunto estofado de três peças coberto por um tecido listrado de cinza e prateado, papel de parede branco com riscas finas e cinza, almofadas apoiadas nas pontas, objetos de decoração perfeitamente simétricos no consolo da lareira. A televisão sem poeira nenhuma brilhava com a luz refletida da janela.

A silhueta nebulosa de Sheryl passou a trote do outro lado das cortinas de renda, enxugando os olhos. Ray veio arrastando os pés pela porta da sala de estar, descalço, enxugando os olhos abaixo das lentes com a ponta do cinto do roupão, os ombros arriados. Como se tivesse lido os pensamentos de Strike, Hazel explicou:

— Ray arrebentou as costas tentando retirar uma família de um pensionato que pegava fogo. Uma parede cedeu e a escada caiu. Três andares.

— Meu Deus — disse Strike.

Os lábios e as mãos de Hazel tremiam. Strike se lembrou do que dissera Wardle: a polícia tinha lidado mal com Hazel. A suspeita ou um interrogatório áspero de Ray teria parecido uma crueldade imperdoável para ela neste estado de choque, uma exacerbação indesculpável da terrível provação que eles passavam. Strike sabia muito da invasão brutal das autoridades na devastação privada. Ele já estivera dos dois lados da cerca.

– Alguém quer um chá? – disse Ray com a voz rouca vindo do que Strike supôs ser a cozinha.

– Vá dormir! – respondeu Hazel, segurando uma bola molhada de lenços de papel. – Eu preparo! Vá dormir!

– Tem certeza?

– Vá dormir, acordarei você às três!

Hazel enxugou a cara toda com um novo lenço de papel, como se fosse uma toalha de rosto.

– Ele não recebe auxílio-doença e essas coisas, mas ninguém quer lhe dar um emprego direito – disse ela a Strike em voz baixa enquanto Ray se arrastava, fungando, de volta pela porta. – Não com as costas dele, essa idade e os pulmões longe da melhor forma. Pagamento em dinheiro... trabalho por turnos...

Sua voz falhou, a boca tremeu e pela primeira vez ela olhou bem nos olhos de Strike.

– Sinceramente não sei por que pedi que você viesse – confessou ela. – Está tudo confuso em minha cabeça. Disseram que ela escreveu, mas você nunca respondeu, e depois mandaram para você a... a...

– Deve ter sido um choque horripilante para você – disse Strike, plenamente consciente de que qualquer coisa que dissesse seria uma atenuação dos fatos.

– Foi – disse ela, febril. – Terrível. Terrível. Não sabíamos de nada, de nada. Achávamos que ela estava viajando. Quando a polícia bateu na porta... ela disse que ia visitar uma faculdade e eu acreditei, algum programa de acolhimento residencial. Parecia tudo certo... nunca pensei... Mas ela era uma mentirosa. Ela mentia o tempo todo. Três anos morando comigo e eu ainda não... quer dizer, não conseguia que ela parasse.

– Que mentiras ela contava? – perguntou Strike.

– De tudo – disse Hazel, com um gesto meio brusco. – Se era terça-feira, dizia que era quarta. Às vezes não tinha sentido nenhum. Não sei por quê. Não sei.

— Por que ela estava morando com você?

— Ela é minha... era minha meia-irmã. A mesma mãe. Perdemos meu pai quando eu tinha vinte anos. Mamãe se casou com um homem do trabalho e teve Kelsey. A diferença entre nós era de 24 anos... Eu já havia saído de casa... Eu mais parecia uma tia para ela do que uma irmã. Depois mamãe e Malcolm sofreram um acidente de carro na Espanha, três anos atrás. Motorista bêbado. Malcolm morreu de imediato, minha mãe ficou em coma por quatro dias, depois faleceu também. Não havia nenhuma outra família, então eu fiquei com Kelsey.

A arrumação extrema de seu ambiente, as almofadas sobre as pontas, as superfícies limpas e muito polidas fizeram Strike se perguntar como uma adolescente teria se encaixado ali.

— Eu e Kelsey não nos dávamos bem — disse Hazel, mais uma vez parecendo ler os pensamentos de Strike. As lágrimas escorreram novamente enquanto ela apontava o segundo andar, onde Ray tinha ido dormir. — Ele era muito mais paciente com todo o mau humor e a melancolia dela. Ele tem um filho adulto que trabalha no exterior. É melhor com crianças do que eu. E aí a polícia chega aqui com aquela brutalidade — disse ela numa onda repentina de fúria — e nos diz que ela foi... eles começaram a interrogar Ray como se ele... ele *nunca*, nem em mil *anos* faria... Eu disse a ele, parece um pesadelo. A gente vê as pessoas no noticiário, não é, apelando para que as crianças voltem para casa... gente que é julgada por coisas que nunca fez... mas nunca pensa... nunca pensa... mas nós nem mesmo sabíamos que ela estava desaparecida. Teríamos procurado. Nunca soubemos. A polícia fazendo perguntas a Ray... onde ele estava e não sei mais o quê...

— Eles me disseram que ele não tem nada a ver com isso — disse Strike.

— É, *agora* eles acreditam nisso — disse Hazel através das lágrimas furiosas —, depois que três homens contaram que Ray estava com eles em cada minuto do maldito fim de semana e mostraram as fotos para provar...

Ela jamais teria julgado cabível que o homem que esteve morando com Kelsey fosse interrogado a respeito de sua morte. Strike, que ouvira o testemunho de Brittany Brockbank, Rhona Laing e muitas outras semelhantes, sabia que a maioria dos estupradores e assassinos de mulheres não era de estranhos mascarados que saíam do espaço escuro embaixo da escada. Era o pai, o marido, o namorado da mãe ou da irmã...

Hazel enxugava as lágrimas com a mesma rapidez com que elas caíam por seu rosto redondo, depois perguntou subitamente:

– Afinal, o que você fez com aquela carta boba dela?

– Minha assistente colocou no arquivo, onde guardamos a correspondência incomum – disse Strike.

– A polícia disse que você nunca respondeu. Disseram que elas eram forjadas, as cartas que eles encontraram.

– É verdade.

– Então, quem fez isso devia saber que ela estava interessada em você.

– Sim.

Hazel assoou vigorosamente o nariz e perguntou:

– Mas então, não quer um chá?

Ele aceitou só porque pensou que ela quisesse uma oportunidade de se recompor. Depois que ela saiu da sala, Strike olhou o ambiente mais abertamente. A única fotografia estava em um pequeno conjunto de mesas ninho no canto ao lado dele. Mostrava uma mulher radiante em seus sessenta anos com um chapéu de palha. Esta, supôs ele, devia ser a mãe de Hazel e Kelsey. Um trecho um pouco mais escuro na superfície da mesa ao lado da fotografia sugeria que outra moldura estivera ali, impedindo que o sol desbotasse aquela pequena faixa de madeira barata. Strike deduziu que ali devia ficar a fotografia escolar de Kelsey, aquela que foi impressa em todos os jornais.

Hazel voltou, trazendo uma bandeja com xícaras de chá e um prato de biscoitos. Depois de ela ter posicionado cuidadosamente o chá dele em um descanso ao lado da fotografia da mãe, Strike falou:

– Soube que Kelsey tinha um namorado.

– Besteira – retorquiu Hazel, jogando-se em sua poltrona. – Outra mentira.

– O que a faz pensar...?

– Ela disse que o nome dele era Niall. Niall. *Francamente*.

Seus olhos verteram mais lágrimas. Strike não conseguia entender por que o namorado de Kelsey não poderia se chamar Niall, e sua incompreensão ficou evidente.

– One Direction – disse ela por cima do lenço.

– Como? – disse Strike, inteiramente à deriva. – Eu não...

— A banda. A banda que ficou em terceiro lugar no programa *The X Factor*. Ela é obcecada... era obcecada... e o favorito dela era Niall. Então, quando ela disse que conheceu um garoto chamado Niall, que ele tinha 18 anos e uma moto, quer dizer, o que a gente devia pensar?

— Ah. Entendi.

— Ela disse que o conheceu no psicólogo. Veja bem, ela estava se tratando com um psicólogo. Alegou ter conhecido Niall na sala de espera, que ele estava lá porque os pais dele morreram, como os dela. *Nós* nunca vimos nem um fio de cabelo dele. Eu disse a Ray, "Lá vai ela de novo, contando lorotas", e Ray me falou, "Deixa pra lá, isso a faz feliz", mas eu não gostava das mentiras dela — disse Hazel com um olhar fixo e fanático. — Ela mentia o tempo *todo*, chegou em casa com um curativo no pulso, disse que era um corte e acabou que era uma tatuagem do One Direction. E pense nela dizendo que ia para um acolhimento residencial numa faculdade, pensa só nisso... Ela mentia sem parar, e olha onde isso a meteu!

Com um esforço enorme e visível, ela controlou uma nova explosão de choro, unindo os lábios trêmulos e apertando os lenços com força nos olhos. Depois de respirar fundo, falou.

— Ray tem uma teoria. Ele queria dizer à polícia, mas *eles* não deram a mínima, estavam mais interessados em onde *Ray* estava quando ela foi... mas Ray tem um amigo chamado Ritchie que arrumou um trabalho de jardinagem para ele, e Kelsey conheceu Ritchie...

A teoria foi desenrolada com extensos detalhes e repetições irrelevantes. Strike, acostumado ao estilo sinuoso de testemunhas sem prática, ouvia educada e atentamente.

Uma fotografia foi retirada de uma gaveta de cômoda, que acumulava a função dupla de provar a Strike que Ray estava com três amigos em um fim de semana só para homens em Shoreham-by-Sea quando Kelsey foi assassinada e revelava os ferimentos do jovem Ritchie. Ritchie e Ray estavam sentados em cascalho ao lado de uma moita de cardo, segurando cervejas e de olhos estreitos para o sol. O suor brilhava na careca de Ray e iluminava a cara inchada do jovem Ritchie, em seus pontos e hematomas. A perna estava em uma bota cirúrgica.

— E, olha só, Ritchie apareceu por aqui logo depois de ter o acidente e Ray acha que ele pôs essa ideia na cabeça dela. Ele acha que ela pretendia fazer alguma coisa com a perna, depois fingir que teve um acidente de trânsito.

– Ritchie não pode ter sido o namorado, pode? – perguntou Strike.

– Ritchie! Ele é meio simplório. Teria nos contado. De qualquer forma, ela mal o conhecia. Era tudo uma fantasia. Acho que Ray tem razão. Ela pretendia fazer alguma coisa com a perna de novo e fingir que tinha caído da moto de algum garoto.

Teria sido uma excelente teoria, pensou Strike, se Kelsey estivesse num hospital, fingindo ter sofrido um acidente de moto, recusando-se a dar mais informações com o pretexto de proteger um namorado fictício. Ele concordou com Ray que era este exatamente o tipo de plano que uma menina de 16 anos poderia elaborar, misturando grandiosidade e miopia numa escala perigosa. Porém, a questão era controversa. Se Kelsey um dia planejou ou não um falso acidente de moto, as provas revelavam que ela havia abandonado o plano, preferindo pedir instruções a Strike sobre a remoção da perna.

Por outro lado, esta era a primeira vez que alguém traçava alguma ligação entre Kelsey e um motoqueiro, e Strike estava interessado na absoluta convicção de Hazel de que qualquer namorado seria fictício.

– Bom, quase não tinha menino nenhum no curso de Kelsey – disse Hazel –, e onde mais ela iria conhecê-lo? *Niall*. Ela nunca teve namorado na escola nem nada. Ia ao psicólogo e às vezes à igreja da rua, tinha um grupo jovem, mas não havia nenhum Niall-de-moto *ali* – disse Hazel. – A polícia verificou, perguntou aos amigos dela se sabiam de alguma coisa. Darrell, que cuida do grupo, ficou arrasado. Ray o viu hoje de manhã, quando ele ia para casa. Disse que Darrell chorou muito quando o viu do outro lado da rua.

Strike queria tomar notas, mas sabia que isto alteraria o clima de confiança que tentava alimentar.

– Quem é Darrell?

– Ele não teve nada a ver com isso. Um trabalhador jovem da igreja. Ele é de Bradford – disse Hazel obscuramente – e Ray tem certeza de que é gay.

– Em casa, ela falava do... – Strike hesitou, sem saber como chamar. – Do problema com a perna?

– Comigo não – disse Hazel categoricamente. – Eu não teria permitido, não queria ouvir isso, teria detestado. Ela me contou quando tinha 14 anos e eu disse exatamente o que pensava. Só queria atenção, era só isso.

— Havia uma antiga cicatriz na perna. Como foi que...?

— Ela fez isso logo depois que mamãe morreu. Como se eu já não tivesse o bastante com que me preocupar. Ela amarrou arame ali, tentou interromper a circulação.

Sua expressão revelava um misto, pareceu a Strike, de repulsa e raiva.

— Ela estava no carro quando minha mãe e Malcolm morreram, no banco traseiro. Tive de arrumar um psicólogo e tudo para ela. Ele achava que era um pedido de socorro ou coisa assim, o que ela fez com a perna. Tristeza. A culpa do sobrevivente, não consigo me lembrar. Mas ela disse que não, disse que queria que a perna sumisse por um tempo... não sei – disse Hazel, balançando vigorosamente a cabeça.

— Ela falava com mais alguém sobre isso? Ray?

— É, um pouquinho. Quer dizer, ele sabia como Kelsey era. Quando ficamos juntos, quando ele se mudou para cá, ela contou a ele umas mentiras grossas... que o pai dela era espião, que foi um deles, que por isso o carro sofreu o acidente e não sei o que mais. Então, ele sabia como era a menina, mas não ficava irritado com ela. Só costumava mudar de assunto, conversar sobre a escola e tal...

Seu rosto ganhou um tom de vermelho-escuro nada atraente.

— Vou te dizer o que ela queria – explodiu Hazel. – Ficar numa cadeira de rodas... empurrada por aí como um bebê, ser mimada, ser o centro das atenções. Era só isso. Eu achei um diário, deve ter sido mais ou menos um ano atrás. As coisas que ela escreveu, o que ela gostava de imaginar, o que ela fantasiava. Ridículo!

— Por exemplo?

— Por exemplo, ter a perna cortada e ficar numa cadeira de rodas, e ser empurrada para a beira do palco e assistir ao One Direction, e eles vindo e fazendo um estardalhaço com ela depois porque ela era inválida – disse Hazel de um fôlego só. – Imagine. É repulsivo. Existe gente que é realmente inválida e jamais quis isso. Sou enfermeira. Eu sei. Eu vejo essas pessoas. Bom – disse ela, com um olhar para as pernas de Strike –, não preciso dizer isso a *você*.

"Não foi você que fez, não é? – perguntou ela de repente, sem rodeios. – Você *não fez*... *não* cortou... a si mesmo?

Por isso ela queria vê-lo, pensou Strike. De alguma forma confusa e inconsciente, tentando encontrar um ancoradouro no mar em que de repente estava à deriva, queria ela provar um argumento – embora a irmã tenha morrido e fosse incompreensível – de que as pessoas não *faziam* isso, não no mundo real, onde as almofadas ficavam arrumadas sobre suas pontas e a incapacidade física só acontecia por infortúnio, por paredes que desabavam ou explosivos na estrada?

– Não – disse ele. – Fui vítima de uma explosão.

– Está vendo só? – disse ela, as lágrimas brotando novamente, num triunfo selvagem. – Eu podia ter dito isso a ela... podia ter dito a ela, se ela pelo menos... se tivesse me perguntado... mas o que ela alegou – disse Hazel, engolindo em seco –, foi que parecia que a perna não devia estar ali. Como se fosse errado tê-la e necessário retirar... Como um tumor ou coisa assim. Eu não dava ouvidos. Era tudo um absurdo. Ray disse que tentou colocar algum juízo na cabeça dela. Disse que ela não sabia o que estava pedindo, que não ia querer ficar no hospital como ele ficou depois de ter quebrado as costas, deitado durante meses e engessado, com escaras e infecções e todo o resto. Mas ele não ficou zangado com ela. Ele dizia a ela, vem me ajudar no jardim ou coisa assim, ele a distraía.

"A polícia nos contou que ela estava conversando com pessoas pela internet que eram parecidas com ela. Nós não sabíamos. Quer dizer, a menina tinha 16 anos, você não pode ficar olhando o laptop deles, pode? E eu nem sabia o que procurar."

– Alguma vez ela falou com você no meu nome? – perguntou Strike.

– A polícia me perguntou isso. Não. Não me lembro de um dia ela ter falado em você, nem Ray. Quer dizer, não quero ofender, mas... eu me lembro do julgamento do caso Lula Landry, mas não teria me lembrado de seu nome, nem reconhecido você. Se ela levantou seu nome, não me lembro. É um nome diferente... Sem querer ofender.

– E os amigos? Ela saía muito?

– Ela quase não tinha amigo nenhum. Não era do tipo popular. Também mentia para todas as crianças da escola e ninguém gosta disso, gosta? Eles a atormentavam por isso. Achavam que ela era esquisita. Ela quase nunca saía. Quando se encontrava com este suposto *Niall*, não sei.

A raiva de Hazel não surpreendia Strike. Kelsey foi um acréscimo não planejado a sua casa imaculada. Agora, pelo resto da vida, Hazel carregaria a culpa e a tristeza, o horror e o remorso, em especial porque a vida da irmã teve um fim antes que ela conseguisse superar as peculiaridades que ajudaram a separar as duas.

– Posso usar seu banheiro? – perguntou Strike.

Enxugando os olhos, ela assentiu.

– Bem em frente, no alto da escada.

Strike esvaziou a bexiga enquanto lia uma citação emoldurada de "conduta corajosa e meritória" concedida ao bombeiro Ray Williams, pendurada acima da caixa de descarga. Ele desconfiava fortemente de que Hazel a pendurara ali, e não Ray. Tirando isso, o banheiro era de pouco interesse. A mesma atenção meticulosa com a limpeza e a arrumação exibida na sala de estar se estendia pelo interior do armário de remédios, onde Strike soube que Hazel ainda menstruava, que eles compravam creme dental tamanho família e que um deles, ou os dois, tinha hemorroidas.

Ele saiu do banheiro no maior silêncio possível. Fraco, de trás de uma porta fechada, vinha um ronco suave, indicando que Ray dormia. Strike deu dois passos decisivos para a direita e se viu no quartinho de Kelsey.

Tudo combinava, coberto do mesmo tom de lilás: paredes, colcha, cúpula do abajur e cortinas. Strike pensou que era de se supor que a ordem tivesse sido imposta à força no caos daqui, mesmo sem ter visto o resto da casa.

Um grande quadro de cortiça garantia que não houvesse feias marcas de tachas nas paredes. Kelsey cobrira a cortiça com imagens de cinco jovens bonitos que Strike supunha pertencerem ao One Direction. As cabeças e pernas se projetavam para fora da moldura do quadro. Um rapaz louro era particularmente recorrente. Além das fotos do One Direction, ela fez recortes de cachorrinhos, na maioria shih-tzus, palavras e acrônimos ao acaso: OCCUPY, FOMO e AMAZEBALLS, e muitas recorrências do nome NIALL, em geral preso a corações. A colagem descuidada e aleatória falava de uma atitude completamente divergente da precisão com que a colcha cobria a cama e a posição exatamente enquadrada do tapete lilás.

Em destaque na estante estreita estava o que parecia um novo *One Direction: Forever Young – Our Official X Factor Story*. Além deste, as prateleiras continham a série *Crepúsculo*, uma caixa de joias, uma confusão de pequenas quinquilharias que nem mesmo Hazel conseguira deixar simétricas, uma bandeja plástica de maquiagem barata e dois brinquedos de pelúcia.

    Fiando-se no fato de que Hazel tinha peso suficiente para fazer barulho ao subir a escada, Strike abriu rapidamente as gavetas. A polícia, naturalmente, teria levado qualquer coisa de interesse: o laptop, alguma tira de papel escrita, qualquer número telefônico ou nome anotado, diário, se ela ainda mantinha um, depois de Hazel ter xeretado. Mais uma vez, uma mixórdia de pertences: uma caixa de papel de carta igual àquela que Kelsey mandara a ele, um antigo Nintendo DS, um pacote de unhas postiças, uma caixa pequena de bonecas da preocupação guatemaltecas e, bem no fundo da gaveta da mesa de cabeceira, metidas em um estojo felpudo, várias cartelas de comprimidos cobertas por um laminado rígido. Ele as tirou dali: cápsulas ovais de um amarelo mostarda com o rótulo Accutane. Pegou uma das cartelas e colocou no bolso, fechou a gaveta e foi ao guarda-roupa, que era desorganizado e meio mofado. Kelsey gostava de preto e rosa. Ele apalpou rapidamente entre as dobras de tecido, vasculhando os bolsos das roupas, mas nada encontrou até tentar um vestido largo em que achou o que parecia uma rifa ou tíquete de casaco amassado com o número 18.

    Hazel não tinha se mexido desde que Strike a deixara. Ele imaginou que poderia ter ficado afastado por mais tempo e ela nem teria notado. Quando ele voltou à sala, ela teve um leve sobressalto. Estivera chorando de novo.

    – Obrigada por vir – disse ela com a voz embargada, colocando-se de pé. – Eu lamento, eu...

    E ela desatou a chorar para valer. Strike pôs a mão em seu ombro e, antes que se desse conta, ela estava com a cara em seu peito, soluçando, segurando as lapelas de seu paletó, sem nenhum coquetismo, por pura angústia. Ele passou os braços por seus ombros e eles ficaram ali por um minuto inteiro até que, respirando ofegante várias vezes, ela se afastou e os braços de Strike caíram junto do corpo.

    Ela meneou a cabeça, não lhe restavam palavras, e o acompanhou à porta. Ele reiterou seus pêsames. Ela assentiu, o rosto pálido na luz do dia que agora entrava no vestíbulo escuro.

    – Obrigada por vir – ela engoliu em seco. – Eu só precisava vê-lo. Não sei por quê. Peço mil desculpas.

# 35

## *Dominance and Submission*

Desde que deixou a casa da família, ele viveu junto com três mulheres, mas esta – a Coisa – testava seus limites. As três vacas sujas alegavam amá-lo, seja lá o que isto significasse. O suposto amor tornara as duas primeiras manejáveis. É claro que no fundo todas as mulheres são umas putas vigaristas, decididas a tirar mais do que dão, mas as duas primeiras não eram nada parecidas com a Coisa. Ele era obrigado a suportar mais do que já havia aturado na vida, porque a Coisa era uma parte essencial de seu grande plano.

No entanto, ele sempre fantasiava em matar a Coisa. Podia imaginar sua cara estúpida lasseando enquanto a faca se enterrava fundo na sua barriga, incapaz de acreditar que o Neném (a Coisa o chamava de Neném) a estivesse matando, mesmo quando o sangue quente começava a verter nas mãos dele, o cheiro de ferrugem invadindo o ar ainda estremecido dos gritos dela...

Ter de bancar o bonzinho demolia o seu autocontrole. Era fácil ligar o charme, atraí-las e mantê-las dóceis, uma segunda natureza para ele, sempre foi. Sustentar a pose por longos períodos, porém, era bem diferente. A ficção o estava levando ao ponto de um colapso. Às vezes, bastava ouvir a respiração da Coisa para ele ter vontade de pegar a faca e perfurar a merda dos pulmões dela...

Se ele não conseguisse fazer alguém logo, iria explodir.

No início da manhã de segunda-feira, ele deu uma desculpa para sair, mas ao se aproximar da Denmark Street, pretendendo pegar o rastro da

Secretária quando ela chegasse para trabalhar, algo estremeceu nele, como bigodes de rato se contorcendo.

Ele parou ao lado de uma cabine telefônica do outro lado da rua, estreitando os olhos para uma figura na esquina da Denmark Street, bem na frente de uma loja de instrumentos musicais pintada nas cores chamativas de um cartaz de circo.

Ele conhecia a polícia, seus movimentos, seus joguinhos. O jovem de mãos nos bolsos do casaco de trabalho fingia estar despreocupado, um mero transeunte...

Foi ele que inventou essa merda de jogo. Podia ficar praticamente invisível. Olha só aquele babaca, parado na esquina, achando que seu casaco fazia dele um trabalhador qualquer... *Querendo ensinar o padre a rezar missa, amigo?*

Devagar, ele se virou e saiu de vista, indo para trás da cabine telefônica, onde tirou o gorro da cabeça... Ele o estava usando quando Strike o perseguiu. O Casaco de Trabalho podia ter uma descrição. Ele devia ter pensado nisso, devia ter imaginado que Strike apelaria aos amigos da polícia, o escroto covarde...

*Mas não divulgaram um retrato falado*, pensou ele, a autoestima se elevando novamente ao andar pela rua. Strike chegara a pouca distância dele, embora não percebesse, e ainda não tinha a menor ideia de quem ele era. Meu Deus, como seria bom, depois de fazer A Secretária, ver Strike e a merda da agência dele afundando no lodaçal da publicidade, a polícia e a imprensa fervilhando em cima dele, maculado por associação, incapaz de proteger sua equipe, suspeito da morte dela, totalmente arruinado...

Ele já planejava o próximo movimento. Iria à London School of Economics, onde A Secretária costumava seguir a outra piranha loura, e a pegaria lá. Nesse meio-tempo, ele precisava cobrir a cabeça com algo diferente e, talvez, colocar óculos escuros novos. Ele procurou dinheiro no bolso. Quase não tinha nenhum, como sempre. Precisava obrigar a Coisa a voltar ao trabalho. Já estava cheio da Coisa choramingando e reclamando e dando desculpas em casa.

No fim, ele comprou dois chapéus novos, um boné e um gorro de lã cinza para substituir a versão preta de fleece, que colocou em uma lixeira em Cambridge Circus. Depois pegou o metrô para Holborn.

Ela não estava lá. Nem havia estudante nenhum. Depois de procurar em vão por um vislumbre de seu cabelo dourado arruivado, ele se lembrou de que hoje era a segunda-feira de Páscoa. A LSE estava fechada para o feriado bancário.

Depois de algumas horas, ele voltou a Tottenham Court Road, procurou por ela na rua e se escondeu por um tempo perto da entrada da Spearmint Rhino, mas não a encontrou em lugar nenhum.

Após dias seguidos em que ele não conseguiu sair e procurar por ela, a decepção lhe provocava uma dor quase física. Agitado, começou a andar por transversais tranquilas, na esperança de que alguma garota atravessasse seu caminho, qualquer mulher, não precisava ser A Secretária; as facas por dentro do casaco ficariam felizes agora com qualquer coisa.

Talvez ela tenha ficado tão abalada com seu pequeno cartão de felicitações que tenha pedido demissão. Não era nada disso que ele queria. Ele a queria apavorada e desequilibrada, mas trabalhando para Strike, porque ela era o meio que ele tinha de atingir o filho da puta.

Numa decepção amargurada, ele voltou à Coisa no início da tarde. Sabia que teria de ficar com a Coisa nos dois dias seguintes, e essa perspectiva esgotava seus últimos vestígios de controle. Se ele pudesse usar a Coisa como pretendia usar A Secretária, a questão seria diferente, um alívio: ele teria corrido para casa, de facas preparadas – mas não se atrevia. Precisava da Coisa viva e subjugada por ele.

Antes que tivessem se passado 48 horas, ele estava prestes a explodir de fúria e violência. No início da noite de quarta-feira, ele disse à Coisa que teria de sair cedo no dia seguinte para fazer um trabalho e asperamente aconselhou-a que já estava na hora de ela voltar a trabalhar também. As queixas e choramingos resultantes o esgotaram e ele ficou furioso. Amedrontada com sua cólera repentina, a Coisa tentou acalmá-lo. A Coisa precisava dele, o queria, a Coisa pediu desculpas...

Ele dormiu separado da Coisa, fingindo ainda estar zangado. Isto o deixou livre para se masturbar, mas ele ainda estava insatisfeito. O que ele queria, do que precisava, era o contato com carne feminina através do aço afiado, sentir sua dominação enquanto o sangue jorrava, ouvir a completa submissão nos gritos dela, suas súplicas, seu arquejar e os gemidos de moribunda. As lembranças dos momentos em que ele fez isso não serviam de conforto; apenas inflamavam sua carência. Ele ardia de vontade de fazer de novo: queria A Secretária.

Ele se levantou na manhã de quinta-feira faltando quinze minutos para as cinco, vestiu-se, colocou o boné e saiu para atravessar Londres até o apartamento que ela dividia com o Garoto Bonito. O sol havia nascido quando ele chegou à Hastings Road. Um Land Rover antigo estacionado perto da casa lhe deu cobertura. Ele se encostou ali, vigiando pelo para-brisa as janelas do apartamento dela.

Houve movimento atrás das janelas da sala às sete horas, e logo depois o Garoto Bonito saiu com seu terno. Parecia abatido e infeliz. *Você acha que está infeliz agora, seu idiota babaca... Espere só até eu me divertir com sua namorada...*

E então, por fim, ela apareceu, acompanhada de uma mulher mais velha, muito parecida com ela.

*Mas que porra.*

O que ela estava fazendo, saindo para passear com a merda da mãe? Só podia ser sacanagem. Às vezes parecia que o mundo todo queria acabar com ele, impedir que ele fizesse o que queria, mantê-lo por baixo. Ele abominava essa sensação de que sua onipotência estava lhe escapulindo, que as pessoas e circunstâncias o cercavam, reduzindo-o apenas a outro mortal frustrado e indignado. Alguém ia pagar por isso.

# 36

*I have this feeling that my luck is none too good...*
Blue Öyster Cult, "Black Blade"

Quando o despertador tocou na manhã de quinta-feira, Strike estendeu o braço pesado e bateu com tanta força no botão do alto do antigo relógio que ele caiu da mesa de cabeceira no chão. Estreitando os olhos, ele teve de reconhecer que o sol brilhando por suas cortinas finas confirmava a declaração estridente do despertador. A tentação de se virar e voltar a dormir era quase irresistível. Ele ficou deitado, cobrindo os olhos com o braço por mais alguns segundos, bloqueando o dia, e então, com um misto de suspiro e resmungo, jogou as cobertas de lado. Enquanto tateava até a maçaneta da porta do banheiro logo depois, refletiu que devia ter tido em média três horas de sono nas últimas cinco noites.

Como previra Robin, mandá-la para casa implicava que ele tinha de escolher entre seguir a Platinada e o Pai Maluco. Tendo há pouco testemunhado este último saltando inesperadamente na direção dos filhos pequenos e visto as lágrimas de medo das crianças, Strike decidira que a prioridade seria o Pai Maluco. Deixando a Platinada com sua rotina inocente, ele passou boa parte da semana fotografando disfarçado o pai furtivo, tirando várias fotos do homem espionando os filhos e os interpelando sempre que a mãe não estava presente.

Quando não estava vigiando o Pai Maluco, Strike se ocupava com as próprias investigações. A polícia agia com lentidão demais para o seu gosto, e assim, ainda sem a mais leve prova de que Brockbank, Laing ou Whittaker tivessem alguma conexão com a morte de Kelsey Platt, Strike espremia praticamente cada hora livre dos últimos cinco dias para o tipo de trabalho policial incansável e ininterrupto que antes ele só fazia no exército.

Equilibrado numa perna só, ele girou com força a torneira do chuveiro no sentido horário e deixou que a água gelada o despertasse como um soco, esfriando os olhos inchados e provocando arrepios no pelo escuro do peito, dos braços e das pernas. A única coisa boa naquele boxe mínimo era que não havia espaço para cair, se ele escorregasse. Depois do banho, voltou pulando até o quarto, onde se enxugou bruscamente e ligou a TV.

O casamento real aconteceria no dia seguinte e os preparativos dominavam cada canal de notícias que ele podia encontrar. Enquanto prendia a prótese, vestia-se e tomava um chá com torradas, apresentadores e comentaristas mantinham um fluxo constante e nervoso de observações sobre as pessoas que já se acomodavam em barracas pela rota e na frente da Abadia de Westminster, e sobre o número de turistas despejados em Londres para testemunhar a cerimônia. Strike desligou a televisão e desceu ao escritório, soltando largos bocejos e se perguntando como esta artilharia multimídia sobre o casamento real estaria afetando Robin, que ele não via desde a sexta-feira anterior, quando chegou o cartão Jack Vettriano contendo uma pequena surpresa apavorante.

Apesar de ter acabado de tomar uma xícara grande de chá no apartamento, Strike automaticamente ligou a chaleira ao chegar ao escritório e em seguida colocou na mesa de Robin a lista de boates de strip e lap-dancing e de casas de massagem que começara a compilar em suas poucas horas livres. Quando Robin chegasse, pretendia pedir que ela desse sequência à pesquisa e telefonasse a todos os lugares que conseguisse encontrar em Shoreditch, um trabalho que podia fazer na segurança da própria casa. Se ele tivesse conseguido obrigá-la a cooperar, teria mandado Robin de volta a Masham com a mãe. A lembrança de seu rosto lívido o assombrou a semana toda.

Reprimindo um segundo bocejo enorme, ele arriou na cadeira de Robin para ver os e-mails. Apesar de sua intenção de mandá-la à cidade natal, ele estava ansioso para vê-la. Sentia falta de sua presença no escritório, seu entusiasmo, a atitude otimista, a gentileza tranquila e espontânea, e queria contar dos poucos progressos que tinha feito durante sua busca obstinada dos três homens que no momento o obcecavam.

Ele agora tinha computado quase 12 horas em Catford, tentando ver Whittaker entrando ou saindo de seu apartamento em cima da lanchonete que ficava em uma rua movimentada de pedestres, abrangendo toda a parte dos fundos do Catford Theatre. Peixarias, lojas de perucas, cafeterias e padarias formavam uma curva pelo perímetro do teatro, e cada uma delas tinha um apartamento no segundo andar exibindo três janelas em arco numa formação triangular. A cortina fina do apartamento onde Shanker acreditava morar Whittaker estava constantemente fechada. Barracas de mercado enchiam a rua durante o dia, proporcionando uma boa cobertura para Strike. Os odores misturados de incenso da barraca New Age e das postas de peixe cru em gelo enchiam suas narinas até que ele mal os percebia.

Por três noites, Strike vigiou da porta dos bastidores do teatro, do outro lado da rua, sem nada ver além de formas escuras deslocando-se atrás das cortinas. E então, no início da noite de quarta-feira, a porta ao lado da lanchonete se abriu, revelando uma adolescente emaciada.

O cabelo escuro e sujo estava afastado de uma cara encovada de coelho, com a palidez violácea de uma tuberculosa. Usava uma camiseta curta, casaco com capuz cinza com zíper e legging que dava a suas pernas finas a aparência de desentupidores de canos. De braços cruzados sobre o tronco magro, ela entrou na lanchonete empurrando a porta com o corpo até ela abrir, depois meio que caiu dentro da loja. Strike atravessou a rua tão rápido que alcançou a porta antes de ela se fechar, e posicionou-se de imediato atrás da garota na fila.

Quando a garota chegou ao balcão, o atendente dirigiu-se a ela pelo nome.

– Tudo bem, Stephanie?

– Tudo – respondeu ela em voz baixa. – Duas Cocas, por favor.

A garota tinha vários piercings nas orelhas, no nariz e no lábio. Depois de contar suas moedas para pagar, ela saiu, cabisbaixa, sem olhar para Strike.

Ele voltou à soleira escura do outro lado da rua, onde comeu as fritas que acabara de comprar, os olhos jamais deixando as janelas iluminadas acima da lanchonete. A compra que ela fez, de duas Cocas, sugeria que Whittaker estava lá em cima, talvez nu e esparramado num colchão, como Strike o vira tantas vezes na adolescência. Strike se julgava emocionalmente distanciado, mas enquanto estava na fila da lanchonete, a consciência de que talvez estivesse a poucos metros do cretino, separados apenas por um teto de reboco e madeira fina, acelerou sua pulsação. Obstinadamente, ele vigiou o apartamento até que as luzes na janela foram apagadas lá pela uma da manhã, mas não houve sinal nenhum de Whittaker.

Ele não teve sorte melhor com Laing. Um exame atento no Google Street View sugeriu que a sacada em que o Laing de cabelo de raposa tinha posado para sua foto do JustGiving pertencia a um apartamento em Wollaston Close, um dilapidado prédio que ficava a uma curta distância do Strata. Nem os registros telefônicos nem os eleitorais da propriedade revelaram alguma pista de Laing, mas Strike ainda tinha esperanças de que ele estivesse ali como hóspede de outra pessoa, ou alugasse e morasse sem uma linha de telefone fixo. Ele passou horas na terça-feira à noite vigiando os apartamentos, levando óculos de visão noturna que permitiam olhar através das janelas sem cortinas depois que caía a escuridão, mas não viu sinal do escocês entrando, saindo, ou andando dentro de qualquer um dos apartamentos. Sem desejar dar a Laing qualquer pista de que estava atrás dele, Strike decidira não fazer perguntas porta a porta, mas ficar à espreita durante o dia perto dos arcos de tijolos aparentes de uma ponte ferroviária próxima, que foram preenchidos, criando espaços semelhantes a túneis. Ali, viviam pequenas empresas: uma cafeteria equatoriana, um cabeleireiro. Comendo e bebendo em silêncio em meio a animados sul-americanos, Strike se destacara pelo silêncio e melancolia.

O novo bocejo de Strike se transformou em outro lamento de cansaço enquanto ele se esticava na cadeira do computador de Robin, assim ele não ouviu os primeiros passos que soavam na escada para o corredor. Quando percebeu que alguém se aproximava e olhou o relógio – certamente era cedo demais para Robin, que havia lhe dito que o trem da mãe partiria às onze –, uma sombra crescia na parede do outro lado do vidro fosco. Uma batida na porta e, para espanto de Strike, o Duas Vezes entrou no escritório.

Homem de negócios barrigudo e de meia-idade, ele era consideravelmente mais rico do que sugeria a aparência amarrotada e comum. O rosto, facilmente esquecível, não era nem bonito nem feio, e hoje estava contorcido de consternação.

– Ela me deixou – disse ele a Strike, sem preâmbulos.

Ele se jogou no sofá de couro falso e uma erupção de falsa flatulência o pegou de surpresa; pela segunda vez, supôs Strike, naquele dia. Deve ter sido um choque para o homem ser abandonado, quando seu procedimento habitual era coletar provas de infidelidade e apresentá-las à loura em questão, e assim romper a relação. Quanto mais Strike conhecia seu cliente, mais entendia que isto, para o Duas Vezes, constituía-se uma espécie de clímax sexual satisfatório. O homem parecia um misto peculiar de masoquista, voyeur e maníaco por controle.

– Sério? – disse Strike, levantando-se e indo à chaleira; precisava de cafeína. – Estivemos muito atentos a ela e não houve o menor sinal de outro homem.

Na realidade, ele não havia feito nada a respeito da Platinada a semana toda além de receber os telefonemas de Raven, e ainda deixou que alguns caíssem na caixa postal enquanto seguia o Pai Maluco. Agora se perguntava se tinha ouvido todos os recados. Tinha esperanças de que Raven não o tivesse avisado de que aparecera outro rico disposto a pagar parte das despesas com os estudos da Platinada em troca de privilégios exclusivos, ou ele teria de dizer adeus ao dinheiro do Duas Vezes para sempre.

– Por que então ela me largou? – quis saber o Duas Vezes.

*Porque você é uma aberração do caralho.*

– Bom, não posso jurar que não houvesse outro – disse Strike, escolhendo com cuidado as palavras enquanto servia café instantâneo em uma caneca. – Só estou dizendo que, se houver, ela foi muito inteligente com isso. Estivemos seguindo cada movimento dela. – Ele mentiu. – Café?

– Achei que você era o melhor – resmungou o Duas Vezes. – Não, não bebo instantâneo.

O celular de Strike tocou. Ele o tirou do bolso e viu quem telefonava: Wardle.

– Desculpe, preciso atender essa ligação – disse ele ao cliente desapontado, e atendeu.

– Oi, Wardle.

– Malley estava fora – disse Wardle.

Era um sinal do cansaço de Strike que por um ou dois segundos estas palavras nada significassem para ele. Depois veio a percepção de que Wardle falava do gângster que certa vez decepou o pênis de um homem, de cuja provável culpa na questão da perna Wardle parecia convencido.

– Digger... está bem – disse Strike, para mostrar que prestava atenção. – Ele estava fora, é?

– Não pode ter sido ele. Estava na Espanha quando ela foi morta.

– Espanha – repetiu Strike.

O Duas Vezes tamborilava os dedos grossos no braço do sofá.

– É – disse Wardle –, na porcaria de Minorca.

Strike tomou um gole do café, tão forte que podia muito bem ter colocado água fervente diretamente no vidro. Uma dor de cabeça se formava na lateral do crânio. Ele raras vezes tinha dores de cabeça.

– Mas fizemos algum progresso com aquelas duas fotos que mostrei a você – disse Wardle. – O cara e a garota que estavam postando naquele site de malucos onde Kelsey fazia perguntas a seu respeito.

Strike se lembrou vagamente das fotos que Wardle mostrara, de um jovem vesgo e uma mulher de cabelo preto e óculos.

– Nós os interrogamos e eles não a conheceram, só tiveram contato pela internet. Além disso, *ele* tem um álibi sólido como uma pedra para a data da morte dela: estava fazendo turno duplo no Asda, em Leeds. Nós verificamos.

"Mas" – disse Wardle, e Strike sabia que ele caminhava para algo que achava promissor –, tem um cara que esteve rondando o fórum, seu nick era "Devotee", e andou falando maluquice por lá. Ele tem uma queda por amputados. Gostava de perguntar às mulheres onde elas queriam ser amputadas e, ao que parecia, tentou conhecer duas delas. Ultimamente ele anda muito calado. Estamos tentando localizá-lo.

– Sei – disse Strike, percebendo a crescente irritação do Duas Vezes. – Parece promissor.

– É, e eu não me esqueci daquela carta que você recebeu do cara que gostava do seu coto – disse Wardle. – Estamos procurando por ele também.

– Ótimo. – Strike mal tinha consciência do que falava, mas ergueu a mão para mostrar que estava quase acabando a um Duas Vezes prestes a se levantar do sofá. – Escute, não posso conversar agora, Wardle. Talvez mais tarde.

Quando Wardle desligou, Strike tentou acalmar o Duas Vezes, que tinha se colocado em um estado de leve fúria enquanto era obrigado a esperar pelo fim do telefonema. Exatamente o que ele pensava que Strike poderia fazer a respeito da rejeição da namorada era uma questão que o detetive, que não podia arriscar um possível negócio firme, não perguntou. Bebendo o café preto como alcatrão enquanto a dor aumentava na cabeça, a emoção dominante de Strike era um desejo febril de estar em condições de mandar o Duas Vezes à merda.

– E então – perguntou o cliente –, vai fazer alguma coisa a respeito disso?

Strike não sabia se era solicitado a obrigar a Platinada a reatar o relacionamento, segui-la por toda Londres na esperança de descobrir outro namorado, ou reembolsar o Duas Vezes. Antes que ele pudesse responder, porém, ouviu outros passos e vozes femininas na escada de metal. O Duas Vezes mal teve tempo para mais do que um olhar assustado e indagativo a Strike quando a porta de vidro se abriu.

Strike teve a impressão de que Robin estava mais alta do que a Robin que ele tinha na memória: mais alta, mais bonita e mais constrangida. Atrás dela – e em circunstâncias normais ele teria ficado interessado e se divertiria com o fato – estava uma mulher que só podia ser a mãe dela. Embora um pouco mais baixa e sem dúvida nenhuma mais larga, tinha o mesmo cabelo louro-arruivado, os mesmos olhos cinza-azulados e uma expressão de sagacidade benévola que era profundamente familiar ao chefe de Robin.

– Ah, desculpe – disse Robin, vendo o Duas Vezes e parando abruptamente. – Podemos esperar lá embaixo... vamos, mãe...

O cliente infeliz se levantou, definitivamente irritado.

– Não, não, de forma alguma – disse ele. – Nem mesmo marquei hora. Eu vou embora. Só minha última conta, então, Strike.

Ele abriu caminho para fora do escritório.

Uma hora e meia depois, Robin e a mãe estavam em silêncio enquanto o táxi ia para King's Cross, a mala de Linda balançando-se um pouco no chão.

Linda insistira que queria conhecer Strike antes de partir para Yorkshire.

– Você já está trabalhando para ele há mais de um ano. Ele não deve se importar de eu passar para dar um oi. Gostaria de ver pelo menos *onde* você trabalha, assim posso imaginar quando você falar do escritório...

Robin resistira o máximo que pôde, envergonhada com a ideia de apresentar a mãe a Strike. Parecia infantil, incongruente e tolo. Ficou particularmente preocupada que aparecer com a mãe a reboque reforçasse a crença evidente de Strike de que ela estava abalada demais para lidar com o caso Kelsey.

Agora Robin se arrependia amargamente de trair a aflição que sentiu quando chegou o cartão Vettriano. Devia saber muito bem que não podia deixar escapar nem uma sugestão de medo, em particular depois de contar a ele sobre o estupro. Strike havia dito que não fazia diferença nenhuma, mas ela sabia: tinha muita experiência com as pessoas lhe dizendo o que era e não era bom para ela.

O táxi rodou pelo Inner Circle e Robin teve de se lembrar de que não era culpa da mãe que elas tivessem feito uma asneira com o Duas Vezes. Ela devia ter telefonado primeiro para Strike. A verdade era que Robin tinha esperanças de que Strike estivesse fora ou em seu apartamento; que ela pudesse mostrar o escritório a Linda e levá-la embora sem ter de apresentar os dois. Robin receava que Strike fizesse questão de estar presente para conhecer sua mãe, se telefonasse, por uma mistura característica de brincadeira de mau gosto e curiosidade.

Linda e Strike bateram papo enquanto Robin preparava chá, guardando um silêncio deliberado. Suspeitava fortemente de que um dos motivos para Linda querer conhecer Strike era avaliar o grau exato de calor humano que existia entre ele e a filha. Felizmente, Strike estava péssimo, uns bons dez anos mais velho do que a verdadeira idade, com aquela cara de olhos fundos e barba por fazer no queixo que aparecia quando ele deixava de dormir para trabalhar. Agora que vira o chefe, Linda certamente teria muita dificuldade para imaginar que Robin teria uma paixão secreta por ele.

– Gostei dele – disse Linda enquanto o palácio de tijolos aparentes de St. Pancras entrava à vista –, e preciso dizer que pode não ser bonito, mas tem qualquer coisa.

– Sim – disse Robin com frieza. – Sarah Shadlock acha o mesmo.

Pouco antes de partirem para a estação, Strike pedira cinco minutos a sós com Robin em sua sala. Ali, ele lhe entregou o início de uma lista de casas de massagem, boates de strip e de lap-dancing em Shoreditch e pediu que começasse o laborioso processo de telefonar para todas em busca de Noel Brockbank.

– Quanto mais penso nisso – dissera Strike –, mais acredito que ele estará trabalhando como leão de chácara ou segurança. O que mais pode fazer um sujeito parrudo com dano cerebral e seu histórico?

Por deferência a Linda, Strike omitira ter certeza de que Brockbank ainda trabalhava na indústria do sexo, onde pode ser mais fácil encontrar mulheres vulneráveis.

– Tudo bem – respondera Robin, deixando a lista de Strike onde ele colocara, em sua mesa. – Vou levar a mamãe e volto...

– Não, quero que faça isso em casa. Faça um registro de todos os telefonemas, vou reembolsar você.

Uma imagem mental do pôster de *Survivor* do Destiny's Child passou rapidamente pela cabeça de Robin.

– Quando vou voltar ao escritório?

– Vamos ver quanto tempo você levará com isso – dissera ele. Entendendo corretamente sua expressão, ele acrescentara: – Olha, acho que perdemos o Duas Vezes para sempre. Posso cobrir sozinho o Pai Maluco...

– E Kelsey?

– Você esteve tentando localizar Brockbank – dissera ele, apontando a lista em sua mão. Depois (sua cabeça martelava, mas Robin não sabia disso) –, olha, todo mundo terá folga amanhã, é um feriado bancário, o casamento real...

Não podia ter sido mais claro: ele a queria fora do caminho. Algo tinha mudado enquanto ela esteve fora do escritório. Talvez Strike estivesse, afinal, lembrando-se de que ela não havia sido treinada pela polícia militar, nunca vira membros decepados antes que uma perna fosse entregue na porta deles, que, em resumo, ela não era o tipo de parceira de utilidade para ele nestas circunstâncias extremas.

– Acabo de tirar cinco dias...

– Pelo amor de Deus – dissera ele, perdendo a paciência –, você só vai fazer listas e dar telefonemas... por que precisa estar aqui para isso?

*Você só vai fazer listas e dar telefonemas.*

Ela se lembrou de que Elin a chamava de secretária de Strike.

Sentada no táxi com a mãe, um rio de lava composto de raiva e ressentimento varria sua racionalidade. Ele a chamara de parceira na frente de Wardle, quando precisou que ela olhasse as fotografias de um corpo desmembrado. Mas não havia nenhum contrato novo, nenhuma negociação formal de sua relação de trabalho. Ela digitava mais rápido do que Strike, com seus dedos peludos e largos: lidava com o grosso das contas e dos e-mails. Ela fazia a maior parte do arquivamento também. Talvez, pensou Robin, o próprio Strike tenha dito a Elin que ela era sua secretária. Talvez chamá-la de parceira tenha sido um suborno a ela, apenas uma figura de linguagem. Talvez (ela estava deliberadamente incensando o próprio ressentimento e sabia disso) Strike e Elin tenham discutido os pontos fracos de Robin durante seus jantares furtivos longe do marido de Elin. Ele pode ter confidenciado a Elin o quanto se arrependia de ter contratado uma mulher que, afinal, era uma mera temporária quando apareceu para ele. Provavelmente ele também tivesse contado a Elin sobre o estupro.

*Foi uma época difícil para mim também, sabia?*

*Você só vai fazer listas e dar telefonemas.*

Por que ela estava chorando? Lágrimas de fúria e frustração escorriam por seu rosto.

– Robin? – disse Linda.

– Não é nada, não é nada – disse Robin com agressividade, enxugando abaixo dos olhos com a base das mãos.

Ela esteve desesperada para voltar ao trabalho depois de cinco dias em casa com a mãe e Matthew, depois dos silêncios canhestros dos três no espaço mínimo, as conversas aos cochichos que ela sabia que Linda teve com Matthew enquanto ela estava no banheiro, sobre as quais Robin preferia não perguntar. Não queria ficar presa em casa de novo. Por mais irracional que fosse a ideia, sentia-se mais segura no meio de Londres, de olho naquela figura parruda de gorro, do que em seu apartamento na Hastings Road.

O táxi enfim parou na frente da King's Cross. Robin se esforçava muito para controlar as emoções, consciente dos olhares de banda de Linda enquanto elas atravessavam a estação lotada até a plataforma. Ela e Matthew ficariam a sós de novo esta noite, com a perspectiva ameaçadora daquela conversa definitiva. Ela não queria que Linda tivesse vindo, entretanto sua partida iminente obrigou Robin a admitir que houve um conforto na presença da mãe que ela mal havia reconhecido.

– Muito bem – disse Linda depois que suas malas estavam seguramente guardadas no bagageiro e ela voltara à plataforma para passar os últimos minutos com a filha. – Isto é para você.

Ela estendeu quinhentas libras.

– Mãe, não posso aceitar...

— Sim, você pode – disse Linda. – Gaste no depósito de uma casa nova para morar, ou em um par de Jimmy Choos para o casamento.

Elas tinham ido ver as vitrines da Bond Street na terça-feira, olhando fixamente as joias impecáveis, as bolsas que custavam mais do que carros usados, roupas de grife às quais nenhuma das duas mulheres podia sequer aspirar. A distância das lojas de Harrogate parecia muita. Robin tinha olhado com mais cobiça as vitrines das sapatarias. Matthew não gostava que ela usasse salto alto; em desafio, ela havia verbalizado seu desejo por um sapato de salto 12.

— Não posso – repetiu Robin enquanto a estação ecoava e se agitava em volta delas. Seus pais estavam dividindo as despesas do casamento do irmão Stephen naquele mesmo ano. Já haviam pagado o depósito considerável pela recepção dela, que já fora adiada uma vez; compraram o vestido e pagaram por suas alterações, perderam no depósito dos carros do casamento...

— Quero que você aceite – disse Linda com severidade. – Ou você investe em sua vida de solteira, ou compra os sapatos do casamento.

Reprimindo outras lágrimas, Robin não disse nada.

— Você tem todo meu apoio e de seu pai para o que decidir – disse Linda –, mas quero que pergunte a si mesma por que não contou a mais ninguém o motivo do término do casamento. Não pode continuar vivendo no limbo desse jeito. Não faz bem a nenhum dos dois. Aceite o dinheiro. Decida.

Ela pegou Robin em um abraço apertado, deu-lhe um beijo pouco abaixo da orelha e voltou ao trem. Robin conseguiu sorrir o tempo todo ao acenar sua despedida, mas, quando o trem finalmente partiu, levando a mãe de volta a Masham, a seu pai, ao labrador Rowntree e a tudo que era amistoso e familiar, Robin desabou em um banco frio de metal, enterrou a cara nas mãos e chorou em silêncio nas cédulas que Linda lhe dera.

— Ânimo, querida. Tem muitos outros peixes no mar.

Ela levantou a cabeça. Um homem desgrenhado estava parado diante dela. Sua barriga transbordava por cima do cinto e o sorriso era lúbrico.

Robin se levantou lentamente. Era da altura dele. Os olhos dos dois ficaram no mesmo nível.

— Cai fora – disse ela.

Ele pestanejou. Seu sorriso se transformou em uma carranca. Enquanto ela se afastava, metendo o dinheiro de Linda no bolso, ouviu o homem gritar algo a suas costas, mas ou não entendeu, ou não se importou em entender. Uma vasta fúria sem foco surgia nela, contra os homens que consideravam as demonstrações de emoção uma deliciosa porta aberta; homens que encaravam seus peitos fingindo olhar as prateleiras de vinhos; homens para quem sua mera presença física constituía um convite lascivo.

A fúria cresceu e envolveu Strike, que a mandara para casa e para Matthew, porque ele agora a considerava um estorvo; que preferia colocar em risco o escritório a tê-la ajudando em seu crescimento, preferia batalhar sozinho a deixá-la fazer o que ela sabia, no que às vezes ela o superava, devido à vantagem permanente que Robin tinha aos olhos dele, uma ideia adquirida, por estar no lugar errado na hora errada, sete anos antes.

Então, sim, ela telefonaria para as merdas das boates de lap-dancing e de strip dele em busca do filho da puta que a chamou de "garotinha", mas havia outra coisa que ela também faria. Ela esteve ansiosa para contar a Strike a respeito disso, mas não houve tempo, com a partida de Linda no trem, e ela não estava inclinada depois de ele mandar que ficasse em casa.

Robin apertou o cinto e andou a passos firmes, de cara amarrada, sentindo-se em pleno direito de seguir uma pista sozinha, sem o conhecimento de Strike.

# 37

*This ain't the garden of Eden.*
   Blue Öyster Cult, "This Ain't The Summer of Love"

Como fora obrigada a ficar em casa, Robin decidiu assistir ao casamento. Ela tomou sua posição no sofá da sala de manhã cedo, com o laptop aberto nos joelhos, o celular ao lado, a TV ao fundo. Matthew também tirara o dia de folga, mas estava na cozinha, guardando distância dela. Hoje não houve nenhuma oferta solícita de chá, nenhuma pergunta sobre o trabalho, nenhuma atenção obsequiosa. Robin sentia uma alteração nele desde que a mãe foi embora. Parecia ansioso, preocupado, mais sério. De algum modo, durante suas conversas em voz baixa, Linda parece ter convencido Matthew de que o que acontecera talvez não tivesse mais conserto.

Robin sabia perfeitamente que precisava dar o *coup de grâce*. As palavras de despedida de Linda aumentaram seu sentido de urgência. Ainda não encontrara outro lugar para morar, mas apesar disto devia dizer a Matthew que iria embora e chegarem a um acordo de como comunicar o fato a parentes e amigos. Entretanto, ali estava ela sentada no sofá, trabalhando em vez de tratar do problema que parecia tomar o pequeno apartamento inteiro, pressionando as paredes, mantendo a atmosfera perpetuamente rígida de tensão.

Comentaristas com flores na lapela e corsages tagarelavam na tela sobre a decoração da Abadia de Westminster. Convidados famosos serpenteavam na direção da entrada da abadia e Robin entreouvia tudo enquanto anotava os telefones de boates de lap-dancing e strip, e de casas de massagem em Shoreditch e nos arredores. De vez em quando rolava uma página para baixo a fim de ver as críticas de clientes, na possibilidade remota de que alguém tivesse mencionado um segurança chamado Noel, mas não havia menção a ninguém, exceto às mulheres que trabalhavam nos estabelecimentos.

Os frequentadores costumavam recomendá-las com base no entusiasmo pelo trabalho que elas demonstravam. Mandy, de uma casa de massagem, "dá trinta minutos inteiros" sem "nenhuma impressão de estar com pressa"; a estonteante Sherry, da Beltway Strippers, estava sempre "disposta, prestativa e pronta para uma gargalhada". "Recomendo vivamente a Zoe", disse um cliente, "corpo escultural e com um 'final muito feliz'!!!"

Se estivesse com um ânimo diferente – ou talvez com uma vida diferente –, Robin teria achado graça do jeito como falavam das mulheres. Tantos homens que davam seu dinheiro em troca de sexo precisavam acreditar que o entusiasmo das mulheres era verdadeiro, que elas não tinham pressa no prazer, que realmente riam das piadas dos clientes, desfrutando genuinamente das massagens corpo a corpo e punhetas. Um crítico postou um poema sobre sua garota preferida.

Enquanto compilava diligentemente a lista de números, Robin pensou ser improvável que Brockbank, com sua ficha insalubre, fosse contratado por qualquer dos lugares mais sofisticados, cujos sites exibiam mulheres nuas artisticamente iluminadas e retocadas e convites para que os casais fossem juntos.

Os bordéis, Robin sabia, eram ilegais, mas não era preciso navegar tão longe no ciberespaço para encontrar alguma menção a eles. Ela se tornara perita em fuçar informações de cantos obscuros da internet desde que fora trabalhar para Strike, e em pouco tempo estaria cruzando os dados de menções a estabelecimentos em locais decrépitos dedicados à troca dessas informações. Nesta extremidade mais barata do mercado, não havia poemas: "A taxa daqui é de 60 libras por anal." "Tudo garota estrangeira, nenhuma inglesa." "Muito novinhas provavelmente ainda limpas. Não dá pra colocar o pau em algumas que vc vê."

Em geral, só um local próximo seria conveniente. Ela sabia que Strike não permitiria que ela ficasse procurando por esses porões e casas de cômodos em que "garotas do Leste Europeu" ou "tudo rabo chinês" estivessem trabalhando.

Fazendo um intervalo e subconscientemente esperando que um nó apertado no seu peito afrouxasse, ela olhou para a TV. Os príncipes William e Harry seguiam juntos pela nave central. Enquanto Robin assistia, a porta da sala se abriu e Matthew entrou, trazendo uma xícara de chá. Não se ofereceu para preparar uma para ela. Sentou-se na poltrona, sem dizer nada, e olhou fixamente a tela da televisão.

Robin voltou ao trabalho, excessivamente consciente de Matthew a seu lado. Juntar-se a ela sem falar era uma nova atitude. A aceitação da distância dela – sem interromper, nem com a oferta de chá – também era novidade. E também o fato de ele não pegar o controle remoto e mudar de canal.

As câmeras voltaram ao exterior do Goring Hotel, onde estiveram mantendo vigília em busca do primeiro vislumbre de Kate Middleton com seu vestido de noiva. Robin lançava olhares disfarçados por cima do laptop enquanto rolava por uma série de comentários semianalfabetos sobre um bordel perto da Commercial Road.

Uma explosão de comentários animados e gritos fez Robin erguer a cabeça a tempo de ver Kate Middleton entrando numa limusine. Mangas compridas de renda, como aquelas que ela havia retirado de seu próprio vestido de noiva...

A limusine se afastou lentamente. Kate Middleton era visível ao lado do pai, dentro do carro. Então ela decidiu usar o cabelo solto. Robin pretendia manter o cabelo solto também. Matthew gostava assim. Mas isso não importava mais...

A multidão gritava por toda a avenida Mall, bandeiras inglesas até onde a vista alcançava.

Matthew virou-se para ela e Robin fingiu estar concentrada de novo no laptop.

– Quer um chá?

– Não – disse ela. – Obrigada – acrescentou de má vontade, consciente do quanto parecera agressiva.

Seu celular bipou ao lado. Em geral, Matthew fechava a cara ou xingava quando isto acontecia nos dias de folga de Robin: ele sempre achava que era Strike, e às vezes era mesmo. Hoje apenas se virou para olhar a TV.

Robin pegou o celular e leu a mensagem de texto que acabara de chegar:

**Como vou saber que você não é da imprensa?**

Era a pista que ela seguia sem o conhecimento de Strike, e Robin tinha a resposta pronta. Enquanto a multidão gritava para o lento progresso da limusine na tela, ela digitou:

**Se a imprensa soubesse de você, já estaria na frente da sua casa. Eu te disse para me procurar na internet. Tem uma foto minha entrando no tribunal para apresentar provas no caso do homicídio de Owen Quine. Não encontrou?**

Ela baixou o celular de novo com o coração batendo mais rápido.

Kate Middleton saía da limusine na abadia. Sua cintura parecia mínima no vestido de renda. Ela parecia tão feliz... verdadeiramente feliz. O coração de Robin martelava ao ver a linda mulher de tiara andando para a entrada da abadia.

O celular bipou de novo.

**Sim vi a foto. E daí?**

Matthew fez um ruído peculiar na xícara de chá. Robin o ignorou. Provavelmente ele pensava que ela trocava torpedos com Strike, em geral a causa de suas leves caretas e ruídos de exasperação. Colocando o celular no modo de câmera, Robin o ergueu na frente do próprio rosto e tirou uma foto.

O flash assustou Matthew, que a olhou. Ele estava chorando.

Os dedos de Robin tremiam enquanto ela mandava a foto em uma mensagem de texto. Depois disso, sem querer olhar para Matthew, voltou a ver a televisão.

Kate Middleton e o pai agora andavam lentamente pela nave central atapetada de vermelho que dividia um mar de convidados de chapéu. O ápice de mil contos de fadas e fábulas se desenrolava diante dela: a plebeia andando lentamente para seu príncipe, a beleza movendo-se inexoravelmente para a aristocracia...

A contragosto, Robin se lembrou da noite em que Matthew propôs casamento debaixo da estátua de Eros em Piccadilly Circus. Havia alguns vagabundos sentados nos degraus, zombando, enquanto Matthew se ajoelhava.

Ela foi apanhada inteiramente de guarda baixa por esta cena inesperada nos degraus sujos, Matthew colocando em risco seu melhor terno na pedra molhada e imunda, os eflúvios alcoólicos vagando para eles junto do cheiro de escapamento: a caixinha de veludo azul, depois a safira piscando, menor e mais clara do que a de Kate Middleton. Mais tarde, Matthew disse que tinha escolhido esta porque combinava com os olhos dela. Um dos vagabundos se levantou e aplaudiu embriagado quando ela disse sim. Ela se lembrava das luzes de néon de Piccadilly refletidas na cara radiante de Matthew.

Nove anos de vida em comum, crescendo juntos, de discussões e reconciliações, de amor. Nove anos, apegados um ao outro pelo trauma que devia tê-los separado.

Ela se lembrou do dia seguinte ao pedido de casamento, quando fora enviada por uma agência de emprego temporário a Strike. Parecia fazer muito, mas muito mais tempo do que isso. Ela se sentiu uma pessoa diferente... pelo menos, *havia se sentido* uma pessoa diferente, até Strike lhe dizer para ficar em casa e copiar números de telefone, fugindo da questão de quando voltaria a trabalhar como parceira dele.

– *Eles* se separaram.

– O quê? – disse Robin.

– *Eles* – disse Matthew, e sua voz falhou. Ele apontou para a tela. O príncipe William acabara de se virar para a noiva. – Eles ficaram um tempo separados.

– Sei disso – disse Robin.

Ela tentou falar com frieza, mas a expressão de Matthew estava desolada. *Talvez, em algum nível, eu pense que você merece algo melhor do que eu.*

– Mas... a gente terminou de verdade? – perguntou ele.

Kate Middleton ficou no mesmo nível do príncipe William no altar. Eles pareciam emocionados por se encontrarem.

Olhando fixamente a tela, Robin sabia que hoje sua resposta à pergunta de Matthew seria considerada definitiva. A aliança de noivado ainda estava onde ela a deixara, por cima de antigos livros de contabilidade na estante. Nenhum dos dois tocou naquela joia desde que ela a tirou.

"Caros irmãos...", começou o deão de Westminster na tela.

Ela pensou no dia em que Matthew a convidou para sair pela primeira vez e se lembrou de ir da escola para casa, ardendo por dentro de empolgação e orgulho. Ela se lembrou de Sarah Shadlock rindo, encostando-se nele em um pub em Bath, e Matthew fazendo uma leve carranca e se afastando. Ela pensou em Strike e Elin... *o que eles têm a ver com isso?*

Ela se lembrou de Matthew, pálido e tremendo, no hospital onde a mantiveram por 24 horas depois do estupro. Ele faltara a uma prova para ficar com ela, simplesmente saiu sem dizer nada. A mãe dele ficou irritada com isso. Ele teve de fazer a segunda chamada no verão.

*Eu tinha 21 anos e não sabia o que sei agora: não existe ninguém como você e eu não poderia amar ninguém como te amo...*

Sarah Shadlock, abraçando-o quando ele estava bêbado, sem dúvida, enquanto ele desabafava seus sentimentos confusos a respeito de Robin, agorafóbica, incapaz de ser tocada...

O celular bipou. Automaticamente, Robin o pegou e olhou.

**Tudo bem, acredito que é você.**

Robin não conseguiu entender o que lia e baixou o celular no sofá sem responder. Os homens pareciam tão trágicos quando choravam. Os olhos de Matthew estavam escarlate. Seus ombros se erguiam.

– Matt... – disse ela em voz baixa junto do choro silencioso dele. – Matt...

Ela estendeu a mão.

# 38

*Dance on Stilts*

O céu era de um rosa marmóreo, mas as ruas ainda pulsavam de gente. Um milhão de pessoas de Londres e de outras cidades enchiam as calçadas: chapéus em vermelho, branco e azul, bandeiras britânicas e coroas de plástico, bufões entornando cerveja e segurando as mãos de crianças de cara pintada, todos oscilando em turbilhão numa maré de sentimento enjoativo. Lotavam o metrô, apinhavam as ruas e, obrigado a abrir caminho por eles, procurando o que precisava, ele ouviu mais de uma vez o refrão do hino nacional, cantado sem afinação pelos bêbados, e uma vez com virtuosismo por um grupo de galesas alegres que bloqueavam seu caminho para sair da estação.

Ele deixara a Coisa chorando. O casamento havia tirado a Coisa temporariamente de sua infelicidade, levado a um carinho pegajoso e a lágrimas de autocompaixão, a sugestões queixosas de compromisso e companheirismo. Ele mantivera o controle só porque cada nervo seu, cada átomo do seu ser concentrava-se no que faria à noite. Concentrado no alívio que viria, ele foi paciente e amoroso, mas sua recompensa foi a Coisa tomando liberdades ainda maiores e tentando impedir que ele saísse.

Ele já havia vestido o casaco que acomodava as facas e acabou explodindo. Embora não encostasse um dedo que fosse na Coisa, sabia como apavorá-la e intimidar só com palavras, com a linguagem corporal, com uma revelação súbita da fera que tinha por dentro. Saiu intempestivamente da casa, deixando a Coisa intimidada e apavorada.

Ele teria de se esforçar muito para compensar isso, refletiu enquanto passava por uma multidão de gente bebendo na calçada. Um buquê de flores vagabundas, algum falso arrependimento, alguma bobagem sobre estar estressado... Pensar nisso tornou sua expressão cruel. Ninguém se atrevia a desafiá-lo, não com seu tamanho e atitude, embora ele tenha derrubado vários deles ao tentar passar. Eles pareciam pinos, um boliche de carne e osso, e tinham a mesma vida e significado para ele. Em sua vida, as pessoas só tinham importância no que podiam fazer por ele. Foi assim que A Secretária passara a assumir tal significado. Ele jamais seguira uma mulher por tanto tempo.

Sim, a última também demorou um pouco, mas foi diferente: aquela vaca burra tinha se jogado com tanta alegria em suas garras que era de se pensar que a ambição de sua vida era ser despedaçada. E é claro que foi...

A ideia o fez sorrir. As toalhas pêssego e o fedor de seu sangue... Ele começava a ter aquela sensação de novo, a sensação de onipotência. Ia pegar uma esta noite, podia sentir isso...

*Headin' for a meeting, shining up my greeting...*[1]

Ele procurava por uma mulher que se desgarrasse da massa, tonta de bebida e sentimentalismo, mas elas se deslocavam em rebanhos pelas ruas e ele começava a pensar que, afinal, se daria melhor com uma prostituta.

Os tempos mudaram. Não era como antigamente. As prostitutas não precisavam mais andar pelas ruas, não depois dos celulares e da internet. Hoje em dia, comprar uma mulher era fácil como pedir uma comida delivery, mas ele não queria deixar rastros on-line, nem registros no celular de alguma piranha. Só o rebotalho ainda ficava nas ruas, e ele conhecia todas as áreas, mas tinha de ser um lugar com que ele não tivesse associação, um lugar bem distante da Coisa...

Às dez para a meia-noite ele estava em Shacklewell, andando pelas ruas com a parte inferior do rosto escondida pela gola do casaco, o gorro enfiado na testa, as facas batendo pesadas em seu peito ao caminhar, uma faca de trinchar reta e uma faca machete compacta. Janelas iluminadas de restaurantes indianos e mais pubs, bandeiras britânicas tremulando para todo lado... mesmo que levasse a noite toda, ele a encontraria...

Em uma esquina escura havia três mulheres de saias mínimas, fumando e conversando. Ele passou do outro lado da rua e uma delas chamou por ele, mas ele a ignorou, entrando no escuro. Três é demais: sobram duas testemunhas.

---

[1] "Seguindo para um encontro, preparo minha saudação."

A caçada era ao mesmo tempo mais fácil e mais difícil a pé. Não havia preocupações com números de placa de carro apanhados na câmera, mas a dificuldade estava no lugar aonde a levaria, sem falar que a fuga seria muito mais difícil.

Ele zanzou por mais uma hora pelas ruas até se ver de volta ao trecho onde vira as três prostitutas. Agora eram só duas. Mais administrável. Uma só testemunha. O rosto dele estava quase inteiramente coberto. Ele hesitou e, neste momento, um carro reduziu e o motorista teve uma breve conversa com as mulheres. Uma delas entrou e o carro partiu.

O veneno glorioso inundava suas veias e o cérebro. Foi exatamente como na primeira vez em que matou: na época, ele também ficara com a mais feia, para fazer o que quisesse.

Não havia tempo para hesitar. As companheiras dela podiam voltar.

– Voltou, neném?

Sua voz era gutural, embora ela parecesse jovem, o cabelo com henna vermelha em um penteado desgrenhado, piercings nas orelhas e no nariz. As narinas eram úmidas e rosadas, como se ela estivesse gripada. Junto com o casaco de couro e a minissaia emborrachada, ela usava saltos vertiginosos nos quais parecia ter dificuldades para se equilibrar.

– Quanto? – perguntou ele, mal ouvindo a resposta. O que importava era onde.

– Podemos ir para minha casa, se você quiser.

Ele concordou, mas estava tenso. Seria melhor um conjugado ou quarto e sala: ninguém na escada, ninguém para ouvir ou ver, só um cantinho sujo e escuro onde caberia bem um cadáver. Se por acaso fosse uma moradia comunitária, algum bordel, com outras garotas e uma vaca velha e gorda no comando ou, pior, um cafetão...

Ela foi vacilando pela rua antes que o sinal para os pedestres ficasse verde. Ele pegou seu braço e a puxou de volta quando um furgão branco ia atropelá-la.

– Meu salvador! – Ela riu. – Brigada, neném.

Ele sabia que ela usara alguma coisa. Já vira muitas iguais. O nariz escorrendo e esfolado lhe deu nojo. O reflexo dos dois nas vitrines escuras da loja por onde passavam podia ser de pai e filha, ela era muito baixa e magra e ele tão grande, tão parrudo.

– Viu o casamento? – perguntou ela.

– O quê?

– O casamento real? Ela estava linda.

Até essa putinha suja estava louca pelo casamento. Ela tagarelava sobre ele enquanto caminhavam, rindo com demasiada frequência, desequilibrando nos saltos altos baratos, enquanto ele continuava em completo silêncio.

– Que pena que a mãe dele não viu ele casar, né? Chegamos – disse a garota, apontando uma casa de cômodos uma quadra à frente. – Meu cafofo é aqui.

Ele viu de longe: tinha gente em volta da porta iluminada, um homem sentado na escada. Ele ficou petrificado.

– Não.

– Qual é? Não liga pra eles, neném, eles me conhecem – disse ela com seriedade.

– Não – repetiu ele, a mão apertando seu braço fino, de repente furioso. Qual era a dela? Estava achando que ele tinha nascido ontem?

– Ali adiante – disse ele, apontando para um espaço escuro entre dois prédios.

– Neném, aqui tem uma cama...

– Ali adiante – repetiu ele, zangado.

Ela piscou os olhos muito maquiados, meio aborrecida, mas seu raciocínio estava nebuloso, a piranha idiota, e ele a convenceu em silêncio pela mera força da personalidade.

– Tá, tudo bem, neném.

Os passos dos dois esmagaram uma superfície que parecia ter cascalho. Ele teve receio de que houvesse luzes ou sensores de segurança, mas uma escuridão ainda mais densa esperava por eles a vinte metros da rua.

Ele tinha luvas nas mãos. Entregou-lhe as cédulas. Ela abriu o zíper da calça por ele. Ele ainda estava flácido. Enquanto ela se ajoelhava no escuro, tentando persuadi-lo a intumescer, ele retirava as facas em silêncio do seu esconderijo dentro do casaco. Um deslize no forro de náilon, uma em cada mão, as palmas suadas nos cabos de plástico...

Ele a chutou com tanta força na barriga que ela voou de costas. Um ofegar sufocado e arquejante, depois um baque no cascalho disseram onde ela havia caído. Avançando com o zíper ainda aberto, a calça escorregando pelos quadris, ele a encontrou ao tropeçar e cair em cima dela.

A faca de trinchar mergulhou fundo duas vezes: ele bateu em osso, provavelmente a costela, e apunhalou de novo. Um assovio dos pulmões dela e depois, para o choque dele, ela gritou.

Embora estivesse montado na mulher, ela lutava e ele não conseguia encontrar o pescoço para dar cabo dela. Ele deu um golpe forte com o machete na mão esquerda, mas a mulher, por incrível que pareça, teve vida suficiente para gritar de novo...

Ele despejou uma enxurrada de palavrões – cravando sem parar a faca de trinchar –, perfurou a palma da mão da mulher enquanto ela tentava impedi-lo, e isso lhe deu uma ideia – forçou o braço dela para baixo, ajoelhou-se nele e ergueu a faca...

– Sua putinha de merda...
– Quem está aí?

*Puta que pariu, caralho.*

Uma voz de homem, vindo do escuro, da rua, repetiu:
– Quem está aí?

Ele se desvencilhou dela, puxando a cueca e a calça para cima, recuando no maior silêncio possível, as duas facas na mão esquerda e o que pensava serem dois dedos dela na direita, ainda quentes, ossudos e sangrando... Ela ainda gemia e choramingava... em seguida, com um último ofegar longo, ela se calou...

Ele se afastou para o desconhecido, longe da figura imóvel da mulher, cada sentido seu afiado como os de um felino à aproximação distante de um cão de caça.

– Está tudo bem aí? – disse o eco de uma voz de homem.

Ele havia chegado a uma parede sólida. Tateou por ela até que se transformou em uma tela de arame. Pela luz distante de um poste, ele viu os contornos do que parecia uma oficina mecânica dilapidada depois da cerca, as formas volumosas de veículos parecendo sinistras no escuro. Em algum ponto do lugar que ele acabara de deixar para trás, ouviu passos: o homem fora investigar os gritos.

Ele não devia entrar em pânico. Não devia correr. O barulho seria fatal. Lentamente, percorreu a cerca de arame que continha os carros velhos na direção de um trecho escuro que podia ser ou uma abertura para uma rua contígua, ou um beco sem saída. Ele deslizou as facas ensanguentadas dentro do casaco, largou os dedos no bolso e seguiu se esgueirando, tentando não respirar.

Um grito ecoou na viela:

– Puta merda! Andy... ANDY!

Ele desatou a correr. Agora não o ouviriam, não com os gritos ecoando nas paredes, e como se o universo mais uma vez fosse seu amigo, havia uma grama macia abaixo de seus pés enquanto ele entrava na nova escuridão da abertura...

Um beco sem saída, um muro de quase dois metros. Ele ouvia o trânsito do outro lado. Não tinha alternativa: ofegante, atrapalhado, desejando ser o que já fora, apto, forte e jovem, ele tentou se impelir para cima, os pés procurando apoio, os músculos protestando aos gritos...

O pânico é capaz de fazer maravilhas. Ele estava no alto do muro e de novo embaixo. Aterrissou pesadamente, os joelhos reclamaram, mas ele cambaleou e recuperou o equilíbrio.

*Ande agora, ande... normal... normal... normal...*

Carros passavam zunindo. Disfarçadamente, ele limpou as mãos ensanguentadas no casaco. Gritos distantes, abafados demais para ouvir... ele precisava se afastar dali com a maior rapidez possível. Iria para o lugar que a Coisa não conhecia.

Uma parada de ônibus. Ele correu uma curta distância e se juntou à fila. Não importava para onde fosse, desde que saísse dali.

Seu polegar deixou uma marca de sangue no bilhete. Ele o meteu no fundo do bolso e tocou os dedos decepados da garota.

O ônibus partiu roncando. Ele respirou fundo, lenta e longamente, tentando se acalmar.

Alguém no andar de cima começou a cantar o hino nacional de novo. O ônibus acelerou. Seu coração estava aos solavancos. Aos poucos, a respiração voltava ao normal.

Olhando o próprio reflexo na janela suja, ele rolou o dedo mínimo ainda quente entre os dele. À medida que o pânico diminuía, tomou seu lugar o júbilo. Ele sorriu para o seu reflexo escuro, partilhando o triunfo com a única pessoa que podia entender.

# 39

*The door opens both ways...*
Blue Öyster Cult, "Out of the Darkness"

— Olha só isso – disse Elin na manhã de segunda-feira, perplexa na frente da televisão, com uma tigela de granola nas mãos. – Dá para acreditar?

Strike tinha acabado de entrar na cozinha, recém-saído do banho e vestido, depois de seu habitual encontro com Elin nas noites de domingo. O imaculado espaço creme e branco era cheio de superfícies de aço inox e iluminação embutida, como um centro cirúrgico da era espacial. Havia uma TV de plasma pendurada na parede atrás da mesa. O presidente Obama estava na tela, em um pódio, falando.

— Mataram Osama bin Laden! – disse Elin.

— Minha nossa – disse Strike, parando para ler a barra de notícias que corria no rodapé da tela.

Roupas limpas e a barba feita pouca diferença fizeram para sua aparência derrotada de cansaço. As horas que ele dedicava à tentativa de avistar Laing ou Whittaker começavam a cobrar um preço doloroso: os olhos estavam injetados e a pele tinha um tom cinzento.

Ele foi até a cafeteira, serviu-se de uma caneca cheia e bebeu de uma vez só. Quase tinha dormido por cima de Elin na noite anterior, e contava isso entre as poucas pequenas realizações da semana, cujo trabalho ele pelo menos terminara. Agora estava recostado na ilha com tampo inox, vendo o imaculado presidente e morrendo de inveja. Ele, pelo menos, pegou seu homem.

Os detalhes conhecidos da morte de bin Laden deram a Elin e Strike assunto para conversar enquanto ela o deixava no metrô.

– Fico me perguntando até que ponto eles tinham certeza de que era ele antes de invadirem – disse ela, parando na frente da estação.

Strike também se perguntava a mesma coisa. Osama bin Laden era fisicamente inconfundível, é claro: bem mais de um metro e oitenta... e os pensamentos de Strike voltaram a Brockbank, Laing e Whittaker, até que Elin o chamou de volta.

– Vou tomar uns drinques com o pessoal depois do trabalho na quarta-feira, se quiser ir. – Ela estava um tanto constrangida. – Duncan e eu concordamos com quase tudo. Estou enjoada de me esconder.

– Desculpe, não vou poder – disse ele. – Não com todo esse trabalho de vigilância, eu já te falei.

Ele precisava fingir que a busca de Brockbank, Laing e Whittaker eram trabalhos pagos, porque de outro modo ela jamais entenderia a persistência até agora infrutífera de Strike.

– Tudo bem, vou esperar então que você me telefone – disse ela e ele captou, mas preferiu ignorar, uma insinuação fria na voz dela.

*Vale a pena?*, perguntou ele a si mesmo ao descer no metrô, com a mochila no ombro, referindo-se não aos homens que buscava, mas a Elin. O que havia começado como uma diversão prazerosa começava a assumir ares de obrigação onerosa. O caráter previsível de seus encontros – os mesmos restaurantes, as mesmas noites – começara a cansar, mas agora que ela propunha uma ruptura no padrão, ele se viu sem entusiasmo. Podia pensar de estalo em dez coisas que preferia fazer numa noite de folga a beber com um monte de apresentadores da Radio 3. No topo da lista, dormir.

Logo – ele sentia que o dia chegava – ela ia querer apresentá-lo à filha. Em 37 anos, Strike conseguira evitar a condição de "namorado da mamãe". As lembranças que tinha dos homens que passaram pela vida de Leda, alguns decentes, a maioria não – esta última tendência chegando à apoteose em Whittaker –, deixavam-no com um desprazer que era quase repulsa. Ele não desejava ver nos olhos de outra criança o medo e a desconfiança que ele interpretava nos da irmã Lucy sempre que a porta se abria para outro estranho do sexo masculino. Ele não sabia qual seria sua própria expressão. Pelo tempo que fora capaz de cuidar disso, fechara a mente para esta parte da vida de Leda, concentrando-se em seus abraços e no riso, no prazer maternal que tinha a mãe com as realizações dele.

Ao sair do metrô em Notting Hill Gate a caminho da escola, o celular tocou: a esposa separada do Pai Maluco mandara uma mensagem de texto.

**Só confirmando que os meninos não vão à escola hoje, feriado bancário. Estão com os avós. Ele não os seguiu até lá.**

Strike xingou em voz baixa. Tinha se esquecido do feriado bancário. A vantagem é que agora estava livre para voltar ao escritório, colocar alguma papelada em dia e partir para a Catford Broadway à luz do sol, para variar. Só queria que o torpedo tivesse chegado antes de ele ter feito o desvio a Notting Hill.

Quarenta e cinco minutos depois, Strike subia a escada de metal de seu escritório e se perguntava pela enésima vez por que não entrara em contato com o senhorio, pedindo que consertasse o elevador de gaiola. Quando chegou à porta de vidro do escritório, porém, apresentou-se uma questão muito mais premente: por que as luzes estavam acesas?

Strike abriu a porta com tamanha violência que Robin, que ouvira sua aproximação laboriosa, ainda assim deu um pulo na cadeira. Eles se encararam, ela em desafio, ele acusador.

– O que está fazendo aqui?

– Trabalhando.

– Eu te disse para trabalhar em casa.

– Já acabei – disse ela, dando um tapinha em um maço de papéis na mesa a seu lado, coberto de anotações à mão e números de telefone. – Estes são todos os números que consegui encontrar em Shoreditch.

Os olhos de Strike seguiram a mão de Robin, mas o que chamou sua atenção não foi a pequena pilha de papéis elegantemente escritos que ela lhe mostrava, mas a aliança de safira do noivado.

Houve uma pausa. Robin perguntou-se por que seu coração martelava nas costelas. Seria ridículo ficar na defensiva... era problema dela se ia se casar ou não com Matthew... era ridículo até sentir que precisava declarar isso a si mesma...

– Voltaram, é? – disse Strike, dando as costas para ela enquanto pendurava o casaco e a mochila.

– Sim.

Houve uma curta pausa. Strike virou-se para ela.

– Não tenho trabalho suficiente para você. Estamos reduzidos a um caso só. Posso cobrir o Pai Maluco sozinho.

Ela semicerrou os olhos cinza-azulados.

– E Brockbank, Laing e Whittaker?

– O que têm eles?

– Não está mais tentando encontrá-los?

– Sim, mas esse não é o...

– Então, como vai cobrir quatro casos?

– Eles não são casos. Ninguém está pagando...

– Então, são um passatempo, é? – disse Robin. – Por isso eu fiquei procurando números de telefone o fim de semana todo?

– Olha aqui... é verdade que eu quero localizá-los – disse Strike, tentando ordenar seus argumentos em meio ao forte cansaço e outras emoções que não podiam ser definidas com tanta facilidade (o noivado estava de volta... ele desconfiou o tempo todo que isto poderia acontecer... mandá-la para casa, dando a ela tempo com Matthew, deve ter ajudado, é claro) –, mas eu não...

– Você ficou bem satisfeito quando o levei de carro a Barrow – disse Robin, que veio preparada para a discussão. Sabia muito bem que ele não a queria no escritório. – Você não se importou que eu interrogasse Holly Brockbank e Lorraine MacNaughton, não foi? Então, o que mudou?

– *Você recebeu outra merda de pedaço de corpo, foi isso que mudou, porra, Robin!*

Ele não pretendia gritar, mas sua voz ecoou nos arquivos.

Robin continuou impassível. Já vira Strike zangado, já o vira xingar, vira-o esmurrar aquelas mesmas gavetas de metal. Não incomodava em nada.

– Sim – disse ela calmamente –, e isso me abalou. Acho que a maioria das pessoas teria ficado abalada ao receber um dedo do pé enfiado dentro de um cartão. Você mesmo parece ter ficado bem enjoado.

– É, e é por isso que...

– Você está tentando cobrir quatro casos sozinho e me mandou para casa. Não pedi folga nenhuma.

Na euforia que se seguiu à recolocação da aliança, Matthew na realidade a ajudara a ensaiar a argumentação pela volta ao trabalho. Foi extraordinário, pensando bem agora, ele fingindo ser Strike e ela argumentando, mas Matthew se dispôs a ajudá-la a fazer qualquer coisa desde que ela concordasse em se casar com ele no dia 2 de julho.

– Eu queria voltar direto ao...

– Só porque você quer voltar ao trabalho – disse Strike – não significa que isso seja o mais indicado para você.

– Ah, eu não tinha percebido que você também é um terapeuta ocupacional tarimbado – disse Robin, com um leve sarcasmo.

– Olha aqui – disse Strike, mais enfurecido com a racionalidade indiferente de Robin do que teria ficado com a raiva e as lágrimas (a safira cintilando friamente em seu dedo de novo) –, sou o seu patrão e cabe a mim decidir se...

– Pensei que eu fosse sua parceira.

– Não faz diferença, parceira ou não, eu ainda tenho responsabilidade...

– Então você prefere ver este escritório falir a me deixar trabalhar? – disse Robin, com um rubor de fúria subindo pelo rosto branco, e, embora Strike sentisse que estava perdendo pontos, ele também sentia um prazer obscuro com o fato de ela estar perdendo a frieza. – Eu o ajudei a reerguê-lo! Você está dando vantagem a esse assassino, seja quem for, quando me deixa de lado, negligenciando casos remunerados e trabalhando sozinho no...

– Como sabe que eu estive...?

– Porque você está um trapo – disse Robin com atrevimento e Strike, apanhado de guarda baixa, quase riu pela primeira vez em dias.

– Ou eu sou sua parceira – retomou Robin –, ou não. Se vai me tratar como uma louça de porcelana para ocasiões especiais e me manter guardada quando acha que posso me machucar, nós estamos... estamos lascados. A agência está lascada. Seria melhor eu aceitar a sugestão de Wardle de...

– Do quê? – disse Strike asperamente.

– A sugestão dele de eu me candidatar à polícia – disse Robin, olhando bem na cara de Strike. – Você sabe que isto não é um jogo para mim. Não sou uma garotinha. Sobrevivi a coisa muito pior do que receber um dedo. Assim – ela se armou de coragem. Tivera esperanças de não chegar a um ultimato –, decida. Decida se sou sua parceira ou um... um estorvo. Se não pode confiar em mim... se não pode me deixar correr os mesmos riscos que você corre... então eu prefiro...

Sua voz quase falhou, mas ela se obrigou a continuar.

– ... prefiro ir embora – terminou ela.

Na emoção, ela girou a cadeira para se colocar de frente para o computador com certa força excessiva e se viu de cara para a parede. Invocando a dignidade que sentia que lhe restava, ela ajeitou o assento, colocando-se de frente para o monitor, e continuou a abrir e-mails, esperando pela resposta dele.

Robin não contara a ele sobre sua pista. Precisava saber se estava reintegrada como parceira dele antes de dividir o espólio ou lhe dar um presente de despedida.

– Seja ele quem for, retalha mulheres por prazer – disse Strike em voz baixa – e ele deixou claro que gostaria de fazer o mesmo com você.

– Isso eu entendi – disse Robin numa voz tensa, com os olhos na tela –, mas será que *você* entendeu que se ele sabe onde trabalho, provavelmente também sabe onde moro, e se ele está decidido, vai me seguir aonde quer que eu vá? Não consegue entender que eu prefiro muito mais ajudar a pegá-lo a ficar sentada, esperando que ele ataque?

Ela não ia pedir. Tinha limpado 12 e-mails de spam da caixa de entrada quando ele voltou a falar, com a voz grave.

– Tudo bem.

– Tudo bem o quê? – perguntou ela, olhando com cautela.

– Tudo bem... você volta ao trabalho.

Ela sorriu, radiante. Ele não retribuiu o sorriso.

– Ah, anime-se – disse ela, levantando-se e contornando a mesa.

Por um instante de loucura, Strike pensou que ela estava prestes a abraçá-lo, de tão feliz parecia (e com a aliança protetora de volta ao dedo, talvez ele tenha se tornado uma figura que pode ser abraçada com segurança, um não concorrente dessexuado), mas ela apenas se dirigia à chaleira.

– Consegui uma pista – disse-lhe ela.

– É? – Strike ainda tentava entender a nova situação. (O que pediria a ela para fazer que não fosse tão perigoso? Para onde a mandaria?)

– É. Fiz contato com uma das pessoas do fórum TIIC que estava conversando com Kelsey.

Dando um largo bocejo, Strike se jogou no sofá de couro falso, que produziu seus ruídos habituais sob seu peso, e tentou se lembrar de quem ela estava falando. Ele andava tão privado de sono que a memória normalmente capaz e precisa ficava pouco confiável.

– O... homem ou a mulher? – perguntou ele, com a vaga lembrança das fotos que Wardle lhes mostrara.

– O homem – disse Robin, colocando a água fervente sobre os saquinhos de chá.

Pela primeira vez na relação dos dois, Strike se viu saboreando uma oportunidade de miná-la.

– Então você esteve em sites da internet sem me contar? Em joguinhos com um bando de anônimos sem saber com quem você está mexendo?

– Eu te contei que já estive lá! – disse Robin, indignada. – Vi Kelsey fazendo perguntas sobre você em um fórum, lembra? Ela usava o nome Nowheretoturn. Eu *te contei* tudo isso quando Wardle esteve aqui. *Ele* ficou impressionado – acrescentou ela.

– Ele também está um pouco à frente de você – disse Strike. – Interrogou as duas pessoas com quem ela falava on-line. É um beco sem saída. Eles não a conheceram. Ele está investigando um cara chamado Devotee, que tentava conhecer mulheres a partir do site.

– Eu já sei desse Devotee.

– E como?

– Ele me pediu uma foto e como não mandei, ele ficou quieto...

– Então você esteve dando ponto para esses birutas, é?

– Ah, pelo amor de Deus – disse Robin com impaciência –, eu fingi que tinha o mesmo transtorno deles, não estava dando ponto... e não acho que Devotee dê motivos para preocupação.

Ela passou a Strike uma caneca de chá, que era precisamente do tom de creosoto preferido dele. Perversamente, isto o irritou em vez de tranquilizar.

– Então você não acha que Devotee seja motivo de preocupação? E no que está se baseando?

– Estive fazendo umas pesquisas sobre acrotomofílicos desde que chegou aquela carta endereçada a você... o homem que estava fixado na sua perna, lembra? Como as parafilias, isso quase nunca está associado com a violência. Acho que é muito mais provável que o Devotee fique se masturbando em cima do teclado com a ideia de todos que querem ser outra pessoa.

Incapaz de pensar numa resposta a isto, Strike bebeu um pouco do chá.

– Mas então – disse Robin (magoou ele não ter agradecido pelo chá) –, o cara com quem Kelsey conversava on-line... quer ser um amputado também... ele mentiu para Wardle.

– Como assim, ele mentiu?

– Ele *conheceu* Kelsey na vida real.

– Ah, sim? – disse Strike, decidido a aparentar despreocupação. – E como sabe disso?

– Ele me contou tudo. Ficou morto de medo quando a polícia entrou em contato com ele... ninguém da família ou de seu círculo de amigos sabe de sua obsessão por se livrar da perna. Então ele entrou em pânico e disse que não conheceu Kelsey. Teve medo de que houvesse publicidade e ele ter de dar provas em julgamento, se admitisse ter conhecido.

"Mas aí, depois que o convenci de que sou quem eu sou, que não sou jornalista nem policial..."

– Você contou a verdade a ele?

– Sim, e foi a melhor coisa que podia ter feito, porque depois que ele se convenceu de que eu era realmente eu, concordou com um encontro.

– E o que a faz pensar que ele vai de fato se encontrar com você?

– Porque temos com ele um trunfo que a polícia não tem.

– Por exemplo?

– Por exemplo – disse ela com frieza, desejando ter voltado a uma pergunta diferente – você. Jason está totalmente desesperado para conhecê-lo.

– A mim? – Strike ficou completamente desconcertado. – Por quê?

– Porque ele acredita que você mesmo cortou sua perna.

– *Como é?*

– Kelsey o convenceu de que foi você mesmo que fez. Ele quer saber como.

– Mas que porra – disse Strike –, ele é doente mental? É claro que é – respondeu ele próprio de imediato. – Só pode ser um doente mental. Ele quer cortar a merda da perna fora. Puta que pariu.

– Bom, há controvérsias se o TIIC é uma doença mental ou uma anomalia do cérebro – disse Robin. – Quando fazem uma tomografia do cérebro de alguém que sofre...

– Tanto faz – disse Strike, dispensando o assunto. – Por que você acha que esse maluco terá alguma utilidade...?

— *Ele conheceu Kelsey* — disse Robin com impaciência —, que deve ter dito por que estava tão convencida de que você era um deles. Ele tem 19 anos, trabalha no supermercado Asda em Leeds, tem uma tia em Londres e virá aqui, para visitá-la e me conhecer. Vamos tentar marcar uma data. Ele precisa saber quando terá tempo de folga.

"Olha, ele está a dois passos da pessoa que convenceu Kelsey de que você é um amputado voluntário", continuou Robin, ao mesmo tempo decepcionada e irritada com a falta de entusiasmo de Strike pelos resultados de seu trabalho solo, mas ainda alimentando uma leve esperança de que ele parasse de ser tão rabugento e crítico, "e essa pessoa quase certamente é o assassino!"

Strike bebeu mais chá, permitindo que o que ela havia lhe contado penetrasse lentamente em seu cérebro exausto. O raciocínio de Robin estava correto. Convencer Jason a se encontrar com ela foi uma realização considerável. Ele devia fazer um elogio. Em vez disso, ficou ali em silêncio, bebendo o chá.

— Se você acha que devo ligar para Wardle e passar isto a ele... — disse Robin, seu ressentimento palpável.

— Não — disse Strike, e a pressa com que ele respondeu deu certa satisfação a Robin. — Até sabermos o que ele é... não vamos desperdiçar o tempo de Wardle. Vamos informar a ele depois que soubermos o que tem esse Jason. Quando você disse que ele virá a Londres?

— Ele está tentando tirar uma folga, ainda não sei.

— Um de nós podia se encontrar com ele em Leeds.

— Ele quer vir aqui. Está tentando manter tudo isso longe de qualquer um que o conheça.

— Tudo bem — disse Strike de mau humor, esfregando os olhos injetados e tentando formular um plano que mantivesse Robin ao mesmo tempo ocupada e longe do perigo. — Continue pressionando o sujeito então, e comece a ligar para esses números, veja se consegue uma pista de Brockbank.

— Já comecei a fazer isso — disse ela, e Strike ouviu a rebeldia latente, a insistência iminente de que ela queria voltar para as ruas.

— E — disse Strike, pensando rapidamente — quero que você vigie Wollaston Close.

— Procurar por Laing?

– Exatamente. Seja discreta, não fique lá depois do anoitecer e se você vir o cara do gorro, saia de lá ou dispare o alarme antiestupro. De preferência, as duas coisas.

Nem mesmo o mau humor de Strike conseguia extinguir o prazer de Robin por voltar ao trabalho de campo, uma parceira inteiramente igual nos negócios.

Ela não podia saber que Strike acreditava e tinha esperanças de enviar Robin a um beco sem saída. Dia e noite, ele vigiou as entradas do pequeno prédio de apartamentos, mudando de posição regularmente, usando óculos de visão noturna para investigar sacadas e janelas. Nada que tenha visto indicava que Laing estivesse à espreita ali dentro: nenhuma sombra larga deslocando-se por trás de uma cortina, nenhuma sugestão de cabelos avançando pela testa ou olhos escuros de furão, nenhuma figura imensa balançando-se em muletas nem (porque quando se tratava de Donald Laing, Strike não tinha nenhuma garantia) se pavoneando como o ex-pugilista que era. Todo homem que entrava e saía do prédio foi examinado atentamente por Strike em busca de uma semelhança com a foto de Laing do JustGiving ou a figura sem rosto de gorro, e nenhum deles nem mesmo chegava perto de uma combinação.

– É – disse ele –, você fica na cola de Laing e... me dê metade daqueles números de Brockbank... vamos dividir o trabalho. Eu fico com Whittaker. Trate de entrar em contato constantemente, está bem?

Ele se levantou do sofá.

– Claro – disse Robin, em júbilo. – Ah, e... Cormoran...

Ele já estava a caminho da sala interna, mas se virou.

– O que é isso?

Ela erguia os comprimidos de Accutane que ele tinha encontrado na gaveta de Kelsey e deixara na bandeja de entrada de Robin depois de procurar por eles na internet.

– Ah, isso – disse ele. – Não é nada.

Parte do ânimo de Robin evaporou. Uma leve culpa se agitou. Ele sabia que estava sendo um cretino rabugento. Ela não merecia isso. Ele tentou se corrigir.

– Remédio para acne – disse ele. – Eram de Kelsey.

– Claro... você foi à casa... esteve com a irmã dela! O que aconteceu? O que ela disse?

Agora Strike não se sentia capaz de contar tudo sobre Hazel Furley. A entrevista já fazia um bom tempo, ele estava cansado e ainda se sentia irracionalmente antagônico.

– Nenhuma novidade – disse ele. – Nada de importante.

– Então, por que pegou esses comprimidos?

– Pensei que podiam ser anticoncepcionais... talvez ela estivesse aprontando alguma de que a irmã não soubesse.

– Ah. Então não são nada mesmo.

Ela os jogou na lixeira.

O ego fez Strike continuar: ego, pura e simplesmente. Ela encontrara uma boa pista e ele não tinha nada além de uma vaga ideia sobre o Accutane.

– E encontrei um tíquete – disse ele.

– Encontrou o quê?

– Tipo um tíquete de guarda-volumes.

Robin esperou, na expectativa.

– Número 18 – disse Strike.

Robin esperou por mais explicações, mas não veio nenhuma. Strike bocejou e aceitou a derrota.

– Vejo você mais tarde. Mantenha-me informado do que está fazendo e de onde você está.

Ele entrou no escritório, fechou a porta, sentou-se à mesa e arriou de costas na cadeira. Tinha feito o que podia para impedir que ela voltasse para as ruas. Agora, o que ele mais queria era ouvi-la sair.

# 40

> *... love is like a gun*
> *And in the hands of someone like you*
> *I think it'd kill.*
>
> Blue Öyster Cult, "Searchin' for Celine"

Robin era dez anos mais jovem que Strike. Tinha chegado ao escritório dele como secretária temporária, sem ser solicitada ou desejada, no ponto mais baixo de sua vida profissional. Era intenção de Strike mantê-la apenas por uma semana, isso porque no início ele quase a derrubou da escada de metal e a matou, e ele se sentia em dívida para com ela. De algum modo ela o convenceu a deixar que ficasse, primeiro por mais uma semana, depois por um mês e, por fim, para sempre. Ela o ajudara a sair a duras penas da quase insolvência; trabalhou para tornar os negócios dele bem-sucedidos, aprendeu na prática e agora não pedia nada além de ficar ao lado dele e lutar pela sobrevivência do escritório, enquanto os negócios de novo viravam farelo.

Todo mundo gostava de Robin. *Ele* gostava de Robin. Como poderia deixar de gostar dela depois de tudo que os dois passaram juntos? Porém, desde o começo, ele disse a si mesmo: até certo ponto e dali não passa. É preciso guardar certa distância. As barreiras devem permanecer em seu lugar.

Ela entrou na vida dele exatamente no dia em que ele se separava de Charlotte para sempre, após dezesseis anos de uma relação vai e volta que ele ainda não poderia afirmar se teve mais alegrias do que dores. O caráter prestativo de Robin, sua solicitude, seu fascínio pelo que ele fazia, a admiração pessoal por ele (se quisesse ser totalmente franco consigo mesmo) foram um bálsamo para as feridas infligidas por Charlotte, aquelas lesões internas que duraram muito mais do que seus presentes de separação, o olho roxo e as lacerações.

A safira no dedo anular de Robin depois fora um bônus: uma salvaguarda e um ponto final. Evitando a possibilidade de qualquer coisa a mais, deixava-o livre para... o quê? Confiar nela? Ser seu amigo? Deixar que as barreiras se erodissem imperceptivelmente para que, quando pensasse no passado, lhe ocorresse que eles tinham trocado informações pessoais que ninguém mais sabia. Robin era uma das únicas três pessoas (ele suspeitava) que sabia daquele suposto filho que Charlotte alegou ter perdido, mas que talvez jamais tivesse existido, ou fora abortado. Ele era um dos poucos que sabiam que Matthew fora infiel. Apesar de toda a determinação de Strike de mantê-la a certa distância, eles literalmente se apoiaram um no outro. Ele se lembrava com exatidão de como foi ter o braço na cintura de Robin enquanto eles andavam tranquilamente para o Hazlitt's Hotel. Ela era alta o bastante para ser segurada com facilidade. Ele não gostava de se curvar. Nunca sentiu atração pelas baixinhas.

*Matthew* não *ia gostar disso*, dissera ela.

Teria gostado ainda menos se soubesse o quanto Strike gostou.

Ela não era nem de longe tão bonita quanto Charlotte. Charlotte tinha o tipo de beleza que fazia os homens se esquecerem do que diziam no meio de uma frase, que os deixava calados de assombro. Robin, como ele não pôde deixar de notar quando ela se abaixava para desligar o computador na parede, era uma mulher muito sexy, mas os homens não emburreciam em sua presença. Na realidade, lembrando-se de Wardle, ela parecia deixá-los mais loquazes.

Entretanto, ele gostava de seu rosto. Gostava de sua voz. Gostava de ficar perto dela.

Não que quisesse *ficar* com ela – seria uma insanidade. Eles não podiam tocar os negócios juntos e ter um caso. De qualquer modo, ela não era o tipo de mulher com quem se tem um caso. Ele sempre soube de seu noivado, ou do fim do noivado, e, portanto, a via como o tipo de mulher destinada ao casamento.

Quase furioso, ele juntou todas essas coisas que sabia e observara que a distinguiam como profundamente diferente dele, como a encarnação de um mundo mais seguro, mais enclausurado, mais convencional. Robin tinha o mesmo namorado pomposo desde o colégio (embora agora ele entendesse isso um pouco melhor), uma boa família de classe média em Yorkshire, pais casados há décadas e aparentemente felizes, um labrador, um Land Rover e um *cavalo*, lembrou-se Strike. Um maldito cavalo!

E então outras lembranças se impuseram, e uma Robin diferente surgiu por baixo desta imagem de um passado seguro e regulado: e ali, na frente dele, estava uma mulher que não ficaria deslocada no SIB. Esta era a Robin que fez cursos avançados de direção, que sofreu uma concussão ao perseguir um assassino, que calmamente enrolou seu casaco como um torniquete em volta de seu braço sangrando depois que ele foi esfaqueado e o levou ao hospital. A Robin que improvisava com maestria no interrogatório de suspeitos a ponto de arrancar informações que a polícia não conseguira obter, que criou e incorporou com sucesso a personagem Venetia Hall, que convenceu um jovem apavorado que queria ter a perna amputada a fazer confidências com ela, que dera a Strike outros cem exemplos de iniciativa, engenhosidade e coragem que a essa altura podiam tê-la transformado em uma policial à paisana, se ela um dia não tivesse entrado em um poço escuro de escada onde esperava um filho da puta mascarado.

E esta mulher ia se casar com Matthew! Matthew, que confiara que ela trabalharia em recursos humanos, com um bom salário para complementar o dele, que ficava amuado e revoltado com seu horário de trabalho dilatado e imprevisível e a mixaria de salário. Será que ela não *enxergava* a burrice que estava fazendo? Por que merda colocou aquela aliança de volta? Não havia sentido o gosto da liberdade naquela viagem de carro a Barrow, de que Strike agora lembrava com uma ternura que o transtornava?

*Ela está cometendo um tremendo erro, é só isso.*

Era só isso. Não era nada pessoal. Fosse ela noiva, casada ou solteira, nada poderia vir nem viria da fraqueza que ele desenvolveu e era obrigado a reconhecer. Ele restabeleceria a distância profissional que de algum modo lhe escapara, com as confissões dela de bêbada e a camaradagem vivida na viagem que fizeram ao norte, e arquivaria temporariamente seu plano quase certo de terminar o namoro com Elin. Agora parecia mais seguro ter outra mulher ao alcance, e ainda por cima uma mulher bonita, cujo entusiasmo e expertise na cama certamente compensariam uma inegável incompatibilidade fora dela.

Ele ficou imaginando quanto tempo Robin continuaria trabalhando para ele depois de se tornar a sra. Cunliffe. Certamente Matthew usaria cada grama de sua influência de marido para arrancá-la de uma profissão ao mesmo tempo perigosa e mal paga. Bom, isso era com ela: estava fazendo a cama, que deitasse nela.

Só que depois que se rompia uma vez, era muito mais fácil fazê-lo de novo. Ele sabia muito bem. Quantas vezes ele e Charlotte se separaram? Quantas vezes a relação deles ruíra em pedaços e quantas vezes tentaram remontar os destroços? No fim, havia mais rachaduras do que substância: eles viviam em uma teia de aranha de fios rompidos. O que os mantinha juntos era a esperança, a dor e a ilusão.

Robin e Matthew tinham apenas dois meses até o casamento.

Ainda havia tempo.

# 41

*See there a scarecrow who waves through the mist.*

Blue Öyster Cult, "Out of the Darkness"

Foi bastante natural que Strike visse muito pouco Robin na semana seguinte. Eles vigiavam pontos diferentes e trocavam informações quase exclusivamente por celular.

Como Strike esperava, Wollaston Close e arredores não revelaram sequer um vestígio do ex-Borderer do regimento King's Own Royal, mas ele também não teve muito sucesso na localização de seu homem em Catford. A emaciada Stephanie entrou e saiu do apartamento no segundo andar da lanchonete mais algumas vezes. Embora não pudesse ficar ali 24 horas por dia, Strike em pouco tempo teve certeza de ter visto todo o guarda-roupa da garota: algumas peças de jérsei sujo e um casaco de capuz puído. Se era uma prostituta, como Shanker havia garantido, trabalhava com pouca frequência. Ainda que tivesse o cuidado de jamais permitir que ela o avistasse, Strike duvidava que os olhos encovados da garota pudessem reter alguma impressão por muito tempo, mesmo que ele se deslocasse à plena vista. Aqueles olhos tinham se fechado numa escuridão interior, não absorviam mais o mundo lá fora.

Strike tentara apurar se Whittaker estava quase permanentemente dentro ou quase constantemente ausente do apartamento na Catford Broadway, mas não havia linha fixa registrada naquele endereço e o imóvel estava listado na internet como de propriedade de um certo sr. Dareshak que, ou o alugava, ou era incapaz de se livrar dos invasores que o ocuparam.

O detetive estava fumando ao lado da porta dos bastidores em um fim de tarde, vigiando as janelas iluminadas e se perguntando se estaria imaginando movimento por trás delas, quando o celular tocou e ele viu o nome de Wardle.

– Strike falando. E aí?

– Temos um novo elemento no caso, acho eu – disse o policial. – Parece que nosso amigo atacou outra vez.

Strike transferiu o celular para a outra orelha, longe dos pedestres que passavam.

– Continue.

– Alguém esfaqueou uma prostituta em Shacklewell e decepou dois dedos dela como suvenir. Decepou intencionalmente... prendeu o braço dela e os cortou.

– Meu Deus. Quando foi isso?

– Dez dias atrás... em 29 de abril. Ela acaba de sair de um coma induzido.

– Ela sobreviveu? – Strike agora desviava inteiramente os olhos das janelas atrás das quais Whittaker podia ou não estar emboscado, sua atenção toda em Wardle.

– Por um puta milagre – disse Wardle. – Ele a esfaqueou no abdome, perfurou seu pulmão, depois decepou os dedos. Um milagre ter errado os órgãos vitais. Temos certeza absoluta de que ele achou que ela estava morta. Ela o levou para um espaço entre dois prédios para pagar um boquete, mas eles foram perturbados: dois estudantes andando pela Shacklewell Lane ouviram os gritos dela e foram ao beco para ver o que estava havendo. Se tivessem chegado cinco minutos depois, ela já era. Precisou de duas transfusões de sangue para continuar viva.

– E depois? – quis saber Strike. – O que ela disse?

– Bom, ela estava totalmente dopada e não consegue se lembrar do ataque real. Ela acha que ele era um cara branco, grandalhão e corpulento usando um gorro. Casaco escuro. Gola virada para cima. Não pôde ver muito do rosto dele, mas acha que ele era do norte.

– É mesmo? – disse Strike, o coração mais acelerado do que nunca.

– Foi o que ela disse. Mas ela estava grogue. Ah, e ele impediu que ela fosse atropelada, é a última coisa de que se lembra. Puxou-a da rua quando vinha um furgão.

– Mas que cavalheiro – disse Strike, soltando a fumaça para o céu estrelado.

– É. Bom, ele queria as partes do corpo intactas, né?

– Alguma chance de um retrato falado?

– Vamos levar o artista para vê-la amanhã, mas não tenho muitas esperanças.

Strike ficou no escuro, raciocinando. Sabia que Wardle ficara abalado com o novo ataque.

– Alguma novidade sobre algum dos meus caras? – perguntou ele.

– Ainda não – disse Wardle, tenso. Frustrado, Strike preferiu não pressionar. Precisava desta linha aberta na investigação.

– E a sua pista do Devotee? – perguntou Strike, virando-se para olhar as janelas do apartamento de Whittaker, onde nada parecia ter mudado. – Como está indo?

– Estou tentando colocar o pessoal de cibercrimes atrás dele, mas me disseram que agora eles têm um peixe maior para pegar – disse Wardle, sem amargura. – A opinião deles é que ele é só um pervertido comum.

Strike se lembrou de que esta também era a opinião de Robin. Havia pouco mais a dizer. Ele se despediu de Wardle e voltou ao seu nicho na parede fria, fumando e vigiando as janelas acortinadas de Whittaker, como antes.

Strike e Robin encontraram-se no escritório por acaso na manhã seguinte. Strike, que tinha acabado de sair de seu apartamento tendo debaixo do braço uma pasta de papelão contendo fotos do Pai Maluco, pretendia sair diretamente sem entrar no escritório, mas mudou de ideia ao ver a sombra de Robin pelo vidro fosco.

– Bom-dia.

– Oi – disse Robin.

Ela ficou satisfeita por vê-lo e ainda mais ao ver que ele sorria. A comunicação recente dos dois fora repleta de uma estranha reserva. Strike estava com seu melhor terno, que o deixava mais magro.

– Por que está tão elegante? – perguntou ela.

– Hora marcada de emergência com advogado: a mulher do Pai Maluco quer que eu mostre a eles tudo que consegui, todas as fotos dele de tocaia na frente da escola e pulando nas crianças. Ela me ligou ontem à noite, tarde; ele acabara de aparecer na casa, irritado e ameaçador: ela vai usar a justiça contra ele, tentar obter uma ordem de restrição.

– Isso quer dizer que vamos parar a vigilância dele?

– Duvido. O Pai Maluco não vai desistir assim tão fácil – disse Strike, olhando o relógio. – A propósito, esqueci... tenho dez minutos e novidades.

Strike contou sobre a tentativa de homicídio da prostituta em Shacklewell. Quando terminou, Robin ficou séria e pensativa.

– Ele levou os dedos?

– Foi.

– Você disse... quando estávamos no Feathers... você disse que não via como Kelsey poderia ter sido o primeiro homicídio dele. Disse que tinha certeza de que ele se preparou... para o que fez com ela.

Strike concordou com a cabeça.

– Sabe se a polícia procurou por outras mortes em que foi cortado um pedaço da mulher?

– Deve ter procurado – disse Strike, na esperança de ter razão e tomando nota mentalmente para perguntar a Wardle. – De qualquer modo, depois deste, eles o farão.

– E ela acha que não o reconheceria de novo?

– Como eu disse, ele cobriu o rosto. Branco, grandalhão, casaco preto.

– Conseguiram alguma prova de DNA com ela?

Simultaneamente, ambos pensaram no que foi submetida a própria Robin no hospital depois do ataque que sofreu. Strike, que investigara estupros, conhecia o protocolo. Robin teve uma lembrança súbita e infeliz de ter de urinar em um frasco de amostra, um olho totalmente fechado do soco que ele lhe dera, toda dolorida, a garganta inchada do estrangulamento, depois ter de se deitar na mesa de exame e a gentileza da médica enquanto abria os joelhos de Robin...

– Não – disse Strike. – Ele não... não houve penetração. Mas é melhor eu ir andando. Pode esquecer de seguir o Pai Maluco hoje: ele saberá da mancha no currículo, duvido que vá aparecer na escola. Se quiser ficar de olho em Wollaston...

– Espere! Quer dizer, se tiver um tempinho – acrescentou ela.

— Mais dois minutos — disse ele, olhando novamente o relógio. — O que é? Você não localizou Laing?

— Não — disse ela —, mas acho... é só uma possibilidade... que talvez tenhamos uma pista de Brockbank.

— Tá brincando!

— É uma boate de strip na Commercial Road, dei uma olhada nela pelo Google Street View. Parece bem decrépita. Telefonei e perguntei por Noel Brockbank e uma mulher disse, "Quem?", depois, "Quer dizer Nile?" Ela cobriu o bocal e teve uma pequena discussão com outra mulher sobre como se chamava o novo segurança. Evidentemente ele tinha chegado lá havia pouco tempo. Assim, fiz uma descrição física dele e ela disse, "É, é o Nile". É claro — disse Robin com autocrítica —, que pode não ser ele, *pode* ser um moreno qualquer que na realidade se chama Nile, mas quando descrevi o queixo comprido, ela confirmou de imediato...

— Como sempre, você fez um ótimo trabalho — disse Strike, consultando o relógio outra vez. — Preciso ir. Mande-me uma mensagem com as informações dessa boate, está bem?

— Eu pensei que talvez eu pudesse...

— Não, quero você colada em Wollaston Close — disse Strike. — Mantenha contato.

Enquanto a porta de vidro se fechava a suas costas e ele descia com estrondo a escada de metal, ela tentou ficar satisfeita por ele ter dito que ela fez um ótimo trabalho. Entretanto, Robin esperava por uma oportunidade de fazer algo além de olhar inutilmente os apartamentos da Wollaston Close durante horas. Começava a desconfiar de que Laing não estava lá e, pior ainda, que Strike sabia disso.

A visita aos advogados foi breve, porém produtiva. O advogado ficou satisfeito com as copiosas provas que Strike colocou diante dele, documentando nitidamente as constantes violações do Pai Maluco no acordo de guarda dos filhos.

— Ah, excelente. — Ele sorriu radiante para uma foto ampliada do filho mais novo amedrontado e chorando atrás da babá enquanto o pai rosnava e acusava, quase nariz com nariz com a mulher que o desafiava. — Excelente, excelente...

E então, ao reparar na expressão de sua cliente, ele se apressou a esconder a alegria por ver a aflição do filho dela e ofereceu chá.

Uma hora depois Strike, ainda de terno, mas com a gravata agora enfiada no bolso, seguia Stephanie dentro do shopping-center Catford. Isto significava passar embaixo de uma gigantesca escultura de fibra de vidro retratando um gato preto e sorridente, colocada acima da viga mestra que atravessava a viela até a entrada do shopping. Dois andares de altura, da pata pendurada à ponta do rabo vistoso apontado para o céu, parecia posicionado para pegar ou pular em cima dos clientes que passavam por baixo.

Strike decidira seguir Stephanie por capricho, pois jamais fizera isso, e pretendia voltar para vigiar o apartamento depois que estivesse satisfeito com seu paradeiro e com quem ela estaria se encontrando. Ela andava, como quase sempre fazia, de braços cruzados e bem apertados no peito, como se se mantivesse unida, vestindo o conhecido casaco cinza de capuz por cima de uma minissaia e legging. A magreza das pernas de graveto era realçada pelo tênis pesadão. Ela se dirigiu até uma farmácia e Strike observou pela vitrine enquanto se sentava encolhida numa cadeira, esperando pelo aviamento de uma receita, sem olhar nos olhos de ninguém, fixada nos próprios pés. Depois pegou seu saco de papel branco, saiu por onde entrou, passando bem embaixo do gato gigante da pata pendurada, aparentemente voltando ao apartamento. Porém, ela passou batido pela lanchonete na Catford Broadway e logo depois virou à direita no Afro Caribbean Food Centre e desapareceu em um pequeno pub chamado Catford Ram, construído nos fundos do shopping-center. O pub, que parecia ter apenas uma janela, exibia uma fachada revestida de madeira que lhe daria a aparência de um grande quiosque vitoriano se não estivesse coberta de cartazes anunciando lanches, Sky Sports e conexão Wi-Fi.

Toda a área era pavimentada para pedestres, mas um furgão cinza e amassado estava estacionado a pouca distância da entrada do pub, proporcionando a Strike uma cobertura útil para ficar à espreita, debatendo suas alternativas. De nada lhe serviria ficar cara a cara com Whittaker neste lugar, e o pub parecia pequeno demais para deixar de ser visto pelo ex-padrasto, se era com ele que Stephanie ia se encontrar. Só o que Strike realmente queria era uma oportunidade de cotejar a aparência atual de Whittaker com aquela figura do gorro e, talvez, do homem com casaco de camuflagem que estivera olhando o Court.

Strike se recostou no furgão e acendeu um cigarro. Tinha acabado de resolver encontrar um ponto de observação que fosse um pouco mais distante, para vigiar com quem Stephanie sairia do pub, quando de súbito se abriram as portas traseiras do furgão atrás do qual ele estava à espreita.

Strike recuou vários passos apressados enquanto quatro homens saíram da traseira, junto com uma névoa de fumaça que emanava um forte cheiro acre de plástico queimado que o ex-homem do SIB reconheceu de imediato como crack.

Os quatro estavam desgrenhados, com jeans e camisetas imundos, a idade difícil de estimar porque todos tinham a cara encovada e rugas precoces. Dois deles tinham bocas murchas devido à falta de dentes. Momentaneamente surpresos por encontrar o estranho de terno tão perto dali, eles pareceram entender, pela expressão sobressaltada de Strike, que ele não sabia o que estava acontecendo ali dentro e bateram as portas do furgão.

Três dos homens seguiram confiantemente para o pub, mas o quarto não saiu dali. Encarava Strike e este retribuía o olhar. Era Whittaker.

Ele era maior do que Strike se lembrava. Embora soubesse que Whittaker era quase de sua altura, tinha se esquecido da escala dele, da largura dos ombros, do peso dos ossos por baixo da pele muito tatuada. A camiseta fina, com o logotipo da banda Slayer, ao mesmo tempo militarista e ocultista, foi soprada pelo vento enquanto os dois ficavam se encarando, revelando o contorno das costelas de Whittaker.

Sua cara amarelada parecia desidratada como uma maçã velha, descarnada, a pele descolada do osso, com cavidades abaixo das maçãs altas do rosto. O cabelo embaraçado afinava nas têmporas: caía em rabos de rato pelos lóbulos alongados das orelhas, cada um deles enfeitado com um túnel de carne prateada. Ali eles ficaram, Strike com seu terno italiano, anormalmente bem-vestido, e Whittaker, fedendo a fumaça de crack, os olhos dourados de padre herege agora abaixo de pálpebras arriadas e enrugadas.

Strike não tinha como saber quanto tempo eles ficaram se olhando, mas um fluxo de pensamentos perfeitamente coerentes passou por sua cabeça nesse meio-tempo...

Se Whittaker fosse o assassino, podia entrar em pânico, mas não ficar tão surpreso por ver Strike. Caso não fosse, seu choque ao encontrar Strike do lado de fora da van devia ser extremo. Entretanto, Whittaker jamais se comportava como os outros. Sempre preferia parecer inabalável e onisciente.

E então Whittaker reagiu e Strike sentiu de pronto que teria sido irracional esperar que ele fizesse algo além do que fez. Whittaker sorriu, revelando dentes escurecidos, e de imediato o ódio de vinte anos antes cresceu em Strike e ele desejou enfiar um soco na cara de Whittaker.

– Mas que sorte – disse Whittaker em voz baixa. – Se não é a porra do sargento Sherlock Holmes.

Ele virou a cabeça e Strike viu o couro cabeludo brilhando pelas raízes ralas e teve um prazer mesquinho no fato de Whittaker estar ficando careca. Ele era um filho da puta vaidoso. Não devia estar gostando disso.

– Banjo! – gritou Whittaker para o último de seus três companheiros, que acabara de chegar ao pub. – Traz ela aqui fora!

Seu sorriso ainda era insolente, embora os olhos de lunático voassem do furgão para Strike e de volta ao pub. Os dedos sujos se flexionavam. Apesar de toda sua aparente indiferença, ele estava tenso. Por que não perguntou o motivo de Strike estar ali? Ou ele já sabia?

O amigo chamado Banjo reapareceu, arrastando Stephanie pelo pulso fino para fora do pub. Na mão livre, ela ainda segurava o saco de papel branco da farmácia. Parecia deslumbrantemente imaculada perto das roupas sujas e baratas dos dois. Uma corrente de ouro balançava em seu pescoço.

– Por que você...? O quê...? – ela gemeu, sem entender.

Banjo a depositou ao lado de Whittaker.

– Vai pegar uma cerveja pra gente. – Whittaker instruiu Banjo, que se afastou, obediente. Whittaker passou a mão pela nuca de Stephanie e ela o olhou com a adoração servil de uma garota que via em Whittaker, como Leda antes dela, coisas maravilhosas que eram inteiramente invisíveis a Strike. Depois os dedos de Whittaker apertaram seu pescoço até a pele em volta deles ficar branca e ele começou a sacudi-la, não com tanto vigor que pudesse atrair a atenção de quem passava, mas com força suficiente para alterar a expressão da garota instantaneamente para o pavor.

– Sabe alguma coisa disso?

– Disso o q-quê? – gaguejou ela. Os comprimidos chocalhavam no saco de papel branco.

– Dele! – disse Whittaker em voz baixa. – Dele, em quem você está tão interessada, sua putinha suja...

– Solte a garota – disse Strike, falando pela primeira vez.

– Desde quando recebo ordens de você? – perguntou Whittaker a Strike em voz baixa, o sorriso largo, os olhos ensandecidos.

Com uma força súbita e espantosa, ele pegou Stephanie pelo pescoço com as duas mãos e ergueu seu corpo no ar, fazendo com que ela deixasse cair o saco branco na calçada ao tentar se soltar, os pés se debatendo, a cara ficando roxa.

Sem pensar, sem refletir, Strike deu um forte murro na barriga de Whittaker e ele caiu de costas, levando Stephanie; antes que Strike pudesse fazer alguma coisa para evitar, ouviu a cabeça da garota bater no concreto. Temporariamente sem fôlego, Whittaker tentou se levantar, um fluxo de palavrões sussurrados saindo por entre os dentes pretos, enquanto, pelo canto do olho, Strike via os três amigos de Whittaker, com Banjo à testa, saindo do pub: eles tinham visto tudo pela única janela suja. Um deles estendia uma lâmina curta e enferrujada.

– Podem vir! – Strike os provocou, plantando-se no chão e abrindo bem os braços. – Tragam a polícia direto para o seu crackmóvel!

O Whittaker sem fôlego fez um gesto do chão que teve o efeito de fazer recuar os amigos, o que foi a maior prova de bom senso que Strike já o vira exibir. Rostos espiavam pela janela do pub.

– Seu filho da puta... filho da puta... – Whittaker ofegava.

– É, vamos falar das mães – disse Strike, colocando Stephanie de pé com um puxão. O sangue martelava nos seus ouvidos. Ele se coçava para esmurrar Whittaker até que sua cara amarela virasse uma polpa. – Ele matou a minha – disse ele à menina, olhando em seus olhos vazios. Os braços eram tão finos que as mãos dele quase davam a volta. – Ouviu? Ele já matou uma mulher. Talvez mais.

Whittaker tentou agarrar Strike pelos joelhos e derrubá-lo; Strike lhe deu um chute, ainda segurando Stephanie. As marcas vermelhas da mão de Whittaker se destacavam em seu pescoço branco, como a impressão da corrente, da qual pendia o contorno de um coração torcido.

– Agora venha comigo – disse-lhe Strike. – Ele é um assassino. Existem abrigos para mulheres. Fique longe dele.

Os olhos dela pareciam um poço de uma escuridão que ele jamais conhecera. Ele podia estar oferecendo um unicórnio: sua proposta era louca, para além do reino do possível, e incrivelmente, embora Whittaker tenha apertado seu pescoço até ela não conseguir falar, ela se desvencilhou de Strike como se ele fosse um sequestrador, caiu por cima de Whittaker e se agachou protetora sobre ele, o coração torcido balançando.

Whittaker deixou que Stephanie o ajudasse a se levantar e virou-se para Strike, esfregando a barriga onde levara o murro e depois, de seu jeito louco, gargalhou como uma velha. Whittaker tinha vencido: os dois sabiam disso. Stephanie agarrava-se a ele como se ele a tivesse salvado. Whittaker enterrou os dedos sujos no cabelo da nuca da garota e puxou com força, beijando-a, a língua descendo pela garganta, mas com a mão livre gesticulou para os amigos, que ainda olhavam, que voltassem ao furgão. Banjo foi para o banco do motorista.

– Te vejo por aí, filhinho da mamãe – sussurrou Whittaker para Strike, empurrando Stephanie à frente dele para a traseira do furgão. Antes que as portas se fechassem para as obscenidades e zombarias de seus amigos, Whittaker olhou bem nos olhos de Strike e fez o familiar gesto de cortar a garganta no ar, sorrindo. O furgão arrancou.

De súbito, Strike percebeu que várias pessoas estavam a sua volta, olhando, todas o encarando com a expressão vazia, porém assustada, de uma plateia quando as luzes se acendem inesperadamente. Ainda havia caras se espremendo na janela do pub. Não restava nada a ele senão decorar o número da placa do furgão velho e amassado antes que virasse a esquina. Enquanto partia da cena, furioso, os espectadores se dispersaram, abrindo caminho para ele.

# 42

*I'm living for giving the devil his due.*
Blue Öyster Cult, "Burnin' for You"

Merdas acontecem, disse Strike a si mesmo. Sua carreira militar não fora inteiramente desprovida de percalços. Você pode treinar o máximo que quiser, verificar cada componente do equipamento, planejar para cada contingência e ainda assim um acidente ao acaso vai te ferrar. Certa vez, na Bósnia, um celular com defeito inesperadamente perdeu toda a carga, levando a uma série de infortúnios que culminaram com um amigo de Strike escapando vivo por um triz depois de dirigir pela rua errada em Mostar.

Nada disso alterava o fato de que se um subordinado do SIB tivesse saído numa vigilância e se encostasse na traseira de um furgão mal estacionado sem primeiro verificar se estava vazio, Strike teria muito o que reclamar, e em alto e bom som. Ele não pretendia confrontar Whittaker, ou assim disse a si mesmo, mas, após uma reflexão sóbria, viu-se forçado a admitir que seus atos contavam uma história diferente. Frustrado com as longas horas vigiando o apartamento de Whittaker, ele não se esforçara o suficiente para se esconder das janelas do pub, e, embora não pudesse saber que Whittaker estava dentro do furgão, agora havia um prazer selvagem por saber que enfim ele dera um soco no filho da mãe.

Meu Deus, ele queria esmagar o sujeito. O riso malicioso, aquele cabelo de rabo de rato, a camiseta do Slayer, o cheiro de azedo, os dedos apertando o pescoço branco e fino, a provocação sobre as mães: os sentimentos que irromperam em Strike ao ver inesperadamente Whittaker foram os mesmos de seus 18 anos, ávido por uma briga, sem medir as consequências.

Deixando de lado o prazer que foi machucar Whittaker, o encontro não rendeu muitas informações importantes. Por mais que tentasse fazer uma comparação retrospectiva, ele não conseguia nem identificar nem excluir Whittaker como a figura grande de gorro, baseando-se apenas na aparência. Embora a silhueta escura que Strike perseguira pelo Soho não tivesse as tranças embaraçadas de Whittaker, cabelo comprido pode ser amarrado ou preso em um chapéu; ele parecia mais parrudo do que Whittaker, mas casacos acolchoados tranquilamente aumentam o conteúdo. E a reação de Whittaker ao encontrar Strike do lado de fora de seu furgão não deu ao detetive nenhuma pista real. Quanto mais ele pensava nisso, menos conseguia decidir se tinha visto o triunfo na expressão de regozijo de Whittaker, ou se o último gesto, os dedos sujos cortando o ar, fora seu teatro habitual, uma ameaça oca, a retaliação infantil de um homem decidido a todo custo a ser o pior, o mais assustador.

Em suma, o encontro dos dois revelou que Whittaker ainda era narcisista e violento e deu a Strike outras duas informações. A primeira era que Stephanie irritara Whittaker ao mostrar curiosidade a respeito de Strike, e, ainda que Strike supusesse que fosse meramente porque ele já fora enteado de Whittaker, ele não excluía inteiramente a possibilidade de que isto tenha sido estimulado por Whittaker, ao falar no desejo de retaliação ou deixar escapar que procurava retaliar. Em segundo lugar, Whittaker conseguira fazer alguns amigos homens. Embora certas mulheres sempre se sentissem atraídas por ele, o que para Strike era incompreensível, Whittaker tinha sido quase universalmente antipatizado e desprezado por homens nos tempos em que Strike o conhecera. Os homens tendiam a deplorar seu histrionismo, aquela conversa fiada de satanista, o desejo de ser o primeiro em tudo sempre e, naturalmente, ressentiam-se da estranha atração magnética que exercia sobre as mulheres. Agora, porém, Whittaker parece ter encontrado uma espécie de turma, homens que dividiam drogas com ele e deixavam que lhes desse ordens.

Strike concluiu que a única coisa proveitosa que podia fazer a curto prazo era contar a Wardle o que acontecera e lhe dar o número da placa do furgão. Ele fez isto na esperança de que a polícia pensasse que valia seu tempo procurar drogas e qualquer outra prova incriminadora dentro do veículo ou, ainda melhor, dentro daquele apartamento em cima da lanchonete.

Wardle ouviu sem entusiasmo nenhum a insistência de Strike de que tinha sentido cheiro de crack. Ao concluir o telefonema, Strike foi obrigado a admitir que, se estivesse no lugar de Wardle, não teria considerado sua própria prova fundamento para um mandado de busca. O policial claramente pensava que Strike estava decidido a prejudicar o ex-padrasto e, por mais que Strike observasse a conexão do Blue Öyster Cult entre ele e Whitttaker, era improvável que Wardle mudasse de ideia.

Quando Robin telefonou naquela noite com seu relatório habitual de progresso, Strike encontrou alívio e consolo ao contar o que acontecera. Embora ela própria tivesse novidades, de imediato ficou distraída com o anúncio de que ele estivera cara a cara com Whittaker e ouviu a história toda em um silêncio ávido.

– Bom, ainda bem que você bateu nele – disse ela quando Strike terminou de se punir por permitir que a altercação acontecesse.

– Acha mesmo? – disse Strike, perplexo.

– É claro que acho. Ele estava estrangulando a menina!

No momento em que pronunciou essas palavras, Robin desejou não ter falado. Não queria dar a Strike nenhum outro motivo para se lembrar da coisa que ela desejava jamais ter contado a ele.

– Como cavaleiro errante, fui um horror. Ela caiu por cima dele e rachou a cabeça no calçamento. O que não entendo – acrescentou ele, depois de uma curta pausa de reflexão – é *ela*. Aquela era a chance da garota. Podia ter ido embora: eu a teria colocado em um abrigo, cuidaria para que ela ficasse bem. Por que merda ela voltou para ele? Por que as mulheres fazem isso?

Na fração de hesitação antes de Robin responder, Strike percebeu que suas palavras poderiam levar a uma interpretação pessoal.

– Imagino... – começou a dizer Robin, e ao mesmo tempo Strike continuou:

– Eu não queria...

Os dois pararam.

– Desculpe, pode falar – disse Strike.

– Eu só ia dizer que as pessoas maltratadas se agarram a quem as maltrata, não é verdade? Elas passaram por lavagem cerebral para acreditar que não existe alternativa.

*Eu era a merda da alternativa, parado ali, bem na cara dela!*

– Algum sinal de Laing hoje? – perguntou Strike.

— Não. Sabe de uma coisa, eu *sinceramente* não acho que ele esteja lá.

— Ainda penso que vale a pena...

— Olha, sei quem está em cada apartamento, exceto um deles — disse Robin. — Entra e sai gente de todos os outros. O último ou está desocupado, ou tem um morto lá, porque a porta nunca é aberta. Nunca vi uma visita de cuidadores ou enfermeiros.

— Vamos dar mais uma semana — disse Strike. — É a única pista que temos para Laing. Escute — acrescentou ele com irritação, enquanto ela tentava protestar —, ficarei na mesma posição, vigiando aquela boate de strip.

— Só que nós sabemos que Brockbank está na boate — disse Robin severamente.

— Vou acreditar quando o vir — retorquiu Strike.

Eles se despediram alguns minutos depois com uma insatisfação mútua mal disfarçada.

Toda investigação tem seus momentos de baixa, quando as informações e a inspiração secam, mas Strike tinha dificuldade de assumir uma perspectiva filosófica. Graças ao remetente desconhecido da perna, não entrava mais dinheiro nenhum no escritório. Seu último cliente pagante, a mulher do Pai Maluco, não precisava mais dele. Na esperança de convencer um juiz de que a ordem de restrição não era necessária, o Pai Maluco na realidade aquiesceu.

A agência não poderia sobreviver por muito mais tempo se o ranço do fracasso e da perversidade continuasse a emanar de seu escritório. Como Strike havia previsto, seu nome agora se multiplicava pela internet, ligado ao assassinato e desmembramento de Kelsey Platt, e os detalhes sórdidos não só anulavam qualquer menção a seus êxitos anteriores, como também eclipsavam o anúncio simples de seus serviços de detetive. Ninguém queria contratar um homem tão famoso; ninguém gostava da ideia de um detetive tão intimamente associado a um homicídio não resolvido.

Foi, portanto, num estado de espírito de determinação e de um leve desespero que Strike partiu para a boate de strip onde torcia para encontrar Noel Brockbank. Por acaso, era outro antigo pub convertido, localizado numa transversal da Commercial Road, em Soreditch. A fachada de tijolos aparentes desabava em algumas partes; suas janelas foram escurecidas e receberam a pintura de silhuetas brancas e rudimentares de mulheres nuas. O nome original ("The Saracen") ainda se distinguia em letras douradas e largas pela tinta preta que descascava acima das portas duplas.

A região tinha uma grande proporção de moradores muçulmanos. Strike passou por eles, em seus hijabs e taqiyahs, olhando as muitas lojas de roupas baratas, todas trazendo nomes como International Fashion e Made in Milan e exibindo tristes manequins de peruca sintética vestindo náilon e poliéster. A Commercial Road era apinhada de bancos de Bangladesh, imobiliárias vagabundas, escolas de inglês e mercadinhos em ruínas que vendiam frutas passadas por trás de vitrines encardidas, mas não tinha bancos onde sentar, nem mesmo uma mureta fria. Embora ele frequentemente mudasse seu ponto de observação, o joelho logo começou a se queixar dos longos períodos passados de pé, esperando por coisa nenhuma, porque não se via Brockbank em lugar algum.

O homem na porta era atarracado e sem pescoço, e Strike não viu ninguém entrar ou sair do lugar, apenas clientes e strippers. As meninas iam e vinham e, como o local de trabalho, eram mais desgrenhadas e menos refinadas do que as que trabalhavam na Spearmint Rhino. Algumas tinham tatuagem ou piercing; várias estavam acima do peso e uma, que parecia embriagada ao entrar no prédio às onze da manhã, estava nitidamente suja quando vista pela janela de um restaurante de kebab que ficava exatamente de frente para a boate. Depois de vigiar a Saracen por três dias, Strike, cujas esperanças antes eram elevadas, independentemente do que tivesse dito a Robin, concluiu com relutância que, ou Brockbank nunca havia trabalhado ali, ou já fora demitido.

A manhã de sexta-feira chegou antes que se alterasse o padrão deprimente de não ter pista nenhuma. Enquanto ele espreitava na soleira de uma loja de roupas particularmente deplorável chamada World Flair, o celular tocou e Robin falou em seu ouvido:

— Jason virá a Londres amanhã. O cara da perna. Do site de aspirantes a amputados.

— Ótimo! — disse Strike, aliviado com a mera perspectiva de interrogar alguém. — Onde vamos encontrá-lo?

— "Encontrá-*los*" – disse Robin, com um tom claro de reserva na voz. – Vamos nos encontrar com Jason *e* Tempest. Ela é...

— Como disse? – interrompeu Strike. – *Tempest?*

— Duvido que seja seu nome de batismo – disse Robin com secura. – Ela é a mulher com quem Kelsey interagia on-line. Cabelo preto e óculos.

— Ah, sim, eu me lembro – repetiu Strike, apoiando o celular entre o queixo e o ombro enquanto acendia um cigarro.

— Acabo de falar com ela por telefone. É uma grande militante da comunidade de transdeficientes e é muito dominadora, mas Jason a acha maravilhosa e parece se sentir mais seguro ao lado dela.

— É justo – disse Strike. – Então, onde vamos nos encontrar com Jason e Tempest?

— Eles querem ir ao Gallery Mess. O restaurante da Galeria Saatchi.

— Sério? – Strike parecia se lembrar de que Jason trabalhava no Asda e se surpreendeu que seu primeiro desejo ao chegar em Londres fosse ver arte contemporânea.

— Tempest está numa cadeira de rodas – disse Robin –, e ao que parece lá tem ótimo acesso para deficientes.

— Tudo bem. A que horas?

— Uma hora – disse Robin. – Ela... hmm... perguntou se vamos pagar.

— Imagino que teremos de fazer isso.

— E escute... Cormoran... teria algum problema se eu tirasse a manhã de folga?

— Não, claro que não. Está tudo bem?

— Tudo ótimo, só tenho algumas... algumas coisas do casamento para resolver.

— Não tem problema. Olha – acrescentou ele, antes que ela desligasse –, vamos nos reunir em algum lugar primeiro, antes de interrogá-los? Para combinar nossa estratégia?

— Isso seria ótimo! – disse Robin, e Strike, comovido com o entusiasmo dela, sugeriu que eles se encontrassem em uma lanchonete na King's Road.

# 43

*Freud, have mercy on my soul.*

Blue Öyster Cult, "Still Burnin'"

No dia seguinte, Strike estava no Pret A Manger da King's Road havia cinco minutos quando Robin chegou, trazendo uma sacola branca pendurada no ombro. Ele era tão desinformado sobre a moda feminina como a maioria dos ex-soldados, mas até Strike reconhecia o nome Jimmy Choo.

– Sapatos – disse ele, apontando, depois de ter pedido um café para ela.

– Muito bem – disse Robin, sorrindo. – Sapatos. Sim. Para o casamento – acrescentou ela, porque, afinal, eles deviam reconhecer que isto estava acontecendo. Um estranho tabu parecia existir em torno do assunto desde que ela reatara o noivado.

– Você ainda vai, não é? – acrescentou ela enquanto eles pegavam uma mesa ao lado da janela.

Será que um dia ele concordou que compareceria ao casamento dela?, perguntou-se Strike. Ele recebera o novo convite que, como o primeiro, era um cartão rígido gravado em preto, mas não conseguia se lembrar de dizer a ela que estaria lá. Ela o olhava na expectativa de uma resposta, e ele se lembrou de Lucy e suas tentativas de coagi-lo a estar presente na festa de aniversário do sobrinho.

– Vou – disse ele de má vontade.

– Posso mandar um RSVP por você? – perguntou Robin.

– Não. Eu farei isso.

Ele achava que isso obrigaria a telefonar para a mãe dela. Era assim, pensou ele, que as mulheres te pegavam no laço. Elas o acrescentavam a listas e obrigavam a confirmar presença e se comprometer. Elas o convenciam de que se você não aparecesse, um prato de comida quente seria desperdiçado, uma cadeira de espaldar dourado ficaria desocupada, um nome numa placa de cartolina estaria vergonhosamente numa mesa, anunciando sua grosseria para o mundo. De estalo, ele não conseguia pensar em literalmente nada que quisesse menos do que ver Robin se casar com Matthew.

– Você quer... gostaria que eu convidasse Elin? – perguntou Robin com coragem, na esperança de ver a expressão dele ficar um ou dois graus menos carrancuda.

– Não – disse Strike sem hesitar, mas entendeu na oferta dela uma espécie de pedido e sua verdadeira ternura por ela fez com que sua natureza melhor se reafirmasse. – Então, vamos ver esses sapatos.

– Você não vai querer ver...!

– Eu pedi, não foi?

Robin retirou a caixa da sacola com uma reverência que divertiu Strike, tirou a tampa e abriu o papel de seda em seu interior. Eram de salto alto, numa cor champanhe reluzente.

– Meio rock 'n' roll para um casamento – disse Strike. – Achei que eles seriam... sei lá... floridos.

– Você nem vai vê-los direito – disse ela, acariciando um dos calçados com o indicador. – Eles tinham alguns de salto plataforma, mas...

Ela não terminou a frase. A verdade era que Matthew não gostava que ela ficasse alta demais.

– E então, como vamos lidar com Jason e Tempest? – perguntou ela, devolvendo a tampa à caixa de sapatos e recolocando-a na sacola.

– Você assume a dianteira – disse Strike. – Foi você que fez contato com eles. Eu vou interferir, se necessário.

– Está ciente – disse Robin, sem jeito – de que Jason vai perguntar sobre sua perna? Que ele acha que você... que você mentiu sobre como a perdeu?

– É, eu sei.

– Tudo bem. Só não quero que fique ofendido nem nada.

– Acho que posso lidar com isso – disse Strike, divertindo-se com a cara de preocupação de Robin. – Não vou bater nele, se é isto que está te preocupando.

– Bom, ótimo, porque, pelas fotos dele, você provavelmente partiria o cara em dois.

Eles seguiram lado a lado pela King's Road, Strike fumando, até o lugar onde a entrada para a galeria ficava um pouco retirada da rua, atrás de uma estátua de um Sir Hans Sloane de peruca e meias. Passando por um arco na parede de tijolos claros, eles entraram em um campo gramado que podia pertencer a uma propriedade rural, apesar do barulho da rua movimentada atrás. Prédios do século XIX cercavam a praça dos três lados. À frente, dentro do que antigamente talvez fosse o quartel, ficava o Gallery Mess.

Strike, que imaginara vagamente uma cantina alojada na galeria, agora percebia que entrava em um espaço muito mais sofisticado e se lembrou, com certo temor, de seu saldo negativo no banco e de ter concordado em pagar pelo que quase certamente seria um almoço para quatro.

O salão em que eles entraram era comprido e estreito, com uma segunda área mais larga visível pelas aberturas em arco à esquerda. Toalhas de mesa brancas, garçons de terno, teto alto e abobadado e arte contemporânea em todas as paredes aumentaram o pavor de Strike do quanto aquilo lhe custaria enquanto eles acompanhavam o maître à parte interna do restaurante.

Foi fácil localizar a dupla que eles procuravam em meio à clientela majoritariamente feminina e vestida com bom gosto. Jason era um jovem magricela de nariz comprido que vestia um casaco marrom de capuz e jeans e parecia capaz de fugir à menor provocação. Olhando fixamente o próprio guardanapo, parecia uma garça encardida. Tempest, cujo cabelo preto certamente fora tingido e que usava óculos quadrados e grossos de aro preto, era seu oposto físico: branca, troncuda e macilenta, os olhos pequenos e fundos como passas num bolinho. Com uma camiseta preta trazendo um cavalo de desenho animado multicolorido esticado pelo peito amplo, ela estava sentada em uma cadeira de rodas junto da mesa. Ambos tinham cardápios abertos à frente. Tempest já pedira uma taça de vinho.

Quando viu Strike e Robin se aproximando, Tempest abriu um sorriso, esticou um indicador curto e grosso e cutucou o ombro de Jason. O rapaz olhou em volta, apreensivo; Strike registrou a assimetria pronunciada de seus olhos azul-claros, um dos quais era um bom centímetro mais alto do que o outro. Conferia a ele uma aparência estranhamente vulnerável, como se ele tivesse sido acabado às pressas.

– Oi – disse Robin, sorrindo e estendendo a mão, primeiro para Jason. – É um prazer enfim conhecer você.

– Oi – disse ele em voz baixa, estendendo dedos moles. Depois de uma rápida olhada para Strike, ele virou a cara, ruborizando.

– Ei, oi! – disse Tempest, estendendo a mão para Strike, ainda sorrindo. Com habilidade, ela recuou a cadeira alguns centímetros e sugeriu que ele puxasse uma cadeira de uma mesa vizinha. – Este lugar é ótimo. É muito fácil circular por aqui e os funcionários são muito prestativos. Por favor! – disse ela em voz alta a um garçom que passava. – Pode nos trazer mais dois cardápios, sim?

Strike sentou-se ao lado dela, enquanto Jason manobrou para dar espaço a Robin ao lado dele.

– Lindo lugar, não? – disse Tempest, bebendo o vinho. – E o pessoal é maravilhoso com a cadeira de rodas. Superprestativos. Vou recomendar este lugar no meu site. Eu faço uma lista de lugares receptivos a cadeirantes.

Jason mergulhou em seu cardápio, aparentemente com medo de olhar nos olhos de alguém.

– Eu disse a ele para não se importar com o que pedir – disse Tempest a Strike, muito à vontade. – Ele não sabe quanto você vai ganhar resolvendo esses casos. Eu disse a ele: a imprensa vai te pagar uma grana só por sua história. Acho que é o que você faz agora, tenta resolver aqueles que são muitos famosos, né?

Strike pensou em seu saldo bancário em queda livre, no conjugado glorificado acima do escritório e no efeito devastador que a perna decepada teve nos negócios.

– Nós tentamos – disse ele, evitando olhar para Robin.

Robin escolheu a salada mais barata e uma água. Tempest pediu uma entrada e um prato principal, insistiu com Jason que a imitasse, depois recolheu os cardápios para devolver ao garçom com o ar de uma graciosa *hostess*.

– E então, Jason – começou Robin.

De imediato, Tempest atropelou Robin, dirigindo-se a Strike.

– Jason está nervoso. Ele não pensou muito bem nas repercussões que essa reunião com você pode ter. Tive de apontá-las para ele; ficamos ao telefone dia e noite, precisa ver a conta... Eu devia cobrar de você, ha, ha! Mas, falando sério...

De repente, sua expressão ficou grave.

– ... na verdade gostaríamos que você nos garantisse desde já que não vamos nos meter em problemas por não ter contado tudo à polícia. Porque a verdade é que tínhamos alguma informação útil. Ela era só uma pobre garota com problemas. Nós não sabemos de nada. Só a encontramos uma vez e não temos a menor ideia de quem a matou. Tenho certeza de que você sabe muito mais a respeito disso do que nós. Fiquei muito preocupada quando soube que Jason estava conversando com sua parceira, para ser franca, porque não acho que alguém entenda de fato o quanto somos perseguidos como comunidade. Eu mesma já recebi ameaças de morte... Devia contratar você para investigá-las, ha ha.

– Quem fez ameaças de morte a você? – perguntou Robin numa surpresa educada.

– No *meu* site, sabe – disse Tempest, ignorando Robin e se dirigindo a Strike. – Eu administro. É como se eu fosse a líder dos escoteiros... ou a madre superiora, ha ha... Mas então, é comigo que todos fazem confidências e procuram conselhos, então é evidente que *eu* é que sou atacada quando gente ignorante nos localiza. Acho que eu mesma não ajudo nisso. Compro muito a briga dos outros, não é, Jason? Mas então – disse ela, parando apenas para tomar um gole voraz do vinho –, não posso aconselhar Jason a falar com vocês sem uma garantia de que ele não terá problemas.

Strike se perguntava que possível autoridade ela pensava ter na questão. A realidade era que Jason e Tempest esconderam informações da polícia e, quaisquer que fossem seus motivos, fossem ou não as informações valiosas, o comportamento dos dois fora idiota e potencialmente prejudicial.

– Não acho que nenhum dos dois terá problemas. – Ele mentiu com tranquilidade.

– Ótimo, tudo bem, é bom ouvir isso – disse Tempest com certa complacência –, porque nós *queremos* ajudar, é óbvio. Quer dizer, eu falei com Jason, se esse homem está atacando a comunidade TIIC, o que é possível... quer dizer, que droga, é nosso *dever* ajudar. Não me surpreenderia também, pelos abusos que sofremos no site, pelo ódio. É inacreditável. Quer dizer, é claro que tem origem na ignorância, mas a gente sofre abusos de pessoas que você acharia estarem do nosso lado, que sabem exatamente como é ser discriminado.

As bebidas chegaram. Para horror de Strike, o garçom do Leste Europeu virou sua garrafa de cerveja Spitfire em um copo contendo gelo.

– Ei! – disse Strike com severidade.

– A cerveja não está gelada – disse o garçom, surpreso com o que claramente achava ser uma reação exagerada de Strike.

– Puta que pariu – resmungou Strike, pescando o gelo do copo. Já era bem ruim que estivesse diante de uma polpuda conta do almoço, sem gelo na cerveja. O garçom deu a Tempest sua segunda taça de vinho com um ar ligeiramente arrogante. Robin aproveitou a oportunidade:

– Jason, quando você fez contato com Kelsey pela primeira vez...

Mas Tempest baixou a taça e engoliu Robin.

– É, eu verifiquei todos os meus registros e Kelsey visitou o site pela primeira vez em dezembro. É, eu disse isso à polícia, deixei que eles vissem tudo. Ela perguntou sobre *você* – disse Tempest a Strike em um tom que sugeria que ele devia ficar lisonjeado por ter tido uma menção no site dela – e depois ela passou a conversar com Jason e eles trocaram endereços de e-mail, e a partir daí tiveram contato direto, não foi, Jason?

– Foi – disse ele numa voz fraca.

– Depois ela sugeriu um encontro e Jason me procurou... não foi, Jason?... e basicamente ele achou que ficaria mais à vontade se eu fosse junto, porque, afinal, é a internet, né? Nunca se sabe. Ela poderia ser qualquer um. Ela poderia ser um homem.

– O que lhe deu vontade de conhecer Kel...? – Robin começou a perguntar a Jason, porém mais uma vez Tempest falou, atropelando.

– Os dois estavam interessados em *você*, é óbvio – disse Tempest a Strike. – Kelsey despertou o interesse de Jason, não foi, Jason? Ela sabia *tudo* sobre você – disse Tempest, sorrindo com malícia, como se eles partilhassem segredos infames.

– E o que Kelsey lhe disse a meu respeito, Jason? – perguntou Strike ao rapaz.

Jason ficou vermelho por Strike se dirigir a ele, e Robin perguntou-se de repente se ele seria gay. No extenso exame que fez nos fóruns, ela havia detectado um laivo erótico em algumas fantasias dos usuários, mas não de todos, sendo <<Δēvōtėė>> o mais ostensivo deles.

– Ela disse – murmurou Jason – que o irmão dela conhecia você. Que ele tinha trabalhado com você.

– É mesmo? – disse Strike. – Tem certeza de que ela disse que era o irmão?

– Tenho.

– Porque ela não tinha nenhum. Só uma irmã.

Os olhos tortos de Jason viajaram nervosos pelos objetos na mesa antes de voltarem a Strike.

– Tenho certeza de que ela disse irmão.

– E ele trabalhou comigo no exército?

– Não, não no exército, acho que não. Depois.

*Ela mentia o tempo todo... Se era terça-feira, dizia que era quarta.*

– Ué, *eu* achava que Kelsey tinha dito que o namorado contou a ela – disse Tempest. – Ela contou pra gente que tinha um namorado chamado Neil, Jason... lembra?

– Niall – disse Jason em voz baixa.

– Ah, foi? Tudo bem, Niall. Ele foi buscá-la depois que tomamos café, lembra?

– Pera lá, pera lá – disse Strike, levantando a mão, e Tempest parou, obediente. – Vocês *viram* esse Niall?

– Sim – disse Tempest. – Ele foi buscá-la. De moto.

Houve um breve silêncio.

– Um homem em uma moto foi buscar Kelsey em... onde vocês a encontraram? – perguntou Strike, seu tom calmo escondendo a pulsação subitamente acelerada.

– No Café Rouge na Tottenham Court Road – disse Tempest.

– Não fica muito longe do nosso escritório – disse Robin.

Jason ficou ainda mais vermelho.

– Ah, Kelsey e Jason sabiam disso, ha ha! Vocês tinham esperanças de ver Cormoran aparecer, não foi, Jason? Ha ha ha – Tempest riu alegremente enquanto o garçom voltava com sua entrada.

– Um homem de moto a buscou, Jason?

Tempest estava de boca cheia e, enfim, Jason pôde falar.

– Sim – disse ele com um olhar furtivo a Strike. – Ele ficou esperando por ela na rua.

– Você conseguiu ver como ele era? – perguntou Strike, prevendo corretamente a resposta.

— Não, ele estava meio... meio do outro lado da esquina.

— Ele não tirou o capacete – disse Tempest, engolindo uma porção com o vinho, o mais rápido possível para voltar à conversa.

— De que cor era a moto, vocês conseguem se lembrar? – perguntou Strike.

Tempest achava que era preta e Jason tinha certeza de que era vermelha, mas eles concordaram que estava estacionada muito longe para reconhecer a marca.

— Lembram de mais alguma coisa que Kelsey tenha dito sobre o namorado? – perguntou Robin.

Os dois menearam a cabeça em negativa.

Os pratos principais chegaram no meio de uma extensa explicação dada por Tempest dos serviços de apoio e de advocacia oferecidos pelo site que ela desenvolvera. Só quando Tempest encheu a boca de fritas foi que Jason enfim teve coragem de se voltar diretamente para Strike.

— É verdade? – disse ele de repente, com o rosto ficando novamente vermelho.

— É verdade o quê? – perguntou Strike.

— Que você... que...

Mastigando vigorosamente, Tempest curvou-se para Strike na cadeira de rodas, colocou a mão em seu braço e engoliu.

— Que você mesmo fez isso – cochichou ela, com o fantasma de uma piscadela.

Suas coxas grossas sutilmente se reajustaram enquanto ela as erguia da cadeira, escorando o próprio peso, em vez de ficarem pendendo do tronco móvel. Strike esteve no Selly Oak Hospital com muitos homens que ficaram paraplégicos e tetraplégicos pelos ferimentos sofridos na guerra, vira suas pernas inúteis, as compensações que eles aprenderam a fazer no movimento da parte superior do corpo para acomodar o peso morto abaixo. Pela primeira vez, a realidade do que fazia Tempest o atingiu com força. Ela não precisava da cadeira de rodas. Tinha um corpo inteiramente capaz.

Estranhamente, foi Robin que manteve Strike calmo e educado, porque ele encontrou alívio por tabela na expressão de desprazer e fúria que ela lançou a Tempest. Ele se dirigiu a Jason.

– Vai precisar me dizer o que você ouviu antes que eu lhe diga se é verdade ou não.

– Bom – disse Jason, que mal tocara no hambúrguer Black Angus –, Kelsey disse que você foi ao pub com o irmão dela e que você... ficou bêbado e contou a verdade a ele. Ela contou que você saiu da base no Afeganistão com uma arma, foi o mais longe que pôde no escuro, depois você... deu um tiro na própria perna e conseguiu que um médico a amputasse para você.

Strike tomou um bom gole da cerveja.

– E eu fiz isso por quê?

– Como assim? – disse Jason, piscando, confuso.

– Eu estava querendo uma dispensa do exército por invalidez, ou...?

– Ah, não! – disse Jason, estranhamente magoado. – Não, você era... – Ele ficou tão vermelho que parecia improvável restar algum sangue no resto do corpo. – ... como nós. Você precisava disso. Precisava ser um amputado.

De repente, Robin descobriu que não conseguia olhar para Strike e fingiu contemplar uma curiosa pintura de uma mão segurando um único pé de sapato. Pelo menos, ela achava que retratava uma mão segurando um sapato. Podia muito bem ser um vaso de planta marrom com um cacto cor-de-rosa.

– O... irmão... que falou sobre mim com Kelsey... ele sabia que ela queria tirar a própria perna?

– Acho que não, não. Ela disse que só tinha contado isso a mim.

– Então você acha que foi só coincidência ele ter mencionado...?

– As pessoas guardam segredo disso – disse Tempest, imiscuindo-se na conversa à primeira oportunidade. – Existe muita vergonha, *muita* vergonha. Não saí do emprego – disse ela alegremente, gesticulando para as pernas. – Tive de dizer que foi uma lesão nas costas. Se eles soubessem que sou transdeficiente, jamais entenderiam. E nem me faça começar a falar no preconceito da classe médica, que é inacreditável. Eu mudei de clínico duas vezes; não ia suportar que me oferecessem a porcaria da ajuda psiquiátrica *de novo*. Não, Kelsey nos disse que nunca conseguiu contar a ninguém, a coitadinha. Não tinha a quem recorrer. Ninguém entendia. Por isso ela procurou a gente... e a você, é claro – disse ela a Strike, sorrindo com certa condescendência porque, ao contrário dela, ele havia ignorado o apelo de

Kelsey. – Você não está sozinho, preste atenção. Depois que as pessoas conseguem alcançar o que queriam, elas tendem a deixar a comunidade. Nós entendemos... compreendemos... mas significaria muito se as pessoas ficassem só para descrever como é finalmente estar no corpo que queriam.

Robin tinha medo de que Strike explodisse ali, naquele espaço branco e refinado onde os amantes da arte conversavam em voz baixa. Porém, ela não calculou o autocontrole que o ex-agente da Divisão de Investigação Especial aprendera com o passar de longos anos de interrogatórios. O sorriso educado dele para Tempest pode ter sido meio severo, mas ele apenas se limitou a voltar para Jason e perguntou:

– Então você não acha que foi ideia do irmão de Kelsey que ela entrasse em contato comigo?

– Não – disse Jason –, acho que a ideia foi só dela.

– E o que exatamente ela queria de mim?

– Bom, *é óbvio* – intrometeu-se Tempest, rindo um pouco. – Ela queria conselhos sobre como fazer o que você fez!

– É isso que você pensa, Jason? – perguntou Strike, e o garoto concordou com a cabeça.

– É... ela queria saber o quanto teria de machucar a perna para conseguir tirá-la, e acho que ela imaginava que você a apresentaria ao médico que fez isso com a sua.

– Este é o eterno problema – disse Tempest, claramente sem perceber o efeito que causava em Strike –, encontrar cirurgiões confiáveis. Em geral, eles são inteiramente avessos. Morreu gente tentando fazer isso sozinha. Há um cirurgião maravilhoso na Escócia que fez duas amputações em pacientes de TIIC, mas depois o impediram. Já faz uns bons dez anos. As pessoas viajam ao exterior, mas se você não puder pagar, se não puder bancar a viagem... Dá para entender por que Kelsey queria pôr as mãos em sua lista de contatos!

Robin deixou a faca e o garfo caírem com barulho, sentindo, por Strike, toda a ofensa que ela supunha ele estar vivendo. *Sua lista de contatos!* Como se a amputação dele fosse um artefato raro que Strike havia comprado no mercado negro...

Strike interrogou Jason e Tempest por mais quinze minutos antes de concluir que eles não sabiam de mais nada que fosse de alguma utilidade.

O quadro que eles pintavam de seu único encontro com Kelsey era de uma menina imatura e desesperada, cujo impulso de ser amputada era tão forte que ela, com o consentimento de seus dois ciberamigos, teria feito qualquer coisa para realizá-lo.

— É — Tempest suspirou —, ela era uma dessas. Tinha feito uma tentativa quando era mais nova, com um arame. Tivemos gente tão desesperada que colocava as pernas em trilhos de trem. Um cara tentou congelar a perna em nitrogênio líquido. Teve uma mulher na América que adulterou uma rampa de esqui de propósito, mas o perigo disso é que você talvez não consiga exatamente o grau de incapacidade que procura...

— E qual é o grau que *você* procura? — perguntou-lhe Strike. Ele acabara de erguer a mão, pedindo a conta.

— Quero minha coluna cortada — disse Tempest com completa compostura. — É, paraplegia. O ideal é que seja feito por um cirurgião. Nesse meio-tempo, eu me viro com isto — disse ela, gesticulando de novo para a cadeira de rodas.

— Usar os banheiros e elevadores para deficientes físicos, a experiência completa, hein? — perguntou Strike.

— Cormoran — disse Robin num tom de alerta.

Ela achava que isto podia acontecer. Ele estava estressado e privado de sono. Robin supunha que devia ficar feliz por eles primeiro terem conseguido todas as informações necessárias.

— É uma necessidade — disse Tempest com serenidade. — Eu sabia disso desde que era criança. Estou no corpo errado. Preciso ser paralítica.

O garçom havia chegado. Robin estendeu a mão para a conta, porque Strike não deu pela presença dele.

— Rápido, por favor — disse ela ao garçom, que parecia mal-humorado. Era o homem com quem Strike tinha gritado por colocar gelo na cerveja.

— Conhece muitos deficientes físicos? — perguntava Strike a Tempest.

— Conheço alguns. Evidentemente temos muito em...

— Vocês têm a merda toda em comum. Essa merda toda.

— Eu sabia — resmungou Robin, pegando a máquina na mão do garçom e colocando seu cartão Visa. Strike se levantou, assomando sobre Tempest, que de súbito parecia nervosa, enquanto Jason se encolhia na cadeira, dando a impressão de que queria desaparecer dentro do capuz.

– Vamos, Corm... – disse Robin, tirando seu cartão da máquina.

– Só para que vocês saibam – disse Strike, dirigindo-se ao mesmo tempo a Tempest e Jason, enquanto Robin pegava o casaco e tentava afastá-lo da mesa –, eu estava em um carro que explodiu em volta de mim. – Jason cobrira com as mãos a cara vermelha, os olhos cheios de lágrimas. Tempest apenas arquejou. – O motorista foi cortado em dois... *isso* ia te garantir alguma atenção, hein? – disse ele com selvageria para Tempest. – Só que ele morreu, então não deu em grande coisa. O outro cara perdeu metade do rosto... eu perdi uma perna. Não houve nada de voluntário no...

– Tudo bem – disse Robin, segurando o braço de Strike. – Estamos indo. Muito obrigada por se encontrar conosco, Jason...

– Procure ajuda – disse Strike em voz alta, apontando para Jason enquanto deixava que Robin o puxasse, os comensais e garçons encarando. – Consiga a merda de uma ajuda. Para a sua *cabeça*.

Eles estavam na rua arborizada, a quase uma quadra de distância da galeria, quando a respiração de Strike começou a voltar ao normal.

– Tá legal – disse ele, embora Robin não tivesse falado nada. – Você me avisou. Desculpe.

– Está tudo bem – disse ela mansamente. – Conseguimos tudo que queríamos.

Eles andaram alguns metros em silêncio.

– Você pagou? Nem notei.

– Sim. Vou tirar do dinheiro das despesas pequenas.

Eles continuaram andando. Homens e mulheres bem-vestidos passaram pelos dois, ocupados, alvoroçados. Uma garota de aparência boêmia com dreadlocks flutuava com um vestido longo e estampado, mas uma bolsa de quinhentas libras revelava que suas credenciais de hippie eram falsas como a incapacidade física de Tempest.

– Pelo menos você não deu um soco nela – comentou Robin. – Naquela cadeira de rodas. Na frente de todos os amantes da arte.

Strike riu. Robin balançou a cabeça.

– Eu sabia que você ia perder a paciência – suspirou ela, mas estava sorrindo.

# 44

## *Then Came The Last Days of May*

Ele achou que ela estava morta. Não o incomodara não ter visto nada no noticiário, porque ela era uma prostituta. Nunca vira nada nos jornais sobre sua primeira vítima tampouco. As prostitutas não contavam merda nenhuma, não eram nada, ninguém ligava. Era A Secretária que causaria um grande impacto, porque trabalhava para aquele filho da puta – uma garota certinha e respeitável com seu noivo bonito, do tipo que enlouquecia a imprensa...

Mas ele também não entendia como aquela piranha ainda podia estar viva. Lembrava-se da sensação do tronco da mulher sob a faca, o som do metal perfurando sua pele, do aço rangendo no osso, do sangue esguichando. Alguns estudantes a encontraram, segundo o jornal. Merda de estudantes.

Mas ele ainda tinha os dedos dela.

Ela fez um retrato falado. Que piada ridícula! A polícia não passava de um bando de macacos raspados de farda, todos eles. Será que pensavam que esta imagem ajudaria? Não era nada parecida com ele, nada; podia ser qualquer um, branco ou negro. Ele teria dado uma gargalhada se a Coisa não estivesse ali, mas a Coisa não ia gostar que ele risse de uma prostituta morta e de um retrato falado...

No momento, a Coisa estava criando caso à toa. Ele teve de se esforçar para compensar ter tratado a Coisa com grosseria, teve de se desculpar, bancar o bonzinho. "Eu estava aborrecido", dissera ele. "Muito aborrecido." Ele teve de se aconchegar na Coisa, comprar-lhe flores e ficar em casa, para compensar a irritação, e agora a Coisa se aproveitava disso, como as mulheres sempre faziam, tentando obter mais, o máximo que conseguisse.

– Não gosto quando você some assim.

*Eu vou fazer é VOCÊ sumir se continuar com isso.*

Ele havia lhe contado uma história para boi dormir sobre uma oportunidade de emprego, mas pela primeira vez na vida ela teve a audácia de interrogá-lo: quem te falou sobre isso? Quanto tempo você vai ficar fora?

Ele viu a Coisa falando e imaginou recuar o punho e esmurrar com tanta força a porra daquela cara feia que os ossos iam se estilhaçar...

Mas ele precisava da Coisa por mais um tempinho, pelo menos até que ele fizesse A Secretária.

A Coisa ainda o amava, este era seu trunfo: ele sabia que podia colocá-la na linha com a ameaça de ir embora para sempre. Mas não queria pegar pesado agora. Assim, ele continuou com as flores, os beijos, a gentileza que faziam a lembrança de sua fúria se abrandar e se dissolver na memória estúpida e aturdida da Coisa. Ele gostava de colocar um pouco de emoliente nas feridas dela, algo a mais para mantê-la desequilibrada, chorando no pescoço dele, agarrada a ele.

Paciente, gentil, mas determinado.

Enfim ela concordou: uma semana fora, longe, livre para fazer o que ele quisesse.

# 45

*Harvester of eyes, that's me.*

Blue Öyster Cult, "Harvester of Eyes"

O inspetor-detetive Eric Wardle não ficou nada satisfeito por Jason e Tempest terem mentido para os seus homens, mas Strike o achou menos zangado do que esperaria quando eles se encontraram para uma cerveja, a convite de Wardle, na noite de segunda-feira no Feathers. A explicação para sua surpreendente indulgência era simples: a revelação de que um homem de moto buscou Kelsey de seu encontro no Café Rouge se encaixava perfeitamente com a nova teoria preferida de Wardle.

– Lembra do cara chamado Devotee, que estava no site deles? O que tem fetiche por amputados e ficou quietinho depois que Kelsey foi morta?

– Lembro – disse Strike, que se recordava de Robin ter tido uma interação com ele.

– Nós o localizamos. Adivinha o que tem na garagem dele?

Pelo fato de não terem feito nenhuma prisão, Strike supôs que não tivessem encontrado outras partes do corpo, então sugeriu com amabilidade:

– Uma moto?

– Uma Kawasaki Ninja – disse Wardle. – Sei que estamos procurando por uma Honda – acrescentou ele, antecipando-se a Strike –, mas ele se cagou todo quando fomos lá.

– É o que acontece com a maioria das pessoas quando a Divisão de Investigação Criminal aparece na porta delas. Continue.

– Ele é um sujeitinho suarento chamado Baxter, representante de vendas sem álibi para o fim de semana dos dias 2 e 3, nem para o dia 29. Divorciado, sem filhos, alega que ficou em casa para assistir ao casamento real. Você teria visto o casamento real sem uma mulher na casa?

– Não – disse Strike, que só viu flashes do casamento no noticiário.

– Ele alega que a moto é do irmão e que ele só está cuidando dela, mas, depois de interrogado um pouco, confessou que sai com ela algumas vezes. Então, sabemos que ele sabe pilotar e que pode ter alugado ou pegado a Honda emprestada.

– O que ele falou sobre o site?

– Subestimou totalmente, disse que só está de bobeira, que não significa nada, ele não fica excitado com cotos, mas quando perguntamos se podíamos dar uma olhada no computador, ele não gostou nada. Pediu para falar com o advogado antes de dar uma resposta. Foi aí que paramos, mas vamos voltar para vê-lo novamente amanhã. Um bate-papo amistoso.

– Ele confessou ter falado com Kelsey on-line?

– É difícil para ele negar isso quando ficamos com o laptop dela e todos os registros de Tempest. Ele perguntou a Kelsey sobre os planos dela para a perna, ofereceu-se para se encontrar com ela e Kelsey o rejeitou... quer dizer, virtualmente. Ora essa, temos de ficar de olho nele – disse Wardle, em resposta ao olhar cético de Strike –, ele não tem álibi, tem uma moto, uma queda por amputação e tentou se encontrar com ela!

– Tá, claro. Mais alguma pista?

– Por isso eu queria conversar com você. Encontramos o seu Donald Laing. Está em Wollaston Close, em Elephant and Castle.

– É? – disse Strike, genuinamente perplexo.

Saboreando o fato de ter surpreendido Strike pela primeira vez, Wardle sorriu com malícia.

– É, e é um homem doente. Nós o achamos através de uma página Just-Giving. Nós os procuramos e pegamos o endereço dele.

Esta era a diferença entre Strike e Wardle, é claro: este último ainda tinha distintivo, autoridade e o tipo de poder de que Strike abdicou quando saiu do exército.

– Você o viu? – perguntou Strike.

– Mandei dois caras lá e ele não estava, mas os vizinhos confirmaram que o apartamento é dele. Ele aluga, mora sozinho e está muito doente, ao que parece. Disseram que ele viajou à Escócia. Enterro de um amigo. Deve voltar logo.

— Papo furado — resmungou Strike para sua cerveja. — Se Laing deixou um amigo na Escócia, eu vou comer este copo.

— Faça como quiser — disse Wardle, entre o riso e a impaciência. — Achei que você ficaria satisfeito porque estamos caçando os seus caras.

— E estou. Doente de verdade, é?

— O vizinho contou que ele precisa de muletas. Parece que entra e sai muito de hospital.

A tela protegida por couro no alto mostrava uma partida entre Arsenal e Liverpool do mês anterior com o som baixo. Strike viu van Persie errar o pênalti que ele, assistindo em sua TV portátil e mínima no apartamento, pensara que ajudaria o Arsenal a uma vitória desesperadamente necessária. É claro que não aconteceu. Atualmente, a sorte dos Gunners afundava junto com a dele.

— Você está saindo com alguém? — perguntou abruptamente Wardle.

— Como é? — Strike ficou sobressaltado.

— Coco foi com a sua cara — disse Wardle, cuidando para que Strike o visse sorrir com malícia ao dizer isso, o máximo para transmitir a Strike que ele achava isso ridículo. — A amiga da minha mulher, Coco. Ruiva, lembra?

Strike se lembrou de que Coco era uma dançarina de burlesco.

— Eu disse que ia perguntar — falou Wardle. — Disse a ela que você é um cretino miserável. Ela disse que não se importa.

— Diga a ela que fico lisonjeado — disse Strike, o que era verdade —, mas, sim, estou saindo com alguém.

— Não é a sua parceira, é? — perguntou Wardle.

— Não. Ela vai se casar.

— Pisou na bola aí, parceiro — disse Wardle, bocejando. — *Eu* faria.

— Então, deixa ver se entendi isso direito — disse Robin no escritório na manhã seguinte. — Agora que descobrimos que Laing realmente *mora* em Wollaston Close, você quer que eu pare a vigilância.

— Ainda não acabei — disse Strike, que preparava chá. — Ele viajou, segundo os vizinhos.

— Você acabou de me dizer que não acha que ele esteja na Escócia!

— O fato de que a porta do apartamento dele esteve fechada desde que você começou a vigilância sugere que ele foi para *algum lugar*.

Strike largou os saquinhos de chá em duas canecas.

– Não engulo a história do enterro do amigo, mas não me surpreenderia se ele aparecesse em Melrose para tentar arrancar algum dinheiro da mãe demente. Seria tranquilamente a ideia que nosso Donnie tem de umas férias divertidas.

– Um de nós deveria estar lá para quando ele voltasse...

– Um de nós *estará* lá – disse Strike num tom tranquilizador –, mas, nesse meio-tempo, quero que você passe para...

– Brockbank?

– Não, o Brockbank está por minha conta – disse Strike. – Quero que você tente a Stephanie.

– Quem?

– Stephanie. A garota de Whittaker.

– Por quê? – perguntou Robin em voz alta, enquanto a chaleira fervia em seu crescendo habitual de tampa chocalhando e estrondo de borbulhas, a condensação embaçando a janela atrás dela.

– Quero ver se ela pode nos dizer o que Whittaker estava fazendo no dia da morte de Kelsey e na noite em que aquela garota teve os dedos decepados em Shacklewell. Dias 3 e 29 de abril, para ser exato.

Strike colocou a água sobre os saquinhos de chá e mexeu com leite, tilintando a colher de chá nas laterais da caneca. Robin não sabia se ficava satisfeita ou irritada com a mudança sugerida em sua rotina. No geral, achava que estava feliz, mas suas suspeitas recentes de que Strike tentava excluí-la não eram facilmente dissipadas.

– Você sem dúvida ainda acha que Whittaker pode ser o assassino?

– Acho – disse Strike.

– Mas você não tem nenhuma...

– Não tenho prova nenhuma para nenhum deles, tenho? – disse Strike. – Só vou continuar até que ou eu consiga alguma, ou exclua todos eles.

Ele lhe entregou uma caneca de chá e arriou no sofá de couro falso, que pela primeira vez não peidou com seu peso. Um triunfo mínimo, mas, na ausência de outros, era melhor do que nada.

– Eu estava torcendo para excluir Whittaker com base na aparência dele ultimamente – disse Strike –, mas, sabe como é, *pode ter sido* ele com aquele gorro. De uma coisa eu sei: ele é exatamente o mesmo calhorda que era quando eu o conheci. Estraguei tudo com Stephanie, agora ela não vai falar comigo, mas talvez você consiga fazer alguma coisa com ela. Se ela der um álibi para ele nessas datas, ou nos apontar para outra pessoa que faça isso, vamos ter de repensar. Se não, ele fica na lista.

– E o que você vai fazer enquanto estou com Stephanie?

– Colar em Brockbank. Eu decidi – disse Strike, esticando as pernas e bebendo um gole fortificante do chá – que vou à boate de strip hoje, descobrir o que aconteceu com ele. Estou cansado de comer kebab e andar por lojas de roupas esperando que ele apareça.

Robin não disse nada.

– Que foi? – disse Strike, vendo sua expressão.

– Nada.

– Fala logo.

– Tudo bem... e se ele *estiver* lá?

– É o que veremos... não vou bater nele – disse Strike, lendo corretamente os pensamentos dela.

– Tudo bem, mas você bateu em Whittaker.

– Foi diferente – disse Strike, e quando ela não respondeu: – Whittaker é especial. Ele era da família.

Ela riu, mas com relutância.

Quando Strike sacou 50 libras do caixa eletrônico antes de entrar na Saracen da Commercial Road, a máquina avarenta lhe mostrou um saldo negativo na conta corrente. De cara amarrada, Strike entregou dez libras ao segurança de pescoço curto na porta e abriu caminho pelas faixas de tiras de plástico preto que mascaravam o interior, mal iluminado, mas não o suficiente para disfarçar a impressão geral de decadência.

O interior do antigo pub fora totalmente alterado. A decoração remodelada dava a impressão de um centro comunitário que não deu certo, pouco iluminado e sem alma. O piso era de pinho encerado, refletindo a faixa larga de néon que corria pela extensão do balcão do bar, tomando um lado do salão.

Era pouco depois do meio-dia, mas já havia uma garota girando em um palco pequeno no fundo do pub. Banhada em luz vermelha e de frente para espelhos virados de modo que cada centímetro de carne facetada pudesse ser apreciado, ela retirava o sutiã com "Start Me Up" dos Rolling Stones. Um total imenso de quatro homens estava sentado em banquetas altas, uma para cada mesa elevada, dividindo sua atenção entre a garota que agora se balançava desajeitada em volta de uma barra e uma TV de telão sintonizada no Sky Sports.

Strike foi direto ao balcão, onde se viu de frente para uma placa que dizia "Cliente flagrado se masturbando será expulso".

– O que posso fazer por você, amor? – perguntou uma garota de cabelo comprido, sombra roxa nos olhos e um piercing no nariz.

Strike pediu uma cerveja John Smith's e se sentou junto ao balcão. Além do segurança, o único outro homem à vista que trabalhava ali estava sentado atrás de um toca-discos ao lado da stripper. Era atarracado, louro, de meia-idade e não se parecia nem remotamente com Brockbank.

– Pensei que encontraria um amigo aqui – disse Strike à garçonete que, sem ter outros clientes, estava recostada no balcão, olhando sonhadora a televisão e limpando as unhas compridas.

– É? – disse ela, aparentando tédio.

– É. Ele disse que trabalhava aqui.

Um homem de casaco fluorescente aproximou-se do balcão e ela se afastou para servir sem dizer nada.

"Start Me Up" terminou e também a apresentação da stripper. Nua, ela pulou do palco, pegou um roupão e desapareceu por uma cortina no fundo do pub. Ninguém aplaudiu.

Uma mulher de quimono de náilon muito curto e meias veio deslizando de trás da cortina e começou a andar pelo pub, estendendo um copo de cerveja vazio aos clientes que, um por um, punham as mãos nos bolsos e lhe davam um trocado. Ela chegou a Strike por último. Ele largou duas libras. Ela foi diretamente ao palco, onde colocou cuidadosamente o copo com as moedas ao lado do toca-discos do DJ, saiu se contorcendo do quimono e subiu no palco de sutiã, calcinha, meias e salto alto.

– Cavalheiros, acho que vão gostar disto... As boas-vindas, por favor, à encantadora Mia!

Ela começou a rebolar com "Are 'Friends' Electric?" de Gary Numan. Não havia a mais remota sincronia entre seus movimentos e a trilha sonora.

A garçonete voltou a se recostar perto de Strike. A visão da TV era mais desimpedida de onde ele estava.

– É, como eu estava dizendo – recomeçou Strike –, um amigo meu me disse que trabalhava aqui.

– Hmm-hmm – disse ela.

– O nome dele é Noel Brockbank.

– É? Não conheço.

– Não – disse Strike, fingindo procurar em volta, embora já tivesse determinado que Brockbank não estava à vista. – Talvez eu tenha entendido o nome do lugar errado.

A primeira stripper saiu de trás da cortina, agora com um minivestido rosa-chiclete de alça fina que mal cobria a virilha e de algum modo era mais indecente do que sua nudez anterior. Aproximou-se do homem de casaco fluorescente e pediu alguma coisa, mas ele negou com a cabeça. Olhando em volta, ela pegou o olhar de Strike, sorriu e se aproximou dele.

– E aí – disse ela. O sotaque era irlandês. O cabelo, que ele pensou ser louro na luz vermelha do palco, por acaso era de um cobre nítido. Por trás do batom laranja grosso e dos cílios postiços escondia-se uma garota com a aparência de quem ainda devia estar no colégio. – Meu nome é Orla. E o seu?

– Cameron – disse Strike, que era como as pessoas normalmente o chamavam quando não entendiam seu nome.

– E então, quer uma dança privê, Cameron?

– Onde vai ser?

– Bem ali – disse ela, apontando para a cortina onde ela trocara de roupa. – Nunca te vi por aqui.

– Não. Estou procurando alguém.

– Qual o nome dela?

– É ele.

– Então veio ao lugar errado, amor – disse ela.

Ela era tão nova que parecia meio obsceno só ouvi-la chamá-lo de amor.

– Posso te pagar uma bebida? – perguntou Strike.

Ela hesitou. Uma dança privê dava mais grana, mas talvez ele fosse o tipo de cara que primeiro precisasse de aquecimento.

– Pode ser.

Strike pagou uma quantia exorbitante por uma vodca com lima, que ela bebericou com afetação em um banco ao lado dele, a maior parte de seus peitos saindo do vestido. A textura de sua pele lembrava-lhe Kelsey assassinada: lisa e firme, com muita gordura juvenil. Tinha três estrelinhas azuis tatuadas no ombro.

– Quem sabe você não conhece meu amigo? – disse Strike. – Noel Brockbank.

Ela não era boba, a pequena Orla. A desconfiança e a prudência misturaram-se no incisivo olhar de banda que ela lhe dera. Estava se perguntando, como a massagista em Market Harborough, se ele era da polícia.

– Ele me deve dinheiro – disse Strike.

Ela ainda o examinou por um momento, a testa lisa se enrugou, depois aparentemente ela engoliu a mentira.

– Noel – repetiu ela. – Acho que foi embora. Peraí... Edie?

A garçonete entediada não tirou os olhos da televisão.

– Hmm?

– Qual era o nome daquele homem que Des despediu na outra semana? O cara que só durou alguns dias?

– Não sei qual era o nome dele.

– É, acho que foi Noel que foi despedido – disse Orla a Strike. Depois, com uma franqueza amável e repentina, falou: – Me arruma dez pratas e eu posso ter certeza.

Suspirando mentalmente, Strike lhe entregou uma cédula.

– Agora espere aqui – disse Orla alegremente. Ela deslizou da banqueta, meteu a nota de dez no elástico da calcinha, puxou o vestido para baixo sem nenhuma elegância e foi se rebolando até o DJ, que fechou a cara para Strike enquanto Orla falava com ele. Ele assentiu rispidamente, a cara de queixo duplo brilhando na luz vermelha, e Orla voltou trotando, satisfeita consigo mesma.

– Eu sabia! – disse ela a Strike. – Não foi aqui que aconteceu, mas ele teve um ataque ou coisa assim.

– Um ataque? – repetiu Strike.

– É, era só a primeira semana dele no emprego. Um cara grandão, né? Tinha o queixo grande?

– É isso mesmo.

– É, ele chegou atrasado e Des não gostou. O Des é assim, dedicado demais – acrescentou ela sem necessidade, apontando para o DJ que olhava Strike com desconfiança enquanto mudava a trilha de "Are 'Friends' Electric?" para "Girls Just Wanna Have Fun", de Cyndi Lauper. – Des tava dando uma bronca nele por chegar atrasado e seu amigo caiu no chão e começou a se contorcer. Disseram – acrescentou Orla, com prazer – que ele se mijou.

Strike duvidava que Brockbank tivesse se urinado para escapar de uma descompostura de Des. Parecia que ele verdadeiramente teve um ataque epilético.

– E depois, o que aconteceu?

– A namorada do teu amigo veio correndo lá dos fundos...

– Que namorada é essa?

– Peraí... Edie?

– Hmm?

– Quem é aquela garota negra, de agora, com aplique no cabelo? Aquela de peitão? Que o Des não gosta?

– Alyssa – disse Edie.

– Alyssa – disse Orla a Strike. – Ela veio correndo lá do fundo e ficou gritando para Des chamar uma ambulância.

– Ele chamou?

– Chamou. Levaram seu amigo e Alyssa foi com ele.

– E Brock... Noel voltou depois disso?

– Ele não servia como segurança, se ia cair e se mijar só porque alguém gritou com ele, né? – disse Orla. – Soube que Alyssa queria que Des desse uma segunda chance a ele, mas Des não dá segunda chance a ninguém.

– E aí Alyssa chamou o Des de babaca – disse Edie, saindo subitamente de sua indiferença – e ele demitiu a garota também. A piranha burra. Ela precisa da grana. Tem filhos.

– Quando foi que tudo isso aconteceu? – perguntou Strike a Orla e Edie.

– Umas duas semanas atrás – disse Edie. – Mas esse cara era esquisito. Já foi tarde.

– Em que sentido ele era esquisito? – perguntou Strike.

– A gente sempre sabe – disse Edie com um cansaço intratável. – Sempre. Alyssa tem péssimo gosto para homens.

A segunda stripper agora baixava a calcinha e rebolava com entusiasmo para a plateia magra. Dois homens mais velhos tinham acabado de entrar na boate e hesitaram antes de se aproximar do balcão, com os olhos na calcinha, que claramente estava prestes a ser tirada.

– Por acaso você não sabe onde eu encontraria Noel, sabe? – perguntou Strike a Edie, que parecia entediada demais para exigir dinheiro pela informação.

– Ele mora com Alyssa em algum lugar em Bow – disse a garçonete. – Ela conseguiu uma casa subsidiada, mas está sempre reclamando do lugar. Não sei onde fica exatamente – disse ela, prevendo a pergunta de Strike. – Nunca fui lá nem nada.

– Acho que ela gostou de lá – disse Orla vagamente. – Falou que tinha uma creche boa.

A stripper tinha tirado a calcinha se contorcendo e a agitava no alto, no estilo laço de caubói. Tendo visto tudo que havia para ver, os dois clientes novos foram para o balcão. Um deles, um homem com idade suficiente para ser avô de Orla, fixou os olhos remelentos em seu decote. Ela o avaliou, pragmática, e se virou para Strike.

– E aí, quer a dança privê ou não?

– Acho que não vou querer – disse Strike.

Antes que as palavras tivessem saído inteiramente de sua boca, ela havia baixado o copo, saído da cadeira e deslizado para o velho de sessenta anos, que sorriu, revelando mais espaços do que dentes.

Uma figura volumosa apareceu ao lado de Strike: o segurança sem pescoço.

– Des quer dar uma palavrinha – disse ele no que teria sido um tom ameaçador se sua voz não fosse surpreendentemente aguda para um homem tão largo.

Strike olhou em volta. O DJ, que o olhava do outro lado do salão, acenou.

– Algum problema? – perguntou Strike ao segurança.

– Se tiver, Des vai te falar – foi a resposta um tanto ameaçadora.

Então Strike atravessou o salão para falar com o DJ e se colocou como um aluno enorme convocado à sala do diretor em seu púlpito. Inteiramente cônscio do absurdo da situação, ele teve de esperar enquanto uma terceira stripper depositava seu copo de moedas em segurança ao lado do toca-discos, tirava o roupão roxo e subia no palco vestindo renda preta e sapatos de salto de acrílico. Era muito tatuada e, por baixo da maquiagem grossa, tinha manchas.

– Cavalheiros, peitões, bunda e toda a classe de... Jackaline!

Começou "Africa" de Toto. Jackaline girou em volta da barra vertical, nisso ela era muito mais competente do que qualquer uma das colegas, e Des cobriu o microfone com a mão e se curvou para frente.

– Tá legal, amigo.

Ele parecia ao mesmo tempo mais velho e mais durão do que na luz vermelha do palco, os olhos sagazes, uma cicatriz funda como a de Shanker correndo pelo queixo.

– Por que está fazendo perguntas sobre aquele segurança?

– Ele é amigo meu.

– Ele nunca teve um contrato.

– Eu nunca disse que tinha.

– Demissão injusta uma ova. Ele nunca me disse que tinha a porra dos ataques. Você foi mandado aqui pela piranha da Alyssa?

– Não – disse Strike. – Eu soube que Noel trabalhava aqui.

– Ela é uma vaca maluca.

– Não tenho como saber. Só estou procurando por ele.

Coçando uma axila, Des olhou feio para Strike por um tempo e, a poucos mais de um metro, Jackaline tirava as alças do sutiã dos ombros e fechava a cara por sobre o ombro para a meia dúzia de clientes que assistiam.

– O *caralho* que aquele cretino já foi das Forças Especiais – disse Des agressivamente, como se Strike tivesse insistido que tinha sido.

– Foi o que ele te falou?

– É, foi o que *ela* disse. Alyssa. Eles não teriam aceitado uma ruína fodida daquelas. Mas depois – disse Des, estreitando os olhos –, teve outra coisa que eu não gostei.

– É? Tipo o quê?

– Isso é problema meu. Diga isso a ela por mim. Não foi só a porra do ataque dele. Diga a ela para perguntar a Mia por que eu não quero ele de volta, e você diz a Alyssa que, se ela fizer mais alguma merda idiota com meu carro, ou me mandar mais um dos amigos dela tentando tirar alguma coisa de mim, eu vou processar a piranha. Diz isso a ela!

— Tudo bem — disse Strike. — Tem o endereço?

— Dá o fora, tá legal? — rosnou Des. — Dá o fora daqui.

Ele se curvou para o microfone.

— Lindo — disse ele com um olhar profissional de lado, enquanto Jackaline sacudia os peitos ritmadamente na luz escarlate. Des fez um gesto de "cai fora" para Strike e voltou a sua pilha de discos velhos de vinil.

Aceitando o inevitável, Strike se deixou ser acompanhado à porta. Ninguém prestou atenção nenhuma; a atenção da plateia continuava dividida entre Jackaline e Lionel Messi na TV grande. À porta, Strike deu um passo de lado para permitir a entrada de um grupo de jovens de terno, e todos já pareciam meio embriagados.

— Peitões! — gritou o primeiro deles, apontando a stripper. — *Peitões!*

O segurança se ofendeu com este jeito de entrar no recinto. Seguiu-se uma leve altercação, com o gritão intimidado pelos amigos e as censuras do segurança, que dava vários golpes com o indicador no peito dele.

Strike esperou pacientemente que a questão se resolvesse. Quando os jovens enfim tiveram permissão de entrar, foi embora com os acordes de abertura de "The Only Way Is Up", do Yazz.

# 46

## *Subhuman*

Sozinho com seus troféus, ele se sentia completo em todos os aspectos. Eram a prova de sua superioridade, de sua espantosa capacidade de mover-se silenciosamente entre os macacos da polícia e a massa de carneirinhos, pegando o que bem quisesse, como um semideus.

É claro que eles também lhe davam outra coisa.

Ele jamais ficava excitado na hora de matar. Pensar nisso de antemão, sim: às vezes, conseguia alcançar um frenesi onanista com as ideias do que ia fazer, refinando e reencenando mentalmente as possibilidades. Depois – agora, por exemplo, ao segurar na mão o seio gelado, elástico e encolhido que cortara do tronco de Kelsey, já ficando ligeiramente coriáceo da frequente exposição ao ar fora da geladeira – ele não tinha problema nenhum. Ele *agora* estava duro como um mastro.

Ele havia colocado os dedos da última na geladeira. Pegou um, apertou nos lábios e mordeu com força. Imaginou a mulher ainda ligada ao dedo, gritando de agonia. Enterrou mais os dentes, saboreando a sensação da carne fria se rasgando, os dentes cravando o osso. Uma das mãos abriu o cordão da calça de moletom...

Alguns momentos depois, ele recolocou tudo na geladeira, fechou a porta e deu-lhe um tapinha, sorrindo consigo mesmo. Logo, logo haveria muito mais do que isso ali dentro. A Secretária não era baixa: um metro e setenta ou setenta e dois, pelos cálculos dele.

Só um problema... ele não sabia onde ela estava. Perdera sua pista. Ela não tinha aparecido no escritório esta manhã. Ele foi até a LSE, onde localizou a piranha platinada, mas não viu sinal da Secretária. Procurou no Court;

até verificou a Tottenham. Mas não passava de um revés temporário. Ele perdera o rastro. Pegaria novamente amanhã cedo na estação West Ealing, se fosse necessário.

Ele preparou um café e colocou uma dose de uísque, de uma garrafa que tinha ali fazia meses. Não havia quase mais nada no buraco sujo onde escondia seus tesouros, em seu santuário secreto: uma chaleira, algumas canecas lascadas, a geladeira – o altar de sua profissão –, um colchão velho para dormir e uma estação de ligação onde colocar o iPod. Isto era importante. Tornara-se parte de seu ritual.

Ele os achou uma merda quando ouviu pela primeira vez, mas, à medida que aumentava a obsessão por destruir Strike, também crescia o gosto pela música deles. Gostava de ouvir nos fones, enquanto seguia A Secretária, enquanto limpava as facas. Agora era música sacra para ele. Algumas letras grudavam nele como fragmentos de uma cerimônia religiosa. Quanto mais ouvia, mais sentia que eles compreendiam.

As mulheres eram reduzidas ao seu elemento quando ficavam diante da faca. Purificavam-se pelo pavor. Havia uma espécie de pureza nelas enquanto imploravam e suplicavam pela própria vida. A Cult (como ele os chamava na intimidade) parecia compreender. Eles sabiam das coisas.

Ele colocou o iPod na estação e escolheu uma de suas faixas preferidas, "Dr. Music". Depois foi à pia e ao espelho de barbear rachado que mantinha ali, com a navalha e a tesoura preparadas: todas as ferramentas de que um homem precisava para se transformar completamente.

Do único alto-falante da estação, Eric Bloom cantava:

*Girl don't stop that screamin'*
*You're sounding so sincere...*[1]

---

[1] "Não pare de gritar, garota / Você parece tão sincera."

# 47

*I sense the darkness clearer...*
                    Blue Öyster Cult, "Harvest Moon"

Hoje – 1º de junho – Robin pôde dizer pela primeira vez: "Vou me casar no mês que vem." O dia 2 de julho de repente parecia muito próximo. A costureira de Harrogate queria uma última prova, mas Robin não sabia quando conseguiria encaixar uma viagem a sua cidade natal. Pelo menos tinha os sapatos. A mãe estava recebendo os RSVPs e atualizando-a constantemente sobre a lista de convidados. Robin se sentia estranhamente desligada de tudo isso. Suas horas tediosas de vigilância na Catford Broadway, observando o apartamento no segundo andar da lanchonete, estava a um mundo de distância de dúvidas sobre flores, quem se sentaria ao lado de quem na recepção e (esta última da parte de Matthew) se ela já pedira a Strike a licença para a viagem de 15 dias da lua de mel, que Matthew reservara e que seria uma surpresa.

Robin não sabia como o casamento podia ter chegado tão perto sem que ela percebesse. No mês que vem, bem no mês seguinte, ela se tornaria Robin Cunliffe – pelo menos, supunha que assim seria. É claro que Matthew esperava que ela assumisse o nome dele. Ele ultimamente andava muito animado, abraçando-a sem dizer nada quando passava por ela no corredor, sem levantar uma só objeção às longas horas que ela trabalhava, horas que invadiam o fim de semana dos dois.

Matthew a levara de carro a Catford nas últimas manhãs porque ficava no caminho da empresa que ele auditava em Bromley. Ele estava sendo gentil agora com o desprezado Land Rover, mesmo quando errava as marchas e empacava nos cruzamentos, dizendo que presente maravilhoso tinha sido, quanta gentileza de Linda dar a eles, como um carro era útil quando ele era mandado a algum lugar fora da cidade. Durante o trajeto de ontem, ele se oferecera para retirar Sarah Shadlock da lista de convidados do casamento. Robin sabia que ele havia criado coragem até para fazer a pergunta, com medo de que a menção ao nome de Sarah provocasse uma briga. Ela pensou nisso por um tempo, perguntando-se como realmente se sentia, e por fim disse não.

– Não ligo – disse ela. – Prefiro que ela vá. Está tudo bem.

Retirar Sarah da lista diria a Sarah que Robin descobrira o que acontecera anos antes. Ela preferia fingir que sempre soube, que Matthew havia confessado há muito tempo, que aquilo não era nada para ela; Robin tinha seu orgulho. Porém, quando a mãe, que também perguntou sobre o comparecimento de Sarah, indagou quem Robin queria colocar no lugar vago ao lado de Sarah, agora que Shaun, amiga de universidade dela e de Matthew, não poderia comparecer, Robin respondeu com uma pergunta.

– Cormoran mandou um RSVP?

– Não – respondeu a mãe.

– Ah – disse Robin. – Bom, ele disse que vai.

– Quer colocá-lo ao lado de Sarah, é isso?

– Não, claro que não! – vociferou Robin.

Houve uma curta pausa.

– Desculpe – disse Robin. – Desculpe, mãe... é o estresse... não, você pode colocar Cormoran ao lado de... sei lá...

– A namorada dele vai?

– Ele disse que não. Coloque-o em qualquer lugar, só não ponha perto da escrota da... quer dizer, perto de Sarah.

Assim, Robin se acomodou para esperar por um vislumbre de Stephanie na manhã mais quente que haviam tido até agora. Os consumidores na Catford Broadway usavam camiseta e sandálias; negras passavam com turbantes de cores vivas. Robin, que havia colocado um vestido de verão por baixo de um velho casaco de brim, recostou-se em um de seus nichos de sempre no prédio do teatro, fingindo falar ao celular e matando tempo antes de fingir examinar velas aromáticas e tipos de incenso na barraca mais próxima.

Era difícil manter a concentração quando se tem certeza de que lhe mandaram para uma caçada inútil. Strike podia insistir que ainda pensava em

Whittaker como um suspeito da morte de Kelsey, mas Robin não se convencera, embora não tivesse se manifestado verbalmente. Estava cada vez mais inclinada à opinião de Wardle de que Strike estava decidido a enquadrar o ex-padrasto e que sua capacidade crítica, em geral ótima, era toldada por antigos desgostos. Olhando periodicamente as cortinas imóveis do apartamento de Whittaker, ela se lembrou de que Stephanie fora vista pela última vez sendo enfiada por Whittaker na traseira de um furgão, e se perguntou se ela ainda estaria dentro do apartamento.

Do leve ressentimento de ver que aquele seria mais um dia desperdiçado, ela passou facilmente à principal mágoa que sentia no momento por Strike: a apropriação dele da busca por Noel Brockbank. De algum modo, Robin passara a sentir que Brockbank era seu suspeito particular. Se não tivesse conseguido incorporar Venetia Hall, eles jamais saberiam que Brockbank morava em Londres, e se ela não tivesse a esperteza de reconhecer que Nile era Noel, eles jamais o teriam localizado na Saracen. Mesmo a voz baixa em seu ouvido – *eu conheço você, garotinha?* –, embora tenha sido de dar arrepios, constituía uma estranha ligação.

Os odores de peixe cru e incenso que passaram a representar Whittaker e Stephanie enchiam suas narinas enquanto ela se recostava na pedra fria e observava a porta imóvel do apartamento dele. Como raposas em uma lixeira, seus pensamentos desgovernados voltaram a Zahara, a garotinha que atendeu ao celular de Brockbank. Robin pensava nela todo dia desde que as duas se falaram, e pedira a Strike cada detalhe sobre a mãe da menina quando ele voltou da boate de strip.

Ele contara a Robin que a namorada de Brockbank chamava-se Alyssa e que ela era negra, e, portanto, Zahara devia ser também. Talvez fosse parecida com a garotinha de trancinhas afro que agora andava pela rua, segurando com força o indicador da mãe e fitando Robin com olhos escuros e solenes. Robin sorriu, mas a menina não correspondeu: limitou-se a continuar examinando Robin enquanto ela e a mãe passavam. Robin continuou sorrindo até que a garotinha, virando-se quase 180 graus para não quebrar o contato visual com Robin, tropeçou no pezinho mínimo com sandália. Caiu no chão e começou a chorar; a mãe, impassível, pegou-a no colo e a carregou. Sentindo-se culpada, Robin voltou a observar as janelas de Whittaker com o choro da menina caída ainda reverberando pela rua.

Era quase certo que Zahara morava no apartamento em Bow de que Strike lhe falara. A mãe de Zahara, ao que parece, reclamara do apartamento, embora Strike tenha dito que uma das meninas...

Uma das meninas dissera...

– É claro! – resmungou Robin, animada. – *É claro!*

Strike não teria pensado nisso – naturalmente não pensaria, ele era um homem! Ela pressionou as teclas do telefone.

Havia sete creches em Bow. Colocando distraidamente o celular no bolso e animada pela linha de raciocínio que teve, Robin começou a vagar, como de hábito, pelas barracas do mercado, lançando o olhar ocasional para as janelas do apartamento de Whittaker e sua eterna porta fechada, a mente inteiramente dedicada à busca de Brockbank. Conseguia pensar em dois cursos de ação possíveis: vigiar cada uma das sete creches, procurando uma negra que pegasse uma menina chamada Zahara (e como Robin saberia qual eram mãe e filha certas?) ou... ou... Ela parou ao lado de uma barraca que vendia bijuteria étnica, olhando sem ver, os pensamentos ocupados com Zahara.

Inteiramente por acaso, ela ergueu os olhos de um par de brincos de contas e penas enquanto Stephanie, que Strike descrevera com precisão, saía pela porta ao lado da lanchonete. Pálida, de olhos vermelhos e piscando com a forte luz como um coelho albino, Stephanie empurrou a porta da lanchonete, entrou e foi até o balcão. Antes que Robin conseguisse pensar com clareza, Stephanie roçava por ela com uma lata de Coca-Cola e voltava ao prédio pela porta branca.

*Merda.*

– Nada – disse ela a Strike uma hora depois, ao telefone. – Ela ainda está lá. Não tive a chance de fazer nada. Ela entrou e saiu em cerca de três minutos.

– Fique por aí – disse Strike. – Ela pode sair de novo. Pelo menos sabemos que ela está consciente.

– Alguma sorte com Laing?

– Não enquanto estive lá, mas tive de voltar ao escritório. Grande notícia: o Duas Vezes me perdoou. Ele acaba de sair daqui. Precisamos do dinheiro... eu não podia recusar.

— Ah, pelo amor de Deus... como é possível que ele *já tenha* outra namorada? – perguntou Robin.

— Não tem. Ele quer que eu vigie uma nova dançarina que ele está paquerando, ver se ela já tem alguém.

— Por que ele simplesmente não *pergunta* a ela?

— Ele perguntou. Ela disse que não está saindo com ninguém, mas as mulheres são falsas e traíras, Robin, você sabe disso.

— Ah, sim, claro. – Robin suspirou. – Tinha me esquecido. Escute, tive uma ideia sobre Br... espere, está acontecendo alguma coisa.

— Está tudo bem? – perguntou ele rispidamente.

— Tudo bem... espere...

Um furgão parou na frente dela. Mantendo o celular na orelha, Robin contornou-o, tentando ver o que estava acontecendo. Pelo que pôde distinguir, o motorista tinha um corte de cabelo à escovinha, mas o sol no para-brisa ofuscou seus olhos, obscurecendo as feições dele. Stephanie apareceu na calçada. De braços firmemente cruzados, ela andou a passos duros pela rua e subiu na traseira do furgão. Robin afastou-se para permitir que o carro passasse, fingindo falar ao celular. Seus olhos encontraram os do motorista; eram escuros e velados.

— Ela saiu, entrou na traseira de um furgão velho – disse ela a Strike. – O motorista não se parece com Whittaker. Pode ser um mestiço ou mediterrâneo. É difícil saber.

— Bom, sabemos que Stephanie faz a vida. Deve ter ido ganhar algum dinheiro para Whittaker.

Robin fez um esforço para não se ressentir do tom prosaico dele. Strike, lembrou ela a si mesma, libertara Stephanie da chave de braço de Whittaker com um soco na barriga. Ela parou, olhando a vitrine de uma banca de jornais. Ainda estavam em evidência objetos do casamento real. Havia uma bandeira britânica pendurada na parede atrás do asiático no caixa.

— O que você quer que eu faça? Posso cobrir Wollaston Close, se você vai atrás da namorada nova do Duas Vezes. Isso faz... uf – ela arquejou.

Robin tinha se virado para se afastar e se chocou com um homem alto de cavanhaque, que a xingou.

— Desculpe – ofegou ela automaticamente enquanto o homem passava por ela e entrava na banca.

— Que foi? – perguntou Strike.

— Nada... esbarrei em alguém... escuta, vou para Wollaston Close.

— Tudo bem – respondeu Strike depois de uma pausa perceptível –, mas, se Laing aparecer, tente tirar uma foto. Não chegue perto dele.

— Eu não pretendia fazer isso – disse Robin.

— Me ligue se houver alguma novidade. Ou mesmo que não haja nenhuma.

A breve onda de entusiasmo sentida com a perspectiva de voltar a Wollaston Close esmoreceu quando Robin chegou à estação de Catford. Não sabia por que subitamente se sentia deprimida e ansiosa. Talvez fosse fome. Decidida a romper o vício no chocolate que colocava em risco sua capacidade de caber no vestido de noiva reformado, ela comprou uma barra de cereais de aparência nada apetitosa antes de embarcar no trem.

Mastigando o pedaço de serragem enquanto o trem a levava para Elephant and Castle, ela se viu distraidamente esfregando as costelas onde havia se chocado com o grandalhão de cavanhaque. Ouvir palavrões de gente ao acaso era o preço que se pagava por morar em Londres, é claro; ela não conseguia se lembrar de um estranho xingando-a em Masham, nem mesmo uma vez.

Algo a fez subitamente olhar em volta, mas não havia nenhum grandalhão nas proximidades, nem no vagão pouco ocupado, nem olhando para ela dos vagões vizinhos. Agora que ela pensava no assunto, tinha abandonado parte da vigilância habitual naquela manhã, seduzida pela familiaridade de Catford Broadway, distraída ao pensar em Brockbank e Zahara. Ela se perguntou se teria notado mais alguém ali, vigiando-a... mas isto certamente era paranoia. Matthew a havia deixado com o Land Rover naquela manhã; como o assassino poderia tê-la seguido a Catford, se não estivesse esperando em algum veículo na Hasting Road?

Entretanto, pensou Robin, ela devia ficar atenta contra a complacência. Quando saiu do trem, notou um moreno alto andando um pouco atrás e, de propósito, parou para deixá-lo passar. Ele nem mesmo a olhou. *Estou ficando é paranoica*, pensou ela, jogando a barra de cereais inacabada numa lixeira.

Era uma e meia quando ela chegou ao pátio de Wollaston Close, o edifício Strata assomando sobre prédios antigos e dilapidados como um emissário do futuro. O vestido leve e comprido e o velho casaco de brim, que combinaram tão bem no mercado em Catford, ali pareciam meio estudantis. Entretanto, mais uma vez fingindo falar ao celular, Robin olhou despreocupadamente para cima e seu coração deu um leve salto.

Algo havia mudado. As cortinas foram abertas.

Agora, extremamente atenta, ela manteve o curso, caso ele estivesse olhando pela janela, pretendendo encontrar um lugar na sombra onde pudesse ficar de olho naquela sacada. Estava tão atenta na descoberta do lugar perfeito onde ficar à espreita e em manter a aparência de uma conversa natural, que não lhe sobrou atenção para onde pisava.

– *Não!* – gritou Robin enquanto o pé direito derrapava, o esquerdo se prendia na bainha da saia comprida e ela escorregava em uma posição semiespacate sem nenhuma dignidade, caía de lado e largava o celular.

– Ah, bosta – ela gemeu. Havia escorregado no que parecia vômito ou até diarreia: parte ficou presa a seu vestido e à sandália, e ela arranhou a mão ao cair, mas o que mais a preocupava era a exata identidade da coisa calombenta, grossa, viscosa e marrom-amarelada.

Em algum lugar nos arredores um homem deu uma gargalhada. Irritada e humilhada, ela tentou se levantar sem espalhar ainda mais a gosma pelas roupas e sapatos, e não olhou prontamente para a origem da zombaria.

– Desculpe, menina – disse uma suave voz escocesa bem atrás dela. Ela virou a cara rapidamente e parecia que vários volts de eletricidade corriam por seu corpo.

Apesar do calor do dia, ele usava um gorro peruano com abas compridas para as orelhas, um casaco xadrez vermelho e preto e jeans. Duas muletas de metal escoravam a maior parte de seu peso substancial enquanto ele a olhava de cima, ainda sorrindo. Marcas fundas desfiguravam a pele clara das bochechas, do queixo e das bolsas abaixo dos olhos pequenos e escuros. O pescoço grosso se derramava sobre a gola.

Um saco plástico contendo o que pareciam alguns mantimentos estava pendurado em uma das mãos. Ela conseguia ver a ponta da adaga tatuada que sabia correr por uma rosa amarela até o antebraço dele. As gotas do sangue tatuado escorriam pelo pulso, parecendo feridas.

— Vai precisar de uma água — disse ele com um largo sorriso, apontando para o pé de Robin e a bainha do vestido — e de uma escovinha.

— Sim — disse Robin, trêmula. Ela se abaixou para pegar o celular. A tela estava rachada.

— Moro aqui em cima — disse ele, apontando com a cabeça o prédio que ela vinha vigiando intermitentemente havia um mês. — Se quiser, pode subir. Para se limpar.

— Ah, não... está tudo bem. Mas muito obrigada — disse Robin sem fôlego.

— Não tem problema — disse Donald Laing.

O olhar dele se arrastou pelo corpo de Robin. A pele de Robin formigou, como se ele tivesse passado o dedo por ela. Virando-se nas muletas, ele se afastou, o saco plástico desajeitado, oscilando. Robin ficou onde ele a havia deixado, consciente do sangue pulsando no rosto.

Ele não olhou para trás. Os protetores de orelha do gorro balançavam-se como orelhas de um cocker spaniel enquanto ele se deslocava dolorosa e lentamente pela lateral dos prédios, saindo de vista.

— Ah, meu Deus — sussurrou Robin. Sentindo dor na mão e no joelho, onde havia caído, Robin tirou distraidamente o cabelo do rosto. Só então percebeu, com alívio, pelo cheiro nos dedos, que a substância escorregadia era curry. Apressando-se até uma esquina fora de vista das janelas de Donald Laing, ela pressionou as teclas do celular rachado e ligou para Strike.

# 48

## *Here Comes That Feeling*

A onda de calor que se abatera sobre Londres era sua inimiga. Não havia onde esconder as facas em uma camiseta, e os gorros e golas altas de que dependia para se disfarçar pareciam deslocados. Ele nada podia fazer a não ser esperar, furioso e impotente, no lugar que a Coisa desconhecia.

Enfim, no domingo, o tempo mudou. A chuva varreu os parques ressecados, limpadores de para-brisa dançavam, turistas vestiam seus ponchos de plástico e andavam pelas poças sem se preocupar com elas.

Excitado e cheio de determinação, ele puxou um gorro surrado bem baixo sobre os olhos e vestiu o casaco especial. Enquanto caminhava, as facas batiam no peito, nos bolsos compridos e improvisados que ele rasgara no forro. As ruas da capital não estavam menos abarrotadas de gente agora do que quando ele esfaqueara a piranha cujos dedos estavam na geladeira. Turistas e londrinos ainda enxameavam por todo lado feito formigas. Alguns tinham comprado guarda-chuvas e gorros com a bandeira britânica. Ele esbarrava em alguns pelo simples prazer de jogá-los de lado.

A necessidade que sentia de matar ia ficando cada vez mais urgente. Os últimos dias desperdiçados haviam passado rapidamente, sua licença da Coisa aos poucos expirava, mas A Secretária continuava viva e livre. Ele havia procurado por horas, tentando localizá-la e então, num choque, ela apareceu bem na frente dele, a vaca sem-vergonha, em plena luz do dia – mas havia testemunhas para todo lado...

Um fraco controle dos impulsos, diria a porra do psiquiatra se soubesse o que ele fez ao vê-la. Fraco controle dos impulsos! Ele podia controlar seus impulsos muito bem quando queria – era um homem de inteligência sobre-humana, que matara três mulheres e aleijara outra sem que a polícia tivesse a menor noção, então foda-se o psiquiatra e seu diagnóstico –, mas quando a viu bem diante de si depois de todos aqueles dias vazios, ele quis assustá-la, quis chegar perto, *bem* perto, o suficiente para sentir seu cheiro, falar com ela, olhar em seus olhos assustados.

E então ela se afastou e ele não se atreveu a segui-la, não naquele momento, mas deixá-la ir embora quase o matou. A essa altura ela poderia estar guardada em porções de carne na sua geladeira. Ele poderia ter observado em seu rosto aquele êxtase do pavor e da morte, quando ele era o senhor absoluto e elas o seu brinquedo.

Então ali estava ele, andando pela chuva gelada, ardendo por dentro porque era domingo e ela sumira de novo, de volta ao lugar de onde ele jamais conseguiria se aproximar, porque o Garoto Bonito estava sempre ali.

Ele precisava de mais liberdade, muito mais liberdade. O verdadeiro obstáculo era ter a Coisa em casa o tempo todo, espionando, agarrada a ele. Tudo isso teria de mudar. Contrariado, ele já pressionara a Coisa a voltar a trabalhar. Agora tinha decidido que precisaria fingir à Coisa que tinha um novo emprego. Se necessário, ele roubaria para conseguir dinheiro, fingiria ter ganhado – já fizera isso muitas vezes. Depois, livre, poderia dedicar o tempo que realmente precisava para assegurar-se de estar bem perto quando A Secretária baixasse a guarda, quando ninguém estivesse olhando, quando ela virasse a esquina errada...

Para ele, os pedestres eram tão sem vida como um autômato. Idiota, idiota, idiota... Por onde quer que andasse, ele procurava por ela, a mulher que ele faria agora. Não A Secretária, não, porque a vaca voltara a se refugiar atrás de sua porta branca com o Garoto Bonito, mas qualquer mulher burra ou bêbada o suficiente para dar um pequeno passeio com um homem e suas facas. Ele tinha de fazê-lo antes de voltar para a Coisa, precisava disso. Seria o que o faria continuar, depois que voltasse a fingir ser o amado da Coisa. Seus olhos adejavam por baixo do gorro, classificando-as, descartando-as: as mulheres com homens, as mulheres com crianças agarradas, mas nenhuma mulher sozinha, nenhuma do jeito que ele precisava...

Ele andou quilômetros até o escurecer, passou por pubs iluminados onde homens e mulheres riam e paqueravam, por restaurantes e cinemas, procurando, esperando, com a paciência de um caçador. Era noite de domingo e os trabalhadores voltavam cedo para casa, mas isso não importava: ainda havia turistas para todo lado, gente de fora da cidade, atraída pela história e pelo mistério de Londres...

Era quase meia-noite quando elas saltaram a seus olhos treinados como um conglomerado de cogumelos gordos na grama alta: um bando de mulheres dando gritinhos, meio bêbadas, rindo e ziguezagueando pela calçada. Estavam em uma daquelas ruas miseráveis e decrépitas que eram o prazer especial dele, onde uma briga de bêbados e uma mulher aos gritos não seriam nada fora do comum. Ele seguiu, a dez metros atrás delas, observando-as passar sob postes de rua, trocando cotoveladas e rindo, todas, menos uma. Era a mais embriagada e parecia a mais jovem: pronta para vomitar, se ele entendia algo do assunto. Ela cambaleava nos saltos, ficando um pouco atrás das amigas, a piranhazinha idiota. Nenhuma das amigas percebeu o estado dela. Estavam muito bebuns, trocando as pernas e dando gargalhadas enquanto seguiam trôpegas.

Ele seguia calmamente atrás delas, casualmente, se preferirem.

Se ela vomitasse na rua, o barulho chamaria a atenção das amigas, que parariam e se reuniriam em volta dela. Enquanto ela continha o impulso de vomitar, não podia falar. Aos poucos, aumentava a distância entre ela e as amigas. Ela oscilava, lembrando-lhe a última, com aqueles saltos altos idiotas. Esta não deve sobreviver para ajudar a fazer retratos falados.

Um táxi se aproximava. Ele viu o cenário se desenrolar antes que acontecesse. Elas fizeram sinal ruidosamente, gritando e agitando os braços, e se amontoaram dentro dele, uma por uma, uma bunda gorda atrás da outra. Ele apressou o passo, de cabeça baixa, escondendo o rosto. As luzes da rua se refletiam nas poças, a luz "livre" do táxi apagada, o ronco do motor...

As amigas se esqueceram dela. Ela vacilou para uma parede, erguendo um braço para se apoiar.

Talvez ele só tivesse segundos. A qualquer momento, uma das amigas podia notar que ela estava faltando.

– Você está bem, querida? Está passando mal? Venha cá. Por aqui. Você vai ficar bem. Venha por aqui mesmo.

Ela começou a ter ânsias de vômito enquanto ele a levava a uma transversal. Fraca, ela tentou puxar o próprio braço, ofegando; o vômito se esparramou dela, fazendo-a engasgar.

– Piranha imunda – rosnou ele, a mão já no cabo da faca por dentro do casaco. Ele a arrastava à força para um recesso escuro entre uma locadora de vídeo pornô e um brechó.

– Não. – Ela ofegou, mas sufocou no próprio vômito, arquejando.

Uma porta se abriu do outro lado da rua, a luz ondulando por uma escada. Saíram umas pessoas para a calçada intempestivamente, rindo.

Ele a jogou na parede e a beijou, achatando-a, prendendo-a enquanto ela tentava lutar. Seu gosto era horrível, de vômito. A porta do outro lado se fechou, as pessoas se afastaram, as vozes ecoando na noite silenciosa, a luz apagou.

– Mas que merda – disse ele enojado, soltando a boca da mulher, mas mantendo-a presa à parede com o corpo.

Ela puxou o ar para gritar, mas ele tinha a faca pronta e a enterrou fundo entre suas costelas com facilidade, nada parecido com a última, que lutou com tanta força e tanta obstinação. O barulho morreu em seus lábios sujos enquanto o sangue quente era despejado na mão enluvada dele, encharcando o tecido. Ela se debatia, convulsiva, tentava falar, os olhos rolando para cima e mostrando seu branco, todo o corpo arriado, ainda preso pela faca.

– Que garota boazinha – sussurrou ele, soltando a faca da carne enquanto ela caía, moribunda, nos seus braços.

Ele a arrastou mais para dentro do recesso, onde uma pilha de lixo esperava pela coleta. Chutando de lado os sacos pretos, ele a jogou em um canto e pegou o machete. Os suvenires eram imperativos, mas ele tinha apenas segundos. Outra porta podia se abrir, ou as piranhas tontas das amigas podiam voltar no táxi...

Ele cortou e serrou, colocou no bolso os troféus quentes que pingavam, depois empilhou o lixo por cima e em volta dela.

Levou menos de cinco minutos. Ele se sentia um rei, um deus. Ele se afastou, as facas bem acondicionadas, ofegante no ar frio e limpo da noite, correndo um pouco quando voltou à rua principal. Já estava a uma quadra de distância quando ouviu vozes femininas ásperas gritando ao longe.

– Heather! *Heather, onde você está, sua putinha idiota?*

– Heather não pode ouvir – sussurrou ele no escuro.

Ele tentou conter o riso, enterrando a cara na gola, mas não conseguiu reprimir o júbilo. No fundo dos bolsos, os dedos ensopados brincavam com a cartilagem e a pele elástica em que os brincos dela – casquinhas de sorvete de plástico – ainda estavam presos.

# 49

*It's the time in the season for a maniac at night.*
Blue Öyster Cult, "Madness to the Method"

O clima continuava frio, com pancadas de chuva e ventos fracos enquanto junho entrava em sua segunda semana. A chama do esplendor ensolarado que cercara o casamento real afastava-se na memória: a maré alta e volúvel de fervor romântico tinha baixado, a mercantilização do casamento e as faixas congratulatórias retiradas das vitrines e os jornais da capital voltaram a questões mais mundanas, inclusive uma greve iminente do metrô.

E então o horror explodiu nas primeiras páginas da quarta-feira. Foi encontrado o corpo mutilado de uma jovem embaixo de sacos de lixo e algumas horas depois do primeiro apelo policial por informações, o mundo foi informado de que um Jack o Estripador do século XXI andava à espreita pelas ruas de Londres.

Três mulheres foram atacadas e mutiladas, mas a Polícia Metropolitana parecia não ter pistas. No estouro de manada para cobrir cada aspecto possível da história – mapas de Londres mostrando a localização de cada ataque, fotos das três vítimas –, os jornalistas se revelaram decididos a compensar o tempo perdido, cientes de que talvez tenham chegado atrasados para a festa. Antes, haviam tratado o assassinato de Kelsey Platt como o ato isolado de um louco sádico, e o ataque subsequente a Lila Monkton, a prostituta de 18 anos, praticamente não teve nenhuma cobertura da imprensa. Uma garota que estava vendendo o corpo no dia do casamento real não podia esperar desalojar das primeiras páginas a nova duquesa.

O homicídio de Heather Smart, uma funcionária de 22 anos de uma construtora de Nottingham, era uma questão inteiramente diferente. As manchetes praticamente se escreveram sozinhas, pois Heather era uma heroína que gerava uma empatia imediata nas pessoas, com seu emprego fixo, o desejo inocente de conhecer os pontos turísticos da capital e o namorado professor de escola primária. Heather fora ver *O Rei Leão* na noite anterior a sua morte, comera bolinhos *dim sum* em Chinatown e posara para fotografias no Hyde Park com os guardas da cavalaria real cavalgando ao fundo. Espaços intermináveis de jornal contaram nos mínimos detalhes o fim de semana prolongado para comemorar o trigésimo aniversário de sua cunhada, que culminara numa morte brutal e sórdida nos fundos de uma loja de entretenimento para adultos.

A história, como todas as melhores, dividiu-se como uma ameba, formando uma série infindável de novas matérias e artigos de opinião e especulação, cada um deles desovando o seu próprio coro de antagonismos. Houve discussões sobre as deploráveis tendências ao consumo de álcool das jovens britânicas, com acusações recíprocas de culpabilização das vítimas. Houve artigos horrorizados sobre a violência sexual, moderados por lembretes de que esses ataques eram muito menos comuns do que em outros países. Houve entrevistas com as amigas atormentadas e cheias de culpa que por acidente abandonaram Heather, o que, por sua vez, gerou ataques e calúnias nas redes sociais, levando a uma defesa das jovens de luto.

Revestindo cada história, havia a sombra do assassino desconhecido, um louco que estava cortando pedaços do corpo das mulheres. Mais uma vez, a imprensa despencou na Denmark Street em busca do homem que recebera a perna de Kelsey. Strike decidiu que chegara a hora de Robin fazer aquela viagem a Masham, adiada diariamente e muito discutida, para uma última prova do vestido de noiva, depois levantar acampamento de novo para a casa de Nick e Ilsa com uma mochila e a sensação esmagadora da própria impotência. Um policial à paisana ficou estacionado na Denmark Street, para o caso de algo suspeito chegar pelo correio. Wardle tinha medo de que chegasse outro pedaço de corpo endereçado a Robin.

Sobrecarregado pelas exigências de uma investigação conduzida sob os holofotes da mídia nacional, Wardle levou seis dias para conseguir se encontrar com Strike pessoalmente depois da descoberta do corpo de Heather. Strike foi novamente ao Feathers no início da noite, onde encontrou Wardle parecendo fatigado, mas ansioso para conversar com o homem que estava ao mesmo tempo incluído e excluído do caso.

– Foi uma semana infernal – suspirou Wardle, aceitando a cerveja que Strike lhe comprara. – Voltei a fumar, merda. April está puta comigo.

Ele tomou um longo gole da lager e contou a Strike a verdade sobre a descoberta do corpo de Heather. As matérias na imprensa, como já havia notado Strike, apresentavam conflitos em muitos pontos essenciais possivelmente importantes, mas todas culpavam a polícia por não ter encontrado a garota em 24 horas.

– Ela e as amigas estavam todas de porre – disse o policial, armando o cenário com rudeza. – Quatro delas entraram em um táxi, tão bêbadas que se esqueceram de Heather. Já estavam a uma rua de distância quando perceberam que a garota não estava com elas.

"O taxista saiu do sério porque elas eram barulhentas e irritantes. Uma delas começou a xingar quando ele disse que não podia dar meia-volta no meio da rua. Houve um enorme bate-boca e depois de uns bons cinco minutos ele concordou em voltar para pegar Heather.

"Quando finalmente chegaram à rua onde pensavam ter deixado a garota – elas eram de Nottingham, lembre-se, não conheciam nada de Londres –, Heather não estava em lugar nenhum. Elas rodaram pela rua no táxi, gritando o nome dela pela janela aberta. Depois uma delas acha que vê Heather de longe, entrando em um ônibus. Assim, duas delas saem – não tem lógica nenhuma nisso, elas estavam pra lá de tortas – e vão correndo pela rua, gritando atrás do ônibus para que ele pare, enquanto as outras duas põem a cabeça para fora do táxi, gritando para elas voltarem, que deviam seguir o ônibus dentro do táxi. E então a que teve uma discussão com o taxista chama o cara de paquistanês burro, ele as expulsa do táxi dele e arranca.

"Assim, basicamente", disse Wardle num tom cansado, "toda essa merda que estamos engolindo por não termos encontrado o corpo em 24 horas se resume a álcool e racismo. As cretinas idiotas estavam convencidas de que Heather tinha entrado naquele ônibus, e por isso desperdiçamos um dia e meio tentando localizar uma mulher com um casaco parecido. Depois, o dono do Adult Entertainment Centre vai colocar o lixo para fora e a encontra jogada ali, embaixo de um monte de sacos, sem o nariz e as orelhas."

— Então essa parte era verdade – disse Strike.

O rosto mutilado foi o único detalhe com que concordaram todos os jornais.

— É, essa parte era verdade – disse Wardle com severidade. – "O Estripador de Shacklewell". Esse troço soa bem.

— Testemunhas?

— Ninguém viu porra nenhuma.

— E o Devotee e sua moto?

— Excluído – admitiu Wardle, de cara amarrada. – Ele tem um álibi sólido para o assassinato de Heather... casamento na família... e não conseguimos nada para nenhum dos outros dois ataques.

Strike teve a impressão de que Wardle queria dizer mais alguma coisa e esperou, receptivo.

— Não quero que a imprensa saiba disso – Wardle baixou a voz –, mas nós achamos que ele pode ter matado outras duas.

— Meu Deus – disse Strike, verdadeiramente alarmado. – Quando?

— Histórico – disse Wardle. – Homicídio não esclarecido em Leeds, 2009. Prostituta, originária de Cardiff. Esfaqueada. Ele não cortou nada dela, mas levou um colar que ela sempre usava e a largou em uma vala na periferia da cidade. O corpo só foi encontrado quinze dias depois.

"E aí, um ano depois, uma garota foi assassinada e mutilada em Milton Keynes. Seu nome era Sadie Roach. O namorado foi acusado desse. Pesquisei tudo. A família fez uma forte campanha pela soltura dele e ele foi libertado no julgamento do recurso. Não havia nada que o ligasse ao crime, só que eles brigaram e uma vez ele ameaçou um cara com um canivete.

"Conseguimos os perfis psicológicos e dados da perícia dos cinco ataques, e a conclusão é que eles têm características em comum o suficiente para sugerir o mesmo criminoso. Parece que ele usa duas facas, uma faca de trinchar e uma faca machete. Todas as vítimas eram vulneráveis: prostitutas, bêbadas, emocionalmente desequilibradas. E todas foram apanhadas na rua, menos Kelsey. Ele levou troféu de todas elas. É muito cedo para dizer se conseguimos nas mulheres algum DNA que bata. É provável que não. Ele não parece ter feito sexo com nenhuma delas. Ele se excita de um jeito diferente."

Strike estava com fome, mas algo lhe dizia para não interromper o silêncio taciturno de Wardle. O policial bebeu mais cerveja, depois falou, sem olhar direito nos olhos de Strike.

– Estou procurando todos os seus caras. Brockbank, Laing e Whittaker.

*Já não era sem tempo, porra.*

– Brockbank é interessante – disse Wardle.

– Você o encontrou? – perguntou Strike, parando com a cerveja nos lábios.

– Ainda não, mas sabemos que ele ia regularmente a uma igreja em Brixton até cinco semanas atrás.

– Igreja? Tem certeza de que é o mesmo sujeito?

– Ex-soldado, alto, ex-jogador de rúgbi, queixo comprido, um dos olhos afundado, orelha de couve-flor, cabelo escuro à escovinha. – Wardle repetiu de memória. – Nome Noel Brockbank. Um e oitenta e nove ou um e noventa. Forte sotaque do norte.

– Ele mesmo – disse Strike. – Mas uma *igreja*?

– Guenta aí – disse Wardle, levantando-se. – Preciso tirar água do joelho.

*Pensando bem, por que não uma igreja?*, pensou Strike enquanto ia ao balcão pegar mais duas cervejas. O pub se enchia a sua volta. Ele levou também um cardápio até a mesa, mas não conseguia se concentrar nele. *Assassino de garotas... ele não seria o primeiro...*

– Precisava disso – disse Wardle, juntando-se a Strike. – Vou fumar lá fora, já volto...

– Primeiro termine sobre Brockbank – disse Strike, empurrando a nova cerveja pela mesa.

– Pra te falar a verdade, nós o achamos por acaso – disse Wardle, sentando-se e aceitando a cerveja. – Um de nossos homens esteve seguindo a mãe de um chefão das drogas do bairro. Não achamos que a mãe fosse tão inocente como alegava ser, então nosso homem a seguiu à igreja e lá estava Brockbank parado junto da porta, estendendo hinários. Ele falou com o policial sem saber quem era, e o nosso homem não tinha ideia de que Brockbank era procurado com relação a nada.

"Quatro semanas depois, o nosso homem me ouve falando de procurar por um Noel Brockbank no caso Kelsey Platt e me diz que conheceu um sujeito de mesmo nome um mês antes em Brixton. Está vendo só?", disse Wardle, com um fantasma de seu sorriso malicioso habitual. "Eu *presto atenção* em suas dicas, Strike. Seria idiotice não fazer isso, depois do caso Landry."

*Você presta atenção quando não consegue nada de Digger Malley e Devotee*, pensou Strike, mas soltou ruídos impressionados e agradecidos antes de voltar à questão principal.

– Você disse que Brockbank parou de ir à igreja?

– É. – Wardle suspirou. – Fui lá ontem, dei uma palavrinha com o vigário. Um sujeito novo, entusiasmado, igreja de bairro decadente... Você conhece o tipo – disse Wardle, sem precisão nenhuma, porque o contato de Strike com o clero se limitou principalmente a capelães militares. – Ele gostava de Brockbank. Disse que ele teve uma vida bem difícil.

– Dano cerebral, afastado do exército por invalidez, perda na família, toda essa besteira? – perguntou Strike.

– Basicamente, sim. Falou que sente falta do filho.

– Sei – disse Strike sombriamente. – Ele sabia onde Brockbank estava morando?

– Não, mas ao que parece a namorada dele...

– Alyssa?

Franzindo um pouco a testa, Wardle tirou um bloco do bolso interno do casaco e o consultou.

– É, por acaso é isso mesmo – disse ele. – Alyssa Vincent. Como sabia disso?

– Os dois foram demitidos de uma boate de strip. Vou explicar daqui a pouco – disse Strike apressado, enquanto Wardle mostrava sinais de distração. – Continue sobre Alyssa.

– Bom, ela conseguiu uma casa subsidiada no leste de Londres, perto da mãe dela. Brockbank disse ao vigário que ia se mudar e morar com ela e as crianças.

– Crianças? – disse Strike, seus pensamentos voando a Robin.

– Parece que são duas meninas pequenas.

– E sabemos onde fica essa casa?

– Ainda não. O vigário lamentou vê-lo ir embora. – Wardle olhava sem parar a calçada, onde dois homens fumavam. – Arranquei dele que Brockbank estava na igreja no domingo, dia 3 de abril, fim de semana em que Kelsey morreu.

Em vista da crescente inquietude de Wardle, Strike não fez outro comentário, apenas sugeriu que os dois fossem à calçada fumar um cigarro.

Eles acenderam e fumaram lado a lado por alguns minutos. Passavam trabalhadores nas duas direções, cansados do horário puxado no trabalho. A noite caía. Bem acima deles, entre o índigo da noite que se aproximava e o coral néon do sol poente, havia uma faixa estreita de céu sem cor, de ar insípido e vazio.

— *Caramba*, eu precisava disso — disse Wardle, dando um trago no cigarro como se fosse o leite materno antes de retomar o fio da conversa. — É, então Brockbank estava na igreja naquele fim de semana, fazendo-se de útil. Ao que parece, muito bom com as crianças.

— Aposto que sim — resmungou Strike.

— Mas é preciso alguma coragem, não acha? — Wardle soprou a fumaça para o outro lado da rua, com os olhos na escultura *Day* de Jacob Epstein, que enfeitava os antigos escritórios do London Transport. Um menino diante de um homem entronizado, seu corpo contorcido de modo que ele ao mesmo tempo conseguisse abraçar o rei a suas costas e exibir o próprio pênis aos espectadores. — Matar e desmembrar uma mulher, depois aparecer na igreja como se nada tivesse acontecido?

— Você é católico? — perguntou Strike.

Wardle demonstrou surpresa.

— Por acaso sou — disse ele, desconfiado. — Por quê?

Strike meneou a cabeça, sorrindo de leve.

— Sei que um psicopata não ligaria — disse Wardle, meio na defensiva. — Só estou dizendo... Então, temos gente tentando descobrir onde ele mora. Se for numa casa subsidiada, e supondo que Alyssa Vincent seja seu nome verdadeiro, não deve ser muito difícil.

— Ótimo — disse Strike. A polícia tinha recursos com que ele e Robin não podiam competir; talvez agora, enfim, surgisse alguma informação definitiva. — E quanto a Laing?

— Ah — disse Wardle, apagando com o pé o primeiro cigarro e de imediato acendendo outro —, conseguimos mais sobre ele. Mora sozinho em Wollaston Close já faz dezoito meses. Vive da pensão por invalidez. Teve uma infecção no peito no fim de semana dos dias 2 e 3 e o amigo Dickie foi ajudá-lo. Ele não conseguia fazer compras.

– Mas isso é muito conveniente – disse Strike.

– Ou verdadeiro – respondeu Wardle. – Checamos com Dickie e ele confirmou tudo que Laing nos contou.

– Por acaso Laing ficou surpreso de a polícia perguntar sobre seu paradeiro?

– No início, parecia bastante confuso.

– Ele deixou vocês entrarem no apartamento?

– Não subimos. Nós o encontramos atravessando o estacionamento com suas muletas e acabamos conversando com ele em uma cafeteria do bairro.

– Aquele lugar equatoriano em um túnel?

Wardle submeteu Strike a um olhar duro que o detetive retribuiu com tranquilidade.

– Você também o esteve vigiando, não é? Não atrapalhe a gente, Strike. Estamos trabalhando nisso.

Strike poderia ter respondido que foram necessários o exame da imprensa e o fracasso com qualquer uma de suas pistas preferidas para obrigar Wardle a comprometer recursos sérios na busca dos três suspeitos de Strike. Ele preferiu guardar silêncio.

– Laing não é idiota – continuou Wardle. – Nem precisamos interrogá-lo por muito tempo e ele já sacou do que se tratava. Ele sabia que você deve ter nos dado o nome dele. Viu nos jornais que você recebeu uma perna.

– E qual é a opinião dele neste assunto?

– Pode ter havido uma sugestão de "não podia ter acontecido a um cara mais legal" – disse Wardle com um leve sorriso –, mas, no todo, mais ou menos o que você esperava. Meio curioso, meio na defensiva.

– Ele parecia doente?

– Sim – disse Wardle. – Ele não sabia que íamos lá e nós o encontramos andando de muletas. De perto, ele não parece nada bem. Olhos injetados. A pele meio rachada. O cara está mal.

Strike não disse nada. Sua desconfiança da doença de Laing ainda perdurava. Apesar das claras provas fotográficas do uso de esteroides, das placas na pele e lesões que Strike vira com os próprios olhos, ele se viu obstinadamente resistindo à ideia de que Laing estivesse de fato doente.

– O que ele estava fazendo quando as outras mulheres foram assassinadas?

– Disse que estava em casa, sozinho. Nada a ser provado ou refutado.

– Hmm.

Eles voltaram para dentro do pub. Um casal tinha tomado a mesa dos dois, assim eles encontraram outra ao lado da janela do chão ao teto que dava para a rua.

– E Whittaker?

– Tá, nós falamos com ele ontem à noite. Ele é roadie de uma banda.

– Tem certeza disso? – disse Strike, desconfiado, lembrando-se da afirmação de Shanker de que Whittaker alegava fazer isso, mas na realidade vivia à custa de Stephanie.

– É, tenho certeza. A gente falou com a namorada drogada...

– Entraram no apartamento?

– Ela falou conosco na porta, o que não é surpresa nenhuma – disse Wardle. – O lugar fede. Mas então, ela nos contou que ele tinha viajado com os rapazes, nos deu o endereço do show e ele estava lá. Um furgão velho estacionado na frente e uma banda ainda mais velha. Já ouviu falar da Death Cult?

– Não.

– Nem se dê ao trabalho, é uma merda – disse Wardle. – Tive de ficar sentado meia hora com aquela coisa até conseguir chegar perto de Whittaker. Porão de um pub em Wandsworth. No dia seguinte, eu estava com o ouvindo tinindo.

"Parecia que Whittaker esperava por nós", disse Wardle. "Ao que parece, ele encontrou você perto do furgão dele algumas semanas atrás."

– Já te falei disso – disse Strike. – Fumaça de crack...

– Sei, sei. Olha, eu não confio nem um pingo nele, mas ele acha que Stephanie pode lhe dar um álibi para o dia todo do casamento real, e assim isso excluiria o ataque à prostituta em Shacklewell, e ele alega que estava viajando com a Death Cult quando Kelsey e Heather foram mortas.

– Tem cobertura para os três homicídios, né? – disse Strike. – Que legal. A Death Cult concorda que ele estava com eles?

– Pra te falar com sinceridade, eles foram muito vagos – disse Wardle. – O vocalista usa aparelho auditivo. Não sei se ele entendeu tudo que perguntamos. Não se preocupe, coloquei homens checando todas as declarações de testemunhas – acrescentou ele ao ver o cenho franzido de Strike. – Vamos descobrir se ele realmente estava lá.

Wardle bocejou e se espreguiçou.

– Tenho de voltar ao escritório – disse ele. – Pode ser que eu trabalhe a noite toda. Está chegando um monte de informações, agora que os jornais entraram nessa.

Strike agora estava faminto, mas o pub era barulhento e ele preferia comer em um lugar em que conseguisse raciocinar. Ele e Wardle foram para a rua juntos, ambos acendendo cigarros enquanto andavam.

– O psicólogo levantou alguma coisa – disse Wardle enquanto a cortina da escuridão se abria no céu. – Se estivermos certos, e estivermos lidando com um assassino serial, ele sabe aproveitar as oportunidades. Tem um *modus operandi* muito bom... até certo ponto, deve ser um planejador, ou não conseguiria se safar com tanta frequência... Mas houve uma mudança no padrão com Kelsey. Ele sabia exatamente onde ela estava. As cartas e o fato de ele saber que não haveria ninguém lá: foi inteiramente premeditado.

"O problema é que demos uma boa olhada, mas não conseguimos encontrar nenhuma prova de que qualquer um dos seus três suspeitos tenha ao menos chegado perto dela. Praticamente desmontamos o laptop dela e não havia nada ali. A única pessoa com quem ela falou sobre sua perna foram aqueles esquisitos, Jason e Tempest. Ela quase não tinha amizades e as únicas que tinha eram mulheres. Não havia nada de suspeito no telefone dela. Pelo que sabemos, nenhum dos seus suspeitos morou nem trabalhou em Finchley ou Shepherd's Bush, e muito menos se aproximou da escola ou da faculdade dela. Eles não tinham nenhuma ligação conhecida com nenhum dos associados dela. Como é que algum deles pôde chegar tão perto para manipular a garota sem que a família percebesse?"

– Sabemos que ela era duas caras – disse Strike. – Não se esqueça do falso namorado que por acaso era muito real quando foi buscá-la no Café Rouge.

– É. – Wardle suspirou. – Ainda não temos pista nenhuma dessa merda de moto. Colocamos uma descrição na imprensa, mas nada.

"Como está sua parceira?", acrescentou ele, parando na frente das portas de vidro de seu local de trabalho, mas aparentemente decidido a fumar o cigarro até o último milímetro. "Não está abalada demais?"

– Ela está bem. Voltou a Yorkshire para a última prova do vestido de noiva. Eu a obriguei a tirar uma folga: ultimamente, ela esteve trabalhando muito nos fins de semana.

Robin tinha partido sem reclamar. Por que motivo ela ficaria, com a imprensa assediando a Denmark Street, o trabalho mal pago e a polícia agora cobrindo Brockbank, Laing e Whittaker com muito mais eficiência do que a agência poderia fazer?

– Boa sorte – disse Strike enquanto ele e Wardle se separavam. O policial levantou a mão em reconhecimento e como despedida, e desapareceu dentro do prédio grande atrás do prisma que girava lentamente, cintilando as palavras New Scotland Yard.

Strike voltou para o metrô, desejando um kebab e deliberando intimamente o problema que Wardle acabara de lhe colocar. Como algum dos suspeitos pode ter chegado tão perto de Kelsey Platt para saber de seus movimentos ou conquistar sua confiança?

Ele pensou em Laing, morando sozinho em seu apartamento sujo de Wollaston Close, recebendo pensão por invalidez, gordo e doente, parecendo muito mais velho do que 34 anos, sua verdadeira idade. Antigamente era um homem engraçado. Será que ainda tinha a capacidade de encantar uma jovem a ponto de ela dar passeios de moto com ele ou levá-lo, confiante, a um apartamento em Shepherd's Bush, a respeito do qual a família nada sabia?

E Whittaker, fedendo a crack, com os dentes escurecidos e o cabelo ralo e embaraçado? É verdade que antigamente o infeliz tinha um encanto hipnótico, e a emaciada e viciada em drogas Stephanie parecia achá-lo atraente, mas a única paixão conhecida de Kelsey era por um louro arrumadinho só alguns anos mais velho do que ela.

E havia Brockbank. Para Strike, o imenso e moreno ex-jogador de rúgbi era completamente repulsivo, diferente ao máximo do bonito Niall. Brockbank morava e trabalhava a quilômetros da casa e do trabalho de Kelsey e, embora ambos parecessem frequentar igrejas, seus locais de adoração ficavam em margens opostas do Tâmisa. A essa altura, a polícia certamente teria desenterrado algum contato entre as duas congregações.

Será que a ausência de alguma ligação entre Kelsey e os três suspeitos de Strike excluía cada um deles como assassino? Apesar de a lógica insistir que ele respondesse afirmativamente, algo obstinado no íntimo de Strike continuava a cochichar que não.

# 50

*I'm out of my place, I'm out of my mind...*
Blue Öyster Cult, "Celestial the Queen"

A viagem de Robin para casa foi tingida pela mais estranha sensação de irrealidade. Ela se sentia em descompasso com todo mundo, até com a mãe, que se mostrava preocupada com os arranjos do casamento e meio incomodada, apesar de solidária com Robin em suas constantes verificações do telefone em busca de qualquer novidade sobre o Estripador de Shacklewell.

Na cozinha da família, onde Rowntree roncava a seus pés, com o plano de organização das mesas para a recepção aberto entre elas na mesa de madeira limpa, Robin começou a perceber até que ponto havia renunciado à responsabilidade por seu casamento. Linda estava constantemente disparando perguntas sobre brindes, discursos, os sapatos das damas de honra, seu arranjo de cabelo, quando seria conveniente falar com o vigário, para onde ela e Matt queriam que os presentes fossem enviados, se a tia Sue de Matthew devia ficar à cabeceira da mesa ou não. Robin imaginara que seria repousante estar na casa da família. Em vez disso, era solicitada a lidar, por um lado, com um maremoto de indagações banais da mãe; por outro, com uma série de perguntas do irmão Martin, que não parava de ler relatos sobre a descoberta do corpo de Heather Smart até que Robin perdeu a paciência com o que entendia ser a morbidez do irmão, momento em que uma Linda exausta proibiu qualquer menção ao assassino na casa dela.

Enquanto isso, Matthew estava zangado, embora tentasse não demonstrar, porque Robin ainda não pedira a Strike duas semanas de folga para a lua de mel.

– Tenho certeza de que vai ficar tudo bem – disse Robin no jantar. – Quase não temos trabalho nenhum e Cormoran disse que a polícia assumiu a responsabilidade por todas as nossas pistas.

– Ele ainda não confirmou – disse Linda, que estivera observando com um olhar penetrante que Robin comia pouco.

– Quem não confirmou? – perguntou Robin.

– Strike. Não mandou o RSVP.

– Vou lembrar a ele – disse Robin, tomando um bom gole de vinho.

Ela não contara a nenhum deles, nem mesmo a Matthew, que ainda tinha pesadelos que a faziam acordar ofegante no escuro, de volta à cama onde dormira nos meses que se seguiram ao estupro. Um homem enorme sempre lhe aparecia nesses sonhos. Às vezes, ele entrava de rompante no escritório onde ela trabalhava com Strike. Com mais frequência, ele assomava de becos escuros de Londres, as facas brilhando. Naquela manhã, ele esteve a ponto de arrancar seus olhos quando ela acordou, arquejando, ao som de Matthew perguntando sonolento o que ela havia falado.

– Nada – dissera Robin, tirando o cabelo suado da testa. – Nada.

Matthew precisou voltar ao trabalho na segunda-feira. Ele parecia satisfeito por deixá-la em Masham, ajudando Linda nos preparativos para o casamento. Na tarde de segunda-feira, mãe e filha se encontraram com o vigário na St. Mary the Virgin para uma última conversa sobre a cerimônia religiosa.

Robin se esforçou ao máximo para se concentrar nas animadas sugestões do ministro religioso, em sua exortação eclesiástica, mas durante todo o tempo em que ele falava seus olhos ficavam vagando para o grande caranguejo de pedra que parecia agarrado à parede da igreja, à direita da nave central.

Na infância, esse caranguejo a fascinava. Ela nunca entendeu por que havia um grande caranguejo entalhado subindo pelas pedras da igreja, e sua curiosidade acabou contagiando Linda, que foi à biblioteca local, procurou pelos registros e, em triunfo, informou à filha que o caranguejo era o emblema da antiga família Scrope, cujo memorial ficava logo acima.

A Robin de nove anos ficou decepcionada com a resposta. De certo modo, o que ela queria não era uma explicação. Ela simplesmente gostaria de ser a única que queria descobrir a verdade.

*

No dia seguinte, ela estava na minúscula sala de provas da costureira, com seu espelho de moldura dourada e o cheiro de carpete novo, quando Strike telefonou. Robin sabia que era Strike, pois havia programado um toque de celular exclusivo para os telefonemas dele. Ela deu uma guinada até a bolsa, levando a costureira a soltar um gritinho de irritação e surpresa quando as dobras do chiffon que estava alfinetando habilidosamente foram arrancadas de suas mãos.

– Alô? – disse Robin.

– Oi – disse Strike.

Aquela única sílaba lhe disse que algo de ruim tinha acontecido.

– Ah, meu Deus, mais alguém foi morto? – soltou Robin, esquecendo-se da costureira agachada junto da bainha do vestido de noiva. A mulher a encarou pelo espelho com a boca cheia de alfinetes.

– Com licença, pode me dar um minuto? Você não! – acrescentou ela a Strike, para que ele não desligasse.

– Com licença – repetiu ela enquanto a cortina se fechava às costas da costureira e ela arriava na banqueta do canto com o vestido de noiva –, eu estava com uma pessoa. *Morreu* mais alguém?

– Sim – disse Strike –, mas não é o que você pensa. Foi o irmão de Wardle.

O cérebro cansado e agitado de Robin tentou juntar os pontos que se recusavam a se ligar.

– Não tem nada a ver com o caso – disse Strike. – Foi atropelado na faixa de pedestres por um furgão em alta velocidade.

– Meu Deus – disse Robin, completamente perturbada. Por algum tempo, tinha se esquecido de que a morte chegava por outras formas, não só pelas mãos de um maníaco com facas.

– É mesmo uma merda. Ele tinha três filhos e um quarto a caminho. Acabei de falar com Wardle. Uma coisa horrível.

Parecia que o cérebro de Robin voltava a engrenar.

– Então Wardle está...?

– De licença para o enterro – disse Strike. – Adivinha quem vai ficar no lugar dele?

– Não me diga que é o Anstis – perguntou Robin, subitamente preocupada.

– Pior – disse Strike.

— Não... não o Carver, não é? — Robin teve um repentino pressentimento de calamidade.

Dos policiais que Strike conseguira ofender e ofuscar durante seus dois triunfos mais famosos como detetive, o inspetor-detetive Roy Carver foi o mais sobrepujado e, por conseguinte, era o mais profundamente amargurado. Seus fracassos durante a investigação da queda de uma modelo famosa de seu apartamento de cobertura foram extensamente comentados e, na realidade, exagerados na imprensa. Um homem suarento, com caspa e uma cara roxa e manchada como carne enlatada, já nutria uma antipatia por Strike mesmo antes de o detetive provar publicamente que o policial não conseguira identificar o assassino.

— Na mosca — disse Strike. — Fiquei com ele aqui por três horas.

— Ah, meu Deus... Por quê?

— Ora, por favor — disse Strike —, você sabe por quê. O sonho erótico do Carver é ter uma desculpa para me interrogar sobre uma série de homicídios. Logo ele parou de me pedir álibis e passou um tempo desgraçado naquelas cartas falsas para Kelsey.

Robin gemeu.

— Mas por que eles deixaram que Carver...? Quer dizer, com o currículo dele...

— Pode ser difícil para a gente acreditar, mas ele não foi um completo idiota a carreira toda. Os chefes devem achar que ele não teve sorte com Landry. É para ser temporário, enquanto Wardle está afastado, mas ele já me avisou para me manter longe da investigação. Quando perguntei em que pé estavam as investigações sobre Brockbank, Laing e Whittaker, ele simplesmente me mandou à merda com meu ego e minhas suspeitas. Não vamos mais conseguir informações de coxia sobre o andamento do caso, isso eu posso te garantir.

— Mas ele vai ter de seguir a linha de investigação de Wardle, não é?

— Uma vez que ele claramente prefere cortar o próprio pau a me deixar resolver outro caso dele, é de se pensar que ele teria cautela ao seguir todas as minhas pistas. O problema é que eu sei que ele justifica o caso Landry como um golpe de sorte meu, e imagino que pense que eu apareci com três suspeitos neste caso agora por puro exibicionismo. Eu queria muito que a gente tivesse conseguido o endereço de Brockbank antes de Wardle ter saído de licença.

Como Robin ficou em silêncio por um minuto inteiro, ouvindo Strike, a costureira evidentemente pensou que era lógico ver se ela estava pronta para voltar à prova e meteu a cabeça pela cortina. Robin, cuja expressão ficou subitamente beatífica, gesticulou para ela com impaciência.

– Nós *temos* um endereço de Brockbank – disse Robin a Strike numa voz triunfante enquanto as cortinas voltavam a se fechar.

– Como é?

– Eu não te contei porque pensei que Wardle já tivesse conseguido, mas pensei que só por precaução... andei telefonando para as creches do bairro, fingindo ser Alyssa, mãe de Zahara. Disse que queria saber se eles tinham nosso novo endereço corretamente. Um deles leu para mim em voz alta a ficha de contato com os pais. Eles estão morando em Bow, na Blondin Street.

– Meu Deus, Robin, essa foi brilhante!

Quando a costureira voltou enfim a seu trabalho, encontrou uma noiva consideravelmente mais radiante do que aquela que havia deixado. A falta de entusiasmo de Robin pelo processo de reforma do vestido vinha diminuindo o prazer da costureira com seu trabalho. Robin era tranquilamente a cliente mais bonita em sua agenda, e sua esperança era de conseguir uma fotografia para fins publicitários depois que o vestido estivesse terminado.

– Está maravilhoso – disse Robin, sorrindo para a costureira enquanto ela deixava reta a última costura e, juntas, elas contemplaram a visão no espelho. – Totalmente maravilhoso.

Pela primeira vez, ela não achou o vestido assim tão ruim.

# 51

*Don't turn your back, don't show your profile,
You'll never know when it's your turn to go.*

Blue Öyster Cult, "Don't Turn Your Back"

"A resposta do público foi esmagadora. No momento, estamos seguindo mais de mil e duzentas pistas, algumas parecem promissoras", afirmou o inspetor-detetive Roy Carver. "Continuamos nosso apelo por informações sobre o paradeiro da Honda CB750 vermelha usada para transportar parte do corpo de Kelsey Platt e ainda temos interesse em falar com qualquer pessoa que tenha estado na Old Street na noite do dia 5 de junho, quando Heather Smart foi assassinada."

A manchete POLÍCIA SEGUE NOVAS PISTAS NA CAÇADA AO ESTRIPADOR DE SHACKLEWELL não se justificava verdadeiramente, na opinião de Robin, pois não havia nada na breve declaração do inspetor-detetive, embora ela supusesse que Carver não contaria à imprensa os detalhes das novas revelações.

Cinco fotografias das mulheres que agora se acreditava terem sido vítimas do Estripador enchiam a maior parte da página, as identidades e destinos brutais estampados no peito com letras em negrito.

Martina Rossi, 28, prostituta, morta a facadas, colar roubado.

Martina era uma morena corpulenta e usava camiseta branca. Sua foto desfocada dava a impressão de ser um selfie. Um pequeno pingente em formato de coração pendia de uma corrente no pescoço.

Sadie Roach, 25, assistente administrativa, morta a facadas, mutilada, brincos roubados.

Ela era uma garota bonita com um corte de cabelo curtinho e argolas nas orelhas. A julgar pelas figuras recortadas nas margens da foto, tinha sido tirada em uma reunião de família.

Kelsey Platt, 16, estudante, morta a facadas e desmembrada.

Aqui estava a cara simples, rechonchuda e conhecida da garota que escrevera a Strike, sorrindo com seu uniforme escolar.

Lila Monkton, 18, prostituta, esfaqueada, dedos decepados, sobreviveu.

Uma foto desfocada de uma garota esquelética, cujo cabelo com henna vermelha berrante estava num penteado desgrenhado, os vários piercings brilhando no flash da câmera.

Heather Smart, 22, funcionária de serviços financeiros, morta a facadas, nariz e orelhas removidos.

Esta tinha rosto redondo e aparência inocente, com um cabelo castanho ondulado cor de rato, sardas e um sorriso tímido.

Robin desviou os olhos do *Daily Express* com um suspiro profundo. Matthew fora enviado para auditar um cliente em High Wycombe, e assim ele não pôde lhe dar uma carona hoje. Ela levou uma hora e vinte minutos inteiros para ir de Ealing a Catford nos trens apinhados de turistas e passageiros que transpiravam no calor de Londres. Agora ergueu-se do seu banco e foi até a porta, balançando-se com o resto dos passageiros enquanto o trem reduzia e parava, mais uma vez, na estação Catford Bridge.

Sua semana de volta ao trabalho com Strike fora estranha. Strike, que claramente não pretendia obedecer à instrução de se afastar da investigação de Carver, ainda assim levou a sério o investigador, o bastante para ter cautela.

— Se ele nos acusar de obstruir a investigação policial, nossa agência está acabada — disse ele. — E sabemos que ele vai tentar e dizer que estragamos tudo, quer tenhamos feito ou não.

— Então, por que continuamos?

Robin bancava o advogado do diabo porque teria ficado profundamente infeliz e frustrada se Strike anunciasse que estavam abandonando suas pistas.

– Porque Carver acha que meus suspeitos são uma furada e eu acho que ele é um idiota incompetente.

O riso de Robin foi encerrado precocemente quando Strike lhe contou que queria que ela voltasse a Catford e vigiasse a namorada de Whittaker.

– Ainda? – perguntou ela. – Por quê?

– Você sabe por quê. Quero ver se Stephanie pode fornecer um álibi a ele para qualquer uma das datas-chave.

– Sabe de uma coisa? – disse Robin, criando coragem. – Já estive em Catford demais. Se der no mesmo para você, prefiro fazer Brockbank. Por que eu não tento arrancar alguma coisa de Alyssa?

– Tem Laing também, se quiser variar – disse Strike.

– Ele me viu de perto quando caí no chão – contra-atacou Robin de imediato. – Não acha que seria melhor se você fizesse Laing?

– Estive vigiando o apartamento dele enquanto você esteve fora.

– E?

– Ele fica a maior parte do tempo enfiado no apartamento, mas às vezes sai para fazer compras e volta.

– Você não acha mais que é ele, acha?

– Não o excluí – disse Strike. – Por que você tem tanta vontade de fazer Brockbank?

– Bom – disse Robin com bravura –, eu sinto que fiz boa parte das descobertas sobre ele. Consegui o endereço de Market Harborough com Holly e consegui a Blondin Street na creche...

– E você está preocupada com as crianças que moram com ele – disse Strike.

Robin se lembrou da garotinha negra de trancinhas afro que tropeçou, olhando para ela, na Catford Broadway.

– E se eu estiver?

– Prefiro que você fique com Stephanie.

Ela ficou irritada; tão irritada que prontamente pediu duas semanas de licença de um jeito mais brusco do que teria feito normalmente.

— Duas semanas? — Ele ficou surpreso. Estava muito mais acostumado com Robin implorando para ficar no trabalho do que pedindo para sair.

— É para minha lua de mel.

— Ah. Tudo bem. Tá. Acho que vai ser em breve, não?

— É claro. O casamento é no dia 2.

— Meu Deus, só faltam... o que... umas três semanas?

Ela ficou irritada por ele não ter percebido que estava tão próximo.

— Sim. — Robin levantou-se e pegou o casaco. — E você se importa de mandar o RSVP, se é que você vai?

Então ela voltou a Catford e às movimentadas barracas do mercado, ao cheiro de incenso e peixe cru, às horas inúteis parada abaixo dos ursos de pedra agachados acima da porta dos bastidores do Broadway Theatre.

Hoje Robin tinha escondido o cabelo sob um chapéu de palha e usava óculos escuros, mas ainda se perguntava se não tinha visto uma sugestão de reconhecimento nos olhos dos comerciantes locais enquanto ela mais uma vez se ajeitava para ficar à espreita do outro lado das janelas triplas do apartamento de Whittaker e Stephanie. Só teve alguns vislumbres da garota desde que retomou sua vigilância, e em nenhuma das duas ocasiões houve a mais leve oportunidade de falar com ela. De Whittaker, não teve a menor pista. Robin encostou na pedra fria e cinza da parede do teatro, preparada para outro longo dia de tédio, e bocejou.

Ao final da tarde, ela estava com calor, cansada e tentava não se irritar com a mãe, que mandara repetidos torpedos o dia inteiro com perguntas sobre o casamento. O último, dizendo que telefonasse para a florista, que tinha outra pergunta fastidiosa para ela, chegou justamente quando Robin havia decidido que precisava beber alguma coisa. Imaginando como Linda reagiria se ela respondesse que decidira colocar flores de plástico em toda parte — no cabelo, no buquê, na igreja toda —, qualquer coisa para não ter de tomar decisões —, ela atravessou a rua na direção da lanchonete para tomar um refrigerante gelado.

Robin mal havia tocado na maçaneta da porta quando levou um esbarrão de alguém que também queria alcançar a porta da lanchonete.

— Desculpe — disse Robin no automático. E logo depois: — Ah, meu Deus.

O rosto de Stephanie estava inchado e roxo, um olho quase inteiramente fechado.

O impacto não tinha sido forte, mas a garota mirrada cambaleara para trás. Robin estendeu a mão para impedir que ela caísse.

– Minha nossa... O que aconteceu?

Ela falava como se conhecesse Stephanie. De certo modo, sentia que conhecia. Observar as pequenas rotinas da menina, familiarizar-se com sua linguagem corporal, suas roupas e seu gosto por Coca-Cola tinham fomentado uma afinidade unilateral. Agora achava natural e fácil fazer uma pergunta que quase nenhum estranho britânico faria a outro:

– Você está bem?

Como conseguiu isso, Robin não sabia, mas dois minutos depois estava acomodando Stephanie numa cadeira à sombra acolhedora do Stage Door Café, a algumas portas da lanchonete. Evidentemente, Stephanie sentia dor e vergonha de sua aparência, mas ao mesmo tempo ficara faminta e sedenta demais para continuar no apartamento. Agora simplesmente se curvava a uma vontade mais forte, desequilibrada pela solicitude da mulher mais velha, pela oferta de uma refeição gratuita. Robin falava atropeladamente qualquer bobagem ao conduzir Stephanie pela rua, mantendo a ilusão de que sua nobre oferta de sanduíches se devia à culpa por quase ter derrubado Stephanie.

Stephanie aceitou uma Fanta gelada e um sanduíche de atum com agradecimentos aos murmúrios, mas depois de algumas dentadas pôs a mão no rosto como se sentisse dor e baixou o sanduíche.

– É o dente? – perguntou Robin, solícita.

A garota concordou com a cabeça. Uma lágrima escapou do olho que não estava fechado.

– Quem fez isso? – disse Robin com urgência, estendendo o braço pela mesa para segurar a mão de Stephanie.

Ela representava um personagem, entrando no papel à medida que improvisava. O chapéu de palha e os óculos escuros grandes que usava inconscientemente sugeriam uma mulher meio hippie, cheia de altruísmo, que pensava poder salvar Stephanie. Robin sentiu um aperto mínimo e recíproco em seus dedos enquanto a jovem balançava a cabeça, indicando que não ia entregar o agressor.

– É alguém que você conhece? – cochichou Robin.

Mais lágrimas rolaram pelo rosto de Stephanie. Ela retirou a mão e bebeu a Fanta, estremecendo de novo quando a bebida gelada fez contato com o que Robin julgava ser um dente quebrado.

– É o seu pai? – cochichou Robin.

Teria sido um pressuposto fácil. Stephanie não podia ter mais de 17 anos. Era tão magra que mal tinha seios. As lágrimas lavaram qualquer vestígio do kohl que normalmente delineava seus olhos. O rosto sujo era infantil, com a sugestão de uma oclusão dental, mas todo dominado pelo hematoma roxo e cinzento. Whittaker a agredira até estourar os vasos sanguíneos do olho direito: a fenda visível era escarlate.

– Não – sussurrou Stephanie. – Namorado.

– Onde ele está? – perguntou Robin, segurando de novo a mão de Stephanie, agora gelada do contato com a Fanta.

– Viajou – disse Stephanie.

– Ele mora com você?

Stephanie assentiu e tentou beber mais da Fanta, mantendo o líquido gelado longe do lado ferido do rosto.

– Eu não queria que ele fosse – sussurrou Stephanie.

Enquanto Robin se curvava, o constrangimento da menina se dissolveu de súbito diante da gentileza e do açúcar.

– Eu pedi pra ir com ele e ele não me levou. Sei que ele tá de olho em outra, eu sei. Ele tem outra, ouvi o Banjo falando uma coisa assim. Ele tem outra garota em algum lugar.

Para incredulidade de Robin, a principal origem da dor de Stephanie, bem pior do que o dente quebrado e o rosto inchado coberto de hematomas, era a ideia de que aquele traficante de crack imundo, Whittaker, pudesse estar em algum lugar dormindo com outra mulher.

– Eu só queria ir com ele – repetiu Stephanie, e as lágrimas agora escorriam mais pesadas pelo rosto, irritando aquela fenda de olho que ficou com uma vermelhidão mais intensa.

Robin sabia que agora a mulher boazinha e meio desmiolada que ela estava interpretando pediria a Stephanie que abandonasse um homem que a espancava tanto. O problema era que Robin tinha certeza de que este discurso só faria com que Stephanie se afastasse dela.

— Ele ficou com raiva porque você queria ir com ele? – repetiu ela. – Para onde ele foi?

— Disse que ia viajar com a Cult, como da última vez... é uma banda – murmurou Stephanie, limpando o nariz com as costas da mão. – Ele é roadie deles... mas isso é só uma desculpa – disse ela, chorando ainda mais – pra viajar e catar mulheres pra trepar. Eu disse a ele que ia... porque da última vez ele queria que eu... e eu fiz a banda toda pra ele.

Robin fez o máximo para não dar a impressão de que entendia o que acabara de ouvir. Porém, uma faísca de raiva e desgosto deve ter contagiado o olhar de pura gentileza que ela tentava projetar, porque de súbito Stephanie se retraiu. Não queria críticas. Isso ela encontrava em cada dia de sua vida.

— Você foi a um médico? – perguntou Robin em voz baixa.

— Quê? Não – Stephanie cruzou os braços finos.

— Quando ele vai voltar, o seu namorado?

Stephanie limitou-se a menear a cabeça e dar de ombros. A simpatia temporária que Robin despertara entre as duas parecia ter esfriado.

— A Cult – disse Robin, improvisando rapidamente com a boca seca –, não é a Death Cult, é?

— É – respondeu Stephanie, vagamente surpresa.

— Que show? Eu vi outro dia mesmo!

*Não me pergunte onde, pelo amor de Deus...*

— Foi num pub chamado... Green Fiddle, ou tipo isso. Enfield.

— Ah, não, não foi o mesmo show – disse Robin. – Quando foi o seu?

— Preciso fazer xixi – murmurou Stephanie, olhando pela cafeteria.

Ela se arrastou para o banheiro. Quando a porta se fechou, Robin digitou freneticamente palavras de busca no celular. Precisou de várias tentativas para descobrir o que procurava: a Death Cult havia tocado em um pub de nome Fiddler's Green em Enfield no sábado, dia 4 de junho, véspera do homicídio de Heather Smart.

As sombras se alongavam na frente da cafeteria, que tinha se esvaziado, o anoitecer se aproximava. O lugar certamente fecharia dali a pouco.

— Valeu pelo sanduíche e tudo – disse Stephanie, que reaparecera ao lado dela. – Eu vou...

— Coma outra coisa. Um chocolate ou coisa assim – insistiu Robin, embora a garçonete que limpava as mesas parecesse pronta a expulsar as duas.

– Por quê? – Stephanie mostrava o primeiro sinal de desconfiança.

– Porque eu sinceramente quero conversar com você sobre o seu namorado – disse Robin.

– Por quê? – repetiu a adolescente, agora meio nervosa.

– Por favor, sente-se. Não é nada de ruim – Robin tentou convencê-la. – Só estou preocupada com você.

Stephanie hesitou, depois arriou lentamente na cadeira que havia deixado. Pela primeira vez, Robin notou a marca vermelha e funda em volta do pescoço.

– Ele não... ele não tentou estrangular você, não é? – perguntou ela.

– Quê?

Stephanie apalpou o pescoço fino e as lágrimas encheram novamente seus olhos.

– Ah, isso... isso foi meu colar. Ele me deu e depois... porque eu não estava ganhando muito dinheiro... – disse ela e começou a chorar para valer. – Ele vendeu.

Incapaz de pensar no que fazer, Robin estendeu o braço pela mesa e segurou a mão de Stephanie nas duas mãos, apertando bem, como se a menina estivesse em alguma plataforma em movimento afastando-se para longe.

– Você disse que ele obrigou você... com a banda toda? – perguntou Robin em voz baixa.

– Isso foi de graça – disse Stephanie, chorando, e Robin entendeu que Stephanie ainda pensava em sua capacidade de ganhar dinheiro. – Eu só paguei um boquete neles.

– Depois do show? – Robin soltou uma das mãos para colocar guardanapos de papel na mão de Stephanie.

– Não – a menina limpou o nariz –, na noite seguinte, a gente ficou no furgão da casa do vocalista. Ele mora em Enfield.

Robin não teria acreditado que seria possível sentir-se ao mesmo tempo enojada e exultante. Se Stephanie esteve com Whittaker na noite de 5 de junho, Whittaker não pode ter matado Heather Smart.

– Ele... o seu namorado... estava lá? – perguntou ela em voz baixa. – O tempo todo, enquanto você estava... sabe o quê...?

– Que porra tá acontecendo aqui?

Robin levantou a cabeça. Stephanie puxou rapidamente a mão, assustada.

Whittaker estava de pé ao lado delas. Robin o reconheceu de imediato, pelas fotos que vira na internet. Ele era alto e de ombros largos, mas esquelético. A camiseta preta e velha estava desbotada quase ao cinza. Os olhos dourados de padre herege eram de uma intensidade fascinante. Apesar do cabelo embaraçado, do rosto amarelado e encovado, apesar de causar-lhe repulsa, ela ainda sentia a estranha aura maníaca que o envolvia, uma atração tão magnética como o fedor da decomposição. Ele despertava o impulso de investigar provocado por todas as coisas sujas e podres, não menos poderosas por serem vergonhosas.

– Quem é *você*? – perguntou ele, sem agressividade, mas com algo próximo de um ronronar na voz. Ele olhava descaradamente a frente do vestido de Robin.

– Eu esbarrei em sua namorada na frente da lanchonete – disse Robin. – Comprei um refrigerante para ela.

– Comprou, é?

– Estamos fechando – disse a garçonete em voz alta.

A aparência de Whittaker era um pouco demais para ela, Robin sabia. Seus túneis de carne, as tatuagens, os olhos de louco, seu odor fétido seriam aceitos em muito poucos estabelecimentos de comestíveis.

Stephanie parecia apavorada, embora Whittaker a ignorasse completamente. A atenção dele estava toda concentrada em Robin, que se sentia absurdamente constrangida ao pagar a conta, depois se levantar e sair, com Whittaker bem atrás dela, até a rua.

– Bom... então, tchau – disse ela numa voz fraca a Stephanie.

Ela desejou ter a coragem de Strike. Ele insistira com Stephanie que fosse com ele bem debaixo do nariz de Whittaker, mas Robin tinha a boca subitamente seca. Whittaker a encarava como se tivesse visto algo de fascinante e raro em um monte de bosta. Atrás deles, a garçonete arriava as portas. O sol poente lançava sombras frias pela rua que Robin só conhecia como quente e malcheirosa.

– Só tava sendo boazinha, né, meu bem? – perguntou Whittaker suavemente, e Robin não sabia se havia mais maldade ou doçura na voz dele.

— Acho que fiquei preocupada — disse Robin, obrigando-se a olhar naqueles olhos afastados –, porque o machucado de Stephanie parecia muito grave.

— Isso? — disse Whittaker, estendendo a mão para a cara roxa e cinzenta de Stephanie. — Caiu da bicicleta, não foi, Steph? A piranhazinha desastrada.

De repente, Robin entendeu o ódio visceral que Strike sentia por este homem. Ela também teve vontade de bater nele.

— Espero ver você de novo, Stephanie — disse ela.

Ela não se atreveu a dar um número de telefone à garota na frente de Whittaker. Robin se virou e se afastou, sentindo-se a pior covarde do mundo. Stephanie ia voltar ao apartamento com o homem. Ela devia ter feito mais, mas o quê? O que poderia dizer que faria alguma diferença? Será que devia denunciar a agressão na polícia? Isto constituiria uma interferência no caso de Carver?

Só quando estava definitivamente fora da vista de Whittaker foi que ela perdeu a sensação de formigas invisíveis subindo por sua coluna. Robin pegou o celular e ligou para Strike.

— Eu sei — disse ela, antes que Strike começasse a dizer para ela ir para casa –, está ficando tarde, mas estou a caminho da estação e quando você ouvir o que consegui, vai entender.

Ela andou a passo acelerado, gelada no frio crescente do anoitecer, contando-lhe tudo que Stephanie havia dito.

— Então, ele tem um álibi? — disse Strike lentamente.

— Para a morte de Heather, sim, se Stephanie estava falando a verdade, e sinceramente acho que estava. Ela estava com ele... e com toda a Death Cult, como eu disse.

— Ela disse mesmo que Whittaker estava lá enquanto ela atendia à banda?

— Acho que sim. Ela estava respondendo isso quando Whittaker apareceu e... espere aí.

Robin parou e olhou em volta. Ocupada falando, ela entrara na rua errada em algum lugar ao voltar para a estação. Agora o sol se punha. Pelo canto do olho, pensou ter visto uma sombra se deslocar atrás de um muro.

— Cormoran?

— Estou aqui.

Talvez ela tenha imaginado a sombra. Estava num trecho de rua residencial desconhecido, mas havia janelas iluminadas e um casal andando ao longe. Estava segura, disse Robin a si mesma. Estava tudo bem. Só precisava refazer seus passos.

– Está tudo bem? – perguntou Strike bruscamente.

– Tudo bem – disse ela. – Peguei a rua errada, é só isso.

– Onde exatamente você está?

– Perto da estação Catford Bridge. Não sei como vim parar aqui.

Ela não queria falar sobre a sombra. Com cautela, atravessou a rua que escurecia de forma que não tivesse de passar pelo muro onde pensou tê-la visto e, depois de transferir o celular para a mão esquerda, segurou firme o alarme antiestupro no bolso direito.

– Vou voltar por onde vim – disse ela a Strike, querendo que ele soubesse onde ela estava.

– Você viu alguma coisa? – Ele exigiu saber.

– Não sei... talvez – confessou Robin.

Entretanto, quando ela chegou à altura do espaço entre as casas onde pensara ter visto a figura, não havia ninguém ali.

– Estou nervosa – disse ela, apressando o passo. – Não foi nada divertido conhecer Whittaker. Sem dúvida tem alguma coisa... desagradável... nele.

– Onde você está agora?

– A uns seis metros de onde estava da última vez que você me perguntou. Espere, estou vendo um nome de rua. Vou atravessar, já sei onde errei, eu devia ter entrado...

Ela só ouviu os passos quando estavam bem atrás. Dois braços enormes e vestidos de preto se fecharam em volta dela, prendendo-a pelos lados, arrancando o ar dos pulmões. O celular escorregou de sua mão e caiu com um estalo na calçada.

# 52

*Do not envy the man with the x-ray eyes.*
Blue Öyster Cult, "X-Ray Eyes"

Strike, que estava de pé na sombra de um armazém em Bow, vigiando a Blondin Street, ouviu o súbito arquejar de Robin, o baque do celular na calçada, depois o arrastar e deslizar de pés no asfalto.

Ele desatou a correr. A ligação com o telefone de Robin ainda não havia caído, mas ele não conseguia ouvir nada. O pânico afinou seu raciocínio e obstruiu toda percepção da dor enquanto ele corria por uma rua escura na direção da estação mais próxima. Precisava de um segundo telefone.

– Preciso pegar isso emprestado, amigo! – berrou ele a dois jovens negros e magrelas que andavam na direção dele, um dos quais ria ao celular. – Um crime está sendo cometido, preciso desse telefone emprestado!

O tamanho e a aura de autoridade de Strike enquanto corria para os dois fizeram com que o adolescente entregasse o telefone com uma expressão de medo e assombro.

– Venham comigo! – gritou Strike aos dois garotos, correndo ao passar por eles para ruas mais movimentadas, onde poderia encontrar um táxi, seu próprio celular ainda pressionado na outra orelha. – Polícia! – gritou Strike no celular do menino enquanto os adolescentes aturdidos corriam junto com ele como guarda-costas. – Tem uma mulher sendo atacada perto da estação Catford Bridge, eu estava ao telefone com ela quando aconteceu! Está acontecendo agora... não, não sei a rua, mas fica a uma ou duas ruas de distância da estação... agora mesmo, eu estava ao telefone com ela quando ele a agarrou, eu ouvi... sim... e anda rápido, porra!

– Valeu, amigo! – Strike ofegou, jogando o celular de volta à mão do dono, que ainda correu junto com ele por vários metros sem perceber que não precisava mais disso.

Strike virou uma esquina às pressas; Bow era uma área de Londres totalmente desconhecida para ele. Passou correndo pelo pub Bow Bells, ignorando as pontadas em brasa dos ligamentos do joelho, deslocando-se desajeitado com o braço livre para se equilibrar, o telefone mudo ainda grudado à orelha. Depois ouviu um alarme antiestupro do outro lado da linha.

– TÁXI! – berrou ele a uma luz que brilhava distante. – ROBIN! – gritou ao telefone, certo de que ela não podia ouvi-lo por trás do ruído estridente do alarme. – ROBIN, EU CHAMEI A POLÍCIA! A POLÍCIA ESTÁ A CAMINHO. ESTÁ ME OUVINDO, SEU FILHO DA PUTA?

O táxi arrancou sem ele. Bebedores na frente do Bow Bells encaravam o louco que passava mancando em alta velocidade, gritando e xingando ao telefone. Apareceu um segundo táxi.

– TÁXI! TÁXI! – gritou Strike e ele virou, indo na sua direção, enquanto a voz de Robin falava em seu ouvido, ofegante.

– Você... está aí?

– MEU DEUS DO CÉU! O QUE ACONTECEU?

– Pare de... gritar...

Com enorme dificuldade, ele modulou o volume da voz.

– *O que aconteceu?*

– Não estou enxergando – disse ela. – Não consigo... enxergar nada...

Strike abriu de supetão a porta traseira do táxi e se jogou dentro dele.

– Estação Catford Bridge, rápido! O que quer dizer com não consegue...? O que ele fez com você? VOCÊ NÃO! – gritou ele ao taxista confuso. – Vai! Vai!

– Não... é a droga do seu... alarme antiestupro... na minha cara... ah... merda...

O táxi acelerava, mas Strike teve de se conter fisicamente para não insistir que o motorista pisasse fundo.

– O que houve? Está machucada?

– Um... um pouco... tem gente aqui...

Ele agora conseguia ouvi-las, as pessoas que a cercavam, murmurando, falando animadamente entre elas.

– ... Hospital... – ele ouviu Robin dizer, longe do telefone.

– Robin? ROBIN?

– Pare de gritar! – disse ela. – Olha, eles chamaram uma ambulância, eu vou para o...

– O QUE ELE FEZ COM VOCÊ?

– Me cortou... meu braço... acho que preciso de pontos... meu Deus, está ardendo...

– Que hospital? Me deixa falar com alguém! Encontro você lá!

Vinte e cinco minutos depois, Strike chegou à emergência do Hospital Universitário Lewisham, mancando muito e com uma expressão tão angustiada que uma enfermeira gentil garantiu a ele que um médico o veria em breve.

– Não. – Ele gesticulou para ela se afastar enquanto mancava para a recepção –, vim ver alguém... Robin Ellacott, ela foi esfaqueada...

Seus olhos percorreram freneticamente a sala de espera apinhada, onde um jovem chorava no colo da mãe e um bêbado gemia e aninhava a cabeça ensanguentada nas mãos. Um enfermeiro mostrava a uma idosa sem fôlego como usar um inalador.

– Strike... sim... a srta. Ellacott disse que o senhor estava chegando – disse a recepcionista, que verificava os registros no computador com o que Strike achou ser uma deliberação desnecessária e provocadora. – Siga pelo corredor e pegue a direita... primeiro cubículo.

Na pressa, ele escorregou um pouco no piso reluzente, xingou e correu. Os olhos de várias pessoas acompanharam a figura grande e desajeitada, perguntando-se se ele estava bem da cabeça.

– Robin? Puta que pariu!

Respingos escarlate desfiguravam o rosto de Robin; os olhos estavam inchados. Um médico jovem, que examinava um ferimento de 20 centímetros em seu braço, gritou:

– Lá fora até eu terminar!

– Não é sangue! – exclamou Robin enquanto Strike se retirava para trás da cortina. – É a porcaria do spray do seu alarme antiesturpro!

– Fique parada, por favor – Strike ouviu o médico dizer.

Ele andou um pouco de um lado a outro do cubículo. Outros cinco leitos acortinados escondiam seus segredos pela ala. Os solados de borracha dos enfermeiros guinchavam no piso cinza muito encerado. Meu Deus, como ele detestava hospitais: o cheiro, a limpeza institucional por baixo daquele sopro fraco de decomposição humana de imediato o transportaram àqueles longos meses em Selly Oak depois que sua perna foi explodida.

O que ele fez? *O que ele fez?* Deixou que ela trabalhasse, sabendo que o filho da puta estava no encalço de Robin. Ela podia ter morrido. *Era* para ela ter morrido. Enfermeiros passavam farfalhando seus jalecos azuis. Atrás da cortina, Robin soltou um leve arquejar de dor e Strike cerrou os dentes.

– Bom, ela teve uma sorte enorme – disse o médico, abrindo a cortina dez minutos depois. – Ele podia ter cortado a artéria braquial. Mas houve lesão no tendão e só saberemos em que grau quando a levarmos ao centro cirúrgico.

Claramente ele julgava que os dois eram um casal. Strike não o corrigiu.

– Ela precisa de cirurgia?

– Para corrigir os danos no tendão – disse o médico, como se Strike fosse meio lesado. – Além disso, este ferimento precisa de uma limpeza apropriada. Também quero fazer um raio X das costelas.

Ele saiu. Preparando-se, Strike entrou no cubículo.

– Sei que eu estraguei tudo – disse Robin.

– Puta merda, você pensou que eu ia te dar uma bronca?

– Talvez – disse ela, colocando-se um pouco mais alta no leito. O braço estava enrolado em uma atadura temporária de crepe. – Depois do escurecer. Eu não estava prestando atenção, estava?

Ele se sentou pesadamente ao lado do leito, na cadeira que o médico acabara de deixar, esbarrando por acidente em uma cuba rim de metal que caiu no chão. Ela tiniu e chocalhou; Strike pôs o pé protético nela para silenciar.

– Robin, como foi que você se safou?

– Defesa pessoal – disse ela. Depois, interpretando corretamente a expressão dele, ela disse, irritada: – Eu *sabia* que você não acreditava que eu tinha feito.

– Eu acreditei em você – disse ele –, mas, porra, caralho...

– Tive aulas com uma mulher brilhante em Harrogate, que foi do exército – disse Robin, estremecendo um pouco enquanto se ajeitava de novo nos travesseiros. – Depois do... você sabe o quê.

– Isso foi antes ou depois dos testes de direção avançada?

— Depois — disse ela —, porque eu fiquei com agorafobia por um tempo. Foi a direção que realmente me tirou do quarto e, depois disso, tomei aulas de defesa pessoal. O primeiro curso em que me matriculei era administrado por um homem e ele era um imbecil — disse Robin. — Só movimentos de judô e... era inútil. Mas Louise foi sensacional.

— É? — disse Strike.

A compostura dela estava dando nos nervos de Strike.

— É — disse Robin. — Ela nos ensinou uns golpes inteligentes quando você é uma mulher comum. Tem a ver com uma reação inteligente e rápida. Nunca se deixar levar a outro local. Procurar os pontos fracos e depois fugir como uma louca.

"Ele me pegou por trás, mas eu o ouvi pouco antes de chegar a mim. Pratiquei muito isso com Louise. Se eles te agarram por trás, você se curva."

— Se curva — repetiu Strike num torpor.

— Eu estava com o alarme antiestupro na mão. Eu me cortei e bati no saco dele. Ele estava de moletom. Ele me soltou por alguns segundos e tropecei nesta porcaria de vestido de novo... ele puxou a faca... não consigo me lembrar exatamente do que aconteceu então... sei que ele me cortou enquanto eu tentava me levantar... mas consegui apertar o botão do alarme, ele disparou e isso o assustou... a tinta veio toda na minha cara e deve ter ido na dele também, porque ele estava perto de mim... ele usava uma touca ninja... eu mal conseguia enxergar... mas meti um bom golpe na artéria carótida dele enquanto se curvava para mim... Foi outra coisa que Louise nos ensinou, lateral do pescoço, você pode fazê-los desmaiar, se fizer direito... e ele cambaleou, depois acho que notou que vinha gente e fugiu.

Strike estava sem fala.

— Estou com muita fome — disse Robin.

Strike tateou dentro dos bolsos e pegou uma barra de Twix.

— Obrigada.

Mas antes que ela conseguisse dar uma dentada, uma enfermeira que acompanhava um velho passou ao pé da cama e disse severamente:

— Nada pela boca, você vai para a cirurgia!

Robin revirou os olhos e devolveu o Twix a Strike. Seu celular tocou. Strike observou, pasmo, enquanto ela atendia.

– Mãe... oi – disse Robin.

Seus olhos se encontraram. Strike leu na expressão de Robin o desejo de poupar a mãe, pelo menos temporariamente, do que acabara de acontecer, mas não foi necessária nenhuma tática de fuga porque Linda tagarelava sem permitir que Robin falasse. Robin colocou o celular nos joelhos e ligou o viva-voz, com cara de resignada.

– ... fale com ela assim que for possível, porque o lírio-do-vale está fora da estação, então, se você quiser, será uma encomenda especial.

– Tudo bem – disse Robin. – Vou ficar sem lírio-do-vale.

– Bom, seria ótimo se você pudesse ligar diretamente e dizer a ela o que você *quer*, Robin, porque não está sendo fácil ser a intermediária. Ela disse que deixou um monte de recados na sua caixa postal.

– Desculpe, mãe. Vou ligar para ela.

– Você não devia estar usando isso aqui! – disse uma segunda enfermeira, irritada.

– Desculpe – disse Robin de novo. – Mãe, preciso ir. Falo com você mais tarde.

– Onde você está? – perguntou Linda.

– Estou... te ligo depois. – Robin encerrou a chamada.

Ela olhou para Strike.

– Não vai me perguntar qual deles eu penso que tenha sido?

– Estou supondo que você não saiba – disse Strike. – Se ele estava de touca ninja e os seus olhos estavam cheios de tinta.

– De uma coisa tenho certeza – disse Robin. – Não foi Whittaker. A não ser que ele tenha vestido moletom no momento em que eu o deixei. Whittaker estava de calça jeans e ele era... o corpo não batia. Esse cara era forte, mas mole, entendeu? Mas era grande. Tanto quanto você.

– Você contou a Matthew o que aconteceu?

– Ele está no t...

Ele pensou, quando a expressão dela mudou para o quase pavor, que estava prestes a se virar e ver um Matthew lívido caindo em cima deles. Em vez disso, a figura desgrenhada do inspetor-detetive Roy Carver apareceu ao pé do leito de Robin, acompanhada pela figura alta e elegante da sargento-detetive Vanessa Ekwensi.

Carver estava em mangas de camisa. Manchas largas e úmidas de suor se irradiavam das axilas. O branco constantemente rosado de seus olhos azul-claros sempre dava a impressão de que ele tinha estado nadando em água com muito cloro. O cabelo basto e grisalho era tomado de grandes flocos de caspa.

– Como está...? – começou a sargento-detetive Ekwensi, os olhos amendoados no braço de Robin, mas Carver a interrompeu com um grito de acusação.

– O que *você* esteve aprontando, hein?

Strike se levantou. Ali estava, enfim, o alvo perfeito para seu desejo até agora reprimido de castigar alguém, qualquer um, pelo que acabara de acontecer com Robin, desviar seus sentimentos de culpa e ansiedade para um alvo que os merecesse.

– Quero falar com você – disse Carver a Strike. – Ekwensi, você toma o depoimento dela.

Antes que alguém conseguisse falar ou se mexer, uma jovem enfermeira de rosto meigo meteu-se distraidamente entre os dois homens, sorrindo para Robin.

– Pronta para tirar sua radiografia, srta. Ellacott? – disse ela.

Robin saiu rigidamente do leito e se afastou, olhando por sobre o ombro para Strike, tentando transmitir alerta e moderação.

– Lá fora – rosnou Carver para Strike.

O detetive seguiu o policial pela emergência. Carver o levou a uma pequena sala de visitas onde, Strike supôs, a notícia da morte iminente ou real era transmitida a parentes. Continha várias poltronas, uma caixa de lenços de papel em uma mesinha e uma pintura abstrata em tons de laranja.

– Eu te falei para ficar fora dessa – disse Carver, assumindo uma posição no meio da sala, de braços cruzados e os pés separados.

Com a porta fechada, o odor corporal de Carver enchia a sala. Ele não fedia como Whittaker: não era impregnado de sujeira e drogas, mas do suor que ele não conseguia conter durante o dia de trabalho. Sua tez manchada não melhorava com a luz fluorescente. A caspa, a camisa molhada, a pele mosqueada: parecia que ele visivelmente se desintegrava. Strike sem dúvida nenhuma o ajudara nisso, humilhando-o na imprensa quando do assassinato de Lula Landry.

– Você a mandou vigiar Whittaker, não foi? – perguntou Carver, seu rosto aos poucos se avermelhando mais, como se estivesse sendo fervido. – Você fez isso com ela.

– Vai se foder – disse Strike.

Só agora, com o nariz tomado do suor de Carver, ele admitia a si mesmo o que já sabia algum tempo: Whittaker não era o assassino. Strike tinha mandado Robin atrás de Stephanie porque, no fundo, pensou ser o lugar mais seguro para colocá-la, mas ele a manteve nas ruas e há semanas tinha conhecimento de que o assassino a seguia.

Carver sabia ter cutucado uma ferida. Ele sorria.

– Você usou mulheres assassinadas para compensar a merda do seu ressentimento contra o padrasto – disse ele, tendo prazer com o rubor crescente de Strike, sorrindo ao ver as mãos grandes cerrando-se em punhos. Nada agradaria mais a Carver do que acusar Strike de agressão; os dois sabiam disso. – Nós checamos Whittaker. Checamos todos os seus três suspeitos de merda. Não há nada em nenhum deles. Agora você me escute bem.

Ele se aproximou um passo de Strike. Embora fosse uma cabeça mais baixo, projetava o poder de um homem furioso e amargurado, mas poderoso, um homem com muito a provar e com toda a força policial em seu apoio. Apontando para o peito de Strike, ele falou:

– Fique fora disso. Você tem uma sorte do caralho por não ter o sangue de sua parceira nas mãos. Se eu descobrir você perto de nossa investigação de novo, vou te botar atrás das grades, porra. Entendeu?

Ele cutucou o esterno de Strike com a ponta do dedo curto e grosso. Strike resistiu ao impulso de dar-lhe um tapa, mas um músculo em seu maxilar contraiu-se. Ficaram se encarando por alguns segundos. Carver abriu um sorriso mais largo, respirando como se tivesse acabado de triunfar em uma luta livre, seguiu até a porta e saiu, deixando Strike fervendo de raiva e ódio por si mesmo.

Ele voltava lentamente para a emergência quando o alto e bonito Matthew entrou correndo pelas portas duplas com seu terno, de olhos arregalados, o cabelo todo fora de lugar. Pela primeira vez na relação dos dois, Strike sentiu algo além de antipatia por ele.

– Matthew – disse ele.

Matthew olhou para Strike como se não o reconhecesse.

– Ela foi para o raio X – disse Strike. – Deve estar de volta agora. Por aqui – apontou ele.

– Por que ela precisa de...?

– Costelas.

Matthew o afastou com uma cotovelada. Strike não protestou. Sentia que merecia isso. Observou o noivo de Robin partir na direção dela e, após alguma hesitação, virou-se para as portas duplas e foi para a noite.

Agora o céu claro estava pontilhado de estrelas. Ao chegar à rua, ele parou para acender um cigarro, dando um trago como Wardle havia feito, como se a nicotina fosse a essência da vida. Começou a caminhar, sentindo a dor no joelho. A cada passo, gostava menos de si mesmo.

– RICKY! – gritou uma mulher pela rua, implorando a uma criança em fuga que voltasse enquanto ela lutava com o peso de uma sacola grande. – RICKY, VOLTE AQUI!

O garotinho ria como um louco. Sem pensar de fato no que fazia, Strike abaixou-se automaticamente e o pegou enquanto ele corria para a rua.

– Obrigada! – disse a mãe, quase chorando de alívio ao correr até Strike. Flores caíram da sacola em seus braços. – Vamos visitar o pai dele... ah, meu Deus...

O menino nos braços de Strike se debatia freneticamente. Strike o colocou ao lado da mãe, que pegava um buquê de narcisos na calçada.

– Segure – disse ela severamente ao menino, que obedeceu. – Você pode dar ao papai. Não deixe cair! Obrigada – repetiu ela a Strike e se afastou a passos decididos, segurando firme a mão da criança. O garotinho andou obediente ao lado da mãe, orgulhoso por ter uma tarefa a realizar, as flores amarelas e rígidas erguidas em sua mão como um cetro.

Strike andou alguns passos e então, subitamente, estacou no meio da calçada, o olhar espantado como que trespassado por algo invisível no ar frio diante dele. Uma brisa gelada fez cócegas em seu rosto enquanto ele ficava ali, totalmente indiferente ao que o cercava, o foco todo voltado para dentro.

Narcisos... lírio-do-vale... flores fora da estação.

E então o som da voz da mãe ecoou na noite de novo – "Ricky, não!" – e provocou uma súbita e explosiva reação em cadeia no cérebro de Strike, acendendo uma pista de pouso para uma teoria que ele sabia, com a convicção de um profeta, que o levaria ao assassino. Assim como as vigas de aço de um prédio são reveladas à medida que ele arde em chamas, Strike viu neste lampejo de inspiração o esqueleto do plano do assassino, reconhecendo as falhas cruciais que deixara passar – que todos deixaram passar –, mas que, enfim, podiam ser os meios de demolir o criminoso e seus esquemas macabros.

# 53

*You see me now a veteran of a thousand psychic wars...*
Blue Öyster Cult, "Veteran of the Psychic Wars"

Fingir indiferença no hospital fortemente iluminado tinha sido fácil. Robin retirara forças não apenas do assombro e da admiração de Strike com sua fuga, mas ouvindo o próprio relato da briga com o assassino. Ela era a mais calma de todos logo depois do ataque, consolando e tranquilizando Matthew quando ele começou a chorar ao ver seu rosto sujo de tinta e o longo corte no braço. Ela retirara forças da fraqueza de todos os outros, na esperança de que sua coragem alimentada pela adrenalina a levasse em segurança de volta à normalidade, onde encontraria uma base firme e continuaria incólume, sem ter de passar pelo pântano sombrio em que viveu por tanto tempo depois do estupro...

Porém, na semana que se seguiu, ela descobriu que era quase impossível dormir e não só porque o braço ferido latejava, agora em uma tala de proteção. Nos breves cochilos que conseguia tirar à noite ou durante o dia, Robin sentia mais uma vez os braços grossos do agressor em volta dela e o ouvia respirar em sua orelha. Às vezes, os olhos que ela não vira assumiam a forma dos olhos do estuprador de seus 19 anos: claros, uma das pupilas fixa. Por trás da touca ninja preta e da máscara de gorila, as figuras de pesadelo se fundiam, mutavam e cresciam, ocupando sua mente dia e noite.

Nos piores sonhos, ela o via fazendo isso com outra pessoa e esperava sua vez, impotente para ajudar ou fugir. Uma vez, a vítima era Stephanie com seu rosto pulverizado. Em outra ocasião insuportável, uma garotinha negra gritava pedindo pela mãe. Robin acordou deste sonho aos gritos, no escuro, e Matthew ficou tão preocupado que alegou doença para não trabalhar no dia seguinte e ficar com a noiva. Robin não sabia se ficava agradecida ou irritada.

É claro que a mãe veio e tentou levá-la para casa em Masham.

– Você tem dez dias até o casamento, Robin, por que não vem para casa comigo agora e relaxa antes...

– Quero ficar aqui – disse Robin.

Ela não era mais uma adolescente: era uma mulher adulta. Podia decidir onde ficaria, aonde iria, o que faria. Parecia a Robin que lutava mais uma vez pelas identidades a que fora obrigada a renunciar da última vez que um homem a atacou no escuro. Ele a transformara de uma aluna nota 10 em uma agorafóbica emaciada, de uma aspirante a psicóloga forense em uma garota derrotada que concordou com sua família autoritária que o trabalho policial apenas exacerbaria seus problemas psicológicos.

Isto não ia acontecer de novo. Ela não permitiria. Mal conseguia dormir, não queria comer, mas se entrincheirou furiosamente, negando as próprias necessidades e medos. Matthew tinha medo de contradizê-la. Cansado, ele concordou que não havia necessidade de ela ir para a casa da mãe, entretanto Robin o ouviu cochichar com Linda na cozinha quando eles pensaram que não estava escutando.

Strike não foi de ajuda nenhuma. Nem mesmo se deu ao trabalho de se despedir dela no hospital, nem veio ver como Robin estava se saindo, falava com ela apenas ao telefone. Ele também queria que ela voltasse a Yorkshire, para ficar em segurança longe dali.

– Você deve ter muita coisa a fazer para o casamento.

– Não seja paternalista comigo – disse Robin, furiosa.

– Quem está sendo paternalista...?

– Desculpe. – Ela se desmanchou em lágrimas silenciosas que ele não podia ver, fazendo todo o possível para manter o tom de voz normal. – Desculpe... é nervosismo. Vou para casa na quinta-feira anterior, não há necessidade de ir antes.

Ela não era mais a pessoa que ficava deitada na cama olhando fixamente o Destiny Child's. Recusava-se a ser aquela menina.

Ninguém conseguia entender por que estava tão decidida a continuar em Londres, nem ela estava preparada para explicar. Jogou fora o vestido leve com que ele a atacara. Linda entrou na cozinha justamente quando Robin o atirava na lixeira.

— Coisinha estúpida — disse Robin, vendo o olhar da mãe. — *Essa* lição eu aprendi. Não faça vigilância de vestido longo.

Ela falou num tom de desafio. *Vou voltar ao trabalho. Isto é temporário.*

— Você não devia estar usando essa mão — disse a mãe, ignorando o desafio tácito. — O médico disse para repousar e deixá-la elevada.

Nem Matthew, nem a mãe gostavam que ela lesse sobre o andamento do caso na imprensa, o que Robin fazia obsessivamente. Carver recusou-se a revelar seu nome. Disse que não queria que a imprensa caísse em cima dela, mas Robin e Strike desconfiavam de que ele receava que a presença contínua de Strike na história desse à imprensa uma nova e deliciosa guinada: Carver contra Strike de novo.

— Para ser justo — disse Strike a Robin ao telefone (ela tentava se limitar a um telefonema por dia a ele) —, esta é a última coisa de que alguém precisa. Não vai ajudar a pegar o filho da puta.

Robin não disse nada. Estava deitada na cama dela e de Matthew, com vários jornais que comprara espalhados ao redor, contrariando os desejos de Linda e Matthew. Os olhos estavam fixos em uma matéria de página dupla no *Mirror*, onde as cinco supostas vítimas do Estripador de Shacklewell mais uma vez eram retratadas em fila. Uma sexta silhueta preta mostrando a cabeça e os ombros de uma mulher representava Robin. A legenda abaixo da silhueta dizia, "Funcionária de escritório de 26 anos escapou". Fizeram muito alarde com o fato de a funcionária de escritório de 26 anos ter conseguido borrifar tinta vermelha no assassino durante o ataque. Ela foi elogiada por uma policial aposentada em uma coluna pela precaução de carregar um dispositivo desses, e houve uma reportagem em separado sobre alarmes antiestupro na página.

— Você realmente desistiu? — perguntou ela.

— Não é uma questão de desistir — disse Strike. Ela o ouvia andando pelo escritório e desejou estar lá, mesmo que fosse só para fazer chá ou responder e-mails. — Estou deixando com a polícia. Um assassino serial não é para nosso bico, Robin. Nunca foi.

Robin olhava o rosto abatido da única outra mulher que sobrevivera ao ataque do assassino. "Lila Monkton, prostituta." Lila também sabia como era a respiração de porco do assassino. Ele decepara os dedos de Lila. Robin só ficaria com uma cicatriz comprida no braço. Seu cérebro zumbia de raiva no crânio. Ela se sentia culpada por ter se safado tão bem.

– Eu queria que houvesse alguma coisa...

– Deixa disso – disse Strike. Ele parecia irritado, como Matthew. – Acabou para nós, Robin. Eu nunca devia ter mandado você para vigiar Stephanie. Deixei que meu ressentimento contra Whittaker maculasse minha capacidade crítica desde que aquela perna chegou, e isso quase acabou com você...

– Ah, pelo amor de Deus – disse Robin com impaciência. – Não foi *você* que tentou me matar, foi *ele*. Vamos deixar a culpa em seu devido lugar. Você teve bons motivos para pensar que foi Whittaker... as letras de música. De qualquer forma, isso ainda deixa...

– Carver verificou Laing e Brockbank e ele não acha que tenha alguma coisa lá. Vamos ficar de fora, Robin.

A 15 quilômetros de seu escritório, Strike tinha esperanças de convencer Robin. Não contara a ela sobre a epifania que lhe ocorrera depois do encontro com a criança na frente do hospital. Ele tentara entrar em contato com Carver na manhã seguinte, mas um subordinado lhe dissera que o policial estava ocupado demais para atender a seu telefonema e o aconselhara a não tentar de novo. Strike insistira em contar ao subordinado irritadiço e um tanto agressivo o que ele esperava dizer a Carver. Ele teria apostado a perna que ainda lhe restava que nem uma palavra de seu recado foi transmitida.

A janela do escritório de Strike estava aberta. O sol quente de junho aquecia os dois cômodos agora sem clientes, e em breve, talvez, vagos devido a uma incapacidade de pagar o aluguel. O interesse do Duas Vezes na nova dançarina havia murchado. Strike não tinha nada para fazer. Como Robin, ele ansiava para entrar em ação, mas não disse isso a ela. Ele só queria que ela se curasse e ficasse em segurança.

– A polícia ainda está na sua rua?

– Sim – ela suspirou.

Carver colocara um policial à paisana na Hasting Road 24 horas por dia. Era de enorme conforto para Matthew e Linda o fato de ele estar lá fora.

– Cormoran, escute. Sei que nós não podemos...

– Robin, agora não existe um "nós". Só eu, sentado em minha bunda sem trabalhar, e você, que vai ficar na sua maldita casa até que o assassino seja apanhado.

– Eu não estava falando do caso – disse ela. Mais uma vez, seu coração batia forte e acelerado nas costelas. Precisava dizer isso em voz alta, ou iria explodir. – Tem uma coisa que nós... que *você* pode fazer. Brockbank pode não ser o assassino, mas sabemos que ele é estuprador. Você pode procurar Alyssa e avisar a ela que está morando com um...

– Pode esquecer – disse a voz de Strike asperamente em seu ouvido. – Pela última vez, Robin, você não pode salvar todo mundo! Ele nunca foi condenado! Se a gente fizer uma besteira por lá, Carver vai nos enforcar.

Houve um longo silêncio.

– Está chorando? – perguntou Strike, ansioso, porque achava que a respiração de Robin ficara entrecortada.

– Não, não estou chorando – disse Robin com sinceridade.

Um frio pavoroso tinha se espalhado por ela com a recusa de Strike de ajudar as meninas que moravam perto de Brockbank.

– É melhor eu ir, é hora do almoço – disse ela, embora ninguém a tivesse chamado.

– Olha – disse ele –, entendo por que você quer...

– Falo com você depois – disse ela e desligou.

*Agora não existe um "nós".*

Estava acontecendo tudo de novo. Um homem se aproximara dela no escuro e a privara não só de sua sensação de segurança, mas de seu status. Ela era uma parceira numa agência de detetive...

Será que era? Nunca houve um novo contrato. Nunca houve aumento no pagamento. Eles andavam tão ocupados, tão quebrados, que nunca ocorreu a Robin pedir nenhuma das duas coisas. Ela simplesmente ficara feliz ao pensar que era assim que Strike a via. Agora até isso tinha acabado, talvez temporariamente, talvez para sempre. *Não existe mais um "nós".*

Robin ficou pensando por alguns minutos, depois saiu da cama, farfalhando os jornais. Aproximou-se da penteadeira onde estava a caixa de sapatos branca, gravada com as palavras em prata Jimmy Choo, estendeu a mão e acariciou a superfície imaculada do papelão.

O plano não lhe ocorreu como a epifania de Strike na frente do hospital, com a força revigorante do fogo. Em vez disso, surgiu lentamente, sombrio e perigoso, nascido da abominável passividade forçada da última semana e da raiva gelada com a recusa obstinada de Strike a agir. Strike, que era amigo dela, tinha se unido às fileiras do inimigo. Ele era um ex-pugilista de um metro e noventa. Jamais saberia como era se sentir pequeno, fraco e impotente. Ele nunca entenderia o que o estupro fazia com os sentimentos que uma pessoa tinha pelo próprio corpo: achar-se reduzida a uma coisa, um objeto, uma peça de carne comível.

Ao telefone, Zahara parecia ter no máximo três anos.

Robin continuou imóvel diante da penteadeira, olhando fixamente a caixa que continha os sapatos do casamento, pensando. Ela via os riscos espalhando-se claramente abaixo dela, como as pedras e ondas furiosas sob os pés de um equilibrista na corda bamba.

Não, ela não podia salvar todo mundo. Era tarde demais para Martina, para Sadie, Kelsey e Heather. Lila passaria o resto da vida com dois dedos na mão esquerda e uma cicatriz medonha na psique que Robin entendia muito bem. Porém, também havia duas meninas que enfrentariam Deus sabia quanto sofrimento mais se ninguém fizesse alguma coisa.

Robin afastou-se dos sapatos novos, pegou o celular e discou um número que recebera voluntariamente, mas que jamais imaginara que um dia usaria.

# 54

*And if it's true it can't be you,*
*It might as well be me.*

Blue Öyster Cult, "Spy In The House Of The Night"

Ela teve três dias para planejar, porque precisou esperar que o cúmplice conseguisse o carro e encontrasse espaço em sua agenda ocupada. Enquanto isso, disse a Linda que seus Jimmy Choos estavam apertados demais, o estilo era chamativo demais, e permitiu que a mãe a acompanhasse para devolvê-los e ser reembolsada. Depois, teve de decidir que mentira ia contar a Linda e Matthew para ganhar tempo suficiente longe deles e colocar o plano em ação.

Acabou contando que tinha outro interrogatório na polícia. Insistir que Shanker continuasse no carro quando a buscasse era fundamental para manter esta ilusão, assim pediu a Shanker que parasse junto do policial à paisana que ainda patrulhava a rua deles e dissesse que ela ia tirar os pontos, o que na realidade só aconteceria dois dias depois.

Agora eram sete horas de uma noite sem nuvens e, com exceção de Robin, que estava recostada no muro quente de tijolos do Eastway Business Centre, o ambiente estava deserto. O sol fazia seu lento progresso para o oeste e ao longe, no horizonte enevoado, no final da Blondin Street, a escultura Orbit ganhava existência. Robin vira o projeto nos jornais: logo pareceria um gigantesco telefone castiçal enrolado em seu próprio fio espiralado. Para além dali, Robin só conseguia distinguir a silhueta crescente do estádio Olímpico. A visão distante das enormes estruturas era impressionante e de certo modo inumana, a mundos e mundos de distância dos segredos que ela suspeitava se esconderem por trás da porta recém-pintada que ela sabia ser de Alyssa.

Talvez devido ao que veio fazer, o trecho silencioso de casas que ela olhava lhe dava nos nervos. Eram novas, modernas e pareciam desprovidas de alma. Salvo as grandiosas construções erigidas ao longe, o lugar não tinha personalidade e nenhum senso de comunidade. Não havia árvores para abrandar a silhueta das casas baixas e quadradas, muitas exibindo placas de "Aluga-se", não havia loja de esquina, nem pub ou igreja. O armazém no qual ela se encostava, com suas janelas superiores de cortinas brancas parecendo mortalhas e as portas de metal da garagem pichadas de cima a baixo, não oferecia cobertura. O coração de Robin martelava como se ela tivesse corrido. Nada agora a faria recuar, ainda assim estava com medo.

Passos ecoaram por perto e Robin girou o corpo, os dedos suados apertando o alarme antiestupro sobressalente. Alto, de pernas e braços soltos e com cicatrizes, Shanker vinha na direção dela trazendo uma barra de Mars numa das mãos e um cigarro na outra.

– Ela está vindo – disse ele sem muita clareza.

– Tem certeza? – disse Robin, o coração mais acelerado do que nunca. Começava a ficar meio tonta.

– Negra, duas crianças, andando pela rua agora. Vi quando eu estava comprando isso – disse ele, agitando a barra de chocolate. – Quer?

– Não, obrigada. Hmm... você se importa de sair do caminho?

– Tá na cara que tu não quer que eu vá, né?

– Não – disse Robin. – Só se você vir... ele.

– Tem certeza que o babaca já não está lá?

– Eu toquei duas vezes. Tenho certeza de que não está.

– Então, vou ficar ali na esquina – disse laconicamente Shanker e se afastou, alternadamente tirando tragos do cigarro e dando dentadas na barra de Mars, a uma posição fora de vista da porta de Alyssa. Robin, enquanto isso, desceu correndo a Blondin Street para que Alyssa não passasse por ela enquanto entrava na casa. Encolhendo-se abaixo da sacada projetada do prédio residencial vermelho-escuro, Robin observou enquanto uma negra alta entrava na rua, uma das mãos segurando uma criança pequena e seguida por uma menina mais velha que Robin achava que devia ter uns 11 anos. Alyssa destrancou a porta e entrou com as filhas.

Robin voltou pela rua, na direção da casa. Hoje estava de jeans e tênis: não devia haver nenhum tropeço, nenhuma queda. Os tendões recém-religados latejavam por baixo da tala.

Seu coração martelava com tanta força que chegava a doer enquanto ela batia na porta de Alyssa. A filha mais velha espiou pela janela saliente à direita. Robin sorriu, nervosa. A menina sumiu de vista.

A mulher que apareceu menos de um minuto depois era linda, por quaisquer padrões. Alta, negra e com o corpo de uma modelo de biquíni, tinha o cabelo em tranças na altura da cintura. A primeira coisa que passou pela cabeça de Robin foi que se uma boate de strip estava disposta a demitir Alyssa, ela devia ter um caráter espinhoso.

– Sim? – disse ela, de cenho franzido para Robin.

– Oi. – Robin a cumprimentou com a boca seca. – Você é Alyssa Vincent?

– Sou. E quem é você?

– Meu nome é Robin Ellacott – disse Robin com a boca seca. – Eu estava pensando... posso dar uma palavrinha com você a respeito de Noel?

– O que tem ele? – Alyssa exigiu saber.

– Prefiro falar com você aí dentro.

Alyssa tinha o olhar desafiador e cauteloso de alguém eternamente preparado para levar o próximo golpe que a vida lançasse contra ela.

– Por favor. É importante – disse Robin, a língua grudando no céu da boca, de tão seca. – Eu não pediria se não fosse.

Elas se olharam nos olhos: o castanho caramelo caloroso de Alyssa, o cinza-azulado claro de Robin. Robin tinha certeza de que Alyssa ia se recusar. Depois, os olhos de cílios grossos se arregalaram de repente e um estranho lampejo de empolgação passou pelo rosto de Alyssa, como se ela tivesse acabado de experimentar uma revelação agradável. Sem dizer nada, Alyssa deu um passo para trás no hall mal iluminado e fez uma mesura estranhamente extravagante, apontando o interior da casa para Robin.

Robin não entendeu por que sentiu um solavanco de apreensão. Só a ideia das duas meninas presentes ali a convenceu a passar da soleira.

O hall minúsculo se abria para uma sala de estar. Um aparelho de TV e um único sofá constituíam a mobília. Uma luminária de mesa estava no chão. Havia duas fotografias em molduras douradas baratas penduradas na parede, uma mostrando a rechonchuda Zahara, a menina mais nova, que usava um vestido turquesa com prendedores de borboleta da mesma cor no cabelo, a outra da irmã mais velha com o uniforme escolar marrom. A irmã era a imagem de sua linda mãe. O fotógrafo não conseguira induzir um sorriso.

Robin ouviu uma tranca sendo girada na porta de entrada. Virou-se, os tênis guinchando no piso de madeira encerada. Em algum lugar por perto, um sinal sonoro alto anunciava que o micro-ondas acabara de fazer seu trabalho.

– Mamãe! – disse uma voz estridente.

– Angel! – gritou Alyssa, entrando na sala. – Vai tirar pra ela! Muito bem – disse ela de braços cruzados –, e então, o que você quer me dizer sobre Noel?

A impressão de Robin de que Alyssa se gabava de alguma informação particular foi reforçada pelo sorriso malicioso e desagradável que desfigurava seu lindo rosto. A ex-stripper ficou ali de braços cruzados, de forma que os seios foram projetados para cima como uma figura de proa, as longas tranças do cabelo caindo na cintura. Ela era uns cinco centímetros mais alta do que Robin.

– Alyssa, eu trabalho com Cormoran Strike. Ele é um...

– Sei quem ele é – disse Alyssa lentamente. A satisfação secreta que ela parecia ter colhido com o aparecimento de Robin de súbito se foi. – Ele é o canalha que provocou uma epilepsia em Noel! Mas que merda! Você foi atrás *dele*, né? Estão nessa juntos, né? Por que você não procura os tiras, sua vaca mentirosa, se ele... *realmente...*

Ela bateu com força no ombro de Robin e antes que esta pudesse se defender, começou a esmurrá-la a cada palavra subsequente.

– ... fez... *alguma coisa... COM... VOCÊ!*

De repente, Alyssa estava socando o que podia: Robin ergueu o braço esquerdo para se defender, tentando proteger o direito, e deu um chute no joelho de Alyssa. Esta gritou de dor e pulou para trás; de algum lugar atrás de Robin, a criança gritou e a irmã mais velha entrou de mansinho na sala.

– Filha da puta! – gritou Alyssa –, me atacando na frente das minhas filhas...

E se atirou em Robin, agarrando-lhe o cabelo e batendo sua cabeça na janela sem cortina. Robin sentiu Angel, que era magra e musculosa, tentando obrigar as duas mulheres a se separarem. Abandonando a moderação, Robin conseguiu meter um tabefe na orelha de Alyssa, fazendo-a ofegar de dor e se retrair. Robin segurou Angel pelas axilas, tirou-a do caminho, baixou a cabeça e arremeteu para Alyssa, jogando-a de costas no sofá.

— Deixa minha mãe... *deixa minha mãe em paz!* — gritou Angel, agarrando Robin pelo braço machucado e puxando de tal forma que Robin também gritou de dor. Zahara gritava da porta, com um copo de canudinho com leite quente virado de cabeça para baixo na mão.

— VOCÊ ESTÁ MORANDO COM UM PEDÓFILO! — rugiu Robin com aquela barulheira enquanto Alyssa tentava sair do sofá para renovar a briga.

Robin se imaginara dando a notícia devastadora aos sussurros e observando Alyssa se desfazer de choque. Nem uma vez imaginou Alyssa olhando para ela e rosnando:

— É, tanto faz. Acha que não sei quem você é, sua vaca escrota? Pra você não basta acabar com a porra da vida dele...

Ela se atirou em Robin de novo: o espaço era tão pequeno que Robin bateu na parede mais uma vez. Agarradas, elas deslizaram de lado para a televisão, que caiu do rack com um estrondo nefasto. Robin sentiu o ferimento no braço se torcer e soltou outro grito agudo de dor.

— Mamãe! Mamãe! — Zahara gemia, enquanto Angel se agarrava em Robin por trás, segurando o jeans, atrapalhando sua capacidade de se defender de Alyssa.

— Pergunte a suas filhas! — gritou Robin enquanto punhos e cotovelos voavam e ela tentava se libertar da mão teimosa de Angel. — Pergunte a suas filhas se ele...

— Não... se atreva... a... colocar... minhas filhas...

— Pergunte a elas!

— Sua puta mentirosa... você e a puta da sua mãe...

— Minha *mãe*? — disse Robin, e com um esforço potente deu uma cotovelada na cintura de Alyssa com tanta força que a mulher mais alta se recurvou e desabou de novo no sofá. — Angel, me larga! — gritou Robin, arrancando os dedos da menina do jeans, certa de que tinha segundos antes de Alyssa voltar a atacar. Zahara ainda chorava da porta. — *Quem* — Robin ofegava, de pé acima de Alyssa — você pensa que eu sou?

— Muito engraçado, porra! — disse Alyssa, ofegante, depois de Robin ter lhe tirado o fôlego. — Você é a merda da Brittany! Telefonando pra ele e o perseguindo...

— *Brittany?* — Robin ficou assombrada. — Eu não sou a Brittany!

Ela tirou a carteira do bolso do casaco.

— Veja o meu cartão de crédito... olhe aqui! Meu nome é Robin Ellacott e trabalho com Cormoran Strike...

— O escroto que provocou uma lesão cerebral ne...

— Sabe por que Cormoran foi prendê-lo?

— Porque a merda da mulher dele armou...

— Ninguém armou para ele! Ele estuprou Brittany e foi demitido de empregos por todo o país porque mexia com meninas pequenas! Ele fez isso com a própria irmã... eu a conheci!

— Mentirosa de merda! — gritou Alyssa, fazendo menção de se levantar de novo do sofá.

— Eu... não... sou... MENTIROSA! — gritou Robin, empurrando Alyssa para as almofadas.

— Sua maluca filha da puta — Alyssa ofegava —, sai da merda da minha casa!

— Pergunte a sua filha se ele a machucou! Pergunte a ela! Angel?

— *Não se* atreva *a falar com minhas filhas, sua piranha!*

— Angel, conte a sua mãe se ele está...

— Que merda é essa?

Zahara gritava tanto que elas não ouviram a chave na fechadura.

Ele era imenso, de cabelo preto e barbudo, vestido num moletom preto. Uma órbita ocular era afundada para o nariz, tornando seu olhar intenso e enervante. Com os olhos escuros e sombreados em Robin, ele se abaixou lentamente e pegou a menina mais nova, que sorriu, radiante, e se aninhou perto dele. Angel, por outro lado, encolheu-se na parede. Muito lentamente, com os olhos em Robin, Brockbank baixou Zahara no colo da mãe.

— O prazer é todo meu — disse ele com um sorriso que não era um sorriso, mas uma promessa de dor.

Gelada, Robin tentou meter a mão discretamente no bolso, procurando o alarme antiestupro, mas Brockbank alcançou-a em segundos, segurando seu pulso e apertando os pontos cirúrgicos.

— Tu não vai telefonar pra ninguém, sua putinha dissimulada... Achou que eu não sabia quem tu era, né...

Ela tentou se desvencilhar dele, os pontos repuxados sob o aperto, e gritou:

– SHANKER!

– Eu devia ter te matado quando tive essa chance, putinha!

E então veio um estrondo de madeira lascada que era a porta da frente cedendo. Brockbank soltou Robin, virou-se e viu Shanker entrando às pressas na sala, com a faca estendida.

– *Não meta a faca nele!* – disse Robin ofegante, segurando o braço.

As seis pessoas espremidas no que mal passava de um caixote ficaram petrificadas por uma fração de segundo, até a criança agarrada com a mãe. E então surgiu uma voz fina, desesperada, trêmula, mas enfim libertada pela presença de um homem de dentes de ouro e cicatrizes, cujos nós dos dedos tatuados envolviam firmemente uma faca.

– Ele fez isso comigo! Ele fez isso comigo, mãe, ele fez! Ele fez isso comigo!

– O quê? – disse Alyssa, olhando para Angel. Seu rosto arriou subitamente de choque.

– Ele fez isso comigo! O que essa moça falou. Ele fez comigo!

Brockbank fez um leve movimento convulsivo, rapidamente contido com Shanker levantando a faca, apontando para o peito do grandalhão.

– Você vai ficar bem, neném – disse Shanker a Angel, a mão livre protegendo-a, o dente dourado reluzindo no sol que caía lentamente atrás das casas do outro lado da rua. – Ele não vai mais fazer isso. Seu pedófilo de merda. – Ele bafejou na cara de Brockbank. – Eu queria arrancar tua pele.

– Do que tu tá falando, Angel? – disse Alyssa, ainda agarrada a Zahara, a cara agora um estudo do pavor. – Ele nunca...?

De súbito, Brockbank baixou a cabeça e atacou Shanker como o jogador de rúgbi que foi no passado. Shanker, que tinha menos da metade de sua largura, foi jogado de lado como um boneco; eles ouviram Brockbank abrir caminho pela porta arrombada enquanto Shanker, xingando furiosamente, corria atrás dele.

– Deixa ele ir... *deixa ele ir!* – gritou Robin, olhando pela janela os dois homens que correm pela rua. – Ah, meu Deus... SHANKER!... a polícia vai... onde está Angel...?

Alyssa já saíra da sala em busca da filha, deixando aos prantos e gritando no sofá a menor para lá de aflita. Robin, que sabia que não tinha esperanças de alcançar os dois homens, subitamente se sentia tão trêmula que se jogou no sofá, segurando a cabeça enquanto ondas de náusea passavam por ela.

Ela fez o que pretendia e o tempo todo estava consciente de que quase certamente haveria efeitos colaterais. Brockbank fugindo ou sendo esfaqueado por Shanker eram possibilidades que ela havia previsto. Sua única certeza no momento era que não podia fazer nada para evitar nem uma coisa, nem outra. Depois de respirar fundo algumas vezes, ela se levantou e foi ao sofá tentar reconfortar a criança apavorada, mas, como seria de prever, uma vez que na mente da menina Robin estava associada com cenas de violência e histeria, Zahara gritou mais do que nunca e atacou Robin com o pezinho minúsculo.

— Eu nunca soube — disse Alyssa. — Ah, meu Deus. Ah, meu Deus. Por que você não me contou, Angel? Por que não me contou?

A noite caía. Robin tinha acendido a luz, que lançou claras sombras cinza nas paredes magnólia. Três fantasmas corcundas e planos pareciam se contrair no encosto do sofá, imitando cada movimento de Alyssa. Angel estava enroscada, chorando, no colo da mãe, e as duas se balançavam para frente e para trás.

Robin, que já havia preparado duas rodadas de chá e preparara um macarrão para Zahara, estava sentada no chão abaixo da janela. Sentia-se obrigada a ficar até que elas conseguissem um marceneiro de emergência para consertar a porta que Shanker arrombara. Ninguém tinha chamado a polícia ainda. Mãe e filha se confidenciavam e Robin se sentia uma invasora, embora não pudesse deixar a família até saber que tinham uma porta segura e uma nova fechadura. Zahara dormia no sofá ao lado da mãe e da irmã, enroscada, com o polegar na boca, a mão gorducha ainda segurando o copo de canudinho.

— Ele falou que ia matar Zahara se eu te contasse — disse Angel no pescoço da mãe.

— Ah, meu bom Jesus — gemeu Alyssa, as lágrimas caindo nas costas da filha. — Ah, meu bom Senhor.

A sensação sinistra no íntimo de Robin era como ter a barriga cheia de caranguejos se arrastando com suas patas em forma de pinça. Ela mandou um torpedo para a mãe e para Matthew, dizendo que a polícia precisava lhe mostrar mais retratos falados, mas ambos ficaram preocupados com a longa ausência e ela já esgotava os motivos plausíveis para impedir que viessem encontrá-la. Repetidas vezes, verificava o controle do mudo no telefone, para o caso de ter parado de tocar por algum motivo. Onde estava Shanker?

Enfim o marceneiro chegou. Depois de lhe dar os dados do cartão de crédito para pagar o prejuízo, Robin disse a Alyssa que era melhor ir andando.

Alyssa deixou Angel e Zahara enroscadas no sofá e acompanhou Robin até a rua escura.

– Escute – disse Alyssa.

As lágrimas ainda escorriam por seu rosto. Robin sabia que Alyssa não estava acostumada a agradecer às pessoas.

– Obrigada, tá legal? – disse ela, quase com agressividade.

– Está tudo bem – disse Robin.

– Eu nunca... quer dizer... eu conheci ele na merda da *igreja*. Achei que enfim tinha conhecido um bom sujeito, sabe como é... ele foi muito bom comigo... com as meninas...

Ela começou a chorar. Robin pensou em lhe estender a mão, mas decidiu pelo contrário. Tinha hematomas pelos ombros, onde Alyssa a atacara, e o ferimento a faca latejava mais do que nunca.

– Brittany realmente andou telefonando para ele? – perguntou Robin.

– Foi o que ele me disse – respondeu Alyssa, enxugando os olhos com as costas da mão. – Ele imaginou que a ex-mulher tinha armado pra ele, obrigou Brittany a mentir... disse que se um dia aparecesse uma garota loura, ela estaria falando merda e eu não devia acreditar em nada que ela dissesse.

Robin se lembrou da voz baixa em seu ouvido:

*Eu conheço você, garotinha?*

Ele achou que ela era Brittany. *Por isso* ele encerrou a ligação e nunca mais telefonou.

– É melhor eu ir embora – disse Robin, preocupada com o tempo que levaria para voltar a West Ealing. Todo seu corpo doía. Alyssa dera alguns golpes fortes. – Você vai falar com a polícia, não é?

— Acho que sim — disse Alyssa. Robin suspeitou de que a ideia era nova para Alyssa. — Vou.

Enquanto se afastava no escuro, com a mão fechada firmemente no segundo alarme antiestupro, Robin se perguntou o que Brittany Brockbank descobrira para dizer ao padrasto, e pensou saber a resposta: "Eu não me esqueci. Faça isso de novo e vou te denunciar." Talvez tenha sido um bálsamo para a consciência. Ela teve medo de que ele ainda fizesse com outras o que fez com ela, mas não conseguia encarar as consequências de uma acusação retroativa.

*Eu diria, srta. Brockbank, que seu padrasto nunca tocou em você, que esta história foi inventada por você e sua mãe...*

Robin sabia como isso funcionava. O advogado de defesa que ela enfrentara fora frio e sarcástico, tinha uma expressão astuta.

*Você estava voltando do bar dos alunos, srta. Ellacott, onde esteve bebendo, não?*

*Você fez uma piada pública sobre sentir falta da... ah... atenção de seu namorado, não?*

*Quando você conheceu o sr. Trewin...*

*Eu não...*

*Quando você conheceu o sr. Trewin na frente do alojamento...*

*Eu não conheci...*

*Você disse ao sr. Trewin que sentia falta...*

*Nós nunca conversamos...*

*Eu diria, srta. Ellacott, que você estava com vergonha de convidar o sr. Trewin...*

*Eu não convidei...*

*Você tinha feito uma piada, srta. Ellacott, não fez, no bar, sobre sentir falta da, ah, atenção sexual de...*

*Eu disse que sentia...*

*Quantos drinques bebeu, srta. Ellacott?*

Robin entendia muito bem por que as pessoas tinham medo de falar, de confessar o que fizeram com elas, de ouvir que a verdade suja, vergonhosa e torturante era um produto de sua própria imaginação doente. Nem Holly nem Brittany conseguiram encarar a perspectiva de um tribunal, e talvez Alyssa e Angel também se afastassem dele por medo. Mas nada, Robin tinha certeza, além da morte ou da prisão impediria Noel Brockbank de estuprar garotinhas. Mesmo assim, ela ficaria feliz de saber que Shanker não o matara, porque se ele tivesse feito ...

– Shanker! – ela gritou quando uma figura alta e tatuada de agasalho passou abaixo da luz de rua.

– Não consegui achar o filho da puta, Rob! – Veio a voz com eco de Shanker. Ele parecia não perceber que Robin esteve sentada no chão, apavorada, por duas horas inteiras, rezando pela volta dele. – Ele sabe correr, o desgraçado do grandalhão, né?

– A polícia vai encontrá-lo – disse Robin, cujos joelhos subitamente ficaram bambos. – Acho que Alyssa vai falar com eles. Shanker, você... pode me dar uma carona para casa?

# 55

*Came the last night of sadness
And it was clear she couldn't go on.*

Blue Öyster Cult, "(Don't Fear) The Reaper"

Durante 24 horas, Strike ignorou o que Robin fizera. Ela não atendeu quando ele telefonou na hora do almoço do dia seguinte, mas, embora pelejasse com os próprios dilemas e acreditasse que ela estava a salvo em casa com a mãe, ele não estranhou, nem se incomodou em ligar de novo. Sua parceira ferida era um dos poucos problemas que ele acreditava temporariamente resolvidos, e não pretendia estimulá-la a pensar em voltar para o seu lado, confidenciando a ela a revelação que teve na frente do hospital.

Porém, esta era agora sua principal preocupação. Afinal, não havia mais qualquer competição por seu tempo ou atenção na sala silenciosa e solitária que nenhum cliente visitava nem procurava por telefone. O único som era o zumbido de uma mosca voando entre as janelas abertas no sol nebuloso, enquanto Strike ficava sentado fumando Benson & Hedges feito uma chaminé.

Ao pensar nos quase três meses desde que a perna decepada fora entregue na agência, o detetive via os seus erros claramente. Ele devia ter sabido da identidade do assassino depois de visitar a casa de Kelsey Platt. Se tivesse percebido na época – se não se deixasse levar pelas pistas falsas do assassino, se não se distraísse com os aromas concorrentes de outros loucos –, Lila Monkton ainda teria os três dedos e Heather Smart podia estar segura no trabalho em sua construtora em Nottingham, talvez jurando nunca mais se embriagar como fez na festa de aniversário da cunhada em Londres.

Strike não passara pela Divisão de Investigação Especial da Polícia Militar Real sem aprender a administrar as consequências emocionais de uma investigação. A noite anterior tinha sido cheia de raiva autodirigida, mas enquanto se castigava por não enxergar o que estava bem na cara, Strike fora capaz de reconhecer o talento audacioso do assassino. Havia engenhosidade no modo como ele usara a história de Strike contra ele, obrigando-o a duvidar e questionar a si mesmo, minando a confiança que tinha na própria capacidade crítica.

O fato de o assassino ser na realidade um dos homens de quem suspeitara desde o início não servia de consolo. Strike não conseguia se lembrar de sentir tamanha agonia mental por uma investigação como a que sentia agora. Sozinho no escritório deserto, convencido de que a conclusão a que havia chegado não recebera crédito do policial a quem confidenciara, nem fora transmitida a Carver, Strike sentia, mesmo irracionalmente, que seria culpa dele se ocorresse outro crime.

Entretanto, se ele chegasse perto da investigação de novo – se começasse a vigiar ou seguir o homem –, Carver quase certamente o levaria a julgamento por interferir no curso de uma investigação policial ou por obstrução. Ele teria sentido o mesmo se estivesse no lugar de Carver – só que, pensou Strike com uma prazerosa onda de raiva, teria dado ouvidos a qualquer um, apesar de furioso, se pensasse que tinha um fiapo de evidência digna de crédito. Não se pode resolver um caso tão complexo como este discriminando testemunhas só porque um dia elas foram mais inteligentes do que você.

Strike só se lembrou de que devia sair para jantar com Elin naquela noite quando seu estômago roncou. O acordo de divórcio e os arranjos para a guarda da filha foram finalizados e Elin anunciara ao telefone que estava na hora de eles desfrutarem de um jantar decente, para variar, e que ela fizera uma reserva no Le Gavroche – "é por minha conta".

Sozinho, fumando em sua sala, Strike pensou na noite iminente com uma frieza que ele não era mais capaz de ter ao pensar no Estripador de Shacklewell. O aspecto positivo disso é que haveria uma comida excelente, o que era uma perspectiva sedutora, em vista do fato de que ele estava duro e na noite anterior tinha jantado torrada com feijão cozido. Ele supunha que também haveria sexo na brancura imaculada do apartamento de Elin, o lar em breve vago de sua família em desintegração. Pelo lado negativo – e teria de confrontar este mero fato como nunca fizera antes –, ele teria de conversar com ela, e conversar com Elin, enfim admitia a si mesmo, não era um de seus passatempos preferidos. Sempre achava a conversa especialmente tranquila quando se tratava do próprio trabalho. Elin era interessada, porém tinha uma estranha falta de imaginação. Não tinha o interesse inato e a empatia espontânea pelos outros exibidos por Robin. As descrições cômicas que ele fazia de tipos como o Duas Vezes deixavam-na perplexa, não a divertiam.

E havia aquelas palavras fatídicas, "é por minha conta". O desequilíbrio cada vez maior em suas respectivas rendas estava prestes a se tornar dolorosamente patente. Quando conheceu Elin, Strike pelo menos tinha crédito. Se ela achava que ele seria capaz de retribuir com um jantar no Le Gavroche em outra noite, estava destinada a uma dolorosa decepção.

Strike passara dezesseis anos com outra mulher bem mais rica do que ele. Charlotte tinha alternado entre brandir o dinheiro como uma arma e deplorar a recusa de Strike a viver além de suas posses. A lembrança dos ataques de irritação ocasionais de Charlotte, por ele não poder ou não financiar os prazeres de seu coração caprichoso, fazia seus pelos eriçarem quando Elin falava de ter um jantar decente "para variar". Fora ele que bancara a maioria das contas de refeições francesas e indianas em bistrôs e restaurantes fora de mão, onde era pouco provável que o ex-marido de Elin os visse. Ele não apreciava a dissipação dos frutos deste dinheiro ganho com dificuldade.

Seu estado de espírito não era inteiramente propício, portanto, quando ele partiu para Mayfair às oito horas daquela noite, com seu melhor terno italiano, os pensamentos em um assassino serial ainda perseguindo o seu cérebro exausto.

A Upper Brook Street possuía grandiosas casas do século XVIII, e a fachada do Le Gavroche, com seu dossel de ferro batido e grades cobertas de trepadeiras, com a dispendiosa segurança e a solidez de sua porta da frente pesada e espelhada, não combinava com a inquietude de Strike. Elin chegou logo depois de ele ter se sentado no salão de jantar verde e vermelho, artisticamente iluminado de modo que poças de luz caíssem somente onde necessárias, nas toalhas de mesa brancas como a neve e nas telas a óleo com molduras douradas. Ela estava deslumbrante em um vestido justo azul-claro. Ao se levantar para lhe dar um beijo, Strike por um momento se esqueceu de seu latente desconforto, do enfado.

— Esta é uma variada e tanto — disse ela, sorrindo, ao se sentar no banco estofado e curvo à mesa redonda dos dois.

Eles fizeram os pedidos. Strike, que ansiava por uma garrafa de Doom Bar, bebeu o burgundy que Elin escolheu e queria um cigarro, apesar de ter fumado mais de um maço naquele dia. Enquanto isso, a companheira de jantar atirava-se numa conversa interminável sobre imóveis: ela decidira não comprar a cobertura no Strata e agora estava vendo um imóvel em Camberwell que parecia promissor. Mostrou a ele uma foto em seu telefone: outra visão com colunas e pórtico de uma brancura georgiana recebeu seus olhos cansados.

Enquanto Elin discutia os variados prós e contras de uma mudança para Camberwell, Strike bebia em silêncio. Ele até reconhecia que o burgundy era delicioso, jogado garganta adentro como o vinho mais barato, e tentava, com o álcool, cegar o gume de seu ressentimento. Não estava dando certo: longe de ser dissolvida, a sensação de distanciamento se aprofundou. O confortável restaurante em Mayfair, com a iluminação discreta e o tapete felpudo, parecia um cenário de teatro: ilusório, efêmero. O que estava fazendo ali, com aquela mulher linda, porém obtusa? Por que fingia estar interessado em seu caro estilo de vida, quando seus negócios viviam os estertores da morte e só ele em Londres conhecia a identidade do Estripador de Shacklewell?

Os pratos chegaram e o sabor maravilhoso do filé que ele pediu atenuou um pouco o ressentimento.

— E então, o que você anda fazendo? — perguntou Elin, meticulosamente educada, como sempre.

Strike agora se via diante de um grave dilema. Contar a verdade sobre o que vinha fazendo implicaria confessar que ele não a mantinha a par dos recentes acontecimentos que seriam considerados novidade suficiente por uma década na vida da maioria das pessoas. Ele seria obrigado a revelar que a garota nos jornais, aquela que sobrevivera ao último ataque do Estripador, era sua própria parceira no trabalho. Ele teria de contar que tinha sido afastado do caso por um homem que no passado ele humilhou em outro homicídio de muita repercussão pública. Para confessar tudo o que andava fazendo, também deveria acrescentar que agora sabia exatamente quem era o assassino. A perspectiva de relatar tudo isso o entediava e oprimia. Nem uma vez ele pensou em ligar para Elin enquanto algum desses acontecimentos se desenrolava, o que, em si, era bem revelador.

Ganhando tempo enquanto bebia outro gole do vinho, Strike tomou a decisão de que a relação deles precisava terminar. Ele daria uma desculpa para não ir a Clarence Terrace com ela esta noite, o que provavelmente lhe daria os primeiros alertas das intenções dele; o sexo tinha sido a melhor parte da relação o tempo todo. Depois, quando eles se encontrassem na ocasião seguinte, ele diria que estava terminado. Não só sentia que seria uma grosseria terminar as coisas durante uma refeição que ela pagava, como havia a possibilidade remota de ela ir embora, deixando-o com uma conta que a administradora de seu cartão de crédito sem dúvida se recusaria a processar.

– Para ser sincero, não tenho feito muita coisa – ele mentiu.

– E o Estripador de...

O celular de Strike tocou. Ele o tirou do bolso do paletó e viu que o número era restrito. Um sexto sentido lhe disse para atender.

– Desculpe – disse ele a Elin –, acho que preciso...

– Strike – disse a voz inconfundível de Carver, com seu sotaque do sul de Londres. – Você mandou que ela fizesse isso?

– O quê? – disse Strike.

– A merda da sua parceira. Você a mandou atrás de Brockbank?

Strike se levantou tão inesperadamente que esbarrou na beira da mesa. Um borrifo cor de sangue espalhou-se pela toalha de mesa branca, seu filé escorregou pela beira do prato e a taça de vinho virou, espirrando no vestido azul-claro de Elin. O garçom ficou boquiaberto, assim como o refinado casal da mesa ao lado.

– Onde ela está? O que aconteceu? – perguntou Strike em voz alta, distraído de tudo, exceto da voz do outro lado da linha.

– Eu te avisei, Strike – disse Carver, a voz falhando de raiva. – Eu te avisei, porra, pra ficar longe disso. Desta vez você fez uma merda federal...

Strike baixou o celular. Um Carver sem corpo berrava no restaurante, os "porras" e "caralhos" claramente audíveis a qualquer um que estivesse por perto. Ele se virou para Elin, com seu vestido manchado de roxo, o lindo rosto contorcido num misto de perplexidade e raiva.

– Preciso ir. Sinto muito. Te ligo depois.

Ele não ficou para ver como Elin recebeu a notícia; não se importava.

Mancando um pouco, porque tinha torcido o joelho na pressa para se levantar, Strike saiu a passos rápidos do restaurante, de novo com o telefone na orelha. Agora Carver era praticamente incoerente, gritando com Strike sempre que ele tentava falar.

— Carver, escute — gritou Strike, voltando à Upper Brook Street —, tem uma coisa que eu quero... dá pra você escutar, porra!

Mas o solilóquio tomado de obscenidades do policial apenas ficou mais alto e mais sujo.

— Seu imbecil de merda escroto do caralho, ele está foragido... sei o que você esteve aprontando... nós descobrimos, seu filho da puta, descobrimos a conexão da igreja! Se você... cala a porra da sua boca, estou falando!... se você *um dia* chegar perto de uma investigação minha de novo...

Strike avançava a duras penas pela noite quente, aos protestos do joelho, a frustração e a fúria aumentando a cada passo que dava.

Precisou de quase uma hora para chegar ao apartamento de Robin na Hastings Road, e a essa altura estava de plena posse dos fatos. Graças a Carver, ele soube que a polícia esteve com Robin no início daquela noite e talvez ainda estivesse lá, interrogando-a sobre a invasão da casa de Brockbank que levou a uma denúncia de estupro de menor e à fuga do suspeito deles. A fotografia de Brockbank foi amplamente distribuída pela força policial, mas ele ainda não fora preso.

Strike não havia avisado Robin de que ele estava chegando. Entrando na Hastings Road com a maior rapidez que sua coxeadura permitia, ele viu, pela luz mortiça do dia, que todas as janelas do apartamento estavam iluminadas. Ao se aproximar, dois policiais, inconfundíveis mesmo à paisana, saíram da portaria. O som da porta se fechando ecoou na rua silenciosa. Strike passou para as sombras enquanto a polícia atravessava a rua até o carro, conversando em voz baixa. Depois que estavam bem afastados, ele partiu na direção da porta branca e tocou a campainha.

— ... pensei que tínhamos resolvido — dizia a voz exasperada de Matthew atrás da porta. Strike duvidava de que ele soubesse que podia ser ouvido, porque o noivo de Robin, ao abrir a porta, estava com um sorriso agradável que desapareceu no momento em que percebeu quem era.

— O que você quer?

— Preciso falar com Robin — disse Strike.

Como Matthew hesitou, com toda a aparência de desejar bloquear a entrada de Strike, Linda apareceu no hall atrás dele.

– Ah – disse ela ao ver Strike.

Ele a achou mais magra e mais velha do que quando a encontrou da vez anterior, sem dúvida porque a filha quase conseguiu ser morta, depois apareceu voluntariamente na casa de um predador sexual violento e foi atacada de novo. Strike podia sentir a fúria se formando abaixo do diafragma. Se necessário, ele gritaria para Robin se encontrar com ele na porta, mas assim que esta resolução se formou, ela apareceu atrás de Matthew. Robin também estava mais pálida e mais magra do que o de costume. Como sempre, ele a achava mais bonita pessoalmente do que na lembrança que tinha quando ela não estava presente. Isto não o deixou mais gentil com relação a ela.

– Ah – disse ela exatamente no mesmo tom insípido da mãe.

– Eu queria dar uma palavrinha com você – disse Strike.

– Tudo bem – disse Robin com um leve empinar desafiador da cabeça que fez o cabelo dourado avermelhado dançar pelos ombros. Ela lançou um olhar à mãe e a Matthew, depois se voltou para Strike. – Quer vir à cozinha, então?

Ele a seguiu pelo hall até a pequena cozinha, onde havia uma mesa para dois espremida no canto. Robin fechou a porta com cuidado. Nenhum dos dois se sentou. Pratos sujos estavam empilhados junto da pia; ao que parecia, eles estiveram comendo massa antes de a polícia chegar para interrogar Robin. Por algum motivo, esta prova de que Robin esteve se comportando de forma tão prosaica depois do caos que desencadeou aumentou a raiva que agora batalhava com o desejo de Strike de não perder o controle.

– Eu te falei – disse ele – para não chegar perto de Brockbank.

– Sim – disse Robin numa voz fria que o irritou ainda mais. – Eu me lembro.

Strike se perguntou se Linda e Matthew estariam colados do outro lado da porta ouvindo tudo. A cozinha pequena tinha um forte cheiro de alho e tomate. Havia um calendário do England Rugby pendurado na parede atrás de Robin. O dia 13 de junho fora circulado em tinta grossa, as palavras VIAGEM PARA O CASAMENTO escritas abaixo da data.

– Mas ainda assim você decidiu ir – disse Strike.

Visões de ação violenta e catártica – pegando a lixeira de pedal e jogando pela janela embaçada, por exemplo – surgiam caoticamente em seu olho mental. Ele ficou imóvel, os pés grandes plantados no linóleo arranhado, olhando fixamente o rosto branco e teimoso de Robin.

– Não me arrependo disso – disse ela. – Ele estava estuprando...

– Carver está convencido de que eu mandei você lá. Brockbank está foragido. Você o levou a se esconder. Como vai se sentir se ele decidir que é melhor cortar a próxima em pedaços antes que ela consiga soltar a língua?

– Não se atreva a me culpar! – disse Robin, elevando a voz. – Não se atreva! Foi você que deu um murro nele quando foi prendê-lo! Se não tivesse batido nele, ele talvez tivesse sido preso por Brittany!

– Isso torna o que você fez correto, não é?

Ele evitou gritar porque ouvia Matthew zanzando pelo hall, por maior que fosse o silêncio que o contador pensava fazer.

– Eu impedi que Angel sofresse mais abusos, e se isso é uma coisa ruim...

– Você empurrou meus negócios pela beira de uma porra de precipício – disse Strike numa voz baixa que a fez parar de pronto. – Fomos avisados para ficar longe desses suspeitos, de toda a investigação, mas você se precipitou e agora Brockbank está foragido. Toda a imprensa vai cair em cima de mim por causa disso. Carver vai dizer a eles que eu estraguei tudo. Eles vão me enterrar. E mesmo que você não dê a mínima para nada disso – disse Strike, com o rosto rígido de fúria –, que tal o fato de a polícia ter acabado de encontrar uma conexão entre a igreja de Kelsey e aquela em Brixton aonde ia o Brockbank?

Ela ficou chocada.

– Eu... não sabia...

– Por que esperar pelos fatos? – perguntou Strike, com olhos que eram sombras escuras na luz severa do teto. – Por que simplesmente não fazer uma asneira e dar a dica a ele antes que a polícia conseguisse pegá-lo?

Horrorizada, Robin não disse nada. Strike agora a olhava como se jamais tivesse gostado dela, como se eles nunca tivessem partilhado nenhuma das experiências que, para ela, constituíram um vínculo como nenhum outro. Ela estivera preparada para ele esmurrar paredes e bancadas mais uma vez e até, no calor da raiva, para...

– Acabou para nós – disse Strike.

Ele teve alguma satisfação com o movimento de retração que ela não conseguiu esconder, com a súbita palidez de seu rosto.

– Você não...

– Se eu não falo sério? Acha que preciso de uma parceira que não aceita instruções, que faz o que eu explicitamente disse para não fazer, que me faz parecer um metido egoísta encrenqueiro perante a polícia e leva um suspeito de homicídio a desaparecer debaixo do nariz da polícia inteira?

Ele disse isso num fôlego só e Robin, que dera um passo para trás, derrubou da parede o calendário do England Rugby com um farfalhar e um baque que ela não conseguiu ouvir, tão ruidoso era o sangue martelando em seus ouvidos. Ela achou que ia desmaiar. Imaginara-o gritando "Eu devia te demitir!", mas nem por uma vez considerou que ele de fato pudesse fazer isso, que tudo que ela fizera por ele – os riscos, os ferimentos, as descobertas e as inspirações, as longas horas de desconforto e inconveniência – seria levado de roldão, considerado desprezível por este único ato de desobediência bem-intencionada. Ela nem mesmo conseguia puxar ar suficiente para os pulmões a fim de argumentar, porque a expressão dele era tal que Robin sabia que só podia esperar outra condenação gélida de seus atos e uma exposição do quanto ela havia ferrado com tudo. A lembrança de Angel e Alyssa abraçando-se no sofá, a reflexão de que o sofrimento de Angel estava terminado e que a mãe acreditava nela e lhe dava apoio, reconfortara Robin durante as horas de suspense em que ela esperou por este golpe. Ela não se atrevera a contar a Strike o que fizera. Agora achava que teria sido melhor se tivesse contado.

– O quê? – disse ela estupidamente, porque ele fizera alguma pergunta. Os ruídos não tinham significado nenhum.

– *Quem foi o homem que levou você?*

– Isso não é da sua conta – sussurrou ela depois de uma curta hesitação.

– Disseram que ele ameaçou Brockbank com uma fac... Shanker! – disse Strike, só agora vendo a luz, e neste instante, no rosto reanimado e enfurecido, ela viu um traço do Strike que conhecia. – *Como é que você conseguiu o número de Shanker?*

Mas ela não conseguia falar. Nada importava além do fato de que fora demitida. Sabia que Strike não amolecia quando decidia que uma relação tinha encerrado seu curso. A namorada por dezesseis anos nunca mais ouvira falar dele depois que ele terminou, embora Charlotte tenha tentado fazer contato desde então.

Ele já estava indo embora. Ela o seguiu no hall sobre pernas entorpecidas, sentindo-se que agia como um cachorro espancado que ainda se arrastava atrás de quem o castigara, na esperança desesperada de ter perdão.

– Boa-noite – disse Strike a Linda e Matthew, que tinham se retirado para a sala de estar.

– Cormoran – sussurrou Robin.

– Vou te mandar o salário do último mês – disse ele sem olhar para ela. – Rápido e rasteiro. Indisciplina grave.

A porta se fechou às costas dele. Ela ouviu seus pés tamanho 44 afastando-se na calçada. Com um arquejar, começou a chorar. Linda e Matthew vieram correndo pelo hall, mas tarde demais: Robin tinha fugido para o quarto, incapaz de encarar o alívio e o prazer dos dois porque, enfim, ela teria de desistir do sonho de ser detetive.

# 56

*When life's scorned and damage done*
*To avenge, this is the pact.*

Blue Öyster Cult, "Vengeance (The Pact)"

À s quatro e meia da manhã seguinte, Strike viu-se acordado depois de praticamente não dormir nada. A língua doía da quantidade de cigarros fumados durante a noite à mesa de fórmica na cozinha, pensando na dizimação de seus negócios e em suas perspectivas. Não conseguia se obrigar a pensar em Robin. Finas rachaduras, como as que se viam no gelo espesso durante um degelo, começavam a aparecer sob a fúria implacável que sentira, mas o que havia por baixo era um pouco menos frio. Ele compreendia o impulso de salvar a menina – quem não entenderia? Será que ele, como Robin tão imprudentemente observou, nocauteou Brockbank depois de ver a prova gravada de Brittany? –, mas a ideia de ela sair com Shanker sem contar a ele, e depois de Carver ter alertado os dois para não chegar perto dos suspeitos, fez com que a cólera pulsasse nas veias mais uma vez enquanto ele pegava o maço de cigarros e o encontrava vazio.

Ele se levantou, pegou a chave e saiu do apartamento, ainda com o terno italiano com que cochilou. O sol nascia enquanto Strike andava pela Charing Cross Road em um amanhecer que fazia tudo parecer pó e frágil, uma luz cinzenta cheia de sombras pálidas. Comprou cigarros numa loja de esquina em Covent Garden e continuou a caminhada, fumando e pensando.

Depois de duas horas andando pelas ruas, Strike chegou a uma decisão sobre o que faria. Voltando ao escritório, viu uma garçonete vestida de preto destrancando as portas do Caffè Vergnano 1882 na Charing Cross Road, percebeu a fome que sentia e entrou.

A pequena cafeteria tinha cheiro de madeira quente e café expresso. Ao deixar-se cair agradecido em uma dura cadeira de carvalho, Strike ficou desagradavelmente consciente de que nas últimas treze horas ele havia fumado sem parar, dormido vestido, comido carne vermelha e bebido vinho tinto sem escovar os dentes depois. O homem no reflexo ao lado estava amarrotado e sujo. Ele tentou não dar à jovem garçonete nenhuma oportunidade de sentir seu hálito enquanto pedia um panini de queijo com presunto, uma garrafa de água e um expresso duplo.

A cafeteira com domo de cobre no balcão ganhou vida aos silvos, e Strike mergulhou em um devaneio, vasculhando em sua consciência uma resposta verdadeira a uma pergunta inquietante.

Ele era melhor do que Carver mesmo? Estava pensando num curso de ação perigoso e de alto risco porque achava verdadeiramente que era a única forma de deter o assassino? Ou estava se inclinando à alternativa mais arriscada porque sabia que se tivesse sucesso – se fosse ele que pegasse e incriminasse o assassino – isto anularia todos os danos causados a sua reputação e à agência, restaurando o lustre de um homem que se deu bem onde a Polícia Metropolitana fracassou? Em resumo, era a necessidade ou o ego que o impeliam ao que muitos diriam ser uma medida imprudente e irracional?

A garçonete baixou o sanduíche e o café diante dele e Strike comeu com o olhar vidrado de um homem preocupado demais até para sentir o gosto do que mastigava.

Esta era a série de crimes mais divulgada com que Strike já tivera contato: a polícia neste momento estaria inundada de informações e pistas, precisando verificar todas, e nenhuma delas (Strike estava disposto a apostar) nem chegaria perto do verdadeiro, diabólico e triunfante assassino.

Ele ainda tinha a opção de tentar falar com um dos superiores de Carver, embora agora, em tão maus lençóis com a polícia, ele duvidasse conseguir falar diretamente com o superintendente, cuja lealdade natural e primeira seria para com seus homens. Tentar se desviar de Carver de nada adiantaria para diminuir a impressão de que ele tentava minar o chefe da investigação.

Além do mais, Strike não tinha provas, apenas uma teoria sobre onde estas estariam. Embora houvesse uma possibilidade remota de alguém na Metropolitana levar Strike a sério o bastante para procurar o que ele garantiria que iriam encontrar, ele temia que uma demora ainda maior custasse outra vida.

Ele ficou surpreso ao descobrir que havia terminado o panini. Ainda com muita fome, pediu um segundo.

*Não*, pensou ele, com uma súbita determinação, *é assim que tem de ser.*

Este animal precisava ser detido o quanto antes. Pela primeira vez, era hora de antecipar-se a ele. Contudo, como um calmante para sua consciência, como uma prova para si mesmo de que era motivado principalmente pela captura de um assassino e não pela glória, Strike pegou mais uma vez o celular e telefonou para o inspetor-detetive Richard Anstis, seu mais velho conhecido na polícia. Ultimamente, não andava em boas relações com Anstis, mas Strike queria que sua consciência estivesse certa de ter feito tudo que podia para dar à Metropolitana a oportunidade de fazer o trabalho por ele.

Depois de uma longa pausa, soou em seu ouvido um estranho tom de discagem. Ninguém atendeu. Anstis estava de férias. Strike pensou em deixar uma mensagem de voz e decidiu pelo contrário. Deixar uma mensagem dessas no telefone de Anstis quando não havia nada que o homem pudesse fazer sem dúvida estragaria as férias dele, e pelo que Strike soube da mulher e dos três filhos de Anstis, o homem estava precisando de umas férias.

Desligando, ele rolou distraidamente pelas chamadas recentes. Carver não deixara seu número. O nome de Robin apareceu mais abaixo na lista. Esta visão foi uma punhalada no seu coração cansado e desesperado, pois ele estava ao mesmo tempo furioso e ansiando para conversar com ela. Colocando o celular resolutamente na mesa, ele tirou do bolso interno do paletó uma caneta e um bloco.

Enquanto comia o segundo sanduíche com a mesma rapidez do primeiro, Strike preparou uma lista.

1) *Escrever para Carver.*

Isto era em parte um paliativo a mais para sua consciência e em parte o que ele denominava de modo genérico de "proteção do próprio rabo". Mesmo que tivesse o endereço eletrônico de Carver, Strike duvidava da capacidade de um e-mail chegar aos olhos dele em meio ao tsunami de pistas que certamente agora estavam sendo despejadas na Scotland Yard. As pessoas tinham uma disposição cultural de levar a sério papel e tinta, especialmente quando era assinado: uma carta antiquada, enviada com registro, na certa encontraria seu caminho até a mesa de Carver. Strike então teria deixado um rastro, como fizera o assassino, demonstrando com muita clareza que tentou todo meio possível de contar a Carver como o assassino poderia ser detido. Provavelmente isto seria útil quando todos eles se vissem em tribunal, o que Strike não duvidava que aconteceria, fosse ou não bem-sucedido o plano que ele formulara ao andar de manhã cedo pela sonolenta Covent Garden.

2) Cilindro de gás (propano?)
3) Jaqueta fluorescente
4) Mulher — quem?

Ele parou, discutindo consigo mesmo, de cenho franzido para o papel. Depois de refletir muito, escreveu com relutância:

5) Shanker

Isto significava que o item seguinte tinha de ser:

6) 500 libras (de onde?)

E por fim, depois de pensar por mais um minuto:

7) Colocar um anúncio para substituir Robin.

## 57

*Sole survivor, cursed with second sight,*
*Haunted savior, cried into the night.*

Blue Öyster Cult, "Sole Survivor"

Quatro dias se passaram. Entorpecida de choque e infelicidade, Robin a princípio teve esperança e até acreditou que Strike telefonaria, que ele se arrependeria do que havia dito, que perceberia o erro que cometera. Linda foi embora, cheia de gentilezas e dando apoio até o fim, porém, suspeitava Robin, no fundo, feliz em pensar que a associação da filha com o detetive tinha terminado.

Matthew expressara uma enorme solidariedade diante da desolação de Robin. Disse que Strike não sabia a sorte que teve. Enumerou todas as coisas que ela havia feito pelo detetive, sobretudo aceitar um salário ridículo de tão irrisório por um horário de trabalho irracional. Lembrou a Robin que sua condição de parceira na agência tinha sido inteiramente ilusória, e acrescentou todas as provas da falta de respeito de Strike por ela: a ausência de um acordo de sociedade, a falta de pagamento de horas extras, o fato de que sempre parecia ser ela a única que preparava o chá e ia comprar sanduíches.

Uma semana antes, Robin teria defendido Strike contra todas essas acusações. Teria dito que a natureza do trabalho exigia um horário longo, que o momento de pedir um aumento de salário não era quando os negócios lutavam pela sobrevivência, que Strike preparava as canecas de chá de Robin com a mesma frequência com que ela fazia para ele. Ela poderia ter acrescentado que Strike gastara um dinheiro que não podia no treinamento dela em vigilância e contravigilância, e que era irracional esperar que ele, como sócio sênior, único investidor e fundador da agência, colocasse Robin em igualdade jurídica absoluta com ele.

Entretanto, ela não falou nenhuma dessas coisas, porque as últimas duas palavras que Strike dissera ficaram com ela todo dia como o som de seu próprio coração: *indisciplina grave*. A lembrança da expressão de Strike naquele último momento ajudou Robin a fingir ver as coisas exatamente como Matthew, que sua emoção predominante era a raiva, que no emprego que para ela significava tudo, ela poderia ser facilmente substituída, que Strike não tinha integridade nem senso moral se não conseguia valorizar a segurança de Angel acima de todas as outras considerações. Robin não teve vontade nem energia para argumentar que Matthew tivera uma mudança repentina de opinião no que dizia respeito à última questão porque, no início, ficara furioso ao saber que ela fora à casa de Brockbank.

À medida que os dias passavam sem qualquer contato de Strike, ela sentia a pressão muda do noivo para fingir que a perspectiva de seu casamento no sábado não só compensava a recente demissão, como também consumia todos os seus pensamentos. Ter de fingir ânimo enquanto ele estava presente deixava Robin aliviada por ficar sozinha durante o dia, enquanto Matthew trabalhava. Toda noite, antes de ele voltar, ela apagava o histórico de busca do laptop para que ele não visse que ela constantemente procurava notícias do Estripador de Shacklewell na internet e – com igual frequência – de Strike no Google.

Um dia antes de ela e Matthew terem de partir para Masham, ele chegou em casa segurando um exemplar do *Sun*, que não era sua leitura habitual.

– Por que você comprou esse jornal?

Matthew hesitou antes de responder, e as entranhas de Robin se contorceram.

– Não me diga que houve outro...?

Mas ela sabia que não houve outro homicídio: esteve acompanhando as notícias o dia todo.

Ele abriu o jornal, dobrou na página 10 e entregou a ela, com uma expressão difícil de interpretar. Robin se viu olhando fixamente a própria fotografia. Andava cabisbaixa na foto, vestida com a capa de chuva, saindo do tribunal depois de testemunhar no julgamento muito divulgado do assassino de Owen Quine. Duas fotos menores estavam montadas em sua própria fotografia: uma de Strike, parecendo de ressaca, a outra da modelo espetacular e linda cujo assassino eles descobriram trabalhando juntos. Abaixo da foto, estavam as palavras:

### DETETIVE DE LANDRY PROCURA NOVA SECRETÁRIA

Cormoran Strike, o detetive que resolveu os assassinatos da supermodelo Lula Landry e do escritor Owen Quine, desfez a parceria com a glamourosa assistente Robin Ellacott, 26.

O detetive colocou um anúncio para o cargo na internet: "Se você tem formação no trabalho investigativo policial ou militar e gostaria de ter..."

Havia vários outros parágrafos, mas Robin não suportou ler. Em vez disso, olhou quem assinava a matéria e era Dominic Culpepper, o jornalista que Strike conhecia pessoalmente. Será possível que ele telefonara para Culpepper, que costumava irritar Strike em sua busca por histórias, e deixou que ele tivesse esta, para se certificar de que sua necessidade de uma nova assistente tivesse a maior divulgação possível?

Robin não achava que podia se sentir ainda pior, mas agora descobria que cometera um erro. Ela de fato foi demitida, depois de tudo o que fez por ele. Ela foi uma "Secretária" descartável, uma "assistente" – nunca uma parceira, jamais uma igual – e agora ele já procurava por alguém com formação policial ou militar: alguém disciplinado, alguém que aceitaria ordens.

A raiva tomou posse dela; tudo ficou embaçado, o corredor, o jornal, Matthew de pé ali, tentando demonstrar solidariedade, e Robin teve de resistir fisicamente ao impulso de voar para a sala de estar, onde o celular carregava em uma mesa lateral, e telefonar para Strike. Nos últimos quatro dias ela pensara tantas vezes em fazer isso, mas naqueles momentos fora para pedir – implorar – que ele reconsiderasse.

Não era mais o caso. Agora ela queria gritar com ele, depreciá-lo, acusá-lo de ingratidão, hipocrisia, falta de honra...

Seus olhos ardendo de fúria encontraram os de Matthew e ela viu, antes que ele alterasse a expressão, como estava exultante por Strike ter se colocado tão drasticamente em desfavor. Matthew, ela sabia, estivera ansioso para lhe mostrar o jornal. A angústia dela não era nada comparada com o êxtase dele com sua separação de Strike.

Ela se afastou, indo para a cozinha, e resolveu que não gritaria com Matthew. Se eles brigassem, pareceria um triunfo para Strike. Ela se recusava a deixar que o ex-chefe maculasse a relação com o homem com quem tinha de... com o homem com quem ela *queria* se casar dali a três dias. Virando desajeitada uma panela de espaguete em um escorredor, Robin levou respingos de água fervente e soltou um palavrão.

– Massa de novo? – disse Matthew.

– É – respondeu Robin com frieza. – Algum problema?

– Meu Deus, não – disse Matthew, aproximando-se por trás e passando os braços pela noiva. – Eu te amo – disse ele no cabelo de Robin.

– Eu te amo também – disse Robin mecanicamente.

O Land Rover estava estacionado com tudo que eles precisavam para sua estada no norte, para a noite do casamento no Swinton Park Hotel e para a lua de mel "em algum lugar quente", que era só o que Robin sabia do destino. Eles partiram às dez horas da manhã seguinte, ambos de camiseta no sol forte e Robin, ao entrar no carro, lembrou-se daquela manhã enevoada de abril quando ela arrancou com o Land Rover, Matthew em sua perseguição, quando estava desesperada para ir embora, para chegar a Strike.

Ela era uma motorista muito melhor do que Matthew, mas ele sempre assumia o volante quando os dois faziam uma viagem juntos. Matthew cantava "Never Gonna Leave Your Side", de Daniel Bedingfield, ao entrar na rodovia M1. Uma música antiga, datava do ano em que os dois começaram a faculdade.

– Dá para você não cantar isso? – disse Robin de repente, incapaz de suportar por mais tempo.

– Desculpe – disse ele, assustado. – Me pareceu adequado.

– Talvez traga boas lembranças para você – disse Robin, virando-se para olhar pela janela –, mas não para mim.

Pelo canto do olho, ela viu que Matthew a olhou e se voltou para a estrada. Mais outro quilômetro e ela desejou não ter dito nada.

– Isso não quer dizer que você não possa cantar outra coisa.

– Está tudo bem – disse ele.

A temperatura tinha caído um pouco quando eles chegaram ao Donington Park Services, onde pararam para tomar um café. Robin deixou o casaco pendurado nas costas da cadeira quando foi ao banheiro. Sozinho, Matthew se espreguiçou, a camiseta saindo do jeans e revelando alguns centímetros da barriga plana, chamando atenção da garota que servia ao balcão do Costa Coffee. Sentindo-se bem consigo mesmo e com a vida, Matthew sorriu e piscou para ela. Ela ficou vermelha, riu e virou-se para sua companheira barista sorridente, que tinha visto.

O telefone no casaco de Robin vibrou. Supondo que fosse Linda tentando saber a que distância eles estavam de casa, Matthew estendeu o braço indolentemente – consciente dos olhos das meninas nele – e tirou o celular de Robin do bolso.

Era Strike.

Matthew olhou o aparelho que vibrava como se tivesse apanhado uma tarântula sem querer. O telefone ainda tocava e vibrava em sua mão. Ele olhou em volta: Robin não estava à vista. Ele atendeu a ligação e imediatamente a interrompeu. Agora aparecia na tela *Chamada Perdida de Corm*.

O cretino feio e grandalhão queria Robin de volta, Matthew tinha certeza disso. Strike teve cinco longos dias para perceber que jamais conseguiria ninguém melhor. Talvez ele tenha começado a entrevistar gente para o cargo e ninguém nem chegou perto, ou talvez todas tenham rido na cara dele do salário mesquinho que oferecia.

O telefone voltou a tocar: Strike ligava mais uma vez, tentando saber se a interrupção na ligação fora proposital ou acidental. Matthew olhou o celular, petrificado de indecisão. Não se atrevia a atender em nome de Robin, nem mandar Strike à merda. Ele conhecia Strike: o homem continuaria ligando até falar com Robin.

A ligação caiu na caixa postal. Agora Matthew percebeu que um pedido de desculpas gravado era a pior coisa que podia acontecer: Robin podia ouvir repetidas vezes e por fim ser vencida e amansada por isso...

Ele levantou a cabeça: Robin voltava do banheiro das mulheres. Com o telefone dela na mão, ele se levantou e fingiu que falava nele.

– É meu pai – ele mentiu para Robin, colocando a mão no bocal e rezando para que Strike não ligasse novamente enquanto ele estava de pé diante dela. – A bateria do meu arriou... escute, qual é a sua senha? Preciso procurar uma coisa para o voo da lua de mel... é para dizer a meu pai...

Ela deu a ele.

– Me dê um segundo, não quero que você ouça nada sobre a lua de mel – disse ele e se afastou dela, dividido entre a culpa e o orgulho por ter raciocinado rapidamente.

Na segurança do banheiro masculino, ele abriu o celular de Robin. Livrar-se de qualquer registro de telefonemas de Strike significava deletar todo o histórico de chamadas – o que ele fez. Depois ele ligou para a caixa postal, ouviu a mensagem gravada de Strike e apagou também. Por fim, entrou nas configurações do telefone de Robin e bloqueou Strike.

Respirando fundo, ele se virou para seu belo reflexo no espelho. Strike dizia na mensagem que, se não tivesse notícias dela, não voltaria a telefonar. O casamento aconteceria dali a 48 horas e o Matthew ansioso e desafiador contava que Strike cumprisse a palavra.

# 58

## *Deadline*

Ele estava com um pico de adrenalina, tenso, sabendo que acabara de fazer uma burrada. Enquanto o trem do metrô sacudia para o sul, os nós de seus dedos embranqueceram pela força com que ele se agarrava à alça. Por trás dos óculos escuros, seus olhos inchados e vermelhos mal discerniam as placas da estação.

A voz estridente da Coisa ainda parecia estar furando os seus tímpanos.

– Não acredito em você. Onde está o dinheiro, então, se você foi trabalhar à noite? Não... quero falar com você... não... você não vai sair de novo...

Ele bateu nela. Não devia ter feito isso, ele sabia: a visão da cara horrorizada da Coisa agora o atormentava, os olhos arregalados de choque, a mão cobrindo a face onde a marca vermelha de seus dedos se destacava contra o branco.

Era tudo culpa dela, porra. Ele não conseguira se conter, não depois das últimas duas semanas, durante as quais a Coisa ficou cada vez mais estridente. Depois de chegar em casa com os olhos cheios de tinta vermelha, ele fingira ter sofrido uma reação alérgica, mas não houve solidariedade nenhuma daquela vagabunda insensível. Só o que a Coisa fez foi reclamar de onde ele esteve e – pela primeira vez – perguntou onde estava o dinheiro que ele alegava estar ganhando. Ultimamente, não tinha havido muito tempo para roubar com os rapazes, não com todo seu tempo dedicado à caça.

Ela aparecera em casa com um jornal que tinha uma reportagem dizendo que o Estripador de Shacklewell agora podia ter manchas de tinta vermelha em volta dos olhos. Ele queimara o jornal no jardim, mas não conseguia parar de ler essa notícia em toda parte. Na véspera, pensou ter surpreendido a Coisa o observando com uma expressão estranha. Ela não era idiota, não de todo; será que começava a se fazer perguntas? Esta ansiedade era a última coisa de que precisava naquele momento em que sua tentativa com A Secretária o deixara quase humilhado.

Não tinha mais sentido ir atrás da Secretária, porque ela deixara Strike para sempre. Ele vira a notícia na internet, no cibercafé onde às vezes se refugiava por uma hora, só para se livrar da Coisa. Foi de algum consolo para ele saber que o machete a havia assustado e desencorajado, que ela teria de suportar para sempre a grande cicatriz no braço onde ele cortou, mas só isso não bastava.

A intenção de seu meticuloso planejamento de meses e meses era envolver Strike em homicídio, cobri-lo de suspeitas. Primeiro, enredá-lo na morte da piranhazinha idiota que queria ter a perna decepada, de modo que a polícia caísse em cima dele e o público burro pensasse que ele tinha alguma relação com o crime. Depois, matar A Secretária. Ele que tentasse sair dessa mancando imaculado. Ele que tentasse ser o detetive famoso depois disso.

Mas o filho da puta continuava a mancar livre por aí. Não houve menção nenhuma às cartas na imprensa, a carta que ele com tanto cuidado escreveu "de" Kelsey, que deveria transformar Strike no suspeito número 1. Depois a imprensa entrou em conluio com o demente, sem revelar o nome da Secretária, nem traçar a conexão entre ela e Strike.

Talvez fosse sensato parar agora... só que ele não conseguia parar. Tinha ido longe demais. Nunca na vida dedicou tanto planejamento a algo como na ruína de Strike. O canalha gordo e aleijado já pusera um anúncio procurando alguém para substituir A Secretária, e não parecia ser um homem prestes a abandonar os negócios.

Mas havia uma boa notícia: não havia mais sinal de presença policial na Denmark Street. Alguém os retirou de lá. Provavelmente pensando que agora não era necessário ninguém, porque A Secretária fora embora.

Talvez ele não devesse ter voltado ao local de trabalho de Strike, mas tinha esperanças de ver A Secretária assustada partindo com uma caixa nas mãos, ou de ter um vislumbre de um Strike deprimido e derrotado, mas não – logo depois de ele ter assumido uma posição bem escondida para vigiar a rua, o filho da puta apareceu andando pela Charing Cross Road com uma mulher deslumbrante, e parecia inteiramente tranquilo.

A garota só podia ser uma temporária, porque Strike não tivera tempo para entrevistar e contratar uma substituta fixa. Sem dúvida o grandalhão precisava de alguém para abrir a correspondência. Ela usava saltos altos que só favoreciam a putinha que era, rebolando junto dele, empinando a bela bunda. Ele gostava mais das morenas, sempre gostou. Na verdade, podendo escolher, teria pegado alguém igual a esta em vez da Secretária.

*Esta* não tinha treinamento em vigilância, isto ficou evidente. Ele ficou vigiando a agência de Strike a manhã toda depois de vê-la pela primeira vez, observou-a dar um pulo no correio e voltar, quase sempre ao telefone, sem se dar conta do entorno, ocupada demais jogando o cabelo comprido pelo ombro e, assim, incapaz de olhar nos olhos de qualquer um por muito tempo, deixando as chaves caírem, tagarelando em voz alta ao telefone ou com outra pessoa com quem tivesse um contato casual. À uma hora, ele entrou na lanchonete atrás dela e a ouviu fazendo planos em voz alta de ir à Corsica Studios na noite seguinte.

Ele sabia o que era a Corsica Studios. Sabia *onde* ficava. Uma onda de excitação o rasgou por dentro: teve de dar as costas a ela, fingindo olhar pela janela, porque pensou que sua expressão o entregaria a todos... Se ele a pegasse enquanto estava trabalhando ainda para Strike, seu plano estaria cumprido: Strike seria relacionado a duas mulheres desmembradas e ninguém, polícia ou público, voltaria a confiar nele.

Esta também seria muito mais fácil. Pegar A Secretária tinha sido uma merda de pesadelo, sempre atenta e malandra, indo para casa por ruas cheias e bem iluminadas toda noite direto para o namorado bonito, mas A Temporária estava se oferecendo a ele numa bandeja. Depois de contar a toda a lanchonete o lugar em que iria se encontrar com as amigas, ela voltou ao trabalho se pavoneando com aqueles saltos altos transparentes, deixando cair um dos sanduíches de Strike no caminho. Ele notou que não havia aliança de noivado ou de casamento em seu dedo quando ela se abaixou para pegá-lo. Ele teve dificuldade para reprimir o júbilo enquanto se afastava, formulando um plano.

Se não tivesse dado um tapa na Coisa, agora estaria se sentindo bem, excitado, exultante. O tapa não foi um começo auspicioso para a noite. Não é de admirar que estivesse nervoso. Não houve tempo para ficar e acalmá-la, para adoçá-la: ele simplesmente saiu, decidido a pegar A Temporária, mas ainda estava nervoso... E se a Coisa chamasse a polícia?

Ela não chamaria. Foi só um tapa. Ela o amava, dizia isso a ele o tempo todo. Quando amam, elas deixam você escapar impune da porra de um crime...

Ele sentiu um formigamento na nuca e olhou em volta com a ideia louca de que veria Strike olhando para ele do canto do vagão, mas não havia ninguém ali nem remotamente parecido com o filho da puta gordo, só um bando reunido de homens mal-ajambrados. Um deles, que tinha uma cicatriz na cara e um dente de ouro, estava mesmo olhando para ele, mas quando ele estreitou os olhos fixamente pelas lentes dos óculos, o homem abandonou a vistoria e voltou a mexer no celular...

Quando saísse do metrô, antes de ir para a Corsica Studios, talvez devesse telefonar para a Coisa e dizer que a amava.

# 59

*With threats of gas and rose motif.*
   Blue Öyster Cult, "Before the Kiss"

Strike estava na sombra, segurando o celular, esperando. O bolso fundo do casaco de segunda mão, muito mais pesado no calor deste início de noite de junho, estufado e arriado com o peso de um objeto que ele queria esconder. O que planejava seria mais bem realizado com o manto da escuridão, mas o sol se demorava a cair atrás dos telhados desiguais que via de seu esconderijo.

Ele sabia que devia estar se concentrando unicamente na ação perigosa da noite, mas seus pensamentos insistiam em voltar a Robin. Ela não retornara sua ligação. Ele havia determinado mentalmente um prazo final para si mesmo: se ela não ligasse até o fim desta noite, era porque jamais telefonaria. Ao meio-dia do dia seguinte, ela estaria se casando com Matthew em Yorkshire, e Strike tinha certeza de que isso significava um desligamento fatal. Se eles não se falassem antes que aquela aliança pousasse no dedo dela, ele achava improvável que voltassem a se falar. Se alguma coisa no mundo tinha sido calculada para fazer com que ele reconhecesse o que tinha perdido, fora a presença barulhenta e truculenta da mulher com quem ele dividira o escritório nos últimos dias, por mais deslumbrante que fosse sua beleza.

A oeste, o céu acima dos telhados brilhava nas cores vivas da asa de um periquito: escarlate, laranja, até um leve traço de verde. Por trás deste espetáculo extravagante, aparecia uma mancha clara de violeta levemente polvilhada de estrelas. Era quase hora de agir.

Como se Shanker tivesse lido seu pensamento, o celular de Strike vibrou e ele olhou a mensagem:

**Cerveja amanhã?**

Eles haviam combinado um código. Se tudo aquilo fosse parar nos tribunais, o que Strike pensava ser esmagadoramente provável, a intenção dele era manter Shanker longe do banco das testemunhas. Não deveria haver nenhuma mensagem incriminadora entre os dois esta noite. "Cerveja amanhã?" significava "Ele está na boate".

Strike pôs o celular no bolso e saiu do esconderijo, atravessando o estacionamento escuro que se estendia abaixo do apartamento deserto de Donald Laing. O edifício Strata o olhava de cima enquanto ele andava, colossal e preto, as janelas irregulares refletindo os últimos vestígios de luz avermelhada.

Uma tela fina fora esticada na frente das sacadas de Wollaston Close para evitar que passarinhos pousassem ali e voassem pelas portas e janelas abertas. Strike foi para a entrada lateral, que já havia mantido aberta com um calço depois da saída de um grupo de meninas em idade adolescente. Ninguém tinha mexido no arranjo. As pessoas supuseram que alguém precisou das mãos livres, e tiveram medo de despertar sua ira. Por ali, um vizinho furioso podia ser tão perigoso quanto um invasor e era preciso conviver com ele depois disso.

Meio caminho escada acima, Strike tirou o casaco, revelando outro, fluorescente. Carregando o primeiro de forma que escondesse o cilindro de propano em seu interior, ele continuou a subir, saindo na varanda do apartamento de Laing.

Luzes brilhavam dos lares que dividiam a varanda. Os vizinhos de Laing tinham aberto as janelas nesta noite quente de verão, e assim suas vozes e o barulho dos televisores vagavam para a noite. Strike passou em silêncio para o apartamento vazio e escuro na ponta. Diante da porta que com tanta frequência vigiou do estacionamento, transferiu o cilindro de gás embrulhado no casaco para a dobra do braço esquerdo e tirou do bolso um par de luvas de látex, que ele calçou, e um sortimento variado de ferramentas, algumas pertencentes ao próprio Strike, porém muitas emprestadas de Shanker para a ocasião. Estas incluíam uma chave mestra de encaixe, dois jogos de chaves serreadas e gazuas variadas.

Enquanto Strike trabalhava nas duas trancas da porta da frente de Laing, uma voz feminina e americana flutuou para a noite pela janela do vizinho.

– Existe a lei e existe o que é certo. Vou fazer o que é certo.

– O que eu não daria para comer a Jessica Alba – disse uma voz masculina chapada, recebendo o riso e a concordância do que pareciam outros dois homens.

– Anda, filho da puta – sussurrou Strike, lutando com a mais baixa das duas trancas e apertando bem o cilindro de propano escondido. – Anda... *Anda...*

A tranca girou com um estalo alto. Ele abriu a porta.

Como esperava, o lugar cheirava mal. Strike distinguia muito pouco do que parecia uma sala dilapidada e sem mobília. Precisou fechar as cortinas antes de acender a luz. Virando à esquerda, de imediato esbarrou no que parecia uma caixa. Algo pesado caiu da tampa para o chão com um estrondo.

*Merda.*

– Ei! – gritou uma voz audível pela fina parede divisória. – É você, Donnie?

Strike voltou apressadamente à porta, apalpando frenético a parede de cima a baixo ao lado da maçaneta e encontrando o interruptor. Subitamente inundada de luz, a sala mostrou conter nada além de um velho colchão de casal manchado e uma caixa laranja em que uma estação de iPod claramente estivera, porque agora estava no chão, onde havia caído.

– Donnie? – disse a voz, agora vindo da varanda do lado de fora.

Strike pegou o cilindro de propano, abriu e o enfiou embaixo da caixa laranja. Passos na varanda do lado de fora foram seguidos por uma batida na porta. Strike a abriu.

Um homem de cabelo seboso e sarapintado olhava vagamente para ele. Parecia extremamente alterado e segurava uma lata de John Smith's.

– Meu Deus – disse ele numa voz indistinta, cheirando –, que merda de cheiro é esse?

– Gás – disse Strike com seu casaco fluorescente, representante carrancudo da National Grid. – Recebemos uma denúncia do andar de cima. Parece que está vindo daqui.

– Mas que merda – disse o vizinho, parecendo enjoado. – Não vai explodir tudo, vai?

– Foi o que vim descobrir – disse Strike laconicamente. – Tem alguma chama desprotegida no apartamento ao lado? Você não é fumante, é?

– Vou ver isso – disse o vizinho, subitamente apavorado.

– Muito bem. Posso dar uma olhada na sua casa quando terminar aqui – disse Strike. – Estou esperando apoio.

Ele se arrependeu desta frase assim que lhe escapou, mas seu novo conhecido deu a impressão de não achar esse linguajar estranho, partindo do homem do gás. Enquanto ele se afastava, Strike perguntou:

– O nome do proprietário é Donnie, não?

– Donnie Laing – disse o vizinho nervoso, claramente desesperado para esconder seu fumo e apagar qualquer chama. – Ele me deve quarenta pratas.

– Ah. Nisso eu não posso ajudar.

O homem foi embora e Strike fechou a porta, agradecendo à estrela da sorte por ter tido a precaução de arrumar um disfarce. Só lhe faltava a polícia receber uma denúncia antes que ele conseguisse provar alguma coisa...

Ele levantou a caixa laranja, fechou o silvo do propano e recolocou o iPod na estação em cima da caixa. Prestes a entrar ainda mais no apartamento, teve uma ideia repentina e voltou ao iPod. Um delicado toque de seu indicador e a tela mínima se iluminou. "Hot Rails to Hell", da – como Strike sabia muito bem – Blue Öyster Cult.

# 60

*Vengeance (The Pact)*

A boate pulsava de gente. Fora construída em dois arcos de ferrovia, como aqueles do outro lado da rua de seu prédio, e tinha uma aparência de subterrâneo ampliada pelo teto curvo de ferro corrugado. Um projetor lançava luzes psicodélicas pelos sulcos de metal. A música era ensurdecedora.

Não demonstraram muito zelo ao permitir sua entrada. Mal foi revistado pelos seguranças: chegou a sentir o medo fugaz de que o apalpassem de cima a baixo, o casaco com as facas escondidas por dentro.

Ele parecia mais velho do que qualquer outro ali e se ressentiu disso. Foi isso que a artrite psoriásica fez com ele, deixou-o marcado e inchado de esteroides. Seus músculos acumularam gordura desde os dias de pugilismo; ele se dera bem tranquilamente em Chipre, mas agora não. Sabia que não tinha chance com nenhuma dessas centenas de piranhazinhas volúveis que se espremiam sob a bola espelhada. Nenhuma delas estava vestida como ele esperava de uma boate. Muitas estavam de jeans e camiseta, como um bando de lésbicas.

Onde estava a temporária de Strike, com seu traseiro lindo e sua deliciosa cabecinha de vento? Não havia muitas negras altas por ali; devia ser fácil localizá-la, mas ele passou um pente fino pelo bar e pela pista de dança e não viu sinal dela. Tinha parecido a providência divina, ela falando nesta boate tão perto de seu apartamento; ele achara que significava uma volta a seu status de deus, o universo mais uma vez conspirando a seu favor, mas esta sensação de invencibilidade foi passageira e quase inteiramente dissipada pela discussão com a Coisa.

A música martelava dentro da sua cabeça. Ele preferia estar em casa, ouvindo a Blue Öyster Cult, masturbando-se com as relíquias, mas ele a *ouvira* planejando vir nesta boate... caralho, estava tão lotado que ele podia se espremer nela e meter a faca sem que alguém percebesse ou a ouvisse gritar... Onde estava a vagabunda?

O babaca de camiseta Wild Flag esbarrou nele tantas vezes que teve vontade de lhe dar um bom chute. Em vez disso, abriu caminho a cotoveladas, saindo do bar para olhar novamente a pista.

As luzes inconstantes varreram um tapete oscilante de braços e rostos suados. Um brilho de dourado – uma boca com cicatriz e desdém...

Ele abriu caminho pela pista de dança, sem se importar com quantas piranhas jogava de lado.

Aquele cara da cicatriz estava no metrô. Ele olhou para trás. O homem parecia ter perdido alguém; estava na ponta dos pés, procurando por todo o ambiente.

Tinha alguma coisa errada. Ele sentia. Algo suspeito. Abaixando um pouco os joelhos, o máximo para se misturar com a multidão, ele forçou caminho para a saída de incêndio.

– Desculpe, colega, você tem de usar a...

– Vai se foder.

Ele estava fora da boate antes que alguém conseguisse impedi-lo, forçando a trava da porta de incêndio, mergulhando na noite. Correu junto à parede externa e virou uma esquina onde, sozinho, respirou fundo, pensando nas alternativas.

*Você está a salvo*, disse a si mesmo. *Você está a salvo. Ninguém tem nada sobre você.*

Mas seria verdade?

De todas as boates que ela podia ter mencionado, tinha escolhido aquela que ficava a dois minutos de sua casa. E se não fosse uma dádiva dos deuses, mas algo totalmente diferente? E se alguém estivesse armando para ele?

Não. Não podia ser. Strike tinha mandado os tiras atrás dele e eles não se interessaram. Com toda certeza ele estava a salvo. Não havia nada que o ligasse a nenhuma delas...

Só que aquele sujeito da cicatriz na cara estava no metrô desde Finchley. As implicações disso atrapalharam temporariamente seu raciocínio. Se alguém estivesse seguindo não Donald Laing, mas um homem completamente diferente, ele estava fodido...

Ele começou a andar, de vez em quando dando uma corrida curta. As muletas que eram tão úteis como objeto de cena não eram mais necessárias, a não ser para conquistar a solidariedade de mulheres crédulas, enganar o pessoal do seguro-invalidez e, é claro, manter seu disfarce de um homem doente demais para ter ido procurar por Kelsey Platt. Sua artrite sumira anos atrás, embora tenha se provado uma pequena renda muito útil e mantido aos trancos o apartamento em Wollaston Close...

Atravessando o estacionamento às pressas, ele olhou para o seu apartamento. As cortinas estavam fechadas. Podia jurar que tinha deixado abertas.

# 61

*And now the time has come at last*
*To crush the motif of the rose.*

Blue Öyster Cult, "Before the Kiss"

A lâmpada estava apagada no único quarto. Strike acendeu a pequena lanterna que havia trazido e avançou lentamente para o único móvel, um guarda-roupa de pinho barato. A porta rangeu ao ser aberta.

Por dentro, o móvel estava coberto de artigos de jornais falando do Estripador de Shacklewell. Presa com fita adesiva acima de todos os recortes de jornal, havia uma foto impressa em uma folha de papel A4, possivelmente tirada da internet. A jovem mãe de Strike, nua, os braços erguidos para cima, a massa de cabelos pretos compridos sem cobrir muito bem os seios exibidos com orgulho, uma caligrafia encaracolada em arco claramente visível acima do triângulo escuro de pelos pubianos: *Mistress of the Salmon Salt*.

Ele olhou o chão do guarda-roupa, onde uma pilha de pornografia explícita jazia ao lado de um saco de lixo preto. Colocando a lanterna debaixo do braço, Strike abriu o saco de lixo com as mãos calçadas com luvas de látex. Em seu interior, havia uma pequena seleção de roupas íntimas femininas, algumas duras de sangue marrom e velho. Bem no fundo do saco, seus dedos se fecharam em uma corrente fina e em um brinco de argola. Um pingente em formato de coração cintilou à luz da lanterna. Havia vestígios de sangue seco na argola.

Strike recolocou tudo no saco de lixo, fechou a porta do guarda-roupa e foi até a pequena cozinha, claramente a origem do cheiro de podre que permeava todo o lugar.

Alguém ligara a TV no apartamento ao lado. O som de uma saraivada de tiros atravessou a parede fina. Strike ouviu um riso fraco e chapado.

Ao lado da chaleira, havia um vidro de café instantâneo, uma garrafa de Bell's, um espelho de aumento e uma navalha. O fogão tinha uma grossa camada de gordura e poeira e parecia não ser usado há algum tempo. A porta da geladeira fora esfregada com um pano sujo que deixou arcos amplos de um resíduo cor-de-rosa. Strike tinha estendido a mão para a maçaneta quando o celular vibrou no bolso.

Shanker ligava para ele. Eles haviam combinado de não se comunicar por telefone, só por mensagens de texto.

– Puta merda, Shanker – disse Strike, levando o celular à orelha. – Pensei que eu tinha dito...

Ele ouviu a respiração atrás dele um segundo antes de um machete cortar o ar até o seu pescoço. Strike mergulhou de lado, o celular voando da mão, e escorregou no chão sujo. Na queda, o golpe da lâmina cortou sua orelha. A sombra volumosa ergueu novamente o machete para atacar Strike enquanto ele caía no chão; Strike deu um chute em sua virilha e o assassino grunhiu de dor, recuando alguns passos, mas erguendo o machete mais uma vez.

Colocando-se de joelhos rapidamente, Strike deu um murro com força no saco do agressor. O machete escorregou dos dedos de Laing e caiu nas costas de Strike, fazendo-o gritar de dor enquanto passava os braços pelos joelhos de Laing e o derrubava. A cabeça de Laing bateu na porta do forno, mas seus dedos grossos arranhavam o pescoço de Strike. Strike tentou desferir um soco, mas foi imobilizado pelo peso considerável de Laing. As mãos largas e fortes do homem se fechavam em sua traqueia. Com um esforço gigantesco, Strike invocou forças suficientes para dar uma cabeçada em Laing, cujo crânio mais uma vez bateu na porta do forno...

Eles rolaram, com Strike agora por cima. Ele tentou socar a cara de Laing, mas as reações do outro eram rápidas como foram no ringue: uma das mãos desviou o golpe e a outra apertou o queixo de Strike, forçando a cara para cima – Strike golpeou novamente, incapaz de ver o alvo, bateu em um osso e o ouviu estalar...

E então o punho imenso de Laing surgiu do nada, caindo no meio da cara de Strike, e ele sentiu o nariz quebrar; jorrou sangue para todo lado e ele oscilou para trás com a força do murro, os olhos lacrimejando tanto que tudo ficou embaçado: grunhindo e ofegante, Laing o jogou longe e, como num passe de mágica, sacou uma faca de trinchar...

Meio cego, o sangue escorrendo para a boca, Strike viu a lâmina brilhar à luz da lua e deu um chute com a perna protética – houve um clangor abafado de metal contra metal quando a faca bateu na haste de aço do tornozelo e era de novo erguida...

– *Não, isso não, filho da puta!*

Shanker tinha Laing em uma chave de braço por trás. Imprudentemente, Strike segurou a faca e cortou a palma da mão. Shanker e Laing lutaram, o escocês muito maior do que o outro e rapidamente levando a melhor. Strike deu outro forte chute na faca com o pé protético e desta vez conseguiu arrancá-la da mão de Laing. Agora ele podia ajudar Shanker a derrubar o homem no chão.

– Desiste ou vou te meter a faca! – gritou Shanker, os braços em volta do pescoço de Laing, enquanto o escocês se contorcia e xingava, os punhos pesados ainda cerrados, o queixo quebrado arriando. – Tu não é o único com uma porra de faca, seu monte gordo de merda!

Strike pegou as algemas que eram a peça mais cara de equipamento que trouxera do SIB. Foi preciso a força combinada de Strike e Shanker para obrigar Laing a ficar numa posição onde pudesse ser algemado, com os pulsos grossos presos às costas, enquanto Laing resistia e xingava sem parar.

Livre da necessidade de segurar Laing, Shanker o chutou com tanta força no diafragma que o assassino soltou um ofegar longo e fraco e ficou temporariamente sem fala.

– Você tá bem, Bunsen? Bunsen, onde ele te pegou?

Strike tinha arriado, encostado no forno. O corte na orelha sangrava copiosamente, assim como a palma da mão direita, mas o nariz que inchava rapidamente era o que mais o incomodava, porque o sangue que saía dele e entrava na boca dificultava a respiração.

– Toma aqui, Bunsen – disse Shanker, voltando de uma breve busca pelo pequeno apartamento com um rolo de papel higiênico.

– Valeu -- disse Strike com a voz grossa. Enfiou o máximo de papel que pôde nas narinas, depois olhou para Laing. – É um prazer te ver de novo, Ray.

Laing, ainda sem fôlego, não disse nada. A careca brilhava um pouco ao luar que iluminara sua faca.

– Tu não disse que o nome dele era Donald? – perguntou Shanker com curiosidade enquanto Laing se mexia no chão. Shanker lhe deu outro chute na barriga.

– E é – disse Strike –, e pare de chutar o homem, porra. Se romper alguma coisa, terei de responder por isso no tribunal.

– Então, por que tá chamando o cara de...?

– Porque – disse Strike – ... e não toque em nada também, Shanker, não quero suas digitais por aqui... porque Donnie esteve usando uma identidade emprestada. Quando ele não está aqui – disse Strike, aproximando-se da geladeira e colocando na maçaneta a mão esquerda, ainda com a luva de látex intacta –, ele é o heroico bombeiro aposentado Ray Williams, que mora em Finchley com Hazel Furley.

Strike abriu a porta da geladeira e, ainda com a mão esquerda, abriu o congelador.

Os seios de Kelsey Platt estavam ali dentro, agora ressecados como figos, amarelos e coriáceos. Ao lado, estavam os dedos de Lila Monkton, as unhas com esmalte roxo, as marcas dos dentes de Laing bem fundas. No fundo, havia duas orelhas decepadas das quais ainda pendiam pequenas casquinhas de sorvete de plástico e um pedaço de carne deformado em que ainda se podiam distinguir as narinas.

– Puta merda – disse Shanker, que também tinha se abaixado para olhar, atrás dele. – Puta merda, Bunsen, isso é pedaço de...

Strike fechou o congelador e a porta da geladeira e se virou para o seu prisioneiro.

Laing agora estava em silêncio. Strike tinha certeza de que ele já usava aquele cérebro diabólico de raposa para ver como podia virar esta situação desesperada a seu favor, como seria capaz de argumentar que Strike armara para ele, plantara ou contaminara provas.

– Eu devia ter te reconhecido, não é, Donnie? – disse Strike, enrolando a mão direita em papel higiênico para estancar o sangramento. Agora, com a fraca luz da lua caindo pela janela suja, Strike distinguia as feições de Laing por baixo dos quilos de peso a mais que os esteroides e a falta de exercícios constantes tinham acumulado em seu corpo antes musculoso. A gordura, a pele seca e enrugada, a barba que ele sem dúvida deixara crescer para esconder as marcas, a cabeça cuidadosamente raspada e o andar arrastado que ele fingia compunham um homem pelo menos dez anos mais velho. – Devia ter te reconhecido no momento em que você abriu a porta para mim na casa de Hazel – disse Strike. – Mas você manteve o rosto escondido, enxugando as lágrimas de merda, não foi? O que você fez, passou alguma coisa nos olhos para que ficassem inchados?

Strike ofereceu um maço de cigarros a Shanker antes de acender o seu.

– O sotaque de Newclastle foi meio exagerado, pensando bem agora. Você pegou em Gateshead, não foi? Ele sempre foi bom de imitação, o nosso Donnie – disse ele a Shanker. – Devia ter ouvido o cabo Oakley que ele faz. Ao que parecia, Donnie era a alegria da casa.

Shanker olhava de Strike para Laing, aparentemente fascinado. Strike continuou a fumar, olhando Laing de cima. Seu nariz ardia e latejava tanto que os olhos lacrimejavam. Ele queria ouvir o assassino falar, uma vez, antes de telefonar para a polícia.

– Espancou e roubou uma velhinha senil em Corby, não foi, Donnie? A coitada da sra. Williams. Você pegou a condecoração do filho dela por bravura e aposto que também meteu a mão nos antigos documentos dele. Você sabia que ele estava no exterior. Não é muito difícil roubar a identidade de alguém, principalmente se você já tem uma carteira de identidade por onde começar. É fácil transformar tudo em uma nova identidade para ludibriar uma mulher solitária e um ou dois policiais descuidados.

Laing continuava em silêncio no chão, mas Strike quase sentia o funcionamento frenético de sua mente suja e desesperada.

– Encontrei Accutane na casa – disse Strike a Shanker. – É um remédio para acne, mas também para artrite psoriásica. Na época, eu devia ter percebido. Ele escondia o remédio no quarto de Kelsey. Ray Williams não tinha artrite.

"Aposto que vocês tinham muitos segredinhos juntos, não é, Donnie? Você e Kelsey? Dando corda a ela falando de mim, levando a garota exatamente aonde você a queria. Levando-a para passear de moto e ficar à espreita perto do meu escritório... fingindo colocar cartas no correio para ela... levando para ela meus bilhetes falsos..."

— Seu filho da puta doente — disse o enojado Shanker. Ele se curvou sobre Laing com a ponta do cigarro perto da cara dele, claramente querendo machucá-lo.

— Também não me vá queimar o homem, Shanker — disse Strike, pegando o celular. — É melhor você dar fora daqui, vou ligar para a polícia.

Ele discou o número da emergência e deu o endereço. A sua história seria de que seguiu Laing até a boate e de volta ao apartamento, que houve uma discussão e que Laing o atacou. Ninguém precisava saber que Shanker esteve envolvido, nem que Strike arrombou a fechadura de Laing. É claro que o vizinho doidão podia falar, mas Strike achava provável que o jovem preferisse ficar bem longe disso, em vez de ter seu histórico de sobriedade e drogas avaliado em um tribunal de justiça.

— Pegue tudo e livre-se disso — disse Strike a Shanker, tirando o casaco fluorescente e entregando a ele. — E o cilindro de gás, por ali.

— Tá legal, Bunsen. Tem certeza que vai ficar numa boa com ele? — acrescentou Shanker, com os olhos no nariz quebrado de Strike, na orelha e na mão que sangravam.

— Vou, claro que vou — disse Strike, vagamente comovido.

Ele ouviu Shanker pegar a lata de metal no cômodo vizinho e, logo depois, viu que ele passava pela janela da cozinha na varanda do lado de fora.

— SHANKER!

Seu velho amigo estava de volta à cozinha com tal rapidez que Strike sabia que ele devia ter corrido; o pesado cilindro de gás erguido, mas Laing ainda estava algemado e parado no chão e Strike fumava ao lado do fogão.

— Que merda, Bunsen, achei que o cara tinha pulado em você!

— Shanker, você pode conseguir um carro e me levar a um lugar amanhã de manhã? Vou te dar...

Strike olhou o pulso vazio. Tinha vendido o relógio na véspera para ter o dinheiro que pagaria pela ajuda de Shanker esta noite. O que mais ele tinha para torrar?

— Escute, Shanker, você sabe que vou ganhar dinheiro quando sair dessa. Me dê alguns meses e os clientes vão fazer fila.

— Tá tudo bem, Bunsen — disse Shanker, depois de refletir brevemente. — Pode ficar me devendo.

— Sério?

– É – disse Shanker, virando-se para sair. – Me dá um toque quando estiver pronto pra ir embora. Vou arrumar um carro pra gente.

Segundos depois de Shanker ter passado pela janela pela segunda vez, Strike ouviu a sirene distante da polícia.

– Lá vêm eles, Donnie – disse ele.

Foi então que Donald Laing falou com sua verdadeira voz a Strike, pela primeira e última vez.

– Sua mãe – disse ele, com um forte sotaque da fronteira – era uma tremenda puta.

Strike riu.

– Pode ser – ele disse, sangrando e fumando no escuro enquanto as sirenes ficavam mais altas –, mas ela me amava, Donnie. Ouvi dizer que a sua não dava a mínima pra você, o filhinho bastardo de um policial que você era.

Laing se debateu, tentando em vão se libertar, mas meramente girou de lado, os braços ainda presos às costas.

# 62

*A redcap, a redcap,[1] before the kiss...*
Blue Öyster Cult, "Before the Kiss"

Strike não se reuniu com Carver naquela noite. Suspeitava de que o homem teria preferido dar um tiro nas próprias rótulas a encarar Strike nessa hora. Dois policiais desconhecidos da Divisão de Investigação Criminal o interrogaram em uma sala lateral na emergência, entre os vários procedimentos médicos exigidos por seus ferimentos. A orelha foi costurada, a palma da mão cortada recebeu um curativo, outro foi aplicado em suas costas, onde o machete havia caído, e pela terceira vez na vida seu nariz foi dolorosamente manipulado de volta a algo próximo a uma simetria. A intervalos convenientes, Strike dava à polícia uma exposição lúcida da linha de raciocínio que o levara a Laing. Teve o cuidado de dizer que dera estas informações por telefone a um subordinado de Carver duas semanas antes e também tentara falar diretamente com Carver da última vez em que eles conversaram.

– Por que não estão anotando isso? – perguntou ele aos policiais que estavam sentados em silêncio, olhando fixamente. O mais jovem fez uma anotação apressada.

– Eu também – continuou Strike – escrevi uma carta e enviei ao inspetor-detetive Carver, com registro. Ele deve ter recebido ontem.

– Você mandou com registro? – repetiu o mais velho dos dois policiais, um homem de bigode e olhos tristes.

– É isso mesmo. Eu queria me garantir de que fosse difícil de extraviar.

---

[1] "redcap" é a gíria para Dalmane, um benzodiazepínico de cápsula vermelha, daí o redcap. Durante o beijo, a bola é passada de uma pessoa para outra. (Nota do P. O.)

O policial tomou notas mais detalhadas.

A história de Strike era de que ele, desconfiado de que a polícia não se convencera de suas suspeitas de Laing, jamais deixara de vigiá-lo. Seguira Laing à boate, com medo de ele tentar pegar uma mulher, depois até seu apartamento, onde decidira confrontá-lo. A respeito de Alyssa, que fez o papel da secretária temporária com muito desembaraço, e de Shanker, cuja intervenção entusiasmada certamente poupou Strike de vários outros ferimentos a faca, ele nada disse.

— O X da questão — disse Strike aos policiais — será descobrir este Ritchie, às vezes conhecido como Dickie, cuja moto Laing pegava emprestado. Hazel poderá falar com vocês a respeito dele. Ele esteve dando álibi a Laing para todo lado. Imagino que seja ele mesmo um criminoso menor e deve ter pensado que só estava ajudando Laing a trair Hazel ou fraudar o seguro por invalidez. Ele não parecia um cara inteligente. Acho que vai ceder rapidinho depois que perceber que foi homicídio.

Às cinco da manhã, os médicos e a polícia enfim decidiram que não precisavam mais de Strike. Ele rejeitou a oferta de carona dos policiais, desconfiando de que foi feita em parte para vigiá-lo o máximo que pudessem.

— Não queremos que isso seja revelado antes de termos a chance de falar com as famílias — disse o policial mais novo, cujo cabelo louro-claro se destacava no amanhecer insípido no pátio onde os três homens se despediram.

— Não vou falar com a imprensa — disse Strike, abrindo um largo bocejo e procurando os cigarros restantes no bolso. — Tenho outras coisas para fazer hoje.

Ele ia se afastando quando teve uma ideia.

— Qual era a conexão da igreja? Brockbank... o que fez Carver pensar que foi ele?

— Ah — disse o policial de bigode. Não parecia particularmente ávido a passar esta informação. — Tinha um jovem trabalhador que foi transferido de Finchley para Brixton... mas não levou a lugar nenhum — acrescentou ele, com um leve desafio —, nós o pegamos. Brockbank. Recebemos uma dica de um abrigo de sem-teto ontem.

— Boa — disse Strike. — A imprensa adora um pedófilo. Eu destacaria isso quando falasse com eles.

Nenhum dos dois policiais sorriu. Strike lhes desejou um bom dia e partiu, perguntando-se se tinha algum dinheiro para um táxi, fumando com a mão esquerda porque o efeito do anestésico local já estava passando na mão direita, o nariz quebrado doendo no ar frio da manhã.

– Na porra de Yorkshire? – disse Shanker por telefone quando ligou para contar a Strike que tinha um carro e o detetive falou aonde queria ir. – *Yorkshire?*

– Masham – respondera Strike. – Olha, já te falei: vou te pagar o que você quiser quando tiver o dinheiro. É um casamento e não quero perder. O tempo é muito curto... o que você quiser, Shanker, tem a minha palavra, vou pagar quando puder.

– Quem vai casar?

– Robin – disse Strike.

– Ah. – Shanker parecia satisfeito. – Tá bom, nesse caso, Bunsen, eu te levo. Já te falei que tu não devia...

– ... já...

– ... Alyssa te falou...

– É, ela falou, e bem alto.

Strike tinha a forte desconfiança de que agora Shanker estava dormindo com Alyssa. Ele podia pensar em algumas explicações alternativas para a velocidade com que ele sugerira a garota quando Strike explicou a necessidade de uma mulher em um papel seguro, porém fundamental, na armadilha para Donald Laing. Ela exigira cem libras para fazer o trabalho e garantira a Strike que teria sido consideravelmente mais se ela não se julgasse em dívida com a parceira dele.

– Shanker, podemos conversar sobre isso no caminho. Preciso comer e tomar um banho. Vai ser uma sorte danada se a gente conseguir.

E ali estavam eles, acelerando para o norte no Mercedes que Shanker pegara emprestado; de onde, Strike não perguntou. O detetive, que quase não tinha dormido nada nas duas noites anteriores, cochilou pelos primeiros cem quilômetros, acordando com um ronco quando o celular tocou no bolso do casaco.

– Strike – disse ele, sonolento.

– Fez um trabalho do caralho, parceiro – disse Wardle.

O tom de voz não combinava com as palavras. Afinal, Wardle era o encarregado da investigação quando Ray Williams fora excluído de toda suspeita em relação à morte de Kelsey.

– Valeu – disse Strike. – Percebe que você agora é o único policial em Londres que ainda está disposto a falar comigo?

– Ah, bom. – Wardle se animou um pouco. – Prefiro a qualidade à quantidade. Achei que você gostaria de saber: eles já encontraram Richard e ele cantou como um canário.

– Richard... – resmungou Strike.

Parecia que haviam varrido de seu cérebro as informações que o obcecaram por meses. Árvores se derramavam suavemente pela janela do carona em uma torrente de verde de verão. A sensação era de que poderia dormir dias.

– Ritchie... Dickie... a moto – disse Wardle.

– Ah, sim – respondeu Strike, coçando distraidamente a orelha costurada, depois xingando. – Merda, isso dói... desculpe... ele já falou, foi?

– Ele não é o que poderíamos chamar de um cara inteligente – disse Wardle. – Encontramos um monte de equipamento roubado na casa dele também.

– Achei que era assim que Donnie se financiava. Ele sempre foi um ladrão habilidoso.

– Tinha uma pequena gangue deles. Nada muito grande, só um monte de furtos menores. Ritchie era o único que sabia da identidade dupla de Laing; pensou que estivesse trabalhando só na fraude do seguro por invalidez. Laing pediu a três deles para dar apoio e fingir que haviam acampado em Shoreham-by-Sea no fim de semana em que matou Kelsey. Ao que parece, ele lhes disse que tinha outra garota em algum lugar e Hazel não podia saber.

– Esse Laing sempre conseguia colocar as pessoas do lado dele – disse Strike, lembrando-se do investigador em Chipre que se mostrara tão disposto a livrá-lo do estupro.

– Como você percebeu que eles não estavam lá naquele fim de semana? – perguntou com curiosidade Wardle. – Eles tinham fotos e tudo... como soube que eles não estavam reunidos no fim de semana em que ela morreu?

– Ah – disse Strike. – Por causa do eríngio azul.

— Do quê?

— Eríngio azul – repetiu Strike. – Uma planta que não floresce em abril. No verão e no outono... Passei metade da infância na Cornualha. Na foto de Laing e Ritchie na praia... aparecia o eríngio azul. Eu devia ter me tocado na hora... mas sempre tinha alguma coisa desviando minha atenção.

Depois que Wardle desligou, Strike olhou pelo para-brisa os campos e árvores que passavam, pensando nos últimos três meses. Duvidava de que Laing soubesse a respeito de Brittany Brockbank, mas provavelmente ele tinha pesquisado o bastante para conhecer a história do julgamento de Whittaker, a citação de "Mistress of the Salmon Salt" do banco dos réus. Parecia a Strike que Laing tinha feito um rastro levando a ele, sem ter ideia do sucesso que teria.

Shanker ligou o rádio. Strike, que teria preferido voltar a dormir, não reclamou, mas abriu a janela e resolveu fumar. No sol firme, percebeu que o terno italiano que vestira no automático estava salpicado de molho e vinho tinto. Ele limpou as piores manchas secas, até que de repente se lembrou de outra coisa.

— Ah, merda.

— O que foi?

— Esqueci de dar o fora em alguém.

Shanker riu. Strike sorriu com tristeza, o que foi doloroso. Todo seu rosto doía.

— Vai tentar parar esse casamento, Bunsen?

— Claro que não – disse Strike, pegando outro cigarro. – Eu fui convidado. Sou um amigo. Um convidado.

— Você demitiu a garota. Na minha terra, isso não é sinal de amizade.

Strike se conteve e nada falou sobre Shanker não conhecer ninguém que um dia tivesse tido um emprego.

— Ela é parecida com a sua mãe – comentou Shanker, depois de um longo silêncio.

— Quem?

— A sua Robin. Boazinha. Queria salvar aquela criança.

Strike teve dificuldade para defender uma recusa a salvar uma criança com um homem que fora resgatado, sangrando, da sarjeta aos 16 anos.

— Bom, vou tentar consegui-la de volta, não vou? Mas da próxima vez que ela ligar para você... se ela telefonar...

— Tá, tá, vou te contar, Bunsen.

O retrovisor lateral mostrava a Strike um rosto que podia pertencer a uma vítima de acidente de automóvel. O nariz estava enorme e roxo e a orelha esquerda parecia preta. À luz do dia, ele reparou que sua tentativa apressada de se barbear usando a mão esquerda não tinha sido inteiramente bem-sucedida. Enquanto se imaginava entrando e se entocando no fundo da igreja, ele percebeu como estaria visível, que cena daria se Robin decidisse que não o queria ali. Não era o desejo dele estragar o dia de Robin. Ao primeiro pedido para ir embora, ele jurou intimamente, Strike partiria.

— BUNSEN! — gritou Shanker, animado, dando um susto em Strike. Shanker aumentou o volume do rádio.

*"... acaba de ser realizada uma prisão no caso do Estripador de Shacklewell. Depois de uma busca completa em um apartamento em Wollaston Close, a polícia acusou Donald Laing, de 34 anos, dos homicídios de Kelsey Platt, Heather Smart, Martina Rossi e Sadie Roach, da tentativa de homicídio de Lila Monkton e de um ataque grave a uma sexta mulher, não identificada..."*

— Eles não falaram em você! — disse Shanker quando terminou a reportagem. Ele parecia decepcionado.

— Não iam falar — disse Strike, reprimindo um nervosismo pouco característico. Acabara de ver a primeira placa para Masham. — Mas vão. O que também é bom: preciso da publicidade, se quiser que minha agência saia do ralo.

Automaticamente, ele olhou o pulso, esquecendo-se de que não havia relógio ali, e em vez disso consultou o relógio do painel.

— Desce o pé, Shanker. Desse jeito, vamos perder o início.

Strike ficava cada vez mais ansioso à medida que se aproximavam de seu destino. O início da cerimônia fora marcado para vinte minutos antes de eles finalmente subirem a colina para Masham, Strike olhando o telefone, procurando a localização da igreja.

— Fica por ali — disse ele, apontando freneticamente para o outro lado de uma larga praça de mercado que ele já vira, apinhada de gente em barracas de comida. Shanker dirigiu não muito devagar pela periferia do mercado e vários pedestres fizeram uma carranca; um homem de boina sacudiu o punho para o sujeito da cicatriz que dirigia tão perigosamente no coração sereno de Masham.

– Estacione aqui, em qualquer lugar! – disse Strike, vendo dois Bentleys azul-escuros enfeitados com fitas brancas estacionados na ponta da praça, os motoristas conversando ao sol, sem o quepe. Eles olharam quando Shanker pisou no freio. Strike abriu o cinto de segurança; via o pináculo da igreja acima das copas das árvores. Estava quase nauseado, devido, sem dúvida, aos quarenta cigarros que deve ter fumado durante a noite, à falta de sono e à direção de Shanker.

Strike afastou-se apressadamente vários passos do carro antes de disparar de volta ao amigo.

– Espere por mim. Talvez eu não fique.

Voltou a correr, passando pelos motoristas que o encaravam, ajeitando nervoso a gravata, depois se lembrou do estado de seu rosto e do terno e se perguntou por que devia se importar.

Strike entrou mancando pelos portões e no adro deserto. A igreja impressionante lhe lembrava a de São Dionísio em Market Harborough, quando ele e Robin eram amigos. O silêncio no cemitério sonolento e iluminado pelo sol era sinistro. Ele passou à direita por uma estranha coluna coberta de entalhes de aparência quase pagã ao se aproximar das pesadas portas de carvalho.

Segurando a maçaneta com a mão esquerda, ele parou por um segundo.

– Foda-se – sussurrou consigo mesmo e abriu no maior silêncio que pôde.

Foi recebido pelo cheiro de rosas: rosas brancas de Yorkshire florescendo em suportes elevados e penduradas em buquês nas extremidades dos bancos lotados. Um emaranhado de chapéus de cores vivas se estendia até o altar. Quase ninguém o olhou quando ele entrou se arrastando, embora quem olhasse tenha encarado. Ele acompanhou a parede dos fundos, de olhos fixos no final da nave central.

Robin usava uma grinalda de rosas brancas no cabelo comprido e ondulado. Ele não conseguia ver seu rosto. Ela não estava com a tala. Mesmo dessa distância, Strike via a cicatriz comprida e roxa descendo pela parte de trás do braço.

– Robin Venetia Ellacott, você aceita este homem, Matthew John Cunliffe, como seu legítimo esposo, para amar e respeitar, de hoje em diante...

Exausto, tenso, com o olhar fixo em Robin, Strike não percebeu o quanto estava perto de um arranjo de flores colocado em um suporte de bronze fino como uma tulipa.

– ... nos bons e nos maus momentos, na riqueza e na pobreza, na saúde e na doença, até que a morte...

– Ah, merda – disse Strike.

O arranjo em que ele esbarrou virou como que em câmera lenta e caiu no chão com um estrondo ensurdecedor. A congregação e o casal se viraram e olharam para trás.

– Eu... meu Deus, me desculpe – disse Strike desesperadamente.

Em algum lugar no meio da congregação, um homem riu. A maioria voltou de imediato a olhar o altar, mas alguns convidados ainda fuzilavam Strike com os olhos antes de se recomporem.

– ... os separe – disse o vigário com uma tolerância de santo.

A linda noiva, que nem uma vez sorrira durante toda a cerimônia, de súbito estava radiante.

– Sim – disse Robin numa voz cantarolada, olhando bem nos olhos, não do novo marido inexpressivo, mas do homem surrado e ensanguentado que acabara de derrubar suas flores no chão.

# Agradecimentos

Não me lembro de ter gostado de escrever um romance mais do que *Vocação para o mal*. Isto é estranho, não só pelo tema medonho, mas também porque raras vezes estive mais ocupada do que nos últimos 12 meses e tive de alternar entre projetos, o que não é meu jeito preferido de trabalhar. Todavia, Robert Galbraith sempre pareceu meu próprio parque de diversões e nesta ocasião ele não me decepcionou.

Tenho de agradecer a minha equipe habitual por garantir que minha identidade antes secreta conservasse seu caráter divertido: meu editor de texto ímpar, David Shelley, que agora foi padrinho de quatro romances meus e que torna o processo de edição tão recompensador; meu maravilhoso agente e amigo Neil Blair, que foi um vigoroso defensor de Robert desde o início; Deeby e SOBE, que me permitiram tirar proveito de sua inteligência militar; o Back Door Man, por motivos que é melhor não revelar; Amanda Donaldson, Fiona Shapcott, Angela Milne, Christine Collingwood, Simon Brown, Kaisa Tiensu e Danni Cameron, sem cujo trabalho árduo não me restaria tempo para fazer o meu, e ao *dream team* de Mark Hutchinson, Nicky Stonehill e Rebecca Salt, sem os quais, francamente, eu seria um desastre.

Meus agradecimentos em particular à Polícia Metropolitana, que me permitiu fazer uma fascinante visita à Seção 35 do SIB (RU) RMP no Castelo de Edimburgo. Agradeço também às duas policiais que não me prenderam por tirar fotografias do perímetro de uma instalação nuclear em Barrow-in-Furness.

A todos os letristas que trabalharam com e para a banda Blue Öyster Cult, agradeço por comporem ótimas músicas e por me darem permissão de usar parte de suas letras neste romance.

A meus filhos, Decca, Davy e Kenz: eu os amo mais do que sou capaz de dizer e quero agradecer a vocês por serem tão compreensivos nos momentos em que o bichinho da escrita está particularmente ativo.

Por fim e principalmente: obrigada, Neil. Ninguém ajudou mais quando se tratou deste livro.

# Créditos

"**Career of Evil**" (p. 7) Letra de Patti Smith. Música de Patti Smith e Albert Bouchard © 1974. Reproduzido com permissão da Sony/ATV Tunes LLC, Londres W1F 9LD. "**This Ain't The Summer of Love**" (pp. 9, 70, 304) Letra e música de Albert Bouchard, Murray Krugman e Donald Waller © 1975. Reproduzido com permissão da Sony/ATV Music Publishing (RU) Ltd, Sony/ATV Tunes LLC, Londres W1F 9LD e Peermusic (RU) Ltd. "**Madness to the Method**" (pp. 13, 196, 387) Letra e música de D. Trismen e Donald Roeser © 1985. Reproduzido com permissão da Sony/ATV Music Publishing (RU) Ltd, Sony/ATV Tunes LLC, Londres W1F 9LD. "**The Marshall Plan**" (p. 17) Letra e música de Albert Bouchard, Joseph Bouchard, Eric Bloom, Allen Lainer e Donald Roeser © 1980. Reproduzido com permissão da Sony/ATV Music Publishing (RU) Ltd, Sony/ATV Tunes LLC, Londres W1F 9LD. "**Mistress of The Salmon Salt (Quicklime Girl)**" (pp. 22-23, 76) Letra e música de Albert Bouchard e Samuel Pearlman © 1973. Reproduzido com permissão da Sony/ATV Tunes LLC, Londres W1F 9LD. "**Astronomy**" (p. 25) Letra e música de Albert Bouchard, Joseph Bouchard e Samuel Pearlman © 1974. Reproduzido com permissão da Sony/ATV Music Publishing (RU) Ltd, Sony/ATV Tunes LLC, Londres W1F 9LD. "**The Revenge of Vera Gemini**" (p. 34) Letra de Patti Smith. Música de Albert Bouchard e Patti Smith © 1976. Reproduzido com permissão da Sony/ATV Music Publishing (RU) Ltd, Sony/ATV Tunes LLC, Londres W1F 9LD. "**Flaming Telepaths**" (p. 38) Letra e música de Albert Bouchard, Eric Bloom, Samuel Pearlman e Donald Roeser © 1974. Reproduzido com permissão da Sony/ATV Music Publishing (RU) Ltd, Sony/ATV Tunes LLC, Londres W1F 9LD. "**Good To Feel Hungry**" (p. 46) (Eric Bloom, Danny Miranda, Donald B. Roeser, Bobby Rondinelli, John P. Shirley). Reproduzido com permissão da Six Pound Dog Music e da Triceratops Music. "**Lonely Teardrops**" (p. 49) Letra e música de Allen Lanier © 1980. Reproduzido com permissão da Sony/ATV Music Publishing (RU) Ltd, Sony/ATV Tunes LLC, Londres W1F 9LD. "**One Step Ahead of the Devil**" (p. 55) (Eric Bloom, Danny Miranda, Donald B. Roeser, Bobby Rondinelli, John P. Shirley). Reproduzido com permissão da Six Pound Dog Music e da Triceratops Music. "**Shadow of California**" (p. 56) Letra e música de Samuel Pearlman e Donald Roeser © 1983. Reproduzido com permissão da Sony/ATV Music Publishing (RU) Ltd/ Sony/ATV Tunes LLC, Londres W1F 9LD. "**O.D.'d On Life Itself**" (p. 77) Letra e música de Albert Bouchard, Eric Bloom, Samuel Pearlman e Donald Roeser © 1973. Reproduzido com permissão da Sony/ATV Music Publishing (RU) Ltd, Sony/ATV Tunes LLC, Londres W1F 9LD. "**In The Presence Of Another World**" (pp. 85, 220) Letra e música de Joseph Bouchard e Samuel Pearlman © 1988. Reproduzido com permissão da Sony/ATV Music Publishing (RU) Ltd, Sony/ATV Tunes LLC, Londres W1F 9LD. "**Showtime**" (p. 98) (Eric Bloom, John P. Trivers). Reproduzido com permissão da Six Pound Dog Music. "**Power Underneath Despair**" (p. 106) (Eric Bloom, Donald B. Roeser, John P. Shirley). Reproduzido com permissão da Six Pound Dog Music e da Triceratops Music. "**Before the Kiss**" (pp. 112, 466, 473, 480) Letra e música de Donald Roeser e Samuel Pearlman © 1972. Reproduzido com permissão da Sony/ATV Music Publishing (RU) Ltd, Sony/ ATV Tunes LLC, Londres W1F 9LD. Letra retirada de "**Here's Tae Melrose**" (p. 112) de Jack Drummond (Zoo Music Ltd). "**The Girl That Love Made Blind**" (p. 126) Letra de Albert Bouchard. "**Lips In The Hills**" (pp. 128, 247) Letra e música de Eric Bloom, Donald Roeser e Richard Meltzer © 1980. Reproduzido com permissão da Sony/ATV Music Publishing (RU) Ltd, Sony/ATV Tunes LLC, Londres W1F 9LD. "**Workshop Of The Telescopes**" (p. 136) (Albert Bouchard, Allen Lanier, Donald Roeser, Eric Bloom, Sandy Pearlman). "**Debbie Denise**" (pp. 140, 233) Letra de Patti Smith. Música de Albert Bouchard e Patti Smith © 1976. Reproduzido com permissão da Sony/ATV Music Publishing (RU) Ltd, Sony/ATV Tunes LLC, Londres W1F 9LD. "**Live For Me**" (p. 155) (Donald B. Roeser, John P. Shirley). Reproduzido com permissão da Triceratops Music. "**I Just Like To Be Bad**" (pp. 167, 243) (Eric Bloom, Brian Neumeister, John P. Shirley). Reproduzido com permissão da Six Pound Dog Music. "**Make Rock Not War**" (p. 175) Letra e música de Robert Sidney Halligan Jr. © 1983. Reproduzido com permissão da Screen Gems-EMI Music Inc/EMI Music Publishing Ltd, Londres W1F 9LD. "**Hammer Back**" (p. 188) (Eric Bloom, Donald B. Roeser, John P. Shirley). Reproduzido com permissão da Six Pound Dog Music e da Triceratops Music. "**Death Valley Nights**" (p. 211) Letra e música de Albert Bouchard e Richard Meltzer © 1977. Reproduzido com permissão da Sony/ATV Music Publishing (RU) Ltd, Sony/ATV Tunes LLC, Londres W1F 9LD. "**Outward Bound (A Song for the Grammar School, Barrow-in-Furness)**" (p. 219) Letra de Dr. Thomas Wood. "**Tenderloin**" (p. 254) Letra e música de Allen Lainer © 1976. Reproduzido com permissão da Sony/ATV Music Publishing (RU) Ltd/ Sony/ATV Tunes LLC, Londres W1F 9LD. "**After Dark**" (p. 262) Letra e música de Eric Bloom, L. Myers e John Trivers © 1981. Reproduzido com permissão da Sony/ATV Music Publishing (RU) Ltd, Sony/ATV Tunes LLC, Londres W1F 9LD. "**(Don't Fear) The Reaper**" (pp. 269, 442) Letra e música de Donald Roeser © 1976. Reproduzido com permissão da Sony/ATV Music Publishing (RU) Ltd, Sony/ATV Tunes LLC, Londres W1F 9LD. "**She's As Beautiful As A Foot**" (p. 274) (Albert Bouchard, Richard Meltzer, Allen Lanier). "**The Vigil**" (p. 275) Letra e música de Donald Roeser e S. Roeser © 1979. Reproduzido com permissão da Sony/ATV Music Publishing (RU) Ltd, Sony/ATV Tunes LLC, Londres W1F 9LD. "**Dominance and Submission**" (p. 288) (Albert Bouchard, Eric Bloom, Sandy Pearlman). "**Black Blade**" (p. 292) Letra e música de Eric Bloom, John Trivers e Michael Moorcock © 1980. Reproduzido com permissão da Sony/ATV Music Publishing (RU) Ltd, Sony/ATV Tunes LLC e Action Green Music Ltd/EMI Music Publishing Ltd, Londres W1F 9LD. "**Dance on Stilts**" (p. 310) (Donald B. Roeser, John P. Shirley). Reproduzido com permissão da Triceratops Music. "**Out of the Darkness**" (pp. 316, 331) (Eric Bloom, Danny Miranda, Donald Roeser, John D. Shirley). Reproduzido com permissão da Six Pound Dog Music e da Triceratops Music. "**Searchin' for Celine**" (p. 327) Letra e música de Allen Lainer © 1977. Reproduzido com permissão da Sony/ATV Music Publishing (RU) Ltd, Sony/ATV Tunes LLC, Londres W1F 9LD. "**Burnin' for You**" (p. 341) Letra e música de Donald Roeser e Richard Meltzer © 1981. Reproduzido com permissão da Sony/ATV Music Publishing (RU) Ltd, Sony/ATV Tunes LLC, Londres W1F 9LD. "**Still Burnin'**" (p. 347) (Donald B. Roeser, John S. Rogers). Reproduzido com permissão da Triceratops Music. "**Then Came The Last Days of May**" (p. 359) Letra e música de Donald Roeser © 1972. Reproduzido com permissão da Sony/ATV Music Publishing (RU) Ltd, Sony/ATV Tunes LLC, Londres W1F 9LD. "**Harvester of Eyes**" (p. 361) Letra e música de Eric Bloom, Donald Roeser e Richard Meltzer © 1974. Reproduzido com permissão da Sony/ATV Music Publishing (RU) Ltd, Sony/ATV Tunes LLC, Londres W1F 9LD. "**Subhuman**" (p. 373) (Eric Bloom, Sandy Pearlman). "**Dr. Music**" (p. 374) Letra e música de Joseph Bouchard, R. Meltzer, Donald Roeser © 1979. Reproduzido com permissão da Sony/ATV Music Publishing (RU)

Ltd, Sony/ATV Tunes LLC, Londres W1F 9LD. "**Harvest Moon**" (p. 375) (Donald Roeser). Reproduzido com permissão da Triceratops Music. "**Here Comes That Feeling**" (p. 383) (Donald B. Roeser, Dick Trismen). Reproduzido com permissão da Triceratops Music. "**Celestial the Queen**" (p. 399) Letra e música de Joseph Bouchard e H. Robbins © 1977. Reproduzido com permissão da Sony/ATV Music Publishing (RU) Ltd, Sony/ATV Tunes LLC, Londres W1F 9LD. "**Don't Turn Your Back**" (p. 404) Letra e música de Allen Lainer e Donald Roeser © 1981. Reproduzido com permissão da Sony/ATV Music Publishing (RU) Ltd, Sony/ATV Tunes LLC, Londres W1F 9LD. "**X-Ray Eyes**" (p. 415) (Donald B. Roeser, John P. Shirley). Reproduzido com permissão da Triceratops Music. "**Veteran of the Psychic Wars**" (p. 425) Letra e música de Eric Bloom e Michael Moorcock © 1981. Reproduzido com permissão da Sony/ATV Music Publishing (RU) Ltd, Sony/ATV Tunes LLC e Action Green Music Ltd/EMI Music Publishing Ltd, Londres W1F 9LD. "**Spy In The House Of The Night**" (p. 431) Letra e música de Richard Meltzer e Donald Roeser © 1985. Reproduzido com permissão da Sony/ATV Music Publishing (RU) Ltd, Sony/ATV Tunes LLC, Londres W1F 9LD. "**Vengeance (The Pact)**" (pp. 452, 470) Letra e música de Albert Bouchard e Joseph Bouchard © 1981. Reproduzido com permissão da Sony/ATV Music Publishing (RU) Ltd, Sony/ATV Tunes LLC, Londres W1F 9LD. "**Sole Survivor**" (p. 456) Letra e música de Eric Bloom, L. Myers e John Trivers © 1981. Reproduzido com permissão da Sony/ATV Music Publishing (RU) Ltd, Sony/ATV Tunes LLC, Londres ATV. "**Deadline**" (p. 462) (Donald Roeser).

Este livro foi impresso na Intergraf Ind. Gráfica Eireli.
Rua André Rosa Coppini, 90 – São Bernardo do Campo – SP
para a Editora Rocco Ltda.